Das Buch

Die 24-jährige Mae Holland ist überglücklich. Sie hat einen Job ergattert in der hippsten Firma der Welt, beim »Circle«, einem freundlichen Internetkonzern mit Sitz in Kalifornien, der die Geschäftsfelder von Google, Apple, Facebook und Twitter geschluckt hat, indem er alle Kunden mit einer einzigen Internetidentität ausstattet, über die einfach alles abgewickelt werden kann. Mit dem Wegfall der Anonymität im Netz – so ein Ziel der »drei Weisen«, die den Konzern leiten – wird es keinen Schmutz mehr geben im Internet und auch keine Kriminalität. Mae stürzt sich voller Begeisterung in diese schöne neue Welt mit ihren lichtdurchfluteten Büros und High-Class-Restaurants, wo Sterneköche kostenlose Mahlzeiten für die Mitarbeiter kreieren, wo internationale Popstars Gratis-Konzerte geben und fast jeden Abend coole Partys gefeiert werden. Sie wird zur Vorzeigemitarbeiterin und treibt den Wahn, alles müsse transparent sein, auf die Spitze. Doch eine Begegnung mit einem mysteriösen Kollegen ändert alles ...

Der Autor

Dave Eggers, geboren 1970, ist einer der bedeutendsten zeitgenössischen Autoren. Sein Werk wurde mit zahlreichen literarischen Preisen ausgezeichnet. Sein Roman »Ein Hologramm für den König« war nominiert für den National Book Award, für »Zeitoun« wurde ihm u. a. der American Book Award und der Albatros-Preis der Günter-Grass-Stiftung verliehen. »Weit Gegangen« wurde in Frankreich mit dem Prix Médicis ausgezeichnet. Eggers ist Gründer und Herausgeber von McSweeney's, einem unabhängigen Verlag mit Sitz in San Francisco. 2002 rief er ein gemeinnütziges Schreib- und Förderzentrum für Jugendliche ins Leben, 826 Valencia, das heute Ableger in mehreren amerikanischen Städten hat. »Der Circle« stand wochenlang auf Platz 1 der SPIEGEL-Bestsellerliste. Sein jüngster Roman »Eure Väter, wo sind sie? Und die Propheten, leben sie ewig?« erschien im Frühjahr 2015 bei Kiepenheuer & Witsch. Eggers stammt aus Chicago und lebt mit seiner Frau und seinen zwei Kindern in Nordkalifornien.

Die Übersetzer

Ulrike Wasel und Klaus Timmermann, beide Jahrgang 1955, haben fast alle Bücher von Dave Eggers übersetzt und wurden für ihre hervorragende Überse   dem Autor
mit dem Al

D1321931

1465

Dave Eggers

DER CIRCLE

Roman

Aus dem Amerikanischen
von Ulrike Wasel
und Klaus Timmermann

Kiepenheuer & Witsch

MIX
Papier aus verantwor-
tungsvollen Quellen
FSC® C083411
www.fsc.org

Verlag Kiepenheuer & Witsch, FSC®-N001512

1. Auflage 2015

Titel der Originalausgabe: *The Circle*
Copyright © 2014, Dave Eggers
All rights reserved
Aus dem Amerikanischen von Ulrike Wasel und Klaus Timmermann
© 2014, 2015 Verlag Kiepenheuer & Witsch, Köln
Alle Rechte vorbehalten. Kein Teil des Werkes darf in irgendeiner Form
(durch Fotografie, Mikrofilm oder ein anderes Verfahren) ohne schriftliche
Genehmigung des Verlages reproduziert oder unter Verwendung
elektronischer Systeme verarbeitet, vervielfältigt oder verbreitet werden.
Umschlaggestaltung: Rudolf Linn, Köln, basierend auf
dem Originalumschlag von Jessica Hische
Umschlagmotiv: © Jessica Hische
John Steinbeck: Jenseits von Eden. Übersetzt aus dem Amerikanischen
von Harry Kahn © Paul Zsolnay Verlag Wien 1992
Gesetzt aus der Dante
Satz: Felder KölnBerlin
Druck Bindung: CPI books GmbH, Leck
ISBN 978-3-462-04854-4

Der zukünftigen Entwicklung war keine Grenze, keine Schranke gesetzt. Es würde noch so kommen, daß man nicht einmal genug Platz mehr haben würde, um all das Glück aufzustapeln.

John Steinbeck – *Jenseits von Eden*

WAHNSINN, DACHTE MAE. Ich bin im Himmel.

Das Gelände war riesig und weitläufig, ein wildes pazifisches Farbenmeer, und doch bis ins kleinste Detail sorgfältig geplant, von überaus gewandten Händen geformt. Früher war hier mal eine Schiffswerft gewesen, dann ein Autokino, dann ein Flohmarkt, dann ein Schandfleck, jetzt gab es hier sanfte grüne Hügel und einen Calatrava-Brunnen. Und einen Picknickbereich, mit Tischen, die in konzentrischen Kreisen aufgestellt waren. Und sowohl Sand- als auch Rasentennisplätze. Und ein Volleyballfeld, auf dem kleine Kinder aus der firmeneigenen Kita kreischend umherliefen, wie wogendes Wasser. Inmitten von alledem befand sich auch eine Arbeitsstätte, hundertsechzig Hektar gebürsteter Stahl und Glas an der Zentrale des einflussreichsten Unternehmens der Welt. Der Himmel darüber war makellos und blau.

Mae, die auf dem Weg vom Parkplatz zur Haupthalle war, bewegte sich durch das alles hindurch und versuchte, so auszusehen, als würde sie dazugehören. Der Fußweg schlängelte sich zwischen Zitronen- und Orangenbäumen hindurch, und seine dezenten roten Pflastersteine waren hier und da mit beschwörenden Inspirationsbotschaften durchsetzt. »Träumt« stand auf einem, das Wort mit Laser in den roten Stein geschnitten. »Bringt euch ein« stand auf einem anderen. Es gab Dutzende: »Sucht Gemeinschaft«, »Seid innovativ«, »Seid fantasievoll«. Sie wäre fast auf die Hand eines jungen Mannes im grauen Overall getreten, der gerade einen neuen Stein einsetzte, auf dem »Atmet« stand.

An diesem sonnigen Montag im Juni blieb Mae vor dem Haupteingang stehen, über dem das in Glas geätzte Firmenlogo prangte. Das Unternehmen war noch keine sechs Jahre alt, doch sein Name und Logo – ein Kreis um ein engmaschiges Gitter mit einem kleinen »c« für »Circle« in der Mitte – zählten bereits zu den bekanntesten auf der Welt. Hier auf dem Hauptcampus waren über zehntausend Mitarbeiter beschäftigt, aber der Circle hatte überall auf dem Globus Büros, stellte jede Woche Hunderte begabte junge Köpfe ein und war schon vier Jahre hintereinander zum beliebtesten Unternehmen der Welt gekürt worden.

Mae glaubte nicht, dass sie Chancen auf eine Stelle in so einem Unternehmen gehabt hätte, wenn Annie nicht gewesen wäre. Annie war zwei Jahre älter, und sie hatten während des Studiums drei Semester lang zusammengewohnt, in einem hässlichen Gebäude, das durch ihre außergewöhnliche Verbindung zueinander bewohnbar gemacht wurde. Sie waren so etwas wie Freundinnen, so etwas wie Schwestern oder Cousinen, die wünschten, sie wären Schwestern und hätten allen Grund, nie getrennt zu sein. Im ersten Monat ihres WG-Lebens hatte Mae sich eines Abends in der Dämmerung den Kiefer gebrochen, nachdem sie grippekrank und unterernährt während der Semesterabschlussprüfungen in Ohnmacht gefallen war. Annie hatte gesagt, sie solle im Bett bleiben, aber Mae war zum 7-Eleven gegangen, weil sie Koffein brauchte, und auf dem Gehweg unter einem Baum aufgewacht. Annie brachte sie ins Krankenhaus und wartete, während Maes Kiefer verdrahtet wurde, und sie blieb die ganze Nacht bei Mae am Bett, schlief auf einem Holzstuhl, und zu Hause dann versorgte sie Mae tagelang, während die nur durch einen Strohhalm essen konnte. Ein so hohes Maß an resolutem

Engagement und Tüchtigkeit hatte Mae noch bei niemandem in ihrem Alter oder ungefähr in ihrem Alter erlebt, und von da an war sie auf eine Art loyal, wie sie es sich selbst nie zugetraut hätte.

Während Mae noch am Carleton College war und zwischen Kunstgeschichte, Marketing und Psychologie als Hauptfach hin und her schwankte – ihren Abschluss machte sie in Psychologie, obwohl sie keine Zukunftspläne in der Richtung hegte –, hatte Annie in Stanford ihren Master in Betriebswirtschaft gemacht und sich vor Jobangeboten nicht retten können. Vor allem der Circle hatte sie umworben, und schon wenige Tage nach der Abschlussfeier war sie hier gelandet. Jetzt hatte sie irgendeinen hochtrabenden Titel – Managing Director für Zukunftssicherung, witzelte Annie – und hatte Mae bedrängt, sich auch zu bewerben. Mae tat es, und obwohl Annie beteuerte, sich nicht für sie eingesetzt zu haben, kaufte Mae ihr das nicht ab und war ihr unendlich dankbar. Eine Million Leute, eine Milliarde, wären jetzt furchtbar gern da, wo Mae in diesem Moment war, als sie dieses Atrium betrat, zehn Meter hoch und mit kalifornischem Licht durchflutet, an dem ersten Tag, an dem sie für das einzige Unternehmen arbeitete, das wirklich richtig wichtig war.

Sie drückte die schwere Tür auf. Die Vorhalle war so lang wie ein Exerzierplatz, so hoch wie eine Kathedrale. Oben waren überall Büros, vier Etagen auf beiden Seiten, jede Wand aus Glas. Ihr wurde kurz schwindelig, und als sie nach unten blickte, sah sie in dem makellos glänzenden Fußboden ihr eigenes sorgenvolles Gesicht widergespiegelt. Sie spürte, wie hinter ihr jemand auf sie zukam, und formte den Mund zu einem Lächeln.

»Du musst Mae sein.«

Mae drehte sich um und sah einen schönen jungen Kopf, der über einem scharlachroten Halstuch und einer weißen Seidenbluse schwebte.

»Ich bin Renata«, sagte sie.

»Hi, Renata. Ich wollte zu –«

»Annie. Ich weiß. Sie kommt gleich.« Ein Ton, ein digitales Tropfgeräusch, kam aus Renatas Ohr. »Sie ist gerade …« Renata blickte Mae an, sah aber etwas anderes. Netzhaut-Interface, vermutete Mae. Noch so eine Innovation, die hier entwickelt worden war.

»Sie ist im Wilden Westen«, sagte Renata, wieder auf Mae konzentriert, »müsste aber bald hier sein.«

Mae lächelte. »Ich hoffe, sie hat eine volle Wasserflasche und ein treues Pferd.«

Renata lächelte höflich, lachte aber nicht. Mae wusste von der Unternehmenspraxis, jedes Gebäude auf dem Campus nach einer Geschichtsepoche zu benennen. Das war eine Methode, um einen riesigen Arbeitsplatz weniger unpersönlich, weniger businesslike wirken zu lassen. Jedenfalls besser als »Gebäude 3B-East«, wo Mae bislang gearbeitet hatte. Ihr letzter Tag bei den Strom- und Gaswerken in ihrer Heimatstadt war erst vor drei Wochen gewesen – die Geschäftsleitung war bestürzt, als sie kündigte –, doch es kam ihr jetzt schon unglaublich vor, dass sie so viel Zeit ihres Lebens dort vergeudet hatte. Gott sei Dank bin ich da weg, dachte Mae, raus aus diesem Gulag und allem, wofür er stand.

Renata empfing noch immer Signale aus ihrem unsichtbaren Ohrhörer. »Oh, Moment, sie sagt gerade, dass sie da doch noch was erledigen muss.« Renata blickte Mae mit einem strahlenden Lächeln an. »Am besten, ich bring dich jetzt zu deinem Schreibtisch. Annie sagt, sie trifft dich dort in gut einer Stunde.«

Mae durchlief ein leises Kribbeln bei den Worten *dein Schreibtisch*, und sie musste gleich an ihren Dad denken. Er war stolz. *So stolz*, hatte er ihr auf die Mailbox gesprochen; er musste die Nachricht um vier Uhr morgens hinterlassen haben. Sie hatte sie abgehört, als sie aufgewacht war. *So unglaublich stolz*, hatte er gesagt, mit erstickter Stimme. Mae hatte die Uni erst seit zwei Jahren hinter sich, und jetzt war sie hier, angestellt beim Circle, mit Krankenversicherung, einer eigenen Wohnung in der Stadt, und sie lag ihren Eltern, die reichlich andere Sorgen hatten, nicht mehr auf der Tasche.

Mae folgte Renata aus dem Atrium nach draußen. Auf dem sonnengesprenkelten Rasen saßen zwei junge Leute auf einem künstlichen Hügel, in den Händen eine Art durchsichtiges Tablet, und unterhielten sich angeregt.

»Du arbeitest in der Renaissance, da drüben«, sagte Renata und deutete über den Rasen auf ein Gebäude aus Glas und oxidiertem Kupfer. »Da sind alle von der Customer Experience untergebracht. Warst du schon mal hier?«

Mae nickte. »Ja. Aber nicht in dem Gebäude.«

»Dann hast du ja den Pool schon gesehen und den Sportbereich.« Renata deutete mit der Hand in Richtung eines blauen Parallelogramms und eines dahinter aufragenden eckigen Gebäudes, in dem das Fitnesscenter untergebracht war. »Da drüben wird alles angeboten: Yoga, Crossfit, Pilates, Massagen, Spinning. Ich hab gehört, du machst Spinning? Dahinter sind die Bocciaplätze und die neue Tetherball-Anlage. Die Cafeteria ist gleich dahinten auf der anderen Seite der Wiese ...« Renata zeigte auf die üppige, sanft hügelige Grünfläche, auf der sich eine Handvoll junger Leute im Businessoutfit ausgestreckt hatten wie Sonnenbadende. »Und da wären wir.«

Sie standen vor der Renaissance, einem weiteren Gebäude mit einem über zehn Meter hohen Atrium, in dem sich ganz oben langsam ein Calder-Mobile drehte.

»Oh, ich liebe Calder«, sagte Mae.

Renata lächelte. »Das weiß ich.« Sie betrachteten es gemeinsam. »Das da hat mal im französischen Parlament gehangen. Oder so ähnlich.«

Der Wind, der ihnen hineingefolgt war, drehte das Mobile jetzt so, dass einer seiner Arme auf Mae zeigte, als würde es sie persönlich willkommen heißen. Renata fasste sie am Ellbogen. »Können wir? Hiermit geht's hoch.«

Sie betraten einen Aufzug aus Glas, das leicht orange getönt war. Lämpchen gingen flackernd an, und Mae sah ihren Namen an den Wänden aufscheinen, zusammen mit ihrem Highschool-Jahrbuchfoto. WILLKOMMEN, MAE HOLLAND. Ein Laut, so etwas wie ein Keuchen, entfuhr Maes Kehle. Sie hatte das Foto seit Jahren nicht mehr gesehen, und es hatte ihr auch nicht gefehlt. Das konnte nur auf Annies Mist gewachsen sein, sie damit zu überfallen. Das Foto zeigte tatsächlich Mae – breiter Mund, dünne Lippen, olivfarbene Haut, schwarzes Haar –, aber auf dem Foto, mehr als im wirklichen Leben, verliehen die hohen Wangenknochen ihr eine gewisse Strenge, und die braunen Augen lächelten nicht, waren nur klein und kalt, kampfbereit. Seit dem Foto – sie war damals achtzehn, wütend und unsicher – hatte sie an Gewicht zugelegt, und das war gut so, ihr Gesicht war weicher geworden, und sie hatte Rundungen bekommen, Rundungen, die ihr die Aufmerksamkeit von Männern vielerlei Alters und mit allen möglichen Intentionen einbrachten. Sie hatte seit der Highschool versucht, offener zu werden, positiver, aber der Anblick dieses Dokuments einer längst vergangenen Ära, als sie von der Welt das Schlimmste befürchtete, brachte sie aus dem Konzept. Als sie es kaum mehr ertragen konnte, verschwand das Foto.

»Ja, hier läuft alles mit Sensoren«, sagte Renata. »Der Aufzug liest deinen Ausweis und sagt dann Hallo. Annie hat uns das Foto gegeben. Ihr zwei müsst eng befreundet sein, wenn sie Highschoolfotos von dir hat. Jedenfalls, ich hoffe, es stört dich nicht. Wir machen das hauptsächlich für Besucher. Die sind meistens ziemlich beeindruckt.«

Während der Aufzug nach oben fuhr, erschienen auf jeder Glaswand die empfohlenen Aktivitäten des Tages, wobei Bilder und Text von einem Panel zum nächsten wanderten. Zu jeder Ankündigung gab es ein Video, Fotos, Animation, Musik. Um zwölf gab es eine Vorführung von *Koyaanisqatsi*, um eins eine Selbstmassage-Demonstration, Kräftigung der Rumpfmuskulatur um drei. Ein Kongressabgeordneter, von dem Mae noch nie etwas gehört hatte, grauhaarig, aber jung, würde um halb sieben eine Town Hall abhalten. Auf den Aufzugtüren sprach er irgendwo anders an einem Rednerpult, die Hemdsärmel hochgekrempelt und die Hände zu ernsten Fäusten geformt, hinter ihm wogende Fahnen.

Die Türen öffneten sich, teilten den Abgeordneten in zwei Hälften.

»Da wären wir«, sagte Renata und trat auf einen schmalen Laufsteg aus Stahlgittern. Mae blickte nach unten und spürte, wie sich ihr Magen zusammenzog. Sie konnte bis ins Erdgeschoss sehen, vier Stockwerke tief.

Mae versuchte einen Scherz. »Ich schätze, ihr lasst hier oben nur Leute arbeiten, die schwindelfrei sind.«

Renata blieb stehen und blickte Mae mit ernsthaft besorgter Miene an. »Natürlich. Aber in deinem Profil stand doch –«

»Nein, nein«, sagte Mae. »Ich hab kein Problem damit.«

»Im Ernst. Wir können dich weiter unten unterbringen, wenn –«

»Nein, nein. Wirklich. Alles bestens. Tut mir leid. Sollte bloß ein Witz sein.«

Renata war sichtlich verunsichert. »Okay. Aber sag mir bitte Bescheid, wenn irgendwas nicht in Ordnung ist.«

»Mach ich.«

»Wirklich? Annie ist nämlich wichtig, dass ich auf so was achte.«

»Mach ich. Versprochen«, sagte Mae und lächelte Renata an, die sich wieder eingekriegt hatte und weiterging.

Der Laufsteg erreichte den Hauptraum, breit und mit Fenstern und durch einen langen Flur geteilt. Auf beiden Seiten waren Büros mit Glasfronten vom Boden bis zur Decke, sodass die Mitarbeiter drinnen zu sehen waren. Alle hatten sie ihre Arbeitsplätze aufwendig, aber geschmackvoll dekoriert – ein Büro war voll mit Segelrequisiten, von denen die meisten irgendwie in der Luft schwebten, aufgehängt an den offenen Balken, in einem anderen standen Bonsaibäume aufgereiht. Sie kamen an einer kleinen Küche vorbei, die Schränke und Regale aus Glas, das Besteck magnetisch, in einem ordentlichen Gittermuster am Kühlschrank angeheftet, alles erhellt von einem riesigen mundgeblasenen Kronleuchter, in dem bunte Glühlampen strahlten und dessen Arme sich orange und pfirsichfarben und pink ausstreckten.

»Okay, da wären wir.«

Sie blieben vor einer Bürobox stehen, grau und klein und mit einem Material ausgekleidet, das aussah wie synthetisches Leinen. Mae stockte das Herz. Das Kabuff sah fast genauso aus wie das, in dem sie die letzten achtzehn Monate gearbeitet hatte. Es war das Erste, das sie im Circle sah, das nicht innovativ war, das Ähnlichkeit mit der Vergangenheit hatte. Das Material, mit dem die Wände der Box verkleidet waren, war – sie konnte es nicht fassen, es schien einfach unmöglich – Jute.

Mae wusste, dass Renata sie beobachtete, und sie wusste, dass ihre Miene so etwas wie Entsetzen verriet. *Lächele*, dachte sie. *Lächele.*

»Ist das okay?«, sagte Renata, deren Augen hektisch über Maes Gesicht huschten.

Mae zwang ihren Mund, eine gewisse Zufriedenheit anzudeuten. »Super. Sieht gut aus.«

Damit hatte sie nicht gerechnet.

»Okay. Dann lass ich dich jetzt allein, damit du dich mit dem Arbeitsplatz vertraut machen kannst, und gleich kommen Denise und Josiah und zeigen dir alles.«

Mae verzog den Mund zu einem Lächeln, und Renata machte kehrt und ging. Mae setzte sich hin und stellte fest, dass die Stuhllehne halb kaputt war und der Stuhl sich nicht bewegen ließ, weil die Rollen klemmten, alle. Ein Computer war auf den Schreibtisch gestellt worden, doch es war ein uraltes Modell, das sie sonst nirgendwo im Gebäude gesehen hatte. Mae war verwirrt und merkte, dass ihre Laune in ebenjenen Abgrund sank, in dem sie die letzten paar Jahre verbracht hatte.

Arbeitete heutzutage wirklich noch irgendwer bei den Strom- und Gaswerken? Wie war Mae überhaupt dahingeraten? Wie hatte sie das ausgehalten? Wenn Leute fragten, wo sie arbeitete, hätte sie am liebsten gelogen und gesagt, sie wäre arbeitslos. Wäre es vielleicht erträglicher gewesen, wenn der Job nicht in ihrer Heimatstadt gewesen wäre?

Nachdem sie rund sechs Jahre lang ihre Heimatstadt verabscheut hatte, ihre Eltern dafür verflucht hatte, dahin gezogen zu sein und ihr die Stadt zugemutet zu haben, mit ihrer Begrenztheit und ihrem Mangel an allem – Unterhaltungsmöglichkeiten, Restaurants, vorurteilsfreien Köpfen –, erinnerte Mae sich seit Neuestem mit einer gewissen Zärtlichkeit an Longfield, eine Kleinstadt zwischen Fresno und Tranquility, 1866 von einem prosaischen Farmer gegründet und getauft. Einhundertfünfzig Jahre später hatte die Einwohnerzahl einen Stand von knapp unter zweitausend Seelen erklommen, von denen die meisten in Fresno arbeiteten, zwanzig Meilen entfernt. Es ließ sich preiswert in Longfield leben, und die Eltern von Maes Freunden waren Sicherheitsleute, Lehrer, Fernfahrer, die gern auf die Jagd gingen. Von den einundachtzig Schülern in Maes Highschool-Abschlussjahrgang war sie eine von zwölf, die aufs College gingen, und die Einzige, die östlich von Colorado studierte. Dass sie so weit wegging und sich so hoch verschuldete, nur um wieder zurückzukommen und bei den Strom- und Gaswerken anzufangen, war für sie ebenso hart wie für ihre Eltern, obwohl sie nach außen hin erklärten, sie würde das Richtige tun, etwas Solides machen und anfangen, ihre Kredite abzuzahlen.

Das Gebäude 3B-East war ein tragischer Zementblock mit schmalen vertikalen Schlitzen als Fenster. Drinnen hatten die meisten Büros Betonsteinwände, und alles war in einem abscheulichen Grün gestrichen. Man kam sich vor wie in einer Umkleidekabine. Mae war mit einem Abstand von etwa zehn Jahren die Jüngste im Gebäude, und selbst die in den Dreißigern waren aus einem anderen Jahrhundert. Sie staunten über Maes Computerkenntnisse, die für Mae Anfängerniveau waren und die jeder beherrschte, den sie kannte. Aber ihre Kollegen bei den Stadtwerken waren verblüfft. Sie nannten sie den *Schwar-*

zen Blitz, eine abgeschmackte Anspielung auf ihre Haare, und prophezeiten ihr eine wirklich *strahlende Zukunft* bei den Strom- und Gaswerken, wenn sie ihre Karten richtig ausspielte. In vier oder fünf Jahren, sagten sie, könnte sie IT-Leiterin der ganzen Unterabteilung werden! Ihre Verzweiflung war grenzenlos. Sie hatte nicht ein 234.000 Dollar teures Studium an einem Elitecollege für so einen Job absolviert. Aber es war Arbeit, und sie brauchte das Geld. Ihre Studienkredite waren gefräßig und verlangten monatliche Fütterungen, daher nahm sie den Job und den Gehaltsscheck und hielt weiter die Augen auf nach besseren Möglichkeiten.

Ihr direkter Vorgesetzter war ein Mann namens Kevin, der bei den Strom- und Gaswerken als angeblicher technischer Direktor fungierte, der aber seltsamerweise nichts von Technologie verstand. Er kannte sich mit Kabeln und Splittern aus. Er hätte zu Hause in seinem Keller ein Amateurfunkgerät bedienen, nicht jedoch Maes Vorgesetzter sein sollen. Jeden Tag, jeden Monat trug er die gleichen kurzärmeligen Button-down-Hemden, die gleichen rostfarbenen Krawatten. Er war ein furchtbarer Angriff auf die Sinne, sein Atem roch nach Schinken, und sein Schnurrbart war pelzig und widerspenstig, wie zwei kleine Pfoten, die südwestlich und südöstlich aus seinen stets geblähten Nasenlöchern auftauchten.

All diese vielen Zumutungen wären ja noch in Ordnung gewesen, wenn er nicht tatsächlich geglaubt hätte, dass Mae zufrieden war. Er glaubte, dass Mae, Carleton-Absolventin, Träumerin von außergewöhnlichen und goldenen Träumen, mit diesem Job bei den Strom- und Gaswerken zufrieden war. Dass es sie bekümmerte, wenn Kevin ihre Leistung an irgendeinem x-beliebigen Tag suboptimal fand. Das machte sie wahnsinnig.

17

Es war kaum auszuhalten, wenn er sie in sein Büro bat, die Tür schloss und sich auf die Ecke seines Schreibtisches setzte. *Wissen Sie, warum Sie hier sind?*, fragte er dann, wie ein Verkehrspolizist, der sie auf dem Highway rausgewinkt hatte. Bei anderen Gelegenheiten, wenn er zufrieden war mit irgendeiner Arbeit, die sie an dem Tag gemacht hatte, tat er etwas noch Schlimmeres: Er lobte sie. Er nannte sie seinen *Schützling*. Er liebte das Wort. Er stellte sie Besuchern mit den Worten vor: »Das ist mein Schützling, Mae. Sie ist ausgesprochen schlau, meistens« – und dabei zwinkerte er ihr zu, als wäre er ein Kapitän und sie seine Erste Offizierin, zwei alte Haudegen, die schon viele raue Abenteuer erlebt hatten und einander für immer verbunden waren. »Wenn sie sich nicht selbst im Weg steht, hat sie hier eine strahlende Zukunft vor sich.«

Sie hielt es nicht aus. An jedem einzelnen Arbeitstag während der achtzehn Monate, die sie dort war, fragte sie sich, ob sie Annie wirklich um einen Gefallen bitten könnte. Sie war nie der Typ gewesen, der um so etwas bat: gerettet zu werden, gefördert zu werden. Diese Art von Bedürftigkeit, Aufdringlichkeit – *Unverschämtheit*, wie ihr Dad es nannte – war ihr nicht anerzogen worden. Ihre Eltern waren stille Leute, die niemandem im Weg stehen wollten, stille und stolze Leute, die von niemandem etwas annahmen.

Und Mae war genauso, aber der Job machte sie zu jemandem, der alles dafür tun würde, um kündigen zu können. Es war widerwärtig, das alles. Die grünen Betonsteine. Der unsägliche Wasserspender. Die unsäglichen Stempelkarten. Die unsäglichen *Verdiensturkunden*, wenn jemand etwas gemacht hatte, was als außerordentlich erachtet wurde. Und die Arbeitszeit! Unsäglicherweise von neun bis fünf! Das alles kam ihr vor wie aus einer anderen Zeit, einer zu Recht vergessenen Zeit, und gab Mae das Gefühl, dass nicht nur sie ihr Leben vergeudete, sondern dass dieses ganze Unternehmen Leben vergeudete, menschliches Potenzial vergeudete und die Drehung des Globus behinderte. Die Arbeitsbox dort, *ihre* Arbeitsbox, war die Destillation von alledem. Die niedrigen Wände um sie herum, die eigentlich die volle Konzentration auf die jeweilige Arbeit fördern sollten, waren mit Jute verkleidet, als ob irgendein anderes Material sie ablenken könnte, sie anstiften könnte, Gedanken an exotischere Möglichkeiten, ihre Tage zu verbringen, heraufzubeschwören. Und so hatte sie achtzehn Monate in einem Büro verbracht, wo man glaubte, von allen Materialien, die Mensch und Natur boten, sollten die Beschäftigten tagaus, tagein, von morgens bis abends ausgerechnet Jute sehen. Eine schmutzige Sorte Jute, eine unveredelte Sorte Jute. Eine Massenwarenjute, eine Arme-Leute-Jute, eine Billigjute. O Gott, dachte sie, als sie den Laden verließ, und sie schwor sich, das Material nie wieder zu sehen oder zu berühren oder seine Existenz auch nur anzuerkennen.

Und sie hätte wirklich nicht damit gerechnet, es wiederzusehen. Wie oft, außerhalb des 19. Jahrhunderts, außerhalb eines Kramladens des 19. Jahrhunderts, stößt man schon auf Jute? Mae hatte angenommen, nie, doch jetzt, hier an ihrem neuen Circle-Arbeitsplatz, war sie wieder umgeben von Jute, und als sie sie betrachtete und ihr der muffige Geruch in die Nase drang, da kamen ihr die Tränen. »Scheißjute«, murmelte sie vor sich hin.

Hinter ihr hörte sie einen Seufzer, dann eine Stimme: »War wohl doch keine so gute Idee.«

Mae drehte sich um und sah Annie, die herabhängenden Hände zu Fäusten geballt, das Gesicht wie ein schmollendes Kind verzogen. »Scheißjute«, sagte Annie und ahmte dabei Maes Schmollgesicht nach. Dann lachte sie schallend los. Als sie fertig war, sagte sie schnaufend: »Das war unglaublich. Vielen, vielen Dank dafür, Mae. Ich wusste, du würdest es hassen, aber ich wollte mit eigenen Augen sehen, wie sehr. Tut mir leid, dass du fast geheult hättest. Menschenskind.«

Mae sah Renata an, die die Hände kapitulierend hoch in die Luft gestreckt hatte. »War nicht meine Idee!«, sagte sie. »Annie hat mich angestiftet! Sei bitte nicht sauer auf mich!«

Annie seufzte zufrieden. »Ich musste die Box tatsächlich bei Walmart kaufen. Und den Computer! Den hab ich eine Ewigkeit gesucht. Ich dachte, wir könnten das Zeug einfach aus dem Keller hochholen oder so, aber wir hatten ehrlich auf dem ganzen Campus nichts, was hässlich und alt genug war. O Gott, du hättest dein Gesicht sehen sollen.«

Maes Herz raste. »Du bist echt pervers.«

Annie täuschte Verwirrung vor. »Ich bin nicht pervers. Ich bin super.«

»Ich glaub's einfach nicht, dass du den ganzen Aufwand betrieben hast, nur um mich zu schocken.«

»Tja, hab ich aber. So bin ich dahin gekommen, wo ich jetzt bin. Es kommt auf Planung an und darauf, das Ganze auch durchzuziehen.« Sie sah Mae mit einem Verkäufer-Zwinkern an, und Mae musste lachen. Annie war eine Verrückte. »Also, dann mal los. Ich führ dich rum.«

Während Mae ihr folgte, musste sie sich in Erinnerung rufen, dass Annie nicht immer eine höhere Führungskraft in einem Unternehmen wie dem Circle gewesen war. Vor gerade mal vier Jahren war Annie noch eine Studentin gewesen, die in schlabbrigen Männerhosen aus Flanell zur Uni, in Restaurants, zu lockeren Dates ging. Annie war ein *schrulliges Huhn*, wie einer ihrer Exfreunde, und davon gab es viele, immer monogam, immer anständig, sie mal nannte. Aber sie konnte es sich leisten. Sie stammte aus einer Familie mit Geld, altem Geld, und sie war sehr hübsch, mit Grübchen und langen Wimpern und mit Haaren so blond, dass sie nur echt sein konnten. Sie galt bei allen als quirlig und schien außerstande, sich durch irgendwas länger als ein paar Augenblicke beunruhigen zu lassen. Aber sie war eben auch ein schrulliges Huhn. Sie war schlaksig und fuchtelte beim Sprechen gefährlich wild mit den Händen und neigte zu bizarren Themenabschweifungen und seltsamen Obsessionen – Höhlen, Amateurparfüms, Doo Wop. Sie verstand sich gut mit jedem ihrer Exfreunde, mit jedem ihrer Exlover, mit jedem Professor (sie kannte sie alle persönlich und schickte ihnen Geschenke). Sie war an der Uni bei den meisten oder allen Klubs und Interessengruppen Mitglied gewesen oder hatte sie geleitet, und trotzdem hatte sie noch Zeit fürs Studium gefunden – eigentlich für alles –, während sie obendrein auf egal welcher Party die Erste war, die sich zum Narren machte, damit die anderen sich entspannten, und die Letzte, die ging. Die einzige rationale Erklärung für das alles wäre gewesen, dass sie nicht schlief, aber dem war nicht so. Sie schlief dekadente acht bis zehn Stunden pro Tag, konnte überall schlafen – auf einer dreiminütigen Autofahrt, in der schmuddeligen Sitznische eines Diners, auf der Couch von egal wem, egal wann.

Mae wusste das aus erster Hand, denn sie war für Annie so etwas wie eine Chauffeuse auf langen Fahrten gewesen, durch Minnesota und Wisconsin und Iowa, zu zahlreichen und weitgehend bedeutungslosen Geländelauf-Wettkämpfen. Mae hatte ein Teilstipendium als Läuferin am Carleton, und dabei lernte sie Annie kennen, die unangestrengt gut war, zwei Jahre älter, sich aber nur gelegentlich Gedanken darüber machte, ob sie oder das Team gewann oder verlor. Mal war Annie bei einem Wettkampf voll dabei, verspottete die Gegner, machte sich über ihre Trikots oder Fans lustig, und beim nächsten interessierte sie sich nicht die Bohne für den Ausgang, sondern freute sich einfach, mit von der Partie zu sein. Auf den langen Fahrten in Annies Auto – das sie lieber von Mae lenken ließ – legte Annie dann die nackten Füße aufs Armaturenbrett oder streckte sie zum Fenster raus und lästerte über die vorbeiziehende Landschaft und spekulierte stundenlang darüber, was sich in den Schlafzimmern ihrer Coaches abspielte, eines Ehepaars mit gleichen, fast militärischen Haarschnitten. Mae lachte über alles, was Annie sagte, und das lenkte Mae von den Wettkämpfen ab, bei denen sie – im Gegensatz zu Annie – gewinnen oder wenigstens gut abschneiden musste, um die Finanzspritze zu rechtfertigen, die das College ihr gegeben hatte. Sie trafen stets nur Minuten vor Wettkampfbeginn ein, und Annie vergaß unweigerlich, in welchem Rennen sie laufen sollte, oder fragte sich, ob sie überhaupt laufen wollte.

Wie war es daher möglich, dass diese sprunghafte und ulkige Person, die noch immer ein Stück von ihrer Schmusedecke aus der Kindheit in der Hosentasche mit sich herumtrug, im Circle so rasch und so hoch aufgestiegen war? Inzwischen gehörte sie zu den vierzig wichtigsten Köpfen im Unternehmen – der Vierzigerbande – und war in die geheimsten Pläne und Daten eingeweiht. Dass sie Maes Einstellung so mir nichts, dir nichts durchboxen konnte; dass sie das alles innerhalb weniger Wochen, nachdem Mae endlich ihren Stolz runtergeschluckt und sie gefragt hatte, perfekt machen konnte – das war ein Beleg für Annies inneren Willen, einen mysteriösen und fundamentalen Glauben an Bestimmung. Nach außen hin zeigte Annie keinerlei Anzeichen für ausgeprägten Ehrgeiz, aber Mae war sicher, dass es in Annie irgendetwas gab, das darauf bestand, dass sie es auf jeden Fall bis hierher geschafft hätte, in diese Position, egal, woher sie gekommen war. Wäre sie in der sibirischen Tundra aufgewachsen, als blinde Tochter von Schäfern, sie wäre trotzdem inzwischen hier gelandet.

»Danke, Annie«, hörte sie sich sagen.

Sie waren an einigen Konferenz- und Aufenthaltsräumen vorbeigegangen und kamen jetzt durch die neue Galerie des Unternehmens, wo ein halbes Dutzend Basquiats hingen, frisch erstanden von einem Museum in Miami, das kurz vor dem Bankrott stand.

»Nicht der Rede wert«, sagte Annie. »Und es tut mir leid, dass du in der Customer Experience bist. Ich weiß, es klingt beknackt, aber nur zu deiner Information: Ungefähr die Hälfte der Führungskräfte vom Circle haben da angefangen. Das glaubst du mir doch, oder?«

»Klar.«

»Gut, es stimmt nämlich wirklich.«

Sie verließen die Galerie und betraten die Cafeteria im ersten Stock – »Der Glas-Imbiss, ich weiß, der Name ist unmöglich«, sagte Annie –, die so konstruiert war, dass auf neun verschiedenen Ebenen gegessen wurde, mit Böden und Wänden aus Glas. Auf den ersten Blick sah es so aus, als würden hundert Leute in der Luft schwebend essen.

Sie durchquerten den Ausleihraum, wo jeder Beschäftigte sich von Fahrrädern über Teleskope bis hin zu Hängegleitern alles gratis ausborgen konnte, und kamen zum Aquarium, einem Projekt, für das sich einer der Unternehmensgründer eingesetzt hatte. Sie standen vor einem Display, so groß wie sie, wo Quallen sich gespenstisch und langsam ohne ersichtliches Muster oder Motiv hoben und senkten.

»Ich behalte dich im Auge«, sagte Annie, »und jedes Mal, wenn du irgendwas Tolles machst, sorge ich dafür, dass alle davon erfahren, damit du nicht zu lange da bleiben musst. Die Leute steigen hier ziemlich verlässlich auf, und wie du weißt, besetzen wir Positionen fast ausschließlich mit eigenen Mitarbeitern. Also mach einfach deine Sache gut und zieh den Kopf ein, und du wirst baff sein, wie schnell du von der Customer Experience weg bist und bei was richtig Spritzigem mitmischst.«

Mae blickte Annie in die Augen, die im Aquariumslicht leuchteten. »Keine Sorge. Ich bin einfach froh, hier arbeiten zu dürfen.«

»Besser, du bist ganz unten an einer Leiter, die du hochsteigen willst, als in der Mitte einer Leiter, die dich gar nicht interessiert, oder? Besser als irgend so eine Kackleiter!«

Mae lachte. Es war ein Schock, so einen unflätigen Ausdruck aus einem so hübschen Gesicht zu hören. »Hast du schon immer so rumgeflucht? So hab ich dich gar nicht in Erinnerung.«

»Nur wenn ich müde bin, was praktisch immer ist.«

»Du warst früher so ein liebes Mädchen.«

»Sorry. Tut mir echt scheißleid, Mae! Verdammte Scheiße, Mae! Okay. Gehen wir weiter. Zur Hundetagesstätte!«

»Arbeiten wir heute eigentlich noch?«, fragte Mae.

»Arbeiten? Das hier ist Arbeit. Deine Aufgabe am ersten Tag ist: das Gebäude kennenlernen, die Leute, dich akklimatisieren. Weißt du, wie wenn du neue Holzböden in deinem Haus verlegst –«

»Nein, weiß ich nicht.«

»Also, wenn du das mal machst, musst du das Holz vorher zehn Tage vor Ort ruhen lassen, damit es sich akklimatisiert. Dann verlegst du es.«

»Dann bin ich also in dieser Analogie das Holz?«

»Du bist das Holz.«

»Und dann werde ich verlegt.«

»Ja, dann verlegen wir dich. Wir hämmern dich mit Zehntausenden winzigen Nägeln fest. Du wirst begeistert sein.«

Sie besuchten die Hundetagesstätte, eine Erfindung von Annie, deren Hund, Dr. Kinsmann, vor Kurzem gestorben war, aber ein paar sehr glückliche Jahre hier verlebt hatte, nie weit weg von seinem Frauchen. Wieso sollten Tausende Beschäftigte ihre Hunde zu Hause lassen, wenn sie sie doch an einen Ort bringen konnten, an dem die Vierbeiner mit Menschen und anderen Hunden zusammen waren, wo sie versorgt wurden und nicht allein waren? Das war Annies Logik gewesen, die rasch aufgegriffen worden war und jetzt als visionär galt. Und sie sahen sich den Nachtklub an – der häufig tagsüber für etwas genutzt wurde, das ekstatischer Tanz genannt wurde, eine tolle Fitnessübung, sagte Annie – und sie sahen sich das große Open-Air-Amphitheater und das kleine Indoortheater an – »wir haben hier an die zehn Gruppen von Improvisationskomikern« –, und nachdem sie sich das alles angesehen hatten, ging es zum Lunch in die größere Cafeteria im Erdgeschoss, wo auf einer kleinen Bühne in der Ecke ein Mann Gitarre spielte, der aussah wie ein gealterter Singer-Songwriter, den Maes Eltern gern hörten.

»Ist das …?«

»Ja«, sagte Annie beiläufig. »Hier tritt jeden Tag irgendwer auf. Musiker, Komiker, Schriftsteller. Das ist Baileys Lieblingsprojekt, die Künstler herzuholen, um ihnen etwas

Publicity zu verschaffen, vor allem wo sie es da draußen so schwer haben.«

»Ich wusste, dass hier manchmal Leute auftreten, aber jeden Tag?«

»Wir buchen die Künstler ein Jahr im Voraus. Die meisten müssen wir abwimmeln.«

Der Singer-Songwriter sang jetzt inbrünstig, den Kopf geneigt, Haarsträhnen vor den Augen, während er fieberhaft in die Saiten schlug, doch die überwiegende Mehrheit der Leute in der Cafeteria schenkte ihm wenig bis gar keine Beachtung.

»Das muss ein Wahnsinnsbudget verschlingen«, sagte Mae.

»Meine Güte, nein, wir *bezahlen* sie nicht. Oh, Moment, den Typen musst du kennenlernen.«

Annie hielt einen Mann namens Vipul an, der, wie Annie sagte, das gesamte Fernsehen bald neu erfinden würde, ein Medium, das mehr als jedes andere im 20. Jahrhundert feststeckte.

»Sagen wir lieber im 19.«, sagte er mit einem leichten indischen Akzent, in einer präzisen und geschliffenen Sprache. »Es ist die letzte Instanz, wo Kunden niemals das bekommen, was sie möchten. Das letzte Rudiment feudaler Arrangements zwischen Macher und Zuschauer. Aber wir sind keine Vasallen mehr!«, sagte er und entschuldigte sich gleich darauf.

»Der Typ ist ziemlich abgedreht«, sagte Annie, während sie durch die Cafeteria gingen. Sie blieben an fünf oder sechs Tischen stehen und sprachen kurz mit faszinierenden Menschen, von denen jeder an irgendetwas arbeitete, das Annie als *weltbewegend* oder *lebensverändernd* oder *der Zeit fünfzig Jahre voraus* bezeichnete. Das Spektrum an Projekten war erstaunlich. Sie sprachen mit zwei Frauen, die an einem Unterwasser-Forschungsfahrzeug arbeiteten, das die letzten Rätsel des Marianengrabens erforschen würde. »Sie werden ihn kartografieren wie Manhattan«, sagte Annie, und die beiden Frauen erhoben keine Einwände gegen die Übertreibung. Sie blieben an einem Tisch stehen, wo ein Trio junger Frauen auf einen in den Tisch eingelassenen Bildschirm blickte und sich 3-D-Zeichnungen von einer neuen Art sozialer Wohnungsbau ansah, die die Baubranche revolutionieren könnte.

Annie nahm Maes Hand und zog sie zum Ausgang. »Jetzt sehen wir uns Baileys Bibliothek an, die gleichzeitig auch sein Büro ist. Schon davon gehört?«

Mae hatte nichts davon gehört, wollte es aber nicht zugeben.

Annie warf ihr einen verschwörerischen Blick zu. »Eigentlich dürftest du gar nicht da rein, aber wir machen es trotzdem.«

Sie stiegen in einen Aufzug aus Plexiglas und Neon, und während sie durch das Atrium fünf Stockwerke hochschwebten, konnten sie in jede Etage und jedes Büro sehen. »Ich begreife nicht, wie sich so was am Ende auszahlt«, sagte Mae.

»Mein Gott, ich weiß es auch nicht. Aber hier geht's nicht nur um Geld, wie du wahrscheinlich weißt. Der Umsatz reicht jedenfalls aus, um die Leidenschaften der Circler zu unterstützen. Die Typen, die am nachhaltigen Wohnungsbau arbeiten, die waren Programmierer, aber ein paar von ihnen hatten Architektur studiert. Sie schreiben also ein Proposal, und die Drei Weisen flippen aus vor Begeisterung. Vor allem Bailey. Der findet es toll, die Neugier von großartigen jungen Köpfen zu unterstützen. Und seine Bibliothek ist der Wahnsinn. Wir sind da.«

Sie traten aus dem Aufzug und in einen langen Gang, der

in dunklem Kirsch- und Walnussholz gehalten war und von einer Reihe massiger Kronleuchter in ruhiges bernsteinfarbenes Licht getaucht wurde.

»Alte Schule«, bemerkte Mae.

»Du weißt über Bailey Bescheid, oder? Er liebt diesen alten Mist. Mahagoni, Messing, Buntglas. Das ist seine Ästhetik. Bei den anderen Gebäuden wird er überstimmt, aber hier kann er sich austoben. Sieh dir das an.«

Annie blieb vor einem großen Gemälde stehen, einem Porträt von den Drei Weisen. »Abscheulich, was?«, sagte sie.

Das Gemälde war plump, wie ein Bild, das ein Highschoolschüler im Kunstunterricht produzieren könnte. Die drei Männer, die Gründer des Unternehmens, waren pyramidenförmig angeordnet. Jeder von ihnen trug die Kleidung, für die er bekannt war, und die Gesichter zeigten den Ausdruck, der ihre jeweilige Persönlichkeit karikierte. Ty Gospodinov, der visionäre Wunderknabe des Circle, trug eine unscheinbare Brille und ein sehr weites Kapuzenshirt. Er blickte nach links und lächelte. Er schien einen Moment zu genießen, allein, auf irgendeine ferne Frequenz eingestellt. Es hieß, er habe eine leichte Form des Asperger-Syndroms, und das Bild wollte diesen Aspekt anscheinend gezielt unterstreichen. Mit seinem dunklen zerzausten Haar und seinem faltenfreien Gesicht wirkte er nicht älter als fünfundzwanzig.

»Ty sieht irgendwie weggetreten aus, oder?«, sagte Annie. »Kann er aber nicht sein. Wir wären alle nicht hier, wenn er nicht auch so ein scheißbrillanter Managementmeister wäre. Ich erklär dir mal die Dynamik. Du wirst rasch aufsteigen, also weih ich dich ein.«

Ty, geboren als Tyler Alexander Gospodinov, war der Erste der Drei Weisen, erklärte Annie, und alle nannten ihn einfach Ty.

»Das weiß ich schon«, sagte Mae.

»Unterbrich mich jetzt nicht. Ich halte dir dieselbe Predigt, die ich Staatsoberhäuptern halten muss.«

»Okay.«

Annie fuhr fort.

Ty merkte, dass er bestenfalls sozial unbeholfen und schlimmstenfalls eine absolute zwischenmenschliche Katastrophe war. Deshalb traf er nur sechs Monate vor dem Börsengang des Unternehmens eine sehr kluge und profitable Entscheidung: Er stellte die anderen zwei Weisen ein, Eamon Bailey und Tom Stenton. Der Schachzug beschwichtigte die Ängste aller Investoren und verdreifachte letztlich den Wert des Unternehmens. Der Börsengang brachte drei Milliarden Dollar ein, beispiellos, aber nicht überraschend, und sobald er alle finanziellen Sorgen hinter sich und Stenton und Bailey mit an Bord hatte, konnte Ty sich treiben lassen, sich verstecken, verschwinden. Von Monat zu Monat war von ihm immer weniger auf dem Campus und in den Medien zu sehen. Er zog sich zunehmend zurück, und die Aura, die ihn umgab, wuchs, ob mit Absicht oder nicht. Beobachter des Circle fragten sich, *Wo ist Ty und was plant er?* Diese Pläne blieben geheim, bis sie enthüllt wurden, und mit jeder weiteren Innovation, die der Circle hervorbrachte, wurde unklarer, welche von Ty selbst stammte und welche das Produkt der immer größer werdenden Gruppe von Erfindern war, den besten der Welt, die sich nun im Schoß des Unternehmens sammelten.

Die meisten Beobachter gingen davon aus, dass er noch dabei war, und manche behaupteten unbeirrt, sein Fingerabdruck, sein Talent für globale und elegante und grenzenlos skalierbare Lösungen, befände sich auf jeder wichtigen Circle-Innovation. Er hatte das Unternehmen gegründet, als er gerade erst ein Jahr auf dem College war, und das ohne besonderen Geschäftssinn oder erkennbare Ziele. »Wir nannten ihn Niagara«, erzählte sein Zimmergenosse im Studentenwohnheim in einem der ersten Artikel über ihn. »Die Ideen kamen einfach so, sprudelten millionenfach aus seinem Kopf, jede Sekunde an jedem Tag, endlos und überwältigend.«

Ty hatte das anfängliche System entwickelt, das Unified Operating System, das alles online kombinierte, das bis dahin getrennt und schlampig gewesen war – die Profile von Usern in Social Media, ihre Zahlungssysteme, ihre diversen Passwörter, ihre E-Mail-Konten, Benutzernamen, Vorlieben, jedes Tool und jeden Ausdruck ihrer Interessen. Die alte Methode – eine neue Transaktion, ein neues System für jede Website, für jeden Kauf –, das war so, als würde man für jede Art von Besorgung ein anderes Auto benutzen. »Man sollte nicht siebenundachtzig verschiedene Autos haben müssen«, hatte er später gesagt, nachdem sein System das Web und die Welt erobert hatte.

Stattdessen steckte er alles, sämtliche Bedürfnisse und Tools jedes Users, in einen Topf und erfand TruYou – ein Konto, eine Identität, ein Passwort, ein Zahlungssystem pro Person. Schluss mit mehrfachen Passwörtern, Schluss mit mehrfachen Identitäten. Deine Geräte wussten, wer du warst, und deine einzige Identität – das *TruYou*, nicht verbiegbar und nicht maskierbar – war die Person, die bezahlte, sich registrierte, reagierte, viewte und reviewte, sah und gesehen wurde. Du musstest deinen richtigen Namen verwenden, und der war verbunden mit deinen Kreditkarten, deiner Bank, und dadurch war Bezahlen einfach. Ein einziger Button für den Rest deines Onlinelebens.

Wenn du Circle-Tools benutzen wolltest, und es waren die besten Tools, die dominantesten und omnipräsent und gratis, musstest du das als du selbst tun, als dein wahres Selbst, als dein TruYou. Die Ära der falschen Identitäten, des Identitätsdiebstahls, der mehrfachen Benutzernamen, komplizierten Passwörter und Zahlungssysteme war vorüber. Jedes Mal, wenn du irgendwas sehen, irgendwas benutzen, irgendwas kommentieren oder irgendwas kaufen wolltest, genügte ein Button, ein Konto, alles war miteinander verknüpft und rückverfolgbar und simpel, und alles funktionierte per Handy oder Laptop, Tablet oder Netzhaut. Sobald du ein einziges Konto hattest, trug es dich in jeden Winkel des Internets, zu jedem Portal, jeder Paysite, zu allem, was du machen wolltest.

Innerhalb eines Jahres veränderte TruYou das Internet im Ganzen. Obwohl einige Websites sich zunächst widersetzten und manche Verfechter der Freiheit im Internet lautstark das Recht forderten, online anonym zu bleiben, war TruYou eine Flutwelle, die jede nennenswerte Opposition davonspülte. Es begann mit den E-Commerce-Websites. Wieso sollte irgendeine nicht pornografische Website anonyme User wollen, wenn sie doch genau wissen könnte, wer zur Tür hereingekommen war? Über Nacht wurden sämtliche Kommentarboards höflich, jeder Poster wurde in die Verantwortung genommen. Die Trolle, die das Internet mehr oder weniger erobert hatten, wurden zurück in die Dunkelheit getrieben.

Und diejenigen, die die Aktivitäten von Konsumenten verfolgen wollten oder mussten, hatten ihr Walhalla gefunden: Die realen Kaufgewohnheiten von Menschen waren jetzt wunderbar nachzuverfolgen und zu messen, und das Marketing für diese realen Menschen konnte mit chirurgischer Präzision erfolgen. Die meisten TruYou-User, die meisten Internetuser, die schlicht und ergreifend Einfachheit, Effizienz, ein sauberes und optimiertes Erlebnis wollten, waren von den Ergebnissen begeistert. Sie mussten sich nicht länger zwölf Identitäten und Passwörter merken; sie mussten nicht länger den Wahnsinn und die Wut anonymer Horden erdulden; sie mussten sich nicht länger mit wahlloser Werbung abfinden, die ihre Interessen meist meilenweit verfehlte. Jetzt waren die Nachrichten, die sie erhielten, fokussiert und präzise und überwiegend sogar willkommen.

Und auf all das war Ty mehr oder weniger zufällig gekommen. Er war es leid gewesen, sich Identitäten einprägen zu müssen, Passwörter und Kreditkarteninformationen einzugeben, deshalb schrieb er einen Code, um das alles zu vereinfachen. Benutzte er absichtlich die Buchstaben seines Vornamens in TruYou? Er sagte, der Zusammenhang sei ihm erst im Nachhinein aufgefallen. Hatte er irgendeine Vorstellung von den kommerziellen Auswirkungen von TruYou? Er behauptete, nein, und die meisten Leute vermuteten, dass das stimmte, dass die Monetarisierung von Tys Innovationen den anderen zwei Weisen zuzuschreiben war, deren Erfahrung und Geschäftstüchtigkeit das alles erst möglich machten. Sie waren es, die TruYou profitabel machten, die Wege fanden, aus Tys Innovationen Kapital zu schlagen, und sie waren es, die das Unternehmen zu der Macht ausbauten, die Facebook, Twitter, Google und schließlich Alacrity, Zoopa, Jefe und Quan überlagerte.

»Tom sieht da nicht sehr gut aus«, bemerkte Annie. »Er ist nicht ganz so haifischmäßig. Aber er findet das Bild angeblich super.«

Unten links von Ty war Tom Stenton, der weltgewandte Boss und selbst ernannte *Capitalist Prime* – er liebte die Transformers-Figuren. Er trug einen italienischen Anzug und grinste wie der Wolf, der Rotkäppchens Großmutter gefressen hat. Sein Haar war dunkel, an den Schläfen grau meliert, die Augen waren ausdruckslos, unergründlich. Er wirkte eher wie ein Wall-Street-Händler der Achtzigerjahre, der keinen Hehl daraus machte, dass er reich, Single, aggressiv und womöglich gefährlich war. Er war ein globaler Titan von Anfang fünfzig, der anscheinend jedes Jahr stärker wurde, der furchtlos mit seinem Geld um sich warf und seinen Einfluss spielen ließ. Er hatte keine Angst vor Präsidenten. Er ließ sich nicht einschüchtern von Klagen der Europäischen Union oder von Drohungen staatlich finanzierter chinesischer Hacker. Nichts war besorgniserregend, nichts war unerschwinglich, nichts lag außerhalb seiner Gehaltsklasse. Er besaß ein NASCAR-Team, eine oder zwei Rennjachten, steuerte sein eigenes Flugzeug. Er war der Anachronismus im Circle, der protzige Boss, und er löste bei vielen der idealistischen jungen Circler widersprüchliche Gefühle aus.

Seine Art des demonstrativen Konsums war den anderen beiden Weisen gänzlich fremd. Ty hatte eine Dreizimmerwohnung in einem baufälligen Haus ein paar Meilen entfernt gemietet, aber andererseits hatte niemand ihn je zur Arbeit kommen oder nach Hause gehen sehen; alle nahmen an, dass er auf dem Campus wohnte. Und jeder wusste, wo Eamon Bailey wohnte – in einem exponierten, ungemein bescheidenen Vierzimmerhaus auf einer für jeden zugänglichen Straße, zehn Minuten vom Campus entfernt. Stenton dagegen besaß überall Häuser – New York, Dubai, Jackson Hole. Eine Etage ganz oben im Millennium Tower in San Francisco. Eine Insel vor Martinique.

Eamon Bailey, der in dem Gemälde neben ihm stand, wirkte in Gegenwart dieser Männer, die beide zumindest vordergründig Werte vertraten, die den seinen diametral entgegengesetzt waren, völlig mit sich im Reinen, sogar gut gelaunt. Sein Porträt, unten rechts von Tys, zeigte ihn so, wie er war – grauhaarig, rotgesichtig, mit blitzenden Augen, fröhlich und ernst. Er war das öffentliche Gesicht des Unternehmens, die Persönlichkeit, die jeder mit dem Circle verband. Wenn er lächelte, was er beinahe ständig tat, dann nicht nur mit dem Mund, sondern auch mit den Augen, ja sogar seine Schultern schienen zu lächeln. Er war ironisch. Er war witzig. Seine Art zu reden war lyrisch und geerdet zugleich, und er überraschte seine Zuhörer immer wieder sowohl mit wunderbaren Formulierungen als auch mit seinem unverblümten gesunden Menschenverstand. Er stammte aus Omaha, aus einer überaus normalen sechsköpfigen Familie, und hatte eine mehr oder weniger unspektakuläre Vergangenheit. Er hatte an der Uni von Notre Dame studiert und seine Freundin geheiratet, die das Saint Mary's College in derselben Stadt besucht hatte, und jetzt hatten sie vier Kinder, drei Mädchen und schließlich einen Jungen, der leider mit zerebraler Kinderlähmung zur Welt gekommen war. »Er ist berührt worden«, so Baileys Formulierung, als er die Geburt seines Sohnes dem Unternehmen und der Welt bekannt gab. »Deshalb lieben wir ihn umso mehr.«

Von den Drei Weisen ließ sich Bailey noch am ehesten auf dem Campus blicken, zum Beispiel um bei der Talentshow des Unternehmens Dixieland-Posaune zu spielen, um in Talkrunden den Circle zu repräsentieren, wobei er schon mal auflachte oder auch nur mit den Schultern zuckte, wenn er auf die eine oder andere Ermittlung der Kommunikationsaufsichtsbehörde FCC angesprochen wurde oder eine hilfreiche neue Funktion oder bahnbrechende Technologie vorstellte. Er ließ sich gern Onkel Eamon nennen, und wenn er über den Campus ging, dann so, wie es ein geliebter Onkel tun würde, eine Art Teddy Roosevelt in seiner ersten Amtszeit, zugänglich und echt und laut. »Wie Bill Murray über den Golfplatz Pebble Beach marschiert«, beschrieb Stenton ihn einmal. »Von allen geliebt, und ich glaube, er liebt sie auch.« Im Leben wie auch auf diesem Porträt stellten die drei ein seltsames Bukett aus nicht zusammenpassenden Blumen dar, aber es funktionierte zweifelsohne. Alle wussten, dass dieses dreiköpfige Managementmodell funktionierte, und mittlerweile versuchten andere Unternehmen der Fortune Global 500, diese Dynamik nachzuahmen, mit gemischtem Erfolg.

»Aber wieso«, fragte Mae, »konnten sie sich dann nicht ein richtiges Porträt leisten, von jemandem, der sein Handwerk versteht?«

Je länger sie das Bild betrachtete, desto seltsamer wurde es. Der Künstler hatte die Drei Weisen so posieren lassen, dass jeder von ihnen eine Hand auf die Schulter eines anderen gelegt hatte. Es ergab irgendwie keinen Sinn, und die Art, wie die Arme gebeugt oder gestreckt waren, wirkte völlig anormal.

»Bailey findet es saukomisch«, sagte Annie. »Er hätte es gern in der Haupthalle aufgehängt, aber da hat Stenton sein Veto eingelegt. Du weißt doch, dass Bailey ein Sammler ist? Er hat einen unglaublichen Geschmack. Ich meine, er wirkt immer so jovial und gut gelaunt, wie der Durchschnittsbürger aus Omaha, aber er ist auch ein Kenner, und er ist richtig besessen davon, die Vergangenheit zu bewahren – sogar die schlechte Kunst der Vergangenheit. Wart's ab, bis du seine Bibliothek siehst.«

Sie kamen zu einer gewaltigen Tür, die aussah wie aus dem Mittelalter und es wahrscheinlich auch war, etwas, das Barbaren in Schach gehalten hatte. Ein Paar riesige Türklopfer in Form von Hundefratzen standen in Brusthöhe vor, und Mae ließ einen lahmen Witz vom Stapel.

»Hübsche Möpse.«

Annie schnaubte, strich mit der Hand über ein Pad an der Wand, und die Tür ging auf.

Annie blickte sie an. »Heilige Scheiße, was?«

Die Mischung aus Bibliothek und Büro hatte drei Stockwerke, drei Ebenen, die rings um ein offenes Atrium herumgebaut waren, alles aus Holz und Kupfer und Silber, eine Symphonie aus gedeckten Farben. Es waren gut und gern zehntausend Bücher, die meisten mit Ledereinband, säuberlich auf lackglänzenden Regalen aufgereiht. Zwischen den Büchern standen gestrenge Büsten von bedeutenden Figuren der Geschichte, Griechen und Römer, Jefferson und Jeanne d'Arc und Martin Luther King. Von der Decke hing ein Modell der *Spruce Goose* – oder war es die *Enola Gay*? Ein gutes Dutzend von innen beleuchteter Globen erwärmten mit ihrem butterigen, sanften Licht verschiedene verlorene Nationen.

»Eine ganze Menge von dem Zeug hier hat er gekauft, kurz bevor es versteigert oder weggeworfen werden sollte. Das ist seine Mission, weißt du. Er geht zu den Eigentümern, die in finanziellen Nöten stecken, zu Leuten, die ihre Kostbarkeiten mit riesigen Einbußen verkaufen müssen, und er zahlt für alles marktübliche Preise und gibt den ursprünglichen Besitzern unbegrenzten Zugang zu dem Zeug, das er gekauft hat. Solche Typen sind oft hier, Grauhaarige, die herkommen, um zu lesen oder um ihre Sachen zu berühren. Oh, komm, das musst du sehen. Das wird dich umhauen.«

Annie führte Mae die drei Treppen hinauf, die alle mit kunstvollen Mosaiken gefliest waren – Reproduktionen von irgendwas aus byzantinischer Zeit, vermutete Mae. Sie hielt sich auf dem Weg nach oben an dem Messinggeländer fest und bemerkte nicht einen Fingerabdruck, nicht den kleinsten Schmutzfleck. Sie sah grüne Leselampen, mit glänzendem Kupfer und Gold überzogene Teleskope, die auf die vielen Fenster mit Facettenglas zeigten – »Oh, schau mal hoch«, sagte Annie. Mae tat es und sah, dass die Decke aus Buntglas war, eine hitzige Darstellung von zahllosen kreisförmig angeordneten Engeln. »Das stammt aus irgendeiner Kirche in Rom.«

Sie erreichten das oberste Stockwerk der Bibliothek, und Annie führte Mae durch schmale Korridore aus Büchern mit gerundetem Rücken, von denen manche so groß waren wie Mae – Bibeln und Atlanten, illustrierte Geschichtsbände über Kriege und Aufstände, längst untergegangene Nationen und Völker.

»So. Jetzt pass auf«, sagte Annie. »Moment. Bevor ich es dir zeige, musst du mir eine mündliche Verschwiegenheitserklärung geben, okay?«

»Klar.«

»Ernsthaft.«

»Das ist mein Ernst. Ich nehme das hier ernst.«

»Gut. Also, wenn ich dieses Buch nehme …«, sagte Annie und zog einen großen Band mit dem Titel *The Best Years of Our Lives* heraus. »Sieh mal«, sagte sie und trat zurück. Langsam schwang die Regalwand mit ihren hundert Büchern nach innen und offenbarte eine Geheimkammer. »Total abgefahren, oder?«, sagte Annie, und sie gingen hinein. Die runden Wände des Raumes waren von Büchern gesäumt, doch die Hauptattraktion war ein Loch in der Mitte des Fußbodens, umringt von einem Kupfergeländer. Eine Stange ragte durch den Boden und verschwand nach unten in unbekannte Regionen.

»Ist er bei der Feuerwehr?«, fragte Mae.

»Keinen Schimmer«, sagte Annie.

»Wo führt die hin?«

»Soweit ich weiß zu Baileys Parkplatz.«

Mae fielen keine passenden Adjektive ein. »Bist du mal da runtergerutscht?«

»Nee, dass er mir das überhaupt gezeigt hat, war schon riskant. Hätte er eigentlich nicht machen sollen. Das hat er mir gesagt. Und jetzt zeige ich es dir, was total blöd ist. Aber da siehst du mal, wie der Typ drauf ist. Er kann alles haben, was er will, und was er will, ist eine Feuerwehrstange, die sieben Stockwerke runter in die Tiefgarage führt.«

Ein Tropfgeräusch kam aus Annies Ohrhörer, und sie sagte »Okay« zu wem auch immer am anderen Ende. Es war Zeit zu gehen.

»Okay«, sagte Annie im Aufzug – sie fuhren wieder hinunter zu den Hauptbüroetagen –, »ich muss los und was arbeiten. Plankton unter die Lupe nehmen.«

»Was?«, fragte Mae.

»Ich meine kleine Start-ups, die hoffen, der große Wal – das sind wir – findet sie lecker genug, um sie zu fressen. Einmal die Woche haben wir eine Reihe von Meetings mit diesen Typen, diesen Möchtegern-Tys, und sie versuchen, uns davon zu überzeugen, dass wir sie unbedingt aufkaufen müssen. Das Ganze ist ein bisschen traurig, weil sie nicht mal mehr so tun, als hätten sie irgendwelchen Umsatz oder auch nur Potenzial dazu. Jedenfalls, ich übergebe dich jetzt an zwei Firmenbotschafter. Die nehmen ihren Job sehr ernst. Nur damit du gewarnt bist: Die gehen wirklich *sehr* in ihrem Job auf. Die werden dir den Rest vom Campus zeigen, und ich hol dich dann anschließend für die Sonnenwendparty ab, okay? Fängt um sieben an.«

Die Türen öffneten sich auf der zweiten Etage, nahe dem Glas-Imbiss, und Annie stellte sie Denise und Josiah vor, beide Mitte/Ende zwanzig, beide mit dem gleichen festen, aufrichtigen Blick, beide mit schlichten Button-down-Hemden in geschmackvollen Farben bekleidet. Sie schüttelten Mae nacheinander mit beiden Händen die Hand und schienen sich fast zu verbeugen.

»Seht zu, dass sie heute nicht arbeitet«, waren Annies letzte Worte, ehe sie wieder in den Aufzug verschwand.

Josiah, ein dünner Mann mit vielen Sommersprossen, richtete seine blauen starren Augen auf Mae. »Wir freuen uns total, dich kennenzulernen.«

Denise, groß gewachsen, schlank, asiatisch aussehend, lächelte Mae an und schloss die Augen, als würde sie den Augenblick auskosten. »Annie hat uns alles über euch beide erzählt, wie lange ihr euch schon kennt. Annie ist das Herz und die Seele von diesem Laden, deshalb sind wir froh, dass du jetzt bei uns bist.«

»Alle lieben Annie«, füge Josiah hinzu.

Ihre Unterwürfigkeit war Mae unangenehm. Sie waren eindeutig älter als sie, behandelten sie aber, als wäre sie eine prominente Besucherin.

»Also, ich weiß, einiges von dem, was wir dir zeigen wollen, ist vielleicht überflüssig«, sagte Josiah, »aber wenn du nichts dagegen hast, würden wir mit dir gern die komplette Besichtigungstour für Einsteiger machen. Wärst du einverstanden? Wir versprechen, wir lassen keine Langeweile aufkommen.«

Mae lachte, sagte, sie sollten loslegen, und folgte.

Der Rest des Tages war eine verschwommene Aneinanderreihung von Glasräumen und kurzen, unglaublich herzlichen Begrüßungen. Alle, die sie kennenlernte, waren schwer beschäftigt, nahezu überarbeitet, aber dennoch begeistert, sie kennenzulernen, überglücklich, dass sie da war, noch dazu eine Freundin von Annie … Sie besichtigte das Gesundheitszentrum und wurde dem Dreadlocks tragenden Leiter, Dr. Hampton, vorgestellt. Sie besichtigte die Notfallklinik und wurde der schottischen Krankenschwester in der Aufnahme vorgestellt. Sie besichtigte die Biogärten, hundert Meter im Quadrat, wo zwei Vollzeitgärtner einer großen Gruppe Circler einen Vortrag hielten, während sie die jüngste Ernte Karotten und Tomaten und Grünkohl kosteten. Sie besichtigte den Minigolfplatz, das Kino, die Bowlingbahnen, den Supermarkt. Schließlich, an der äußeren Ecke des Campus, wie Mae vermutete – sie konnte die Umzäunung sehen, die Dächer des San-Vincenzo-Hotels, wo Circle-Besucher abstiegen –, besichtigte sie die Wohnheime des Unternehmens. Mae hatte schon von ihnen gehört, da Annie erwähnt hatte, dass sie manchmal auf dem Campus übernachtete und diese Zimmer inzwischen ihrem eigenen Zuhause vorzog. Als sie durch die Flure ging und die ordentlichen Zimmer sah, die jeweils mit einer glänzenden Kochnische, einem Schreibtisch, einer bequemen Couch und einem Bett ausgestattet waren, musste Mae zugeben, dass sie eine unerklärliche Anziehungskraft hatten.

»Derzeit sind es hundertachtzig Zimmer, aber wir wachsen schnell«, sagte Josiah. »Bei rund zehntausend Leuten auf dem Campus macht immer ein gewisser Prozentsatz Überstunden oder braucht nur mal tagsüber ein Nickerchen. Die Zimmer sind immer kostenlos, immer sauber – du musst bloß online checken, welche gerade frei sind. Zurzeit sind sie schnell ausgebucht, aber in den nächsten paar Jahren sollen es ein paar Tausend Zimmer werden.«

»Und nach einer Party wie der heute Abend sind immer alle belegt«, sagte Denise mit einem Zwinkern, das verschwörerisch wirken sollte.

Die Besichtigungstour dauerte den ganzen Nachmittag, mit einem Zwischenstopp, um das Essen im Kochkurs zu kosten, den an dem Tag eine berühmte junge Köchin gab, die dafür bekannt war, dass sie alles von einem Tier verwendete. Sie servierte Mae ein Gericht, das geröstetes Schweinegesicht hieß und, wie Mae feststellte, nach ziemlich fettigem Schinkenspeck schmeckte. Sie fand es sehr lecker. Sie kamen während des Rundgangs an anderen Besuchern vorbei, Gruppen von Studenten und Scharen von Lieferanten und, wie es aussah, einem Senator samt Gefolge. Sie kamen an einer Spielhalle vorbei, die mit altmodischen Flipperautomaten und einem Badmintonfeld ausgestattet war, wo, wie Annie erzählt hatte, ein ehemaliger Weltmeister auf Abruf bereitstand. Als Josiah und Denise mit ihr wieder im Zentrum des Campus ankamen, dunkelte es, und Mitarbeiter waren dabei, Tiki-Fackeln auf dem Gras aufzustellen und anzuzünden. Ein paar Tausend Circler versammelten sich in der Dämmerung, und als sie da so zwischen ihnen stand, wusste Mae, dass sie niemals wieder woanders arbeiten, woanders sein wollte. Ihre Heimatstadt und der Rest von Kalifornien, der Rest von Amerika kamen ihr vor wie das heillose Chaos in einem Entwicklungsland. Außerhalb der Circle-Mauern gab es bloß Lärm und Kampf, Versagen und Dreck. Hier dagegen war alles vollkommen. Die besten Leute hatten die besten Systeme gemacht, und die besten Systeme hatten Geldmittel eingebracht, unbegrenzte Geldmittel, die das hier möglich machten: den allerbesten Arbeitsplatz. Und es war ganz logisch, dass dem so war, dachte Mae. Wer könnte Utopia bauen, wenn nicht Utopisten?

»Diese Party? Die ist nichts Besonderes«, versicherte Annie Mae, während sie sich langsam an dem Zwölf-Meter-Büfett entlangbewegten. Es war inzwischen dunkel, die Abendluft frisch, aber der Campus war unerklärlicherweise warm und wurde von Hunderten Fackeln erhellt, die bernsteinfarbenes Licht verströmten. »Diese ist Baileys Idee. Er macht keinen auf Erdmutter oder so, aber er hat ein Faible für Sterne, die Jahreszeiten, deshalb steht er auf diesen Sonnenwende-Kram. Irgendwann wird er auftauchen und alle willkommen heißen – das macht er meistens. Letztes Jahr hatte er so eine Art Muskelshirt an. Er ist sehr stolz auf seine Arme.«

Mae und Annie waren auf dem üppigen Rasen, luden sich ihre Teller voll und fanden dann Plätze in dem steinernen Amphitheater, das in eine hohe Grasböschung hineingebaut worden war. Annie füllte Maes Glas mit einem Riesling auf, der, wie sie sagte, auf dem Campus hergestellt wurde, eine neue Sorte, die weniger Kalorien und mehr Alkohol hatte. Mae blickte über den Rasen, über die zischenden Fackelreihen, von denen jede den Feiernden den Weg zu einer anderen Aktivität wies – Limbo, Kickball, Line Dance –, die absolut nichts mit der Sonnenwende zu tun hatten. Die offenbare Beliebigkeit, das Fehlen irgendeines erzwungenen Ablaufs sorgten dafür, dass die Erwartungen der Gäste niedrig waren und dann bei Weitem übertroffen wurden. Alle waren rasch betrunken, und Mae hatte Annie bald aus den Augen verloren, dann verlor sie vollends die Orientierung, landete schließlich bei den Bocciaplätzen, wo eine kleine Gruppe älterer Circler, alle mindestens dreißig, mit Cantaloupe-Melonen Bowling-Pins umkegelten. Sie fand zurück zum Rasen, wo sie bei einem Spiel mitmachte, das die Circler »Ha« nannten und bei dem sich alle bloß auf den Boden legen mussten, sodass sich die Arme oder die Beine oder beides überlappten. Wenn die Person neben dir »Ha« sagte, musstest du es auch sagen. Es war ein saublödes Spiel, aber einstweilen genau das, was Mae brauchte, weil ihr schwindelig war und sie sich in der Horizontalen besser fühlte.

»Da schau her. Sie sieht ganz friedlich aus.« Die Stimme war ganz nah. Mae merkte, dass die Männerstimme sie meinte, und öffnete die Augen. Sie sah niemanden über sich. Nur Himmel, der größtenteils klar war, mit dünnen grauen Wolkenfetzen, die rasch über den Campus und hinaus aufs Meer trieben. Maes Augen fühlten sich schwer an, und sie wusste, dass es nicht spät war, jedenfalls noch keine zehn durch, und sie wollte nicht wie so oft nach zwei oder drei Gläsern einschlafen, deshalb stand sie auf und machte sich auf die Suche nach Annie oder mehr Riesling oder beidem. Sie kam zum Büfett und fand ein Schlachtfeld vor, ein Festmahl, das von Tieren oder Wikingern geplündert worden war, also steuerte sie die nächstbeste Bar an, die aber keinen Riesling mehr hatte und jetzt nur noch irgendeinen Wodka-Energydrink-Mix anbot. Sie ging weiter, fragte wahllos irgendwelche Leute nach Riesling, bis sie einen Schatten spürte, der an ihr vorbeiging.

»Da drüben gibt's noch welchen«, sagte der Schatten.

Mae drehte sich um und sah eine blau spiegelnde Brille oben an dem undeutlichen Schatten eines Mannes. Er wandte sich ab.

»Lauf ich dir nach?«, fragte Mae.

»Noch nicht. Du stehst still. Du solltest aber mitkommen, wenn du noch was von dem Wein willst.«

Mae folgte dem Schatten über den Rasen und unter einen Baldachin aus hohen Bäumen, durch die das Mondlicht geschossen kam, hundert silberne Speere. Jetzt konnte Mae den Schatten besser sehen – er trug ein sandfarbenes T-Shirt und darüber eine Art Weste, Leder oder Wildleder, eine Kombination, die Mae schon lange nicht mehr gesehen hatte. Dann blieb er stehen und ging unten vor einem Wasserfall in die Hocke, einem künstlichen Wasserfall, der seitlich an der Industriellen Revolution herunterkam.

»Ich hab hier ein paar Flaschen versteckt«, sagte er, die Hände tief in dem Teich, der das Wasser auffing. Als er nichts fand, kniete er sich hin, die Arme bis zu den Schultern eingetaucht, bis er zwei schlanke grüne Flaschen herauszog, aufstand und sich zu Mae umdrehte. Jetzt endlich konnte sie ihn sich genauer ansehen. Sein Gesicht war ein sanftes Dreieck und endete in einem Kinn, das ein so zartes Grübchen hatte, dass es ihr erst jetzt auffiel. Er hatte die Haut eines Kindes, die Augen eines deutlich älteren Mannes und eine markante Nase, schief und krumm, aber irgendwie verlieh sie dem Rest des Gesichts Stabilität, wie der Kiel einer Jacht. Seine Augenbrauen waren dicke Striche und sausten Richtung Ohren, die gerundet, groß, prinzessinnenrosa waren. »Möchtest du zurück zu dem Spiel oder …?« Er schien anzudeuten, dass das »oder« wesentlich besser sein könnte.

»Nicht unbedingt«, sagte sie, obwohl ihr bewusst war, dass sie den Mann nicht kannte, nichts über ihn wusste. Aber weil er die Flaschen hatte und weil sie Annie verloren hatte und weil sie jedem beim Circle vertraute – sie empfand in diesem Moment so viel Liebe für alle innerhalb dieser Mauern, wo alles neu und alles erlaubt war –, folgte sie ihm zurück zu der Party, jedenfalls bis an deren Rand, wo sie sich auf einen hohen Ring aus Stufen mit Blick über den Rasen setzten und zuschauten, wie die Silhouetten umherrannten und kreischten und hinfielen.

Er öffnete beide Flaschen, reichte eine Mae, trank einen Schluck aus seiner und sagte, sein Name sei Francis.

»Nicht Frank?«, fragte sie. Sie hob die Flasche und füllte ihren Mund mit zuckersüßem Wein.

»Manche wollen mich so nennen, und ich … ich bitte sie, es nicht zu tun.«

Sie lachte, und er lachte.

Er war Entwickler, sagte er, und er war seit fast zwei Jahren beim Unternehmen. Davor war er eine Art Anarchist gewesen, ein Provokateur. Er hatte den Job hier bekommen, nachdem er sich schneller ins Circle-System eingehackt hatte als irgendjemand sonst. Jetzt war er im Securityteam.

»Ich hab heute meinen ersten Tag«, sagte Mae.

»Niemals.«

Und Mae, die eigentlich »Ich verscheißer dich nicht« sagen wollte, beschloss stattdessen, sprachlich innovativ zu sein, geriet aber bei ihrer verbalen Innovation vollkommen aus dem Konzept, und heraus kamen die Worte »Ich fick dich nicht«. Sie wusste sofort, dass sie diesen Satz jahrzehntelang nicht vergessen und ihn sich nie verzeihen würde.

»Du fickst mich nicht?«, fragte er trocken. »Das klingt sehr endgültig. Du hast mit sehr wenigen Informationen eine Entscheidung getroffen. Du fickst mich nicht. Wow.«

Mae versuchte zu erklären, was sie eigentlich hatte sagen wollen, dass sie sich überlegt hatte oder irgendein Bereich ihres Gehirns sich überlegt hatte, die Worte ein wenig abzuändern … Aber es spielte keine Rolle. Er lachte jetzt, und er wusste, dass sie Sinn für Humor hatte, und sie wusste, dass er welchen hatte, und irgendwie gab er ihr ein Gefühl von Sicherheit, das Vertrauen, dass er die Sache nie wieder ansprechen würde, dass das, was sie da Schreckliches gesagt hatte, unter ihnen bleiben würde, dass ihnen beiden klar war, dass jeder Mensch Fehler machte und dass es, falls wir alle unsere gemeinsame Menschlichkeit anerkennen, unsere gemeinsame Schwäche und unserer Neigung, zigmal am Tag lächerlich zu klingen und auszusehen, erlaubt sein sollte, diese Fehler zu vergessen.

»Erster Tag«, sagte er. »Na dann, Glückwunsch. Auf dich.«

Sie stießen mit den Flaschen an und tranken einen Schluck. Mae hielt ihre Flasche vor den Mond, um zu sehen, wie viel noch übrig war; die Flüssigkeit verwandelte sich in ein überirdisches Blau, und sie sah, dass sie bereits die Hälfte intus hatte. Sie stellte die Flasche auf den Boden.

»Ich mag deine Stimme«, sagte er. »War die immer so?«

»Tief und kratzig?«

»Ich würde sie als reif bezeichnen. Ich würde sie als *seelenvoll* bezeichnen. Kennst du Tatum O'Neal?«

»Ich musste mir als Kind hundertmal *Paper Moon* angucken. Meine Eltern wollten, dass ich mich besser fühle.«

»Ich mag den Film sehr«, sagte er.

»Sie dachten wohl, ich würde wie Addie Pray aufwachsen, gerissen, aber bezaubernd. Sie hätten gern einen Wildfang gehabt. Sie haben mir die Haare genauso geschnitten, wie Addie sie hatte.«

»Gefällt mir.«

»Dir gefallen also Topfschnitte.«

»Nein. Deine Stimme. Ist bislang das Beste an dir.«

Mae sagte nichts. Sie fühlte sich wie geohrfeigt.

»Scheiße«, sagte er. »Hat sich das merkwürdig angehört? Sollte eigentlich ein Kompliment sein.«

Eine bedrückende Pause entstand. Mae hatte ein paar fürchterliche Erfahrungen mit Männern gemacht, die zu gut sprachen, die über Gott weiß wie viele Stufen sprangen, um auf unpassenden Komplimenten zu landen. Sie wandte sich ihm zu, um zu bestätigen, dass er nicht so war, wie sie gedacht hatte – großzügig, harmlos –, sondern in Wirklichkeit verkorkst, gestört, asymmetrisch. Aber als sie ihn anschaute, sah sie dasselbe glatte Gesicht, die blaue Brille, die alten Augen. Sein Ausdruck war gequält.

Er betrachtete seine Flasche, als wollte er ihr die Schuld geben. »Ich wollte bloß, dass du dich wegen deiner Stimme besser fühlst. Aber ich schätze, ich hab den Rest von dir gekränkt.«

Mae dachte eine Sekunde darüber nach, aber ihr vom Riesling benebelter Verstand war träge, wie verklebt. Sie gab den Versuch auf, seine Äußerung oder seine Absichten zu verstehen. »Ich finde dich seltsam«, sagte sie.

»Ich hab keine Eltern«, sagte er. »Verschafft mir das ein wenig Vergebung?« Dann, als ihm klar wurde, dass er zu bemüht zu viel preisgab, sagte er: »Du trinkst ja gar nicht.«

Mae beschloss, das Thema seiner Kindheit fallen zu lassen. »Ich hab schon genug«, sagte sie. »Ich spüre die volle Wirkung.«

»Es tut mir wirklich leid. Ich gerate manchmal mit meinen Worten durcheinander. Ich bin am glücklichsten, wenn ich nicht über so was wie jetzt rede.«

»Du bist wirklich seltsam«, sagte Mae wieder und meinte es auch so. Sie war vierundzwanzig, und er war anders als jeder, den sie je gekannt hatte. Das war doch so was wie ein Gottesbeweis, dachte sie betrunken, oder etwa nicht? Dass sie in ihrem bisherigen Leben Tausenden Menschen begegnet sein konnte, von denen so viele ähnlich, so viele austauschbar waren, und plötzlich ist da dieser eine Mensch, der neu und skurril ist und skurril redet. Jeden Tag entdeckte irgendein Wissenschaftler eine neue Frosch- oder Wasserlilienart, und auch das schien irgendeinen göttlichen Showman zu bestätigen, irgendeinen himmlischen Erfinder, der neues Spielzeug vor uns hinlegt, versteckt, aber schlecht versteckt, genau da, wo wir zufällig drauf stoßen konnten. Und dieser Francis, der war etwas ganz anderes, sozusagen ein neuer Frosch. Mae sah ihn an und überlegte, dass sie ihn küssen könnte.

Aber er war beschäftigt. Mit einer Hand leerte er seinen Schuh, aus dem Sand rieselte. An der anderen schien er seinen Fingernagel fast ganz abzukauen.

Ihre Träumerei endete, sie dachte an zu Hause und an ihr Bett.

»Wie kommen die Leute alle zurück?«, fragte sie.

Francis blickte zu einem Menschengetümmel hinüber, wo offenbar versucht wurde, eine Pyramide zu bilden. »Da wären natürlich die Wohnheimzimmer. Aber ich wette, die sind längst alle belegt. Aber es stehen auch immer ein paar Shuttlebusse bereit. Das haben sie dir wahrscheinlich gesagt.« Er schwenkte seine Flasche in Richtung Haupteingang, wo Mae die Dächer der Minibusse ausmachen konnte, die sie am Morgen gesehen hatte, als sie ankam. »Die Firma stellt für alles Kostenanalysen an. Und ein Mitarbeiter, der sich übermüdet ans Steuer setzt oder in diesem Fall betrunken – tja, da sind die Kosten für Shuttlebusse auf lange Sicht deutlich niedriger. Erzähl mir nicht, dass du nicht wegen der Shuttlebusse gekommen bist. Die sind der Hammer. Drinnen sind sie wie Jachten. Jede Menge Fächer und Holz.«

»Jede Menge Holz? Jede Menge Holz?« Mae boxte Francis gegen den Arm, wusste, dass sie flirtete, wusste, dass es idiotisch war, mit einem Circler-Kollegen an ihrem ersten Abend zu flirten, dass es idiotisch war, an ihrem ersten Abend so viel zu trinken. Aber sie tat das alles und war froh darüber.

Eine Gestalt kam auf sie zugeschwebt. Mae schaute mit dumpfer Neugier zu und registrierte als Erstes, dass die Gestalt weiblich war. Und dann war die Gestalt Annie.

»Belästigt der Mann dich?«, fragte sie.

Francis rutschte hastig von Mae weg und versteckte seine Flasche hinter dem Rücken. Annie lachte.

»Francis, weshalb bist du so schreckhaft?«

»Sorry. Ich dachte, du hättest was anderes gesagt.«

»Oha. Schlechtes Gewissen! Ich hab gesehen, wie Mae deinen Arm geboxt hat, und ich hab einen Witz gemacht. Aber willst du vielleicht irgendwas gestehen? Was hattest du vor, Francis Garpotenta?«

»Garaventa.«

»Ja. Ich weiß, wie du heißt.«

Annie ließ sich plump zwischen sie fallen und sagte: »Francis, ich muss dich um was bitten, als deine geschätzte Kollegin, aber auch als deine Freundin. Kann ich das?«

»Klar.«

»Gut. Kann ich ein bisschen mit Mae allein sein? Ich will sie nämlich unbedingt auf den Mund küssen.«

Francis lachte, verstummte dann, als er merkte, dass weder Mae noch Annie lachte. Verunsichert und verwirrt und sichtlich eingeschüchtert von Annie, ging er gleich darauf die Stufen hinunter und überquerte den Rasen, wich dabei den Feiernden aus. In der Mitte der Grünfläche blieb er stehen, drehte sich um und blickte hoch, als wollte er sich vergewissern, dass Annie tatsächlich vorhatte, ihn als Maes Begleitung an dem Abend zu ersetzen. Nachdem er seine Befürchtungen bestätigt hatte, ging er unter das Vordach vom Finsteren Mittelalter. Er versuchte, die Tür zu öffnen, schaffte es aber nicht. Er rüttelte daran und zog, aber sie bewegte sich nicht. Da er wusste, dass sie ihn beobachteten, ging er schließlich um die Ecke und außer Sicht.

»Er ist bei der Security, sagt er«, sagte Mae.

»Das hat er dir erzählt? Francis Garaventa?«

»Hätte er wohl besser nicht tun sollen.«

»Na, er ist ja nun nicht bei der Security im Sinne von Sicherheitsdienst. Er ist kein Mossad-Agent. Aber hab ich da vorhin etwas unterbrochen, das du definitiv nicht an deinem ersten Abend tun solltest, du Idiot?«

»Du hast nichts unterbrochen.«

»Ich glaube schon.«

»Nein. Wirklich nicht.«

»Doch, hab ich. Ich weiß es.«

Annie fixierte die Flasche zu Maes Füßen. »Ich dachte, uns wäre schon vor Stunden alles ausgegangen.«

»Im Wasserfall war noch Wein – bei der Industriellen Revolution.«

»Ach ja. Manche verstecken da was.«

»Ich habe mich gerade sagen hören: ›Im Wasserfall war noch etwas Wein – bei der Industriellen Revolution.‹«

Annie blickte über den Campus. »Ich weiß. Scheiße. Ich weiß.«

Zu Hause, nach dem Shuttle, noch einem Jell-O-Shot, den jemand ihr auf der Fahrt gegeben hatte, nachdem sie sich anhören musste, wie der Shuttlefahrer wehmütig von seiner Familie erzählte, seinen Zwillingen, seiner Frau, die Gicht hatte, konnte Mae nicht einschlafen. Sie lag auf ihrem billigen Futon, in ihrem winzigen Zimmer, in der kleinen Wohnung, die sie sich mit zwei fast fremden Frauen teilte, beide Flugbegleiterinnen, die sich nur selten blicken ließen. Die Wohnung war im ersten Stock eines ehemaligen Motels, und sie war einfach, kaum sauber zu halten und roch nach Verzweiflung und der schlechten Kochkunst früherer Bewohner. Sie war ein trauriger Ort, erst recht nach einem Tag im Circle, wo alles mit Sorgfalt und Liebe und der Gabe eines guten Auges gemacht war. In ihrem schlechten, niedrigen Bett schlief Mae ein paar Stunden, wachte auf, ließ den Tag und den Abend Revue passieren, dachte an Annie und Francis und Denise und Josiah und die Feuerwehrstange und die *Enola Gay* und den Wasserfall und die Tiki-Fackeln, alles Dinge, die der Stoff von Ferien und Träumen waren und die man unmöglich behalten konnte, doch dann wusste sie – und das hielt sie aufrecht, während eine Art kleinkindliche Freude in ihrem Kopf Kapriolen schlug –, dass sie wieder zu diesem Ort gehen würde, dem Ort, wo all diese Dinge geschahen. Sie war dort willkommen, war dort angestellt.

Sie fuhr früh zur Arbeit. Aber als sie ankam, um acht, wurde ihr klar, dass ihr noch gar kein Schreibtisch zugeteilt worden war, zumindest kein richtiger Schreibtisch, und somit konnte sie nirgendwohin. Sie wartete eine Stunde, unter einem Schild mit der Aufschrift WIR SCHAFFEN DAS. WIR SCHAFFEN ALLES, bis Renata kam und sie in die erste Etage der Renaissance führte, in einen großen Raum, so groß wie ein Basketballfeld, wo an die zwanzig Schreibtische standen, alle verschieden, alle mit hellen Holzplatten in organischen Formen. Sie waren durch Raumteiler aus Glas voneinander getrennt und in Fünfergruppen angeordnet, wie Blütenblätter. Keiner war besetzt.

»Du bist die Erste hier«, sagte Renata, »aber lange wirst du nicht allein bleiben. Neue Customer-Experience-Bereiche füllen sich in der Regel ziemlich schnell. Und du bist in der Nähe der ranghöheren Leute.« Dabei deutete sie mit einer schwungvollen Armbewegung auf ein Dutzend Büros rings um den offenen Raum. Durch die Glaswände waren die Vorgesetzten sichtbar, die darin arbeiteten. Sie waren sämtlich zwischen sechsundzwanzig und zweiunddreißig und machten zu Beginn ihres Arbeitstages einen entspannten, kompetenten, klugen Eindruck.

»Die Designer stehen anscheinend auf Glas, was?«, sagte Mae und lächelte.

Renata hielt inne, runzelte die Stirn und dachte über den Gedanken nach. Sie strich sich eine Haarsträhne hinters Ohr und sagte: »Ich glaube, ja. Ich kann das checken. Aber zuerst sollten wir deinen Arbeitsplatz durchgehen und was an deinem ersten richtigen Tag von dir erwartet wird.«

Renata erläuterte die Besonderheiten von Schreibtisch und Stuhl und Bildschirm, die alle ergonomisch abgestimmt waren und sich auch aufs Arbeiten im Stehen einstellen ließen.

»Du kannst deine Sachen ablegen und deinen Stuhl verstellen und – oh, anscheinend hast du ein Begrüßungskomitee. Nicht aufstehen«, sagte sie und machte Platz.

Mae folgte Renatas Blick und sah ein Trio von jungen Gesichtern, die auf sie zukamen. Ein Mann von Ende zwanzig mit schütterem Haar streckte seine Hand aus. Mae schüttelte sie, und er legte ein überdimensionales Tablet vor sie auf den Schreibtisch.

»Hi, Mae, ich bin Rob aus der Lohnbuchhaltung. Ich wette, du freust dich, mich zu sehen.« Er lächelte und lachte dann herzhaft, als wäre ihm erneut klar geworden, wie witzig sein Spruch war. »Okay«, sagte er, »wir haben hier bereits alles ausgefüllt. Du musst bloß an diesen drei Stellen unterschreiben.« Er deutet auf den Bildschirm, wo gelbe Rechtecke blinkten und um ihre Unterschrift baten.

Als sie fertig war, nahm Rob das Tablet und lächelte mit großer Herzlichkeit. »Danke, und willkommen an Bord.«

Er drehte sich um und ging, und an seine Stelle trat eine vollschlanke Frau mit makelloser kupferfarbener Haut.

»Hi, Mae, ich bin Tasha, die Notarin.« Sie hielt ihr ein breites Buch hin. »Hast du deinen Führerschein dabei?« Mae gab ihn ihr. »Super. Ich brauche drei Unterschriften von dir. Frag mich nicht, warum. Und frag mich nicht, warum das auf Papier ist. Gesetzliche Vorschriften.« Tasha deutete auf drei Unterschriftsfelder hintereinander, und Mae setzte in jedes ihren Namen.

»Danke«, sagte Tasha und hielt ihr jetzt ein blaues Stempelkissen hin. »Jetzt noch neben jede deinen Daumenabdruck. Keine Sorge, die Tinte macht keine Flecken. Wirst schon sehen.«

Mae drückte den Daumen auf das Kissen und dann in die Felder neben jeder ihrer drei Unterschriften. Die Tinte war auf dem Blatt sichtbar, aber als Mae auf ihren Daumen schaute, war er absolut sauber.

Tashas Augenbrauen schnellten hoch, als sie Maes Begeisterung sah. »Siehst du? Sie ist unsichtbar. Sie ist nur in diesem Buch zu sehen.«

Genau wegen solcher Sachen war Mae hergekommen. Hier wurde alles besser gemacht. Sogar die *Fingerabdrucktinte* war das Neuste vom Neuem, unsichtbar.

Als Tasha ging, trat ein dünner Mann in einem roten Reißverschlusshemd an ihre Stelle. Er schüttelte Mae die Hand.

»Hi, ich bin Jon. Ich habe dir gestern gemailt, dass du deine Geburtsurkunde mitbringen sollst.« Seine Hände legten sich aneinander, wie beim Beten.

Mae holte die Urkunde aus ihrer Handtasche, und Jons Augen leuchteten auf. »Du hast sie mitgebracht!« Er klatschte rasch leise in die Hände und ließ einen Mund mit winzigen Zähnen sehen. »*Keiner* denkt beim ersten Mal dran. Du bist meine neue Favoritin.« Er nahm die Urkunde und versprach, sie gleich zurückzugeben, sobald er eine Kopie gemacht hatte.

Hinter ihm stand ein vierter Mitarbeiter, ein sanftmütig aussehender Mann von etwa fünfunddreißig, mit Abstand der Älteste von den Leuten, die Mae an dem Tag kennengelernt hatte.

»Hi, Mae. Ich bin Brandon, und ich habe die Ehre, dir dein neues Tablet zu überreichen.« Er hielt einen schimmernden Gegenstand in der Hand, durchscheinend, die Ränder schwarz und glatt wie Obsidian.

Mae war fassungslos. »Das ist doch noch gar nicht auf dem Markt.«

Brandon lächelte breit. »Es ist viermal schneller als sein Vorgänger. Ich spiele schon die ganze Woche mit meinem. Es ist sehr cool.«

»Und ich kriege eins?«

»Du hast schon eins«, sagte er. »Dein Name steht drauf.« Er drehte das Tablet auf die Seite, und da war Maes vollständiger Name eingraviert: MAEBELLINE RENNER HOLLAND.

Er übergab es ihr. Es war so leicht wie ein Pappteller.

»Also, ich nehme an, du hast ein eigenes Tablet?«

»Ja. Na ja, jedenfalls einen Laptop.«

»Laptop. Wow. Kann ich den mal sehen?«

Mae zeigte darauf. »Jetzt hab ich das Gefühl, ich sollte ihn einfach in den Müll schmeißen.«

Brandon erblasste. »Nein, bloß nicht! Du solltest ihn wenigstens recyceln.«

»O nein. War nur Spaß«, sagte Mae. »Ich behalte ihn wahrscheinlich. Ich hab meinen ganzen Kram dadrauf.«

»Gutes Stichwort, Mae. Das ist der nächste Punkt, weshalb ich hier bin. Wir sollten deinen ganzen Kram auf das neue Tablet überspielen.«

»Oh. Das kann ich erledigen.«

»Würdest du mir die Ehre gewähren? Ich hab mein Leben lang auf diesen Moment hingearbeitet.«

Mae lachte und schob ihren Stuhl aus dem Weg. Brandon kniete sich vor den Schreibtisch und legte das neue Tablet neben ihren Laptop. Binnen Minuten hatte er ihre

sämtlichen Informationen und Benutzerkonten über-
spielt.

»Okay. Jetzt machen wir das Gleiche mit deinem Handy.
Ta-da.« Er griff in seine Tasche und holte ein neues Handy
zum Vorschein, eines, das ihrem eigenen ein paar wesentliche Schritte voraus war. Wie bei dem Tablet war ihr Name bereits auf der Rückseite eingraviert. Er legte beide
Telefone auf dem Schreibtisch nebeneinander und überspielte alles rasch und drahtlos von dem alten auf das neue.

»Okay. Jetzt ist alles, was du auf deinem alten Handy und
deiner Laptop-Festplatte hattest, hier auf dem Tablet und
deinem neuen Handy, und es gibt außerdem ein Back-up
in der Cloud und auf unseren Servern. Deine Musik, deine
Fotos, deine Nachrichten, deine Daten. Nichts davon kann
je verloren gehen. Falls du dieses Tablet oder Handy verlierst, dauert es exakt sechs Minuten, um deinen ganzen
Kram abzurufen und auf die nächsten Geräte zu laden. Es
ist alles nächstes Jahr und sogar nächstes Jahrhundert noch
da.«

Beide betrachteten sie die neuen Geräte.

»Ich wünschte, unser System hätte es schon vor zehn
Jahren gegeben«, sagte er. »Ich hab damals zwei verschie-
dene Festplatten abgeschossen, und das ist, als würde dein
Haus mit all deinem Hab und Gut abbrennen.«

Brandon stand auf.

»Danke«, sagte Mae.

»Kein Problem«, sagte er. »Jetzt können wir dir Updates
für die Software, die Apps, für alles schicken, und du weißt,
dass du immer auf dem neusten Stand bist. Jeder in der
CE muss dieselbe Version von jeder Software haben. Ist ja
logisch. Ich denke, das wär's ...«, sagte er und ging ein paar
Schritte rückwärts. Dann blieb er stehen. »Ach ja, und alle
Firmengeräte müssen unbedingt passwortgeschützt sein,

deshalb hab ich dir eins erstellt. Ich hab's hier notiert.« Er gab ihr einen Zettel, auf dem eine Reihe von Ziffern und Zahlen und obskuren typografischen Symbolen stand. »Präg es dir möglichst heute noch ein und wirf den Zettel dann weg. Abgemacht?«

»Ja. Abgemacht.«

»Wir können das Passwort später ändern, wenn du willst. Sag einfach Bescheid, und ich erstelle dir ein neues. Sie sind alle computergeneriert.«

Mae nahm ihren alten Laptop und stellte ihn zu ihrer Tasche.

Brandon blickte ihn an, als wäre er eine invasive Spezies. »Soll ich ihn für dich entsorgen? Wir machen das sehr umweltfreundlich.«

»Vielleicht morgen«, sagte sie. »Ich möchte mich verabschieden.«

Brandon lächelte nachsichtig. »Ach so. Verstehe. Also dann.« Er verbeugte sich und ging, hinter ihm sah sie Annie. Sie hatte das Kinn auf die Faust gestützt und hielt den Kopf geneigt.

»Mein kleines Mädchen ist ja endlich erwachsen geworden!«

Mae stand auf und schlang die Arme um sie.

»Danke«, sagte sie an Annies Hals.

»Oh.« Annie versuchte, sich ihr zu entziehen.

Mae hielt sie fest. »Ehrlich.«

»Ist ja gut.« Annie konnte sich endlich befreien. »Nicht so stürmisch. Oder doch, mach weiter. Es fing gerade an, sexy zu werden.«

»Ganz ehrlich. Danke«, sagte Mae mit bebender Stimme.

»Nein, nein, nein«, sagte Annie. »Keine Tränen an deinem zweiten Tag.«

»Tut mir leid. Ich bin dir einfach so dankbar.«

»Stopp.« Annie trat zu ihr und nahm sie in die Arme. »Stopp. Stopp. Himmel. Du bist so ein Freak.«

Mae atmete tief durch, bis sie sich wieder beruhigt hatte. »Ich glaub, ich hab mich wieder im Griff. Übrigens, mein Dad sagt, er liebt dich auch. Alle sind überglücklich.«

»Okay. Das ist zwar ein bisschen seltsam, weil ich ihm noch nie begegnet bin. Aber sag ihm, ich liebe ihn auch. Leidenschaftlich. Ist er ein scharfer Typ? Sexy grau meliert? Ein Swinger? Vielleicht können wir da irgendwas arrangieren. So, können wir hier jetzt mal endlich mit der Arbeit anfangen?«

»Ja, ja«, sagte Mae und setzte sich wieder hin. »Sorry.«

Annie zog verschmitzt die Augenbrauen hoch. »Ich komme mir vor wie am ersten Schultag, und wir haben gerade erfahren, dass wir in derselben Klasse sind. Hast du ein neues Tablet bekommen?«

»Gerade eben.«

»Lass mal sehen.« Annie nahm es in Augenschein. »Oh, die Gravur ist eine nette Geste. Wir zwei werden so einiges ausfressen, was?«

»Ich hoffe.«

»Okay, da kommt dein Teamleiter. Hi, Dan.«

Mae wischte sich hektisch etwaige Feuchtigkeit vom Gesicht. Sie blickte an Annie vorbei und sah einen attraktiven Mann, kompakt und adrett, näher kommen. Er trug ein braunes Kapuzenshirt und ein ungemein zufriedenes Lächeln.

»Hi, Annie, wie geht's?«, sagte er und schüttelte ihr die Hand.

»Gut, Dan.«

»Das freut mich, Annie.«

»Du hast hier eine ganz Tüchtige, ich hoffe, das weißt du«, sagte Annie, packte Maes Handgelenk und drückte es.

»Und ob ich das weiß«, sagte er.

»Pass gut auf sie auf.«

»Mach ich«, sagte er und richtete den Blick von Annie zu Mae. Sein zufriedenes Lächeln verwandelte sich in so etwas wie absolute Gewissheit.

»Ich pass gut auf, ob du gut auf sie aufpasst«, sagte Annie.

»Das freut mich«, sagte er.

»Ich treff dich dann zum Lunch«, sagte Annie zu Mae, und weg war sie.

Alle außer Mae und Dan waren gegangen, aber sein Lächeln war unverändert – es war das Lächeln eines Mannes, der nicht zur Schau lächelte. Es war das Lächeln eines Mannes, der genau da war, wo er sein wollte. Er zog einen Stuhl heran.

»Schön, dich hier zu sehen«, sagte er. »Ich bin sehr froh, dass du unser Angebot angenommen hast.«

Mae suchte in seinen Augen nach Anzeichen für Unaufrichtigkeit, denn schließlich hätte wohl kein vernünftiger Mensch die Einladung, hier zu arbeiten, abgelehnt. Aber sie konnte nichts dergleichen entdecken. Dan hatte drei Vorstellungsgespräche mit ihr geführt, und er war ihr jedes Mal zutiefst aufrichtig vorgekommen.

»Ich vermute, der ganze Papierkram und die Fingerabdrücke sind erledigt?«

»Ich denke, ja.«

»Gehen wir ein Stück spazieren?«

Sie verließen ihren Schreibtisch und nach hundert Schritten Glaskorridor gingen sie durch hohe Doppeltüren nach draußen ins Freie. Sie stiegen eine breite Treppe hinauf.

»Die Dachterrasse ist gerade fertig geworden«, sagte er. »Ich glaube, sie wird dir gefallen.«

Als sie oben ankamen, war die Aussicht spektakulär. Vom Dach aus konnte man fast über den ganzen Campus, die

Stadt San Vincenzo drumherum und die Bucht dahinter sehen. Mae und Dan gönnten sich einen Rundumblick, und dann wandte er sich ihr zu.

»Mae, jetzt, wo du an Bord bist, möchte ich dir ein paar der Grundüberzeugungen hier im Unternehmen vermitteln. Die wesentlichste ist, dass wir dafür sorgen wollen, dass du hier ein Mensch sein kannst. Das ist genauso wichtig wie die Arbeit, die wir hier machen – und diese Arbeit ist sehr wichtig. Das hier soll ein Ort der Arbeit sein, klar, aber es sollte auch ein Ort der *Menschlichkeit* sein. Und das bedeutet die Förderung von Gemeinschaft. Besser gesagt, es muss eine Gemeinschaft, eine Community sein. Das ist einer unserer Slogans, wie du wahrscheinlich weißt: *Community First*. Und du hast die Schilder gesehen, auf denen steht *Hier arbeiten Menschen* – auf die bestehe ich. Das ist mein Hauptanliegen. Wir sind keine Roboter. Das hier ist kein Ausbeuterbetrieb. Wir sind eine Gruppe der besten Köpfe unserer Generation. Generationen. Und darauf zu achten, dass in diesem Unternehmen unsere Menschlichkeit respektiert wird, unsere Ansichten gewürdigt, unsere Stimmen gehört werden – das ist genauso wichtig wie jeder Profit, jeder Aktienkurs, jede Anstrengung, die hier unternommen wird. Hört sich das kitschig an?«

»Nein, nein«, beeilte sich Mae zu sagen. »Überhaupt nicht. Deshalb bin ich hier. Ich finde den ›Community First‹-Gedanken toll. Annie erzählt mir davon, seit sie hier angefangen hat. In meinem letzten Job war die Kommunikation untereinander wirklich nicht sehr gut. Das war eigentlich in jeder Hinsicht das Gegenteil von hier.«

Dan wandte sich ab und blickte hinüber zu den Hügeln im Osten, die mit Mohair und grünen Tupfern bedeckt waren. »Ich höre so etwas äußerst ungern. Bei der verfügbaren Technologie sollte Kommunikation selbstverständlich sein. Verständnis sollte niemals unerreichbar oder auch nur unklar sein. Genau darum geht es uns hier. Man könnte sagen, es ist die Mission des Unternehmens – es ist auf jeden Fall eine Obsession von mir. Kommunikation. Verständnis. Klarheit.«

Dan nickte mit Nachdruck, als hätte sein Mund soeben von sich aus etwas geäußert, das seine Ohren wirklich tiefgründig fanden.

»In der Renaissance sind wir, wie du weißt, verantwortlich für die Customer Experience, kurz CE, und manche denken vielleicht, dieser Bereich ist von allen hier am wenigsten sexy. Aber ich finde, und die Drei Weisen finden, dass er die Basis von allem ist, was hier passiert. Wenn wir den Kunden keine befriedigende, menschliche und humane Erfahrung bieten, dann haben wir keine Kunden. Das ist von elementarer Bedeutung. Wir sind der Beweis dafür, dass dieses Unternehmen menschlich ist.«

Mae wusste nicht, was sie sagen sollte. Sie war restlos einverstanden. Ihr letzter Boss, Kevin, konnte nicht so reden. Kevin hatte keine Philosophie. Kevin hatte keine Ideen. Kevin hatte bloß seinen Körpergeruch und seinen Schnurrbart. Mae grinste wie blöd.

»Ich weiß, du wirst deine Sache super machen«, sagte Dan und streckte einen Arm aus, als wollte er ihr die Hand auf die Schulter legen, überlegte es sich dann aber anders. Seine Hand sank herab. »Gehen wir nach unten, und dann kannst du loslegen.«

Sie verließen die Dachterrasse, stiegen die breite Treppe hinab und kehrten zu Maes Schreibtisch zurück, wo sie einen Mann mit krausen Haaren sahen.

»Da ist er ja«, sagte Dan. »Zu früh wie immer. Hi, Jared.«

Jareds Gesicht war gelassen, faltenlos, und er hatte die

Hände geduldig und reglos in seinem breiten Schoß liegen. Er trug eine Kakihose und ein Button-down-Hemd, das eine Nummer zu klein war.

»Jared wird dich anlernen, und er wird dein Hauptkontakt hier in der CE sein. Ich leite das Team, und Jared leitet die Einheit. Wir sind also die beiden wichtigsten Namen, die du kennen musst. Jared, bist du so weit, Mae einzuarbeiten?«

»Das bin ich«, sagte er. »Hi, Mae.« Er stand auf, streckte die Hand aus, und Mae schüttelte sie. Sie war rund und weich, wie die eines Cherubs.

Dan verabschiedete sich von beiden und ging.

Jared grinste und fuhr sich mit einer Hand durch das krause Haar. »Dann wollen wir mal. Bist du bereit?«

»Unbedingt.«

»Brauchst du Kaffee oder Tee oder so?«

Mae schüttelte den Kopf. »Ich bin startklar.«

»Prima. Setzen wir uns doch.«

Mae setzte sich, und Jared zog einen Stuhl neben ihren.

»Okay. Wie du weißt, betreust du vorläufig nur die kleineren Werbekunden. Sie schicken eine Nachricht an die Customer Experience, und die wird dann an einen von uns geroutet. Zunächst wahllos, aber sobald du anfängst, mit einem Kunden zu arbeiten, wird der Kunde von da an zu dir geroutet, aus Gründen der Kontinuität. Wenn du die Anfrage erhältst, ermittelst du die Antwort und schreibst zurück. Das ist der Kern des Ganzen. Theoretisch ganz einfach. So weit, so gut?«

Mae nickte, und er ging die zwanzig häufigsten Wünsche und Fragen mit ihr durch und zeigte ihr ein Menü von Standardantworten.

»Das heißt aber nicht, dass du einfach die Antwort reinkopierst und abschickst. Du solltest jede Antwort so formulieren, dass sie persönlich klingt, auf den Kunden abgestimmt. Du bist ein Individuum, und der Kunde ist ein Individuum, deshalb solltest du keinen Roboter imitieren, und du solltest auch die Kunden nicht so behandeln, als wären sie Roboter. Verstehst du, was ich meine? *Hier arbeiten keine Roboter.* Die Kunden sollen auf keinen Fall denken, dass sie es mit einem gesichtslosen Moloch zu tun haben, daher solltest du in den Prozess unbedingt Menschlichkeit einfließen lassen. Alles klar?«

Mae nickte. Der Satz gefiel ihr: Hier arbeiten keine Roboter.

Sie gingen etwa ein Dutzend Übungsszenarien durch, und Mae feilte ihre Antworten jedes Mal ein bisschen mehr aus. Jared war ein geduldiger Trainer, und er ging mit ihr jede Kundeneventualität durch. Falls sie mal mit ihrem Latein am Ende war, konnte sie die Anfrage in seine Queue weiterleiten, und er würde sich darum kümmern. Damit sei er die meiste Zeit beschäftigt, sagte Jared – die kniffligen Fragen zu beantworten, die von den Neuen in der Customer Experience an ihn weitergeleitet wurden.

»Aber das wird selten vorkommen. Du wirst überrascht sein, wie viele von den Fragen du auf Anhieb selbst beantworten kannst. Also, sagen wir mal, du hast die Frage eines Kunden beantwortet, und er scheint zufrieden zu sein. Dann schickst du ihm den Fragebogen, und er füllt ihn aus. Es sind eine Reihe von kurzen Fragen über deinen Service, seine Erfahrung insgesamt, und am Ende wird er gebeten, eine Bewertung abzugeben. Er schickt den Fragebogen zurück, und du weißt sofort, wie du abgeschnitten hast. Das Rating erscheint da.«

Er deutete auf die Ecke ihres Bildschirms, wo eine große Zahl, 99, und darunter ein Raster von anderen Zahlen zu sehen waren.

»Die große 99 ist das Rating des letzten Kunden. Der Kunde bewertet dich auf einer Skala von, rate mal, 1 bis 100. Das jüngste Rating erscheint da, und in der Box daneben wird deine Durchschnittspunktzahl vom ganzen Tag angezeigt. So weißt du immer, wie du abschneidest, aktuell und allgemein. Also, ich weiß, was du denkst, ›Okay, Jared, welcher Durchschnitt ist denn Durchschnitt?‹. Und die Antwort ist, wenn der Durchschnitt unter 95 fällt, dann solltest du überlegen, was du besser machen kannst. Vielleicht kriegst du den Durchschnitt mit dem nächsten Kunden wieder höher, vielleicht siehst du, wie du dich verbessern könntest. Und wenn er kontinuierlich sinkt, wäre ein Treffen mit Dan oder einem anderen Teamleiter ratsam, um ein paar aussichtsreiche Methoden durchzusprechen. Alles klar?«

»Ja«, sagte Mae. »Ich weiß das wirklich zu schätzen, Jared. In meinem vorherigen Job wusste ich nie, wo ich stand, bis die vierteljährlichen Beurteilungen kamen. Das war nervenaufreibend.«

»Na, dann wirst du begeistert sein. Wenn die Kunden den Fragebogen ausfüllen und das Rating schicken – und das machen so gut wie alle –, dann schickst du ihnen die nächste Nachricht. In der bedankst du dich fürs Ausfüllen des Fragebogens und ermunterst sie, einem Freund von der Erfahrung mit dir zu erzählen, mittels der Social-Media-Tools des Circle. Gut wäre, wenn sie es zingen oder dir ein Smile oder ein Frown geben. Idealerweise bringst du sie dazu, darüber zu zingen oder auf einer anderen Kundenservice-Site darüber zu schreiben. Wenn wir es schaffen, dass die Leute da draußen über ihre tollen Kundenservice-Erfahrungen mit dir zingen, dann gewinnen alle. Alles klar?«

»Alles klar.«

»Okay, machen wir mal einen Live-Versuch. Bereit?«

Mae war zwar nicht bereit, aber das konnte sie nicht sagen. »Bereit.«

Jared rief eine Kundenanfrage auf, und nachdem er sie gelesen hatte, stieß er ein kurzes Schnauben aus, um zu signalisieren, wie einfach sie war. Er entschied sich für eine Standardantwort, schrieb sie ein bisschen um, wünschte dem Kunden einen großartigen Tag. Der Austausch dauerte knapp neunzig Sekunden, und zwei Minuten später bestätigte der Bildschirm, dass der Kunde den Fragebogen beantwortet hatte, und eine Punktzahl erschien: 99. Jared lehnte sich zurück und wandte sich an Mae.

»Also, das ist gut, ja? 99 ist gut. Trotzdem frage ich mich, warum sind es nicht 100 geworden? Sehen wir uns die Sache mal an.« Er öffnete die Fragebogenantworten des Kunden und überflog sie. »Tja, es ist nicht eindeutig zu erkennen, welcher Teil der Kundenerfahrung unbefriedigend war. Also, die meisten Firmen würden sagen, ›Wow, 99 von 100 Punkten, das ist fast perfekt‹. Und ich sage: Genau, es ist fast perfekt, klar. Aber beim Circle wurmt uns der fehlende Punkt. Also sehen wir mal nach, ob wir der Sache auf den Grund gehen können. Hier ist ein Follow-up, das wir rausschicken.«

Er zeigte ihr einen weiteren Fragebogen, der kürzer war und von dem Kunden wissen wollte, wie die Interaktion hätte optimiert werden können. Sie schickten ihn ab.

Sekunden später kam die Antwort. »Alles war gut. Sorry. Hätte eine 100 geben sollen. Danke!«

Jared tippte auf den Bildschirm und gab Mae das Daumen-hoch-Zeichen.

»Okay. Manchmal hat man es einfach mit einem Kunden zu tun, der das Punktesystem nicht so genau nimmt. Da empfiehlt es sich, nachzufragen, um Klarheit zu haben.

Jetzt sind wir wieder bei einem perfekten Punktestand. Bist du bereit, es allein zu versuchen?«

»Ja.«

Sie luden eine weitere Kundenanfrage herunter, und Mae scrollte die Standardantworten durch, fand die passende, individualisierte sie und schickte sie ab. Als der Fragebogen zurückkam, betrug ihr Rating 100.

Jared schien einen Moment lang perplex. »Bei der ersten gleich 100, wow«, sagte er. »Ich hab gewusst, dass du gut bist.« Er war ein bisschen aus dem Tritt gekommen, aber jetzt fing er sich wieder. »Okay, ich denke, du bist so weit, ein paar mehr zu bearbeiten. Aber vorher noch ein paar Kleinigkeiten. Schalten wir mal deinen zweiten Bildschirm ein.« Er schaltete einen kleineren Bildschirm rechts von ihr ein. »Der hier ist für bürointerne Nachrichten. Alle Circler schicken dir Nachrichten über deinen Haupt-Feed, aber sie erscheinen auf dem zweiten Bildschirm. Dadurch wird die Bedeutung der Nachrichten klar und du weißt gleich, was was ist. Von Zeit zu Zeit wirst du Nachrichten von mir da sehen, nur um mich mal zu melden oder um dich mit ein paar Tipps oder Neuigkeiten zu versorgen. Okay?«

»Verstanden.«

»Also, denk dran, alle kniffligen Fragen an mich weiterleiten, und wenn du irgendwas besprechen musst, kannst du mir eine Nachricht schicken oder rüberkommen. Mein Büro ist gleich den Flur runter. Ich geh davon aus, dass du dich in den ersten paar Wochen ziemlich häufig bei mir melden wirst, auf die eine oder andere Art. So weiß ich, dass du lernst. Also, nur keine Hemmungen.«

»Versprochen.«

»Super. Also, bist du bereit, richtig loszulegen?«

»Ja.«

»Okay. Das heißt, ich öffne die Schleuse. Und wenn ich

die Flut auf dich loslasse, hast du deine eigene Queue, und du wirst die nächsten zwei Stunden bis zum Lunch überschwemmt. Bist du bereit?«

Mae fühlte sich bereit. »Ja.«

»Bist du sicher? Also dann.«

Er aktivierte ihr Konto, salutierte scherzhaft und ging. Die Schleuse öffnete sich, und in den ersten zwölf Minuten beantwortete sie vier Anfragen mit einem Rating von 96. Sie schwitzte stark, doch der Rausch war elektrisierend.

Eine Nachricht von Jared erschien auf ihrem zweiten Bildschirm. *Super bisher! Mal sehen, ob wir es bald auf 97 schaffen.*

Garantiert!, schrieb sie.

Und schick Follow-ups an die unter 100.

Okay, schrieb sie.

Sie schickte sieben Follow-ups raus, und drei Kunden korrigierten ihr Rating auf 100. Bis 11.45 Uhr beantwortete sie weitere zehn Fragen. Jetzt lag sie bei insgesamt 98.

Eine neue Nachricht erschien auf ihrem zweiten Bildschirm, diesmal von Dan. *Fantastische Arbeit, Mae! Wie fühlst du dich?*

Mae war erstaunt. Ein Teamleiter, der sich so nett erkundigte, am ersten Tag?

Prima. Danke!, schrieb sie zurück und holte die nächste Kundenanfrage auf den Bildschirm.

Wieder erschien eine Nachricht von Jared unter der ersten.

Kann ich irgendwas tun? Fragen, die ich beantworten kann?

Nein, danke!, schrieb sie. *Im Moment komm ich klar. Danke, Jared!* Sie blickte wieder auf den ersten Bildschirm. Eine weitere Nachricht von Jared erschien auf dem zweiten.

Nicht vergessen, ich kann helfen, wenn du mir sagst, wie.

Danke noch mal!, schrieb sie.

Bis zum Lunch hatte sie sechsunddreißig Anfragen beantwortet, und ihr Punktestand betrug 97.

Eine Nachricht von Jared kam. *Gut gemacht! Schicken wir Follow-ups an alle, die noch unter 100 sind.*

Mach ich, antwortete sie und schickte die Follow-ups an diejenigen, die sie nicht schon erledigt hatte. Sie brachte ein paar 98er auf 100, und dann sah sie eine Nachricht von Dan: *Tolle Arbeit, Mae!*

Sekunden später erschien auf dem zweiten Bildschirm eine Nachricht, diesmal von Annie, unter der von Dan: *Dan sagt, du bringst es voll. Bin stolz auf dich!*

Und dann teilte ihr eine Nachricht mit, dass sie auf Zing erwähnt worden war. Sie klickte sie an und las sie. Sie war von Annie. *Neuling Mae bringt's voll!* Sie hatte sie an den gesamten Circle-Campus geschickt – 10.041 Leute.

Der Zing wurde 322 Mal weitergeleitet, und es gab 187 Follow-up-Kommentare. Sie erschienen auf Maes zweitem Bildschirm in einem immer länger werdenden Thread. Mae hatte keine Zeit, sie alle zu lesen, aber sie scrollte sie rasch durch, und die Bestätigung tat gut. Am Ende des Tages betrug Maes Punktestand 98. Glückwunschnachrichten kamen von Jared und Dan und Annie. Eine Reihe von nachfolgenden Zings verkündeten und feierten, so Annies Formulierung, *das höchste Rating, das ein CE-Neuling je erzielt hat, jawoll!*

Bis zu ihrem ersten Freitag hatte Mae 436 Kunden bedient und sich die Standardantworten eingeprägt. Nichts überraschte sie mehr, so verwirrend unterschiedlich die Kunden und ihre Branchen auch waren. Der Circle war überall. Das hatte sie zwar schon seit Jahren intuitiv gewusst, aber dadurch, dass sie von diesen Leuten hörte, von den Unternehmen, die darauf bauten, dass der Circle ihre Produkte bekannt machte, ihre digitale Wirkung verfolgte, wusste, wer ihre Waren kaufte und wann, wurde es auf einer ganz anderen Ebene real. Mae hatte jetzt Kundenkontakte in Clinton, Louisiana, und Putney, Vermont; im türkischen Marmaris und in Melbourne und Glasgow und Kyoto. Sie waren ausnahmslos höflich in ihren Anfragen – das Vermächtnis von TruYou – und gnädig in ihren Ratings.

Bis zu jenem Freitagvormittag lag ihr Gesamtschnitt für die Woche bei 97, und anerkennende Kommentare kamen von allen im Circle. Die Arbeit war anspruchsvoll, und der Strom riss nicht ab, aber die Anfragen waren gerade abwechslungsreich genug und die Bewertungen häufig genug, dass sie einen angenehmen Rhythmus fand.

Als sie gerade eine weitere Anfrage aufrufen wollte, erhielt sie eine SMS auf ihrem Handy. Von Annie: *Iss mit mir, Pappnase.*

Sie setzten sich auf einen niedrigen Hügel, zwei Salate zwischen ihnen, und die Sonne kam immer mal wieder hinter langsam dahinziehenden Wolken hervor. Mae und Annie sahen zu, wie drei junge Männer, blass und angezogen wie Entwickler, versuchten, einen Football zu werfen.

»Du bist also schon ein Star. Ich fühle mich wie eine stolze Mama.«

Mae schüttelte den Kopf. »Quatsch. Ich muss viel lernen.«

»Natürlich musst du das. Aber eine 97 bisher? Das ist Wahnsinn. Ich bin in der ersten Woche nicht über 95 gekommen. Du bist ein Naturtalent.«

Zwei Schatten verdunkelten ihren Lunch.

»Können wir die Neue kennenlernen?«

Mae blickte auf, schirmte die Augen ab.

»Klar«, sagte Annie.

Die Schatten setzten sich. Annie zeigte mit ihrer Gabel auf sie. »Das sind Sabine und Josef.«

Mae begrüßte sie mit Händedruck. Sabine war blond, drall und schielte. Josef war dünn, blass und hatte lächerlich schlechte Zähne.

»Und schon starrt sie auf meine Zähne!«, jammerte er und deutete auf Mae. »Ihr Amerikaner seid *besessen*! Ich komm mir vor wie ein Pferd auf einer Auktion.«

»Aber deine Zähne sind wirklich schlecht«, sagte Annie. »Und wir haben hier so einen guten Zahnversicherungsschutz.«

Josef packte einen Burrito aus. »Ich denke, meine Zähne liefern eine notwendige Erholung von der unheimlichen Perfektion aller anderen hier.«

Annie legte den Kopf schief und musterte ihn. »Ich finde wirklich, du solltest sie dir machen lassen, wenn schon nicht für dich selbst, dann wenigstens für die Moral im Unternehmen. Die Leute kriegen Albträume, wenn sie dich sehen.«

Josef schmollte theatralisch, den Mund voll mit Grillfleisch. Annie tätschelte seinen Arm.

Sabine wandte sich an Mae. »Du bist also in der Customer Experience?« Jetzt bemerkte Mae das Tattoo auf Sabines Arm, das Symbol für Unendlichkeit.

»Ja, genau. Erste Woche.«

»Ich hab gesehen, du schlägst dich echt gut. Ich hab auch da angefangen. Fast alle fangen da an.«

»Und Sabine ist Biochemikerin«, warf Annie ein.

Mae war verblüfft. »Du bist Biochemikerin?«

»Ja.«

Mae hörte zum ersten Mal, dass Biochemiker beim Circle arbeiteten. »Darf ich fragen, an was du arbeitest?«

»Ob du *fragen* darfst?« Sabine lächelte. »Klar darfst du *fragen*. Aber ich muss dir ja nicht antworten.«

Alle seufzten einen Moment, doch dann wurde Sabine ernst.

»Nein, ehrlich, ich darf's dir nicht sagen. Jedenfalls nicht jetzt. In der Regel arbeite ich an Sachen, die mit Biometrie zu tun haben. Du weißt schon, Iris-Scanning und Gesichtserkennung. Aber zurzeit bin ich an was Neuem dran. So gern ich euch auch davon –«

Annie brachte Sabine mit einem beschwörenden Blick zum Schweigen. Sabine schob sich Salat in den Mund.

»Jedenfalls«, sagte Annie, »Josef hier ist im Educational Access. Er versucht, Tablets in Schulen zu bringen, die sich im Augenblick noch keine leisten können. Er ist ein Gutmensch. Er ist auch befreundet mit deinem neuen Freund. Garpotenta.«

»Garaventa«, korrigierte Mae.

»Ah. Du erinnerst dich also. Hast du ihn wiedergesehen?«

»Nicht diese Woche. Es war zu hektisch.«

Jetzt klappte Josefs Mund auf. Irgendetwas hatte ihm gedämmert. »Bist du Mae?«

Annie verzog das Gesicht. »Das haben wir doch schon gesagt. Natürlich ist das Mae.«

»Sorry. Hab ich nicht richtig mitgekriegt. Jetzt weiß ich, wer du bist.«

Annie schnaubte. »Was habt ihr zwei kleinen Mädchen euch alles über Francis' großen Abend erzählt? Schreibt er Maes Namen in sein Notizbuch und malt Herzchen drum rum?«

Josef atmete nachsichtig aus. »Nein, er hat bloß gesagt, er hätte eine sehr nette Kollegin kennengelernt, und ihr Name wäre Mae.«

»Wie süß«, sagte Sabine.

»Er hat ihr erzählt, er wäre bei der Security«, sagte Annie. »Wieso hat er das wohl gemacht, Josef?«

»So hat er das nicht ausgedrückt«, beteuerte Mae. »Wie oft soll ich dir das noch sagen?«

Annie schien das nicht zu kümmern. »Na ja, eigentlich könnte man es schon Security nennen. Er ist bei der Kindersicherheit. Er ist praktisch das Zentrum dieses ganzen Programms zur Verhinderung von Entführungen. Er könnte das wirklich hinkriegen.«

Sabine, die den Mund wieder voll hatte, nickte energisch. »Klar kriegt er das hin«, sagte sie und versprühte dabei Salatstückchen und Vinaigrette. »Hundertpro.«

»Was ist hundertpro?«, fragte Mae. »Dass er alle Entführungen verhindern wird?«

»Er könnte es«, sagte Josef. »Er ist motiviert.«

Annies Augen wurden groß. »Hat er dir von seinen Schwestern erzählt?«

Mae schüttelte den Kopf. »Nein, er hat nichts von Geschwistern gesagt. Was ist denn mit seinen Schwestern?«

Alle drei Circler blickten einander an, als würden sie abwägen, ob die Geschichte hier und jetzt erzählt werden musste.

»Die Geschichte ist der Horror«, sagte Annie. »Seine Eltern waren total verkorkst. Ich glaube, sie hatten vier oder fünf Kinder, und Francis war das jüngste oder zweitjüngste, jedenfalls, der Vater saß im Knast, und die Mutter war auf Drogen, daher wurden die Kinder querbeet verteilt. Ich glaube, eins kam zu Tante und Onkel, und zwei von Francis' Schwestern wurden in irgendeine Pflegefamilie gesteckt, und dann wurden sie von da entführt. Soweit ich weiß, gab es gewisse Zweifel, ob sie, na ja, verschenkt oder verkauft wurden, an die Mörder.«

»Die was?« Mae war ganz schummrig geworden.

»O Gott, sie wurden vergewaltigt und in Schränke gesperrt, und ihre Leichen wurden in irgendein verlassenes Raketensilo geworfen. Ich meine, die Geschichte war echt der Horror. Er hat sie ein paar von uns erzählt, als er uns dieses Kindersicherheitsprogramm präsentiert hat. Scheiße, sieh dir dein Gesicht an. Ich hätte die Klappe halten sollen.«

Mae konnte nicht sprechen.

»Es ist wichtig, dass du Bescheid weißt«, sagte Josef. »Deshalb ist er so leidenschaftlich. Ich meine, sein Plan würde es nahezu unmöglich machen, dass so etwas je wieder passiert. Moment. Wie spät ist es?«

Annie sah auf ihre Uhr. »Du hast recht. Wir müssen los. Bailey macht eine Präsentation. Wir sollten längst im Großen Saal sein.«

Der Große Saal lag in der Aufklärung, und als sie den Raum betraten, eine in warmem Holz und gebürstetem Stahl gehaltene Höhle mit 3.500 Plätzen, war die gespannte Erwartung förmlich mit Händen greifbar. Mae und Annie ergatterten einen der letzten Zweiersitze auf der zweiten Galerie.

»Ist erst vor ein paar Monaten fertig geworden«, sagte Annie. »Fünfundvierzig Millionen Dollar. Bei den Streifen hat sich Bailey vom Duomo in Siena inspirieren lassen. Hübsch, oder?«

Maes Aufmerksamkeit wurde von der Bühne angezogen, wo ein Mann unter tosendem Applaus zu einem Plexiglaspodium ging. Es war ein großer Mann von etwa vierzig, füllig um den Bauch herum, aber nicht ungesund dick, und er trug Jeans und einen blauen Pullover mit V-Ausschnitt. Es war kein Mikrofon zu erkennen, doch als er anfing zu sprechen, klang seine Stimme verstärkt und klar.

»Hallo, alle zusammen. Mein Name ist Eamon Bailey«, sagte er, was erneuten Beifall auslöste, dem er aber rasch Einhalt gebot. »Danke. Ich freue mich sehr, euch alle hier zu sehen. Eine ganze Reihe von euch sind neu im Unternehmen, seit ich vor einem Monat zuletzt gesprochen habe. Können die Neuen mal aufstehen?« Annie stupste Mae mit dem Ellbogen an. Mae stand auf, und als sie sich im Saal umschaute, sah sie etwa sechzig andere Leute stehen, die meisten in ihrem Alter, alle sichtlich schüchtern, alle dezent modisch gekleidet. Dank der Bemühungen des Circle um eine großzügigere Vergabe von Arbeitserlaubnissen für ausländische Mitarbeiter repräsentierten sie jede Hautfarbe und Ethnie, ein verwirrendes Spektrum an Herkunftsnationen. Der Applaus der übrigen Circler war laut, durchsetzt von einzelnen Jubelrufen. Mae setzte sich wieder hin.

»Du bist richtig süß, wenn du rot wirst«, sagte Annie.

Mae sank tiefer in ihren Sitz.

»Neulinge«, sagte Bailey, »heute erwartet euch etwas ganz Besonderes. Heute ist Dream Friday. So nennen wir diesen Tag, an dem wir eines unserer laufenden Projekte vorstellen. Häufig übernimmt das einer von unseren Entwicklern oder Designern oder Visionären, und manchmal müsst ihr mit mir vorliebnehmen. So wie heute, wohl oder übel. Dafür entschuldige ich mich im Voraus.«

»Wir lieben dich, Eamon!«, rief eine Stimme aus dem Publikum, gefolgt von Gelächter.

»Danke, danke«, sagte er, »ich liebe euch auch. Ich liebe euch, wie das Gras den Morgentau liebt, wie die Vögel einen Zweig lieben.« Er hielt kurz inne, sodass Mae durchatmen konnte. Sie hatte diese Ansprachen online gesehen, aber jetzt selbst hier zu sein und hautnah Baileys Verstand bei der Arbeit zu erleben, seine Eloquenz – das war besser, als sie es für möglich gehalten hatte. Wie war es wohl, dachte sie, so zu sein wie er, eloquent und inspirierend, so locker und ungezwungen vor Tausenden?

»Ja«, fuhr er fort, »es ist einen ganzen Monat her, seit ich auf dieser Bühne stand, und ich weiß, meine Ersatzleute waren unbefriedigend. Entschuldigt, dass ich mich rargemacht habe. Ich bin einfach nicht zu ersetzen, das weiß ich jetzt.« Der Witz löste im ganzen Saal Gelächter aus. »Und ich weiß, viele von euch haben sich gefragt, wo zum Teufel ich gesteckt habe.«

Eine Stimme von vorn im Raum brüllte: »Beim Surfen!«, und der Saal lachte.

»Ja, stimmt. Ich habe wirklich ein bisschen gesurft, und das hat mit dem zu tun, worüber ich heute reden will. Ich surfe für mein Leben gern, und wenn ich surfen gehen will, muss ich wissen, wie die Wellen sind. Also, früher bist du morgens aufgewacht und hast im Surfshop angerufen und dich nach den Wellen erkundigt. Und schon bald ging da keiner mehr ans Telefon.«

Wissendes Lachen ertönte bei der älteren Fraktion im Raum.

»Als dann fast jeder ein Handy hatte, konntest du deine Freunde anrufen, die vielleicht schon vor dir am Strand waren. Auch die gingen irgendwann nicht mehr ran.«

Wieder lautes Gelächter aus dem Publikum.

»Mal im Ernst. Es ist nicht praktisch, jeden Morgen zehn Anrufe zu tätigen, und kann man sich darauf verlassen, wie andere die Bedingungen einschätzen? Die Surfer wollen nicht noch mehr Andrang auf die wenigen richtig schönen Wellen, die wir hier oben kriegen. Und dann kam das Internet, und hier und da stellten ein paar Genies Kameras an den Stränden auf. Wir konnten uns einloggen und bekamen ein paar reichlich unscharfe Bilder von den Wellen am Stinson Beach zu sehen. Das war fast noch schlimmer, als im Surfshop anzurufen! Die Technologie war ziemlich primitiv. Die Streamingtechnologie ist das noch immer. Oder war es. Bis jetzt.«

Ein Bildschirm senkte sich hinter ihm herab.

»Okay. So sah das aus.«

Der Bildschirm zeigte eine Standardbrowseransicht, und eine unsichtbare Hand tippte die URL für eine Website namens SurfSight ein. Eine schlecht designte Site erschien, in deren Mitte ein winziges Bild von einer Küste streamte. Sie war pixelig und lächerlich langsam. Das Publikum kicherte.

»Beinahe unbrauchbar, oder? Wie wir wissen, hat sich Video-Streaming inzwischen deutlich verbessert. Aber es ist nach wie vor langsamer als das reale Leben, und die Bildqualität ist ziemlich enttäuschend. Daher haben wir, wie ich finde, die Qualitätsprobleme im letzten Jahr gelöst. Jetzt wollen wir die Seite aktualisieren, um die Website mit unserem neuen Videosystem zu zeigen.«

Sofort wurde die Seite aktualisiert, und die Küste erschien bildschirmfüllend und in einer perfekten Auflösung. Bewundernde Laute ertönten überall im Saal.

»Ja, das ist ein Live-Video vom Stinson Beach. So sieht es jetzt in diesem Augenblick dort aus. Einladend, was? Vielleicht sollte ich lieber dahin fahren, als hier auf der Bühne zu stehen!«

Annie beugte sich zu Mae. »Was jetzt kommt, ist der Hammer. Wart's ab.«

»Also, viele von euch sind noch nicht besonders beeindruckt. Wie wir alle wissen, sind hochauflösende Streaming-Videos nichts Besonderes, und viele von euren Tablets und Handys können sie bereits unterstützen. Aber das Ganze hat zwei neue Aspekte. Der erste ist der, wie wir das Bild bekommen. Würde es euch überraschen, wenn ich sage, dass dieses Bild da nicht von einer großen Kamera kommt, sondern bloß von so einer?«

Er hielt ein kleines Gerät in der Hand, von der Form und Größe eines Lollis.

»Das hier ist eine Videokamera, und genau dieses Modell liefert diese unglaubliche Bildqualität. Eine Bildqualität, die eine derartige Vergrößerung verkraftet. Das ist also die erste Sensation. Wir erhalten jetzt eine hochauflösende Bildqualität mit einer Kamera in Daumenformat. Okay, es ist ein sehr großer Daumen. Die zweite Sensation ist, dass diese Kamera, wie ihr sehen könnt, keine Kabel braucht. Sie übermittelt das Bild via Satellit.«

Stürmischer Beifall ließ den Saal erbeben.

»Moment. Hab ich schon erwähnt, dass sie mit einer Lithiumbatterie läuft, die zwei Jahre hält? Nein? Aber das tut sie. Und in spätestens einem Jahr haben wir auch ein gänzlich solarbetriebenes Modell entwickelt. Und es ist wasserresistent, sandresistent, windresistent, tierresistent, insektenresistent, allesresistent.«

Noch mehr Applaus.

»Okay, ich habe diese Kamera also heute Morgen aufgestellt. Ich hab sie mit Klebeband an einem Pfahl befestigt, den Pfahl in den Sand gesteckt, in den Dünen, ohne Erlaubnis, ohne alles. Niemand weiß, dass sie da ist. Ich hab sie heute Morgen eingeschaltet, bin dann zurück ins Büro gefahren, habe auf Kamera Eins, Stinson Beach, zugegriffen und dieses Bild erhalten. Nicht schlecht. Aber das ist noch längst nicht alles. Ich war sogar ziemlich umtriebig heute Morgen. Ich bin rumgefahren und hab auch eine am Rodeo Beach aufgestellt.«

Und jetzt schrumpfte das erste Bild, vom Stinson Beach, und rückte in eine Ecke des Bildschirms. Eine weitere Box erschien und zeigte die Wellen am Rodeo Beach, ein paar Meilen weiter die Pazifikküste hinunter. »Und jetzt Montara. Und Ocean Beach. Fort Point.« Bei jedem Strand, den Bailey erwähnte, öffnete sich ein anderes Livebild. Es waren jetzt sechs Strandabschnitte in einem Raster zu sehen, jeder von ihnen live, vollkommen klar und in brillanten Farben.

»Nicht vergessen: Niemand sieht diese Kameras. Ich hab sie sehr gut versteckt. Für das ungeübte Auge sehen sie aus wie Unkraut oder wie irgendwelche Stöckchen. Was auch immer. Sie fallen nicht auf. Ich habe also heute Morgen innerhalb von ein paar Stunden einen hochauflösenden Videozugriff auf sechs Standorte eingerichtet, um meinen Tag besser zu planen. Und alles, was wir hier machen, hat das Ziel, bislang Unbekanntes zu erkennen, stimmt's?«

Köpfe nickten. Vereinzelter Applaus.

»Okay, viele von euch denken jetzt, Na, das ist ja bloß 'ne Art Videoüberwachungsanlage gekoppelt mit Streamingtechnologie, Satelliten und so weiter. Schön und gut. Aber wie ihr wisst, wäre dieses Produkt mit vorhandener Technologie für den Durchschnittsbürger unerschwinglich. Aber was, wenn es für jeden zugänglich und bezahlbar wäre? Liebe Freundinnen und Freunde, wir planen, diese Kameras – in nur wenigen Wochen, wohlgemerkt – für neunundfünfzig Dollar das Stück auf den Markt zu bringen.«

Bailey zeigte dem Publikum die Lolli-Kamera und warf sie dann jemandem in der ersten Reihe zu. Die Frau, die sie auffing, hielt sie in die Höhe, drehte sich zum Saal um und lächelte strahlend.

»Ihr könnt euch zehn Stück zu Weihnachten kaufen, und auf einmal habt ihr ständigen Zugriff auf alle Orte, an denen ihr selbst gerade nicht sein könnt – zu Hause, den

Arbeitsplatz, sogar die Verkehrsbedingungen könnt ihr euch ansehen. Und jeder kann sie installieren. Es dauert höchstens fünf Minuten. Denkt an das Potenzial!«

Der Bildschirm hinter ihm wurde leer, die Strände verschwanden, und ein neues Raster erschien.

»Hier seht ihr den Garten hinter meinem Haus«, sagte er, und ein Livebild von einem kleinen und bescheidenen Garten erschien. »Und das ist der Garten vor meinem Haus. Meine Garage. Hier eine Kamera auf einem Hügel mit Blick auf den Highway 101, der während der Rushhour immer dicht ist. Hier ist eine in der Nähe von meinem Parkplatz, damit ich aufpassen kann, dass da keiner parkt.«

Und im Handumdrehen war der Bildschirm mit sechzehn separaten Bildern gefüllt, die alle live übertragen wurden.

»Also, das sind bloß *meine* Kameras. Ich greife auf sie zu, indem ich einfach Kamera 1, 2, 3, 12, egal was, eintippe. Ein Kinderspiel. Aber wie steht's mit der gemeinsamen Nutzung? Zum Beispiel wenn mein Freund ein paar Kameras montiert hat und mir Zugriff ermöglichen will?«

Und auf einmal vervielfältigte sich das Raster von sechzehn Boxen auf zweiunddreißig. »Das sind Lionel Fitzpatricks Bildschirme. Er läuft gern Ski, deshalb hat er Kameras an zwölf Stellen um den Lake Tahoe verteilt, um zu sehen, wie die Schneebedingungen sind.«

Jetzt waren zwölf Livebilder von verschneiten Bergen, eisblauen Tälern, Hängen mit tiefgrünen Nadelbäumen zu sehen.

»Lionel kann mir ganz nach Belieben Zugriff auf jede dieser Kameras erteilen. Das ist genauso wie in einem sozialen Netzwerk einen Freund hinzufügen, nur jetzt eben mit Zugriff auf alle seine Livebilder. Vergesst Kabel.

Vergesst fünfhundert Kanäle. Wenn ihr tausend Freunde habt, die jeder zehn Kameras haben, dann habt ihr jetzt zehntausend Zugriffsmöglichkeiten auf Liveaufnahmen. Wenn ihr fünftausend Freunde habt, habt ihr fünfzigtausend Zugriffsmöglichkeiten. Und schon bald seid ihr imstande, die Bilder von Millionen Kameras überall auf der Welt zu nutzen. Noch einmal, stellt euch das Potenzial vor!«

Der Bildschirm atomisierte sich in tausend Minibildschirme. Strände, Berge, Seen, Städte, Büros, Wohnzimmer. Die Zuschauer klatschten stürmisch Beifall. Dann wurde der Bildschirm schwarz, und aus dem Dunkel tauchte ein Friedenszeichen auf, in Weiß.

»Jetzt stellt euch vor, was das für die Menschenrechte bedeuten kann. Demonstranten auf den Straßen von Ägypten müssen nicht mehr eine Kamera hochhalten, in der Hoffnung, eine Menschenrechtsverletzung oder einen Mord zu filmen und das Bildmaterial dann irgendwie runter von den Straßen zu schaffen und online zu stellen. Jetzt genügt es, einfach eine Kamera an eine Mauer zu kleben. Tatsächlich haben wir genau das gemacht.«

Verblüffte Stille legte sich über das Publikum.

»Kamera 8 in Kairo bitte.«

Eine Liveaufnahme von einer Straßenszene erschien. Transparente lagen auf der Straße, zwei Polizisten in Kampfausrüstung standen in einiger Entfernung.

»Sie wissen nicht, dass wir sie sehen, aber wir sehen sie. Die Welt schaut zu. Und hört zu. Den Ton bitte.«

Plötzlich konnten sie klar und deutlich eine Unterhaltung auf Arabisch zwischen zwei Fußgängern hören, die an der Kamera vorbeigingen, ahnungslos.

»Und natürlich lassen sich die meisten Kameras manuell oder mittels Spracherkennung steuern. Aufgepasst. Kamera 8 nach links drehen.« Auf dem Bildschirm schwenkte das Sichtfeld der Kamera nach links. »Jetzt nach rechts.« Es schwenkte nach rechts. Bailey demonstrierte, wie die Kamera sich nach oben bewegte, nach unten, diagonal, und das alles bemerkenswert fließend.

Das Publikum applaudierte wieder.

»Wohlgemerkt: Diese Kameras sind preiswert und lassen sich leicht verstecken, und sie arbeiten schnurlos. Deshalb war es für uns nicht allzu schwer, sie überall anzubringen. Den Tahrir bitte.«

Ein Raunen lief durchs Publikum. Auf dem Bildschirm waren jetzt Livebilder vom Tahrir-Platz zu sehen, der Wiege der ägyptischen Revolution.

»Wir haben die ganze letzte Woche von unseren Leuten in Kairo Kameras anbringen lassen. Die sind so klein, dass die Soldaten sie nicht finden können. Sie wissen nicht mal, wo sie suchen sollen! Sehen wir uns die übrigen Bilder an. Kamera 2. Kamera 3. – 4. – 5. – 6.«

Sechs Aufnahmen von dem Platz wurden eingeblendet, jede so klar, dass der Schweiß auf den Gesichtern zu erkennen war, das Namensschild jedes Soldaten mühelos zu lesen.

»Jetzt 7 bis 50.«

Ein Raster mit fünfzig Bildern öffnete sich, die offenbar den ganzen öffentlichen Platz erfassten. Das Publikum toste erneut. Bailey hob die Hände, als wollte er sagen: »Noch nicht. Es kommt noch allerhand mehr.«

»Auf dem Platz ist es jetzt ruhig, aber stellt euch vor, es würde was passieren. Die Verantwortlichen wären augenblicklich feststellbar. Jeder gewalttätige Übergriff eines Soldaten würde sofort für die Nachwelt aufgezeichnet. Er könnte wegen Kriegsverbrechen angeklagt werden oder was auch immer. Und selbst wenn sie den Platz von Journalisten räumen, sind die Kameras nach wie vor da. Und ganz gleich, wie oft sie versuchen, die Kameras zu beseitigen, die Dinger sind so klein, dass sie nie genau wissen können, wo sie sich befinden, wer sie wo und wann angebracht hat. Und dieses Nichtwissen wird Machtmissbrauch verhindern. Der durchschnittliche Soldat, der jetzt fürchten muss, von einem Dutzend Kameras auf Video gebannt zu werden, bis in alle Ewigkeit, glaubt ihr, der schleift noch einmal eine wehrlose Frau über die Straße? Wohl kaum. Er sollte diese Kameras fürchten. Er sollte SeeChange fürchten. Denn so nennen wir sie.«

Prompt brandete Applaus auf, der noch stärker wurde, als den Leuten im Saal der Doppelsinn klar wurde: See-Change – *sea change*, Zeitenwende.

»Der Name gefällt euch, was?«, sagte Bailey. »Okay, SeeChange ist aber nicht bloß für Gebiete zu gebrauchen, wo politische Unruhen stattfinden. Stellt euch Städte vor, die mit solchen Kameras überwacht werden. Wer würde eine Straftat begehen, wenn er wüsste, dass er jederzeit, egal wo, beobachtet werden könnte? Meine Freunde beim FBI sind überzeugt, dass die Verbrechensrate in jeder Stadt mit einer reellen und sinnvollen Kamerabestückung um siebzig, achtzig Prozent sinken würde.«

Der Beifall schwoll an.

»Aber kommen wir vorerst noch mal auf die Orte in aller Welt zurück, wo wir Transparenz am dringendsten brauchen und so selten haben. Hier ist ein Potpourri von Schauplätzen weltweit, wo wir Kameras installiert haben. Jetzt stellt euch vor, welche Wirkung diese Kameras in der Vergangenheit gehabt hätten und in der Zukunft haben werden, falls ähnliche Ereignisse geschehen. Hier sind fünfzig Kameras auf dem Tian'anmenplatz.«

Livebilder, aufgenommen von allen möglichen Stellen

des Platzes, füllten den Bildschirm, und wieder brandete Applaus auf. Bailey machte weiter, zeigte Aufnahmen von einem Dutzend autoritärer Regime, von Khartum bis Pjöngjang, wo die Obrigkeiten keine Ahnung hatten, dass sie gerade von dreitausend Circlern in Kalifornien beobachtet wurden, dass sie überhaupt beobachtet werden *konnten*, dass diese Technologie möglich war oder je möglich sein würde.

Jetzt löschte Bailey den Bildschirm wieder und trat auf das Publikum zu. »Ihr wisst, wie ich das sehe. In solchen Situationen halte ich es mit Den Haag, mit Menschenrechtsaktivisten in aller Welt. Verantwortliche müssen festgestellt werden. Tyrannen können sich nicht länger verstecken. Vorfälle müssen und werden dokumentiert werden, Verantwortliche müssen und werden festgestellt werden. Und um das zu erreichen, poche ich darauf, dass alles, was passiert, bekannt sein muss.«

Die Worte tauchten auf dem Bildschirm auf:

ALLES, WAS PASSIERT, MUSS BEKANNT SEIN.

»Leute, wir stehen am Beginn einer zweiten Aufklärung. Und ich spreche hier nicht von einem neuen Gebäude auf dem Campus. Ich spreche von einer Epoche, in der wir nicht mehr zulassen, dass der Großteil dessen, was Menschen denken und tun und erreichen und lernen, verschwindet wie Wasser aus einem löchrigen Eimer. Wir haben das schon einmal zugelassen. In einer Zeit namens Mittelalter, besser gesagt finsteres Mittelalter. Wenn die Mönche nicht gewesen wären, wäre alles, was die Welt je gelernt hatte, verloren gegangen. Nun, wir leben in einer ähnlichen Zeit, in der wir das Allermeiste von dem, was wir tun und sehen und lernen, verlieren. Aber das muss nicht so sein. Nicht mit diesen Kameras und nicht mit der Mission des Circle.«

Er wandte sich dem Bildschirm zu und las den Satz vor, der da stand, forderte das Publikum auf, ihn sich einzuprägen.

ALLES, WAS PASSIERT, MUSS BEKANNT SEIN.

Er wandte sich wieder dem Publikum zu und lächelte.

»Okay, jetzt möchte ich privat werden. Meine Mutter ist einundachtzig. Sie ist nicht mehr so beweglich, wie sie einmal war. Vor einem Jahr ist sie gestürzt und hat sich die Hüfte gebrochen, und seitdem bin ich in ständiger Sorge um sie. Ich hab sie gebeten, in ihren vier Wänden ein paar Überwachungskameras installieren zu lassen, damit ich über meinen Computer bei ihr nach dem Rechten sehen könnte, das wollte sie nicht. Aber jetzt kann ich wieder ruhig schlafen. Letzte Woche, als sie ein Nickerchen machte –«

Gelächter perlte durch den Saal.

»Tut mir leid! Tut mir leid!«, sagte er. »Ich hatte keine andere Wahl. Sie hätte es mir nie erlaubt. Also hab ich mich in ihr Haus geschlichen und in jedem Zimmer Kameras installiert. Die sind so klein, dass sie die nie im Leben bemerkt. Ich zeig's euch kurz. Kameras 1 und 5 im Haus meiner Mom bitte.«

Ein Raster von Bildern erschien, darunter eines, auf dem seine Mutter in ein Badetuch gewickelt durch einen hellen Flur tappte. Schallendes Gelächter brach aus.

»Hoppla. Weg damit bitte.« Das Bild verschwand. »Jedenfalls. Worauf es ankommt, ist: Ich weiß, dass sie wohlauf ist, und das lässt mich ruhig schlafen. Transparenz bringt Seelenfrieden, wie wir alle hier beim Circle wissen. Ich muss mich nicht länger fragen: ›Wie geht's Mom?‹ Ich muss mich nicht länger fragen: ›Was passiert gerade in Myanmar?‹

Also, wir stellen eine Million von diesem Modell her, und

meine Prognose ist, dass wir in einem Jahr Zugriff auf eine Million Livestreams haben werden. In fünf Jahren auf fünfzig Millionen. In zehn Jahren auf zwei Milliarden Kameras. Es wird nur noch sehr wenige bevölkerte Gebiete geben, auf die wir nicht über den Bildschirm in unseren Händen zugreifen können.«

Das Publikum toste erneut. Irgendwer brüllte: »Wir wollen das sofort!«

Bailey fuhr fort. »Anstatt im Internet zu suchen und bloß irgendein bearbeitetes Video mit miserabler Qualität zu finden, geht ihr jetzt auf SeeChange, tippt Myanmar ein. Oder ihr tippt den Namen eures Freundes auf der Highschool ein. Höchstwahrscheinlich hat irgendwer in der Nähe eine Kamera installiert. Wieso sollte eure Neugier auf die Welt nicht belohnt werden? Ihr wollt Fidschi sehen, könnt aber nicht hinfahren? SeeChange. Ihr wollt nachsehen, wie es eurem Kind in der Schule geht? SeeChange. Das ist ultimative Transparenz. Ungefiltert. Alles sehen. Immer.«

Mae beugte sich zu Annie. »Das ist unglaublich.«

»Ja, nicht wahr?«, sagte Annie.

»Also, müssen diese Kameras stationär sein?«, sagte Bailey und hob einen missbilligenden Finger. »Natürlich nicht. Ganz zufällig sind just in diesem Moment ein halbes Dutzend Helfer an verschiedenen Orten der Welt für mich unterwegs, und sie tragen Kameras um den Hals. Besuchen wir sie doch mal, ja? Kann ich bitte Dannys Kamera haben?«

Ein Bild von Machu Picchu erschien auf dem Bildschirm. Es sah aus wie eine Postkarte, ein Blick von irgendwo hoch oben auf die uralte Ruinenstadt. Und dann setzte sich das Bild in Bewegung, näherte sich der Stätte. Das Publikum schnappte hörbar nach Luft, brach dann in Jubel aus.

»Das ist ein Livebild, obwohl das ja wohl offensichtlich ist. Hi, Danny. So jetzt gehen wir zu Sarah auf den Mount Kenya.« Ein weiteres Bild erschien, eine Ansicht von den Schieferfeldern auf dem Berg. »Kannst du uns den Gipfel zeigen, Sarah?« Die Kamera schwenkte nach oben, und der in Nebel gehüllte Berggipfel kam in Sicht. »Ihr seht, das eröffnet die Möglichkeit visueller Surrogate. Stellt euch vor, ich bin bettlägerig oder zu schwach, den Berg selbst zu erkunden. Ich schicke jemanden mit einer Kamera um den Hals hoch und kann so den Aufstieg in Echtzeit miterleben. Probieren wir das an ein paar weiteren Orten.« Er präsentierte Livebilder von Paris, Kuala Lumpur, einem Londoner Pub.

»Jetzt wollen wir mal ein bisschen experimentieren und das alles zusammenführen. Ich sitze zu Hause. Ich logge mich ein und möchte was von der Welt mitkriegen. Zeigt mir den Verkehr auf dem Highway 101. Straßen von Jakarta, Surfen an der Küste von Bolinas. Das Haus meiner Mom. Zeigt mir die Webcams von allen, mit denen ich auf der Highschool war.«

Mit jedem Befehl erschienen neue Bilder, bis mindestens hundert Livestreams gleichzeitig zu sehen waren.

»Wir werden allsehend, allwissend.«

Das Publikum war aufgestanden. Donnernder Applaus toste durch den Saal. Mae legte den Kopf an Annies Schulter.

»Alles, was passiert, wird bekannt sein«, flüsterte Annie.

»Du glühst ja richtig.«

»Ja, stimmt.«

»Ich glühe nicht.«

»Als wärst du schwanger.«

»Ich weiß, was ihr meint. Hört auf.«

85

Maes Vater griff über den Tisch und nahm ihre Hand. Es war Samstag, und ihre Eltern hatten sie zur Feier ihrer ersten Woche beim Circle zum Essen eingeladen. Solche rührseligen Sachen machten sie ständig – zumindest in letzter Zeit. Als sie jünger war, das einzige Kind eines Paars, das lange gedacht hatte, es würde kinderlos bleiben, war es zu Hause komplizierter gewesen. Die Woche über hatte sie ihren Vater kaum zu Gesicht bekommen. Als Gebäudemanager im Büropark von Fresno mit Vierzehn-Stunden-Tagen hatte er alles, was zu Hause anfiel, ihrer Mutter überlassen, die drei Schichten pro Woche in einem Hotelrestaurant arbeitete und als Folge auf den ganzen Druck leicht aus der Haut fuhr und ihren Frust hauptsächlich an Mae ausließ. Doch als Mae zehn war, verkündeten ihre Eltern, dass sie unweit der Innenstadt von Fresno ein Parkhaus mit zwei Ebenen gekauft hatten, und ein paar Jahre lang wechselten sie sich bei der Betreibung ab. Mae war es immer peinlich, wenn die Eltern ihrer Freundinnen sagten: »Hey, ich hab heute deine Mom im Parkhaus gesehen«, oder: »Sag deinem Dad noch mal danke, dass ich gratis parken durfte«, aber schon bald stabilisierten sich ihre Finanzen, und sie konnten ein paar Leute einstellen, die sich schichtweise abwechselten. Und als ihre Eltern mal einen Tag freimachen und für mehr als ein paar Monate im Voraus planen konnten, wurden sie lockerer und entwickelten sich zu einem sehr ruhigen, lieben älteren Ehepaar. Es war, als hätten sie sich innerhalb eines Jahres von jungen Eltern, die völlig überfordert waren, in behäbige und herzliche Großeltern verwandelt, die keine Ahnung hatten, was ihre Tochter eigentlich wollte. Zur Feier ihres Schulabschlusses machten sie mit ihr einen Ausflug nach Disneyland, ohne zu begreifen, dass Mae nicht nur zu alt war, sondern dass es absolut nicht ihrer Vorstellung von Spaß entsprach, allein – mit zwei Erwachsenen war sie ja praktisch allein – dort hinzufahren. Aber die beiden waren so treuherzig, dass sie nicht Nein sagen konnte, und letztlich hatten sie zusammen so viel Spaß, wie sie es mit ihren Eltern nie für möglich gehalten hätte. Jeder schwelende Groll, den sie wegen der emotionalen Unsicherheiten in ihrer Kindheit und Jugend ihnen gegenüber hegen mochte, wurde von dem ständigen kühlen Wasser der fortgeschrittenen Jahre ihrer Eltern gelöscht.

Und jetzt waren sie mit ihr zur Bucht gefahren, um das Wochenende in dem billigsten Bed & Breakfast zu verbringen, das sie finden konnten. Es lag fünfzehn Meilen entfernt vom Circle und sah aus wie ein Spukhaus. Sie saßen in irgendeinem auf edel gemachten Restaurant, von dem die beiden gehört hatten, und wenn jemand glühte, dann waren sie es. Sie strahlten.

»Und? War's toll?«, fragte ihre Mutter.

»Und ob.«

»Ich wusste es.« Ihre Mutter lehnte sich zurück und verschränkte die Arme.

»Ich will nie wieder woanders arbeiten«, sagte Mae.

»So eine Erleichterung«, sagte ihr Vater. »Wir wollen auch nicht, dass du noch mal woanders arbeitest.«

Ihre Mutter beugte sich blitzschnell vor und nahm Maes Arm. »Ich hab's Karolinas Mom erzählt. Die kennst du doch.« Sie rümpfte die Nase – was bei ihr einer Beleidigung am nächsten kam. »Sie sah aus, als hätte ihr jemand einen spitzen Stock in den Hintern gesteckt. Sie hat gekocht vor Neid.«

»*Mom.*«

»Ich hab dein Gehalt erwähnt.«

»Mom.«

»Ich hab bloß gesagt: ›Ich hoffe, sie kommt mit einem Gehalt von sechzigtausend Dollar im Jahr aus.‹«

»Wie kommst du dazu, ihr das zu erzählen?«

»Stimmt doch, oder etwa nicht?«

»Genau genommen sind es zweiundsechzigtausend.«

»Du liebe Zeit. Jetzt muss ich sie noch mal anrufen.«

»Das lässt du schön bleiben.«

»Okay. Aber es hat großen Spaß gemacht«, sagte sie. »Ich lass das einfach so ins Gespräch einfließen. Meine Tochter ist bei dem supertollsten Unternehmen auf der ganzen Welt und hat vollen Zahnversicherungsschutz.«

»Bitte nicht. Ich hab bloß Glück gehabt. Und Annie –«

Ihr Vater beugte sich vor. »Wie geht es Annie denn?«

»Gut.«

»Sag ihr, dass wir sie lieb haben.«

»Mach ich.«

»Konnte sie heute Abend nicht kommen?«

»Nein. Sie hat zu tun.«

»Aber du hast sie gefragt?«

»Hab ich. Sie lässt schön grüßen. Aber sie muss viel arbeiten.«

»Was macht sie eigentlich genau?«, fragte ihre Mutter.

»Im Grunde alles«, sagte Mae. »Sie ist in der Vierziger-bande. Sie ist an allen wichtigen Entscheidungen beteiligt. Ich glaube, sie kümmert sich speziell um regulatorische Fragen in anderen Ländern.«

»Da hat sie bestimmt viel Verantwortung.«

»Und Aktienanteile!«, sagte ihr Vater. »Ich wette, sie ist stinkreich.«

»Dad. Red nicht so.«

»Wieso arbeitet sie überhaupt, bei all den Aktienanteilen? Ich würde an irgendeinem Strand liegen. Ich hätte einen Harem.«

Maes Mutter legte ihre Hand auf seine. »Vinnie, hör auf.« Dann sagte sie zu Mae: »Ich hoffe, sie hat Zeit, das alles zu genießen.«

»O ja«, sagte Mae. »Sie ist wahrscheinlich jetzt gerade auf einer Campusparty.«

Ihr Vater lächelte. »Gefällt mir, dass ihr von Campus sprecht. Das ist sehr cool. Wir haben früher Büros gesagt.«

Maes Mutter wirkte beunruhigt. »Eine Party, Mae? Wolltest du nicht hingehen?«

»Doch, aber ich wollte euch sehen. Und es gibt andauernd irgendwelche Partys.«

»Aber in deiner ersten Woche!« Ihre Mutter blickte gequält. »Vielleicht hättest du hingehen sollen. Jetzt hab ich ein schlechtes Gewissen. Wir haben dich davon abgehalten.«

»Glaub mir. Es gibt fast täglich welche. Die legen viel Wert auf Geselligkeit. Ich komm schon nicht zu kurz.«

»Du machst doch noch keine Mittagspause, oder?« Das Gleiche hatte sie gesagt, als Mae bei den Strom- und Gaswerken angefangen hatte: Mach in der ersten Woche keine Mittagspause. Das erweckt einen falschen Eindruck.

»Keine Sorge«, sagte Mae. »Ich bin nicht mal zum Klo gegangen.«

Ihre Mutter verdrehte die Augen. »Jedenfalls, wir sind furchtbar stolz auf dich, ganz ehrlich. Wir haben dich lieb.«

»Und Annie«, sagte ihr Vater.

»Genau. Wir haben dich und Annie lieb.«

Sie aßen schnell, weil sie wussten, dass Maes Vater bald müde werden würde. Er hatte darauf bestanden, im Restaurant zu essen, obwohl er das zu Hause nur noch selten tat. Seine Ermüdung war wie eine ständige Begleiterin und konnte ihn ganz plötzlich und mit einer solchen Heftigkeit überfallen, dass er fast zusammenbrach. Wenn sie aus waren, so wie jetzt, war es daher wichtig, dass sie notfalls schnell verschwinden konnten, und das taten sie dann auch vor dem Dessert. Mae folgte ihnen zu ihrem Zimmer, und dort, vor den Augen der zahllosen Puppen, die die B-&-B-Besitzer im Raum verteilt hatten, konnten sich Mae und ihre Eltern entspannen, ohne Angst vor Eventualitäten. Mae hatte sich noch nicht daran gewöhnt, dass ihr Vater multiple Sklerose hatte. Die Diagnose war erst vor zwei Jahren gestellt worden, obwohl die Symptome schon in den Jahren davor deutlich waren. Er hatte undeutlich gesprochen, hatte danebengegriffen, wenn er irgendetwas nehmen wollte, und schließlich war er zweimal gefallen, jedes Mal in der Diele ihres Hauses, als er die Haustür öffnen wollte. Daraufhin hatten sie das Parkhaus mit einem anständigen Gewinn verkauft und managten jetzt hauptsächlich seine Pflege, was bedeutete, dass sie mindestens ein paar Stunden am Tag über Arztrechnungen brüteten und sich mit der Versicherung herumschlugen.

»Übrigens, neulich haben wir Mercer gesehen«, sagte ihre Mutter, und ihr Vater lächelte. Mae und Mercer waren zusammen gewesen, eine von den vier ernsthaften Beziehungen, die sie in der Highschool und am College gehabt hatte. Doch für ihre Eltern war er der Einzige ihrer Exfreunde, der zählte, der Einzige, den sie anerkannten oder an den sie sich erinnerten. Dass er noch in der Stadt lebte, in der sie aufgewachsen waren, trug sicherlich dazu bei.

»Wie schön«, sagte Mae, die das Thema beenden wollte. »Macht er noch immer Kronleuchter aus Geweihen?«

»Sachte, sachte«, sagte ihr Vater, der ihren bissigen Unterton heraushörte. »Er hat seine eigene Firma. Und nicht dass er prahlen würde, aber die Geschäfte laufen anscheinend gut.«

Mae musste das Thema wechseln. »Ich habe bisher einen Schnitt von 97 Punkten«, sagte sie. »Sie sagen, das ist Rekord für einen Neuling.«

Ihren Eltern stand die Verwirrung ins Gesicht geschrieben. Ihr Vater blinzelte. Sie hatten keinen Schimmer, wovon sie redete. »Was heißt das, Schatz?«, fragte ihr Vater.

Mae ließ es dabei bewenden. Als ihr die Worte über die Lippen gekommen waren, hatte sie gleich gewusst, dass die Erklärung zu lang ausfallen würde. »Wie läuft's mit der Versicherung?«, fragte sie und bereute es augenblicklich. Wieso stellte sie solche Fragen? Für die Antwort würde der ganze Abend draufgehen.

»Nicht gut«, sagte ihre Mutter. »Ich weiß nicht. Wir sind in der falschen Versicherung. Ich meine, die wollen deinen Dad nicht versichern, so einfach ist das, und sie tun schlicht alles, was sie können, um uns zum Austritt zu bewegen. Aber wie können wir austreten? Wir wüssten doch gar nicht, wohin.«

Ihr Vater setzte sich auf. »Erzähl ihr von dem Medikament.«

»Ach ja. Dein Dad bekommt seit zwei Jahren Copaxone verschrieben, gegen die Schmerzen. Er braucht das Medikament. Ohne –«

»Werden die Schmerzen ... böse«, sagte er.

»Jetzt sagt die Versicherung, er braucht es nicht. Es steht nicht auf ihrer Liste von genehmigten Medikamenten. Obwohl er es schon seit zwei Jahren nimmt!«

»Das ist beinahe sadistisch«, sagte Maes Vater.

»Sie haben keine Alternative angeboten. Nichts gegen die Schmerzen!«

Mae wusste nicht, was sie sagen sollte. »Das tut mir leid. Soll ich mal online nach Alternativen suchen? Ich meine, nach einem anderen Medikament, das die Ärzte verschreiben könnten und das von der Versicherung bezahlt wird? Vielleicht ein Generikum …«

So ging es eine Stunde weiter, und am Ende war Mae fix und fertig. Die MS, ihre Hilflosigkeit, die Krankheit zu verlangsamen, ihre Unfähigkeit, das Leben zurückzubringen, das ihr Vater gekannt hatte – das alles quälte sie, aber was die Versicherung machte, das war etwas anderes, das war ein unnötiges Verbrechen, eine zusätzliche Belastung. War denen denn nicht klar, dass die Kosten ihrer Verschleierung, Ablehnung, der ganze Frust, den sie verursachten, die Gesundheit ihres Vaters nur noch mehr verschlechterte und die ihrer Mutter bedrohte? Nicht zuletzt war es unwirtschaftlich. Die Zeit, die dafür draufging, die Kostenübernahme zu verweigern, zu argumentieren, abzulehnen, zu verhindern – das war garantiert aufwendiger, als ihren Eltern einfach Zugang zur richtigen Versorgung zu gewähren.

»Genug davon«, sagte ihre Mutter. »Wir haben eine Überraschung für dich. Wo ist es? Hast du es, Vinnie?«

Sie setzten sich auf das hohe Bett mit einer abgewetzten Patchwork-Decke, und ihr Vater überreichte Mae ein kleines eingepacktes Geschenk. Größe und Form der Schachtel legten eine Halskette nahe, aber Mae wusste, dass das nicht sein konnte. Als sie das Geschenkpapier abgerissen hatte, öffnete sie die kleine Samtschatulle und lachte. Es war ein Füllfederhalter, einer von der exklusiven Sorte aus Silber und merkwürdig schwer, der sorgfältigen Umgang verlangt und gefüllt werden muss und hauptsächlich zur Schau da ist.

»Keine Sorge, wir haben den nicht gekauft«, sagte Maes Vater.

»Vinnie!«, schrie ihre Mutter auf.

»Ehrlich«, sagte er, »wir haben kein Geld dafür ausgegeben. Ein Freund von mir hat ihn mir letztes Jahr geschenkt. Aus Mitleid, weil ich nicht arbeiten konnte. Keine Ahnung, was er gedacht hat, was für eine Verwendung ich für einen Stift hätte, wo ich kaum tippen kann. Aber der Bursche war noch nie besonders helle.«

»Wir dachten, er würde sich gut auf deinem Schreibtisch machen«, fügte ihre Mutter hinzu.

»Sind wir die Besten oder was?«, fragte ihr Vater.

Maes Mutter lachte, und was entscheidender war, Maes Vater lachte. Er hatte ein kräftiges, dröhnendes Lachen. In der zweiten, ruhigeren Phase ihres Lebens als Eltern war er ein Lacher geworden, ein ständiger Lacher, ein Mann, der über alles lachte. Sein Lachen war der bestimmende Klang von Maes Teenagerjahren. Er lachte über Sachen, die eindeutig lustig waren, und über Sachen, die den meisten höchstens ein Lächeln entlocken würden, und er lachte, wenn er eigentlich verärgert sein müsste. Wenn Mae sich danebenbenahm, fand er das umwerfend komisch. Als er sie einmal dabei erwischte, wie sie spätabends aus dem Fenster ihres Zimmers kletterte, weil sie sich mit Mercer treffen wollte, hatte er sich vor Lachen nicht mehr eingekriegt. Alles war erheiternd, alles an ihrer Jugend fand er zum Totlachen. »Du hättest dein Gesicht sehen sollen, als du mich gesehen hast! Zum Brüllen!«

Aber dann kam die MS-Diagnose, und das meiste davon war verschwunden. Die Schmerzen waren permanent. Die Phasen, in denen er nicht aufstehen konnte, seinen Beinen nicht zutraute, ihn zu tragen, waren zu häufig, zu gefährlich. Einmal die Woche landete er in der Notaufnahme. Und schließlich, dank einiger heroischer Anstrengungen von Maes Mom, ging er zu ein paar Ärzten, die sich Mühe gaben, und er bekam die richtigen Medikamente und stabilisierte sich, zumindest eine Zeit lang. Und dann das Versicherungsdebakel, der Abstieg in diese Hölle des Gesundheitswesens.

An diesem Abend jedoch war er heiter, und ihre Mutter war gut drauf, nachdem sie in der kleinen Küche des B & B einen Sherry gefunden hatte, den sie zusammen mit Mae trank. Ihr Vater war schon bald in seinen Klamotten auf der Tagesdecke eingeschlafen, obwohl alle Lampen an waren, obwohl Mae und ihre Mutter sich in normaler Lautstärke unterhielten. Als sie merkten, dass er tief und fest schlief, machte Mae sich ein Bett am Fuße von dem ihrer Eltern.

Am nächsten Morgen schliefen sie lange und fuhren dann zum Lunch in ein Diner. Ihr Vater aß gut, und Mae sah, wie ihre Mutter Ungezwungenheit vortäuschte, während die beiden über die jüngste geschäftliche Schnapsidee eines missratenen Onkels sprachen, die irgendwas mit Hummerzucht auf Reisfeldern zu tun hatte. Mae wusste, dass ihre Mom die ganze Zeit nervös war wegen ihres Vaters, wo sie jetzt schon das zweite Mal hintereinander essen waren, und ihn genau beobachtete. Er wirkte munter, aber seine Kräfte ließen schnell nach.

»Erledigt ihr zwei das mit der Rechnung«, sagte er. »Ich setz mich schon mal ins Auto und mach ein bisschen die Augen zu.«

»Wir können dir helfen«, sagte Mae, doch ihre Mutter signalisierte ihr, still zu sein. Ihr Vater war bereits aufgestanden und ging zur Tür.

»Er wird müde. Das ist kein Problem«, sagte ihre Mutter. »Die Abläufe haben sich bloß verändert. Er ruht sich aus. Er macht irgendwas, er geht spazieren und isst was und ist agil, und dann ruht er sich aus. Es ist sehr regelmäßig und sehr beruhigend, wenn ich ehrlich bin.«

Sie bezahlten die Rechnung und gingen hinaus auf den Parkplatz. Mae sah die weißen Haarsträhnen ihres Vaters durch die Autoscheibe. Fast sein ganzer Kopf war unterhalb des Fensterrahmens, weil er die Rückenlehne so weit nach hinten gedreht hatte. Als sie am Auto ankamen, sahen sie, dass er wach war und nach oben in das Geäst eines unscheinbaren Baumes blickte. Er kurbelte das Fenster hinunter.

»Na, das war richtig schön mit euch«, sagte er.

Mae verabschiedete sich und stieg in ihr Auto, froh darüber, den Nachmittag freizuhaben. Sie fuhr nach Westen, der Tag sonnig und ruhig, die Farben der vorbeigleitenden Landschaft schlicht und klar, Blau- und Gelb- und Grüntöne. Als sie sich der Küste näherte, bog sie Richtung Bucht ab. Sie könnte noch ein paar Stunden Kajak fahren, wenn sie sich beeilte.

Mercer hatte sie zum Kajaken gebracht, eine Freizeitbeschäftigung, die sie bis dahin für schrullig und langweilig gehalten hatte. Auf Höhe der Wasseroberfläche zu sitzen und sich abzumühen, das merkwürdige Eislöffelpaddel zu bewegen. Das ständige Drehen sah mühsam aus, und das Tempo kam ihr viel zu langsam vor. Aber dann probierte sie es mit Mercer aus, nicht in profimäßigen Kajaks, sondern in einfacheren Modellen, bei denen man praktisch obendrauf sitzt, Beine und Füße frei. Sie waren um die Bucht herumgefahren, deutlich schneller, als sie erwartet hatte, und sie hatten Seehunde und Pelikane gesehen, und Mae war überzeugt, dass dieser Sport sträflich unterschätzt und die Bucht als Gewässer leider viel zu wenig genutzt wurde.

Sie waren von einem kleinen Strand aus gestartet, und der Kajakverleih verlangte weder irgendeinen Grundkurs noch eine Ausrüstung oder sonst was; du bezahltest einfach deine fünfzehn Dollar pro Stunde und warst schon Minuten später in der Bucht, die kalt und klar war.

Heute bog sie vom Highway ab und fuhr zum Strand, wo sie das Wasser friedlich vorfand, fast gläsern.

»Hey«, sagte eine Stimme.

Mae drehte sich um und sah eine ältere Frau, o-beinig und kraushaarig. Das war Marion, die Betreiberin von Maiden's Voyages. Den Laden hatte sie seit fünfzehn Jahren, seit sie mit Büromaterialien reich geworden war. Sie hatte das erzählt, als Mae das erste Mal ein Kajak auslieh, und erzählte die Geschichte jedem, weil sie es offenbar amüsant fand, dass sie mit dem Verkauf von Büromaterialien zu Geld gekommen war und einen Kajak-und-Paddleboard-Verleih aufgemacht hatte. Wieso Marion das lustig fand, war Mae ein ewiges Rätsel. Aber Marion war herzlich und kulant, selbst wenn Mae ein paar Stunden vor Geschäftsschluss ein Kajak ausleihen wollte, wie heute der Fall.

»Traumhaft da draußen«, sagte Marion. »Aber fahren Sie nicht zu weit raus.«

Marion half ihr, das Kajak über den Sand und die Felsen und in die kleinen Wellen zu ziehen. Sie ließ die Verschlüsse von Maes Schwimmweste einklicken. »Und denken Sie dran, nicht die Hausbootleute stören. Die haben ihre Wohnzimmer auf Ihrer Augenhöhe, also keine neugierigen Blicke. Möchten Sie heute Neoprenfüßlinge oder eine Windjacke?«, fragte sie. »Könnte kabbelig werden.«

Mae lehnte ab und stieg ins Kajak, barfuß und in der Strickjacke und Jeans, die sie zum Lunch angehabt hatte. Augenblicke später hatte sie die Fischerboote hinter sich gelassen, die Wellenbrecher und die Paddleboarder, und war auf dem offenen Wasser der Bucht.

Sie sah niemanden. Dass dieses Gewässer so wenig genutzt wurde, hatte sie monatelang verwirrt. Hier gab es keine Jetboote. Gelegentlich ein paar Fischer, keine Wasserskifahrer, vereinzelte Motorboote. Einige Segelboote waren unterwegs, aber nicht so viele, wie man erwarten würde. Das eisige Wasser war nur zum Teil dafür verantwortlich. Vielleicht gab es in Nordkalifornien einfach zu viele andere Outdooraktivitäten? Es war rätselhaft, aber Mae hatte keinen Grund, zu klagen. So war mehr Wasser für sie übrig.

Sie paddelte in den Bauch der Bucht. Das Meer wurde tatsächlich kabbelig, und kaltes Wasser schwappte ihr über die Füße. Es fühlte sich gut an, so gut, dass sie eine Hand hineintauchte, etwas Wasser schöpfte und sich Gesicht und Nacken benetzte. Als sie die Augen öffnete, sah sie einen Seehund, sechs, sieben Meter vor ihr, und er starrte sie an wie ein gleichmütiger Hund, dessen Hof sie betreten hatte. Er hatte einen runden Kopf, grau, mit dem schimmernden Glanz von poliertem Marmor.

Sie hielt ihr Paddel auf dem Schoß, während sie den Seehund beobachtete, während er sie beobachtete. Seine Augen waren schwarze Knöpfe, stumpf. Sie rührte sich nicht, und der Seehund rührte sich ebenfalls nicht. Sie waren gebannt in gegenseitiger Betrachtung, und der Moment, die Art, wie er sich ausdehnte und sich selbst genoss, verlangte nach Fortsetzung. Warum sich bewegen?

Eine Windböe wehte in ihre Richtung und brachte den strengen Geruch des Seehunds mit. Sie hatte das schon beim letzten Mal bemerkt, als sie kajaken war, den starken Geruch dieser Tiere, eine Mischung aus Thunfisch und ungewaschenem Hund. Es war besser, windwärts zu sein. Als wäre der Seehund plötzlich beschämt, tauchte er unter.

Mae paddelte weiter, weg vom Ufer. Als Ziel setzte sie

sich eine rote Boje, die sie unweit der Biegung einer Halbinsel entdeckte, tief in der Bucht. Bis dahin würde sie etwa dreißig Minuten brauchen, und unterwegs würde sie an ein paar Dutzend ankernden Kähnen und Segelbooten vorbeikommen. Viele waren in alle möglichen Formen von Hausbooten umgebaut worden, und obwohl sie wusste, dass sie nicht in die Fenster spähen sollte, konnte sie nicht anders; da waren Geheimnisse an Bord. Wieso stand auf diesem Kahn ein Motorrad? Wieso wehte auf der Jacht eine Konföderierten-Flagge? In weiterer Ferne sah sie ein Wasserflugzeug kreisen.

Der Wind frischte hinter ihr auf, beförderte sie rasch an der roten Boje vorbei und näher ans fernere Ufer heran. Sie hatte nicht vorgehabt, dort an Land zu gehen, und hatte es noch nie über die Bucht geschafft, aber schon bald kam es in Sicht und war dann rasch so nah, dass sie unter sich Seegras sehen konnte, als das Wasser seichter wurde.

Sie sprang aus dem Kajak, landete mit den nackten Füßen auf den Steinen, die alle rund und glatt waren. Als sie das Kajak ans Ufer zog, stieg das Wasser und überflutete ihre Beine. Es war keine Welle; es war eher ein plötzlicher, einheitlicher Anstieg des Wasserpegels. Eben noch stand sie auf einem trockenen Ufer, und im nächsten Moment ging ihr das Wasser bis zu den Schienbeinen, und sie war patschnass.

Als das Wasser wieder sank, ließ es einen breiten Streifen seltsames, glitzerndes Seegras zurück – blau und grün und in einem bestimmten Licht bunt schillernd. Sie nahm es in die Hände, und es war glatt, gummiartig, an den Rändern auffällig gekräuselt. Mae hatte nasse Füße, und das Wasser war schneekalt, aber das störte sie nicht. Sie setzte sich auf den steinigen Strand, nahm einen Stock und zog ihn klickend durch die glatten Steine. Winzige Krebse, aufgestöbert und verärgert, huschten davon und suchten neuen Schutz. Ein Pelikan landete ein Stück weiter am Ufer, auf dem Stamm eines toten Baums, der weiß gebleicht diagonal aus dem stahlgrauen Wasser ragte und träge zum Himmel zeigte.

Und auf einmal merkte Mae, dass sie haltlos schluchzte. Ihr Vater war ein Häufchen Elend. Nein, er war kein Häufchen Elend. Er bewältigte das alles mit großer Würde. Aber am Morgen hatte er etwas sehr Müdes an sich gehabt, etwas Besiegtes, eine Art Hinnahme, als wüsste er, dass er nicht beides bekämpfen konnte: das, was in seinem Körper geschah, und die Unternehmen, die seine Gesundheitsversorgung managten. Und es gab nichts, was sie für ihn tun konnte. Nein, es gab zu viel, was sie für ihn tun konnte. Sie könnte ihren Job kündigen. Sie könnte kündigen und bei den Telefonaten helfen, die vielen Kämpfe kämpfen, damit es ihm weiter einigermaßen gut ging. Eine gute Tochter würde das tun. Ein gutes Kind, ein einziges Kind würde das tun. Ein gutes, einziges Kind würde die nächsten drei bis fünf Jahre, vielleicht die letzten Jahre, die er mobil, einigermaßen leistungsfähig war, für ihn da sein, ihm helfen, ihrer Mutter helfen, Teil des Familienapparates sein. Aber sie wusste, ihre Eltern würden sie das alles nicht machen lassen. Sie würden es nicht erlauben. Und daher würde sie hin und her gerissen sein zwischen ihrem Job, den sie brauchte und liebte, und ihren Eltern, denen sie nicht helfen konnte.

Aber es tat gut, zu weinen, die Schultern beben zu lassen, die heißen Tränen auf dem Gesicht zu spüren, das Babysalz darin zu schmecken, sich mit dem Ärmel ihres Shirts den Rotz abzuwischen. Und als sie fertig war, schob sie das Kajak wieder aufs Wasser und paddelte in einem forschen Tempo los. Als sie in der Mitte der Bucht war, hielt sie an.

Ihre Tränen waren jetzt getrocknet, ihre Atmung regelmäßig. Sie war ruhig und fühlte sich stark, doch statt die rote Boje zu erreichen, an der sie kein Interesse mehr hatte, saß sie da, das Paddel auf dem Schoß, und ließ sich sanft von den Wellen schaukeln, während sie spürte, wie Hände und Füße in der warmen Sonne trockneten. Sie machte das oft, wenn sie weit weg von irgendeinem Ufer war. Sie saß einfach still da und spürte die gewaltige Masse des Ozeans unter sich. In diesem Teil der Bucht gab es Leopardenhaie und Fledermausrochen und Quallen und den einen oder anderen Schweinswal, aber es war keine Spur von ihnen zu sehen. Sie waren verborgen im dunklen Wasser, in ihrer schwarzen Parallelwelt, und zu wissen, dass sie da waren, aber nicht zu wissen, wo, oder im Grunde auch sonst nichts zu wissen, fühlte sich in diesem Moment seltsam richtig an. Ganz weit hinten konnte sie sehen, wo die Bucht in den Ozean mündete, und dort sah sie ein riesiges Containerschiff durch leichte Nebelschwaden aufs offene Wasser zusteuern. Sie überlegte, ob sie weiterpaddeln sollte, sah aber keinen Sinn darin. Es gab einfach keinen Grund, irgendwohin zu wollen. Hier zu sein, mitten in der Bucht, nichts zu tun oder zu sehen, war mehr als genug. Sie blieb fast eine Stunde, wo sie war, ließ sich langsam treiben. Dann und wann roch sie wieder den Hund-und-Thunfisch-Geruch, und wenn sie sich dann umdrehte, sah sie einen weiteren neugierigen Seehund, und sie beobachteten einander, und sie fragte sich, ob der Seehund wusste, so wie sie, wie gut das hier war, was für ein Glück sie hatten, das alles für sich allein zu haben.

Am späten Nachmittag wurden die Winde vom Pazifik stärker, und es war anstrengend, zurück ans Ufer zu paddeln. Als sie zu Hause ankam, waren ihre Gliedmaßen bleiern, und ihr Kopf war träge. Sie machte sich einen Salat und aß eine halbe Tüte Chips, starrte dabei zum Fenster hinaus. Sie ging um acht ins Bett und schlief elf Stunden durch.

Der Morgen war hektisch, wie Dan ihr warnend prophezeit hatte. Er hatte sie und die rund hundert anderen CE-Mitarbeiter um acht zusammengetrommelt und alle daran erinnert, dass die Schleusenöffnung am Montagmorgen immer abenteuerlich war. Alle Kunden, denen übers Wochenende Fragen gekommen waren, erwarteten am Montagmorgen natürlich Antworten.

Er hatte recht. Die Schleuse öffnete sich, die Flut kam, und Mae arbeitete bis etwa elf gegen sie an, dann hatte sie so etwas wie eine Atempause. Sie hatte neunundvierzig Anfragen bearbeitet, und ihr Punktestand lag bei 91, ihr schlechtester Durchschnitt bisher.

Keine Sorge, schrieb Jared. *Ist montags ganz normal. Schick einfach so viele Follow-ups raus, wie du kannst.*

Mae hatte den ganzen Morgen Follow-ups rausgeschickt, mit mäßigem Erfolg. Die Kunden waren muffelig. Die einzige gute Neuigkeit an dem Morgen kam über den unternehmensinternen Feed, in Form einer Nachricht von Francis, der wissen wollte, ob sie mit ihm zum Lunch gehen würde. Offiziell hatten sie und die anderen CE-Mitarbeiter eine Stunde Mittagspause, aber sie hatte noch nie gesehen, dass jemand seinen Schreibtisch länger als zwanzig Minuten verließ. Sie selbst gab sich ebenso viel Zeit, obwohl ihr die Worte ihrer Mutter, die die Mittagspause mit einer gewaltigen Pflichtverletzung gleichsetzte, noch durch den Kopf schwirrten.

Sie kam verspätet im Glas-Imbiss an. Sie schaute sich um und blickte hoch und entdeckte ihn schließlich ein paar Ebenen weiter oben, wo er auf einem hohen Plexiglashocker saß und die Füße baumeln ließ. Sie winkte, konnte ihn aber nicht auf sich aufmerksam machen. Sie rief zu ihm hoch, so unauffällig sie konnte, aber vergeblich. Dann schickte sie ihm eine SMS, obwohl sie sich dabei blöd vorkam, und beobachtete, wie er die Nachricht erhielt, sich in der Cafeteria umschaute, sie entdeckte und winkte.

Sie stellte sich in die Warteschlange, ließ sich einen vegetarischen Burrito und eine neue Biolimo geben und setzte sich neben ihn. Er trug ein zerknittertes, sauberes Buttondown-Hemd und eine Handwerkerhose. Von da oben, wo sie saßen, konnten sie den Außenpool sehen, wo eine Gruppe Circler etwas spielte, das einer Partie Volleyball nahekam.

»Nicht gerade Sportskanonen«, bemerkte er.

»Nein«, pflichtete Mae bei. Während er der chaotischen Planscherei da unten zuschaute, versuchte sie, sein Gesicht vor ihr mit dem abzugleichen, das sie von ihrem ersten Abend in Erinnerung hatte. Die dichten Brauen, die markante Nase, das war alles gleich. Doch jetzt schien Francis irgendwie geschrumpft zu sein. Seine Hände, die mit Messer und Gabel seinen Burrito halbierten, wirkten ungewöhnlich zart.

»Irgendwie pervers«, sagte er, »dass es hier so viele Sportmöglichkeiten gibt, aber so wenig sportliches Talent. Als würde eine Familie, die der Christian Science angehört, direkt neben einer Apotheke wohnen.« Dann wandte er sich an sie. »Danke, dass du gekommen bist. Ich hab mich schon gefragt, ob ich dich wiedersehe.«

»Ja, es war ganz schön hektisch.«

Er deutete auf sein Essen. »Ich musste schon anfangen. Entschuldige. Ehrlich gesagt hab ich eigentlich nicht damit gerechnet, dass du kommst.«

»Entschuldige die Verspätung«, sagte sie.

»Nein, ehrlich, ich versteh das. Du musst den Montagsansturm bewältigen. Die Kunden erwarten das. Lunch ist da ziemlich zweitrangig.«

»Ich wollte noch sagen, ich hatte ein schlechtes Gewissen, weil unser Gespräch an dem Abend so unschön zu Ende gegangen ist. Das mit Annie tut mir leid.«

»Habt ihr zwei wirklich rumgeknutscht? Ich hab nach irgendeiner Stelle gesucht, von wo ich euch hätte beobachten können, aber –«

»Nein.«

»Ich dachte, wenn ich auf einen Baum klettere –«

»Nein. Nein. Das ist bloß typisch Annie. Sie ist ein Idiot.«

»Sie ist ein Idiot, der zufällig zu den oberen zehn Prozent hier gehört. So ein Idiot wär ich auch gern.«

»Du hast von deiner Kindheit erzählt.«

»Gott. Kann ich das auf den Wein schieben?«

»Du musst mir gar nichts erzählen.«

Mae fühlte sich furchtbar, weil sie bereits wusste, was sie wusste, und hoffte, er würde es ihr erzählen, damit sie die Hörensagen-Version seiner Geschichte mit der Version überschreiben konnte, die direkt von ihm kam.

»Nein, kein Problem«, sagte er. »Ich hab jede Menge interessante Erwachsene kennengelernt, die vom Staat dafür bezahlt wurden, sich um mich zu kümmern. Das war super. Wie viel Zeit hast du noch, zehn Minuten?«

»Ich hab Zeit bis eins.«

»Gut. Also noch acht Minuten. Iss. Ich rede. Aber nicht über meine Kindheit. Du weißt genug. Ich nehme an, Annie hat den blutrünstigen Kram beigesteuert. Sie erzählt die Geschichte furchtbar gern.«

Und so versuchte Mae, möglichst viel möglichst schnell zu essen, während Francis von einem Film erzählte, den er am Abend zuvor im Campus-Kino gesehen hatte. Offenbar war die Regisseurin da gewesen, um den Film vorzustellen, und hatte anschließend Fragen beantwortet.

»In dem Film ging es um eine Frau, die ihren Mann und ihre Kinder umbringt, und bei der anschließenden Fragestunde erfahren wir, dass diese Regisseurin sich mit ihrem eigenen Exmann eine langwierige Sorgerechtsschlacht liefert. Wir gucken uns also alle um und denken: Kann es sein, dass die Lady ein paar persönliche Probleme auf der Leinwand verarbeitet oder …«

Mae lachte, doch dann fiel ihr seine eigene schreckliche Kindheit wieder ein, und sie hörte abrupt auf.

»Kein Problem«, sagte er. Er wusste sofort, warum sie ernst geworden war. »Denk bloß nicht, du müsstest mich mit Samthandschuhen anfassen. Es ist lange her, und wenn ich mich in diesem Bereich nicht wohlfühlen würde, würde ich nicht an ChildTrack arbeiten.«

»Trotzdem. Es tut mir leid. Ich weiß oft nicht, was ich sagen soll. Aber das Projekt geht also gut voran? Wie nah seid ihr –«

»Du bist immer noch total aus dem Gleichgewicht! Das gefällt mir«, sagte Francis.

»Es gefällt dir, wenn eine Frau aus dem Gleichgewicht ist?«

»Vor allem in meiner Gegenwart. Ich möchte, dass du verunsichert bist, aus dem Gleichgewicht, eingeschüchtert, in Handschellen und bereit, dich mir auf meinen Befehl hin zu Füßen zu werfen.«

Mae wollte lachen, merkte aber, dass sie es nicht konnte.

Francis starrte auf seinen Teller. »Mist. Jedes Mal, wenn mein Verstand den Wagen schön ordentlich in der Einfahrt parkt, fährt mein Mund ihn durch die Rückwand der Garage. Entschuldige. Ich schwöre, ich arbeite dran.«

»Kein Problem. Erzähl mir von …«

»ChildTrack.« Er blickte auf. »Willst du wirklich was darüber wissen?«

»Ja.«

»Wenn ich nämlich einmal angefangen hab, kommt dir deine Montagsflut bald wie ein Rinnsal vor.«

»Wir haben noch fünfeinhalb Minuten.«

»Okay, erinnerst du dich an die Versuche mit Implantaten in Dänemark?«

Mae schüttelte den Kopf. Sie hatte eine schwache Erinnerung an eine schreckliche Kindesentführung und einen Mord –

Francis sah auf seine Uhr, als wüsste er, dass es ihm eine Minute stehlen würde, wenn er Dänemark erklärte. Er seufzte und fing an: »Also, vor rund zwei Jahren hat die dänische Regierung ein Programm ausprobiert, bei dem Kindern ein Chip ins Handgelenk implantiert wurde. Es ist einfach, dauert zwei Sekunden, es ist medizinisch sicher und funktioniert auf Anhieb. Beide Eltern wissen zu jeder Zeit, wo sich ihr Kind befindet. Die Implantate wurden auf unter Vierzehnjährige beschränkt, und zunächst läuft alles bestens. Gerichtliche Klagen werden fallen gelassen, weil es so wenige Bedenken gibt, die Umfragen überschlagen sich vor Begeisterung. Die Eltern lieben den Chip. Ich meine, sie lieben ihn. Es geht um Kinder, und wir würden alles für ihre Sicherheit tun, oder?«

Mae nickte, doch plötzlich fiel ihr wieder ein, dass die Geschichte schrecklich ausging.

»Aber dann verschwinden an einem einzigen Tag sieben Kinder. Die Cops und die Eltern denken hey, kein Problem. Wir wissen, wo die Kinder sind. Sie folgen den Chips, aber als sie zu der Stelle kommen – alle sieben Chips führen zu irgendeinem Parkplatz –, finden sie sie alle in einer Papiertüte, alle blutig. Bloß die Chips.«

»Jetzt erinnere ich mich.« Mae war schlecht.

»Sie finden die Leichen eine Woche später, und inzwischen ist die Öffentlichkeit in Panik. Alle sind irrational. Sie denken, die Chips hätten die Entführung, die Morde irgendwie verursacht, die Chips hätten den oder die Täter irgendwie provoziert, die Sache verlockender gemacht.«

»Das war absolut grauenhaft. Es war das Ende der Chips.«

»Ja, aber die Schlussfolgerung war unlogisch. Vor allem hier bei uns. Wie viele Entführungen haben wir pro Jahr, zwölftausend? Wie viele Morde? Das Problem damals war, dass die Chips dicht unter der Haut eingesetzt wurden. Wer will, kann sie ganz einfach aus dem Handgelenk rausschneiden. Viel zu einfach. Aber die Tests, die wir hier machen – hast du Sabine kennengelernt?«

»Ja.«

»Tja, sie ist mit im Team. Das wird sie dir nicht verraten, weil sie an etwas Ähnlichem arbeitet, worüber sie nicht sprechen darf. Aber für die Chips hat sie sich eine Methode einfallen lassen, sie in den Knochen zu implantieren. Und da haben wir den entscheidenden Unterschied.«

»Ach du Scheiße. Welcher Knochen?«

»Spielt keine Rolle, glaub ich. Du verziehst das Gesicht.«

Mae korrigierte ihr Gesicht, versuchte, neutral auszusehen.

»Klar, es ist Wahnsinn. Ich meine, manche Leute haben Panik vor Chips in unseren Köpfen, unseren Körpern, aber dieser Chip ist technisch ungefähr so fortgeschritten wie ein Walkie-Talkie. Er macht nichts anderes, als dir zu sagen, wo sich irgendwas befindet. Und es gibt sie schon überall. Jedes zweite Produkt, das du kaufst, hat so einen Chip. Du kaufst eine Stereoanlage, sie hat einen Chip. Du kaufst ein Auto, es hat jede Menge Chips. Manche Unternehmen tun diese Chips in Lebensmittelpackungen, um überprüfen zu können, ob sie auch frisch im Supermarkt ankommen. Ein Chip ist nichts anderes als ein Tracker. Wenn du ihn in Knochen einbettest, bleibt er da und ist mit dem bloßen Auge nicht zu erkennen – anders als ein Chip im Handgelenk.«

Mae legte ihren Burrito hin. »Richtig tief im Knochen drin?«

»Mae, stell dir eine Welt vor, in der kein Kind mehr Opfer eines Kapitalverbrechens werden könnte. Kein einziges. Sobald ein Kind nicht mehr da ist, wo es sein sollte, geht ein Riesenalarm los, und das Kind kann im Handumdrehen aufgespürt werden. Jeder kann es aufspüren. Die Polizei weiß im Nu, dass das Kind verschwunden ist, aber sie weiß auch, wo genau es sich befindet. Sie kann die Mom anrufen und sagen: ›Hey, ihre Tochter ist gerade ins Shoppingcenter gegangen‹, oder sie kann in Sekunden einen Kinderschänder aufspüren. Das Einzige, was ein Kidnapper machen könnte, wäre, sich ein Kind schnappen, damit in den Wald rennen, ihm irgendwas antun und abhauen, ehe die ganze Welt auf ihn losgeht. Aber er hätte dafür höchstens anderthalb Minuten Zeit.«

»Oder er stört den Sender im Chip.«

»Klar, aber wer hat das nötige Know-how? Wie viele Elektronikgenies gibt es unter Pädophilen? Sehr wenige, schätz ich mal. Sämtliche Kindesentführungen, -vergewaltigungen und -morde würden also schlagartig um 99 Prozent verringert. Und der Preis dafür ist, dass die Kinder einen Chip im Fußknöchel haben. Willst du ein lebendes Kind mit einem Chip im Knöchel, ein Kind, das sicher aufwachsen wird, ein Kind, das wieder in den Park laufen, mit dem Rad zur Schule fahren kann, all das?«

»Gleich kommt das Oder.«

»Richtig, oder willst du ein totes Kind? Oder Jahre voller

Angst, jedes Mal, wenn dein Kind zur Bushaltestelle geht? Ich meine, wir befragen Eltern weltweit, und nachdem sie die anfängliche Zimperlichkeit überwunden haben, kriegen wir 88 Prozent Zustimmung. Sobald sie begreifen, dass das technisch möglich ist, schreien sie uns förmlich an: ›Wieso haben wir das nicht schon längst? Wann kommt das?‹ Ich meine, damit beginnt ein neues Goldenes Zeitalter für junge Menschen. Ein Zeitalter ohne Sorge. Scheiße. Du bist schon zu spät. Sieh mal.«

Er deutete auf seine Armbanduhr. 1.02 Uhr.

Mae rannte los.

Der Nachmittag war gnadenlos, und sie erreichte gerade mal einen Punktestand von 93. Am Ende des Tages war sie ausgelaugt, und als sie sich ihrem zweiten Bildschirm zuwandte, fand sie eine Nachricht von Dan vor. *Hast du eine Sekunde? Gina vom CircleSocial würde gern kurz bei dir vorbeischauen.*

Sie schrieb zurück: *Wie wär's in fünfzehn Minuten? Ich muss noch eine Handvoll Follow-ups erledigen und war seit heute Mittag nicht mehr pinkeln.* Das war die Wahrheit. Sie hatte ihren Schreibtisch seit drei Stunden nicht mehr verlassen, und sie wollte den Punktestand unbedingt noch über 93 bringen. Sie war sicher, dass ihr niedriger Gesamtschnitt der Grund war, warum Dan wollte, dass sie mit Gina redete.

Dan schrieb lediglich *Danke, Mae*, Worte, die ihr auf dem Weg zur Toilette durch den Kopf gingen. Bedankte er sich dafür, dass sie in fünfzehn Minuten zur Verfügung stand, oder dankte er ihr ironisch für einen unerwünschten Grad an Vertraulichkeit hinsichtlich körperlicher Bedürfnisse?

Mae hatte die Toilette fast erreicht, als sie einen Mann

sah, der in einer hautengen grünen Jeans und einem knapp-
sitzenden langärmeligen T-Shirt auf dem Flur unter einem
hohen schmalen Fenster stand und auf sein Handy starrte.
In blauweißes Licht getaucht, schien er auf Anweisungen
von seinem Display zu warten.

Mae betrat die Toilette.

Als sie fertig war und wieder herauskam, stand der Mann
an derselben Stelle, bloß dass er jetzt zum Fenster hinaus-
schaute.

»Du siehst aus, als hättest du dich verlaufen«, sagte Mae.

»Nee. Muss bloß über was nachdenken, ehe ich nach
oben gehe. Arbeitest du hier drüben?«

»Ja. Ich bin neu. In der CE.«

»CE?«

»Customer Experience.«

»Ach so, ja. Wir haben früher einfach Customer Service
gesagt.«

»Dann bist du wohl nicht neu?«

»Ich? Nein, nein. Ich bin schon eine ganze Weile dabei.
Aber weniger in diesem Gebäude.« Er lächelte und blickte
aus dem Fenster, und da er das Gesicht abgewandt hatte,
betrachtete Mae ihn genauer. Er hatte dunkle Augen, ein
ovales Gesicht und graues, fast weißes Haar, aber er konnte nicht älter als dreißig sein. Er war dünn, sehnig, und die
hautengen Klamotten, die er trug, verliehen seiner Silhouette den Eindruck flinker, dick-dünner Kalligrafie-Pinsel-
striche.

Er wandte sich ihr wieder zu, blinzelte und lachte leise
über sich und sein schlechtes Benehmen. »Entschuldige.
Ich bin Kalden.«

»Kalden?«

»Das ist tibetisch«, sagte er. »Es bedeutet irgendwas mit
golden. Meine Eltern wollten immer mal nach Tibet, sind

aber nie weiter als Hongkong gekommen. Und wie heißt du?«

»Mae«, sagte sie, und sie schüttelten sich die Hände. Sein Handschlag war fest, aber flüchtig. Man hatte ihm beigebracht, wie man Hände schüttelte, vermutete Mae, doch er hatte nie einen Sinn darin gesehen.

»Dann hast du dich also nicht verlaufen«, sagte Mae, der klar wurde, dass sie längst wieder an ihrem Schreibtisch sein müsste; sie hatte sich heute schon einmal verspätet.

Kalden spürte das. »Oh. Du musst los. Darf ich dich begleiten? Nur um zu sehen, wo du arbeitest?«

»Ähm«, sagte Mae, jetzt sehr verunsichert. »Klar.« Wenn sie es nicht besser gewusst hätte und nicht den Ausweis gesehen hätte, den er an einer Kordel um den Hals hängen hatte, hätte sie diesen Kalden mit seiner deutlichen, aber vagen Neugier für jemanden gehalten, der von der Straße aus Versehen hereingeschneit war, oder gar für einen Industriespion. Aber was wusste sie schon? Sie war erst eine Woche beim Circle. Das hier könnte irgendein Test sein. Oder bloß ein exzentrischer Kollege.

Mae führte ihn zu ihrem Schreibtisch.

»Der ist sehr aufgeräumt«, sagte er.

»Ich weiß. Ich hab ja auch gerade erst angefangen.«

»Und ich weiß, manche der Drei Weisen mögen es, wenn die Circle-Schreibtische sehr ordentlich sind. Hast du die hier schon mal gesehen?«

»Wen? Die Drei Weisen?« Mae schnaubte. »Hier nicht. Jedenfalls noch nicht.«

»Ja, kann ich mir denken«, sagte Kalden und ging in die Hocke, sein Kopf auf Höhe von Maes Schulter. »Kann ich mal sehen, was du so machst?«

»Was ich arbeite?«

»Ja. Darf ich zuschauen? Ich meine, natürlich nur, wenn es dir nicht unangenehm ist.«

Mae stutzte. Hier im Circle hielt sich ihrer Erfahrung nach alles und jeder an ein logisches Modell, einen Rhythmus, doch Kalden war die Anomalie. Sein Rhythmus war anders, atonal und seltsam, aber nicht unangenehm. Er hatte ein ausgesprochen offenes Gesicht, feuchte, sanftmütige, bescheidene Augen, und er sprach so leise, dass jede Art von Bedrohung ausgeschlossen schien.

»Klar. Meinetwegen«, sagte sie. »Es ist aber nicht besonders aufregend.«

»Vielleicht, vielleicht auch nicht.«

Und dann sah er zu, wie Mae Anfragen beantwortete. Wenn sie sich ihm nach jedem scheinbar banalen Teil ihres Jobs zuwandte, tanzte der Bildschirm hell in seinen Augen, und sein Gesicht wirkte verzückt – als hätte er noch nie in seinem Leben etwas Interessanteres gesehen. In anderen Momenten wirkte er dagegen entrückt, als würde er etwas sehen, das sie nicht sehen konnte. Sein Blick war dann auf den Bildschirm gerichtet, doch seine Augen sahen irgendetwas tief im Inneren.

Sie machte weiter, und er stellte weiter gelegentliche Fragen. »Wer war denn das?« – »Wie oft passiert das?« – »Warum hast du so geantwortet?«

Er war ihr nahe, viel zu nahe für einen normalen Menschen mit den üblichen Vorstellungen von Diskretionsabstand, aber es war überdeutlich, dass er nicht so ein Mensch war – ein normaler Mensch. Während er den Bildschirm beobachtete und manchmal Maes Finger auf der Tastatur, kam sein Kinn ihrer Schulter noch näher, sein Atem leicht, aber hörbar, sein Geruch, ein schlichter nach Seife und Bananenshampoo, erreichte sie mit dem Windhauch, wenn er kurz ausatmete. Das ganze Erlebnis war so eigenartig, dass Mae alle paar Sekunden nervös lachte, weil sie nicht wusste, was sie sonst machen sollte. Und dann war es vorbei. Er räusperte sich und stand auf.

»So, ich muss dann mal wieder«, sagte er. »Ich verschwinde einfach. Will dich hier nicht aus dem Takt bringen. Wir sehen uns bestimmt mal auf dem Campus.«

Und weg war er.

Ehe Mae das, was da eben passiert war, richtig verarbeiten konnte, tauchte schon ein neues Gesicht neben ihr auf.

»Hi. Ich bin Gina. Hat Dan mich angekündigt?«

Mae nickte, obwohl sie sich an nichts mehr erinnern konnte. Sie blickte Gina an, die ein paar Jahre älter war als sie, und hoffte, sich später an irgendwas, was sie oder dieses Treffen betraf, erinnern zu können. Ginas Augen, schwarz und schwer vor Lidstrich und Wimperntusche, lächelten sie an, obwohl Mae nicht das Gefühl hatte, dass diese Augen oder Gina selbst irgendwelche Wärme verströmten.

»Dan meinte, es wäre ein guter Moment, dein Social-Media-Konto einzurichten. Hast du Zeit?«

»Klar«, sagte Mae, obwohl sie überhaupt keine Zeit hatte.

»Ich nehme an, die letzte Woche war zu hektisch für dich, um dein firmeninternes Social-Media-Konto zu erstellen. Und soweit ich weiß, hast du dein altes Profil wohl nicht importiert?«

Mae verfluchte sich. »Tut mir leid. Bislang war ich ziemlich mit Arbeit überhäuft.«

Gina zog die Stirn in Falten.

Mae ruderte zurück, überspielte ihre Fehlformulierung mit einem Lachen. »Nein, ich mein das ganz positiv! Aber ich hatte keine Zeit für Außerbetriebliches.«

Gina legte den Kopf schief und räusperte sich theatralisch. »Wirklich interessant, wie du das ausdrückst«, sagte sie lächelnd, obwohl sie keinen glücklichen Eindruck machte. »Wir sehen dein Profil und was du damit machst eigentlich als wesentlichen Bestandteil deiner Tätigkeit hier. Auf diese Weise wissen deine Kolleginnen und Kollegen, selbst die auf der anderen Seite vom Campus, wer du bist. *Kommunikation* ist ja wohl keineswegs außerbetrieblich, oder?«

Jetzt war Mae verlegen. »Nein«, sagte sie. »Natürlich nicht.«

»Wenn du die Profilseite einer Kollegin oder eines Kollegen besuchst und etwas schreibst, ist das etwas *Positives.* Das ist ein Gemeinschaftsakt. Eine Kontaktaufnahme. Und natürlich muss ich dir nicht sagen, dass es dieses Unternehmen gerade wegen der Social Media gibt, die du für *außerbetrieblich* hältst. Wenn ich mich nicht täusche, hast du unsere Social-Media-Tools benutzt, bevor du herkamst?«

Mae wusste nicht, was sie sagen sollte, um Gina zu beschwichtigen. Sie war arbeitsmäßig einfach zu ausgelastet gewesen, und um keinen abgelenkten Eindruck zu machen, hatte sie die Reaktivierung ihres Profils hinausgeschoben.

»Tut mir leid«, brachte Mae heraus. »Ich wollte nicht andeuten, dass Social Media außerbetrieblich wären. Im Gegenteil, ich halte sie für fundamental wichtig. Aber ich bin noch dabei, mich hier zu akklimatisieren, und wollte mich zunächst darauf konzentrieren, meine neuen Aufgaben zu meistern.«

Aber Gina war jetzt richtig in Fahrt und ließ sich nicht aufhalten, ehe sie ihren Gedanken beendet hatte. »Ist dir eigentlich klar, dass *Community* und *Kommunikation* dieselbe lateinische Wurzel haben, nämlich *communis*, was gemeinsam bedeutet, öffentlich, von allen oder vielen geteilt?«

Maes Herz raste. »Es tut mir sehr leid, Gina. Ich hab mir nichts sehnlicher gewünscht, als hier einen Job zu kriegen. Ich weiß das alles. Ich bin hier, weil ich an all das glaube, was du gesagt hast. Ich war letzte Woche bloß ein bisschen durch den Wind und bin nicht dazu gekommen, das Konto einzurichten.«

»Okay. Aber denk ab jetzt daran: sozial sein und auf deinem Profil und allen entsprechenden Konten präsent zu sein – das hat damit zu tun, warum du hier bist. Wir betrachten deine Onlinepräsenz als wesentlich für deine Arbeit hier. Alles ist mit allem verbunden.«

»Ich weiß. Noch mal, es tut mir leid, dass ich meine Gefühle falsch zum Ausdruck gebracht hab.«

»Gut. Okay, dann wollen wir mal.« Gina griff über Maes Trennwand und holte einen weiteren Bildschirm hervor, größer als ihr zweiter, den sie rasch aufbaute und an Maes Computer anschloss.

»Okay. Dein zweiter Bildschirm bleibt weiterhin zuständig für deinen Kontakt zu deinem Team. Also ausschließlich für CE-Belange. Dein dritter Bildschirm ist für deine Teilnahme am sozialen Leben im Unternehmen Circle und in deinem erweiterten Circle-Umfeld. Ist das verständlich?«

»Ja.«

Mae sah zu, wie Gina den Bildschirm aktivierte, und spürte ein erregendes Prickeln. Sie hatte noch nie eine so aufwendige Anlage gehabt. Drei Bildschirme für jemanden so weit unten auf der Leiter! So was gab's nur im Circle.

»Okay, als Erstes schau doch bitte auf deinen zweiten Bildschirm«, sagte Gina. »CircleSearch hast du, glaub ich, noch nicht aktiviert. Dann machen wir das mal.« Eine ausführliche dreidimensionale Karte vom Campus erschien. »Das ist ganz einfach und ermöglicht es dir, jeden auf dem

Campus ausfindig zu machen, den du persönlich sprechen musst.«

Gina deutete auf einen pulsierenden roten Punkt.

»Da bist du. Du bist rot glühend heiß! War nur Spaß.« Als hätte sie gemerkt, dass die Bemerkung vielleicht als unangemessen betrachtet werden könnte, fuhr sie rasch fort. »Hast du nicht gesagt, du kennst Annie? Geben wir mal ihren Namen ein.« Ein blauer Punkt erschien im Wilden Westen. »Sie ist in ihrem Büro, was für eine Überraschung. Annie ist eine Maschine.«

Mae lächelte. »Stimmt.«

»Ich bin richtig neidisch, dass du sie so gut kennst«, sagte Gina mit einem Lächeln, das aber kurz und nicht überzeugend war. »Und hier siehst du eine coole neue App, die uns jeden Tag eine Art Chronik des Gebäudes liefert. Du kannst sehen, wann sich die Mitarbeiter jeden Tag angemeldet und wann sie das Gebäude verlassen haben. So bekommen wir ein schönes Gespür für das Leben im Unternehmen. Diesen Teil musst du natürlich nicht selbst updaten. Wenn du zum Pool gehst, wird das automatisch von deinem Ausweis auf dem Feed upgedated. Abgesehen von der Bewegung liegen zusätzliche Kommentare in deiner Hand und werden natürlich begrüßt.«

»Kommentare?«, fragte Mae.

»Na ja, zum Beispiel wie du den Lunch fandst, ein neues Gerät im Fitnesscenter, egal was. Einfache Bewertungen und Likes und Kommentare. Nichts Ungewöhnliches, und natürlich ist jeder Beitrag für uns eine Hilfe, unsere Arbeit für die Circle-Community zu verbessern. Den Kommentar kannst du hier eingeben«, sagte sie und erklärte, dass sich jedes Gebäude und jeder Raum anklicken ließ und Mae darin über egal was oder egal wen Kommentare schreiben konnte.

»Das ist also dein zweiter Bildschirm. Der ist für den Kontakt mit deinen Kolleginnen und Kollegen, deinem Team, und er macht es dir möglich, Leute im realen Raum zu finden. So, jetzt kommen wir zu den wirklich interessanten Sachen. Bildschirm drei. Der zeigt dir deine wichtigsten Social Feeds und deinen Zing-Feed. Ich hab gehört, du bist kein Zing-User?«

Mae gab zu, keiner zu sein, aber einer werden zu wollen.

»Super«, sagte Gina. »Du hast sogar schon ein Zing-Konto. Ich hab mir einen Namen für dich ausgedacht: MaeDay. Wie der Kriegsfeiertag. Ist doch cool, oder?«

Mae wusste nicht recht, was sie von dem Namen halten sollte, und konnte sich auch nicht an einen Feiertag mit dem Namen erinnern.

»Und ich hab dein Zing-Konto mit der gesamten Circle-Community verknüpft, deshalb hast du soeben 10.042 neue Follower bekommen! Echt cool. Du selbst solltest so etwa zehnmal am Tag zingen, aber das ist praktisch das Minimum. Ich bin sicher, du hast mehr zu sagen. Oh, und da haben wir deine Playlist. Wenn du während der Arbeit Musik hörst, schickt der Feed die Playlist automatisch an alle anderen, und die geht dann in die kollektive Playlist, die wiederum die meistgespielten Songs eines Tages, einer Woche, eines Monats rankt. Sie führt die auf dem ganzen Campus beliebtesten einhundert Songs auf, aber du kannst sie auch zigfach unterteilen – nach den meistgespielten Stücken im Bereich Hip-Hop, Indie, Country, egal was. Du kriegst Empfehlungen auf Basis dessen, was du spielst und was andere mit einem ähnlichen Geschmack spielen – alles befruchtet sich also gegenseitig, während du arbeitest. Verstanden?«

Mae nickte.

»So, neben dem Zing-Feed siehst du das Fenster für deinen primären Social Feed. Du siehst auch, dass wir den in zwei Teile teilen, den internen InnerCircle und den externen OuterCircle. Ist das nicht clever? Du kannst sie miteinander verbinden, aber wir finden es besser, die beiden Feeds getrennt anzeigen zu lassen. Aber der OuterCircle ist natürlich noch immer im Circle. Wie alles. Kommst du noch mit?«

Mae bejahte.

»Ich find's ja unglaublich, dass du schon eine Woche hier bist, ohne im wichtigsten Social Feed zu sein. Ab jetzt wird alles anders.« Gina klopfte an Maes Bildschirm, und Maes InnerCircle-Stream wurde zu einer Sturzflut von Nachrichten, die sich über den Monitor ergossen.

»Siehst du, jetzt kommen auch alle von letzter Woche. Deshalb sind es so viele. Wow, du hast ganz schön was verpasst.«

Mae starrte auf den Zähler unten am Bildschirm, der sämtliche Nachrichten errechnete, die ihr von allen möglichen Leuten beim Circle geschickt worden waren. Der Zähler stockte bei 1.200. Dann 4.400. Die Zahlen kletterten höher, blieben in regelmäßigen Abständen stehen, doch der Endstand betrug 8.276.

»Das sind die Nachrichten von letzter Woche? Achttausend?«

»Das kannst du alles nachholen«, sagte Gina munter. »Vielleicht schon heute Abend. So, jetzt wollen wir dein reguläres Social-Media-Konto eröffnen. Wir nennen es OuterCircle, es ist aber dasselbe Profil, derselbe Feed, den du seit Jahren hast. Was dagegen, wenn ich es eröffne?«

Mae hatte nichts dagegen. Sie sah zu, wie ihr soziales Profil, das sie vor Jahren erstellt hatte, jetzt auf ihrem dritten Bildschirm erschien, neben dem InnerCircle-Feed.

Eine Kaskade von Nachrichten und Fotos, ein paar Hundert, füllte den Monitor.

»Okay, sieht so aus, als hättest du auch hier ganz schön was nachzuholen«, sagte Gina. »Ein Fest! Viel Spaß dabei.«

»Danke«, sagte Mae. Sie versuchte, möglichst begeistert zu klingen. Gina sollte sie mögen.

»Oh, Moment. Noch was. Ich muss dir die Nachrichtenhierarchie erklären. Mist. Da hätte ich doch fast die Nachrichtenhierarchie vergessen. Dan würde mich umbringen. Okay, wie du weißt, hat dein erster Bildschirm mit den CE-Aufgaben oberste Priorität. Wir müssen für unsere Kunden mit voller Aufmerksamkeit und ganzem Herzen da sein. Das ist also klar.«

»Ja.«

»Auf deinem zweiten Bildschirm kriegst du unter Umständen Nachrichten von Dan und Jared oder Annie oder sonst wem, der deine Arbeit direkt überwacht. Diese Nachrichten informieren dich stets aktuell über die Qualität deiner Serviceleistung. Das sollte daher für dich zweite Priorität haben. Klar?«

»Klar.«

»Der dritte Bildschirm ist für deine sozialen Kontakte im Inner- und OuterCircle. Aber diese Nachrichten sind nicht etwa überflüssig. Sie sind genauso wichtig wie alle anderen Nachrichten, obwohl sie dritte Priorität haben. Und manchmal sind sie dringend. Behalte besonders den Inner-Circle-Feed im Auge, weil du da von Personalmeetings, Pflichtversammlungen und eventuellen Sondermeldungen erfährst. Wenn eine Circle-Mitteilung richtig eilig ist, wird sie orange markiert. Ist etwas von höchster Dringlichkeit, wirst du zusätzlich per SMS informiert. Hast du dein Handy immer im Blick?« Mae deutete mit einem Kopfnicken auf ihr Handy, das direkt unter den Bildschirmen auf ihrem Schreibtisch lag. »Gut«, sagte Gina. »Das sind also die Prioritäten, wobei die eigene Beteiligung am OuterCircle deine vierte Priorität ist. Partizipation, wie wir sagen, ist genauso wichtig wie alles andere, weil uns deine Work-Life-Balance am Herzen liegt, die Kalibrierung deines Onlinelebens hier im Unternehmen und außerhalb davon. Ich hoffe, das ist klar. Okay?«

»Okay.«

»Prima. So, ich denke, du bist startklar. Irgendwelche Fragen?«

Mae verneinte.

Gina legte skeptisch den Kopf schief, deutete an, dass Mae bestimmt noch viele Fragen hatte, sie aber nicht stellen wollte, um nur ja nicht uninformiert zu wirken. Gina stand auf, lächelte, trat einen Schritt zurück, blieb aber dann stehen. »Scheiße. Ich habe noch was vergessen.« Sie ging neben Mae in die Hocke, tippte ein paar Sekunden lang, und auf dem dritten Bildschirm erschien eine Zahl, die ganz wie ihr CE-Gesamtpunktestand aussah. Da stand: MAE HOLLAND: 10.328.

»Das ist dein Partizipations-Ranking, kurz PartiRank. Manche bei uns nennen es auch Popularitäts-Ranking, aber das ist eigentlich nicht richtig. Es handelt sich lediglich um eine algorithmisch generierte Zahl, in die alle deine Aktivitäten im InnerCircle einfließen. Ist das verständlich?«

»Ich glaube, ja.«

»Sie berücksichtigt Zings, externe Followers deiner unternehmensinternen Zings, Kommentare zu deinen Zings, deine Kommentare zu den Zings von anderen, deine Kommentare zu den Profilen von anderen Circlern, deine geposteten Fotos, Teilnahme an Circle-Veranstaltungen, gepostete Kommentare und Fotos zu den Veranstaltungen – im Grunde sammelt und zelebriert sie alles, was du hier machst. Die aktivsten Circler erreichen natürlich das höchste Ranking. Wie du siehst, ist dein Ranking derzeit noch niedrig, aber nur, weil du neu bist und wir deinen Social Feed gerade erst aktiviert haben. Jedes Mal, wenn du irgendwas postest oder kommentierst oder irgendeine Veranstaltung besuchst, wird das miteingerechnet, und dein Ranking verändert sich entsprechend. Das macht dann richtig Spaß. Du postest, du steigst im Ranking. Dein Post gefällt einer Menge Leute, und dein Ranking schnellt in die Höhe. Es ist den ganzen Tag in Bewegung. Cool?«

»Total«, sagte Mae.

»Wir haben dein Ranking ein bisschen angekurbelt – sonst läge es noch bei 10.411. Und noch mal, es ist nur zum Spaß. Du wirst nicht nach deinem Ranking oder so beurteilt. Manche Circler nehmen es natürlich sehr ernst, und wir freuen uns, wenn Leute partizipieren wollen, aber das Ranking ist wirklich bloß eine nette Methode, um zu sehen, wie deine Partizipation sich im Vergleich zur Circle-Community insgesamt darstellt. Okay?«

»Okay.«

»Also dann. Du weißt ja, wie du mich erreichst.«

Und damit drehte Gina sich um und ging.

Mae öffnete den unternehmensinternen Stream und fing an. Sie war entschlossen, alle Inner- und OuterCircle-Feeds an dem Abend durchzusehen. Es gab unternehmensweite Mitteilungen über die Speisekarten jedes Tages, das Wetter jedes Tages, die Worte der Drei Weisen jedes Tages – die Aphorismen der letzten Wochen stammten von Martin Luther King, Gandhi, Salk, Mutter Teresa und Steve Jobs. Es gab Mitteilungen über die Campusbesucher jedes Tages: eine Agentur für die Vermittlung von Haustieren, ein Senator, ein Kongressabgeordneter aus Tennessee, der Direktor von Médecins Sans Frontières. Mae sah mit einem Anflug von Reue, dass sie just am Vormittag einen Besuch von Nobelpreisträger Muhammad Yunus verpasst hatte. Sie durchforstete die Nachrichten, jede einzelne, und suchte nach irgendwas, bei dem eventuell eine persönliche Antwort von ihr erwartet worden war. Es gab Umfragen, mindestens fünfzig, unter den Circlern nach ihrer Meinung zu diversen Unternehmensstrategien, nach optimalen Terminen für bevorstehende Versammlungen, Interessengruppen, Festivitäten und Kurzurlauben. Dutzende Klubs warben um Mitglieder und informierten alle über Treffen: Katzenbesitzergruppen – mindestens zehn –, ein paar Kaninchengruppen, sechs Reptiliengruppen, vier davon ausschließlich Schlangen vorbehalten. Vor allem gab es Gruppen für Hundebesitzer. Sie zählte zweiundzwanzig, war aber sicher, dass das nicht alle waren. Eine der Gruppen speziell für Besitzer sehr kleiner Hunde, Lucky Lapdogs, wollte wissen, wie viele Leute Interesse an einem Wochenendklub für Spaziergänge und Wanderungen und Hundebetreuung hätten; Mae überging die Anfrage. Dann, als ihr klar wurde, dass Ignorieren bloß eine zweite, dringendere Nachricht provozieren würde, tippte sie eine Nachricht und erklärte, dass sie keinen Hund hatte. Sie wurde gebeten, eine Petition für ein größeres veganes Angebot beim Lunch zu unterschreiben; das tat sie. Neun Nachrichten von diversen Arbeitsgruppen innerhalb des Unternehmens baten sie, ihren Sub-Circles beizutreten, um genauere Updates und besseren Informationsaustausch zu ermöglichen. Einstweilen trat sie denen bei, die sich mit Häkeln, Fußball und Hitchcock befassten.

Es gab an die hundert Elterngruppen – Eltern mit erstem

Kind, geschiedene Eltern, Eltern von autistischen Kindern, Eltern von guatemaltekischen Adoptivkindern, äthiopischen Adoptivkindern, russischen Adoptivkindern. Es gab sieben Improvisationskomikergruppen, neun Schwimmteams – letztes Wochenende hatte unter den Mitarbeitern ein Schwimmwettkampf mit Hunderten Teilnehmern stattgefunden –, und in zig Nachrichten ging es um den Wettkampf, wer gewonnen hatte, um irgendeine Panne bei den Ergebnissen und um einen Mediator, der auf den Campus kommen würde, um noch bestehende Fragen zu klären und Missstimmungen aus der Welt zu schaffen. Es gab Besuche, mindestens zehn pro Tag, von Unternehmen, die dem Circle innovative neue Produkte präsentierten. Neue kraftstoffsparende Autos. Neue fair gehandelte Sneaker. Neue Tennisschläger aus heimischer Herstellung. Es gab Meetings von allen erdenklichen Abteilungen – Forschung und Entwicklung, Personalsuche, soziale Angelegenheiten, Öffentlichkeitsarbeit, Professionelles Networking, Wohltätigkeit, Anzeigenverkauf –, und Mae sackte der Magen nach unten, als sie sah, dass sie ein Meeting verpasst hatte, das als »ziemlich obligatorisch« für alle Neulinge eingestuft worden war. Das war letzten Donnerstag gewesen. Wieso hatte ihr keiner was gesagt? *Du dumme Nuss*, beantwortete sie sich die Frage selbst. *Sie haben's dir doch gesagt. Genau hier.*

»Scheiße«, sagte sie.

Bis zehn Uhr abends hatte sie sich durch alle unternehmensinternen Nachrichten und Infos durchgearbeitet und widmete sich jetzt ihrem eigenen OuterCircle-Konto. Sie hatte seit sechs Tagen nicht reingeschaut und fand 118 neue Mitteilungen allein vom heutigen Tag. Sie beschloss, sie durchzuackern, von den neusten zu den ältesten. Zuletzt hatte eine Freundin aus Collegezeiten eine Nachricht gepostet, dass sie eine Magengrippe habe, und es folgte ein langer Thread mit Freunden, die Hausmittel empfahlen, Mitgefühl bekundeten oder Fotos posteten, um sie aufzuheitern. Mae likte zwei von den Fotos, likte drei von den Kommentaren, postete selbst Genesungswünsche und schickte einen Link zu einem Song mit dem Titel »Puking Sally«, den sie gefunden hatte. Das löste einen neuen Thread aus, 54 Mitteilungen, über den Song und die Band, die ihn geschrieben hatte. Einer von den Freunden im Thread sagte, er würde den Bassisten in der Band kennen, und bezog ihn dann in die Unterhaltung mit ein. Der Bassist, Damien Ghilotti, arbeitete inzwischen in Neuseeland als Studiotechniker, war aber froh zu erfahren, dass »Puking Sally« noch immer bei Leuten mit Magengrippe Anklang fand. Sein Post begeisterte alle Beteiligten und führte zu weiteren 129 Beiträgen von Leuten, die alle ebenfalls begeistert waren, von dem tatsächlichen Bassisten der Band zu hören, und am Ende des Threads wurde Damien Ghilotti eingeladen, auf einer Hochzeit zu spielen, wenn er Lust hatte, oder Boulder oder Bath oder Gainsville oder St. Charles, Illinois, zu besuchen, falls er mal zufällig da vorbeikam, er hätte dort ein Bett zum Schlafen und ein selbst gekochtes Essen. Bei der Erwähnung von St. Charles fragte jemand, ob irgendwer von dort etwas von Tim Jenkins gehört hätte, der in Afghanistan kämpfte; er hatte nämlich im Fernsehen mitgekriegt, dass ein junger Mann aus Illinois von einem afghanischen Rebellen, der sich als Polizist verkleidet hatte, erschossen worden war. Sechzig Nachrichten später waren die Antwortenden sich einig, dass das Opfer ein anderer Tim Jenkins war, und zwar einer aus Rantoul, Illinois, nicht St. Charles. Alle reagierten erleichtert, doch schon bald wurde der Thread beherrscht von einer vielstimmigen Debatte über Sinn und Nutzen des Krieges dort, über die US-Außenpolitik im Allgemeinen, darüber, ob wir in Vietnam oder Grenada oder den Ersten Weltkrieg gewonnen hatten oder nicht, und über die Fähigkeit der Afghanen, sich selbst zu regieren, und über den Opiumhandel, der die Rebellen finanzierte, und über die Möglichkeit, sämtliche Drogen in Amerika und Europa zu legalisieren. Irgendwer erwähnte die Nützlichkeit von Marihuana bei der Glaukom-Behandlung, und jemand anderes meinte, es würde auch bei MS helfen, und dann folgte ein frenetischer Gedankenaustausch zwischen drei Angehörigen von MS-Patienten, und Mae, die spürte, wie in ihr eine gewisse Dunkelheit die Flügel ausbreitete, meldete sich ab.

Mae konnte die Augen nicht länger aufhalten. Obwohl sie erst drei Tage ihres sozialen Rückstandes aufgeholt hatte, fuhr sie den Computer runter und machte sich auf den Weg zum Parkplatz.

Am Dienstagmorgen war die Anfragenflut nicht so stark wie am Montag, doch die Aktivität auf ihrem dritten Bildschirm hielt sie die ersten drei Stunden des Tages auf ihrem Schreibtischstuhl. Bevor sie den dritten Bildschirm bekam, hatte es zwischen der Beantwortung einer Anfrage und der Kundenreaktion, ob ihre Antwort befriedigend gewesen war oder nicht, immer mal eine Pause von etwa zehn oder zwölf Sekunden gegeben; sie hatte die Zeit genutzt, um sich die Standardformulierungen einzuprägen und ein paar Follow-ups abzuschicken, hin und wieder einen Blick auf ihr Handy zu werfen. Jetzt jedoch wurde das alles schwieriger. Der Feed auf dem dritten Bildschirm brachte alle paar Minuten vierzig neue InnerCircle-Nachrichten, an die fünfzehn OuterCircle-Posts und Zings, und Mae nutzte jede freie Sekunde, um rasch alles durchzuscrollen, sich zu vergewissern, dass nichts dabei war, was ihre sofortige Aufmerksamkeit verlangte, um sich dann wieder ihrem Hauptbildschirm zu widmen.

Gegen Ende des Vormittags war die Flut überschaubar, ja sogar anregend. Das Unternehmen hatte so viele Projekte laufen, bot so viel Menschlichkeit und Wohlbefinden, leistete so viel Pionierarbeit an allen Fronten, dass sie schon allein durch ihre Nähe zu den Circlern ein besserer Mensch wurde, da war sie sicher. Es war wie ein gut geführter Biosupermarkt: Du wusstest, wenn du dort einkauftest, warst du gesünder; du konntest keine schlechte Wahl treffen, weil alles bereits gründlich überprüft worden war. So ähnlich war es auch beim Circle. Hier war jeder handverlesen, und somit war der Genpool außergewöhnlich, die Brainpower phänomenal. Alle waren unablässig und mit Leidenschaft bestrebt, sich selbst und einander zu verbessern, ihr Wissen zu teilen, es in der Welt zu verbreiten.

Aber gegen Mittag war sie fix und fertig und freute sich richtig darauf, mit ausgeschaltetem Gehirn eine Stunde lang auf dem Rasen zu sitzen, mit Annie, die darauf bestanden hatte.

Um 11.50 Uhr jedoch erschien auf dem zweiten Bildschirm eine Nachricht von Dan: *Hast du fünf Minuten?*

Sie verständigte Annie, dass sie sich verspäten könnte, und als sie zu Dans Büro kam, lehnte er am Türrahmen. Er lächelte Mae mitfühlend an, aber mit einer hochgezogenen Augenbraue, als hätte Mae irgendwas an sich, das ihn verwirrte, irgendwas, das er nicht genau benennen konnte. Er deutete mit einem Arm ins Büro, und sie schlüpfte an ihm vorbei. Er schloss die Tür.

»Setz dich, Mae. Du kennst Alistair, nehme ich an?«

Sie hatte den Mann, der da in der Ecke saß, zuerst nicht

bemerkt, aber als sie ihn ansah, wusste sie, dass sie ihn nicht kannte. Er war groß, Ende zwanzig, mit sorgsam gekämmtem sandbraunem Haar. Er saß schräg auf einem abgerundeten Stuhl, sein dünner Körper steif wie ein Kantholz. Er stand nicht auf, um sie zu begrüßen, daher streckte Mae ihm die Hand entgegen.

»Nett, dich kennenzulernen«, sagte sie.

Alistair seufzte mit großer Resignation und hob die Hand, als müsste er etwas Fauliges berühren, das ans Ufer gespült worden war.

Maes Mund wurde trocken. Da war irgendwas Unangenehmes im Busch.

Dan setzte sich. »Also, ich hoffe, wir können die Sache möglichst schnell aus der Welt schaffen«, sagte er. »Möchtest du anfangen, Mae?«

Die beiden Männer blickten sie an. Dans Augen waren fest, Alistair dagegen blickte gekränkt, aber erwartungsvoll. Mae hatte keine Ahnung, was sie sagen sollte, keine Ahnung, was los war. Als die Stille sich hinzog und immer drückender wurde, blinzelte Alistair hektisch in dem Versuch, die Tränen zurückzuhalten.

»Nicht zu fassen«, brachte er schließlich heraus.

Dan wandte sich ihm zu. »Alistair, bitte. Wir wissen, du bist verletzt, aber lass uns sachlich bleiben.« Dan wandte sich an Mae. »Ich fang mal mit dem Offensichtlichen an. Mae, wir reden hier über *Alistairs Portugal-Brunch*.«

Dan ließ die Worte in der Luft stehen, erwartete, dass Mae sofort darauf einging, aber Mae hatte keine Ahnung, was sie bedeuteten: Alistairs Portugal-Brunch? Durfte sie zugeben, dass sie keine Ahnung hatte, was sie bedeuteten? Sie wusste, dass das nicht ging. Sie hatte sich verspätet mit dem Feed befasst. Es musste irgendwas damit zu tun haben.

»Es tut mir leid«, sagte sie. Sie wusste, sie würde im Trüben fischen müssen, bis sie durchschaute, worum es eigentlich ging.

»Das ist schon mal ein guter Anfang«, sagte Dan. »Nicht wahr, Alistair?«

Alistair zuckte die Achseln.

Mae hangelte sich weiter. Was wusste sie? Es hatte einen Brunch gegeben, so viel stand fest. Und sie war eindeutig nicht dabei gewesen. Alistair hatte den Brunch veranstaltet, und jetzt war er gekränkt. Das war eine durchaus plausible Mutmaßung.

»Ich wäre furchtbar gern gekommen«, sagte sie ins Blaue hinein und sah sogleich leise ermutigende Anzeichen in den Gesichtern der beiden. Sie war auf einem guten Weg. »Aber ich war nicht sicher, ob …« Jetzt setzte sie alles auf eine Karte. »Ich war nicht sicher, ob ich willkommen wäre, wo ich doch noch so neu hier bin.«

Ihre Gesichter wurden weicher. Mae lächelte, wusste, dass sie den richtigen Ton getroffen hatte. Dan schüttelte den Kopf, froh über die Bestätigung seiner Annahme, dass Mae im Grunde kein schlechter Mensch war. Er stand auf, kam um den Schreibtisch herum und lehnte sich dagegen.

»Mae, haben wir dir nicht das Gefühl gegeben, dass du willkommen bist?«, fragte er.

»Doch, das habt ihr! Das habt ihr wirklich. Aber ich bin nicht in Alistairs Team, und ich war mir nicht sicher, wie die Regeln sind, also, ob ein Mitglied aus einem Team zu einem Brunch von einem erfahreneren Mitglied eines anderen Teams gehen kann.«

Dan nickte. »Siehst du, Alistair? Ich hab dir doch gesagt, es gibt eine einfache Erklärung.« Alistair saß jetzt aufrecht, als hätte er wieder Kraft geschöpft.

»Aber natürlich bist du willkommen«, sagte er und tätschelte ihr spielerisch das Knie. »Obwohl du ein bisschen gedankenlos bist.«

»Alistair, bitte …«

»Tut mir leid«, sagte er und holte tief Luft. »Ich hab's jetzt im Griff. Ich bin sehr froh.«

Es folgten noch ein paar entschuldigende Worte, gemeinsames Lachen über Verständnisse und Missverständnisse und Kommunikationen und Flow und die Ordnung des Universums, und schließlich war es genug. Sie standen auf.

»Umarmen wir uns zum Schluss«, sagte er. Und sie taten es, bildeten einen engen Kreis neu entdeckter Gemeinschaft.

Als Mae wieder an ihrem Schreibtisch war, wartete schon eine Nachricht auf sie.

Danke noch mal für dein heutiges Gespräch mit Alistair und mir. Ich glaube, es war sehr produktiv und hilfreich. Human Resources weiß über die Situation Bescheid, und die möchten immer gern einen Bericht bekommen, um die Sache endgültig abzuschließen. Ich hab da mal was formuliert. Falls du es gut findest, unterschreib einfach auf dem Bildschirm und schick's mir zurück.

Störfall Nr. 5616ARN/MRH/RK2

Tag: Montag, 11. Juni

Beteiligte: Mae Holland, Alistair Knight

Zusammenfassung: Alistair von der Renaissance, Team Neun, gab einen Brunch für alle Mitarbeiterinnen und Mitarbeiter, die Interesse an Portugal gezeigt hatten. Er verschickte drei Mitteilungen über das Event, auf die Mae, ebenfalls in der Renaissance, Team Sechs, nicht antwortete. Alistair war beunruhigt, weil von Mae keine Zusage oder überhaupt irgendeine Reaktion kam. Als der Brunch stattfand und Mae nicht erschien, war Alistair verständlicherweise aufgebracht, dass sie nicht auf die wiederholte Einladung reagiert hatte und dann auch nicht erschienen war. Es handelte sich um einen klassischen Fall von Nicht-Partizipation.

Beim heutigen Meeting zwischen Dan, Alistair und Mae erklärte Mae, dass sie unsicher gewesen sei, ob sie bei so einem Event willkommen wäre, da der Gastgeber einem anderen Team angehörte und sie erst die zweite Woche im Unternehmen war. Sie war sehr unglücklich darüber, Alistair bekümmert und seelisch belastet zu haben, von der Beeinträchtigung der empfindlichen Ökologie der Renaissance ganz zu schweigen. Nach der klärenden Aussprache sind Alistair und Mae wieder gute Freunde und fühlen sich gestärkt. Alle sind sich einig, dass ein Neuanfang angebracht und erwünscht ist.

Unter dem Bericht war eine Linie, wo Mae unterzeichnen sollte, und sie schrieb mit dem Fingernagel ihren Namen auf den Bildschirm. Sie schickte den Bericht ab und erhielt augenblicklich ein Dankeschön von Dan.

Das war super, schrieb er. Alistair ist offensichtlich ein bisschen dünnhäutig, aber nur, weil er ein so ungemein engagierter Circler ist. Genau wie du, stimmt's? Danke für deine Kooperation. Du warst toll. Weiter so!

Mae war spät dran und hoffte, dass Annie noch auf sie wartete. Es war ein klarer und warmer Tag, und Mae fand Annie auf dem Rasen, wo sie auf ihrem Tablet tippte, während ihr ein Müsliriegel vom Mund baumelte. Sie blinzelte zu Mae hoch. »Hey. Du kommst zu spät.«

»Sorry.«

»Wie geht's dir?«

Mae verzog das Gesicht.

»Ich weiß, ich weiß. Ich hab die ganze Sache verfolgt«, sagte Annie hemmungslos kauend.

»Iss nicht so. Mund zu. Du hast alles verfolgt?«

»Ich hab bloß mitgehört, während ich gearbeitet hab. Sie haben mich drum gebeten. Und ich hab schon weitaus Schlimmeres gehört. So was erlebt jeder zu Anfang ein paarmal. Übrigens, beeil dich mit dem Essen. Ich will dir noch was zeigen.«

In rascher Folge schwappten zwei Wellen über Mae hinweg. Zuerst tiefes Unbehagen, weil Annie ohne ihr Wissen alles mitgehört hatte, dann Erleichterung darüber, dass ihre Freundin bei ihr gewesen war, wenn auch aus der Ferne, und bestätigen konnte, dass Mae die Sache überstehen würde.

»Du etwa auch?«

»Ich etwa auch was?«

»Bist *du* auch schon mal so gemaßregelt worden? Ich zittere jetzt noch.«

»Na klar. Etwa einmal im Monat. Passiert mir immer noch. Kau schneller.«

Mae aß, so schnell sie konnte, während sie eine Partie Krocket beobachtete, die vor ihr auf dem Rasen stattfand. Die Spieler hatten sich anscheinend eigene Regeln gemacht. Mae aß den letzten Bissen.

»Gut, steh auf«, sagte Annie, und sie gingen Richtung TomorrowTown. »Was ist? Ich sehe doch, dass du was hast. Raus mit der Sprache!«

»Bist du zu dem Portugal-Brunch gegangen?«

Annie schnaubte. »Ich? Nein, wieso? Ich war nicht eingeladen.«

»Aber wieso ich denn? Ich hab mich nicht bei dem Klub angemeldet. Ich bin kein Portugal-Fan oder so.«

»Es steht in deinem Profil, oder? Warst du nicht mal da?«

»Ja, aber das hab ich nicht in meinem Profil erwähnt. Ich war mal in Lissabon, mehr nicht. Das war vor fünf Jahren.«

Sie näherten sich dem TomorrowTown-Gebäude mit seiner schmiedeeisernen Fassade, die irgendwie türkisch anmutete. Annie hielt ihren Ausweis über ein an der Wand montiertes Pad, und die Tür öffnete sich.

»Hast du Fotos gemacht?«, fragte Annie.

»In Lissabon? Ja klar.«

»Und die waren auf deinem Laptop?«

Mae musste kurz überlegen. »Schätze, ja.«

»Dann ist das wahrscheinlich der Grund. Wenn sie auf deinem Laptop waren, dann sind sie jetzt in der Cloud, und die Cloud wird nach solchen Informationen durchsucht. Du musst dir gar nicht die Mühe machen, dich bei irgendwelchen Klubs für Portugal-Interessierte anzumelden. Als Alistair seinen Brunch plante, hat er wahrscheinlich einfach eine campusweite Suche nach allen Leuten veranlasst, die das Land mal besucht, Fotos gemacht oder es in einer E-Mail oder so erwähnt haben. Dann hat er automatisch eine Liste bekommen und seine Einladungen rausgeschickt. Das erspart einem zig Stunden unnötige Arbeit. Da geht's lang.«

Sie blieben vor einem langen Flur stehen. Annies Augen leuchteten verschmitzt. »Okay. Willst du was Surreales sehen?«

»Ich bin noch ziemlich durch den Wind.«

»Krieg dich wieder ein. Hier rein.«

Annie öffnete eine Tür zu einem wunderschönen Raum, eine Mischung aus Büfett, Museum und Produktausstellung.

»Ist ja irre.«

Der Raum kam Mae irgendwie bekannt vor. Sie hatte so etwas mal im Fernsehen gesehen.

»Sieht aus wie eine von diesen Geschenk-Lounges für Promis.«

Mae ließ den Blick durch den Raum schweifen. Auf Dutzenden Tischen und Podesten waren Produkte verteilt. Doch statt Schmuck und Pumps sah sie Sneakers und Zahnbürsten und verschiedene Chipssorten und Getränke und Energieriegel.

Mae lachte. »Liege ich richtig, dass die Sachen gratis sind?«

»Für dich, für sehr wichtige Leute wie dich und mich, ja.«

»Großer Gott. Das alles?«

»Ja, das hier ist der Raum für Gratismuster. Er ist immer voll, und das ganze Zeug muss so oder so benutzt werden. Wir laden turnusmäßig Gruppen ein – manchmal Programmierer, manchmal CE-Leute wie dich. Jeden Tag eine andere Gruppe.«

»Und jeder nimmt sich einfach, was er will?«

»Na ja, du musst deinen Ausweis über alles ziehen, was du nimmst, damit sie wissen, wer was genommen hat. Sonst nimmt noch irgendein Idiot den ganzen Raum mit nach Hause.«

»Ich habe noch nichts von dem ganzen Zeug irgendwo gesehen.«

»In Geschäften? Nein, das gibt's alles noch nicht zu kaufen. Das sind Prototypen und Testläufe.«

»Ist das hier eine echte Levi's?«

Mae hielt eine wunderschöne Jeans hoch, und sie war sicher, dass die auf der ganzen Welt noch niemand hatte.

»Die könnte in ein paar Monaten auf den Markt kommen, vielleicht in einem Jahr. Willst du sie haben? Du kannst um eine andere Größe bitten.«

»Und ich darf sie tragen?«

»Was denn sonst, dir den Hintern damit abwischen? Ja

klar, die wollen, dass du sie trägst. Du bist ein einflussreicher Mensch, der beim Circle arbeitet! Du bist eine Trendsetterin, ein Early Adopter und so.«

»Das ist sogar meine Größe.«

»Prima. Nimm zwei. Hast du eine Tasche?«

Annie nahm einen Stoffbeutel mit dem Circle-Logo darauf und gab ihn Mae, die sich gerade eine Auslage von neuen Handyhüllen und sonstigem Zubehör ansah. Sie nahm eine schöne Handyhülle, die hart wie Stein war, aber eine chamoislederweiche Oberfläche hatte.

»Scheiße«, sagte Mae. »Ich hab mein Handy nicht mit.«

»Was? Wo ist es?«, fragte Annie verblüfft.

»Ich schätze, auf meinem Schreibtisch.«

»Mae, du bist unglaublich. Du bist so fokussiert und organisiert, und dann hast du so seltsame schusselige Aussetzer. Du bist ohne dein Handy zum Lunch gekommen?«

»Sorry.«

»Nein. Das liebe ich ja an dir. Du bist halb Mensch, halb Regenbogen. Reg dich nicht auf.«

»Ich krieg heute einfach jede Menge Input.«

»Machst du dir etwa immer noch Sorgen?«

»Meinst du, die Sache ist erledigt, nach dem Gespräch mit Dan und Alistair?«

»Hundertpro.«

»Ist er wirklich so empfindlich?«

Annie verdrehte die Augen. »Alistair? Maßlos. Aber er ist ein wahnsinnig guter Programmierer. Der Typ ist eine Maschine. Es würde ein Jahr dauern, jemanden zu finden und auszubilden, der das leistet, was Alistair leistet. Deshalb müssen wir seine Verrücktheiten hinnehmen. Wir haben hier echt ein paar Spinner. Arme Spinner. Und dann gibt es Leute wie Dan, die den Spinnern unter die Arme greifen. Aber keine Sorge. Ich glaube nicht, dass du arbeitsmäßig viel mit ihnen zu tun haben wirst – zumindest nicht mit Alistair.« Annie sah auf die Uhr. Sie musste los.

»Du bleibst, bis der Beutel voll ist«, sagte sie. »Wir sehen uns später.«

Mae blieb und füllte den Beutel mit Jeans und Lebensmitteln und Schuhen und ein paar neuen Hüllen für ihr Handy und einem Sport-BH. Als sie den Raum verließ, kam sie sich vor wie eine Ladendiebin, begegnete aber niemandem auf dem Weg nach draußen. Zurück an ihrem Schreibtisch, hatte sie elf Nachrichten von Annie.

Sie las die erste: *Hey Mae, hätte besser nicht so über Dan und Alistair ablästern sollen. War nicht sehr nett. Überhaupt nicht Circle-mäßig. Tu so, als hätte ich's nicht gesagt.*

Die zweite: *Hast du meine letzte Nachricht bekommen?*

Die dritte: *Werde langsam ein bisschen panisch. Wieso antwortest du nicht?*

Vierte: *Hab dir gerade gesimst, dich angerufen. Bist du tot? Scheiße. Hatte vergessen, dass du dein Handy vergessen hast. Du bist unmöglich.*

Fünfte: *Falls es dich geärgert hat, was ich über Dan gesagt habe, straf mich nicht mit Schweigen. Ich hab doch gesagt, es tut mir leid. Schreib zurück.*

Sechste: *Kriegst du diese Nachrichten überhaupt? Es ist sehr wichtig. Ruf mich an!*

Siebte: *Wenn du Dan erzählst, was ich gesagt habe, bist du ein Miststück. Seit wann verpetzen wir uns gegenseitig?*

Achte: *Denke gerade, du könntest in einem Meeting sein? Stimmt das?*

Neunte: *Jetzt sind 25 Minuten um. Was ist LOS?*

Zehnte: *Hab gerade nachgesehen und festgestellt, dass du wieder an deinem Schreibtisch bist. Ruf mich auf der Stelle an, oder wir sind fertig miteinander. Ich dachte, wir sind Freundinnen.*

Elfte: *Hallo?*

Mae rief sie an.

»Was soll das Theater, du Spasti?«

»Wo *warst* du?«

»Wir haben uns vor zwanzig Minuten gesehen. Ich bin noch kurz in dem Musterraum geblieben, war dann auf der Toilette, und jetzt bin ich hier.«

»Hast du mich verraten?«

»Ob ich was habe?«

»Hast du mich verraten?«

»Annie, was soll der Scheiß?«

»Sag's mir einfach.«

»Nein, ich hab dich nicht verraten. An wen?«

»Was hast du zu ihm gesagt?«

»Wem?«

»Dan.«

»Ich hab ihn nicht mal gesehen.«

»Du hast ihm keine Nachricht geschickt?«

»Nein. Annie, verdammt.«

»Ehrenwort?«

»Ja.«

Annie seufzte. »Okay, Scheiße. Sorry. Ich hab ihm eine Nachricht geschickt und ihn angerufen und hatte noch nichts von ihm gehört. Und dann hast du nicht auf meine Nachrichten reagiert, und mein Gehirn hat das alles einfach irgendwie verquer zusammengefügt.«

»Annie, echt.«

»Tut mir leid.«

»Ich glaube, du bist gestresst.«

»Nein, mir geht's gut.«

»Lass mich dich heute Abend auf ein paar Drinks einladen.«

»Danke, nein.«

»Bitte?«

»Ich kann nicht. Wir haben hier diese Woche zu viel um die Ohren. Versuchen, diesen ganzen Schlamassel in Washington auf die Reihe zu kriegen.«

»Washington? Worum geht's denn da?«

»Das ist eine echt lange Geschichte. Und ich darf eigentlich nicht drüber reden.«

»Aber du bist diejenige, die die Sache deichseln soll? Ganz Washington?«

»Die geben mir einiges von dem problematischen Regierungskram, weil ich, keine Ahnung, weil sie denken, meine Grübchen sind eine Hilfe. Sind sie ja auch vielleicht. Ich weiß nicht. Ich wünschte bloß, es gäbe mich fünfmal.«

»Du klingst furchtbar, Annie. Mach heute mal früher Feierabend.«

»Nein, nein. Ich komm schon klar. Ich muss bloß diese Anfragen von irgendeinem Unterausschuss beantworten. Kein Problem. Aber ich muss jetzt Schluss machen. Bis bald.«

Und sie legte auf.

Mae rief Francis an. »Annie will nicht mit mir ausgehen. Du vielleicht? Heute Abend?«

»Raus-aus? Heute Abend spielt hier nämlich eine Band. Kennst du die Creamers? Sie spielen in der Kolonie. Ein Benefizkonzert.«

Mae sagte Ja, das höre sich gut an, aber als es so weit war, hatte sie keine Lust, eine Band namens The Creamers in der Kolonie spielen zu sehen. Sie überredete Francis so lange, bis er endlich in ihr Auto stieg, und sie fuhren nach San Francisco.

»Weißt du, wohin wir fahren?«, fragte er.

»Nein. Was machst du da?«

Er tippte wie wild in sein Handy. »Ich sage nur allen Bescheid, dass ich nicht komme.«

»Fertig?«

»Ja.« Er legte das Handy weg.

»Gut. Lass uns erst mal was trinken gehen.«

Und dann parkten sie in der Innenstadt und gingen in ein Restaurant, das mit den wahllos an die Fenster geklebten verblichenen und unappetitlichen Fotos von den Speisen so schrecklich aussah, dass sie dachten, es könnte billig sein. Sie hatten recht, und sie aßen Curry und tranken Singha und saßen in Bambussesseln, die quietschten und Mühe hatten, nicht zu kollabieren. Irgendwann gegen Ende ihres ersten Biers beschloss Mae, dass sie ein zweites trinken würde, schnell, und dass sie Francis gleich nach dem Essen auf der Straße küssen würde.

Sie aßen auf, und sie küsste ihn.

»Danke«, sagte er.

»Hast du mir gerade gedankt?«

»Du hast mir eben enorm viel innere Unruhe erspart. Ich hab noch nie in meinem Leben den ersten Schritt gemacht. Aber normalerweise dauert es Wochen, bis eine Frau kapiert, dass sie die Initiative ergreifen muss.«

Wieder hatte Mae das Gefühl, von Informationen überflutet zu werden, die ihre Gefühle zu Francis verkomplizierten, der in einem Moment so süß und im nächsten so seltsam und ungefiltert wirkte.

Aber da sie auf dem Kamm einer Singha-Welle ritt, führte sie ihn an der Hand zurück zu ihrem Auto, in dem sie sich wieder küssten, während sie an einer viel befahrenen Kreuzung parkten. Ein Obdachloser beobachtete sie vom Bürgersteig aus, wie es ein Anthropologe tun würde, und tat so, als machte er sich Notizen.

»Gehen wir«, sagte sie, und sie stiegen aus und schlenderten durch die Stadt, fanden einen japanischen Souvenirladen, der geöffnet hatte, und daneben, ebenfalls geöffnet, eine Galerie voll mit fotorealistischen Gemälden von riesigen menschlichen Gesäßen.

»Große Bilder von großen Ärschen«, bemerkte Francis, als sie sich auf eine Bank setzten. Sie waren in einer Gasse, die in eine Piazza umgewandelt worden war und von Straßenlaternen mit künstlichem blauem Mondlicht beleuchtet wurde. »Das war echte Kunst. Unglaublich, dass die noch nichts verkauft hatten.«

Mae küsste ihn wieder. Sie war in Kusslaune, und da sie wusste, dass Francis keine aggressiven Vorstöße machen würde, fühlte sie sich wohl, küsste ihn weiter, in dem Wissen, dass es heute dabei bleiben würde. Sie gab sich dem Küssen hin, signalisierte damit Lust und Freundschaft und die Möglichkeit von Liebe, und während sie ihn küsste, dachte sie an sein Gesicht und fragte sich, ob er die Augen geöffnet hatte, ob ihn die Passanten störten, die mit der Zunge schnalzten oder johlten, aber dennoch weitergingen.

In den Tagen danach wusste Mae, dass es wahr sein konnte, dass die Sonne ihr Glorienschein sein konnte, dass die Blätter da sein konnten, um über jeden ihrer Schritte zu staunen, um sie anzuspornen, um ihr zu diesem Francis zu gratulieren, zu dem, was sie zwei getan hatten. Sie hatten ihre schimmernde Jugend gefeiert, ihre Freiheit, ihre nassen Münder, und das in der Öffentlichkeit, angetrieben von dem Wissen, dass sie, ganz gleich welchen Nöten sie getrotzt hatten und noch trotzen würden, im Zentrum der Welt arbeiteten und sich kolossal Mühe gaben, sie zu verbessern. Sie hatten allen Grund, sich gut zu fühlen. Mae fragte sich, ob sie verliebt war. Nein, sie wusste, dass sie nicht verliebt war, aber sie spürte, dass sie zumindest auf dem Weg dahin war. In dieser Woche trafen sie und Francis sich oft zum Lunch, wenn auch nur kurz, und nach dem Essen fanden sie eine Stelle, wo sie sich aneinanderlehnen und küssen konnten. Einmal war es unter einer Feuertreppe hinter dem Paläozoikum. Einmal war es im Römischen Reich, hinter den Paddle-Tennis-Plätzen. Sie liebte seinen Geschmack, immer sauber, einfach wie Zitronenwasser, und die Art, wie er seine Brille abnahm, kurz verloren wirkte, dann die Augen schloss und fast schön aussah, das Gesicht so glatt und unkompliziert wie das eines Kindes. Ihn in der Nähe zu wissen verlieh dem Tag ein neues Knistern. Alles war erstaunlich. Essen war erstaunlich, unter der leuchtenden Sonne, die Wärme seines Shirts, seine Hände auf ihrem Fußknöchel. Gehen war erstaunlich. In der Aufklärung zu sitzen war erstaunlich, so wie jetzt, wo sie im Großen Saal auf den Dream Friday warteten.

»Pass gut auf«, sagte Francis. »Ich bin sicher, das wird dir gefallen.«

Francis wollte Mae nicht verraten, um welches Thema es an diesem Freitag beim Innovationsvortrag ging. Der Redner, Gus Khazeni, war anscheinend an Francis' Kindersicherheitsprojekt beteiligt gewesen, ehe er vor vier Monaten absprang, um eine neue Einheit zu leiten. Heute würde er erstmals seine Ergebnisse und seinen neuen Plan vorstellen.

Mae und Francis saßen fast in der ersten Reihe, weil Gus darum gebeten hatte. Er wollte ein paar freundliche Gesichter sehen, während er zum allerersten Mal im Großen Saal sprach, sagte Francis. Mae drehte sich um und suchte die Menge ab, entdeckte Dan ein paar Reihen hinter ihnen und Renata und Sabine, die zusammensaßen und sich auf ein Tablet zwischen ihnen konzentrierten.

Eamon Bailey betrat unter herzlichem Applaus die Bühne.

»Also, heute haben wir etwas ganz Besonderes für euch«, sagte er. »Die meisten von euch kennen unseren viel geliebten Tausendsassa Gus Khazeni. Und die meisten von euch wissen, dass er vor einer Weile eine Inspiration hatte, die er auf unser Drängen hin verfolgte. Heute wird er eine kleine Präsentation abhalten, und ich glaube, ihr werdet begeistert sein.« Und damit überließ er die Bühne Gus, der die seltsame Kombination von ungemein gutem Aussehen und schüchternem, verhuschtem Auftreten besaß. Zumindest schien es so, als er fast auf Zehenspitzen über die Bühne trippelte.

»Okay, falls ihr wie ich seid, dann seid ihr solo und bedauernswert und eine fortwährende Enttäuschung für eure persischen Eltern und Großeltern, die euch für Versager halten, weil ihr noch immer keine Beziehung und keine Kinder habt, weil ihr bedauernswert seid.«

Gelächter im Publikum.

»Habe ich das Wort bedauernswert zweimal benutzt?« Weiteres Gelächter. »Wenn meine Familie hier wäre, wäre es weit häufiger gefallen.

Okay«, fuhr Gus fort, »aber mal angenommen, ihr wollt euren Eltern und vielleicht auch euch selbst eine Freude machen, indem ihr eine Partnerin oder einen Partner findet. Hat irgendwer hier Interesse daran?«

Ein paar Hände gingen in die Höhe.

»Ach, kommt schon. Ihr Lügner. Ich weiß zufällig, dass 67 Prozent der Beschäftigten dieses Unternehmens unverheiratet sind. Ich rede also mit euch. Die anderen 33 Prozent können sich zum Teufel scheren.«

Mae lachte laut auf. Gus' Auftritt war perfekt. Sie beugte sich zu Francis hinüber. »Der Typ ist super.«

Gus fuhr fort: »Also, vielleicht habt ihr ein paar Online-Kontaktbörsen ausprobiert. Und sagen wir, ihr seid fündig geworden, und alles ist prima, und ihr zieht los zu einem Rendezvous. Alles prima, die Eltern sind glücklich und liebäugeln sogar kurz mit dem Gedanken, dass ihr doch keine wertlose Verschwendung ihrer gemeinsamen DNA seid.

Also, von dem Moment an, wo ihr jemanden bittet, mit euch auszugehen, wird's gefährlich. Und ich meine nicht, gefährlich für eure sexuelle Enthaltsamkeit, der ihr ja ein Ende machen wollt. Nein, ihr wisst um die Gefahren und zermartert euch den Rest der Woche das Hirn, wo ihr mit der oder dem Auserwählten hingehen sollt – Restaurant, Konzert, Wachsfigurenkabinett? Vielleicht ein Verlies? Ihr wisst es nicht. Die falsche Entscheidung, und ihr steht saublöd da. Ihr wisst, dass ihr eine breite Palette von Vorlieben habt, Dinge, die euch gefallen und eurem Date vermutlich auch, aber diese erste Entscheidung ist wichtig. Ihr braucht Hilfe, um die richtige Botschaft zu senden, und die Botschaft lautet, dass ihr sensibel seid, intuitiv, entschlussfreudig, geschmackssicher und ganz einfach perfekt.«

Alle im Publikum lachten; sie hatten die ganze Zeit gelacht. Der Bildschirm hinter Gus zeigte jetzt ein Raster von Icons, unter denen jeweils Informationen deutlich aufgelistet waren. Mae erkannte Symbole für ein Restaurant, für Kinofilme, Musik, Shopping, Outdooraktivitäten, Strände.

»Okay«, fuhr Gus fort, »jetzt schaut euch das da an und bedenkt, dass es bloß eine Betaversion ist. Sie heißt Luv-Luv. Okay, der Name ist vielleicht blöd. Das heißt, ich weiß, er ist blöd, und wir arbeiten dran. Aber die Sache funktioniert so. Wenn ihr jemanden gefunden habt und seinen oder ihren Namen kennt, wenn ihr Kontakt hergestellt, ein Date geplant habt – dann kommt LuvLuv ins Spiel. Vielleicht habt ihr euch die Kontaktbörsen-Seite, die persönliche Seite, all die Feeds von eurem Date bereits eingeprägt. Aber LuvLuv liefert euch ganz andere Informationen. Ihr gebt also den Namen eures Dates ein. Das ist der Anfang. Dann durchsucht LuvLuv das Web, und zwar mittels einer leistungsstarken und äußerst präzisen Suchmaschine, die garantiert, dass ihr euch nicht lächerlich macht, und es euch vielleicht ermöglicht, Liebe zu finden und Enkelkinder für euren Baba zu machen, der euch vermutlich schon für unfruchtbar hält.«

»Du bist spitze, Gus!«, rief eine Frauenstimme aus dem Publikum.

»Danke! Willst du mit mir ausgehen?«, fragte er und wartete auf eine Antwort. Als die Frau schwieg, sagte er: »Seht ihr, deshalb brauche ich Hilfe. So, ich denke, um diese Software zu testen, brauchen wir eine reale Person, die mehr über ein tatsächliches potenzielles romantisches Interesse herausfinden möchte. Meldet sich jemand freiwillig?«

Gus spähte theatralisch suchend ins Publikum, die Augen mit einer Hand abgeschirmt.

»Keiner? Oh, Moment. Ich sehe eine erhobene Hand.«

Zu Maes Schreck und Entsetzen blickte Gus in ihre Richtung. Genauer gesagt, er blickte Francis an, der die Hand gehoben hatte. Und ehe sie irgendetwas zu ihm sagen konnte, war Francis aufgestanden und ging zur Bühne.

»Spendet diesem tapferen Freiwilligen eine Runde Applaus«, sagte Gus, als Francis die Stufen hochtrabte und neben Gus von warmem Scheinwerferlicht umhüllt wurde. Er hatte Mae nicht mehr angesehen, seit er von ihrer Seite gewichen war.

»Also, wie heißen Sie, Sir?«

»Francis Garaventa.«

Mae wurde übel. Was ging da vor sich? Das ist nicht real, sagte sie sich. Wollte er wirklich auf der Bühne über sie sprechen? Nein, beruhigte sie sich. Er hilft bloß einem Freund, und sie machen die Demonstration mit falschen Namen.

»So, Francis«, fuhr Gus fort, »gehe ich richtig in der Annahme, dass es da jemanden gibt, mit dem du gern ausgehen würdest?«

»Ja, Gus, das ist korrekt.«

Mae war schwindelig und panisch, dennoch fiel ihr auf, dass Francis auf der Bühne wie verwandelt war, genau wie Gus. Er machte mit, lächelte breit, gab sich schüchtern, aber das mit großem Selbstvertrauen.

»Handelt es sich bei dieser Person um eine reale Person?«, fragte Gus.

»Natürlich«, sagte Francis. »Ich hab aufgehört, imaginäre Frauen zu daten.« Das Publikum lachte, und Mae sackte der Magen in die Kniekehlen. *Ach du Scheiße*, dachte sie, *ach du Scheiße.*

»Und ihr Name?«

»Ihr Name ist Mae Holland«, sagte Francis, und zum ersten Mal blickte er zu ihr herunter. Sie hatte die Hände vorm Gesicht, und ihre Augen lugten zwischen den zitternden Fingern hervor. Mit einer fast unmerklichen Neigung des Kopfes schien er zu registrieren, dass Mae die bisherigen Geschehnisse nicht so ganz behagten, doch kaum hatte er sie zur Kenntnis genommen, da wandte er sich auch schon wieder Gus zu und grinste wie ein Showmaster.

»Okay«, sagte Gus und tippte den Namen in sein Tablet, »Mae Holland.« Im Suchfeld erschien ihr Name in ein Meter großen Buchstaben auf dem Bildschirm.

»Francis möchte also mit Mae ausgehen, und er will sich nicht lächerlich machen. Was sollte er als Erstes wissen? Hat jemand eine Idee?«

»Allergien!«, brüllte eine Stimme.

»Okay, Allergien. Danach kann ich suchen.«

Er klickte auf das Icon einer niesenden Katze, und sogleich erschienen darunter vier Zeilen.

Wahrscheinlich Glutenunverträglichkeit

Eindeutig Pferdeallergie

Mutter hat Nussallergie

Keine weiteren wahrscheinlichen Allergien

»Okay. Ich kann auf jede dieser Zeilen klicken und mehr herausfinden. Probieren wir's mit der Glutenunverträglichkeit.« Gus klickte auf die erste Zeile, und eine komplexere und umfangreichere Liste von Links und Textpassagen erschien. »Wie ihr sehen könnt, hat LuvLuv alles durchsucht, was Mae je gepostet hat. Es hat diese Informationen nach Relevanz sortiert und analysiert. Vielleicht hat Mae Gluten erwähnt. Vielleicht hat sie glutenfreie Produkte gekauft oder sich darüber informiert. Das wäre ein Indiz dafür, dass sie wahrscheinlich kein Gluten verträgt.«

Mae hätte das Auditorium am liebsten verlassen, wusste aber, dass das mehr Aufsehen erregen würde, als wenn sie blieb.

»Schauen wir uns jetzt mal die Pferdeallergie an«, sagte Gus und klickte auf den nächsten Posten. »Hier können wir eine eindeutigere Aussage treffen, denn LuvLuv hat drei gepostete Nachrichten gefunden, in denen Mae zum Beispiel direkt sagt: *Ich bin allergisch gegen Pferde.*

Und, ist das hilfreich für dich?«, fragte Gus.

»Allerdings«, sagte Francis. »Ich wollte mit ihr zu einem Reiterhof, um Sauerteigbrot zu essen.« Er blickte ins Publikum und verzog das Gesicht. »Jetzt lass ich das lieber!«

Die Leute im Saal lachten, und Gus nickte, als wollte er sagen, ›*Sind wir nicht ein lustiges Paar?*‹. »Okay«, fuhr Gus fort, »wie ihr seht, liegen die Pferdeallergie-Erwähnungen schon länger zurück; sie erfolgten 2010, und ausgerechnet auf Facebook. Das sollten sich diejenigen merken, die dachten, es wäre dumm von uns, so viel für die Archive von Facebook zu bezahlen! Okay, keine weiteren Allergien. Aber seht euch das da an, direkt daneben. Darauf wollte ich als Nächstes hinaus – Essen. Hattest du vor, mit ihr essen zu gehen, Francis?«

Francis antwortete beherzt: »Ja, das hatte ich, Gus.« Mae erkannte den Mann da auf der Bühne nicht wieder. Wohin war Francis verschwunden? Sie hätte diese Version von ihm am liebsten umgebracht.

»Okay, bei dem Thema wird es meist unschön und blöd. Es gibt nichts Schlimmeres als das Hin und Her: ›Wo möchtest du essen?‹ – ›Och, mir ist alles recht.‹ – ›Nein, im Ernst. Hast du ein Lieblingsrestaurant?‹ – ›Ist mir wirklich egal. Hast du eins?‹. Endgültig Schluss mit dem Schwachsinn. LuvLuv drösel das für euch auf. Jedes Mal, wenn Mae irgendwas über ein Restaurant gepostet hat, ob es ihr gefallen hat oder nicht, jedes Mal, wenn sie Essen erwähnt hat – wird das alles gerankt und sortiert, und ich erhalte am Ende eine Liste wie diese.«

Er klickte auf das Essens-Icon, und es öffnete sich eine Reihe von Unterlisten, mit Rankings von Essensarten, Namen von Restaurants, Restaurants nach Städten oder nach Stadtteilen geordnet. Die Listen waren frappierend akkurat. Sie führten sogar das Lokal auf, wo Mae und Francis einige Tage zuvor gegessen hatten.

»Jetzt klicke ich das Restaurant an, das mir gefällt, und wenn Mae über TruYou bezahlt hat, weiß ich, was sie bestellt hat, als sie zuletzt dort essen war. Klicke ich das hier an, sehe ich die Tageskarte der Restaurants am Freitag, wenn unser Date stattfinden wird. Hier ist die Durchschnittswartezeit für einen Tisch an dem Tag. Unsicherheit ausgeräumt.«

Und so ging es immer weiter. Gus sprach im Verlauf der Präsentation über Maes Vorliebe für Filme, für Wandern und Joggen in der freien Natur, welches ihre Lieblingssportarten waren, wo sie es besonders schön fand. Das meiste davon stimmte, und während Gus und Francis auf der Bühne immer dicker auftrugen und das Publikum von der Software mehr und mehr beeindruckt war, hatte Mae sich zuerst hinter ihren Händen versteckt, war dann so tief es ging auf ihrem Stuhl nach unten gerutscht, und schließlich, als sie fürchtete, jeden Moment auf die Bühne gebeten zu werden, um die großartige Leistungsstärke dieses neuen Tools zu bestätigen, schlüpfte sie von ihrem Platz über den Gang durch die Seitentür des Auditoriums und hinaus ins mattweiße Licht eines verhangenen Nachmittags.

»Es tut mir leid.«

Mae konnte ihn nicht ansehen.

»Mae. Sorry. Ich versteh nicht, warum du so sauer bist.«

Sie wollte ihn nicht in ihrer Nähe haben. Sie saß wieder an ihrem Schreibtisch, und er war ihr dorthin gefolgt, ragte vor ihr auf wie ein Aasvogel. Sie würdigte ihn keines Blickes, weil sie, abgesehen davon, dass sie ihn verachtete und sein Gesicht schwach und seine Augen verschlagen fand, abgesehen davon, dass sie sicher war, das jämmerliche Gesicht nie wiedersehen zu müssen, zu arbeiten hatte. Die Nachmittagsschleuse war geöffnet worden, und die Flut war heftig. »Wir können später miteinander reden«, sagte sie zu ihm, sie hatte nicht die Absicht, je wieder mit ihm zu reden, weder an dem Tag noch an irgendeinem anderen. Diese Gewissheit hatte etwas Erleichterndes.

Schließlich ging er, zumindest sein physisches Selbst ging, doch er tauchte im Minutentakt auf ihrem dritten Bildschirm auf und flehte um Vergebung. Er sagte, er wisse, dass er sie nicht damit hätte überrumpeln dürfen, aber Gus hatte darauf bestanden, dass es eine Überraschung sein musste. Er schickte den ganzen Nachmittag über vierzig oder fünfzig Nachrichten, in denen er sich entschuldigte, ihr sagte, was für ein Riesenerfolg das gewesen sei, dass es noch besser gewesen wäre, wenn sie auf die Bühne gekommen wäre, weil die Leute geklatscht hatten, damit sie sich blicken ließ. Er versicherte ihr, dass alles, was auf dem Bildschirm gewesen war, öffentlich zugänglich sei, nichts davon irgendwie peinlich, da es sich ja schließlich um eine Auswahl von Sachen handelte, die sie selbst gepostet hatte.

Und Mae wusste, dass das alles stimmte. Sie war nicht wütend über die Enthüllung ihrer Allergien. Oder ihrer Lieblingsrestaurants. Sie gab diese Informationen seit vielen Jahren ungeniert preis, und gerade das – ihre Vorlieben preiszugeben und über die anderer zu lesen – mochte sie an ihrem Onlineleben.

Also was hatte sie an Gus' Präsentation so beschämend gefunden? Sie konnte es nicht genau sagen. War es bloß die Überrumpelung? War es die Punktgenauigkeit der Algorithmen? Vielleicht. Aber andererseits, es war nicht absolut genau gewesen, also war das vielleicht das Problem? Dass eine Matrix von Vorlieben als dein Wesenskern präsentiert wurde, als dein Ganzes? Vielleicht war es das. Es war eine Art Spiegel, aber er war unvollständig, verzerrt. Und wenn Francis irgendwelche dieser Informationen oder alle haben wollte, wieso konnte er sie nicht einfach fragen? Trotzdem erschienen den ganzen Nachmittag Gratulationsnachrichten auf ihrem dritten Bildschirm.

Du bist super, Mae.

Gute Arbeit, Neuling.

Für dich also kein Glück auf dem Rücken der Pferde. Wie wär's mit Lamas?

Sie kämpfte sich durch den Nachmittag und bemerkte ihr blinkendes Handy erst nach fünf. Sie hatte drei Anrufe ihrer Mutter verpasst. Als sie die Mailbox abhörte, waren alle Nachrichten gleich: *Komm schnell.*

Während sie über die Hügel und durch den Tunnel Richtung Osten fuhr, rief sie ihre Mom an, die ihr die Einzelheiten schilderte. Ihr Vater hatte einen Krampfanfall gehabt und war ins Krankenhaus gebracht worden, wo er über Nacht zur Beobachtung bleiben sollte. Mae sollte direkt dort hinfahren, aber als sie ankam, war er nicht mehr da. Sie rief ihre Mutter an.

»Wo ist er?«

»Zu Hause. Tut mir leid. Wir sind gerade erst zurückgekommen. Ich hatte nicht gedacht, dass du so schnell kommen würdest. Es geht ihm gut.«

Also fuhr Mae zu ihren Eltern nach Hause, aber als sie ankam, atemlos und wütend und ängstlich, sah sie Mercers Toyota-Pick-up in der Einfahrt stehen und wäre fast durchgedreht. Sie wollte ihn nicht hier haben. Es machte eine an sich schon schlimme Szene nur noch komplizierter.

Sie öffnete die Tür und sah nicht ihre Eltern, sondern Mercers riesige, unförmige Gestalt. Er stand in der Diele. Jedes Mal, wenn sie ihn nach einer Weile wiedersah, erschrak sie, wie dick er war, wie feist. Sein Haar war jetzt länger, was ihn noch massiger erscheinen ließ. Sein Kopf verschluckte alles Licht.

»Hab dein Auto gehört«, sagte er. Er hatte eine Birne in der Hand.

»Wieso bist du hier?«, fragte sie.

»Sie haben mich angerufen, damit ich helfe«, sagte er.

»Dad?« Sie lief an Mercer vorbei ins Wohnzimmer. Dort lag ihr Vater ausgestreckt auf der Couch und guckte Baseball im Fernsehen.

Er drehte den Kopf nicht, schaute aber in ihre Richtung. »Hey, Schatz. Hab dich da draußen gehört.«

Mae setzte sich auf den Couchtisch und nahm seine Hand. »Geht's dir besser?«

»Ja. Hab bloß einen Schreck bekommen, mehr nicht. Es fing heftig an und wurde dann allmählich wieder schwächer.« Fast unmerklich schob er den Kopf vor, um an ihr vorbeizusehen.

»Versuchst du gerade, das Spiel zu gucken?«

»Neuntes Inning«, sagte er.

Mae rückte aus dem Weg. Ihre Mutter kam ins Zimmer. »Wir haben Mercer angerufen, damit er hilft, deinen Vater ins Auto zu schaffen.«

»Ich wollte keinen Krankenwagen«, sagte er, noch immer den Blick auf den Fernseher gerichtet.

»Es war also ein Krampfanfall?«, fragte Mae.

»Sie wissen es nicht genau«, sagte Mercer von der Küche aus.

»Kann ich die Antwort bitte von meinen Eltern hören?«, rief Mae.

»Mercer war meine Rettung«, sagte ihr Vater.

»Wieso habt ihr mir nicht Bescheid gegeben, dass es nicht so ernst war?«, fragte Mae.

»Es war ernst«, sagte ihre Mutter. »Da hab ich dich angerufen.«

»Aber jetzt guckt er Baseball.«

»Jetzt ist es nicht mehr so ernst«, sagte ihre Mutter, »aber eine Weile wussten wir nicht genau, was los war. Da haben wir Mercer angerufen.«

»Er hat mir das Leben gerettet.«

»Ich glaube nicht, dass Mercer dir das Leben gerettet hat, Dad.«

»Ich meine nicht, dass ich beinahe gestorben wäre. Aber du weißt doch, wie ich den ganzen Zirkus hasse mit den Rettungssanitätern und den Sirenen und dass die Nachbarn alles mitkriegen. Wir haben einfach Mercer angerufen, fünf Minuten später war er hier, hat mir ins Auto geholfen, mich ins Krankenhaus gebracht, und das war's. Eine Riesenhilfe.«

Mae schäumte vor Wut. Sie war in blanker Panik zwei Stunden gefahren, um ihren Vater gemütlich auf der Couch liegend vorzufinden, wo er sich Baseball im Fernsehen anschaute. Sie war zwei Stunden gefahren, um in ihrem Elternhaus ihren Ex vorzufinden, den gesalbten Helden der Familie. Und was war sie? Sie war überflüssig. Die Situation erinnerte sie an so vieles, was sie an Mercer nicht mochte. Er kam oft sehr nett rüber, sorgte aber auch dafür, dass jeder wusste, wie nett er war, und das machte Mae rasend, immerzu von seiner Nettigkeit hören zu müssen, von seiner Aufrichtigkeit, seiner Zuverlässigkeit, seiner grenzenlosen Empathie. Doch bei ihr war er reserviert gewesen, launisch, oft unerreichbar, wenn sie ihn brauchte.

»Möchtest du ein bisschen Brathähnchen? Mercer hat was mitgebracht«, sagte ihre Mutter, und Mae beschloss, dass das ein gutes Stichwort war, für ein paar Minuten in ihr altes Badezimmer zu gehen.

»Ich mach mich frisch«, sagte sie und ging nach oben.

Später, nachdem sie alle gegessen und noch mal über die Ereignisse des Tages gesprochen hatten, wobei Mae auch erfuhr, dass das Sehvermögen ihres Vaters dramatisch nachgelassen und sich auch das Taubheitsgefühl in seinen

Händen verschlimmert hatte – Symptome, die normal und behandelbar oder zumindest ansatzweise behandelbar waren, wie die Ärzte sagten –, und nachdem ihre Eltern ins Bett gegangen waren, setzten sich Mae und Mercer in den Garten, wo der Rasen noch immer Hitze abstrahlte, genauso wie die Bäume und die regenverwitterten grauen Zäune um sie herum.

»Danke für deine Hilfe«, sagte sie.

»War kein Problem. Vinnie ist leichter, als er es mal war.«

Mae hörte das nicht gern. Sie wollte nicht, dass ihr Vater leichter war, einfach zu tragen. Sie wechselte das Thema.

»Wie läuft das Geschäft?«

»Richtig gut. Richtig gut. Ich musste sogar letzte Woche einen Lehrling einstellen. Ist das nicht irre? Ich hab einen Lehrling. Und dein Job? Super?«

Mae war verblüfft. Mercer war selten so überschwänglich.

»Ja, wirklich super.«

»Schön. Schön zu hören. Ich hab gehofft, dass es gut läuft. Und, was machst du genau, programmieren oder so?«

»Ich bin in der CE. Customer Experience. Ich kümmere mich zurzeit um Werbekunden. Moment. Ich hab da neulich was über deinen Kram gesehen. Ich hab deinen Kundenblog aufgerufen, und da war so ein Kommentar von jemandem, der eine beschädigte Lieferung erhalten hat. Der Typ war stocksauer. Ich nehme an, du hast das gelesen.«

Mercer atmete theatralisch aus. »Hab ich nicht.« Er zog ein mürrisches Gesicht.

»Keine Sorge«, sagte sie. »Das war bloß irgendein Spinner.«

»Und jetzt hab ich's im Kopf.«

»Mach mir doch keinen Vorwurf. Ich hab bloß –«

»Du hast mich bloß darauf aufmerksam gemacht, dass da draußen ein Verrückter ist, der mich hasst und meinem Geschäft schaden will.«

»Es gab auch andere Kommentare, und die meisten davon waren nett. Einer war sogar richtig witzig.« Sie fing an, in ihrem Handy zu blättern.

»Mae. Bitte. Ich bitte dich, es mir nicht vorzulesen.«

»Ich hab's: ›Und für den Scheiß sind die ganzen armen Hirschgeweihe gestorben?‹«

»Mae, ich hatte dich gebeten, es nicht vorzulesen.«

»*Was denn?* Das ist doch witzig!«

»Was muss ich tun, damit du meine Wünsche respektierst?«

Das war der Mercer, den Mae in Erinnerung hatte und nicht ertragen konnte – empfindlich, launisch, selbstherrlich.

»Wovon redest du?«

Mercer holte tief Luft, und Mae wusste, dass er eine Rede halten würde. Wenn vor ihm ein Podium wäre, würde er draufsteigen und sein Manuskript aus der Sakkotasche hervorholen. Zwei Jahre Community College, und er hielt sich für eine Art Professor. Er hatte ihr schon Reden gehalten über Bio-Rindfleisch, über das Frühwerk von King Crimson, und jedes Mal fing es mit so einem tiefen Atemzug an, einem Atemzug, der besagte: *Mach's dir bequem, das wird jetzt eine Weile dauern und dich umhauen.*

»Mae, ich möchte dich bitten –«

»Ich weiß, ich soll dir keine Kundenkommentare mehr vorlesen. Okay.«

»Nein, das meinte ich gar nicht –«

»Ich *soll* dir weiter welche vorlesen?«

»Mae, kannst du mich einfach meinen Satz zu Ende sprechen lassen? Dann weißt du, was ich sagen will. Es ist nicht hilfreich, wenn du ständig das Ende meiner Sätze errätst, weil du immer danebenliegst.«

»Aber du sprichst so *langsam*.«

»Ich spreche normal. Du bist einfach ungeduldig geworden.«

»Okay. Schieß los.«

»Aber jetzt hyperventilierst du.«

»Ich schätze, ich bin durch so was einfach schnell gelangweilt.«

»Durch Reden.«

»Durch Reden in Zeitlupe.«

»Kann ich jetzt anfangen? Ich brauche drei Minuten. Kannst du mir drei Minuten geben, Mae?«

»Meinetwegen.«

»Drei Minuten, die du nicht wissen wirst, was ich sagen will, okay? Es wird eine Überraschung sein.«

»Okay.«

»Also dann. Mae, wir müssen etwas daran ändern, wie wir miteinander kommunizieren. Jedes Mal, wenn ich dich sehe oder etwas von dir höre, geschieht das durch so einen Filter. Du schickst mir Links, du zitierst irgendwen, der über mich geredet hat, du sagst, du hast ein Foto von mir auf der Seite von irgendwem gesehen … Es ist immer so ein Angriff durch Dritte. Selbst wenn ich von Angesicht zu Angesicht mit dir spreche, erzählst du mir, was irgendein Fremder von mir denkt. Es ist langsam so, als wären wir nie allein. Jedes Mal, wenn ich dich sehe, sind noch hundert andere Leute mit im Raum. Du schaust mich immer durch die Augen von hundert anderen Leuten an.«

»Jetzt werd nicht gleich dramatisch.«

»Ich möchte einfach nur direkt mit dir sprechen. Ohne

dass du irgendwelche fremden Leute zitierst, die zufällig eine Meinung über mich haben.«

»Mach ich gar nicht.«

»Doch, Mae. Vor ein paar Monaten hast du irgendwas über mich gelesen, und weißt du noch? Als ich dich gesehen hab, warst du total distanziert.«

»Weil da jemand behauptet hat, du würdest für deine Arbeit Geweihe von bedrohten Arten verwenden!«

»Aber das habe ich nie getan.«

»Na, woher soll *ich* das wissen?«

»Du kannst mich *fragen*! Direkt *mich* fragen. Weißt du, wie seltsam das ist, dass du, meine Freundin und Expartnerin, deine Informationen über mich von irgendeinem x-Beliebigen kriegst, der mir nie begegnet ist? Und dann muss ich dir gegenübersitzen, und es ist, als würden wir einander durch so einen seltsamen Nebel ansehen.«

»Okay. Tut mir leid.«

»Versprichst du mir, damit aufzuhören?«

»Damit aufzuhören, online zu lesen?«

»Mir ist egal, was du liest. Aber wenn wir zwei kommunizieren, möchte ich, dass das direkt passiert. Du schreibst mir, ich schreibe dir. Du stellst mir Fragen, und ich beantworte sie. Du hörst auf, dir von Dritten Neuigkeiten über mich zu besorgen.«

»Aber Mercer, du hast eine Firma. Du musst online partizipieren. Es sind deine Kunden, und so äußern sie sich, und so weißt du, ob du erfolgreich bist.« Mae schwirrten ein halbes Dutzend Circle-Tools durch den Kopf, von denen sie wusste, dass sie für sein Geschäft nützlich wären, aber Mercer blieb immer unter seinen Möglichkeiten und schaffte es irgendwie, sich auch noch was drauf einzubilden.

»Siehst du, das ist nicht wahr, Mae. Das ist nicht wahr. Ich weiß, ich bin erfolgreich, wenn ich Kronleuchter verkaufe. Wenn Kunden sie ordern, stelle ich sie her und werde dafür bezahlt. Wenn ein Kunde anschließend was zu sagen hat, kann er mich anrufen oder mir schreiben. Ich meine, dieses ganze Zeug, mit dem du zu tun hast, das ist alles Klatsch und Tratsch. Da reden Leute hinterrücks übereinander. Das gilt für die überwiegende Mehrheit von diesen Social Media, all diesen Bewertungen, all diesen Kommentaren. Deine Tools haben Klatsch und Tratsch, Hörensagen und Behauptungen auf die Ebene gültiger, regulärer Kommunikation erhoben. Ich find das jedenfalls alles total bescheuert.«

Mae schnaubte durch die Nase.

»Ich liebe es, wenn du das machst«, sagte er. »Heißt das, du hast keine Antwort? Hör mal, vor zwanzig Jahren war es alles andere als cool, eine Taschenrechneruhr zu haben, richtig? Und wer den ganzen Tag lang zu Hause hockte und mit seiner Taschenrechneruhr spielte, gehörte eindeutig zu denen, die sozial nicht gut klarkamen. Und Beurteilungen wie ›Gefällt mir‹ und ›Gefällt mir nicht‹ und ›Smile‹ und ›Frown‹ waren was für Pubertierende. Irgendwer schrieb einen Zettel mit der Frage: ›Magst du Einhörner und Sticker?‹, und du antwortetest: ›Ja, ich mag Einhörner und Sticker! Smile!‹ So was eben. Aber jetzt machen das nicht mehr nur Teenager, sondern alle, und es kommt mir manchmal so vor, als wäre ich in eine Zone geraten, in der alles seitenverkehrt ist, eine Spiegelwelt, wo der dämlichste Mist der Welt alles beherrscht. Die Welt hat sich verdämlicht.«

»Mercer, ist es dir wichtig, cool zu sein?«

»Seh ich so aus?« Er fuhr sich mit einer Hand über den voluminösen Bauch, seine zerrissene Arbeitshose. »Ich bin eindeutig nicht die Coolness in Person. Aber ich weiß noch, wenn man früher einen Film mit John Wayne oder Steve McQueen gesehen hat, dann hat man gedacht, wow, das sind echt coole Typen. Die reiten und fahren Motorrad und bekämpfen das Böse.«

Mae musste unwillkürlich lachen. Sie sah die Uhrzeit auf ihrem Handy. »Die drei Minuten sind längst um.«

Mercer redete unbeirrt weiter. »Jetzt beknien die Film-stars die Leute, ihre Zing-Feeds zu lesen. Sie schicken Nachrichten, in denen sie alle anflehen, sie anzulächeln. Und diese Mailinglisten, heilige Scheiße! Jeder verschickt inzwischen Junkmails. Weißt du, womit ich jeden Tag eine Stunde verbringe? Mir zu überlegen, wie ich mich aus Mai-linglisten abmelde, ohne jemanden zu kränken. Es gibt da so eine neue Bedürftigkeit – die durchdringt alles.« Er seufzte, als hätte er sehr wichtige Argumente vorgetragen. »Unser Planet ist einfach ganz anders geworden.«

»Auf eine gute Art anders«, sagte Mae. »Er ist auf tausen-derlei Arten besser, und ich könnte sie aufzählen. Aber ich kann nichts daran ändern, dass du nicht sozial aktiv bist. Ich meine, deine sozialen Bedürfnisse sind so minimal –«

»Ich bin durchaus sozial aktiv. Für meinen Geschmack reicht's. Aber die Tools, die ihr schafft, erzeugen unnatür-lich extreme soziale Bedürfnisse. Kein Mensch braucht die-se Menge an Kontakt, die ihr ermöglicht. Das verbessert nichts. Es ist nicht gesund. Es ist wie Junkfood. Weißt du, wie sie das Zeug entwickeln? Die ermitteln wissenschaft-lich präzise, wie viel Salz und Fett reingehört, damit du schön weiterisst. Du hast keinen Hunger, du brauchst kein Junkfood, es gibt dir nichts, aber du isst weiter diese leeren Kalorien. Und genau das fördert ihr. Genau das Gleiche. Endlose leere Kalorien, aber eben die digital-soziale Ent-sprechung. Und ihr stimmt es genau ab, damit es in glei-cher Weise süchtig macht.«

»Herrgott.«

»Du kennst das doch, wenn du eine ganze Tüte Chips isst und dich hinterher schlecht fühlst? Du weißt, du hast dir nichts Gutes getan. Und das gleiche Gefühl hast du, nachdem du dich digital überfressen hast. Du fühlst dich kaputt und hohl und geschwächt.«

»Ich fühl mich nie geschwächt.« Mae dachte an die Petition, die sie an dem Tag unterschrieben hatte, mit der Forderung nach mehr Arbeitsmöglichkeiten für Immigranten in den Vorstädten von Paris. Es war mitreißend und würde etwas bewirken. Aber Mercer wusste nichts davon, wusste überhaupt nicht, was Mae machte oder was der Circle machte, und sie hatte die Nase viel zu voll von ihm, um das alles zu erklären.

»Und es hat meine Fähigkeit zerstört, einfach mit dir zu reden.« Er redete noch immer. »Ich meine, ich kann dir keine E-Mails schicken, weil du die gleich an jemand anderen weiterleitest. Ich kann dir kein Foto schicken, weil du es in deinem Profil postest. Und die ganze Zeit durchforstet deine Firma alle unsere Nachrichten nach Informationen, die sie zu Geld machen kann. Findest du das nicht irrsinnig?«

Mae betrachtete sein feistes Gesicht. Er wurde überall dicker. Er bekam auch langsam ein Doppelkinn. Konnte ein Mann von fünfundzwanzig schon ein Doppelkinn haben? Kein Wunder, dass er Junkfood im Kopf hatte.

»Danke, dass du meinem Dad geholfen hast«, sagte sie und ging ins Haus und wartete, dass er fuhr. Er ließ sich ein paar Minuten Zeit – bestand darauf, noch sein Bier auszutrinken –, doch schließlich war er weg, und Mae schaltete unten das Licht aus, ging in ihr altes Zimmer und ließ sich aufs Bett fallen. Sie checkte ihre Nachrichten, fand ein paar Dutzend, die ihre Aufmerksamkeit verlangten, und dann, weil es erst neun Uhr war und ihre Eltern schon schliefen, loggte sie sich in ihren Circle-Account ein und bearbeitete ein paar Dutzend Anfragen, und mit jeder, die sie erledigte, hatte sie das Gefühl, sich Mercer ein bisschen mehr vom Leib zu schrubben. Um Mitternacht fühlte sie sich wie neugeboren.

Am Samstag wachte Mae in ihrem alten Bett auf, und nach dem Frühstück schaute sie sich mit ihrem Vater im Fernsehen ein Basketballspiel der Frauenprofiliga an, etwas, wofür er eine große Begeisterung entwickelt hatte. Den Rest des Tages vertrödelten sie mit Kartenspielen und Besorgungen und kochten zusammen ein Hähnchen-Sauté, ein Gericht, das ihre Eltern in einem Kochkurs beim YMCA gelernt hatten.

Am Sonntagmorgen der gleiche Ablauf: Mae schlief lange, wonach sie sich bleiern, aber gut fühlte, und ging dann ins Wohnzimmer, wo ihr Vater wieder ein Frauen-Basketballspiel im Fernsehen guckte. Diesmal trug er einen dicken weißen Bademantel, den ein Freund von ihm aus einem Hotel in Los Angeles hatte mitgehen lassen.

Ihre Mutter war draußen und reparierte mit Isolierband eine Plastikmülltonne, die Waschbären beim Plündern des Inhalts beschädigt hatten. Mae fühlte sich geistig träge, und ihr Körper wollte nichts anderes, als sich ausruhen. Ihr wurde bewusst, dass sie eine ganze Woche lang ständig unter Hochdruck gestanden und keine Nacht länger als fünf Stunden geschlafen hatte. Einfach im schummrigen Wohnzimmer ihrer Eltern zu sitzen, sich das Basketballspiel anzusehen, das ihr völlig egal war, all die hüpfenden Pferdeschwänze und Zöpfe, das ständige Gequietsche von Sportschuhen, war erholsam und herrlich.

»Meinst du, du kannst mir hochhelfen, Schätzchen?«,

fragte ihr Vater. Er hatte die Fäuste tief in die Couch gegraben, konnte sich aber nicht allein hochstemmen. Die Polster waren zu weich.

Mae stand auf und nahm seine Hand, aber als sie ihn hochzog, hörte sie ein schwaches flüssiges Geräusch.

»Gottverdammt«, sagte er und begann, sich wieder hinzusetzen. Dann änderte er seine Sinkkurve und lehnte sich zur Seite, als wäre ihm gerade eingefallen, dass da irgendwas Zerbrechliches war, worauf er sich nicht setzen konnte.

»Kannst du deine Mutter holen?«, fragte er, die Zähne zusammengepresst, Augen geschlossen.

»Was hast du?«, fragte Mae.

Er öffnete die Augen, und eine ungewohnte Wut blitzte in ihnen auf. »Bitte hol einfach deine Mutter.«

»Ich bin doch da. Lass mich dir helfen«, sagte sie. Sie streckte wieder ihre Hand nach ihm aus. Er schlug sie weg.

»Hol. Deine. Mutter.«

Und dann stieg ihr der Geruch in die Nase. Er hatte sich in die Hose gemacht.

Er atmete laut aus, rang um Fassung. Dann sagte er mit sanfterer Stimme. »Bitte. Bitte, Liebes. Hol Mom.«

Mae lief zur Haustür. Sie sah ihre Mutter an der Garage und erzählte ihr, was passiert war. Maes Mutter hastete nicht ins Haus. Stattdessen nahm sie Maes Hände.

»Ich glaube, du fährst jetzt besser zurück«, sagte sie. »Er wird nicht wollen, dass du das siehst.«

»Ich kann helfen«, sagte Mae.

»Bitte, Schatz. Du musst ihm etwas Würde lassen.«

»Bonnie!« Seine Stimme dröhnte aus dem Haus.

Maes Mutter packte ihre Hand. »Mae, Schätzchen, hol einfach deine Sachen, und wir sehen uns in ein paar Wochen, okay?«

Mae fuhr zurück zur Küste, am ganzen Körper zitternd vor Wut. Sie hatten kein Recht dazu, sie nach Hause zu zitieren und praktisch rauszuschmeißen. Es war nicht so, dass sie seine Scheiße riechen wollte! Sie würde helfen, ja, wann immer sie gebeten wurde, aber nicht, wenn sie sie so behandelten. Und Mercer! Der kritisierte sie in ihrem eigenen Elternhaus. Herrgott noch mal. Was für ein Trio. Mae war zwei Stunden hingefahren, und jetzt fuhr sie zwei wieder zurück, und was hatte ihr der ganze Aufwand gebracht? Bloß Frust. Am Abend Vorträge von dicken Männern und tagsüber von den eigenen Eltern verscheucht.

Als sie die Küste erreichte, war es 16.14 Uhr. Sie hatte Zeit, dachte sie. Machte der Laden um fünf oder sechs zu? Sie konnte sich nicht erinnern. Sie bog vom Highway ab und fuhr Richtung Jachthafen. Als sie zum Strand kam, stand das Tor zum Kajak-Lager offen, aber es war niemand zu sehen. Mae blickte suchend zwischen die Regale mit Kajaks und Paddeln und Schwimmwesten. »Hallo?«, sagte sie.

»Hallo!«, sagte eine Stimme. »Hier drüben. Im Wohnwagen.«

Hinter den Reihen mit Ausrüstung stand ein Wohnwagen auf Betonsteinen, und durch die offene Tür sah Mae die Füße eines Mannes auf einem Schreibtisch. Eine Telefonschnur führte von einem Standapparat zu einem unsichtbaren Gesicht. Sie ging die Stufen hinaus, und in dem abgedunkelten Wohnwagen sah sie einen Mann, Mitte dreißig, schütteres Haar, und er signalisierte ihr mit einem erhobenen Zeigefinger, einen Moment zu warten. Mae blickte alle paar Minuten auf ihr Handy und sah die Minuten verrinnen: 16.20, 16.21, 16.23. Als er den Hörer aufgelegt hatte, lächelte er.

»Danke für Ihre Geduld. Was kann ich für Sie tun?«

160

»Ist Marion da?«

»Nein. Ich bin ihr Sohn. Walt.« Er stand auf und schüttelte Mae die Hand. Er war groß, dünn, sonnenverbrannt.

»Freut mich. Bin ich zu spät?«

»Zu spät für was? Abendessen?«, sagte er bemüht scherzhaft.

»Um ein Kajak zu mieten.«

»Ach so. Tja, wie spät ist es denn? Ich hab schon länger nicht mehr auf die Uhr geguckt.«

Sie musste nicht nachsehen. »Vier vor halb fünf«, sagte sie.

Er räusperte sich und lächelte. »Vier vor halb fünf, hm? Na ja, normalerweise schließen wir um fünf, aber da Sie anscheinend ein so gutes Zeitgefühl haben, kann ich mich sicher darauf verlassen, dass Sie es bis acht vor halb sechs zurückbringen. Ist das in Ordnung? Dann muss ich nämlich los, meine Tochter abholen.«

»Danke«, sagte Mae.

»Dann wollen wir Sie mal startklar machen«, sagte er. »Wir haben gerade unser System digitalisiert. Sie sagten, Sie haben ein Konto?«

Mae nannte ihren Namen, und er tippte ihn in ein neues Tablet, aber nichts passierte. Nach drei Versuchen merkte er, dass sein WLAN nicht funktionierte. »Vielleicht kann ich Sie über mein Handy anmelden«, sagte er und zog es aus seiner Hosentasche.

»Können wir das nicht machen, wenn ich wieder da bin?«, fragte Mae, und er war einverstanden, weil er hoffte, dass er in der Zwischenzeit das Netzwerk wieder ans Laufen bringen konnte. Er gab Mae eine Schwimmweste und ein Kajak, und als sie auf dem Wasser war, sah sie wieder auf ihr Handy. 16.32. Sie hatte fast eine Stunde. Auf der Bucht war eine Stunde viel. Eine Stunde war ein Tag.

161

Sie paddelte los, und an diesem Tag waren keine Seehunde im Jachthafen zu sehen, obwohl sie absichtlich bummelte, um vielleicht doch noch welche anzulocken. Sie fuhr zu dem alten halb gesunkenen Kai hinüber, wo sich manchmal welche sonnten, entdeckte aber keine. Es waren keine Seehunde da, keine Seelöwen, der Kai war leer, nur ein einsamer schmuddeliger Pelikan hockte auf einem Pfahl.

Sie paddelte vorbei an den gepflegten Jachten, vorbei an den geheimnisvollen Booten und hinaus in die offene Bucht. Sobald sie da war, ruhte sie sich aus, spürte das Wasser unter sich, glatt und wogend wie Gelatine, wer weiß, wie tief. Während sie reglos dasaß, tauchten gut zwanzig Meter vor ihr zwei Köpfe auf. Es waren Seehunde, und sie sahen einander an, als würden sie überlegen, ob sie Mae anblicken sollten, gemeinsam. Was sie im selben Moment taten.

Sie starrten einander an, die beiden Seehunde und Mae, und keiner blinzelte, bis sich einer der Seehunde, als wäre ihm klar geworden, wie uninteressant Mae war, bloß irgendeine reglose Gestalt, in eine Welle lehnte und verschwand und der zweite Seehund ihm rasch folgte.

Vor ihr, in der Mitte der Bucht, sah sie etwas Neues, ein von Menschen gemachtes Gebilde, das ihr zuvor nicht aufgefallen war, und sie beschloss, dass es an diesem Tag ihre Aufgabe sein sollte, zu diesem Gebilde zu fahren und es sich näher anzuschauen. Sie paddelte darauf zu und sah, dass das Gebilde aus zwei Wasserfahrzeugen bestand, einem alten Fischerboot und einem kleinen Lastkahn, die aneinandergebunden waren. Auf dem Kahn befand sich ein gut ausgeklügelter, aber provisorischer Unterstand. Wenn so etwas irgendwo an Land stehen würde, vor allem hier in der Gegend, würde es unverzüglich entfernt.

Es sah aus wie die Baracken auf Fotos, die sie von Elendsvierteln oder notdürftigen Flüchtlingssiedlungen gesehen hatte.

Mae saß da und betrachtete das Chaos, als eine Frau unter einer blauen Plane hervorkam.

»Oh, hallo«, sagte die Frau. »Sie sind ja wie aus dem Nichts aufgetaucht.« Sie war um die sechzig, mit langem weißem Haar, voll und ausgefranst, das sie zu einem Pferdeschwanz gebunden hatte. Sie machte ein paar Schritte nach vorn, und Mae sah, dass sie jünger war, als sie zuerst gedacht hatte, vielleicht Anfang fünfzig, mit blonden Strähnen im Haar.

»Hi«, sagte Mae. »Entschuldigung, wenn ich zu nah rangekommen bin. Die Leute im Hafen ermahnen uns immer, euch hier draußen nicht zu stören.«

»Das ist normalerweise auch richtig«, sagte sie. »Aber da wir gerade rauskommen, um unseren Sundowner zu nehmen«, fuhr sie fort, während sie sich auf einen weißen Plastikstuhl setzte, »könnte Ihr Timing nicht besser sein.« Sie reckte den Kopf nach hinten und sprach in die blaue Plane. »Willst du dich dadrin verstecken?«

»Ich mache die Drinks, Täubchen«, sagte die Stimme eines Mannes, dessen Gestalt noch immer unsichtbar war, in angestrengt höflichem Ton.

Die Frau wandte sich wieder Mae zu. In dem tief stehenden Sonnenlicht waren ihre Augen hellwach, ein bisschen boshaft. »Sie machen einen harmlosen Eindruck. Möchten Sie an Bord kommen?« Sie legte den Kopf schief, taxierte Mae.

Mae paddelte näher, und währenddessen tauchte die Männerstimme unter der Plane auf und nahm menschliche Gestalt an. Der Mann war ledig, ein bisschen älter als seine Gefährtin, und er bewegte sich langsam, als er von dem Boot auf den Kahn wechselte. Er trug etwas, das aussah wie zwei Thermosflaschen.

»Kommt sie an Bord?«, fragte der Mann die Frau und ließ sich in den passenden Plastikstuhl neben ihrem sinken.

»Ich hab sie eingeladen«, sagte die Frau.

Als Mae nah genug war, um ihre Gesichter zu erkennen, konnte sie sehen, dass sie sauber waren, ordentlich – sie hatte befürchtet, ihre Kleidung würde bestätigen, was ihre Boote vermuten ließen –, dass sie nicht bloß Vagabunden auf dem Wasser waren, sondern obendrein gefährlich.

Einen Moment lang beobachteten die beiden, wie Mae sich an den Kahn heranmanövrierte, neugierig auf sie, aber teilnahmslos, als säßen sie in ihrem Wohnzimmer und ließen sich von Mae unterhalten.

»Nun hilf ihr schon«, sagte die Frau gereizt, und der Mann stand auf.

Der Bug von Maes Kajak stieß gegen den Stahlrand des Kahns, der Mann vertäute es rasch und zog das Kajak längsseits. Er half ihr auf die Fläche, ein Flickwerk aus Holzplanken.

»Setz dich da hin, Herzchen«, sagte die Frau und deutete auf den Stuhl, den der Mann geräumt hatte, um ihr zu helfen.

Mae nahm Platz und sah, wie der Mann der Frau einen verwirrten Blick zuwarf.

»Ach, hol dir einen anderen«, sagte die Frau zu ihm. Und er verschwand wieder unter der blauen Plane.

»Normalerweise kommandier ich ihn nicht so rum«, sagte sie zu Mae und nahm eine von den Thermosflaschen, die er hingestellt hatte. »Aber er versteht einfach nichts von Gastfreundschaft. Möchtest du Rot- oder Weißwein?«

Mae hatte keinen Grund, so früh am Tag zu einem von

164

beidem Ja zu sagen, wo sie doch das Kajak zurückbringen und dann nach Hause fahren musste, aber sie war durstig, und wenn der Wein weiß war, wäre das so schön in der tiefen Nachmittagssonne, und sie entschied rasch, dass sie welchen wollte. »Weißwein bitte«, sagte sie.

Ein kleiner roter Schemel tauchte unter den Falten der Plane auf, gefolgt von dem Mann, der sich seine Verärgerung noch immer deutlich anmerken ließ.

»Setz dich einfach und trink was«, sagte die Frau zu ihm, nahm Pappbecher und goss für Mae Weißwein und für sich und ihren Gefährten Rotwein ein. Der Mann setzte sich, sie hoben alle ihre Becher, und der Wein, der, wie Mae wusste, kein guter war, schmeckte außerordentlich.

Der Mann taxierte Mae. »Du bist bestimmt so eine Abenteurerin, nehme ich an. Extremsport und so.« Er trank seinen Becher leer und griff nach der Thermosflasche. Mae rechnete damit, dass seine Partnerin ihm einen missbilligenden Blick zuwerfen würde, wie eine Mutter es getan hätte, doch die Frau hatte die Augen geschlossen, das Gesicht der untergehenden Sonne zugewandt.

Mae schüttelte den Kopf. »Nein. Überhaupt nicht.«

»Hier draußen gibt's nicht viele Kajakfahrer«, sagte er und füllte seinen Becher wieder auf. »Die bleiben meist näher am Ufer.«

»Ich finde, sie ist ein nettes Mädchen«, sagte die Frau, noch immer mit geschlossenen Augen. »Sieh dir ihre Kleidung an. Fast schon adrett. Sie ist jedenfalls keine Drohne. Sie ist ein nettes Mädchen mit gelegentlichen Anfällen von Neugier.«

Jetzt übernahm der Mann die Rolle des Verteidigers. »Zwei Schlucke Wein und sie meint, sie könnte wahrsagen.«

»Schon gut«, sagte Mae, obwohl sie nicht wusste, was sie von der Diagnose der Frau halten sollte. Während sie die beiden betrachtete, öffneten sich die Augen der Frau.

»Eine Schule Grauwale kommt morgen hierher«, sagte sie und wandte die Augen Richtung Golden Gate. Sie verengte sie, als würde sie dem Ozean im Geist das Versprechen geben, dass die Wale, wenn sie ankamen, gut behandelt werden würden. Dann schloss sie die Augen wieder. Die Unterhaltung mit Mae schien fürs Erste dem Mann überlassen.

»Und, wie fühlt sich die Bucht heute an?«, fragte er.

»Gut«, sagte Mae. »Sie ist so ruhig.«

»So ruhig war sie die ganze Woche nicht«, stimmte er zu, und eine Weile sagte niemand ein Wort, als würden die drei die Ruhe des Wassers durch eine Schweigeminute ehren. Und in der Stille dachte Mae, wie Annie oder ihre Eltern reagieren würden, wenn sie sie hier sähen, Wein trinkend am Nachmittag auf einem Kahn. Mit Fremden, die auf einem Kahn lebten. Mercer, das wusste sie, würde das gut finden.

»Hast du irgendwelche Seehunde gesehen?«, fragte der Mann schließlich.

Mae wusste nichts über diese Leute. Sie hatten sich weder vorgestellt noch Mae nach ihrem Namen gefragt.

In der Ferne ertönte ein Nebelhorn.

»Nur zwei heute, näher am Ufer«, sagte Mae.

»Wie sahen die aus?«, fragte der Mann, und als Mae sie beschrieb, ihre grauen glasglatten Köpfe, blickte der Mann die Frau an. »Stevie und Kevin.«

Die Frau nickte bestätigend.

»Ich glaube, die anderen sind heute weiter draußen und jagen. Stevie und Kevin verlassen diesen Teil der Bucht nicht allzu oft. Kommen ständig her, um Hallo zu sagen.«

Mae wollte diese Leute fragen, ob sie hier lebten oder, falls nicht, was genau sie hier draußen machten, auf diesem Kahn, der mit dem Fischerboot verbunden war, das genauso seeuntauglich wirkte wie der Kahn. Wollten sie hierbleiben? Was hatte sie überhaupt hierher verschlagen? Aber auch nur eine dieser Fragen zu stellen, erschien ihr undenkbar, denn sie hatten nicht einmal nach ihrem Namen gefragt.

»Warst du hier, als es da gebrannt hat?«, fragte der Mann und zeigte auf eine große unbewohnte Insel mitten in der Bucht. Sie ragte stumm und schwarz hinter ihnen auf. Mae schüttelte den Kopf.

»Es hat zwei Tage lang gebrannt. Wir waren gerade erst hergekommen. In der Nacht, die Hitze – die konnte man bis hierher spüren. Wir sind jede Nacht in dem gottverdammten Wasser geschwommen, nur um uns abzukühlen. Wir dachten, das ist das Ende der Welt.«

Jetzt öffneten sich die Augen der Frau, und sie fixierte Mae. »Bist du schon mal in dieser Bucht geschwommen?«

»Ein paarmal«, sagte Mae. »Es ist brutal. Aber ich bin in meiner Kindheit und Jugend im Lake Tahoe geschwommen. Da ist das Wasser mindestens so kalt wie hier.«

Mae trank ihren Wein aus und hatte kurz das Gefühl, zu glühen. Sie blinzelte in die Sonne, wandte sich ab und sah in der Ferne einen Mann auf einem silbernen Segelboot, der eine Trikolore hisste.

»Wie alt bist du?«, fragte die Frau. »Du siehst aus wie höchstens elf.«

»Vierundzwanzig«, sagte Mae.

»Mein Gott. Du hast ja noch keinerlei Spuren an dir. Waren wir jemals vierundzwanzig, Liebling?« Sie blickte den Mann an, der sich mit einem Kugelschreiber die Fußsohle kratzte. Er zuckte die Achseln, und die Frau ließ es dabei bewenden.

»Schön hier draußen«, sagte Mae.

»Finden wir auch«, sagte die Frau. »Die Schönheit ist laut und beständig. Der Sonnenaufgang heute Morgen, der war so gut. Und heute Abend ist Vollmond. Er geht satt orange auf und wird auf dem Weg nach oben silbern. Das Wasser wird erst in Gold getaucht, dann in Platin. Du solltest bleiben.«

»Ich muss das da zurückbringen«, sagte Mae und zeigte auf das Kajak. Sie sah auf ihr Handy. »In knapp acht Minuten.«

Sie stand auf, und dann stand der Mann auf und nahm ihren Becher, schob seinen Becher in ihren. »Glaubst du, du schaffst es in acht Minuten zurück über die Bucht?«

»Ich versuch's«, sagte Mae.

Die Frau gab ein lautes Ts von sich. »Nicht zu glauben, dass sie schon geht. Ich mochte sie.«

»Sie ist nicht tot, Liebes. Sie ist noch immer bei uns«, sagte der Mann. Er half Mae ins Kajak und band es los. »Sei höflich.«

Mae tauchte eine Hand in die Bucht und benetzte sich den Nacken.

»Flieg von dannen, Verräterin«, sagte die Frau.

Der Mann verdrehte die Augen. »Entschuldige.«

»Kein Problem. Danke für den Wein«, sagte Mae. »Ich komm mal wieder vorbei.«

»Das wäre famos«, sagte die Frau, obwohl sie wirkte, als wäre sie mit Mae fertig. Es war, als hätte sie einen Moment lang gedacht, Mae wäre eine bestimmte Sorte Mensch, und als könnte sie sie jetzt, wo sie wusste, dass sie eine andere Sorte war, gehen lassen, sie der Welt zurückgeben.

Als Mae Richtung Ufer paddelte, fühlte sich ihr Kopf ganz leicht an, und der Wein malte ihr ein schiefes Lächeln ins Gesicht. Und erst da merkte sie, wie lange sie frei von Gedanken an ihre Eltern, an Mercer, an den Druck auf der Arbeit gewesen war. Der Wind frischte auf, blies jetzt nach Westen, und sie paddelte draufgängerisch mit, dass es nur so spritzte und ihre Beine, ihr Gesicht und die Schultern klatschnass wurden. Sie fühlte sich unglaublich stark. Ihre Muskeln wurden mit jedem kalten Wasserschwall kühner. Sie fand es herrlich, sah die frei laufenden Boote näher kommen, die Käfigjachten auftauchen und Namen annehmen und schließlich den Strand, wo Walt an der Wasserlinie wartete.

Als sie am Montag zur Arbeit kam und sich einloggte, hatte sie rund hundert Nachrichten auf dem zweiten Bildschirm.

Von Annie: *Wir haben dich Freitagabend vermisst!*

Jared: *Du hast eine super Party verpasst.*

Dan: *Enttäuscht, dass du nicht auf dem Sonntagsfest warst!*

Mae schaute in ihren Kalender und sah, dass am Freitag eine Party gewesen war, offen für alle in der Renaissance. Am Sonntag hatte ein Grillfest für alle Neuen stattgefunden – die Neuen, die in den zwei Wochen, die sie beim Circle war, angefangen hatten.

Heute viel zu tun, schrieb Dan. *Komm möglichst bald bei mir vorbei.*

Er stand in einer Ecke seines Büros und sah die Wand an. Sie klopfte leise, und ohne sich umzudrehen hob er den Zeigefinger, als Zeichen, dass sie einen Moment warten sollte. Mae, die ihn beobachtete, nahm an, dass er telefonierte, und wartete geduldig, lautlos, bis sie merkte, dass er per Netzhaut arbeitete und einen ruhigen Hintergrund brauchte. Sie hatte das schon gelegentlich bei Circlern gesehen – sie blickten zu einer Wand, damit die Bilder auf ihren Netzhaut-Anzeigen deutlicher waren. Schließlich war er fertig, drehte sich schwungvoll zu Mae herum und ließ ein freundliches Lächeln aufblitzen, das rasch wieder verschwand.

»Du konntest gestern nicht kommen?«

»Tut mir leid. Ich war bei meinen Eltern. Mein Dad –«

»Tolle Party. Ich glaube, du warst die Einzige von den Neuen, die gefehlt hat. Aber darüber können wir später sprechen. Erst mal muss ich dich um einen Gefallen bitten. Wir mussten eine Menge neuer Leute einstellen, weil wir derzeit so schnell expandieren, daher fände ich es gut, wenn du mir bei ein paar von den Neuen helfen könntest.«

»Klar.«

»Ich denke, das ist ein Klacks für dich. Ich zeig's dir. Gehen wir zu deinem Schreibtisch. Renata?«

Renata folgte ihnen, in den Händen einen kleinen Monitor von der Größe eines Notebooks. Sie schloss ihn auf Maes Schreibtisch an und ging.

»Okay. Am besten machst du genau das, was Jared bei dir gemacht hat, weißt du noch? Immer wenn eine knifflige Frage auftaucht und an jemanden mit mehr Erfahrung weitergeleitet werden muss, bist du zur Stelle. Du bist jetzt der alte Hase. Verstehst du?«

»Ja.«

»Außerdem sollen die Neuen dir Fragen stellen können, während sie arbeiten. Das geht am einfachsten über diesen Bildschirm.« Er deutete auf den kleinen Bildschirm, der jetzt unter ihrem Hauptmonitor stand. »Erscheint irgendetwas da, weißt du, dass es von jemandem in deinem Subteam kommt, okay?« Er schaltete den neuen Bildschirm ein und tippte *Mae, hilf mir!* auf seinem Tablet, und die

Wörter erschienen auf dem neuen, vierten, Bildschirm. »Meinst du, das schaffst du?«

»Klar.«

»Gut. Also, die Neuen kommen hierhin, nachdem Jared sie angelernt hat. Das macht er jetzt gerade en masse. Gegen elf werden zwölf neue Leute hier sein, okay?«

Dan dankte ihr und ging.

Die Anfragenflut war heftig bis elf, doch ihr Rating betrug 98. Sie bekam einige Male unter 100 Punkte und zwei Bewertungen in den unteren 90ern, woraufhin sie Followups schickte, und in den meisten Fällen korrigierten die Kunden ihr Rating auf 100.

Um elf schaute sie auf und sah, wie Jared eine Gruppe in den Raum führte. Sie wirkten alle sehr jung und machten ganz vorsichtige Schritte, als fürchteten sie, ein unsichtbares Kind aufzuwecken. Jared setzte jeden von ihnen an einen Schreibtisch, und der Raum, in dem wochenlang gähnende Leere geherrscht hatte, war in Minutenschnelle fast voll.

Jared stellte sich auf einen Stuhl. »Okay, alle mal herhören!«, sagte er. »Das hier ist unser mit Abstand schnellster Onboarding-Prozess. Und unsere schnellste Trainingsession. Und unser irrsinnig schnellster erster Tag. Aber ich weiß, ihr schafft das. Und ich weiß vor allem deshalb, dass ihr das schafft, weil ich den ganzen Tag da sein werde, um zu helfen, und Mae wird auch da sein. Mae, kannst du mal aufstehen?«

Mae stand auf. Aber es war offensichtlich, dass nur wenige von den Neuen im Raum sie sehen konnten. »Könntest du dich wohl auf einen Stuhl stellen?«, fragte Jared, und Mae tat es und strich ihren Rock glatt und kam sich sehr albern und sichtbar vor und hoffte, nicht runterzufallen.

»Wir zwei werden den ganzen Tag für euch da sein, um Fragen zu beantworten und knifflige Fälle von euch zu übernehmen. Wenn ihr nicht weiterwisst, leitet die Kundenanfrage einfach weiter, und sie wird dann zu demjenigen von uns geschickt, der gerade weniger zu tun hat. Das Gleiche gilt für eure Fragen. Schickt sie durch den Kanal, den ich euch bei der Einführung gezeigt habe, und sie gelangt zu einem von uns. Entweder ich oder Mae übernehmen dann für euch. Seid ihr alle gut drauf?« Keiner rührte sich oder sagte ein Wort. »Schön. Ich öffne jetzt die Schleuse, und dann geht es heute in einem Rutsch durch bis halb eins. Der Lunch fällt kürzer aus wegen des Anlernens und so, aber das machen wir am Freitag wieder gut. Alle bereit?« Niemand schien bereit. »Los!«

Jared sprang, und Mae stieg vom Stuhl runter, setzte sich wieder an ihren Schreibtisch und lag augenblicklich dreißig Kundenanfragen zurück. Sie machte sich an die erste, und eine Minute später hatte sie eine Frage auf ihrem vierten Bildschirm, dem für die Neuen.

Kunde möchte komplette Zahlungsnachweise vom letzten Jahr. Verfügbar? Und wo?

Mae dirigierte den Neuling zu dem richtigen Ordner, wandte sich dann wieder der Anfrage vor ihr zu. So ging es weiter. Alle paar Minuten riss eine Neulingsfrage sie aus ihrer eigenen Arbeit, und um halb eins sah sie Jared wieder auf einem Stuhl stehen.

»Holla, holla, Leute«, sagte er. »Mittagspause. Heftig. Heftig. Was? Aber wir haben es geschafft. Unser Gesamtdurchschnitt liegt bei 93, was normalerweise nicht so gut ist, aber ganz in Ordnung angesichts der neuen Systeme und des erhöhten Aufkommens. Glückwunsch. Geht was essen, tankt wieder auf, und wir sehen uns um eins. Mae, komm zu mir, wenn du kannst.«

Er sprang wieder vom Stuhl und war bei Maes Schreibtisch, ehe sie es zu seinem schaffen konnte. Sein Gesichtsausdruck wirkte freundlich besorgt.

»Du warst noch nicht in der Klinik.«

»Ich?«

»Stimmt das?«

»Ja, wieso?«

»Du hättest in deiner ersten Woche hingehen sollen.«

»Oh.«

»Die warten. Kannst du heute hin?«

»Klar. Jetzt sofort?«

»Nein, nein. Wir ersticken in Arbeit, wie du siehst. Wie wär's um vier? Ich kann die letzte Schicht übernehmen. Und bis zum Nachmittag kommen die Neuen schon besser klar. Hattest du heute Spaß?«

»Klar.«

»Gestresst?«

»Na ja, es ist noch eine neue Ebene dazugekommen.«

»Stimmt. Stimmt. Und es kommen noch mehr Ebenen, das versichere ich dir. Ich weiß, jemand wie du würde sich bei dem normalen Customer-Experience-Kram auf Dauer langweilen, deshalb betrauen wir dich nächste Woche mit einem anderen Aspekt des Jobs. Ich denke, du wirst begeistert sein.« Er blickte auf sein Armband und sah die Uhrzeit. »Ach du Scheiße. Geh lieber was essen. Sonst fällst du uns noch vom Fleisch. Los. Du hast zweiundzwanzig Minuten.«

Mae holte sich ein fertiges Sandwich aus der nächsten Küche und aß es an ihrem Schreibtisch. Sie scrollte den Social Feed auf ihrem dritten Bildschirm durch, um zu sehen, ob irgendetwas dabei war, das dringend war oder beantwortet werden musste. Sie fand einunddreißig Nachrichten, auf die sie reagierte, und hatte das zufriedene

173

Gefühl, all jenen ihre volle Aufmerksamkeit geschenkt zu haben, die es verlangt hatten.

Der Nachmittag war das reinste Chaos, da die Neuen sie, entgegen Jareds Zusicherungen, weiterhin mit Fragen bombardierten. Jared selbst war die ganze Zeit auf dem Sprung und verließ zigmal den Raum, das Handy am Ohr, in das er mit großer Eindringlichkeit sprach. Mae bewältigte den doppelten Ansturm und hatte um 15.48 Uhr einen persönlichen Punktestand von 96; das Subteam lag bei 94. Nicht schlecht, dachte sie, in Anbetracht der zusätzlichen zwölf neuen Leute, denen sie fast drei Stunden lang im Alleingang hatte helfen müssen. Als es vier Uhr wurde, wusste sie, dass sie in der Klinik erwartet wurde, und hoffte, dass Jared daran gedacht hatte. Sie stand auf, sah, dass er zu ihr rüberschaute, und den Daumen hob. Sie ging.

Die Lobby der Klinik war eigentlich gar keine Lobby. Sie ähnelte eher einem Café: Circler saßen paarweise zusammen und plauderten, auf einer Seite waren gesunde Speisen und gesunde Getränke hübsch angeordnet, eine Salatbar bot auf dem Campus angebautes Gemüse und auf einer Schriftrolle an der Wand stand ein Rezept für Paleo-Suppe.

Mae wusste nicht, an wen sie sich wenden sollte. Es waren fünf Leute im Raum, vier davon arbeiteten an Tablets, einer per Netzhaut in der Ecke. Es gab nichts, was an einen normalen Empfangsschalter erinnerte, wo sie von einer Sprechstundenhilfe begrüßt worden wäre.

»Mae?«

Sie folgte der Stimme zu dem Gesicht einer Frau mit kurzem schwarzem Haar und Grübchen in beiden Wangen, die sie anlächelte.

»Bist du so weit?«

Mae wurde durch einen blauen Flur in einen Raum geführt, der eher einer Designerküche ähnelte als einem Untersuchungszimmer. Die Grübchenfrau deutete auf einen Polstersessel und ließ sie allein.

Mae setzte sich, stand wieder auf, angelockt von den Schränken entlang den Wänden. Sie konnte fadendünne horizontale Linien sehen, die verrieten, wo eine Schublade aufhörte und die nächste anfing, es gab aber weder Knöpfe noch Griffe. Als sie mit der Hand über die Oberfläche fuhr, konnte sie die haarfeinen Zwischenräume kaum spüren. Über den Schränken war ein Edelstahlstreifen, und darin eingraviert waren die Worte: UM ZU HEILEN, MÜSSEN WIR WISSEN. UM ZU WISSEN, MÜSSEN WIR TEILEN.

Die Tür ging auf, und Mae schreckte zusammen.

»Hi, Mae«, sagte ein Gesicht, das auf sie zuschwebte, wunderschön und lächelnd. »Ich bin Dr. Villalobos.«

Mae schüttelte der Ärztin die Hand, mit offenem Mund. Die Frau war zu glamourös für diesen Raum, für Mae. Sie war höchstens vierzig, hatte einen schwarzen Pferdeschwanz und leuchtende Haut. Eine elegante Lesebrille hing um ihren Hals, folgte kurz dem Saum ihrer cremefarbenen Jacke und ruhte auf ihrem üppigen Busen. Sie trug fünf Zentimeter hohe Absätze.

»Ich bin froh, Sie heute zu sehen, Mae.«

Mae wusste nicht, was sie sagen sollte. Sie brachte ein »Danke, dass Sie Zeit für mich haben« zustande und kam sich sofort idiotisch vor.

»Nein, danke, dass Sie gekommen sind«, sagte die Ärztin. »Normalerweise kommen alle Neuen in ihrer ersten Woche her, daher waren wir Ihretwegen ein bisschen besorgt. Gibt es einen Grund für den langen Aufschub?«

»Nein, nein. Bloß viel zu tun.«

Mae suchte die Ärztin nach körperlichen Makeln ab, entdeckte schließlich ein Muttermal an ihrem Hals, ein einziges, aus dem ein winziges Haar ragte.

»Zu viel zu tun, um sich um Ihre Gesundheit zu kümmern! Sagen Sie das nicht.« Die Ärztin hatte Mae den Rücken zugewandt, während sie irgendein Getränk zubereitet. Sie drehte sich um und lächelte. »Also, das hier ist wirklich nur eine erste Untersuchung, ein einfacher Checkup, den wir mit allen neuen Mitarbeitern hier beim Circle machen, okay? Und um es vorwegzunehmen, der Schwerpunkt unserer Arbeit liegt auf der Prophylaxe. Damit unsere Circler psychisch und körperlich gesund bleiben, bieten wir Rundum-Wellness-Serviceleistungen. Entspricht das dem, was Ihnen gesagt wurde?«

»Ja. Eine Freundin von mir arbeitet seit ein paar Jahren hier. Sie sagt, die Betreuung ist unglaublich.«

»Schön, das zu hören. Wer ist Ihre Freundin?«

»Annie Allerton.«

»Ach ja. Das stand in Ihrem Einstellungsformular. Alle lieben Annie. Bestellen Sie ihr einen schönen Gruß. Ist aber eigentlich nicht nötig. Ich sehe sie ja jede zweite Woche. Sie hat Ihnen doch erzählt, dass die Check-ups vierzehntäglich stattfinden?«

»Nein, aber –«

Die Ärztin lächelte. »Das ist die Wellness-Komponente. Wenn Sie nur herkommen, wenn es ein Problem gibt, ist keine Vorsorge möglich. Zu den vierzehntäglichen Check-ups gehören Ernährungsberatungen, und wir überwachen Veränderungen in Ihrem allgemeinen Gesundheitszustand. Das ist der Schlüssel für Früherkennung, für die Feinabstimmung von Medikamenten, die sie möglicherweise nehmen, für das Erkennen von etwaigen Problemen, wenn sie noch meilenweit weg sind, und nicht erst, wenn die Sie schon überrollt haben. Das klingt doch gut, oder?«

Mae dachte an ihren Dad, wie spät erkannt worden war, dass seine Symptome auf MS zurückzuführen waren. »Und ob«, sagte sie.

»Und Sie können online auf alle Daten zugreifen, die wir hier generieren. Auf alles, was wir machen und worüber wir sprechen und natürlich auf alles in Ihren früheren Unterlagen. Sie haben an Ihrem ersten Tag hier das Formular unterschrieben, das es uns erlaubt, sämtliche Informationen Ihrer übrigen Ärzte anzufordern, sodass Sie jetzt endlich alles an einem Ort haben, Ihnen und uns zugänglich. Dank dieses Zugriffs auf das Gesamtbild können wir Entscheidungen treffen, mögliche Muster erkennen und potenzielle Probleme identifizieren. Möchten Sie mal sehen?«, fragte die Ärztin und aktivierte einen Bildschirm an der Wand. Maes gesamte Krankengeschichte erschien in Form von Listen und Bildern und Icons. Dr. Villalobos berührte den Wandbildschirm, öffnete Ordner und verschob Bilder, bis schließlich die Ergebnisse jedes Arztbesuches zu sehen waren, den Mae je in ihrem Leben gemacht hatte – bis zurück zu ihrer ersten Untersuchung, bevor sie in den Kindergarten kam.

»Was macht das Knie?«, fragte die Ärztin. Sie hatte das MRT gefunden, das vor einigen Jahren gemacht worden war. Mae hatte sich gegen die Kreuzband-OP entschieden, weil ihre damalige Versicherung den Eingriff nicht übernehmen wollte.

»Es funktioniert ganz passabel«, sagte Mae.

»Sagen Sie Bescheid, falls Sie es doch noch operieren lassen wollen. Wir machen das hier in der Klinik. Es würde einen Nachmittag dauern und wäre natürlich kostenfrei. Der Circle möchte, dass seine Mitarbeiter gut funktionie-

177

rende Knie haben.« Die Ärztin wandte sich vom Bildschirm ab und lächelte Mae an, routiniert, aber überzeugend.

»Es war ein wenig schwierig, einige Daten aus der Zeit zu bekommen, als Sie noch sehr jung waren, aber ab jetzt verfügen wir über fast vollständige Informationen. Alle zwei Wochen machen wir ein Blutbild, kognitive Tests, eine Reflexprüfung, eine kurze Augenuntersuchung und turnusmäßig eine Reihe von aufwendigeren Tests, wie MRTs und dergleichen.«

Mae konnte das nicht begreifen. »Aber wie könnt ihr euch das leisten? Ich meine, allein die Kosten für ein MRT –«

»Nun, Prophylaxe ist billig. Vor allem im Vergleich zur Entdeckung eines Stadium-4-Knotens, wenn wir ihn im Stadium 1 hätten entdecken können. Und der Kostenunterschied ist enorm. Circler sind im Allgemeinen jung und gesund, daher machen unsere Gesundheitskosten nur einen Bruchteil dessen aus, was in einem ähnlich großen Unternehmen anfallen würde – einem ohne die gleiche Voraussicht.«

Mae hatte zum wiederholten Mal das Gefühl, dass der Circle als einziges Unternehmen in der Lage war, über Reformen nachzudenken, deren Notwendigkeit und Dringlichkeit außer Frage standen – oder dass ganz einfach nur dieses Unternehmen in der Lage war, solche Reformen auch *umzusetzen*.

»Also, wann war Ihr letzter Check-up?«

»Vielleicht im College?«

»Okay, wow. Fangen wir mit Ihren Vitalwerten an, den wichtigsten. Haben Sie so was hier schon mal gesehen?« Die Ärztin hielt ihr ein silbernes Armband hin, gut sieben Zentimeter breit. Mae hatte bei Jared und Dan schon Gesundheitsmonitore gesehen, doch deren Geräte waren aus

Gummi und saßen locker. Das hier war dünner und leichter.

»Ich glaube, ja. Misst das die Herzfrequenz?«

»Richtig. Die meisten, die schon länger beim Circle sind, haben es in irgendeiner Version, aber sie klagen ständig, es würde zu locker sitzen, wie ein Armreif. Deshalb haben wir es so verändert, dass es schön fest sitzt. Möchten Sie es anprobieren?«

Mae bejahte. Die Ärztin legte es ihr um das linke Handgelenk und schloss es klickend. Es lag eng an. »Es ist warm«, sagte Mae.

»Es wird sich einige Tage lang warm anfühlen, dann haben Sie und das Armband sich aneinander gewöhnt. Aber es muss natürlich die Haut berühren, um das zu messen, was wir messen möchten – nämlich alles. Sie wollten doch das volle Programm, oder?«

»Ich glaube, ja.«

»In Ihrem Einstellungsformular haben Sie angegeben, Sie wollten das komplette empfohlene Spektrum an Maßnahmen. Trifft das noch immer zu?«

»Ja.«

»Okay. Würden Sie das hier bitte trinken?« Die Ärztin reichte Mae die sattgrüne Flüssigkeit, die sie vorbereitet hatte. »Das ist ein Smoothie.«

Mae leerte das Glas. Das Getränk war zähflüssig und kalt.

»Okay, Sie haben soeben den Sensor geschluckt, der sich mit Ihrem Handgelenkmonitor verbinden wird. Der war in dem Glas.« Die Ärztin boxte Mae spielerisch gegen die Schulter. »Das macht mir immer wieder Spaß.«

»Ich hab ihn geschluckt?«, fragte Mae.

»So geht es am besten. Wenn Sie ihn in die Hand nähmen, würden Sie zögern. Aber der Sensor ist winzig, und er ist natürlich organisch, daher trinken Sie ihn, ohne was zu merken, und das war's.«

»Dann ist der Sensor also schon in mir drin?«

»Genau. Und jetzt«, sagte die Ärztin und tippte auf Maes Handgelenkmonitor, »ist er aktiv. Er sammelt Daten über Herzfrequenz, Blutdruck, Cholesterin, Wärmefluktuationen, Kalorienverbrauch, Kalorienaufnahme, Schlafdauer, Schlafqualität, Verdauungseffizienz und so weiter. Schön für die Circler, erst recht für diejenigen, die wie Sie gelegentlich stressige Aufgaben haben, ist, dass das Gerät die galvanische Hautreaktion misst, was ihnen zeigt, wann sie aufgekratzt oder angespannt sind. Wenn wir bei einem Circler oder einer Abteilung von der Norm abweichende Stressniveaus beobachten, können wir beispielsweise die Arbeitsbelastung angleichen. Das Gerät misst den pH-Wert Ihres Schweißes, damit Sie wissen, wann Sie mit alkalischem Wasser hydrieren sollten. Es erkennt Ihre Körperhaltung und sagt Ihnen, wann Sie sie korrigieren sollten. Es misst den Blut- und Gewebesauerstoff, zählt Ihre roten Blutkörperchen und sogar Ihre Schritte. Wie Sie wissen, ist die ärztliche Empfehlung rund zehntausend Schritte am Tag, und das Gerät zeigt Ihnen, wie nah Sie dran sind. Gehen Sie doch mal durch den Raum.«

Mae sah die Zahl 10.000 an ihrem Handgelenk, und mit jedem Schritt, den sie machte, sank sie – 9999, 9998, 9997.

»Wir bitten alle Neuen, diese Modelle der zweiten Generation zu tragen, und in ein paar Monaten werden wir alle Circler damit ausgestattet haben. Wenn wir vollständige Informationen haben, können wir eine bessere Versorgung bieten. Unvollständige Informationen führen zu Lücken in unserem Wissen, und Lücken in unserem Wissen haben medizinisch gesehen Fehler und Unterlassungen zur Folge.«

»Ich weiß«, sagte Mae. »Das war meiner Meinung nach das Problem auf dem College. Man meldete seine Gesundheitsdaten selbst, und demzufolge waren die total chaotisch. Drei Kommilitonen sind an Meningitis gestorben, bevor erkannt wurde, dass die Krankheit grassierte.«

Dr. Villalobos' Miene verfinsterte sich. »Wissen Sie, so etwas ist inzwischen einfach unnötig. Erstens kann man von Studenten nicht erwarten, dass sie ihre Krankheiten selbst melden. Das sollte ihnen abgenommen werden, damit sie sich auf ihr Studium konzentrieren können. Nehmen wir Geschlechtskrankheiten, Hepatitis C – stellen Sie sich vor, die Daten wären einfach vorhanden. Dann könnten entsprechende Maßnahmen ergriffen werden. Kein Rätselraten mehr. Haben Sie von dem Experiment in Island gehört?«

»Ich glaube, ja«, sagte Mae, war sich aber nicht ganz sicher.

»Also, weil Island so eine unglaublich homogene Bevölkerung hat, haben die meisten Einwohner auf der Insel jahrhundertealte Wurzeln. Jeder kann seine Abstammung mühelos tausend Jahre zurückverfolgen. Daher hat man angefangen, die Genome von Isländern zu kartieren, von jedem einzelnen, und konnte bald alle möglichen Krankheiten bis zu ihren Ursprüngen nachspüren. Dieser Pool von Menschen hat enorm viele wertvolle Daten geliefert. Es geht nichts über eine feste und relativ homogene Gruppe, die denselben Faktoren ausgesetzt ist und die man über längere Zeit studieren kann. Die feste Gruppe, die vollständigen Informationen, beides zusammen war der Schlüssel zur Maximierung neuer Erkenntnisse. Wir hoffen daher, etwas Ähnliches hier zu machen. Wenn wir zunächst die Daten aller Neulinge aufzeichnen und schließlich die der über zehntausend Circler insgesamt, können wir Probleme erkennen, lange bevor sie virulent werden, und darüber hinaus Daten über die Bevölkerung als Ganzes sammeln. Die meisten von euch Neulingen sind etwa im selben Alter und bei weitgehend guter Gesundheit, sogar die Entwickler«, sagte sie mit einem Lächeln, weil das offenbar ein Scherz war, den sie häufig machte. »Wenn es also Abweichungen gibt, möchten wir das wissen und feststellen, ob es Trends gibt, von denen wir lernen können. Klingt das plausibel?«

Mae war von dem Armband abgelenkt.

»Mae?«

»Ja. Das klingt super.«

Das Armband war schön, ein pulsierendes Display mit Lämpchen und Tabellen und Zahlen. Maes Puls wurde durch eine filigrane Rose dargestellt, die sich öffnete und schloss. Ein EKG sauste wie ein blauer Blitz nach rechts und fing dann wieder von vorn an. Ihre Temperatur war groß dargestellt, in Grün, 37, was sie an ihren Tagesdurchschnitt erinnerte, 97, den sie verbessern musste. »Und wofür sind die?«, fragte sie. Unter den Daten waren eine Reihe Tasten und Prompts angeordnet.

»Nun ja, Sie können das Armband noch zig andere Sachen messen lassen. Wenn Sie joggen, misst es die Distanz. Es misst Ihre Herzfrequenz im Stehen und in Bewegung. Es misst den BMI, die Kalorienaufnahme … Sehen Sie, Sie kriegen den Dreh langsam raus.«

Mae experimentierte bereits herum. Es war eines der elegantesten Geräte, die sie je gesehen hatte. Es gab Dutzende Informationsebenen, und jeder Datenpunkt ermöglichte es ihr, mehr zu erfragen, tiefer zu gehen. Durch Antippen der Ziffern ihrer aktuellen Temperatur ließ sich die Durchschnittstemperatur für die vorangegangenen vierundzwanzig Stunden anzeigen, die höchste, die niedrigste und die mittlere.

»Und natürlich«, sagte Dr. Villalobos, »werden sämtliche Daten in der Cloud gespeichert und in Ihrem Tablet, wo Sie's gerne hätten. Sie sind überall abrufbar und werden ständig upgedatet. Wenn Sie zum Beispiel stürzen, mit dem Kopf aufschlagen, in der Ambulanz sind, können die Sanitäter auf ihre gesamte Geschichte binnen Sekunden zugreifen.«

»Und das ist kostenlos?«

»Natürlich ist das kostenlos. Das ist Teil Ihres Gesundheitsplans.«

»Das Armband ist richtig hübsch«, sagte Mae.

»Ja, es gefällt allen. So, ich sollte Ihnen nun die übrigen Standardfragen stellen. Wann hatten Sie Ihre letzte Periode?«

Mae überlegte. »Vor etwa zehn Tagen.«

»Sind Sie sexuell aktiv?«

»Zurzeit nicht.«

»Aber grundsätzlich schon?«

»Grundsätzlich, klar.«

»Nehmen Sie die Antibabypille?«

»Ja.«

»Okay. Sie können sich die Pille in Zukunft hier verschreiben lassen. Sprechen Sie auf dem Weg nach draußen Tanya an, und sie gibt Ihnen ein paar Kondome für das, wovor die Pille nicht schützen kann. Irgendwelche anderen Medikamente?«

»Nein.«

»Antidepressiva?«

»Nein.«

»Würden Sie sagen, Sie sind im Großen und Ganzen glücklich?«

»Ja.«

»Irgendwelche Allergien?«

»Ja.«

»Ach ja, stimmt. Die Information hab ich ja bereits. Pferde, wie schade. Irgendwelche Krankheiten in der Familie?«

»Sie meinen, in meinem Alter?«

»In jedem Alter. Ihre Eltern? Ist ihr Gesundheitszustand gut?«

Etwas an der Art, wie die Ärztin die Frage stellte, wie sie offenbar ein Ja erwartete, den Stift schreibbereit über ihrem Tablet, war zu viel für Mae, und sie bekam kein Wort heraus.

»Ach, Mae«, sagte die Ärztin, legte ihr einen Arm um die Schulter und zog sie an sich. Sie roch leicht blumig. »Ist ja gut, ist ja gut«, sagte sie, und Mae begann zu weinen, ihre Schultern bebten, sie heulte Rotz und Wasser. Sie wusste, dass sie den Baumwollkittel der Ärztin nass machte, aber es war wie eine Befreiung und wie Vergebung, und dann erzählte Mae Dr. Villalobos von den Symptomen ihres Vaters, seiner Müdigkeit, seinem Malheur am Wochenende.

»Ach, Mae«, sagte die Ärztin wieder und strich ihr übers Haar. »Mae. Mae.«

Mae konnte nicht mehr aufhören. Sie erzählte Dr. Villalobos von seinen seelentötenden Problemen mit der Versicherung und dass ihre Mutter damit rechnete, ihn den Rest ihres Lebens versorgen zu müssen, während sie um jede Behandlung kämpfte und sich tagtäglich stundenlang mit diesen Leuten am Telefon rumschlug –

»Mae«, sagte die Ärztin schließlich, »haben Sie schon bei HR nachgefragt, ob es möglich wäre, Ihre Eltern über das Unternehmen zu versichern?«

Mae blickte zu ihr hoch. »Was?«

»Es gibt einige Circler, die haben ähnlich betroffene Angehörige mit in ihrer betrieblichen Krankenversicherung. Ich könnte mir vorstellen, dass das in Ihrem Fall auch möglich wäre.«

So was hatte Mae noch nie gehört.

»Fragen Sie einfach mal bei Human Resources nach«, sagte die Ärztin. »Oder besser noch, fragen Sie Annie.«

»Wieso hast du mir das nicht schon früher erzählt?«, fragte Annie am Abend. Sie waren in Annies Büro, einem großen weißen Raum mit Fenstern vom Boden bis zur Decke und mit zwei niedrigen Couches. »Ich hatte keine Ahnung, dass deine Eltern so einen Versicherungsalbtraum durchleben.«

Mae blickte auf eine Wand voller gerahmter Fotos. Jedes zeigte jeweils einen Baum oder Strauch, der in eine irgendwie pornografische Form gewachsen war. »Als ich das letzte Mal hier war, hattest du bloß sechs oder sieben.«

»Ich weiß. Irgendwie geht das Gerücht um, ich wäre eine leidenschaftliche Sammlerin, und jetzt krieg ich jeden Tag eins geschenkt. Und sie werden immer obszöner. Sieh dir das da oben an.« Annie deutete auf ein Foto von einem riesigen phallischen Kaktus.

Ein rothäutiges weibliches Gesicht tauchte an der Tür auf, der Körper um die Ecke herum versteckt. »Brauchst du mich noch?«

»Natürlich brauch ich dich, Vickie«, sagte Annie. »Nicht weggehen.«

»Ich hab überlegt, zum Start von diesem Sahara-Projekt zu gehen.«

»Vickie. Verlass mich nicht«, sagte Annie todernst. »Ich liebe dich und will nicht, dass wir uns trennen.« Vickie lächelte, schien sich aber zu fragen, wann Annie diese Nummer beenden und sie gehen lassen würde.

»Also gut«, sagte Annie. »Ich sollte eigentlich auch hingehen. Aber ich kann nicht. Also geh du.«

Vickies Gesicht verschwand.

»Kenn ich sie?«, fragte Mae.

»Sie ist in meinem Team«, sagte Annie. »Mittlerweile sind wir zu zehnt, aber Vickie ist meine rechte Hand. Hast du schon von dem Sahara-Projekt gehört?«

»Ich glaub, ja.« Mae hatte eine InnerCircle-Mitteilung darüber gelesen, irgendein Plan, die Sandkörner in der Sahara zu zählen.

»Sorry, wir sprachen über deinen Dad«, sagte Annie. »Ich versteh nicht, wieso du mir das nicht erzählt hast.«

Mae sagte ihr die Wahrheit, dass sie nämlich nicht im Traum daran gedacht hätte, die Gesundheit ihres Vaters könnte sich in irgendeiner Weise mit dem Circle überlappen. Schließlich gab es im ganzen Land kein Unternehmen, das die Eltern oder Geschwister seiner Angestellten mitversicherte.

»Stimmt, aber du weißt ja, was wir hier sagen«, sagte Annie. »Alles, was das Leben unserer Circler besser macht …« Sie erwartete offenbar, dass Mae den Satz beendete. Mae hatte keinen Schimmer. »… wird auf Anhieb möglich. Den Spruch müsstest du eigentlich kennen!«

»Sorry.«

»Das stand in deiner Einstellungsbroschüre. Mae! Okay, ich kümmere mich drum.« Annie tippte irgendwas in ihr Handy. »Wahrscheinlich am späteren Abend. Ich muss aber jetzt schleunigst zu einem Meeting.«

»Es ist sechs Uhr.« Mae blickte auf ihr Handgelenk. »Nein. Halb sieben.«

»Das ist früh! Ich bin bis zwölf hier. Oder vielleicht die ganze Nacht. Hier passieren gerade sehr spannende Dinge.« Ihr Gesicht glühte, offen für Möglichkeiten. »Da geht's um eine heiße russische Steuer-Geschichte. Die Typen machen keine halben Sachen.«

»Schläfst du in einem Wohnheimzimmer?«

»Nee. Ich schieb wahrscheinlich einfach die beiden Couches zusammen. Ach du Scheiße. Ich muss los. Hab dich lieb.«

Annie umarmte Mae und verließ den Raum.

Mae war allein in Annies Büro, fassungslos. War es möglich, dass ihr Vater schon bald richtig versichert war? Dass das grausame Paradox im Leben ihrer Eltern – der ständige Kampf, den sie mit Versicherungen führten und der die Gesundheit ihres Vaters verschlechterte und verhinderte, dass ihre Mutter arbeiten ging, um das Geld zu verdienen, das sie für seine medizinische Versorgung brauchten – ein Ende haben würde?

Maes Handy summte. Es war Annie.

»Und mach dir keine Sorgen. Du weißt, ich bin bei solchen Sachen ein Ninja. Das klappt schon.« Dann legte sie auf.

Mae blickte durch Annies Fenster auf San Vincenzo, das in den letzten Jahren größtenteils neu gebaut oder saniert worden war – Restaurants für Circler, Hotels für Circle-Besucher, Geschäfte, die hofften, Circler und ihre Besucher anzulocken, Schulen für Kinder der Circler. Der Circle hatte über fünfzig Gebäude in der näheren Umgebung gekauft und heruntergekommene Lagerhäuser in Kletterhallen, Schulen, Serverfarmen verwandelt, jeder Bau kühn, neuartig, den Standards für energiesparende, nachhaltige Architektur weit überlegen.

Maes Handy klingelte wieder, und wieder war es Annie.

»Okay, eine gute Nachricht früher als erwartet. Ich hab mich erkundigt, und es ist kein Problem. Wir haben ein Dutzend andere Eltern versichert und sogar einige Geschwister. Ich hab ein paar Leute beschwatzt, und die sagen, sie können deinen Dad aufnehmen.«

Mae blickte auf ihr Handy. Es war vier Minuten her, seit sie Annie von der Sache erzählt hatte.

»Was? Im Ernst?«

»Willst du, dass deine Mom auch über uns versichert wird? Klar willst du das. Sie ist gesünder, das ist einfacher. Wir nehmen sie beide auf.«

»Wann?«

»Ich schätze sofort.«

»Ich kann das gar nicht glauben.«

»Na hör mal, vertrau mir ruhig«, sagte Annie atemlos. Sie ging mit raschen Schritten irgendwohin. »Das ist eine meiner leichtesten Übungen.«

»Dann kann ich das also meinen Eltern erzählen?«

»Klar, oder willst du, dass ich es ihnen erzähle?«

»Nein, nein. Ich will bloß sichergehen, dass das beschlossene Sache ist.«

»Ist es. Das ist nun wirklich nicht die Welt. Wir haben elftausend Leute versichert. Da dürfen wir doch wohl die Bedingungen diktieren.«

»Danke, Annie.«

»Irgendwer von HR ruft dich morgen an. Ihr könnt dann die Einzelheiten klären. Muss Schluss machen. Jetzt komm ich garantiert zu spät.«

Und sie legte wieder auf.

Mae rief ihre Eltern an, erzählte es erst ihrer Mom, dann ihrem Dad, und es wurde gejauchzt, und es flossen Tränen, und Annie wurde als die Retterin der Familie gelobt, und es kam zu einem sehr peinlichen Gespräch darüber, dass Mae richtig erwachsen geworden war, dass es für ihre Eltern beschämend und erniedrigend war, sich so auf sie zu stützen, sich so schwer auf ihre junge Tochter zu stützen, schuld ist bloß dieses verkorkste System, in dem wir alle stecken, sagten sie. Aber danke, sagten sie, wir sind so stolz auf dich. Und als sie mit ihrer Mutter allein telefonierte, sagte ihre Mutter: »Mae, du hast nicht nur deinem Vater das Leben gerettet, sondern auch mir, ich schwör bei Gott, das hast du, meine liebe Maebelline.«

Um sieben merkte Mae, dass sie es nicht mehr aushielt. Sie konnte nicht still sitzen. Sie musste aufstehen und das alles irgendwie feiern. Sie sah nach, was an dem Abend auf dem Campus los war. Sie hatte den Sahara-Start verpasst und bedauerte es bereits. Es gab einen Poetry Slam, kostümiert, und sie rankte den auf Platz eins und schickte sogar eine Zusage. Doch dann sah sie den Kochkurs, in dem eine ganze Ziege gebraten und gegessen werden sollte. Den rankte sie auf Platz zwei. Für neun war irgendeine Aktivistin angekündigt, die den Circle um Unterstützung für ihre Kampagne gegen weibliche Genitalverstümmelung in Malawi aufrufen wollte. Wenn sie sich Mühe gab, konnte Mae es zu mindestens ein paar von diesen Events schaffen, doch als sie sich gerade eine Art Route überlegte, sah sie etwas, das alles andere in den Schatten stellte: Der Funky Arse Whole Circus würde auf dem Campus auftreten, um sieben, auf dem Rasen neben der Eisenzeit. Sie hatte von dieser Zirkustruppe gehört, die bombige Kritiken und Bewertungen erntete, und die Vorstellung, sich einen Zirkus anzusehen, entsprach ihrer Stimmung am meisten.

Sie fragte bei Annie an, aber die konnte nicht mitkommen; sie würde bis mindestens elf in ihrem Meeting sein. Doch wie CircleSearch ihr verriet, würden einige Leute, die sie kannte, da sein, darunter Renata und Alistair und Jared – die beiden Letzteren waren schon da –, also machte sie Feierabend und lief los.

Das Licht wurde dämmrig, golddurchwirkt, als sie um die Ecke der Zeit der Drei Reiche bog und einen Mann sah, der zwei Stockwerke hoch aufragte und Feuer spie. Hinter ihm warf eine Frau mit glitzerndem Kopfschmuck einen Neonstab in die Luft und fing ihn wieder auf. Mae hatte den Zirkus gefunden.

Gut zweihundert Leute bildeten eine lockere Umfriedung um die Artisten, die unter freiem Himmel arbeiteten, mit nur wenigen Requisiten und einem offenbar höchst begrenzten Budget. Die Circler, die sie umringten, verströmten ein ganzes Spektrum von Licht, einige mit ihren Handgelenkmonitoren, einige mit den leuchtenden Displays ihrer Handys, die sie hervorgeholt hatten, um die Vorführung im Bild einzufangen. Während Mae nach Jared und Renata suchte und vorsichtig nach Alistair Ausschau hielt, schaute sie dem bunten Treiben der Zirkustruppe zu. Die Vorstellung schien keinen genauen Anfang zu haben – sie war bereits im Gange, als Mae dazukam – und auch keinerlei erkennbare Struktur. Die Truppe bestand aus etwa zehn Artisten, die immer alle gleichzeitig zu sehen waren, und alle trugen abgenutzte Kostüme, die ihre eigene antiquierte Demut feierten. Ein recht kleiner Mann mit einer furchterregenden Elefantenmaske vollführte wilde akrobatische Kunststücke. Eine größtenteils nackte Frau, das Gesicht unter einem Flamingokopf verborgen, tanzte im Kreis und bewegte sich mal wie eine Ballerina, mal wie eine torkelnde Betrunkene.

Direkt hinter ihr sah Mae Alistair, der ihr winkte und dann anfing zu simsen. Sekunden später schaute sie auf ihr Handy und sah, dass Alistair ein weiteres, noch größeres und besseres Event für alle Portugal-Interessierten veranstaltete, nächste Woche. *Das wird hammermäßig, schrieb er. Filme, Musik, Lyrik, Geschichten und Spaß!* Sie simste, dass sie kommen würde und es kaum erwarten konnte. Auf der anderen Rasenseite hinter dem Flamingo sah Mae, wie er ihre SMS las, sie daraufhin ansah und winkte.

Sie wandte sich wieder dem Zirkus zu. Die Artisten schienen ihre offenbare Ärmlichkeit nicht nur zu spielen, sondern sie auch zu leben – alles an ihnen wirkte alt und roch nach Alter und Verfall. Die Circler ringsum hielten die Vorführung mit ihren Handys fest, wollten sich an die Fremdartigkeit dieser wie Obdachlose anmutenden Gaukler erinnern, wollten dokumentieren, wie fehl am Platz sie hier beim Circle waren, inmitten der sorgsam angelegten Wege und Gärten, inmitten der Leute, die dort arbeiteten, die regelmäßig duschten, versuchten, wenigstens einigermaßen modisch zu bleiben, und die ihre Kleidung wuschen.

Mae schlenderte durch die Menge und stieß auf Josiah und Denise, die sich freuten, sie zu sehen, aber beide empört über den Zirkus waren, der vom Ton und Tenor her zu weit gegangen war, wie sie meinten; Josiah hatte ihn bereits negativ bewertet. Mae ging weiter, froh, dass die beiden sie gesehen hatten, ihre Anwesenheit registriert hatten, und machte sich auf die Suche nach etwas zu trinken. Sie sah eine Reihe von Buden in der Ferne und ging gerade darauf zu, als einer der Artisten, ein schnauzbärtiger Mann ohne Hemd, mit drei Schwertern auf sie zugelaufen kam. Er wirkte wackelig, und kurz bevor er bei ihr war, begriff Mae, dass er, obwohl er den Eindruck erwecken wollte, er hätte alles im Griff, dass das zu seiner Nummer gehörte, jeden Moment mit den Armen voller Klingen in sie hineinrennen würde. Sie erstarrte, und als er nur noch einen halben Meter von ihr entfernt war, spürte sie, wie jemand sie an den Schultern packte und wegstieß. Sie fiel auf die Knie, mit dem Rücken zu dem Mann mit den Schwertern.

»Alles in Ordnung?«, fragte ein anderer Mann. Sie blickte auf und sah, dass er da stand, wo sie gewesen war.

»Ich glaube, ja«, sagte sie.

Und dann drehte er sich zu dem drahtigen Schwertmann um. »Was sollte der Mist, du Clown?«

War das Kalden?

Der Schwert-Gaukler blickte Mae an, um sich zu vergewissern, dass ihr nichts passiert war, und als er sah, dass alles in Ordnung war, richtete er seine Aufmerksamkeit auf den Mann vor ihr.

Es war Kalden. Jetzt war Mae sich ganz sicher. Er hatte Kaldens kalligrafische Gestalt. Er trug ein schlichtes weißes Unterhemd mit V-Ausschnitt und eine graue Hose, genauso hauteng wie die Jeans, die sie beim ersten Mal an ihm gesehen hatte. Er war Mae nicht so vorgekommen wie jemand, der sich schnell auf eine Schlägerei einließ, und doch stand er da, Brust raus und Hände geballt, während der Artist ihn mit ruhigem Blick taxierte, als würde er abwägen, ob er in seiner Rolle bleiben sollte, in diesem Zirkus, um die Vorführung durchzuziehen und sich von diesem riesigen und blühenden Unternehmen bezahlen zu lassen, und zwar gut, oder ob er sich mit dem Typen da vor den Augen von zweihundert Leuten anlegen sollte.

Schließlich entschied er sich dafür, zu lächeln, theatralisch beide Enden seines Schnauzbartes zu zwirbeln und auf dem Absatz kehrtzumachen.

»Tut mir leid, dass das passiert ist«, sagte Kalden und half ihr auf. »Ist wirklich alles in Ordnung?«

Mae bejahte. Der Schnauzbartmann hatte sie nicht berührt, hatte ihr nur Angst gemacht, und auch das nur kurz.

Sie blickte in sein Gesicht, das in dem plötzlich blauen Licht wie eine Brâncuşi-Skulptur wirkte – glatt, vollkommen oval. Die Augenbrauen waren römische Bogen, die Nase wie die zarte Schnauze eines kleinen Meerestiers.

»Diese Arschlöcher hätten gar nicht erst engagiert werden sollen«, sagte er. »Ein Haufen Hofnarren, die hier das Königshaus unterhalten sollen. Ich versteh nicht, was das soll«, sagte er und blickte sich um, stellte sich auf die Zehenspitzen. »Können wir von hier verschwinden?«

Sie kamen an dem Tisch mit Essen und Getränken vorbei und nahmen Tapas und Würstchen und zwei Becher Rotwein mit zu einer Reihe von Zitronenbäumen hinter der Wikingerzeit.

»Du erinnerst dich nicht an meinen Namen«, sagte Mae.

»Nein. Aber ich hab dich gesehen, und ich wollte dich ansprechen. Deshalb war ich in der Nähe, als der Schnauzbart auf dich losging.«

»Mae.«

»Genau. Ich bin Kalden.«

»Ich weiß. Ich kann mir Namen merken.«

»Und ich bemüh mich. Ich bemüh mich immer. Sind Josiah und Denise deine Freunde?«, fragte er.

»Ich weiß nicht. Klar. Ich meine, sie haben mich am ersten Tag rumgeführt, und, na ja, seitdem spreche ich schon mal mit ihnen. Wieso?«

»Nur so.«

»Was machst du eigentlich beim Circle?«

»Und Dan? Unternimmst du schon mal was mit Dan?«

»Dan ist mein Boss. Du willst mir nicht verraten, was du machst, nicht wahr?«

»Willst du eine Zitrone?«, fragte er und stand auf. Er hielt die Augen auf Mae gerichtet, während er mit der Hand in den Baum griff und eine große Zitrone pflückte. Die Geste, wie er sich fließend nach oben streckte, langsamer, als man erwarten könnte, hatte eine maskuline Anmut und ließ sie an einen Turmspringer denken. Ohne die Zitrone anzusehen, reichte er sie ihr.

»Die ist grün«, sagte sie.

Er blickte mit zusammengekniffenen Augen auf die Frucht. »Oh. Ich dachte, das würde klappen. Ich hab nach der größten gegriffen, die ich finden konnte. Sie hätte gelb sein sollen. Komm, steh auf.«

Er reichte ihr die Hand, half ihr hoch und schob sie ein Stückchen weg von den Ästen des Baumes. Dann schlang er die Arme um den Stamm und rüttelte, bis es Zitronen regnete. Fünf oder sechs trafen Mae.

»Himmel. 'tschuldigung«, sagte er. »Ich bin ein Idiot.«

»Nein. Es war schön«, sagte sie. »Sie waren schwer, und zwei haben mich am Kopf getroffen. Ich fand's toll.«

Dann berührte er sie, legte seine Hand um ihren Kopf. »Tut's irgendwo besonders weh?«

Sie sagte, es gehe ihr gut.

»Man tut immer denen weh, die man liebt«, sagte er, das Gesicht eine dunkle Form über ihr. Als wäre ihm plötzlich klar geworden, was er gesagt hatte, räusperte er sich. »Wie auch immer. Das war ein Spruch meiner Eltern. Und sie haben mich sehr geliebt.«

Am Morgen rief Mae Annie an, die auf dem Weg zum Flughafen war, um nach Mexiko zu fliegen und irgendein Behördenchaos zu regeln.

»Ich hab einen faszinierenden Mann kennengelernt«, sagte Mae.

»Gut. Den anderen fand ich nicht besonders. Gallipoli.«

»Garaventa.«

»Francis. Er ist eine nervöse kleine Maus. Und dieser Neue? Was wissen wir über ihn?« Mae spürte, dass Annie das Gespräch vorantrieb.

Mae versuchte, ihn zu beschreiben, merkte aber, dass sie fast nichts wusste. »Er ist dünn. Braune Augen, ziemlich groß.«

»Das ist alles? Braune Augen und ziemlich groß?«

»Oh, Moment«, sagte Mae und lachte über sich selbst. »Er hatte graues Haar. Er hat graues Haar.«

»Moment mal. Was?«

»Er war jung, aber mit grauem Haar.«

»Okay, Mae. Ist in Ordnung, wenn du auf Großväter stehst –«

»Nein, nein. Ich bin sicher, er ist jung.«

»Du sagst, er ist unter dreißig, aber mit grauem Haar?«

»Ich schwöre.«

»Ich kenne hier keinen, der so aussieht.«

»Kennst du alle zehntausend Leute?«

»Vielleicht hat er einen Zeitvertrag. Hast du seinen Nachnamen rausgekriegt?«

»Ich hab's versucht, aber er war sehr zurückhaltend.«

»Ha. Das ist nicht gerade Circle-mäßig. Und er hatte graues Haar?«

»Fast weiß.«

»Wie bei Schwimmern? Wenn sie dieses Shampoo benutzen?«

»Nein. Es war nicht silbern. Es war einfach grau. Wie bei einem alten Mann.«

»Und du bist sicher, er war kein alter Mann? Einfach irgendein alter Mann, den du auf der Straße getroffen hast?«

»Nein.«

»Hast du die Straßen durchstreift, Mae? Stehst du auf den besonderen Geruch eines älteren Mannes? Eines sehr viel älteren Mannes? Es ist ein muffiger Geruch. Wie nasse Pappe. Magst du das?«

»Bitte.«

Annie hatte ihren Spaß und machte entsprechend weiter: »Immerhin ein beruhigender Gedanke, dass er Betriebsrente kassieren kann. Und er ist bestimmt dankbar für jede Zuneigung, die er noch kriegt ... Scheiße. Ich bin am Flughafen. Ich ruf dich wieder an.«

Annie rief nicht wieder an, simste aber aus dem Flugzeug und später aus Mexico City und schickte Fotos von diversen alten Männern, die sie auf der Straße sah. *Ist er der hier? Oder der? Der vielleicht? Ése? Ése?*

Mae blieb mit ihren Gedanken allein. Wieso wusste sie Kaldens Nachname nicht? Sie suchte im Personalverzeichnis des Unternehmens, fand aber keine Kaldens. Sie versuchte es mit Kaldan, Kaldin, Khalden. Nichts. Vielleicht gab es noch eine andere Schreibweise, oder sie hatte den Namen falsch verstanden? Sie hätte eine präzisere Suche durchführen können, wenn sie gewusst hätte, in welcher Abteilung er war, in welchem Gebäude, aber sie wusste nichts.

Trotzdem konnte sie an nichts anderes denken. Sein weißer V-Ausschnitt, seine traurigen Augen, die versuchten, nicht traurig zu wirken, seine hautenge graue Hose, die modisch oder abscheulich war, was sie im Dunkeln nicht hatte entscheiden können, die Art, wie er sie am Ende des Abends gehalten hatte, als sie zu der Stelle gegangen waren, wo die Hubschrauber landeten, in der Hoffnung, einen zu sehen, und dann, als sie keinen sahen, waren sie zurück zu den Zitronenbäumen gegangen, und dort sagte er, er müsse los und ob sie allein zu den Shuttlebussen gehen könne. Er deutete dahin, wo sie in einer Reihe parkten, keine zweihundert Meter entfernt, und sie lächelte und sagte, das müsste sie schaffen. Dann hatte er sie an sich gezogen, ganz plötzlich, zu plötzlich, als dass sie hätte sagen können, ob er sie küssen wollte oder begrapschen oder sonst was. Jedenfalls zog er ihren Körper fest an seinen, mit dem rechten Arm quer über ihrem Rücken, die Hand auf ihrer Schulter, und die linke Hand viel tiefer, dreister, auf ihrem Kreuzbein, die gespreizten Finger nach unten gereckt.

Dann wich er zurück und lächelte.

»Kommst du wirklich klar?«

»Ja.«

»Du hast keine Angst?«

Sie lachte. »Nein. Ich hab keine Angst.«

»Okay. Gute Nacht.«

Und er drehte sich um und ging in eine neue Richtung, nicht in die der Shuttles oder der Hubschrauber oder des Zirkus, sondern über einen schmalen dunklen Weg, allein.

Die ganze Woche dachte sie an seine entschwindende Gestalt und an seine greifenden Hände, und sie betrachtete die dicke grüne Zitrone, die er gepflückt und die sie mitgenommen hatte, weil sie fälschlicherweise dachte, sie würde mit der Zeit auf ihrem Schreibtisch reifen. Sie blieb grün.

Aber sie konnte ihn nirgends finden. Sie schickte ein paar unternehmensweite Zings los, mit der Nachricht, dass sie nach einem Kalden suche, wobei sie sich hütete, verzweifelt zu wirken. Aber sie erhielt keine Reaktion.

Sie wusste, dass Annie ihr helfen könnte, aber Annie war jetzt in Peru. Das Unternehmen steckte mit seinen Plänen im Amazonasgebiet in leichten Schwierigkeiten – irgendwas mit Drohnen, die jeden noch stehenden Baum zählen und fotografieren sollten. Zwischen Treffen mit diversen Umweltschutz- und Regierungsvertretern rief Annie zurück. »Ich mach eine Gesichtserkennung. Schick mir ein Foto von ihm.«

Aber Mae hatte keine Fotos von ihm.

»Du machst Witze. Nichts?«

»Es war dunkel. Wir waren bei einer Zirkusvorstellung.«

»Hast du schon gesagt. Er hat dir also eine grüne Zitrone gegeben und keine Fotos. Bist du sicher, dass er nicht bloß ein Besucher war?«

»Aber ich hab ihn doch vorher schon mal getroffen. Bei den Toiletten. Und dann ist er mit mir zu meinem Schreibtisch gegangen und hat mir bei der Arbeit zugeguckt.«

»Wow, Mae. Hört sich an wie ein Lottogewinn. Grüne Zitronen und schweres Atmen über deine Schulter, während du Kundenanfragen beantwortest. Wenn ich auch nur eine Spur paranoid wäre, würde ich glauben, er ist ein Eindringling oder ein kläglicher Sittenstrolch.« Annie musste auflegen, doch dann, eine Stunde später, schickte sie eine SMS. *Halt mich auf dem Laufenden über den Typen. Werde zunehmend unruhig. Wir hatten über die Jahre ein paar kranke Stalker. Letztes Jahr ist so ein Typ, irgendein Blogger, auf einer Party aufgetaucht und dann zwei Wochen auf dem Campus geblieben, ist herumgeschlichen und hat in Lagerräumen geschlafen. Hat sich als relativ harmlos entpuppt, aber du kannst dir vorstellen, dass so ein unbekannter Irrer Anlass zur Sorge ist.*

Aber Mae war nicht besorgt. Sie vertraute Kalden und konnte sich nicht vorstellen, dass er irgendwelche ruchlosen Absichten hegte. Sein Gesicht hatte eine Offenheit, war eindeutig ohne jede Arglist – Mae konnte das Annie nicht richtig erklären, aber hegte ihm gegenüber keinerlei Argwohn. Sie wusste, dass er kein verlässlicher Kommunikator war, aber sie wusste auch, ja, sie war ganz sicher, dass er sie wieder kontaktieren würde. Und obwohl es für sie nervig, ärgerlich gewesen wäre, wenn sie jemand anderen in ihrem Leben nicht hätte erreichen können, verlieh das Wissen, dass er irgendwo da draußen war, unerreichbar, aber vermutlich irgendwo auf dem Campus, ihrer Arbeitszeit wenigstens ein paar Tage lang ein angenehmes Prickeln. Sie hatte die Woche über enorm viel Arbeit, aber während sie an Kalden dachte, war jede Anfrage eine wunderbare Arie. Die Kunden sangen ihr was vor und sie ihnen. Sie liebte sie alle. Sie liebte Risa Thomason in Twin Falls, Idaho. Sie liebte Mack Moore in Gary, Indiana. Sie liebte die Neuen um sie herum. Sie liebte es, wenn Jareds bisweilen besorgtes Antlitz in seiner Bürotür auftauchte und er sie bat, doch dafür zu sorgen, dass sie ihren Gesamtdurchschnitt auf über 98 hielten. Und sie liebte es, dass es ihr gelungen war, Francis und seine ständigen Kontaktversuche zu ignorieren. Seine Minivideos. Seine Audiogrußkarten. Seine Playlisten, alle mit Songs, die um Entschuldigung baten und vor Herzeleid trieften. Er war jetzt eine Erinnerung, die Kalden und seine elegante Silhouette, seine starken forschenden Hände ausgelöscht hatten. Sie liebte es, dass sie, wenn sie allein im Bad war, die Wirkung dieser Hände simulieren konnte, mit der Hand ungefähr den gleichen Druck auszuüben, den er bei ihr ausgeübt hatte. Aber wo war er? Was am Montag und Dienstag faszinierend gewesen war, wurde am Mittwoch beinahe ärgerlich und am Donnerstag regelrecht nervig. Seine Unsichtbarkeit kam ihr zunehmend absichtlich und sogar aggressiv vor. Er hatte versprochen, sich zu melden, oder etwa nicht? Vielleicht hatte er das ja gar nicht, dachte sie. Was *hatte* er gesagt? Sie durchforschte ihr Gedächtnis und erkannte mit einer gewissen Panik, dass er am Ende des Abends lediglich »Gute Nacht« gesagt hatte. Aber Annie würde am Freitag zurückkommen, und gemeinsam, selbst wenn sie nur eine Stunde zusammen hätten,

könnten sie ihn finden, seinen Namen erfahren, ihn ein-
kreisen.

Und schließlich, am Freitagmorgen, war Annie wieder
da, und sie verabredeten ein Treffen kurz vor dem Dream
Friday. Es sollte eine Präsentation über die Zukunft von
CircleMoney geben – eine Möglichkeit, sämtliche Online-
käufe über den Circle abzuwickeln und dadurch Papier-
geld letztendlich überflüssig zu machen –, doch dann wurde die Präsentation abgesagt. Alle Mitarbeiter wurden
gebeten, sich eine in Washington stattfindende Pressekonferenz anzusehen.

Mae eilte nach unten in die Lobby der Renaissance, wo
einige Hundert Circler auf den Wandbildschirm starrten.
Eine Frau in einem blaubeerfarbenen Kostüm stand hinter
einem mit Mikrofonen gespickten Rednerpult, umringt
von Helfern und zwei amerikanischen Flaggen. Unter ihr
der Nachrichtenticker: SENATORIN WILLIAMSON WILL
DEN CIRCLE AUFLÖSEN. Am Anfang war es zu laut in
der Lobby, um auch nur ein Wort zu verstehen, doch als
einige »Pst!« zischten und jemand die Lautstärke aufdreh-
te, wurde die Stimme der Senatorin hörbar. Sie war dabei,
eine schriftliche Stellungnahme zu verlesen.

»Wir sind heute hier, um die Kartellaufsicht des Senats
aufzufordern, im Rahmen einer Untersuchung zu klären,
ob es sich beim Circle um ein Monopolunternehmen handelt oder nicht. Wir sind überzeugt, dass das Justizminis-
terium den Circle als das sehen wird, was er ist, nämlich
ein Monopolist im wahrsten Sinne des Wortes, und dass
es Maßnahmen ergreifen wird, um das Unternehmen aufzulösen, so wie das bereits mit Standard Oil, At & T und
jedem anderen marktbeherrschenden Unternehmen in
unserer Geschichte geschehen ist. Die Vorherrschaft des

Circle unterdrückt jede Konkurrenz und gefährdet unsere freie Marktwirtschaft.«

Nach ihrer Erklärung widmete sich der Bildschirm wieder seinem üblichen Zweck, die Gedanken der Circle-Beschäftigten zu feiern, und in dem herrschenden Gedränge wurden viele Gedanken geäußert. Die übereinstimmende Meinung lautete, dass diese Senatorin dafür bekannt war, mitunter Positionen abseits vom Mainstream zu vertreten – sie war gegen die Kriege im Irak und in Afghanistan gewesen –, und dass sie daher mit ihrem Anti-Monopolkreuzzug wohl kaum Erfolg haben würde. Der Circle war ein bei beiden politischen Lagern beliebtes Unternehmen, das für seine pragmatischen Positionen bei praktisch jedem politischen Thema ebenso bekannt war wie für seine großzügigen Spenden, sodass die linksliberale Senatorin sich von ihren liberalen Kollegen nicht viel Unterstützung erhoffen konnte – und noch weniger von ihren republikanischen Kollegen.

Mae kannte sich mit Kartellgesetzen nicht gut genug aus, um sich spontan eine Meinung zu bilden. Gab es da draußen wirklich keine Konkurrenz? Der Circle hatte einen Anteil von 90 Prozent am Suchmaschinenmarkt. 88 Prozent am Freemail-Markt, 92 Prozent am SMS-Markt. Das war in ihren Augen einfach ein Beweis dafür, dass sie beim Circle das beste Produkt herstellten und lieferten. Es war irgendwie irrsinnig, das Unternehmen für seine Effizienz zu bestrafen, für seinen Blick fürs Detail. Für seinen Erfolg.

»Da bist du ja«, sagte Mae, als sie Annie auf sie zukommen sah. »Wie war Mexiko? Und Peru?«

»Diese Idiotin«, sagte Annie höhnisch und blickte mit zusammengekniffenen Augen auf den Bildschirm, wo die Senatorin eben noch zu sehen gewesen war.

»Dann machst du dir deshalb keine Sorgen?«

»Du meinst, ob sie damit irgendwas erreichen wird? Nein. Aber persönlich steckt sie ganz schön in der Scheiße.«

»Was meinst du damit? Woher weißt du das?«

Annie sah Mae an, wandte sich dann zum hinteren Teil der Lobby. Tom Stenton stand da und plauderte mit ein paar Circlern, die Arme verschränkt, eine Haltung, die bei jemand anderem vielleicht Besorgnis oder gar Wut vermittelt hätte. Doch er wirkte vor allem amüsiert.

»Gehen wir«, sagte Annie, und sie spazierten über den Campus zu dem Taco-Imbisswagen, der an dem Tag engagiert worden war, um die Circler mit Lunch zu versorgen. »Was macht dein Kavalier? Sag mir nicht, er ist beim Sex gestorben.«

»Ich hab ihn seit letzter Woche nicht mehr gesehen.«

»Überhaupt kein Kontakt?«, fragte Annie. »So ein Scheiß.«

»Ich glaube, er ist einfach aus einer anderen Ära.«

»Eine andere Ära? Und graues Haar? Mae, kennst du die Szene in *Shining*, in der Nicholson so eine sexy Begegnung mit der Frau im Badezimmer hat? Und wo die Lady sich dann als eine ältere untote Leiche entpuppt?«

Mae hatte keine Ahnung, wovon Annie sprach.

»Aber eigentlich –«, sagte Annie, und ihre Augen blickten plötzlich ins Leere.

»Was denn?«

»Weißt du, was? Jetzt wo diese Williamson-Ermittlung im Raum steht, da beunruhigt es mich doch, wenn so ein geheimnisvoller Typ auf dem Campus herumschleicht. Sagst du mir Bescheid, wenn du ihn das nächste Mal siehst?«

Mae blickte Annie an und sah zum ersten Mal, soweit sie sich erinnern konnte, so etwas wie echte Sorge.

Um halb fünf schickte Dan eine Nachricht: *Spitzentag bisher! Um fünf bei mir?*

Mae ging in Dans Büro. Er stand auf, führte sie zu einem Stuhl und schloss die Tür. Er setzte sich hinter seinen Schreibtisch und tippte auf das Glas seines Tablets.

»97. 98. 98. 98. Großartige Gesamtpunktzahlen diese Woche.«

»Danke«, sagte Mae.

»Wirklich sensationell! Vor allem in Anbetracht des erhöhten Arbeitsaufkommens mit den Neuen. Ist es schwierig gewesen?«

»Vielleicht die ersten paar Tage, aber inzwischen sind sie angelernt und brauchen mich kaum noch. Sie sind alle ausgezeichnet, deshalb ist es sogar ein bisschen einfacher mit mehr Leuten in der Abteilung.«

»Schön. Schön, zu hören.« Jetzt blickte Dan auf und sah ihr forschend in die Augen. »Mae, hast du bisher beim Circle eine gute Erfahrung gemacht?«

»Unbedingt«, sagte sie.

Sein Gesicht erhellte sich. »Schön. Schön. Das ist eine sehr gute Nachricht. Ich hab dich hergebeten, einfach um, na ja, das mit deinem sozialen Verhalten hier in Einklang zu bringen und mit dem, was du damit signalisierst. Und ich denke, ich hab vielleicht nicht alles richtig kommuniziert, worum es bei diesem Job geht. Daher gebe ich mir selbst die Schuld, wenn ich das nicht gut genug gemacht habe.«

»Nein. Nein. Ich weiß genau, dass du alles richtig gemacht hast. Keine Frage.«

»Na ja, danke, Mae. Das freut mich. Aber worüber wir reden müssen, ist, na ja … Lass es mich mal anders ausdrücken. Wie du weißt, arbeiten wir beim Circle nicht nach der Stechuhr. Ist das verständlich?«

»Ja, ich weiß. Ich würde nicht … Hab ich den Eindruck erweckt, ich würde meinen …«

»Nein, nein. Überhaupt nicht. Wir haben dich bloß nicht besonders oft nach fünf auf dem Campus gesehen, daher haben wir uns gefragt, ob du, du weißt schon, es nicht erwarten kannst, nach Hause zu gehen.«

»Nein, nein. Soll ich länger bleiben?«

Dan verzog das Gesicht. »Nein, darum geht es nicht. Du erledigst dein Arbeitspensum ganz prima. Aber wir haben dich letzten Donnerstagabend auf der Party im Wilden Westen vermisst. Die war als Event ziemlich wichtig für die Teambildung, und es ging um ein Produkt, auf das wir alle sehr stolz sind. Du hast mindestens zwei Events für Neulinge verpasst, und bei dem Zirkus sah es aus, als könntest du es nicht erwarten, wieder wegzukommen. Ich glaube, nach zwanzig Minuten warst du schon nicht mehr da. Und das alles wäre ja verständlich, wenn dein Partizipations-Ranking nicht so niedrig wäre. Weißt du, wo das zurzeit steht?«

Mae schätzte irgendwo im 8.000er-Bereich. »Ich glaube schon.«

»Du glaubst«, sagte Dan und sah auf seinen Bildschirm. »Bei 9.101. Kommt das hin?« Das Ranking war in der letzten Stunde gefallen, seit sie zuletzt nachgesehen hatte.

Dan schnalzte mit der Zunge und nickte, als würde er darüber rätseln, wie ein bestimmter Fleck auf sein Hemd gekommen war. »Also, da kommt so einiges zusammen, und, na ja, wir machen uns allmählich Sorgen, ob wir dich vielleicht irgendwie vertreiben.«

»Nein, nein! Überhaupt nicht.«

»Okay, sprechen wir über Donnerstag um Viertel nach fünf. Wir hatten ein Treffen im Wilden Westen, wo deine Freundin Annie arbeitet. Es war eine halb obligatorische

Begrüßungsparty für eine Gruppe von potenziellen Partnern. Du warst nicht auf dem Campus, was mich wirklich irritiert. Als wärst du geflohen.«

Maes Gedanken überschlugen sich. Wieso war sie nicht hingegangen? Wo war sie gewesen? Mae hatte nichts von dieser Party gewusst. Die hatte auf der anderen Seite vom Campus stattgefunden, im Wilden Westen – wie hatte sie ein halb obligatorisches Event übersehen können? Die Ankündigung musste tief in ihrem dritten Bildschirm vergraben gewesen sein.

»Gott, es tut mir leid«, sagte sie, als sie sich wieder erinnerte. »Um fünf hab ich den Campus verlassen und in einem Reformhaus in San Vincenzo Aloe gekauft. Mein Dad wollte diese bestimmte Sorte –«

»Mae«, fiel Dan ihr ins Wort, und sein Tonfall war herablassend, »wir haben Aloe hier in unserem Campus-Laden. Der ist besser sortiert als irgend so ein No-Name-Laden, und die Produkte sind qualitativ besser. Sie werden sorgfältig überprüft.«

»Tut mir leid. Ich wusste nicht, dass unser Laden Aloe führt.«

»Du warst in unserem Laden und konntest sie nicht finden?«

»Nein, nein. Ich war nicht da, ich bin direkt zu dem anderen Laden. Aber ich bin sehr froh, zu wissen, dass –«

»Lass mich da mal einhaken, denn du hast da eben was Interessantes gesagt. Du hast gesagt, du bist nicht zuerst in unseren Laden gegangen?«

»Nein. Sorry. Ich hab einfach angenommen, dass ich so etwas wie Aloe dort nicht bekomme, und deshalb –«

»Jetzt hör mal. Mae, ehrlich gesagt, ich hab gewusst, dass du nicht in unseren Laden gegangen bist. Auch darüber wollte ich mit dir sprechen. Du warst noch nie in dem Laden, nicht ein einziges Mal. Du – eine ehemalige College-sportlerin – warst noch nie in unserem Fitnesscenter, und du hast kaum den Campus erkundet. Ich glaube, du hast gerade mal ein Prozent unseres Angebots genutzt.«

»Tut mir leid. Es war bisher alles einfach unglaublich hektisch, schätz ich.«

»Und Freitagabend? Da hat es auch ein größeres Event gegeben.«

»Tut mir leid. Ich wollte zu der Party, aber ich musste schnellstens zu meinen Eltern. Mein Dad hatte einen Krampfanfall, der zum Glück nicht so schlimm war, aber das hab ich erst erfahren, als ich bei ihnen war.«

Dan blickte auf seinen Glasschreibtisch und versuchte, mit einem Papiertaschentuch einen Fleck zu entfernen. Zufrieden blickte er auf.

»Das ist völlig verständlich. Zeit mit den Eltern verbringen, glaub mir, das finde ich sehr, sehr cool. Ich wollte einfach den *Gemeinschaft*saspekt unserer Arbeit hier hervorheben. Wir sehen dieses Unternehmen als *Gemeinschaft*, und jede Person, die hier arbeitet, ist Teil der Gemeinschaft. Und damit das alles funktioniert, ist ein gewisses Maß an Partizipation erforderlich. Das ist so, als wären wir eine Kindergartengruppe, und ein Mädchen gibt eine Geburtstagsparty, und nur die Hälfte kommt, was glaubst du, wie sich das Geburtstagskind fühlt?«

»Nicht gut. Das weiß ich. Aber ich war bei dem Zirkusevent, und das war toll. Echt toll!«

»Es war wirklich toll, nicht? Und es war toll, dich da zu sehen. Aber wir haben keinerlei Beleg darüber, dass du da warst. Keine Fotos, keine Zings, keine Kommentare, Mitteilungen, Bumps. Wieso nicht?«

»Ich weiß nicht. Ich schätze, ich war einfach zu gebannt von der –«

Dan seufzte laut. »Du weißt aber doch, dass wir gern was von Leuten hören, oder? Dass uns die Meinungen der Circler wichtig sind?«

»Natürlich.«

»Und dass der Circle in hohem Maße auf dem Input und der Partizipation von Leuten wie dir basiert?«

»Das weiß ich.«

»Hör mal. Ich finde es durchaus nachvollziehbar, dass du Zeit mit deinen Eltern verbringen willst. Es sind deine Eltern! Das ist hochanständig von dir. Wie ich schon sagte: sehr, sehr cool. Ich will damit bloß sagen, dass wir dich auch sehr mögen und dich besser kennenlernen möchten. Deshalb wäre es schön, wenn du bereit wärst, noch ein paar Minuten länger zu bleiben, um mit Josiah und Denise zu sprechen. Ich glaube, du kennst sie von deiner Einführung? Sie würden unser Gespräch hier gern fortsetzen und ein wenig vertiefen. Okay?«

»Klar.«

»Du musst nicht dringend nach Hause oder …?«

»Nein. Ich gehöre ganz euch.«

»Schön. Schön. Das höre ich gern. Da kommen sie ja schon.«

Mae drehte sich um und sah Denise und Josiah, beide winkend, auf der anderen Seite von Dans Glastür.

»Mae, wie geht's dir?«, sagte Denise, als sie zum Besprechungsraum gingen. »Unglaublich, dass es schon drei Wochen her ist, seit wir mit dir deinen ersten Rundgang gemacht haben! Da wären wir.«

Josiah öffnete die Tür zu einem Besprechungsraum, an dem Mae viele Male vorbeigekommen war. Der Raum war oval, die Wände aus Glas.

»Setz dich doch da hin«, sagte Denise und deutete auf einen Lederstuhl mit hoher Rückenlehne. Sie und Josiah nahmen ihr gegenüber Platz, bauten ihre Tablets auf und rückten ihre Stühle zurecht, als würden sie sich auf eine Aufgabe vorbereiten, die Stunden dauern könnte und mit hoher Wahrscheinlichkeit unangenehm werden würde. Mae versuchte zu lächeln.

»Wie du weißt«, sagte Denise und strich sich eine Strähne ihres dichten Haars hinters Ohr, »sind wir bei HR, und das hier ist bloß ein Nachfragegespräch, wie wir es regelmäßig mit neuen Communitymitgliedern durchführen. Wir machen das jeden Tag irgendwo im Unternehmen, und wir sind besonders froh, dich wiederzusehen. Du bist ein richtiges Rätsel.«

»Ach ja?«

»Und ob. Meiner Erinnerung nach ist es Jahre her, seit jemand bei uns angefangen hat, der so, na ja, so geheimnisumwoben war.«

Mae wusste nicht, wie sie reagieren sollte. Sie fühlte sich nicht geheimnisumwoben.

»Deshalb dachte ich, wir sprechen vielleicht erst mal ein bisschen über dich, und nachdem wir mehr über dich erfahren haben, können wir darüber sprechen, wie es möglicherweise für dich angenehmer wäre, dich ein bisschen mehr in die Community einzubringen. Klingt das gut?«

Mae nickte. »Unbedingt.« Sie sah Josiah an, der noch kein Wort gesagt hatte, aber hektisch an seinem Tablet arbeitete, tippte und wischte.

»Gut. Ich dachte, wir sagen dir zunächst einmal, dass wir dich wirklich gernhaben«, sagte Denise.

Endlich meldete sich Josiah zu Wort, mit leuchtenden blauen Augen. »Das tun wir«, sagte er. »Das tun wir wirklich. Du bist ein supercooles Mitglied des Teams. Das finden alle.«

»Danke«, sagte Mae, die sicher war, dass sie gerade gefeuert wurde. Sie war zu weit gegangen, als sie darum gebeten hatte, ihre Eltern über den Circle krankenversichern zu lassen. Wie hatte sie das so kurz nach ihrer Einstellung machen können?

»Und dass deine Arbeit hier vorbildlich gewesen ist«, fuhr Denise fort. »Deine Ratings liegen im Durchschnitt bei 97, und das ist hervorragend, erst recht für deinen ersten Monat. Bist du zufrieden mit deiner Leistung?«

Mae erriet die richtige Antwort. »Ja.«

Denise nickte. »Schön. Aber wie du weißt, ist die Arbeit hier nicht alles. Oder anders ausgedrückt, es geht nicht bloß um Ratings und Anerkennung und so. Du bist nicht bloß ein Rädchen im Getriebe.«

Josiah schüttelte energisch den Kopf. »Wir betrachten dich als ein vollständiges erkennbares menschliches Wesen mit grenzenlosem Potenzial. Und als ein äußerst wichtiges Mitglied der Community.«

»Danke«, sagte Mae, jetzt weniger überzeugt, dass sie gerade entlassen wurde.

Denises Lächeln war gequält. »Aber wie du weißt, hat deine Beteiligung an der Community das ein oder andere Mal geschwächelt. Wir haben natürlich den Bericht über den Vorfall mit Alistair und dem Portugal-Brunch gelesen. Wir fanden deine Erklärung völlig verständlich, und wir sind zuversichtlich, dass du die damit zusammenhängenden Probleme erkannt hast. Aber dann fehlst du bei den meisten Wochenend- und Abendevents, die natürlich alle vollkommen freiwillig sind. Möchtest du unserem Verständnis des Ganzen vielleicht noch irgendwas hinzufügen? Vielleicht zu der Alistair-Sache?«

»Bloß, dass ich ein total schlechtes Gewissen hatte, weil ich Alistair unbeabsichtigt Kummer bereitet habe.«

Denise und Josiah lächelten.

»Gut, gut«, sagte Denise. »Also, die Tatsache, dass du das verstehst, verwirrt mich, wenn ich das mit einigen deiner Handlungen seit der Diskussion vergleiche. Fangen wir mit dem letzten Wochenende an. Wir wissen, dass du den Campus am Freitag um 17.52 Uhr verlassen hast und um 8.46 Uhr am Montag wieder hier warst.«

»Stand am Wochenende Arbeit an?« Mae durchforschte ihr Gedächtnis. »Hab ich irgendwas verpasst?«

»Nein, nein, nein. Es gab hier, na ja, keine obligatorische Arbeit am Wochenende. Trotzdem waren Tausende von Leuten Samstag und Sonntag hier, um sich auf dem Campus zu amüsieren, an zahllosen verschiedenen Aktivitäten teilzunehmen.«

»Ich weiß, ich weiß. Aber ich war bei meinen Eltern. Mein Dad war krank, und ich bin hin, um zu helfen.«

»Tut mir leid, das zu hören«, sagte Josiah. »Hatte das mit seiner MS zu tun?«

»Ja.«

Josiah machte ein mitfühlendes Gesicht, und Denise beugte sich vor. »Aber sieh mal, gerade in dem Zusammenhang wird die Sache besonders verwirrend. Wir wissen nichts über diesen Vorfall. Hast du dich während der Krise an irgendwelche Circler gewandt? Weißt du, dass es auf dem Campus vier Selbsthilfegruppen für Circler gibt, die mit MS zu tun haben? Zwei davon für Kinder von MS-Kranken. Bist du je zu einer dieser Gruppen gegangen?«

»Nein, noch nicht. Ich hab's aber vor.«

»Okay«, sagte Denise. »Stellen wir den Gedanken kurz zurück, denn es ist aufschlussreich, dass du zwar von den Gruppen wusstest, aber zu keiner hingegangen bist. Dir ist doch sicherlich klar, wie nützlich es ist, Informationen über diese Krankheit zu teilen?«

»Ja.«

»Und dich mit anderen jungen Leuten, deren Eltern an der Krankheit leiden, auszutauschen – siehst du den Nutzen darin?«

»Absolut.«

»Zum Beispiel, als du von dem Krampfanfall deines Dads erfahren hast, da bist du – wie weit? – rund hundert Meilen gefahren, und nicht ein einziges Mal während der Fahrt hast du versucht, irgendwelche Informationen vom Inner-Circle oder von dem größeren OuterCircle einzuholen. Siehst du das als vertane Chance?«

»Jetzt auf jeden Fall. Ich war durcheinander und besorgt, und ich bin gefahren wie eine Irre. Ich war nicht richtig präsent.«

Denise hob einen Finger. »Ah, präsent. Das ist ein fabelhaftes Wort. Ich bin froh, dass du es benutzt hast. Würdest du sagen, du bist normalerweise präsent?«

»Ich versuche es jedenfalls.«

Josiah lächelte und tippte hektisch in sein Tablet.

»Aber das Gegenteil von präsent wäre was?«, fragte Denise.

»Abwesend?«

»Ja. Abwesend. Legen wir auch diesen Gedanken kurz auf Eis. Kommen wir noch mal auf deinen Dad zurück und auf das Wochenende. Hat er sich wieder einigermaßen erholt?«

»Ja. Es war falscher Alarm, ehrlich gesagt.«

»Gut. Ich bin echt froh, das zu hören. Aber merkwürdig ist, dass du das niemandem mitgeteilt hast. Hast du irgendwas irgendwo über den Vorfall gepostet? Einen Zing, einen Kommentar irgendwo?«

»Nein, hab ich nicht«, sagte Mae.

»Hm. Okay«, sagte Denise und holte tief Luft. »Glaubst du, es hätte irgendjemand anderes von deiner Erfahrung profitieren können? Ich meine, falls mal wieder jemand zwei oder drei Stunden zu seinen Eltern fährt, wäre es vielleicht hilfreich für ihn, wenn er wüsste, was du aus diesem Vorfall gelernt hast, dass es bloß ein kleinerer Pseudo-Krampfanfall war?«

»Unbedingt. Ich könnte mir vorstellen, dass das hilfreich wäre.«

»Gut. Wie also sollte deiner Meinung nach der Aktionsplan aussehen?«

»Ich glaube, ich trete dem MS-Klub bei«, sagte Mae, »und ich sollte etwas darüber, was ich erlebt habe, posten. Ich weiß, andere könnten daraus lernen.«

Denise lächelte. »Fantastisch! Reden wir jetzt mal über den Rest des Wochenendes. Am Freitag erfährst du, dass mit deinem Dad alles in Ordnung ist. Aber für den Rest des Wochenendes bist du abgetaucht. Als wärst du verschwunden!« Ihre Augen wurden groß. »An dem Punkt könnte jemand wie du, also jemand mit einem niedrigen Partizipations-Ranking, genau das verbessern, wenn er wollte. Aber deines ist sogar noch gesunken – um zweitausend Punkte. Ich will ja nicht total zahlenfixiert daherkommen, aber du warst am Freitag bei 8.625 und am späten Sonntagabend bei 10.288.«

»Ich wusste nicht, dass das Ranking so schlecht war«, sagte Mae, die sich selbst hasste, dieses Selbst, das sich ihr anscheinend immerzu in den Weg stellen musste. »Nach dem Krampfanfall meines Vaters brauchte ich ein bisschen Zeit, um mich von der Angst und der Anspannung zu erholen.«

»Kannst du uns erzählen, was du am Samstag gemacht hast?«

»Das ist peinlich«, sagte Mae. »Nichts.«

»Nichts heißt was?«

»Na, ich war fast den ganzen Tag bei meinen Eltern zu Hause und habe bloß Fernsehen geguckt.«

Josiahs Miene erhellte sich. »Irgendwas Gutes?«

»Bloß irgendwelchen Frauenbasketball.«

»Was hast du denn gegen Frauenbasketball?«, platzte Josiah heraus. »Ich *liebe* Frauenbasketball. Hast du meine Zings über die WNBA verfolgt?«

»Nein. Du hast einen Zing-Feed über die WNBA?«

Josiah nickte und sah plötzlich gekränkt aus, sogar bestürzt.

Denise schaltete sich ein. »Noch mal, es ist merkwürdig, dass du dich nicht entschieden hast, das mit irgendwem zu teilen. Hast du dich an irgendwelchen Diskussionen über den Sport beteiligt? Josiah, wie viele Teilnehmer hat unsere globale Diskussionsgruppe über die WNBA?«

Josiah, noch sichtlich erschüttert darüber, dass Mae seinen WNBA-Feed nicht las, gelang es, die Zahl auf seinem Tablet zu finden, und murmelte: »143.891.«

»Und wie viele Zinger da draußen verfolgen die WNBA?«

Josiah fand die Zahl im Handumdrehen. »12.992.«

»Und du beteiligst dich weder an der Diskussionsgruppe noch am Feed, Mae. Was glaubst du, warum das so ist?«

»Ich schätze, ich fand einfach, dass mein Interesse am Frauenbasketball nicht ausreichte, um mich an einer Diskussionsrunde zu beteiligen, oder, na ja, Feeds zu dem Thema zu lesen. Ich hab einfach keine große Leidenschaft dafür.«

Denise blickte Mae mit zusammengekniffenen Augen an. »Interessante Wortwahl: *Leidenschaft*. Du hast doch schon von LPT gehört? Leidenschaft, Partizipation und Transparenz?«

Mae hatte die Buchstaben LPT überall auf dem Campus gesehen, aber bis zu diesem Moment hatte sie die Buchstaben nicht mit diesen drei Wörtern in Verbindung gebracht. Sie kam sich absolut blöd vor.

Denise legte die Hände flach auf den Schreibtisch, als wollte sie aufstehen. »Mae, dir ist bewusst, dass wir ein IT-Unternehmen sind, korrekt?«

»Natürlich.«

»Und dass wir uns an der Spitze der Social Media sehen.«

»Ja.«

»Und du kennst den Begriff Transparenz, korrekt?«

»Ja, natürlich. Absolut.«

Josiah blickte Denise an und versuchte, sie zu beruhigen. Sie legte die Hände in den Schoß. Josiah übernahm das Wort. Er lächelte und öffnete mit einem Wisch über sein Tablet eine neue Seite.

»Okay. Kommen wir zum Sonntag. Erzähl uns von Sonntag.«

»Ich bin nach Hause gefahren.«

»Das ist alles?«

»Ich war kajaken?«

Josiah und Denise blickten beide überrascht.

»Du warst kajaken?«, sagte Josiah. »Wo?«

»Bloß in der Bucht.«

»Mit wem?«

»Niemandem. Ganz allein.«

Denise und Josiah blickten gekränkt.

»Ich kajake auch«, sagte Josiah und tippte dann irgendwas in sein Tablet, mit sehr festem Fingerdruck.

»Wie oft fährst du Kajak?«, fragte Denise Mae.

»So etwa einmal alle paar Wochen?«

Josiah starrte konzentriert auf sein Tablet. »Mae, ich sehe mir hier dein Profil an, und ich finde da nichts über dich und Kajaken. Keine Smiles, keine Ratings, keine Posts, nichts. Und jetzt erzählst du mir, dass *du einmal alle paar Wochen* Kajak fährst?«

»Na ja, vielleicht ist es doch weniger.«

Mae lachte, aber Denise und Josiah nicht. Josiah stierte weiter auf seinen Bildschirm, während Denises Augen sich in Mae bohrten.

»Wenn du Kajak fährst, was siehst du dann so?«

»Keine Ahnung. Alles Mögliche.«

»Seehunde?«

»Klar.«

»Seelöwen?«

»Meistens.«

»Wasservögel? Pelikane?«

»Klar.«

Denise tippte auf ihr Tablet. »Okay, ich suche gerade unter deinem Namen nach visuellen Dokumentationen von irgendwelchen Kajakfahrten. Ich finde nichts.«

»Oh, ich hab nie eine Kamera mitgenommen.«

»Aber woran erkennst du dann all die Vögel?«

»Ich hab so einen kleinen Führer dabei. Den hat mir mein Exfreund mal geschenkt. Ein kleiner faltbarer über die Tierwelt in unserer Region.«

»Also bloß eine Broschüre oder so?«

»Genau, ich meine, er ist wasserfest und –«

Josiah atmete geräuschvoll aus.

»Tut mir leid«, sagte Mae.

Josiah verdrehte die Augen. »Nein, ich meine, das führt jetzt ein bisschen vom Thema ab, aber Papier ist für mich ein Problem, weil damit jede Kommunikation stirbt. Es hat kein Potenzial zu Kontinuität. Du guckst auf deine Papierbroschüre, und damit hört es auf. Es hört auf mit dir. Als wärst du der einzige Mensch, der zählt. Aber stell dir vor, wie es wäre, wenn du alles *dokumentiert* hättest. Wenn du ein Tool benutzt hättest, um jeden Vogel, den du siehst, zu identifizieren, dann hätte jeder was davon gehabt – Naturforscher, Studenten, Historiker, die Küstenwache. Dann könnte jeder wissen, was für Vögel an dem Tag in der Bucht waren. Es ist einfach zum Verrücktwerden, wie viel Wissen tagtäglich durch diese Art von Kurzsichtigkeit verloren geht. Und ich will es nicht egoistisch nennen, aber –«

»Nein. Das war es. Ich weiß, es war egoistisch«, sagte Mae.

Josiah wurde etwas milder. »Aber von der Dokumentierung mal abgesehen, finde ich es einfach faszinierend, wieso du nirgendwo erwähnst, dass du Kajak fährst. Ich meine, das ist ein Teil von dir. Ein *wesentlicher* Teil.«

Mae schnaubte unwillkürlich. »Ich finde nicht, dass das so wesentlich ist. Oder auch nur interessant.«

Josiah blickte auf, und seine Augen loderten. »Und ob es das ist!«

»Viele Leute fahren Kajak«, sagte Mae.

»Genau das ist der springende Punkt!«, sagte Josiah und lief rasch rot an. »Würdest du nicht gern *andere* Leute treffen, die Kajak fahren?« Josiah tippte auf sein Tablet. »In deiner Nähe sind 2.332 Leute, die auch gern Kajak fahren. *Mich* eingeschlossen.«

Mae lächelte. »Das ist eine Menge.«

»Mehr, als du gedacht hättest, oder weniger?«, fragte Denise.

»Mehr, schätz ich«, sagte Mae.

Josiah und Denise lächelten.

»Also, sollen wir dich irgendwo registrieren, wo du mehr über die Leute erfährst, die gerne Kajak fahren? Es gibt da jede Menge Tools ...« Josiah öffnete anscheinend gerade eine Seite, wo er sie registrieren konnte.

»Ach, ich weiß nicht«, sagte Mae.

Sie machten lange Gesichter.

Josiah wirkte wieder erbost. »Wieso nicht? Glaubst du, deine Leidenschaften sind unwichtig?«

»So mein ich das nicht. Ich finde bloß …«

Josiah beugte sich vor. »Was glaubst du, wie sich andere Circler fühlen, wenn sie wissen, dass du ihnen physisch so nah bist, dass du augenscheinlich Teil einer Community bist, aber ihnen nicht verraten willst, was du für Hobbys und Interessen hast. Was glaubst du, wie die sich fühlen?«

»Keine Ahnung. Ich glaube nicht, dass sie irgendwas fühlen.«

»Und ob sie was fühlen!«, sagte Josiah. »Der springende Punkt ist, dass du dich nicht auf die Leute um dich herum einlässt!«

»Es geht doch bloß ums Kajaken!«, sagte Mae und lachte erneut, um die Diskussion wieder etwas zu entspannen.

Josiah arbeitete an seinem Tablet. »*Bloß* ums Kajaken? Ist dir klar, dass Kajaken eine Drei-Milliarden-Dollar-Branche ist? Und du sagst, es geht ›bloß ums Kajaken‹! Mae, begreifst du nicht, dass das alles zusammenhängt? Du spielst deinen Part. Du musst *part*-izipieren.«

Denise blickte Mae eindringlich an. »Mae, ich muss dir eine heikle Frage stellen.«

»Okay«, sagte Mae.

»Glaubst du … Also, glaubst du, das alles könnte mit mangelndem Selbstwertgefühl zu tun haben?«

»Wie bitte?«

»Äußerst du dich ungern, weil du fürchtest, deine Ansichten würden nichts gelten?«

Mae hatte das noch nie so gesehen, aber es ergab durchaus Sinn. War sie zu schüchtern, um ihre Meinung zu äußern? »Offen gestanden, ich weiß es nicht«, sagte sie.

Denises Augen verengten sich. »Mae, ich bin keine Psychologin, aber wenn ich eine wäre, würde ich mich wahrscheinlich fragen, wie es um dein Selbstwertgefühl bestellt ist. Wir haben ein paar Modelle für diese Art von Verhalten studiert. Ich will nicht sagen, dass eine solche Einstellung antisozial ist, aber sie ist zweifellos *sub*-sozial und alles andere als transparent. Und wir sehen, dass so ein Verhalten manchmal von einem geringen Selbstwertgefühl herrührt – von einer Haltung, die besagt: ›Och, was ich zu sagen habe, ist nicht so wichtig.‹ Meinst du, das gibt ungefähr deine Haltung wieder?«

Mae war viel zu verunsichert, um sich selbst klar zu sehen. »Vielleicht«, sagte sie, um Zeit zu gewinnen, wohl wissend, dass sie nicht zu unterwürfig rüberkommen sollte. »Aber manchmal bin ich mir sicher, dass das, was ich sage, wichtig ist. Und wenn ich etwas Bedeutsames beizutragen habe, fühle ich mich durchaus befugt, das auch zu tun.«

»Aber bemerkenswert ist, dass du gesagt hast ›Manchmal bin ich mir sicher‹«, sagte Josiah und hob einen mahnenden Zeigefinger. »Das *manchmal* finde ich interessant. Oder besser gesagt, besorgniserregend. Ich denke nämlich, dass du dieses *manchmal* nicht oft genug erlebst.« Er lehnte sich zurück, als müsste er sich ausruhen, nachdem die harte Arbeit, sie zu enträtseln, erledigt war.

»Mae«, sagte Denise, »wir fänden es schön, wenn du an einem speziellen Programm teilnehmen würdest. Wäre das was für dich?«

Mae wusste nicht, wovon die Rede war, wusste aber, dass sie Ja sagen sollte, weil sie in Schwierigkeiten steckte und schon so viel Zeit der beiden in Anspruch genommen hatte. Also lächelte sie und sagte: »Unbedingt.«

»Schön. Sobald wir können, stellen wir den Kontakt her.

Du wirst Pete Ramirez kennenlernen, und er wird dir alles erklären. Ich denke, danach bist du dir nicht mehr bloß *manchmal* sicher, sondern *immer*. Das wäre doch besser, oder?«

Nach dem Gespräch, an ihrem Schreibtisch, machte Mae sich Selbstvorwürfe. Was war sie bloß für ein Mensch? Aber vor allen Dingen schämte sie sich. Sie hatte bloß das absolute Minimum gemacht. Sie war wütend auf sich und fühlte mit Annie mit. Die hatte sicher alles über ihre lethargische Freundin gehört, die dieses Geschenk, diesen begehrten Job beim Circle – einem Unternehmen, das ihre Eltern krankenversicherte!, ihre Familie vor einer Katastrophe bewahrt hatte! –, dazu benutzte, sich einen faulen Lenz zu machen. *Herrgott noch mal, Mae, häng dich mehr rein!*, dachte sie. *Sei jemand, der der Welt was bringt!*

Sie schrieb an Annie, entschuldigte sich, sagte, sie würde sich mehr ins Zeug legen, dass es ihr peinlich war, dass sie dieses Privileg nicht missbrauchen wollte, dieses Geschenk, und versicherte ihr, sie bräuchte nicht zurückzuschreiben, sie würde einfach alles besser machen, tausendmal besser, unverzüglich und von nun an. Annie simste zurück, sie solle sich keine Sorgen machen, es sei bloß eine kleine Ermahnung, eine Korrektur, ganz normal bei Neulingen.

Mae sah auf die Uhr. Es war sechs. Sie hatte noch jede Menge Stunden, um sich zu verbessern, auf der Stelle, und sogleich stürzte sie sich in hektische Aktivität, verschickte vier Zings und zweiunddreißig Kommentare und achtundachtzig Smiles. Binnen einer Stunde stieg ihr PartiRank auf 7.288. Die 7.000 zu knacken war schwieriger, doch um acht Uhr hatte sie es geschafft, nachdem sie sich elf Diskussionsgruppen angeschlossen und darin gepostet hatte, weitere zwölf Zings verschickt hatte, darunter einen, der in der Stunde global unter den Top 5.000 geratet wurde, und sich bei weiteren siebenundsechzig Feeds registriert hatte. Sie war bei 6.872 und wandte sich ihrem InnerCircle Social Feed zu. Sie war ein paar Hundert Posts im Hintertreffen, und sie ackerte sich durch, indem sie auf rund siebzig Nachrichten antwortete, auf elf Einladungen zu Campusevents reagierte, neun Petitionen unterzeichnete und zu vier Produkten, die derzeit in der Betaversion getestet wurden, Kommentare und konstruktive Kritik lieferte. Um 22.16 Uhr betrug ihr Ranking 5.342 und wieder war die nächste Hürde – diesmal bei 5.000 – schwer zu überwinden. Sie schrieb eine Reihe von Zings über einen neuen Service des Circle, der Accountinhaber informierte, wann immer ihr Name in irgendwelchen Nachrichten anderer erwähnt wurde, und einer der Zings, ihr siebter zu dem Thema, zündete und wurde 2.904 Mal rezingt, was ihren PartiRank auf 3.887 hochschnellen ließ.

Sie empfand ein tiefes Gefühl von Befriedigung und neuen Möglichkeiten, das wenig später von dem Gefühl fast völliger Erschöpfung begleitet wurde. Es war kurz vor Mitternacht, und sie brauchte Schlaf. Es war zu spät für den weiten Weg nach Hause, also sah sie nach, ob Wohnheimzimmer frei waren, reservierte eins, erhielt ihren Zugangscode, ging über den Campus und ins HomeTown.

Als sie die Tür ihres Zimmers schloss, ärgerte sie sich, dass sie das Wohnheimangebot nicht schon früher genutzt hatte. Das Zimmer war tadellos, mit viel silbernem Inventar und hellem Holz, die Böden von einer Fußbodenheizung gewärmt, die Bettlaken und Kissenbezüge so weiß und frisch, dass sie bei Berührung knisterten. Eine Karte neben dem Bett erklärte, dass die Matratze biologisch war, nicht mit Sprungfedern oder Schaumstoff hergestellt, sondern mit einer neuen Faser, die Mae fester und zugleich nachgiebiger fand – besser als jedes Bett, in dem sie je gelegen hatte. Sie zog die Decke, wolkenweiß und voller Daunen, über sich.

Aber sie konnte nicht einschlafen. Sie dachte daran, wie sehr sie sich verbessern konnte, und loggte sich gleich wieder ein, diesmal auf ihrem Tablet. Sie schwor sich, bis zwei Uhr morgens zu arbeiten, fest entschlossen, die 3.000 zu knacken. Und sie schaffte es, wenn auch erst um 3.19 Uhr. Sie wusste, dass sie Schlaf brauchte, deshalb legte sie sich schließlich ins Bett, obwohl sie noch immer nicht vollends erschöpft war, und schaltete das Licht aus.

Am nächsten Morgen sah Mae die Schränke und Kommoden durch, weil sie wusste, dass die Wohnheimzimmer mit einer Auswahl von neuen Outfits ausgestattet waren, die man ausborgen oder behalten konnte. Sie entschied sich für ein T-Shirt und eine Caprihose, beides ladenneu. Auf der Ablage über dem Waschbecken standen noch ungeöffnete Behälter mit Feuchtigkeitscreme und Mundwasser, beides bio und regional, und sie bediente sich. Sie duschte, zog sich an und war um 8.20 Uhr wieder an ihrem Schreibtisch.

Und sogleich waren die Früchte ihrer Mühe offensichtlich. Sie hatte eine Flut von Glückwunschnachrichten auf ihrem dritten Bildschirm, von Dan, Jared, Josiah, Denise, gut fünf Nachrichten von jedem von ihnen und mindestens ein Dutzend von Annie, die vor Stolz und Begeisterung schier platzte. Es sprach sich im InnerCircle herum, und bis zum Mittag wurden Mae 7.716 Smiles geschickt. Alle hatten gewusst, dass Mae es schaffen konnte. Alle sahen für sie eine große Zukunft beim Circle, alle waren sicher, dass sie im Nu von der CE aufsteigen würde, schon im September, weil nur ganz selten jemand in so kurzer Zeit und mit einer so laserhaften Fokussierung im Parti-Rank hochgeschnellt war.

Maes neues Gefühl von Kompetenz und Selbstbewusstsein trug sie durch die Woche, und da sie der Spitzenmarke 2.000 so nah war und den Durchbruch unbedingt schaffen wollte, blieb sie das Wochenende hindurch und zu Beginn der neuen Woche immer bis spät an ihrem Schreibtisch und schlief jede Nacht in demselben Wohnheimzimmer. Sie wusste, dass die oberen 2.000, genannt T2K, eine Gruppe von Circlern waren, die ihre sozialen Aktivitäten fast manisch betrieben und ihre jeweiligen Follower höchst wählerisch aussuchten. Die T2K-Mitgliederschaft war seit achtzehn Monaten mehr oder weniger unverändert, und es gab kaum Neuzugänge oder Bewegung in ihren Reihen.

Aber Mae wusste, dass sie es versuchen musste. Am Dienstagabend hatte sie 2.219 erreicht und wusste, dass sie jetzt zu einer Gruppe ähnlich ambitionierter Circler gehörte, die sich ebenso fieberhaft wie sie bemühten, im Ranking zu steigen. Sie arbeitete eine Stunde lang und sah, dass sie nur um zwei Punkte stieg, auf 2.217. Es würde schwierig werden, das wusste sie, aber es war eine köstliche Herausforderung. Und jedes Mal, wenn sie auf eine neue Tausendermarke gestiegen war, wurde sie mit Lob überschüttet und hatte das Gefühl, es vor allem Annie zu vergelten, was sie noch mehr antrieb.

Um zehn Uhr abends, gerade als sie müde wurde und 2.188 erreicht hatte, kam ihr die Eingebung, dass sie jung und stark war und dass sie, wenn sie die Nacht durcharbeitete, eine Nacht ohne Schlaf, die T2K knacken könnte, während alle anderen besinnungslos waren. Sie stärkte sich mit einem Energydrink und Fruchtgummischlangen, und als die Wirkung von Koffein und Zucker einsetzte, fühlte

sie sich unbesiegbar. Der InnerCircle des dritten Bildschirms reichte nicht. Sie rief ihren OuterCircle-Feed auf
und kam problemlos auch damit klar. Sie trieb sich an, registrierte sich bei ein paar Hundert weiteren Zing-Feeds
und gab gleich zu jedem einen Kommentar ab. Bald war
sie bei 2.012, und jetzt stieß sie auf echten Widerstand. Sie
postete 33 Kommentare zu einer Produkttest-Website und
stieg auf 2.009. Sie blickte auf ihr linkes Handgelenk, um
zu sehen, wie ihr Körper reagierte, und sah fasziniert, wie
ihre Pulsfrequenz anstieg. Sie hatte das alles hier im Griff
und brauchte mehr. Die Gesamtzahl von Statistiken, die
sie trackte, betrug nur 41. Ihre Gesamtpunktzahl beim
Kundendienst betrug 97. Ihr letzter Punktestand betrug
99. Der Durchschnitt ihres Subteams betrug 96. Die Zahl
der an dem Tag bislang erledigten Anfragen betrug 221
und die Zahl der gestern in der gleichen Zeit erledigten
Anfragen 219. Im Durchschnitt hatte sie selbst 220 erledigt,
198 die anderen im Subteam. Ihr zweiter Bildschirm zeigte
die Zahl von Nachrichten, die andere Mitarbeiter an dem
Tag geschickt hatten, 1.192, und die Zahl der Nachrichten,
die sie gelesen hatte, 239, und die Zahl, auf die sie reagiert
hatte, 88. Er zeigte die Zahl von neuen Einladungen zu
Circle-Events, 41, und die Zahl, auf die sie geantwortet
hatte, 28. Er zeigte die Zahl der Besucher von Circle-Web-
sites an dem Tag, 3,2 Milliarden, und die Zahl von Seiten-
aufrufen, 88,7 Milliarden. Er zeigte die Zahl von Freunden
in Maes OuterCircle, 762, und die der offenen Anfragen
von denjenigen, die ihr Freund werden wollten, 27. Er
zeigte die Zahl der Zinger, denen sie folgte, 10.343, die
Zahl der Zinger, die ihr folgten, 18.198. Er zeigte die Zahl
der ungelesenen Zings, 887. Er zeigte die Zahl der Zinger,
die ihr vorgeschlagen worden waren, 12.862. Er zeigte die
Zahl der Songs in ihrer digitalen Bibliothek, 6.877, die Zahl

der vertretenen Künstler, 921, und die Zahl der Künstler, die ihr aufgrund ihrer Vorlieben empfohlen wurden, 3.408. Er zeigte die Zahl der Bilder in ihrer Bibliothek, 33.002, und die Zahl der Bilder, die ihr empfohlen wurden, 100.038. Er zeigte die Temperatur im Innern des Gebäudes, 21,1 Grad, und die Außentemperatur, 21,7. Er zeigte die Zahl der Mitarbeiter, die an dem Tag auf dem Campus waren, 10.981, und die Zahl der Besucher an dem Tag, 248. Mae hatte News-Alerts für fünfundvierzig Namen und Themen eingerichtet, und sobald einer oder eines davon in einem ihrer bevorzugten Nachrichtenfeeds erwähnt wurde, erhielt sie eine Mitteilung. An dem Tag waren es 187. Sie konnte sehen, wie viele Leute sich an dem Tag ihr Profil angesehen hatten, 210, und wie lange im Durchschnitt, 1,3 Minuten. Wenn sie wollte, konnte sie natürlich auch tiefer gehen und feststellen, was genau sich jede Person angeschaut hatte. Ihre Gesundheitsdaten sorgten für ein paar Dutzend Zahlen mehr, und jede einzelne gab ihr das ungemein beruhigende Gefühl, alles im Griff zu haben. Sie kannte ihre Herzfrequenz und wusste, dass sie in Ordnung war. Sie kannte ihre Schrittzahl, fast 8.200 an dem Tag, und wusste, dass sie mühelos auf 10.000 kommen konnte. Sie wusste, dass sie genügend hydriert war und dass ihre Kalorienaufnahme an dem Tag innerhalb der akzeptierten Normen für jemanden mit ihrem Body-Mass-Index lag. In einem Moment plötzlicher Klarheit kam ihr der Gedanke, dass das, was ihr immer Angst oder Stress oder Sorge bereitet hatte, kein bestimmter Einfluss war, nichts Unabhängiges oder Äußerliches – es war nicht die Gefahr für sie oder das ständige Unglück anderer Leute und ihrer Probleme. Es war innerlich: Es war subjektiv: Es war das Nichtwissen. Es war nicht, dass sie einen Streit mit einem Freund hatte oder zu Josiah und Denise zitiert wurde: Es war, nicht zu wissen, was es bedeutete, nicht zu wissen, was ihre Pläne waren, nicht zu wissen, welche Konsequenzen, welche Zukunft sie erwartete. Wenn sie das alles wüsste, würden Ruhe und Gelassenheit herrschen. Sie wusste mit ziemlicher Gewissheit, wo ihre Eltern waren: zu Hause, wie immer. Sie konnte mit ihrer CircleSearch sehen, wo Annie war: in ihrem Büro, wahrscheinlich ebenfalls noch bei der Arbeit. Aber wo war Kalden? Seit zwei Wochen hatte sie nichts mehr von ihm gesehen oder gehört. Sie schickte Annie eine SMS.

Noch wach?

Immer.

Hab noch immer nichts von Kalden gehört.

Dem alten Mann? Vielleicht ist er gestorben. Er hatte ein gutes, langes Leben.

Glaubst du wirklich, er war bloß ein Eindringling?

Ich glaube, du bist gerade noch mal davongekommen. Ich bin froh, dass er nicht wieder aufgetaucht ist. Ich hab mir Gedanken wegen möglicher Spionage gemacht.

Er war kein Spion.

Dann war er bloß alt. Vielleicht der Großvater von irgendeinem Circler, und den wollte er besuchen und hat sich dabei verlaufen? Egal. Du bist zu jung, um schon Witwe zu werden.

Mae dachte an seine Hände. Seine Hände waren ihr zum Verhängnis geworden. Sie wollte in dem Moment nichts anderes, als wieder seine Hände spüren. Seine Hand tief in ihrem Rücken, wie er sie an sich zog. Konnten ihre Wünsche so simpel sein? Und wohin zum Teufel war er gegangen? Er hatte kein Recht, einfach so zu verschwinden. Sie schaute wieder bei CircleSearch nach; sie hatte schon zigmal auf diese Weise nach ihm gesucht, ohne Erfolg. Aber sie hatte ein Recht darauf, zu wissen, wo er war. Wenigstens das wollte sie wissen – wo er war, wer er war. Diese

Last der Ungewissheit war unnötig und antiquiert. Sie könnte augenblicklich die Temperatur in Jakarta erfahren, aber sie konnte nicht einen einzelnen Mann auf so einem Campus finden? Wo ist der Mann, der dich auf eine bestimmte Weise berührte? Wenn sie diese Art von Ungewissheit – wann und von wem würdest du je wieder auf eine bestimmte Weise berührt werden? – eliminieren könnte, würde sie die meisten Stressfaktoren dieser Welt eliminieren und vielleicht auch die Welle der Verzweiflung, die sich in ihrer Brust aufbaute. Sie hatte dieses schwarze laute Reißen in ihrem Innern mehrmals die Woche gespürt. Es dauerte meist nicht lange, aber wenn sie die Augen schloss, sah sie einen winzigen Riss in etwas, das einem schwarzen Tuch ähnelte, und durch diesen winzigen Riss hörte sie die Schreie von Millionen unsichtbarer Seelen. Es war sehr seltsam, das war ihr klar, und sie hatte niemandem davon erzählt. Sie hätte es Annie schildern können, wollte sie aber nicht beunruhigen, wo sie doch erst so kurz beim Circle war. Aber was war das für ein Gefühl? Wer schrie durch den Riss im Tuch? Sie hatte festgestellt, dass sie es am ehesten hinter sich lassen konnte, wenn sie sich noch stärker konzentrierte, sich auf Trab hielt, sich noch mehr bemühte. Sie hatte den kurzen, albernen Gedanken, sie könnte Kalden vielleicht auf LuvLuv finden. Sie sah nach und kam sich dumm vor, als sich ihre Zweifel bestätigten. Der Riss öffnete sich in ihr, eine Schwärze umfing sie. Sie schloss die Augen und hörte Unterwasserschreie. Mae verfluchte das Nichtwissen und wusste, dass sie jemanden brauchte, den man kennen konnte. Der ausfindig gemacht werden konnte.

Das Klopfen an der Tür war leise und zögerlich.

»Es ist offen«, sagte Mae.

Francis schob sein Gesicht ins Zimmer und hielt die Tür fest.

»Bist du sicher?«, fragte er.

»Ich hab dich eingeladen«, sagte Mae.

Er schlüpfte herein und zog die Tür zu, als wäre er knapp einem Verfolger auf dem Flur entwischt. Er sah sich um. »Gefällt mir, was du aus dem Zimmer gemacht hast.«

Mae lachte.

»Gehen wir stattdessen in meins«, sagte er.

Sie wollte widersprechen, war aber neugierig, wie sein Zimmer aussah. Alle Wohnheimzimmer unterschieden sich geringfügig, und jetzt, da sie so beliebt und praktisch geworden waren, dass viele Circler sie mehr oder weniger ständig bewohnten, durften ihre Bewohner ihnen eine persönliche Note verleihen. Als sie ankamen, sah sie, dass sein Zimmer ein Spiegelbild von ihrem war, wenn auch hier und da mit einem Touch Francis, vor allem einer Pappmascheemaske, die er als Kind gebastelt hatte. Gelb und mit riesigen bebrillten Augen, blickte sie von ihrem Platz über dem Bett in den Raum. Er sah, dass Mae sie anstarrte.

»Was ist?«, fragte er.

»Das ist merkwürdig, findest du nicht? Eine Maske über dem Bett?«

»Ich seh sie ja nicht, wenn ich schlafe«, sagte er. »Möchtest du was trinken?« Er schaute in den Kühlschrank, in dem Säfte und eine neue Sorte Sake in einem runden, pink getönten Glasgefäß standen.

»Das sieht gut aus«, sagte sie. »Den hab ich nicht in meinem Zimmer. Meiner ist in einer ganz normalen Flasche. Vielleicht eine andere Marke.«

Francis mixte Drinks für sie, füllte beide Gläser randvoll.

»Ich trinke jeden Abend ein paar Kurze«, sagte er. »Nur so kann ich meinen Kopf beruhigen, damit ich pennen kann. Kennst du das?«

»Ich brauche eine Stunde, um einzuschlafen«, sagte Mae.

»Tja«, sagte Francis, »das hier verkürzt das Runterkommen von einer Stunde auf fünfzehn Minuten.«

Er reichte ihr das Glas. Mae blickte hinein und fand das zuerst sehr traurig, diesen allabendlichen Sake, wusste dann aber, dass sie es selbst probieren würde, morgen.

Er betrachtete irgendwas zwischen ihrem Bauch und ihrem Ellbogen.

»Was ist?«

»Deine Taille, die macht mich völlig fertig«, sagte er.

»Wie bitte?«, sagte Mae und dachte, dass es die Sache nicht wert war, nicht wert sein konnte, bei diesem Mann zu sein, der solche Sachen sagte.

»Nein, nein!«, sagte er. »Ich meine, ich finde sie total außergewöhnlich. Diese Linie, die sich so nach innen biegt, wie ein Bogen.«

Und dann zeichneten seine Hände die Kontur ihrer Taille nach, malten ein langes C in die Luft. »Ich find's toll, dass du Hüften und Schultern hast. Und deine Taille erst.« Er lächelte, blickte Mae unverwandt an, als wäre ihm die seltsame Direktheit dessen, was er gesagt hatte, entweder nicht bewusst oder egal.

»Danke, falls das ein Kompliment war«, sagte sie.

»Das war es wirklich«, sagte er. »Als wären diese Kurven dafür gemacht, dass jemand seine Hände drauflegt.« Er stellte pantomimisch dar, wie er seine Handflächen auf ihre Taille legte.

Sie stand da, nahm einen Schluck von ihrem Drink und fragte sich, ob sie abhauen sollte. Aber es war ein Kompliment. Er hatte ihr ein unangemessenes, unbeholfenes, aber sehr direktes Kompliment gemacht, das sie sicherlich nie vergessen würde und das ihr Herz bereits in einem neuen und unregelmäßigen Rhythmus pochen ließ.

»Willst du irgendwas gucken?«, fragte Francis.

Mae zuckte die Achseln, noch immer sprachlos.

Francis scrollte das Angebot durch. Sie hatten Zugriff auf praktisch alles, was an Kinofilmen und Fernsehserien erhältlich war, und verbrachten fünf Minuten damit, verschiedene Dinge als sehenswert herauszupicken, ehe ihnen etwas anderes einfiel, das ähnlich, aber besser war.

»Hast du schon das neue Stück von Hans Willis gehört?«, fragte Francis.

Mae hatte beschlossen zu bleiben und hatte beschlossen, dass sie sich bei Francis mit sich selbst wohlfühlte. Dass sie hier Macht hatte, und diese Macht gefiel ihr. »Nein. Wer ist das?«

»Das ist einer der Musiker mit Stipendium hier. Letzte Woche hat er ein ganzes Konzert aufgenommen.«

»Ist es schon erschienen?«

»Nein, aber wenn es gute Ratings von Circlern kriegt, wird es vielleicht veröffentlicht. Mal sehen, ob ich es finden kann.«

Er spielte es, ein zartes Klavierstück, das wie einsetzender Regen klang. Mae stand auf und schaltete die Lampen aus, sodass nur noch die graue Lumineszenz des Monitors blieb, die Francis in ein gespenstisches Licht tauchte.

Sie bemerkte ein dickes ledriges Buch und nahm es in die Hand. »Was ist das? So eins hab ich nicht in meinem Zimmer.«

»Ach, das gehört mir. Ein Album. Bloß Fotos.«

»Familienfotos?«, fragte Mae, und dann fiel ihr seine komplizierte Vergangenheit ein. »Entschuldige. Ich weiß, ist wahrscheinlich nicht die beste Formulierung.«

»Schon gut«, sagte er. »Es sind schon irgendwie Familienfotos. Meine Geschwister sind auf einigen drauf. Aber größtenteils sind es bloß welche von mir und meinen Pflegefamilien. Willst du mal sehen?«

»Du bewahrst das hier beim Circle auf?«

Er nahm es Mae aus der Hand und setzte sich aufs Bett. »Nein. Normalerweise ist es zu Hause, aber ich hab's mitgebracht. Willst du die Fotos sehen? Sie sind größtenteils deprimierend.«

Francis hatte das Album schon aufgeklappt. Mae setzte sich neben ihn und sah zu, wie er die Seiten umblätterte. Sie sah Francis in bescheidenen Wohnzimmern, gelb beleuchtet, und in Küchen, in dem einen oder anderen Vergnügungspark. Die Eltern waren immer unscharf oder weggeschnitten. Er kam zu einem Foto von sich, wie er auf einem Skateboard saß, eine riesige Brille auf der Nase.

»Die muss der Mutter gehört haben«, sagte er. »Sieh dir das Gestell an.« Er fuhr mit dem Finger über die runden Gläser. »Das ist ein Damenmodell, oder?«

»Ich glaube, ja«, sagte Mae und starrte Francis' jüngeres Gesicht an. Er hatte denselben offenen Ausdruck, dieselbe markante Nase, dieselbe volle Unterlippe. Sie spürte, wie ihr die Tränen kamen.

»An die Brille kann ich mich nicht erinnern«, sagte er. »Keine Ahnung, wo die herkam. Ich kann mir bloß vorstellen, dass meine eigene Brille kaputt war und die da ihr gehört hat und ich sie tragen durfte.«

»Du siehst süß aus«, sagte Mae, aber sie hätte am liebsten nur geheult und geheult.

Francis blickte mit zusammengekniffenen Augen das Foto an, als hoffte er, ihm irgendwelche Informationen entlocken zu können, wenn er es nur lange genug anstarrte.

»Wo war das?«, fragte Mae.

»Keine Ahnung«, sagte er.

»Du weißt nicht, wo du gelebt hast?«

»Keinen Schimmer. Schon allein Fotos zu haben ist ziemlich selten. Nicht alle Pflegeeltern geben dir Fotos, aber wenn doch, dann achten sie darauf, dass nichts zu erkennen ist, was dir helfen könnte, sie zu finden. Keine Außenansichten von den Häusern, keine Adressen oder Straßenschilder oder sonstige Orientierungspunkte.«

»Ist das dein Ernst?«

Francis sah sie an. »Das ist so üblich bei Pflegeunterbringungen.«

»Warum? Damit du nicht zurückkommen konntest oder was?«

»Das war schlicht eine Vorschrift. Ja, damit du nicht zurückkommen konntest. Wenn du ein Jahr bei Pflegeeltern warst, dann war das der Deal, und die wollten nicht, dass du irgendwann wieder bei ihnen vor der Tür standest – vor allem wenn du älter warst. Manche von den Kids waren echt problematisch veranlagt, und die Familien mussten verhindern, dass ihre Schützlinge sie aufspürten, wenn sie erst älter waren.«

»Das wusste ich nicht.«

»Tja, es ist ein merkwürdiges System, aber es hat Hand und Fuß.« Er trank den Rest von seinem Sake, stand auf und ging zur Stereoanlage.

»Darf ich mal sehen?«, fragte Mae.

Francis zuckte mit den Schultern. Mae blätterte das Album durch und suchte nach irgendwas mit Wiedererkennungswert. Aber auf den Dutzenden Fotos sah sie keine Adressen, keine Häuser. Alle Fotos waren Innenaufnahmen oder zeigten anonyme Gärten.

»Ich wette, ein paar von denen würden gern mal was von dir hören«, sagte sie.

Francis war an der Stereoanlage fertig, und jetzt lief ein neuer Song, ein alter Soulsong, der ihr nur vage bekannt vorkam. Er setzte sich neben sie.

»Vielleicht. Aber das ist gegen die Vereinbarung.«

»Dann hast du nie versucht, mit ihnen Kontakt aufzunehmen? Ich meine, mit Gesichtserkennung –«

»Ich weiß nicht. Ich bin noch unentschlossen. Ich meine, deshalb hab ich das Album mitgebracht. Ich scanne die Fotos morgen ein, nur um zu sehen, was es bringt. Vielleicht kriegen wir ein paar Übereinstimmungen. Aber mehr hab ich eigentlich nicht vor. Bloß ein paar Lücken füllen.«

»Du hast ein Recht darauf, wenigstens ein paar grundsätzliche Dinge zu erfahren.«

Mae blätterte das Album durch und stieß auf ein Foto von einem jungen Francis, höchstens fünf, flankiert von zwei Mädchen, neun oder zehn. Mae wusste, dass das seine Schwestern waren, die zwei, die umgebracht worden waren, und sie wollte sie ansehen, obwohl sie nicht wusste, warum. Sie wollte Francis nicht drängen, über sie zu reden, und wusste, sie sollte nichts sagen, sie sollte es ihm überlassen, ein Gespräch über die beiden anzufangen, und wenn er es nicht tat, sollte sie die Seite umblättern.

Er sagte nichts, also blätterte sie die Seite um und spürte eine Gefühlsaufwallung für ihn. Sie war zu hart zu ihm gewesen. Er war hier, er mochte sie, er wollte sie bei sich haben, und er war der traurigste Mensch, dem sie je begegnet war. Sie konnte das ändern.

»Dein Puls dreht durch«, sagte er.

Mae blickte auf ihr Armband und sah, dass ihre Herzfrequenz bei 134 lag.

»Zeig mal deinen«, sagte sie.

Er krempelte seinen Ärmel hoch. Sie nahm sein Handgelenk und drehte es. Sein Puls lag bei 128.

»Du bist auch nicht gerade tiefenentspannt«, sagte sie und ließ ihre Hand auf seinem Schoß liegen.

»Lass die Hand da und du kannst zusehen, wie er noch schneller wird«, sagte er, und zusammen schauten sie zu. Der Puls stieg rasch auf 134. Sie war wie elektrisiert durch ihre Macht, den Beweis dafür direkt vor ihren Augen und messbar. Er war bei 136.

»Soll ich mal was ausprobieren?«, sagte sie.

»Ja«, flüsterte er schwer atmend.

Sie griff nach unten in die Falten seiner Hose und spürte seinen Penis gegen die Gürtelschnalle drücken. Sie rieb die Spitze mit dem Zeigefinger, und zusammen sahen sie, wie die Zahl auf 152 stieg.

»Du bist so leicht zu erregen«, sagte sie. »Stell dir vor, es würde wirklich was passieren.«

Seine Augen schlossen sich. »Stimmt«, keuchte er schließlich.

»Gefällt dir das?«, fragte sie.

»Hm-hm«, brachte er hervor.

Mae erregte die Macht, die sie über ihn hatte. Beim Anblick von Francis, die Hände auf dem Bett, während sein Penis ihm die Hose spannte, fiel ihr etwas ein, was sie sagen könnte. Es war abgedroschen, und sie würde es niemals sagen, wenn sie wüsste, jemand würde irgendwann erfahren, dass sie es gesagt hatte, aber es brachte sie zum Lächeln, und sie wusste, es würde Francis, diesen schüchternen Jungen, um den Verstand bringen.

»Misst das Ding auch noch was *anderes*?«, fragte sie und griff zu.

Seine Augen nahmen einen wilden Ausdruck an, und er fummelte hektisch an seinem Gürtel, um sich die Hose auszuziehen. Aber als er sie gerade bis zu den Oberschenkeln heruntergezogen hatte, kam ein Laut aus seinem

Mund, etwas wie »O Gott« oder »Zu schnell«, und dann krümmte er sich und warf den Kopf ruckartig nach links und rechts, bis er rückwärts auf das Bett fiel, mit dem Kopf an der Wand. Mae wich zurück, sah ihn an, mit dem hochgerutschten Hemd, dem entblößten Schritt. Sie konnte nur an ein Lagerfeuer denken, einen kleinen Holzscheit, völlig in Milch gehüllt.

»Tut mir leid«, sagte er.

»Nein. Hat mir gefallen«, sagte sie.

»So schnell ist mir das noch nie passiert.« Er atmete noch immer schwer. Und dann verknüpfte eine boshafte Synapse in ihr diese Szene mit ihrem Vater, wie sie ihn auf der Couch gesehen hatte, hilflos seinem Körper ausgeliefert, und sie wollte dringend irgendwo anders sein.

»Ich geh dann besser«, sagte sie.

»Wirklich? Wieso?«, fragte er.

»Es ist nach eins, ich muss ins Bett.«

»Okay«, sagte er auf eine Art, die sie unsympathisch fand. Er wollte anscheinend genauso sehr, dass sie ging, wie sie gehen wollte.

Er stand auf und nahm sein Handy, das aufrecht auf dem Schrank gestanden hatte, auf sie beide gerichtet.

»Was, hast du uns etwa gefilmt?«, witzelte sie.

»Vielleicht«, sagte er in einem Ton, der keinen Zweifel daran ließ, dass er das getan hatte.

»Moment mal. Im Ernst?«

Mae griff nach dem Handy.

»Nicht«, sagte er. »Das gehört mir.« Er steckte das Handy in seine Tasche.

»Es gehört *dir*? Was wir eben gemacht haben, gehört *dir*?«

»Es gehört ebenso sehr mir wie dir. Und ich war es schließlich, der, na ja, einen Höhepunkt hatte. Und wieso regst du dich so auf? Du warst doch nicht nackt oder so.«

»Francis. Ich fass es nicht. Du löschst das. Auf der Stelle.«

»Hast du gerade was von ›Löschen‹ gesagt?«, fragte er mit amüsiertem Unterton, aber die Bedeutung war klar: *Beim Circle wird nichts gelöscht.* »Ich muss doch eine Möglichkeit haben, es mir selbst anzusehen.«

»Dann kann *jeder* es sehen.«

»Ich will es ja nicht veröffentlichen oder so.«

»Francis. Bitte.«

»Komm schon, Mae. Du musst doch verstehen, wie viel mir das bedeutet. Ich bin kein Sexprotz. Das ist was ganz Besonderes für mich; so was passiert mir nicht alle Tage. Darf ich kein Andenken an das Erlebnis behalten?«

»Denk nicht weiter drüber nach«, sagte Annie.

Sie waren im Großen Saal der Aufklärung. Ein seltenes Ereignis stand an: Stenton persönlich würde den Ideenvortrag halten, und er hatte einen besonderen Gast versprochen.

»Ich kann aber nicht anders«, sagte Mae. Sie hatte sich in der Woche seit dem Treffen mit Francis nicht konzentrieren können. Das Video hatte noch keiner sonst gesehen, aber wenn es auf seinem Handy war, dann war es in der Circle-Cloud und für jeden zugänglich. Vor allem war sie enttäuscht von sich selbst. Sie hatte zugelassen, dass derselbe Mann mit ihr das Gleiche tat, zum zweiten Mal.

»Bitte mich nicht noch einmal, es zu löschen«, sagte Annie und winkte ein paar leitenden Circlern im Publikum zu, Mitgliedern der Vierzigerbande.

»Bitte lösch es.«

»Du weißt, dass ich das nicht kann. Hier wird nichts gelöscht, Mae. Bailey würde ausrasten. Er würde weinen. Es tut ihm persönlich weh, wenn irgendwer die Löschung von irgendwelchen Informationen auch nur in Betracht zieht. Das ist wie Babys töten, sagt er. Das weißt du.«

»Aber dieses Baby holt wem einen runter. Keiner will das Baby. Wir müssen das Baby löschen.«

»Keiner wird es jemals sehen. Das weißt du. 99 Prozent von dem Zeug in der Cloud sieht sich nie einer an. Falls es auch nur ein einziges Mal angesehen wird, können wir noch mal darüber reden. Okay?« Annie legte ihre Hand auf Maes. »Jetzt guck dir das an. Du weißt nicht, wie selten es ist, dass Stenton die Rede hält. Es muss um was ganz Großes gehen, und es muss irgendwas mit Staat und Regierung zu tun haben. Das ist seine Nische.«

»Du weißt nicht, was er sagen wird?«

»Ich habe einen Verdacht.«

Stenton betrat ohne jede Ankündigung die Bühne. Das Publikum applaudierte, aber merklich anders, als es für Bailey applaudiert hatte. Bailey war ihr talentierter Onkel, der ihnen allen persönlich das Leben gerettet hatte. Stenton war ihr Boss, für den sie sich professionell geben und professionell klatschen mussten. In einem makellosen schwarzen Anzug, ohne Krawatte, ging er in die Mitte der Bühne und legte los, ohne sich vorzustellen oder Hallo zu sagen.

»Wie ihr wisst«, sagte er, »ist Transparenz etwas, wofür wir hier beim Circle eintreten. Für uns ist ein Mann wie Stewart eine Inspiration – ein Mann, der bereit ist, für uns sein Leben zu öffnen, um unser kollektives Wissen zu erweitern. Seit nunmehr fünf Jahren filmt und dokumentiert er jeden Augenblick seines Lebens, und er ist eine unschätzbare Bereicherung für den Circle geworden und wird dies gewiss auch bald für die ganze Menschheit sein. Stewart?«

Stenton blickte suchend ins Publikum und entdeckte

Stewart, den »Transparent Man«, der sich von seinem Platz erhob, um den Hals etwas, das aussah wie ein kleines Teleobjektiv. Er war kahlköpfig, um die sechzig und stand leicht gebeugt, als würde ihn das Gewicht des Geräts, das auf seiner Brust ruhte, nach unten drücken. Er wurde mit herzlichem Beifall belohnt und setzte sich wieder hin.

»Inzwischen wünschen und erwarten wir in einem weiteren Bereich des öffentlichen Lebens Transparenz, und zwar in der Demokratie. Wir haben das Glück, in einer Demokratie geboren und aufgewachsen zu sein, aber in einer, die sich stets weiterentwickelt. Als ich klein war, bestanden die Bürger beispielsweise auf Gesetzen, die ihnen das Recht auf Auskunft garantierte, um das politische Gemauschel in irgendwelchen Hinterzimmern zu bekämpfen. Seitdem haben sie Zugang zu Sitzungen, Zugriff auf Mitschriften. Sie könnten an öffentlichen Anhörungen teilnehmen und Einsicht in Dokumente beantragen. Dennoch, so lange nach Gründung dieser Demokratie geschieht es noch immer tagtäglich, dass unsere gewählten Politiker in irgendwelche Skandale verwickelt werden, meist, weil sie etwas getan haben, was sie nicht tun sollten. Irgendetwas Heimliches, Illegales, gegen den Willen und gegen das Wohl der Republik. Kein Wunder, dass das öffentliche Vertrauen in den Kongress bei nur elf Prozent liegt.«

Ein Raunen durchlief das Publikum. Stenton griff die Reaktion auf. »Tatsächlich befürworten nur elf Prozent der Öffentlichkeit unseren Kongress! Und wie ihr wisst, wurde soeben bekannt, dass eine gewisse Senatorin in eine äußerst widerwärtige Affäre verstrickt ist.«

Die Menge lachte, jubelte, kicherte.

Mae beugte sich zu Annie. »Moment, welche Senatorin?«

»Williamson. Hast du das nicht mitbekommen? Man hat

sie mit ziemlich gruseligem Zeug erwischt. Jetzt laufen eine ganze Reihe von Ermittlungen gegen sie wegen zig ethischen Verstößen. Man hat alles Mögliche auf ihrem Computer gefunden, zig seltsame Suchanfragen, Downloads – ganz schön schauriges Zeug dabei.«

Mae dachte unwillkürlich an Francis. Sie richtete ihre Aufmerksamkeit wieder auf Stenton.

»Selbst wenn es euer Job wäre, menschliche Fäkalien auf die Köpfe von Senioren zu kippen«, sagte er, »läge eure Jobakzeptanz höher als bei elf Prozent. Also, was lässt sich da machen? Wie lässt sich das Vertrauen der Menschen in ihre gewählten Vertreter wieder herstellen? Ich freue mich, sagen zu können, dass es eine Frau gibt, die das alles sehr ernst nimmt und die das Problem tatkräftig angeht. Ich möchte euch Olivia Santos vorstellen, Kongressabgeordnete des Wahlkreises 14.«

Eine stämmige Frau von etwa fünfzig, die ein rotes Kostüm und ein gelbes Halstuch mit Blumenmuster trug, kam mit hocherhobenen Armen winkend aus der Seitenbühne. Der spärliche und höfliche Beifall verriet, dass nur wenige im Großen Saal wussten, wer sie war.

Stenton umarmte sie steif, und während sie neben ihm stand, die Hände vor sich gefaltet, fuhr er fort. »Für alle, die ein bisschen Nachhilfe in Bürgerkunde brauchen, die Kongressabgeordnete Santos vertritt unseren Wahlkreis hier. Macht nicht's, wenn ihr sie nicht gekannt habt. Jetzt kennt ihr sie ja.« Er wandte sich an sie. »Wie geht es Ihnen heute, Kongressabgeordnete?«

»Es geht mir gut, Tom, sehr gut. Ich freue mich sehr, hier zu sein.«

Stenton schenkte ihr seine Version eines warmen Lächelns und wandte sich dann wieder ans Publikum.

»Die Kongressabgeordnete Santos ist hier, um eine, wie

ich sagen muss, sehr bedeutsame Entwicklung in der Geschichte des Staates bekannt zu geben. Und dabei handelt es sich um einen Schritt in Richtung jener ultimativen Transparenz, die wir alle von unseren Politikern seit der Geburt der repräsentativen Demokratie verlangen. Kongressabgeordnete?«

Stenton trat zurück und setzte sich hinter ihr auf einen hohen Hocker. Die Abgeordnete Santos ging nach vorn zur Bühne, die Hände jetzt hinter sich verschränkt, und ließ den Blick durch den Saal schweifen.

»Das ist richtig, Tom. Ich bin genau wie Sie der Ansicht, dass die Bürger wissen sollten, was ihre gewählten Vertreter machen. Ich meine, es ist schließlich Ihr Recht, oder etwa nicht? Es ist Ihr Recht, zu wissen, wie sie ihre Zeit verbringen. Mit wem sie sich treffen. Mit wem sie reden. Was sie auf Kosten des Steuerzahlers machen. Bis jetzt ist es ein System von Rechenschaftspflicht im Einzelfall. Senatoren und Kongressabgeordnete, Bürgermeister und Stadträte legen gelegentlich ihre Terminpläne offen und gestatten Bürgern mal mehr, mal weniger Einblick. Aber wir fragen uns nach wie vor: Wieso treffen sie sich mit dem ehemaligen Senator und jetzigen Lobbyisten? Und wie ist der eine Kongressabgeordnete an die 150.000 Dollar gekommen, die das FBI in seinem Kühlschrank gefunden hat? Wie hat der andere Senator Affären mit einer Reihe von Frauen arrangieren und unterhalten können, während seine Frau wegen Krebs behandelt wurde? Ich meine, die zahlreichen Vergehen, die verübt wurden, während diese Volksvertreter von Ihnen, den Bürgerinnen und Bürgern, bezahlt wurden, sind nicht nur bedauerlich, nicht nur inakzeptabel, sondern auch unnötig.«

Spärlicher Beifall erklang. Santos lächelte, nickte und fuhr fort.

»Wir haben uns alle von unseren gewählten Politikern Transparenz gewünscht und erhofft, aber die Technologie, um das möglich zu machen, war noch nicht vorhanden. Doch jetzt ist sie da. Wie Stewart demonstriert hat, ist es ein Leichtes, der ganzen Welt vollen Zugriff auf unseren Tag zu ermöglichen: zu sehen, was wir sehen, zu hören, was wir hören und was wir sagen. Danke für Ihren Mut, Stewart.«

Das Publikum applaudierte erneut für Stewart, diesmal mit frischem Elan, weil einige im Saal ahnten, was Santos ankündigen würde.

»Ich beabsichtige daher, Stewart auf seinem Pfad der Aufklärung zu folgen. Und im Verlauf dieses Weges möchte ich zeigen, wie Demokratie sein kann und sein sollte: völlig offen, völlig transparent. Von heute an werde ich das gleiche Gerät tragen wie Stewart. Jede meiner Besprechungen, jede meiner Bewegungen, jedes Wort von mir wird meiner Wählerschaft und der Welt zugänglich sein.«

Stenton rutschte von seinem Hocker und ging zu Santos. Er blickte über die versammelten Circler. »Ich denke, Kongressabgeordnete Santos hat einen Applaus verdient.«

Doch das Publikum klatschte bereits. Freudenrufe und Pfiffe ertönten, und Santos strahlte. Während des tosenden Beifalls betrat ein Techniker die Bühne und hängte Santos eine Halskette um – eine kleinere Version der Kamera, die Stewart trug. Santos hob das Objektiv an die Lippen und küsste es. Das Publikum jubelte. Nach einer Minute hob Stenton die Hände, und es wurde still im Saal. Er wandte sich an Santos.

»Sie sagen also, dass jedes Gespräch, jedes Treffen, jeder Teil Ihres Tages übertragen wird?«

»Ja. Alles wird auf meiner Circle-Seite zugänglich sein. Jeder Moment, bis ich einschlafe.« Das Publikum applaudierte erneut, und Stenton ließ es eine Weile gewähren, bat dann aber wieder um Ruhe.

»Und was ist, wenn diejenigen, die sich mit Ihnen treffen wollen, gegen die Übertragung der Besprechung Einwände erheben?«

»Nun, dann werden sie sich nicht mit mir treffen können«, sagte sie. »Entweder man ist transparent oder nicht. Entweder man kann zur Rechenschaft gezogen werden oder nicht. Was könnte mir jemand sagen wollen, das nicht auch in der Öffentlichkeit gesagt werden kann? Welchen Teil meiner Arbeit als Vertreterin des Volkes sollte dem Volk, das ich vertrete, vorenthalten werden?«

Der Applaus übertönte sie.

»Wohl wahr«, sagte Stenton.

»Danke! Danke!«, sagte Santos, verbeugte sich und legte die Handflächen wie zum Gebet aneinander. Der Applaus währte minutenlang. Schließlich bat Stenton mit einer Handbewegung erneut um Ruhe.

»Und wann genau starten Sie mit diesem neuen Programm?«, fragte er.

»Jetzt sofort«, sagte sie. Sie drückte einen Knopf an dem Gerät um ihren Hals, und prompt wurde der Blick von ihrer Kamera auf den riesigen Bildschirm hinter ihr projiziert. Das Publikum sah sich selbst, klar und deutlich, und jubelte begeistert.

»Für mich fängt es jetzt an, Tom«, sagte sie, »und ich hoffe, es fängt schon bald für alle übrigen gewählten Politiker in diesem Land an – und für alle in jeder Demokratie auf der Welt.«

Sie verbeugte sich erneut, legte wieder die Hände zusammen und strebte dann auf den Vorhang auf der linken Bühnenseite zu. Kurz davor blieb sie stehen. »Ich muss gar nicht hier lang – zu dunkel. Ich gehe da lang«, sagte sie, und die Lampen im Saal flammten auf, als sie die Stufen hinunterging, hinein in das helle Licht, in dem die Tausenden Gesichter des jubelnden Publikums schlagartig sichtbar waren. Sie marschierte den Mittelgang hoch, wo sich ihr unzählige Hände entgegenstreckten und glückliche Gesichter ihr sagten: Danke, danke, weiter so, machen Sie uns stolz.

Am selben Abend fand in der Kolonie ein Empfang zu Ehren der Kongressabgeordneten Santos statt, wo sie von neuen Bewunderern umschwärmt wurde. Mae spielte kurz mit dem Gedanken, sich einen Weg zu ihr zu bahnen, um ihr die Hand zu schütteln, aber der Menschenpulk, der Santos den ganzen Abend umlagerte, war ihr zu dicht, also aß Mae stattdessen etwas vom Büfett, eine Art geschnetzeltes Schweinefleisch, das auf dem Campus zubereitet worden war, und wartete auf Annie. Sie hatte gesagt, sie würde versuchen zu kommen, musste aber auf den letzten Drücker eine Anhörung bei der EU vorbereiten. »Die jammern schon wieder über Steuern«, sagte sie.

Mae schlenderte durch den Raum, dessen Deko vage auf das Thema Wüste anspielte – vereinzelte Kakteen und Sandsteine vor Wänden aus digitalen Sonnenuntergängen. Sie sah und begrüßte Dan und Jared und auch ein paar Neue, die sie angelernt hatte. Sie hielt Ausschau nach Francis, hoffte, dass er nicht da sein würde, doch dann fiel ihr mit großer Erleichterung ein, dass er auf einer Tagung in Las Vegas war – eine Versammlung von Polizeivertretern, denen er ChildTrack vorstellen sollte. Während sie umherging, wurde ein Wandbildschirm-Sonnenuntergang ausgeblendet, um dem Gesicht von Ty Platz zu machen. Er war unrasiert und hatte Ränder unter den Augen, und obwohl er sichtlich hundemüde war, lächelte er strahlend. Er trug wie üblich sein zu großes schwarzes Kapuzenshirt und nahm sich einen Moment Zeit, um mit dem Ärmel seine Brille zu putzen, ehe er in den Raum blickte, von links nach rechts, als könnte er sie alle von da, wo immer er auch sein mochte, sehen. Vielleicht konnte er das ja. Es wurde schlagartig leise im Raum.

»Hey, alle zusammen. Tut mir leid, dass ich nicht bei euch sein kann. Ich arbeite an einigen sehr interessanten neuen Projekten, die mich von so unglaublichen sozialen Aktivitäten fernhalten wie die, die ihr gerade genießt. Aber ich wollte euch allen zu dieser phänomenalen neuen Entwicklung gratulieren. Ich glaube, es ist ein entscheidender neuer Schritt für den Circle, der uns noch großartiger machen wird, als wir sowieso schon sind.« Einen Moment lang schien er denjenigen anzusehen, der die Kamera bediente, als wollte er sich die Bestätigung holen, dass er genug gesagt hatte. Dann richtete sein Blick sich wieder in den Raum. »Vielen Dank euch allen für eure harte Arbeit daran, und jetzt feiert ordentlich!«

Sein Gesicht verschwand, und der Wandbildschirm zeigte wieder den digitalen Sonnenuntergang. Mae plauderte mit einigen von den Neuen in ihrem Subteam, von denen einige noch nie eine Liveansprache von Ty gesehen hatten und fast euphorisch waren. Mae machte ein Foto, zingte es und schrieb dazu: *Voll spannend!*

Mae nahm ihr zweites Glas Wein, überlegte, wie sie die Serviette darunter loswerden sollte, die keinen Zweck erfüllte und bloß in ihrer Tasche landen würde, als sie Kalden sah. Er saß in einem halbdunklen Treppenhaus auf den Stufen. Sie schlängelte sich durch das Gedränge zu ihm, und als er sie sah, erhellte sich sein Gesicht.

»Oh, hi«, sagte er.

»Oh, hi?«

243

»Sorry«, sagte er und beugte sich vor, um sie zu umarmen.

Sie wich zurück. »Wo bist du gewesen?«

»Gewesen?«

»Du warst zwei Wochen verschwunden«, sagte Mae.

»So lange war das doch nicht, oder? Und ich war immer hier. Einmal wollte ich dich besuchen, aber du hattest anscheinend richtig viel zu tun.«

»Du warst in der CE?«

»Ja, aber ich wollte dich nicht stören.«

»Hättest du mir nicht irgendwie eine Nachricht hinterlassen können?«

»Ich wusste deinen Nachnamen nicht«, sagte er lächelnd, als wüsste er sehr viel mehr, als er durchblicken ließ. »Warum hast du dich nicht bei *mir* gemeldet?«

»Ich wusste deinen Nachnamen doch auch nicht. Und ein Kalden ist nirgendwo gelistet.«

»Echt? Wie hast du Kalden geschrieben?«

Mae begann, die Schreibweisen aufzuzählen, die sie ausprobiert hatte, doch er fiel ihr ins Wort.

»Hör mal, ist doch egal. Wir haben es beide vergurkt. Und jetzt sind wir hier.«

Mae machte einen Schritt zurück, um ihn genauer zu betrachten. Vielleicht fand sie ja irgendwo an ihm einen Hinweis darauf, ob er real war oder nicht – ein realer Circler, eine reale Person. Wieder trug er ein hautenges langärmeliges Shirt, diesmal mit schmalen horizontalen Streifen in Grün und Rot und Braun, und wieder hatte er sich in eine sehr enge Hose gezwängt, die seine Beine aussehen ließen wie ein umgedrehtes V.

»Du arbeitest doch hier, oder?«, fragte sie.

»Natürlich. Wie soll ich denn sonst reinkommen? Die Security hier ist ziemlich gut. Vor allem an einem Tag wie heute, wo wir so einen glanzvollen Gast haben.« Er deutete mit einem Nicken auf die Kongressabgeordnete, die gerade jemandem auf dessen Tablet ein Autogramm gab.

»Du siehst aus, als wärst du auf dem Sprung«, sagte Mae.

»Tu ich das?«, sagte Kalden. »Nein, nein. Ich fühl mich hier hinten ganz wohl. Ich sitze bei solchen Veranstaltungen gern hier hinten. Und ich hab wohl auch ganz gern die Möglichkeit, abhauen zu können.« Er deutete mit dem Daumen über die Schulter und zeigte auf die Treppe hinter sich.

»Ich bin bloß froh, dass meine Supervisoren mich hier gesehen haben«, sagte Mae. »Das war mein Hauptziel. Musst du hier auch von einem Supervisor oder so gesehen werden?«

»Supervisor?« Einen Moment lang sah Kalden sie an, als hätte sie gerade etwas in einer vertrauten und doch unverständlichen Sprache gesagt. »Ach so, ja«, sagte er nickend. »Die haben mich hier gesehen. Dafür hab ich gesorgt.«

»Hast du mir schon erzählt, was du beim Circle machst?«

»Äh, keine Ahnung. Hab ich? Sieh dir den Typen da an.«

»Welchen Typen?«

»Ach, schon gut«, sagte Kalden und schien schon wieder vergessen zu haben, wen er meinte. »Du bist also in der PR?«

»Nein. Customer Experience.«

Kalden legte den Kopf schief. »Oh. Oh. Das wusste ich«, sagte er, wenig überzeugend. »Bist du schon länger da?«

Mae musste lachen. Der Mann war nicht ganz da. Sein Verstand schien kaum mit seinem Körper verbunden zu sein, geschweige denn mit der Erde.

»Tut mir leid«, sagte er und wandte ihr das Gesicht zu,

mit einem Blick, der jetzt unglaublich aufrichtig und klar war. »Aber ich *will* mir solche Dinge von dir merken. Ich habe wirklich gehofft, dich hier zu sehen.«

»Wie lange arbeitest du schon hier?«, fragte sie.

»Ich? Ähm.« Er kratzte sich am Hinterkopf. »Wow. Keine Ahnung. Schon eine ganze Weile.«

»Einen Monat? Ein Jahr? Sechs Jahre?«, fragte sie und dachte, dass er wirklich so was wie ein Inselbegabter sein musste.

»Sechs?«, sagte er. »Dann wär ich schon von Anfang an dabei. Seh ich deiner Meinung nach so alt aus, als wäre ich schon sechs Jahre hier? So alt will ich nicht aussehen. Liegt das an meinen grauen Haaren?«

Mae hatte keine Ahnung, was sie sagen sollte. Natürlich lag es nicht an dem grauen Haar. »Sollen wir uns was zu trinken holen?«, fragte sie.

»Nein, mach du das«, sagte er.

»Hast du Angst, dein Versteck zu verlassen?«

»Nein, mir ist bloß nicht nach Leuten.«

Sie schlug sich zu einem Tisch durch, wo einige Hundert bereits eingeschenkte Gläser Wein warteten.

»Mae, richtig?«

Sie drehte sich um und sah die zwei Frauen, Dayna und Hillary, die für Stenton ein Unterwasserfahrzeug bauten. Mae erinnerte sich, dass sie die beiden an ihrem ersten Tag kennengelernt hatte, und seitdem wurde sie auf ihrem zweiten Bildschirm mindestens dreimal am Tag über die beiden auf den neusten Stand gebracht. Sie waren noch Wochen entfernt von der Fertigstellung des Fahrzeugs: Stenton hatte vor, damit den Marianengraben zu erkunden.

»Ich hab eure Fortschritte verfolgt«, sagte Mae. »Unglaublich. Baut ihr es hier?«

Mae vergewisserte sich mit einem Blick über die Schulter, dass Kalden nicht das Weite gesucht hatte.

»Mit den Jungs von Projekt 9, ja«, sagte Hillary und deutete mit einem Wink auf einen anderen, unbekannten Teil des Campus. »Ist sicherer, es hier zu bauen, schon aus Patentschutzgründen.«

»Es ist das erste Seefahrzeug, das groß genug ist, um größere Tiere mit nach oben zu bringen«, sagte Dayna.

»Und ihr zwei dürft dabei sein?«

Dayna und Hillary lachten. »Nein«, sagte Hillary. »Das Ding wird nur für einen einzigen Mann gebaut: Tom Stenton.«

Dayna sah Hillary von der Seite an, dann wieder Mae. »Eins, in das mehr Leute reinpassen, wäre unbezahlbar.«

»Genau«, sagte Hillary. »Das hatte ich gemeint.«

Als Mae mit zwei Gläsern Wein zu Kaldens Treppe zurückkam, saß er an derselben Stelle, hatte aber irgendwie selbst zwei Gläser besorgt.

»Jemand ist mit einem Tablett vorbeigekommen«, sagte er und erhob sich.

Sie standen kurz da, beide mit vollen Händen, und Mae fiel nichts anderes ein, als mit allen vier Gläsern anzustoßen.

»Ich hab vorhin das Team getroffen, das das Unterwasserfahrzeug baut«, sagte Mae. »Kennst du die beiden?«

Kalden verdrehte die Augen. Das war erstaunlich. Mae hatte noch niemanden sonst beim Circle das machen sehen.

»Was?«, sagte Mae.

»Nichts«, sagte er. »Hat dir der Vortrag gefallen?«, fragte er.

»Die Santos-Sache? Und wie. Sehr spannend.« Sie wog ihre Worte sorgfältig ab. »Ich glaube, das wird ein bedeutsamer, äh, Moment in der Geschichte der Demo –« Sie stockte, als sie ihn lächeln sah. »Was ist?«, sagte sie.

»Nichts«, sagte er. »Du musst mir keinen Vortrag halten. Ich hab gehört, was Stenton gesagt hat. Findest du wirklich, das ist eine gute Idee?«

»Du nicht?«

Er zuckte die Achseln und trank sein Glas halb leer. »Der Typ beunruhigt mich bloß manchmal.« Dann, wohl wissend, dass er das nicht über einen der Drei Weisen hätte sagen sollen, schlug er einen anderen Ton an. »Er ist so verdammt schlau. Das ist einschüchternd. Findest du wirklich, ich sehe alt aus? Was würdest du sagen? Dreißig?«

»So alt siehst du nicht aus«, sagte Mae.

»Ich glaube dir nicht. Ich weiß, dass ich so alt aussehe.«

Mae trank aus einem ihrer Gläser. Sie sahen sich um, beobachteten den Feed von Santos' Kamera. Die Bilder wurden auf die hintere Wand projiziert, und eine Gruppe von Circlern stand davor und guckte zu, während Santos ein paar Schritte entfernt von Leuten umgeben war. Ein Circler merkte, dass die Kamera der Kongressabgeordneten ihn erfasste, und hielt die Hand so, dass sein zweites, projiziertes Gesicht verdeckt war.

Kalden beobachtete das Ganze aufmerksam, mit gerunzelter Stirn. »Hm«, sagte er. Er legte den Kopf schief, wie ein Reisender, der versucht, irgendwelche fremdartigen Sitten zu verstehen. Dann wandte er sich Mae zu, blickte erst auf ihre zwei Gläser und dann auf seine, als wäre ihm eben erst klar geworden, wie komisch das war, dass sie beide mit vollen Händen an einer Tür standen. »Ich entsorg das hier mal«, sagte er und trank das Glas in seiner linken Hand in einem Zug leer. Mae tat es ihm gleich.

»Entschuldige«, sagte sie ohne Grund. Sie wusste, sie würde bald beschwipst sein, wahrscheinlich zu beschwipst, um es verbergen zu können; schlechte Entscheidungen würden daraus folgen. Sie überlegte, was sie Intelligentes sagen könnte, solange sie noch dazu imstande war.

»Und wohin geht das alles?«, fragte sie.

»Die Aufnahmen von der Kamera?«

»Ja, wird das hier irgendwo gespeichert? In der Cloud?«

»Tja, in der Cloud auf jeden Fall, aber es muss auch an einem physischen Ort aufbewahrt werden. Das Material von Stewarts Kamera … Moment. Willst du mal was sehen?«

Er war schon halb die Treppe hinunter, mit flinken, spinnenartigen Beinen.

»Ich weiß nicht«, sagte Mae.

Kalden blickte hoch, als hätte sie seine Gefühle verletzt. »Ich kann dir zeigen, wo Stewart gespeichert wird. Willst du's sehen? Ich lock dich schon nicht in irgendeinen Kerker.«

Mae schaute sich im Raum um, suchte nach Dan und Jared, konnte sie aber nicht entdecken. Sie war eine Stunde geblieben, und die beiden hatten sie gesehen, daher schätzte sie, dass sie gehen könnte. Sie machte ein paar Fotos, postete sie und verschickte eine Reihe Zings mit Einzelheiten und Kommentaren über den Verlauf des Abends. Dann folgte sie Kalden die Treppe hinunter, drei Etagen, bis in den Keller, wie sie vermutete. »Ich vertraue dir wirklich«, sagte sie.

»Solltest du auch«, sagte Kalden und ging zu einer großen blauen Tür. Er fuhr mit den Fingern über ein Pad an der Wand, und sie ging auf. »Komm.«

Sie folgte ihm durch einen langen Gang und hatte das Gefühl, von einem Gebäude zu einem anderen zu gehen, durch einen Tunnel tief unter der Erde. Bald darauf tauchte eine weitere Tür auf, die Kalden ebenfalls mit den Fingerspitzen entriegelte. Mae folgte, beinahe außer sich vor Aufregung, fasziniert von diesem außergewöhnlichen Zugang, zu beschwipst, um abzuschätzen, ob es klug war, diesem kalligrafischen Mann durch dieses Labyrinth zu folgen. Sie fuhren mit einem Aufzug schätzungsweise vier Stockwerke nach unten, betraten einen weiteren langen Korridor und kamen dann zu einer weiteren Treppe, die sie erneut hinabstiegen. Mae fand ihr zweites Glas Wein schließlich störend, also trank sie es leer.

»Kann ich das irgendwo abstellen?«, fragte sie. Ohne ein Wort nahm Kalden das Glas und ließ es auf der untersten Stufe der Treppe stehen.

Wer war dieser Mensch? Er hatte Zugang zu jeder Tür, auf die er stieß, aber er hatte auch einen anarchischen Zug. Keiner im Circle würde einfach so ein Glas stehen lassen, was willkürlicher Umweltverschmutzung gleichkam, und keiner würde während einer Circle-Party einen solchen Streifzug unternehmen. Ein dumpfer Teil von Mae wusste, dass Kalden wahrscheinlich ein Unruhestifter war und dass das, was sie machten, vermutlich gegen ein paar oder alle Regeln und Vorschriften verstieß.

»Ich weiß immer noch nicht, was du beim Circle machst«, sagte sie.

Sie gingen jetzt durch einen spärlich beleuchteten Korridor, der leichtes Gefälle und kein erkennbares Ende hatte.

Er wandte den Kopf. »Nicht viel. Ich gehe zu Meetings. Ich höre zu, ich liefere Feedback. Ist nicht sehr wichtig«, sagte er, während er mit flotten Schritten vor ihr herging.

»Kennst du Annie Allerton?«

»Klar. Annie ist großartig.« Jetzt drehte er sich wieder zu ihr um. »Hey, hast du die Zitrone noch, die ich dir geschenkt habe?«

»Nein. Die ist nicht gelb geworden.«

»Hm«, sagte er, und seine Augen, die sie ansahen, verloren kurz den Fokus, als würden sie woanders gebraucht, irgendwo tief in seinem Verstand, für eine kurze, aber wichtige Berechnung.

»Wo sind wir hier?«, fragte Mae. »Ich hab das Gefühl, als wären wir dreihundert Meter unter der Erde.«

»Nicht ganz«, sagte er, mit den Augen wieder bei ihr. »Aber fast. Hast du von Projekt 9 gehört?«

Projekt 9, das war, soweit Mae wusste, der allumfassende Name für die geheimen Forschungen, die beim Circle betrieben wurden. Alles von Raumfahrttechnologie – Stenton glaubte, der Circle könnte ein viel besseres wiederverwertbares Raumfahrzeug entwickeln und bauen – bis hin zu dem Plan, gewaltige Datenmengen in der menschlichen DNA zu verankern und zugänglich zu machen, zumindest wurde das gemunkelt.

»Gehen wir dahin?«, fragte Mae.

»Nein«, sagte er und öffnete eine weitere Tür.

Sie betraten einen großen Raum, etwa so groß wie ein Basketballfeld, halb dunkel, bis auf ein Dutzend Strahler, die auf einen riesigen roten Metallkasten von der Größe eines Busses gerichtet waren. Alle Seiten des Kastens waren glatt, poliert, und das ganze Gebilde war umgeben von einem Netz aus glänzenden Silberrohren, die ringsherum ein kunstvolles Gitter bildeten.

»Das sieht aus wie eine Skulptur von Donald Judd«, sagte Mae.

Kalden wandte sich ihr zu, und sein Gesicht strahlte. »Ich bin echt froh, dass du das gesagt hast. Er war für mich eine Rieseninspiration. Mir gefällt, was er mal gesagt hat: ›Dinge, die existieren, existieren, und alles ist auf ihrer Seite.‹ Hast du je selbst was von ihm gesehen?«

Mae kannte das Werk von Donald Judd nur flüchtig – in einem ihrer Kunstgeschichtsseminare hatten sie sich mal kurz mit ihm befasst –, wollte Kalden aber nicht enttäuschen. »Nein, aber ich finde ihn toll«, sagte sie. »Ich mag seine Wucht.«

Und sofort erschien etwas Neues in Kaldens Gesicht, eine Art neuer Respekt vor oder neues Interesse für Mae, als wäre sie in diesem Moment dreidimensional und permanent geworden.

Dann machte Mae alles wieder kaputt. »Hat er das da für das Unternehmen gemacht?«, fragte sie und deutete mit einem Nicken auf den gewaltigen roten Kasten.

Kalden lachte, blickte sie dann an. Sein Interesse an ihr noch nicht ganz verschwunden, aber zweifellos auf dem Rückzug. »Nein, nein. Er ist seit Jahrzehnten tot. Das da wurde bloß durch seine Ästhetik inspiriert. Es ist eigentlich eine Maschine. Das heißt, es steckt eine drin. Es ist ein Datenspeicher.«

Er sah Mae an, erwartete von ihr, dass sie den Gedanken zu Ende führte.

Sie konnte es nicht.

»Das ist Stewart«, sagte er schließlich.

Mae verstand nichts von Datenspeicherung, hatte aber immer gedacht, zur Speicherung solcher Informationen wäre weitaus weniger Platz erforderlich.

»So ein Riesending für eine einzige Person?«, fragte sie.

»Na ja, die Rohdaten werden gespeichert, und dann können alle möglichen Szenarien durchgespielt werden. Jede Videosequenz wird auf zig verschiedene Arten abgebildet. Alles, was Stewart sieht, wird mit dem Rest der Videodaten, die wir haben, korreliert, und so kann die Welt und alles auf ihr abgebildet werden. Und natürlich ist das, was wir durch Stewarts Kameras kriegen, exponentiell detaillierter und vielschichtiger als jedes handelsübliche Gerät.«

»Und wieso wird das alles hier gespeichert und nicht in der Cloud oder irgendwo in der Wüste?«

»Nun ja, manche Leute verstreuen gern ihre Asche und manche haben lieber eine Grabstelle in ihrer Nähe.«

Mae war nicht ganz sicher, was das bedeuten sollte, hatte aber das Gefühl, das nicht zugeben zu können. »Und die Rohre sind für Strom?«, fragte sie.

Kalden öffnete den Mund, stockte, lächelte dann. »Nein, für Wasser. Für die Kühlung der Prozessoren ist jede Menge Wasser nötig. Das Wasser läuft also durch das System und kühlt das ganze Gerät. Abermillionen Liter jeden Monat. Willst du Santos' Raum sehen?«

Er führte sie durch eine Tür in einen anderen, identischen Raum, der von einem weiteren gewaltigen Kasten beherrscht wurde. »Der war ursprünglich für jemand anders gedacht, aber als Santos einsprang, wurde er ihr zugeteilt.«

Mae hatte an dem Abend schon so viele dumme Sachen gesagt, und ihr war schwindelig, deshalb stellte sie nicht die Fragen, die sie gern gestellt hätte, wie: Weshalb nahmen diese Geräte so viel Platz in Anspruch? Und weshalb brauchten sie so viel Wasser? Und wenn noch hundert Leute mehr jede einzelne Minute ihres Lebens speichern wollten – und bestimmt würden sich Millionen dafür entscheiden, transparent zu werden, würden darum betteln –, wie sollte das gehen, wenn jedes Leben so viel Platz in Anspruch nahm? Wo sollten all diese Riesenkästen hin?

»Oh, Moment, da passiert gleich was«, sagte Kalden, und er nahm ihre Hand und führte sie zurück in Stewarts Raum, wo die beiden stehen blieben und auf das Surren der Maschinen lauschten.

»Ist es passiert?«, fragte Mae, die es erregend fand, seine Hand zu spüren, seine weiche Handfläche und seine warmen und langen Finger.

Kalden hob die Augenbrauen und sagte, sie sollte abwarten.

Ein lautes Rauschen kam von oben, die unverkennbare Bewegung von Wasser. Mae sah hoch und dachte kurz, sie würden klatschnass werden, begriff dann aber, dass es bloß das Wasser war, das auf dem Weg zu Stewart durch die Rohre strömte, um all das zu kühlen, was er getan und gesehen hatte.

»So ein hübsches Geräusch, findest du nicht?«, sagte Kalden, der sie ansah, und seine Augen wirkten, als wollten sie zurück zu dem Ort, wo Mae mehr war als nur vergänglich.

»Wunderschön«, sagte sie. Und dann, weil sie vom Wein unsicher auf den Beinen war und weil Kalden eben ihre Hand gehalten hatte und weil irgendetwas an dem Wasser sie entfesselte, nahm sie sein Gesicht in die Hände und küsste ihn auf den Mund.

Seine herabhängenden Hände hoben sich und umfassten zögerlich ihre Taille, bloß mit den Fingerspitzen, als wäre sie ein Ballon, den er nicht zum Platzen bringen wollte. Doch einen schrecklichen Moment lang war sein Mund leblos, betäubt. Mae dachte, sie hätte einen Fehler gemacht. Dann, als hätte ein Bündel von Signalen und Anweisungen endlich seine Hirnrinde erreicht, erwachten seine Lippen und erwiderten die Vehemenz ihres Kusses.

»Warte«, sagte er nach einem Moment und zog sie weg. Er deutete mit einem Nicken auf den roten Kasten, der Stewart enthielt, und führte sie an der Hand aus dem Raum und in einen schmalen Korridor, den sie zuvor nicht gesehen hatte. Er war unbeleuchtet, und als sie weiter hineingingen, drang kein Licht mehr von Stewart herein.

»Jetzt hab ich Angst«, sagte Mae.

»Wir sind gleich da«, sagte er.

Und dann quietschte eine Stahltür. Sie ging auf, und zum Vorschein kam eine riesige Kammer, die von schwachem blauem Licht erhellt wurde. Kalden führte sie durch die Tür und in eine Art große Höhle, etwa zehn Meter hoch, mit einer gewölbten Decke.

»Was ist das?«, fragte sie.

»Das sollte mal Teil der U-Bahn werden«, sagte er. »Aber das Projekt wurde aufgegeben. Jetzt ist hier bloß Leere, eine seltsame Kombination aus Tunnel und richtiger Höhle. Siehst du die Stalaktiten?«

Er deutete den großen Tunnel hinunter, wo Stalagmiten und Stalaktiten dem Tunnel das Aussehen eines Mundes voller ungleichmäßiger Zähne verliehen.

»Wo führt der hin?«, fragte sie.

»Er ist eine Verbindung zu dem unter der Bucht«, sagte er. »Ich bin eine halbe Meile weit reingegangen, aber dann wird er zu nass.«

Von da, wo sie standen, konnten sie schwarzes Wasser sehen, ein seichter See auf dem Tunnelboden.

»Ich vermute, die zukünftigen Stewarts kommen hierher«, sagte er. »Zu Tausenden, wahrscheinlich kleiner. Ich bin sicher, sie schaffen es bald, die Behälter auf Menschengröße zu verkleinern.«

Sie blickten zusammen in den Tunnel, und Mae stellte es sich vor, ein endloses Raster aus roten Stahlkästen, die sich in die Dunkelheit erstreckten.

Er sah sie wieder an. »Du darfst keinem erzählen, dass ich dich mit hierhergenommen habe.«

»Versprochen«, sagte Mae in dem Wissen, dass sie Annie belügen musste, um dieses Versprechen zu halten. In dem Moment kam ihr das unwichtig vor. Sie wollte Kalden wieder küssen, und sie nahm wieder sein Gesicht, zog es nach unten zu ihrem und öffnete ihren Mund an seinem. Sie schloss die Augen und stellte sich die lange Höhle vor, das blaue Licht oben, das dunkle Wasser unten.

Und dann, im Schatten, weg von Stewart, veränderte sich etwas in Kalden, und seine Hände wurden selbstsicherer. Er hielt sie enger, mit stärker werdendem Griff. Sein Mund verließ ihren, bewegte sich über ihre Wange und auf den Hals, wo er kurz innehielt und zu ihrem Ohr hochglitt, sein Atem heiß. Sie versuchte mitzuhalten, hielt seinen Kopf in den Händen, erkundete seinen Hals, seinen Rücken, aber er führte, er hatte Pläne. Seine rechte Hand lag unten an ihrem Rücken, drückte sie an ihn, und sie spürte, dass er hart war und gegen ihren Bauch presste.

Und dann wurde sie hochgehoben. Sie war in der Luft, und er trug sie, und sie schlang die Beine um ihn, während er zielstrebig zu einem Punkt hinter ihr schritt. Sie öffnete kurz die Augen, schloss sie dann wieder, weil sie nicht wissen wollte, wohin er sie brachte, ihm vertraute, obwohl sie wusste, wie falsch das war, ihm zu vertrauen, so weit unter der Erde, einem Mann, den sie nicht finden konnte, dessen vollen Namen sie nicht kannte.

Dann ließ er sie herab, und sie machte sich darauf gefasst, den Stein des Höhlenbodens zu spüren, doch stattdessen spürte sie, wie sie weich auf einer Art Matratze landete. Jetzt öffnete sie die Augen. Sie waren in einer Nische, einer Höhle in der Höhle, einen Meter über dem Boden und in die Wand gehauen. Hier lagen Decken und Kissen, und er legte sie behutsam darauf.

»Schläfst du hier?«, fragte sie, ein Gedanke, den sie in ihrem fieberhaften Zustand fast für logisch hielt.

»Manchmal«, sagte er und hauchte Feuer in ihr Ohr.

Sie erinnerte sich an die Kondome, die sie in Dr. Villalobos' Büro bekommen hatte. »Ich hab was dabei«, sagte sie.

»Gut«, sagte er, und er ließ sich eins von ihr geben, riss es aus der Verpackung, während sie ihm die Hose nach unten schob.

Mit zwei raschen Bewegungen zog er ihr Hose und Slip aus und warf beides beiseite. Er vergrub das Gesicht an ihrem Bauch, die Hände hinten an ihren Oberschenkeln, ließ die Finger nach oben gleiten, nach innen.

»Komm wieder hoch zu mir«, sagte sie.

Er tat es, und er raunte ihr ins Ohr. »Mae.«

Sie konnte keine Worte formen.

»Mae«, sagte er wieder, als sie sich um ihn herum auflöste.

Sie wachte im Wohnheim auf und dachte erst, sie hätte es geträumt, jeden Augenblick: die unterirdischen Kammern, das Wasser, die roten Kästen, diese Hand ganz unten an ihrem Rücken und dann das Bett, die Kissen in der Höhle innerhalb der Höhle – nichts davon kam ihr glaubhaft vor. Es war eine willkürliche Anhäufung von Details, wie Träume sie fabrizierten, und nichts davon war in dieser Welt möglich.

Doch beim Aufstehen und Duschen und Anziehen wurde ihr klar, dass alles genauso passiert war, wie sie es in Erinnerung hatte. Sie hatte diesen Kalden geküsst, über den sie sehr wenig wusste, und er hatte sie nicht nur durch eine Reihe von Hochsicherheitskammern geführt, sondern auch in irgendeinen dunklen Alkoven, wo sie sich für Stunden verloren hatten und eingeschlafen waren.

Sie rief Annie an. »Wir haben's getan.«

»Wer? Du und der alte Mann?«

»Er ist nicht alt.«

»Hat er nicht muffig gerochen? Hat er irgendwas von Schrittmacher oder Windeln gesagt? Sag nicht, er ist dabei gestorben.«

»Er ist nicht mal dreißig.«

»Hast du diesmal seinen Nachnamen rausgekriegt?«

»Nein, aber er hat mir eine Nummer gegeben, unter der ich ihn anrufen kann.«

»Oh, wie nobel. Und, hast du's schon probiert?«

»Noch nicht.«

»Noch nicht?«

Mae zog sich der Magen zusammen. Annie atmete laut aus.

»Du weißt ja, ich mach mir Sorgen, dass er ein Spion oder Stalker sein könnte. Hast du dich vergewissert, dass er okay ist?«

»Ja doch. Er arbeitet beim Circle. Er hat gesagt, er kennt dich, und er hatte Zugang zu vielen Räumlichkeiten. Er ist normal. Vielleicht ein bisschen exzentrisch.«

»Zugang zu Räumlichkeiten? Was meinst du damit?« Annies Ton nahm eine neue Schärfe an.

In diesem Moment wusste Mae, dass sie Annie belügen würde. Mae wollte wieder mit Kalden zusammen sein, wollte sich in diesem Moment auf ihn werfen, und sie wollte nicht, dass Annie irgendetwas tat, das ihren Zugang zu ihm und seinen breiten Schultern, seiner eleganten Silhouette gefährden könnte.

»Ich meine bloß, dass er sich auf dem Campus gut auskennt«, sagte Mae. Irgendwo im Hinterkopf hielt sie es durchaus für möglich, dass er unrechtmäßig hier war, ein unbefugter Eindringling, und plötzlich wurde ihr klar, dass er vielleicht sogar in dem seltsamen unterirdischen Schlupfwinkel wohnte. Vielleicht vertrat er irgendeine

Macht, die dem Circle feindlich gesinnt war. Vielleicht arbeitete er in irgendeiner Funktion für Senatorin Williamson oder für einen Möchtegernkonkurrenten vom Circle. Vielleicht war er bloß irgendein Nobody, ein Stalker, der näher an die Maschine im Zentrum der Welt rankommen wollte.

»Wo habt ihr's denn getan? In deinem Wohnheimzimmer?«

»Ja«, sagte Mae. So zu lügen war nicht schwierig.

»Und er ist die ganze Nacht geblieben?«

»Nein, er musste nach Hause.« Und da sie begriff, dass sie, je länger sie mit Annie telefonierte, ihr umso mehr Lügen würde auftischen müssen, erfand sie einen Grund, um aufzulegen. »Ich soll ab heute beim CircleSurvey mitmachen«, sagte sie. Was mehr oder weniger der Wahrheit entsprach.

»Ruf mich später an. Und du musst seinen Namen rauskriegen.«

»Okay.«

»Mae, ich bin nicht dein Boss. Ich will nicht dein Supervisor sein oder so. Aber das Unternehmen muss wissen, wer dieser Typ ist. Wir müssen die Unternehmenssicherheit ernst nehmen. Lass uns noch heute rausfinden, wer er ist, okay?« Annies Stimme hatte sich verändert. Sie klang wie eine ungehaltene Vorgesetzte. Mae schluckte ihre Wut herunter und legte auf.

Mae rief die Nummer an, die Kalden ihr gegeben hatte. Aber das Telefon klingelte ohne Ende. Es sprang keine Mailbox an. Und wieder wurde Mae klar, dass sie keine Möglichkeit hatte, ihn zu erreichen. Die Nacht hindurch war ihr immer mal wieder der Gedanke gekommen, ihn nach seinem Nachnamen zu fragen, ihm irgendwelche anderen Informationen zu entlocken, doch der Zeitpunkt war nie passend gewesen, und er hatte ja auch nicht nach ihrem Nachnamen gefragt, und sie war davon ausgegangen, dass sie beim Abschied Adressen und Telefonnummern austauschen würden. Aber dann hatten sie es vergessen. Sie zumindest hatte es vergessen. Wie hatten sie sich überhaupt verabschiedet? Er hatte sie zum Wohnheim gebracht und sie noch mal geküsst, vor dem Eingang. Oder vielleicht nicht. Mae überlegte und erinnerte sich, dass er das gemacht hatte, was er schon einmal gemacht hatte: Er hatte sie zur Seite gezogen, weg vom Licht des Eingangs, und er hatte sie viermal geküsst, auf die Stirn, aufs Kinn, auf jede Wange, ein Kreuzzeichen. Dann hatte er sich rasch weggedreht und war in den Schatten am Wasserfall verschwunden, dort, wo Francis den Wein gefunden hatte.

In der Lunchpause ging Mae zur Kulturrevolution, wo sie auf Veranlassung von Jared und Josiah und Denise das Equipment bekommen würde, um CircleSurvey-Fragen zu beantworten. Ihr war versichert worden, dass es eine Belohnung war, eine Ehre, und noch dazu eine unterhaltsame –, zu den Circlern zu gehören, die nach ihren Geschmäckern, ihren Vorlieben, ihren Kaufgewohnheiten und -plänen befragt wurden, zum Nutzen der Circle-Kunden.

»Das ist wirklich der richtige nächste Schritt für dich«, hatte Josiah gesagt.

Denise hatte genickt. »Ich denke, du wirst begeistert sein.«

Pete Ramirez war ein langweilig attraktiver Mann, der nur ein paar Jahre älter war als Mae und dessen Büro offenbar keinen Schreibtisch, keine Stühle, keine rechten Winkel hatte. Es war rund, und als Mae eintrat, stand er, sprach in ein Headset, schwang einen Baseballschläger und sah aus dem Fenster. Er winkte sie herein und beendete sein Telefonat. Er behielt den Schläger in der linken Hand, während er ihr mit der rechten die Hand schüttelte.

»Mae Holland. Schön, dass du gekommen bist. Ich weiß, du hast Mittagspause, also machen wir schnell. In sieben Minuten bist du wieder draußen, wenn ich das so schroff sagen darf, okay?«

»Okay.«

»Super. Weißt du, warum du hier bist?«

»Ich glaube, ja.«

»Du bist hier, weil deine Meinung wertvoll ist. Sie ist so wertvoll, dass die Welt sie wissen muss – deine Meinung zu praktisch allem. Ist das nicht schmeichelhaft?«

Mae lächelte. »Ja.«

»Okay, siehst du das Headset, das ich aufhabe?«

Ein hauchdünner Bügel mit einem Mikrofon am Ende schmiegte sich dicht an seinen Wangenknochen.

»Ich geb dir jetzt genau so ein Superteil. Cool, oder?« Mae lächelte, doch Pete wartete die Antwort nicht ab. Er stülpte ihr ein identisches Headset über die Haare und richtete das Mikrofon aus.

»Sagst du bitte mal was, damit ich die Lautstärke checken kann?«

Er hatte weder ein Tablet, noch war ein Bildschirm zu sehen, daher vermutete Mae, dass er ausschließlich per Netzhaut arbeitete – der Erste, bei dem sie so was sah.

»Erzähl mir einfach, was du gefrühstückt hast.«

»Eine Banane, Müsli«, sagte sie.

»Super. Wählen wir als Erstes einen Ton aus. Hast du einen bevorzugten für deine Mitteilungen? Zum Beispiel ein Tschilpen oder einen Tritonus oder so?«

»Vielleicht ein normales Tschilpen?«

»Das Tschilpen klingt so«, sagte er, und sie hörte es durch ihren Kopfhörer.

»Das ist okay.«

»Der Ton sollte besser sein als okay. Du wirst ihn sehr oft hören. Du solltest ganz sicher sein. Probieren wir ein paar mehr aus.«

Sie gingen ein Dutzend weitere Möglichkeiten durch und entschieden sich schließlich für den Klang eines Glöckchens, fern und mit einem faszinierenden Hall, als wäre sie in einer entlegenen Kirche geläutet worden.

»Super«, sagte Pete. »Jetzt erklär ich dir, wie alles funktioniert. Der zugrunde liegende Gedanke ist, bei einer Auswahl von Circlern den Puls zu fühlen. Es ist eine wesentliche Aufgabe. Du wurdest ausgewählt, weil deine Meinung uns und unseren Kunden wichtig ist. Die Antworten, die du gibst, helfen uns, unsere Serviceleistungen auf die Kundenbedürfnisse abzustimmen. Okay?«

Mae wollte etwas antworten, aber er redete schon weiter.

»Also, jedes Mal, wenn du die Glocke hörst, nickst du, das Headset registriert dein Nicken, und du hörst die Frage durch deinen Kopfhörer. Du beantwortest die Frage in Standardsprache. In vielen Fällen wird dir eine Frage so gestellt, dass darauf eine der üblichen zwei Antworten zu erfolgen hat: Smile und Frown. Die Spracherkennung ist auf diese beiden Antworten feinabgestimmt, du kannst also ruhig leise murmeln oder so. Und natürlich dürfte es nie ein Problem geben, wenn du die Antworten deutlich artikulierst. Willst du's mal ausprobieren?«

Mae nickte, und beim Klang des Glöckchens nickte sie erneut, und eine Frage kam durch den Ohrhörer: »Was hältst du von Schuhen?«

Mae lächelte, sagte dann: »Smile.«

Pete zwinkerte ihr zu. »Die war leicht.«

Die Stimme fragte: »Was hältst du von schicken Schuhen?«

Mae sagte: »Smile.«

Pete hob die Hand, um etwas zu sagen. »Also, auf die Mehrheit der Fragen passt natürlich nicht immer eine der drei Standardantworten: Smile, Frown oder egal. Du kannst jede Frage ausführlicher beantworten. Die nächste wird mehr verlangen. Hier kommt sie.«

»Wie oft kaufst du neue Schuhe?«

Mae antwortete: »Einmal alle zwei Monate«, und es ertönte wieder der Klang einer kleinen Glocke.

»Ich hab eine Glocke gehört. Ist das gut?«

»Ja, sorry«, sagte er. »Ich hab gerade die Glocke aktiviert, die bedeutet, dass deine Antwort gehört und aufgezeichnet wurde und die nächste Frage abrufbereit ist. Dann kannst du wieder nicken, was die nächste Frage auslöst, oder du kannst auf den Prompt warten.«

»Was ist noch mal der Unterschied?«

»Also, du hast eine gewisse, na ja, ich will nicht sagen Quote, aber es wäre optimal, wenn du an einem bestimmten Arbeitstag eine erwartete Anzahl von Fragen beantwortest. Sagen wir fünfhundert, aber es könnten mehr oder weniger sein. Du kannst sie entweder in einem Rutsch erledigen oder auf den Arbeitstag verteilen. Die meisten schaffen fünfhundert in der Stunde, es ist also nicht allzu stressig. Oder du wartest auf die Prompts, die dann kommen, wenn das Programm meint, du solltest einen Zahn zulegen. Hast du schon mal eins von diesen Online-Führerscheintest-Programmen gemacht?«

Das hatte Mae. Es waren zweihundert Fragen gewesen, für deren Beantwortung zwei Stunden veranschlagt worden waren. Sie hatte es in fünfundzwanzig Minuten geschafft. »Ja«, sagte sie.

»Das hier ist genauso. Ich bin sicher, du schaffst das Tagespensum im Handumdrehen. Natürlich können wir das Tempo anziehen, wenn du richtig in Fahrt bist. Okay?«

»Super«, sagte sie.

»Und dann, falls dich deine Arbeit mal ganz besonders in Anspruch nimmt, kommt nach einer Weile ein zweites Signal, das dich daran erinnert, dich wieder den Fragen zu widmen. Dieses Signal sollte anders sein. Willst du ein zweites auswählen?«

Sie gingen noch einmal die Signale durch, und sie entschied sich für ein fernes Nebelhorn.

»Oder aber«, sagte er, »ich hätte da noch ein individuelles, das manche Leute nehmen. Hör's dir mal an. Moment.« Er schaute durch Mae hindurch und sprach in sein Headset. »Demo Mae, Stimme M-A-E.« Jetzt blickte er wieder Mae an. »Okay, jetzt kommt's.«

Mae hörte ihre eigene Stimme ihren Namen sagen, kaum lauter als im Flüsterton. Es klang sehr intim und ließ einen seltsamen wirbelnden Lufthauch durch sie hindurchwehen.

»Das ist deine eigene Stimme, nicht wahr?«

Mae war rot geworden, verwirrt – die Stimme klang gar nicht wie sie –, aber sie brachte ein Nicken zustande.

»Das Programm nimmt deine Stimme vom Headset auf, und dann können wir damit beliebige Worte bilden. Sogar deinen Namen! Was meinst du, soll das dein zweites Signal sein?«

»Ja«, sagte Mae. Sie war nicht sicher, ob sie hören wollte, wie ihre eigene Stimme ihren eigenen Namen sagte, immer wieder, aber sie wusste auch, dass sie sie möglichst bald wieder hören wollte. Es war so eigenartig, irgendwie nicht ganz normal.

»Gut«, sagte Pete. »Dann wären wir durch. Du gehst zurück an deinen Schreibtisch, und das erste Glöckchen wird ertönen. Dann erledigst du so viele Fragen, wie du heute Nachmittag schaffst – bestimmt die ersten fünfhundert. Okay?«

»Gut.«

»Ach ja, und wenn du zu deinem Schreibtisch zurückkommst, steht da ein neuer Bildschirm. Hin und wieder wird eine der Fragen von einem Bild begleitet, falls nötig. Wir beschränken das aber auf ein Minimum, weil du dich ja konzentrieren musst.«

Als Mae zu ihrem Schreibtisch zurückkam, war ein neuer Bildschirm, ihr fünfter, direkt neben ihrem Bildschirm für Fragen von Neulingen aufgestellt worden. Sie hatte noch ein paar Minuten Zeit bis ein Uhr, daher testete sie das System. Das erste Glöckchen ertönte, und sie nickte. Eine Frauenstimme, die sich anhörte wie die einer Nachrichtensprecherin, fragte sie: »Suchst du im Urlaub eher Erholung, zum Beispiel am Strand oder in einem Luxushotel, oder suchst du das Abenteuer, zum Beispiel beim Wildwasserrafting?«

Mae antwortete: »Abenteuer.«

Ein Glöckchen ertönte, leise und angenehm.

»Danke. Was für eine Art Abenteuer?«, fragte die Stimme.

»Wildwasserrafting«, antwortete Mae.

Wieder ein Glöckchen. Mae nickte.

»Danke. Bevorzugst du zum Wildwasserrafting eine mehrtägige Reise mit Camping oder einen Tagestrip?«

Mae blickte auf und sah, dass sich der Raum füllte, da die anderen vom Subteam vom Lunch zurückkamen. Es war 12.58 Uhr.

»Mehrtägig«, sagte sie.

Wieder eine Glocke. Mae nickte.

»Danke. Was hältst du von einer Reise zum Grand Canyon?«

»Smile.«

Das Glöckchen erklang leise. Mae nickte.

»Danke. Wärst du bereit, 1.200 Dollar für einen einwöchigen Trip den Grand Canyon hinunter zu bezahlen?«, fragte die Stimme.

»Egal«, sagte Mae, und als sie aufschaute, sah sie Jared auf seinem Stuhl stehen.

»Die Schleuse ist offen!«, brüllte er.

Fast augenblicklich erschienen zwölf Kundenanfragen. Mae beantwortete die erste, erhielt eine 92, schickte einen Follow-up, und die Punktzahl stieg auf 97. Sie beantwortete die nächsten zwei, kam auf einen Durchschnitt von 96.

»Mae.«

Es war die Stimme einer Frau. Sie sah sich um, dachte, es könnte Renata sein. Aber es war niemand in ihrer Nähe.

»Mae.«

Dann begriff sie, dass es ihre eigene Stimme war, der Prompt, für den sie sich entschieden hatte. Er war lauter, als sie erwartet hatte, lauter als die Fragen oder die Glocke, und dennoch war er verführerisch, aufregend. Sie drehte die Lautstärke am Headset runter, und wieder meldete sich die Stimme: »Mae.«

Jetzt, wo sie leiser war, klang sie längst nicht mehr so faszinierend, daher drehte sie die Laustärke wieder so weit auf wie zuvor.

»Mae.«

Es war ihre Stimme, das wusste sie, aber irgendwie klang sie weniger nach ihr und mehr wie eine ältere, klügere Version von ihr. Mae kam der Gedanke, wenn sie eine ältere Schwester hätte, eine ältere Schwester, die mehr erlebt hatte als sie, dass die Stimme dieser Schwester so klingen würde.

»Mae«, sagte die Stimme wieder.

Die Stimme schien Mae vom Stuhl zu heben und herumzuwirbeln. Jedes Mal, wenn sie sie hörte, schlug ihr Herz schneller.

»Mae.«

»Ja«, sagte sie schließlich.

Aber nichts geschah. Sie war nicht darauf programmiert, Fragen zu beantworten. Mae war nicht gesagt worden, wie sie reagieren sollte. Sie versuchte es mit Nicken.

»Danke, Mae«, sagte ihre Stimme, und die Glocke ertönte.

»Wärst du bereit, 1.200 Dollar für einen einwöchigen Trip den Grand Canyon hinunter zu bezahlen?«, fragte die erste Stimme erneut.

»Ja.«

Die Glocke ertönte.

Sie arbeitete sich mühelos ein. Am ersten Tag hatte sie 652 der CircleSurvey-Fragen geschafft und erhielt Glückwunschnachrichten von Pete Ramirez, Dan und Jared. Sie fühlte sich stark und wollte die drei noch mehr beeindrucken, deshalb beantwortete sie am nächsten Tag 820 und 991 am Tag darauf. Es war nicht schwierig, und die Bestätigung tat ihr gut. Pete sagte ihr, wie sehr die Kunden ihren Input, ihre Offenherzigkeit und ihre Einsichten zu schätzen wüssten. Ihre Eignung für das Programm erleichterte es, auch andere in ihrem Subteam miteinzubeziehen, und bereits am Ende der zweiten Woche beantworteten noch ein Dutzend andere im Raum CircleSurvey-Fragen. Es dauerte etwa einen Tag, sich daran zu gewöhnen, so viele Leute so häufig nicken zu sehen – und noch dazu ganz unterschiedlich, manche mit jähen, ruckartigen Bewegungen wie Vögel, andere fließender –, aber schon bald war es so normal wie alles andere, was sie routinemäßig taten, wie tippen und sitzen und ihre Arbeit auf einer Reihe von Bildschirmen auftauchen sehen. In gewissen Momenten bot sich der komische Anblick, wie eine Schar Köpfe scheinbar unisono nickte, als würde in ihnen allen irgendeine gemeinsame Musik spielen.

Die zusätzliche Beanspruchung durch CircleSurvey bot Mae die Ablenkung, die sie brauchte, um nicht ständig an Kalden zu denken, der sich noch nicht wieder gemeldet hatte und nicht ein einziges Mal ans Telefon gegangen war. Nach zwei Tagen hatte sie die Anrufversuche aufgegeben und beschlossen, ihn weder Annie noch sonst wem gegenüber zu erwähnen. Ihre Gedanken an ihn folgten einem ähnlichen Weg wie nach ihrer zweiten Begegnung, bei der Zirkusvorstellung. Zuerst fand sie seine Unerreichbarkeit spannend, sogar originell. Doch nach drei Tagen kam sie ihr böswillig und pubertär vor. Am vierten Tag war sie das Spiel satt. Wer so von der Bildfläche verschwand, war nicht ernst zu nehmen. Er meinte es weder ernst mit ihr, noch nahm er ihre Gefühle ernst. Bei jeder ihrer Begegnungen hatte er ungemein sensibel gewirkt, aber dann, wenn sie getrennt waren, empfand sie seine Abwesenheit als brutal, weil sie total war – und weil totale Nicht-Kommunikation in einem Unternehmen wie dem Circle so schwierig war. Obwohl Kalden der einzige Mann war, den sie je wirklich begehrt hatte, war sie mit ihm fertig. Sie hätte lieber jemanden, der sie weniger faszinierte, aber dafür verfügbar, vertraut, auffindbar war.

Unterdessen verbesserte Mae ihre CircleSurvey-Performance. Da die Zahlen ihrer Survey-Kollegen einsehbar waren, herrschte eine gesunde Konkurrenz, die sie alle auf Trab hielt. Mae erledigte pro Tag im Schnitt 1.345 Fragen und lag damit an zweiter Stelle hinter einem Neuling namens Sebastian, der in der Ecke an seinem Schreibtisch saß und nie Mittagspause machte. Da sie nach wie vor den Fragenüberhang der Neulinge auf ihren vierten Bildschirm bekam, war Mae ganz zufrieden mit ihrem zweiten Platz in dieser einen Kategorie. Zumal ihr PartiRank den ganzen Monat unter 2.000 gelegen hatte und Sebastian nicht mal die 4.000 geknackt hatte.

Eines Dienstagnachmittags versuchte sie gerade, unter 1.900 zu kommen, indem sie zig InnerCircle-Fotos und Posts kommentierte, als sie in einiger Entfernung eine Gestalt sah, die am anderen Ende des Raumes am Türrahmen lehnte. Es war ein Mann, und er trug genau so ein gestreiftes T-Shirt wie Kalden bei ihrer letzten Begegnung. Er hielt die Arme verschränkt und den Kopf schief, als würde er irgendetwas sehen, das er nicht ganz verstehen oder glauben konnte. Mae war sicher, dass es Kalden war, und vergaß zu atmen. Ehe sie sich eine weniger eifrige Reaktion einfallen lassen konnte, winkte sie, und er winkte zurück, hob die Hand nur knapp über Taillenhöhe.

»Mae«, sagte die Stimme durch ihr Headset.

Und in dem Moment drehte die Gestalt sich blitzschnell um und verschwand.

»Mae«, sagte die Stimme wieder.

Sie nahm den Kopfhörer ab und trabte zu der Tür, wo er gestanden hatte, aber er war weg. Sie ging intuitiv zu der Toilette, wo sie ihn zum ersten Mal gesehen hatte, doch da war er auch nicht.

Als sie zurück zu ihrem Schreibtisch kam, saß jemand auf ihrem Stuhl. Es war Francis.

»Es tut mir immer noch leid«, sagte er.

Sie sah ihn an. Seine dichten Augenbrauen, seine Bootskielnase, sein zaghaftes Lächeln. Mae seufzte und musterte ihn. Dieses Lächeln, das wurde ihr klar, war das Lächeln von jemandem, der sich nie sicher war, ob er den Witz verstanden hatte. Trotzdem hatte Mae in den letzten Tagen an Francis gedacht, an den krassen Gegensatz zwischen Kalden und ihm. Kalden war ein Geist, wollte, dass Mae ihm nachjagte, und Francis war so verfügbar, so völlig ohne jedes Geheimnis. In manch schwachem Moment hatte Mae sich gefragt, was sie wohl tun würde, wenn sie ihn das nächste Mal sah. Würde sie seiner Zugänglichkeit erliegen, der simplen Tatsache, dass er ihr nah sein wollte? Die Frage ging ihr seit Tagen durch den Kopf, doch erst jetzt fand sie die Antwort. Nein. Er widerte sie an. Seine Unterwürfigkeit. Seine Bedürftigkeit. Seine flehende Stimme. Sein Diebstahl.

»Hast du das Video gelöscht?«, fragte sie.

»Nein«, sagte er. »Du weißt, dass ich das nicht kann.« Dann lächelte er und kreiselte einmal mit ihrem Stuhl herum. Er dachte, zwischen ihnen wäre wieder alles in Butter. »Du hattest eine InnerCircle-Meinungsanfrage, und ich hab sie beantwortet. Ich nehme an, du findest es gut, wenn der Circle Hilfsmittel in den Jemen schickt?«

Sie stellte sich kurz vor, wie sie ihm die Faust ins Gesicht rammte.

»Bitte geh«, sagte sie.

»Mae. Keiner hat sich das Video angesehen. Es ist bloß Teil des Archivs. Einer von den zehntausend Clips, die allein im Circle tagtäglich da landen. Einer von weltweit einer Milliarde, jeden Tag.«

»Tja, ich will aber nicht, dass es eins von dieser Milliarde ist.«

»Mae, du weißt, streng genommen gehört das Video keinem von uns beiden mehr. Ich könnte es gar nicht löschen, selbst wenn ich es versuchen würde. Das ist wie mit Nachrichten. Die Nachricht gehört dir nicht, selbst wenn sie über dich berichtet. Geschichte gehört dir nicht. Es ist jetzt Teil der kollektiven Aufzeichnung.«

Maes Kopf war kurz davor zu platzen. »Ich muss arbeiten«, sagte sie und schaffte es, ihm keine reinzuhauen. »Gehst du bitte?«

Jetzt schien er zum ersten Mal zu begreifen, dass sie ihn wirklich verabscheute und ihn nicht in ihrer Nähe haben wollte. Sein Gesicht verzog sich zu einer Art Schmollmiene. Er blickte auf seine Schuhe. »Übrigens, die in Vegas haben ChildTrack akzeptiert.«

Sie hatte Mitleid mit ihm, wenn auch nur kurz. Francis war ein verzweifelter Mann, der nie eine Kindheit gehabt hatte, der fraglos sein Leben lang versucht hatte, es allen um ihn herum recht zu machen, den verschiedenen Pflegeeltern, die nie die Absicht hatten, ihn zu behalten.

»Das ist toll, Francis«, sagte sie.

Der Anflug eines Lächelns hob sein Gesicht. In der Hoffnung, ihn zu beruhigen und dann endlich wieder arbeiten zu können, ging sie noch weiter. »Du rettest vielen Menschen das Leben.«

Jetzt strahlte er. »Weißt du, in sechs Monaten könnte alles über die Bühne sein. Dann ist ChildTrack überall. Flächendeckend. Jedes Kind kann getrackt werden, jedes Kind ist für immer in Sicherheit. Das hat Stenton selbst zu mir gesagt. Wusstest du, dass er mein Labor besucht hat? Er hat ein persönliches Interesse daran. Und wie es aussieht, ändern sie den Namen in TruYouth. Merkst du was? TruYou, TruYouth?«

»Das ist sehr gut, Francis«, sagte Mae, deren Körper von einer Woge von Gefühlen für ihn überflutet wurde, eine

Mischung aus Empathie und Mitleid und sogar Bewunderung. »Wir reden später.«

Entwicklungen wie die von Francis passierten unglaublich häufig in jenen Wochen. Es war die Rede davon, dass der Circle, und insbesondere Stenton, die Führung von San Vincenzo übernehmen würde. Das ergab insofern Sinn, als die städtischen Dienstleistungen ohnehin vom Circle finanziert und verbessert worden waren. Gerüchten zufolge hatten die Entwickler von Projekt 9 eine Methode ausgetüftelt, wie der willkürliche Wust unserer nächtlichen Träume durch geordnetes Denken und das Lösen von Problemen im wirklichen Leben ersetzt werden konnte. Ein anderes Circle-Team war kurz davor, herauszufinden, wie Tornados aufgelöst werden konnten, sobald sie sich bildeten. Und dann war da noch das Lieblingsprojekt aller, das mittlerweile seit Monaten in Arbeit war: das Zählen der Sandkörner in der Sahara. Brauchte die Welt das? Die Nützlichkeit des Projekts lag nicht unmittelbar auf der Hand, aber die Drei Weisen sahen das mit Humor. Stenton, der Initiator des Vorhabens, nannte es einen Jux, etwas, das sie in erster Linie machten, um zu sehen, ob es machbar war – obwohl das wohl in Anbetracht der dafür erforderlichen einfachen Algorithmen außer Frage stand –, und erst in zweiter Linie zum Nutzen der Wissenschaft. Wie die meisten Circler sah auch Mae das Projekt als eine Demonstration der Stärke und als einen Beweis dafür, dass mit dem Willen und der Erfindungsgabe und dem entsprechenden Kleingeld des Circle keine irdische Frage unbeantwortet bleiben würde. Und nachdem die Arbeit, gewürzt mit einer Prise Theatralik, den ganzen Herbst gedauert hatte – sie hatten den Prozess bewusst in die Länge gezogen, denn fürs Zählen hatten sie nur drei Wochen gebraucht –, wurde endlich die Zahl der Sandkörner in der Sahara bekannt gegeben, eine Zahl, die lächerlich groß war und niemandem auf Anhieb viel sagte, nur eben, dass der Circle hielt, was er versprach. Dem Circle gelang alles, und das sagenhaft schnell und effizient.

Die wichtigste Entwicklung, über die Bailey persönlich alle paar Stunden zingte, war der rapide Zuwachs an gewählten Politikern, in den USA und weltweit, die sich entschieden hatten, gläsern zu werden. In den Augen der meisten war es ein unaufhaltsamer Fortschritt. Als Santos ihre neue Transparenz verkündet hatte, war in den Medien zwar darüber berichtet worden, aber der große Knall, den sich alle beim Circle erhofft hatten, war ausgeblieben. Dann jedoch, als sich mehr und mehr Leute einloggten und zuschauten und merkten, dass Santos es todernst meinte – dass sie es den Bürgern ermöglichte, zu sehen und zu hören, was genau alles tagsüber bei ihr passierte, ungefiltert und unzensiert –, da wuchs die Viewerzahl sprunghaft an. Santos postete jeden Tag ihren Terminplan, und bereits in der zweiten Woche, als sie sich mit einer Gruppe Lobbyisten traf, die in der alaskischen Tundra Bohrungen durchführen wollten, schauten ihr Millionen zu. Sie nahm in dem Gespräch mit diesen Lobbyisten kein Blatt vor den Mund, ohne zu predigen oder sich anzubiedern. Sie war frank und frei, stellte genau die Fragen, die sie auch hinter verschlossenen Türen gestellt hätte, und sorgte somit für ein packendes, ja sogar inspirierendes Erlebnis.

Am Ende der dritten Woche hatten einundzwanzig weitere gewählte US-Politiker den Circle gebeten, ihnen dabei behilflich zu sein, gläsern zu werden: ein Bürgermeister in Sarasota; eine Senatorin von Hawaii und, was keine Überraschung war, beide Senatoren von Kalifornien; der gesamte Stadtrat von San Jose; der Stadtdirektor von Independence, Kansas. Und jedes Mal, wenn einer von ihnen seinen Entschluss bekannt gab, zingten die Drei Weisen darüber, und es wurde hastig eine Pressekonferenz angesetzt, auf der genau der Moment gezeigt wurde, an dem der Betreffende seinen ersten Tag transparent machte. Nach dem ersten Monat kamen Tausende Anfragen aus aller Welt, Stenton und Bailey waren erstaunt, geschmeichelt, überwältigt, wie sie sagten, wurden aber auf dem falschen Fuß erwischt. Der Circle konnte die riesige Nachfrage nicht befriedigen. Aber sie wollten sich alle Mühe geben.

Die Herstellung der Kameras, die für Verbraucher noch nicht erhältlich waren, lief auf Hochtouren. Der Produktionsbetrieb in der chinesischen Provinz Guangdong ließ zusätzliche Schichten fahren und begann mit dem Bau einer zweiten Fabrik, um die Kapazität zu vervierfachen. Jedes Mal, wenn eine Kamera installiert wurde und ein neuer Politiker transparent geworden war, folgte eine weitere Ankündigung von Stenton, eine weitere Feier, und die Viewerzahl wuchs. Am Ende der fünften Woche waren 16.188 gewählte Volksvertreter, von Lincoln, Nebraska, bis Lahore, Pakistan, völlig transparent geworden, und die Warteliste wurde länger und länger.

Der Druck auf alle, die sich nicht transparent gemacht hatten, war kein höflicher mehr, sondern nahm massive Formen an. Die Frage, die von Experten und Wählern gestellt wurde, war einleuchtend und laut: Wenn du nicht transparent bist, was hast du zu verbergen? Manche Bürger und Kommentatoren äußerten Bedenken mit dem Hinweis auf die Gefährdung der Privatsphäre, und sie erklärten, dass Regierungsvertreter praktisch jeder Ebene schon immer gewisse Dinge im stillen Kämmerlein hatten tun müssen, um Sicherheit und Effizienz zu gewährleisten, doch die Dynamik der Entwicklung wischte derlei Argumente vom Tisch und wuchs noch weiter an. Wenn du nicht für alle sichtbar agiertest, was triebst du dann, wenn keiner zusah?

Und oftmals geschah etwas Wunderbares, etwas, das sich wie ausgleichende Gerechtigkeit anfühlte: Jedes Mal, wenn irgendwer wieder lauthals das angebliche Monopol des Circle anprangerte oder die unfaire Geldmacherei mit den persönlichen Daten der Circle-User oder irgendeine andere paranoide und nachweislich falsche Behauptung aufstellte, kam bald darauf ans Licht, dass es sich bei demjenigen um einen Kriminellen oder hochgradig Perversen handelte. Der eine hatte Kontakte zu einem Terrornetzwerk im Iran. Der andere war Konsument von Kinderpornos. Jedes Mal, so schien es, landeten solche Leute in den Nachrichten, wo gezeigt wurde, wie Ermittler ihre Häuser mit Computern verließen, auf denen zahllose unaussprechliche Suchanfragen durchgeführt worden waren und Unmengen illegales und obszönes Material gespeichert war. Und irgendwie war es auch einleuchtend. Wer außer einer Randgestalt würde die unbestreitbare Verbesserung der Welt verhindern wollen?

Nach einigen Wochen wurden die nicht transparenten Amtsträger wie Ausgestoßene behandelt. Die Gläsernen wollten sich nicht mit ihnen treffen, solange sie sich weigerten, eine Kamera zu tragen, und somit blieben sie außen vor. Ihre Wählerschaft fragte sich, was sie zu verbergen hatten, und das Wahldebakel stand praktisch fest. In jeder künftigen Wahlperiode würden sich nur wenige trauen zu kandidieren, ohne ihre Transparenz zu erklären – und man nahm an, dass dadurch die Qualität der Kandidaten unmittelbar und auf Dauer verbessert werden würde.

Nie wieder würden Politiker sich aus der Verantwortung stehlen können, weil ihre Worte und Handlungen bekannt und aufgezeichnet und unstrittig sein würden. Es wäre Schluss mit Hinterzimmergemauschel, Schluss mit undurchsichtigen Deals. Es würde nur noch Klarheit, nur noch Licht geben.

Es war unausbleiblich, dass die Transparenz auch den Circle selbst einholen würde. Je mehr die Zahl transparenter Volksvertreter wuchs, desto lauter wurde innerhalb und außerhalb des Circle das unzufriedene Murren: Was war mit dem Circle selbst? Ja, sagte Bailey in der Öffentlichkeit und zu den Circlern, wir sollten ebenfalls gläsern sein. Wir sollten ebenfalls offen sein. Und so startete der Circle seinen eigenen Transparenz-Plan, indem eintausend SeeChange-Kameras auf dem Campus montiert wurden. Zunächst wurden Gemeinschaftsräume, Cafeterien und Außenbereiche bestückt. Dann, nachdem die Drei Weisen geklärt hatten, inwiefern Kameras für den Schutz geistigen Eigentums problematisch sein könnten, kamen sie in Flure, Arbeitsbereiche, sogar Labors. Sie deckten nicht alles ab, es gab noch immer zig sensible Bereiche ohne Kameras, und auch in Toiletten und anderen privaten Räumen waren sie verboten – doch ansonsten war der Campus für die Augen von rund einer Milliarde Circle-Usern mit einem Mal klar und offen, und die Circle-Fans, die dem Unternehmen bereits verbunden waren, von seinem Nimbus verzaubert, fühlten sich ihm noch näher, fühlten sich als Teil einer offenen und freundlichen Welt.

Maes Subteam hatte acht SeeChange-Kameras, und nur wenige Stunden, nachdem sie live geschaltet waren, erhielten sie und alle anderen im Raum einen weiteren Bildschirm, auf dem sie ein eigenes Bildergitter sahen und sich in jede beliebige Kameraansicht auf dem Campus einklinken konnten. Sie konnten sehen, ob ihr Lieblingstisch im Glas-Imbiss frei war. Sie konnten sehen, ob das Fitnesscenter überfüllt war. Sie konnten sehen, ob das Kickballspiel ernst zu nehmen war oder nur was für Nieten. Und Mae war überrascht, wie interessant das Leben auf dem Circle-Campus für Außenstehende war. Schon nach wenigen Stunden hörte sie von Freunden aus der Highschool und vom College, die sie ausfindig gemacht hatten, die ihr nun bei der Arbeit zusehen konnten. Maes Sportlehrerin auf der Mittelschule, die einst gedacht hatte, sie würde den Nationalen Fitnesstest nicht ernst genug nehmen, war jetzt richtig beeindruckt. *Alle Achtung, Mae, du arbeitest wirklich viel!* Ein Typ, mit dem sie auf dem College kurz zusammen gewesen war, schrieb: *Sitzt du eigentlich immer an diesem Schreibtisch?*

Sie dachte jetzt ein bisschen mehr darüber nach, was sie zur Arbeit anziehen sollte. Sie dachte mehr darüber nach, wo sie sich kratzte, wann oder wie sie sich die Nase putzte. Aber das waren irgendwie gute Gedanken, eine gute Kalibrierung. Und das Wissen, dass sie beobachtet wurde, dass der Circle über Nacht zum meistbeobachteten Arbeitsplatz der Welt geworden war, erinnerte sie eindringlicher als je zuvor daran, wie radikal sich ihr Leben in nur wenigen Monaten verändert hatte. Vor zwölf Wochen hatte sie noch bei den Strom- und Gaswerken in ihrer Heimatstadt gearbeitet, einer Stadt, von der kein Mensch je gehört hatte. Jetzt kommunizierte sie mit Kunden auf der ganzen Welt, verfügte über sechs Bildschirme, lernte eine Gruppe Neulinge an und fühlte sich überhaupt anerkannter und intellektuell stärker herausgefordert, als sie es je für möglich gehalten hätte.

Und mit den Tools, die der Circle zur Verfügung stellte, hatte Mae das Gefühl, Einfluss auf globale Ereignisse nehmen, sogar Leben retten zu können, auf der anderen Seite der Welt. Just an dem Morgen kam eine Nachricht von einer Collegefreundin, Tania Schwartz, die um Hilfe für eine Initiative bat, die ihr Bruder leitete. Eine paramilitärische Gruppe in Guatemala, eine Wiederauflage der Terrortruppen der Achtzigerjahre, überfiel Dörfer und verschleppte Frauen. Eine von ihnen, Ana María Herrera, hatte fliehen können, und sie berichtete von rituellen Vergewaltigungen, von halbwüchsigen Mädchen, die zu Zwangsgeliebten gemacht wurden, und von der Ermordung all jener, die nicht kooperieren wollten. Maes Freundin Tania hatte sich im Studium nie politisch engagiert, aber jetzt schrieb sie, diese Gräueltaten hätten sie dazu gebracht, aktiv zu werden, und sie bat alle, die sie kannte, eine Initiative namens WIR HÖREN DICH, ANA MARÍA zu unterstützen. *Sorgen wir dafür, dass sie weiß, dass sie Freunde auf der ganzen Welt hat, die das nicht hinnehmen,* schrieb Tania.

Mae sah ein Foto von Ana María, die in einem weißen Raum auf einem Klappstuhl saß und ausdruckslos aufschaute, ein namenloses Kind auf dem Schoß. Neben ihrem Foto war ein Smile-Button mit den Worten »Ich höre dich, Ana María«, und sobald Mae ihn anklickte, würde ihr Name auf einer Liste von Leuten erscheinen, die Ana María unterstützten. Mae klickte den Button an. *Genauso wichtig ist es, dass wir den Paramilitärs eine Nachricht schicken, dass wir ihre Aktionen verurteilen,* schrieb Tania. Unter dem Bild von Ana María war ein unscharfes Foto, auf dem eine Gruppe von Männern in uneinheitlicher Militärkluft durch dichten Dschungel stapfte. Neben dem Foto war ein Frown-Button mit den Worten »Wir verurteilen die zentralguatemaltekischen Sicherheitstruppen«. Mae zögerte kurz, wusste, wie heikel es war, gegen diese Vergewaltiger und Mörder Stellung zu beziehen, aber sie musste etwas tun. Sie klickte den Button an. Eine Autoreply bedankte sich und teilte ihr mit, dass sie die 24.726. Person war, die Ana María ein Smile, und die 19.282., die den Paramilitärs ein Frown geschickt hatte. Tania schrieb, die Smiles würden direkt auf Ana Marías Handy ankommen, und dass Tanias Bruder noch immer nach einer Möglichkeit suchte, die Frowns an die zentralguatemaltekischen Sicherheitstruppen zu schicken.

Nach Tanias Petition saß Mae einen Moment lang da und fühlte sich sehr wach, sehr ihrer selbst bewusst, weil sie wusste, dass sie sich mächtige Feinde in Guatemala gemacht hatte und dass ihr dabei auch noch Abertausende SeeChange-Viewer zugesehen hatten. Es verlieh ihr mehrere Schichten Selbstbewusstsein und ein ausgeprägtes Gefühl für die Macht, die sie in ihrer Position ausüben könnte. Sie entschied sich, zur Toilette zu gehen, um sich etwas kaltes Wasser ins Gesicht zu klatschen und ein wenig die Beine zu vertreten, und kaum war sie auf der Toilette, als ihr Handy surrte. Die Nummer war unterdrückt.

»Hallo?«

»Ich bin's, Kalden.«

»Wo hast du gesteckt?«

»Es ist jetzt kompliziert. Die vielen Kameras.«

»Du bist doch kein Spion, oder?«

»Du weißt, dass ich kein Spion bin.«

»Annie glaubt, dass du einer bist.«

»Ich will dich sehen.«

»Ich bin auf der Toilette.«

»Ich weiß.«

»Du weißt das?«

»CircleSearch, SeeChange … Es ist nicht schwer, dich zu finden.«

»Und wo bist *du?*«

»Ich komme zu dir. Bleib, wo du bist.«

»Nein. Nein.«

»Ich muss dich sehen. Bleib da.«

»Nein. Wir können uns später sehen. Im Neuen Reich ist eine Veranstaltung. Open-Mic-Folkabend. Ein sicherer, öffentlicher Ort.«

»Nein, nein. Das kann ich nicht machen.«

»Du kannst nicht herkommen.«

»Ich kann, und ich werde.«

Und er legte auf.

Mae sah in ihrer Handtasche nach. Sie hatte ein Kondom. Und sie blieb. Sie entschied sich für die hintere Kabine und wartete. Sie wusste, dass es nicht klug war, auf ihn zu warten. Dass es in vielerlei Hinsicht falsch war. Sie würde Annie nichts davon erzählen können. Annie würde die meisten fleischlichen Aktivitäten gutheißen, aber nicht hier, auf der Arbeit, in einer Toilettenkabine. Das würde von schlechtem Urteilsvermögen zeugen und ein schlechtes Licht auf Annie werfen. Mae beobachtete die Uhr. Zwei Minuten waren vergangen, und sie war noch immer in der Toilettenkabine und wartete auf einen Mann, den sie kaum kannte und der es nur mit ihr treiben wollte, wie sie vermutete, wiederholt, an immer skurrileren Orten. Also warum war sie hier? Weil sie genau das erleben wollte. Sie wollte, dass er sie nahm, hier in der Kabine, und sie wollte wissen, dass sie in der Kabine genommen worden war, auf der Arbeit, und dass nur sie beide das je wissen würden. Was war daran so berauschend, dass sie es brauchte? Sie hörte die Tür zum Flur aufgehen und dann das Klicken der Verriegelung. Eine Verriegelung, von deren Existenz sie nichts gewusst hatte. Dann hörte sie das Geräusch von Kaldens langen Schritten. Die Schritte verharrten an den

Kabinen, wichen einem dunklen Knarren, dem Ächzen von Dübeln und Stahl. Sie spürte einen Schatten über sich, und als sie den Hals reckte, sah sie eine Gestalt herabkommen. Kalden hatte die Wand der äußeren Kabine erklommen und war über alle anderen hinweg bis zu ihrer geklettert. Sie spürte, wie er hinter ihr herunterglitt. Die Hitze seines Körpers wärmte ihren Rücken, sein Atem heiß an ihrem Nacken.

»Was machst du denn?«, fragte sie.

Sein Mund öffnete sich an ihrem Ohr, seine Zunge tauchte ein. Sie keuchte und lehnte sich gegen ihn. Kaldens Hände umschlossen von hinten ihren Bauch, fuhren über ihre Hüfte, wanderten rasch zu ihren Oberschenkeln, packten sie fest. Sie schob seine Hände nach innen und hoch, ihr Verstand im Clinch mit sich selbst, bis er ihr schließlich das Recht zugestand, das hier zu tun. Sie war vierundzwanzig, und wenn sie so was jetzt nicht tat – genau *das*, genau *jetzt* nicht tat –, dann würde sie es nie tun. Es war das Gebot der Jugend.

»Mae«, flüsterte er, »hör auf zu denken.«

»Okay.«

»Und schließ die Augen. Stell dir vor, was ich mit dir mache.«

Sein Mund war an ihrem Hals, küsste ihn, leckte ihn, während seine Hände mit ihrem Rock und Slip beschäftigt waren. Er ließ beides von ihren Hüften gleiten und zog sie an sich, füllte sie sogleich. »Mae«, sagte er, als sie sich gegen ihn presste, ihre Hüften von seinen Händen gehalten, ihn so tief aufnahm, dass sie seine geschwollene Spitze irgendwo nah an ihrem Herzen spüren konnte. »Mae«, sagte er, während sie die Hände gegen die Wände zu beiden Seiten von ihnen stützte, als wollte sie den Rest der Welt fernhalten.

Sie kam keuchend, und auch er wurde fertig, bebend, aber lautlos. Und sofort lachten beide, leise, weil sie wussten, dass sie etwas Leichtsinniges und Karrieregefährdendes getan hatten und dass sie schnell wegmussten. Er drehte ihren Kopf zu sich um und küsste sie auf den Mund, mit offenen Augen, die erstaunt und verschmitzt blickten. »Bye«, sagte er, und sie winkte bloß, spürte dann, wie sein Körper sich hinter ihr hochzog, über die Kabinenwand stieg und Richtung Tür strebte.

Und weil er an der Tür stehen bleiben musste, um sie zu entriegeln, und weil sie dachte, sie würde ihn vielleicht nie wiedersehen, nahm Mae ihr Handy, hielt es oben über die Kabinenwand und machte ein Foto, ohne zu wissen, ob sie ihn auch nur ansatzweise aufs Bild bekommen würde oder nicht. Als sie sich die Aufnahme ansah, war nur sein rechter Arm zu sehen, vom Ellbogen bis zu den Fingerspitzen, der Rest von ihm war schon verschwunden.

Wieso Annie belügen?, fragte sich Mae, die die Antwort nicht kannte, aber wusste, dass sie sie trotzdem belügen würde. Nachdem sie sich auf der Toilette wieder zurechtgemacht hatte, war Mae zurück zu ihrem Schreibtisch gegangen und hatte sich nicht bremsen können, sogleich eine Nachricht an Annie zu schicken, die im Flugzeug irgendwo unterwegs nach oder schon über Europa saß: *Wieder Nummer mit Grauhaar*, schrieb sie. Es Annie überhaupt zu erzählen würde eine Reihe von Lügen nach sich ziehen, große und kleine, und in den Minuten zwischen dem Versenden der Nachricht und Annies unvermeidlicher Antwort überlegte Mae, wie viel genau sie lieber verschweigen sollte und warum.

Schließlich kam Annies Nachricht. *Muss alles wissen, sofort. Bin in London mit ein paar Parlaments-Lakaien. Ich glau-*

be, einer hat gerade ein Monokel hervorgeholt. Lenk mich ab.

Während sie überlegte, wie viel sie Annie erzählen sollte, reizte Mae mit Einzelheiten. *In einer Toilette.*

Annie antwortete prompt.

Der alte Mann? In einer Toilette? Habt ihr es im Wickelraum getrieben?

Nein. In einer Kabine. Und er war wild.

Eine Stimme hinter Mae sagte ihren Namen. Mae drehte sich um und sah Gina und ihr enormes nervöses Lächeln. »Hast du eine Sekunde Zeit?« Mae versuchte, den Bildschirm, auf dem der Dialog mit Annie stand, wegzudrehen, aber Gina hatte ihn bereits gesehen.

»Du chattest mit Annie?«, sagte sie. »Ihr zwei seid richtig dicke, was?«

Mae nickte, drehte ihren Bildschirm weg, und alles Licht wich aus Ginas Gesicht. »Ist das kein guter Zeitpunkt, um Conversion Rate und Retail Raw zu erläutern?«

Mae hatte völlig vergessen, dass Gina kommen wollte, um ein neues Level vorzuführen.

»Doch, doch«, sagte Mae.

»Hat Annie dir das nicht schon alles erklärt?«, fragte Gina, mit einem Gesicht, das sehr angegriffen wirkte.

»Nein«, sagte Mae, »hat sie nicht.«

»Sie hat dir nichts von der Conversion Rate erzählt?«

»Nein?«

»Oder dem Retail Raw?«

»Nein.«

Ginas Gesicht erhellte ich. »Oh. Okay. Gut. Sollen wir das denn jetzt machen?« Ginas Gesicht erforschte Maes, als würde es nach dem geringsten Anzeichen von Zweifel suchen, was für Gina Grund genug wäre, vollends zusammenzubrechen.

»Gern«, sagte Mae, und Gina strahlte wieder.

»Gut. Fangen wir mit der Conversion Rate an. Eigentlich liegt das ja auf der Hand, aber der Circle würde nicht existieren und würde nicht wachsen und wäre nicht in der Lage, sich weiter der Vollendung des Kreises, dem geschlossenen Circle, anzunähern, wenn nicht tatsächliche Käufe getätigt würden, der eigentliche Handel nicht angekurbelt würde. Wir sehen uns zwar als ein Tor zu den Informationen der ganzen Welt, aber wir werden auch von Werbekunden unterstützt, die hoffen, durch uns Kunden zu gewinnen, nicht wahr?«

Gina lächelte, und ihre großen weißen Zähne eroberten für einen Moment ihr ganzes Gesicht. Mae versuchte, sich zu konzentrieren, aber sie dachte an Annie, in ihrem Parlaments-Meeting, die jetzt bestimmt an Mae und Kalden dachte. Und dann dachte Mae an sich und Kalden, an seine Hände an ihrer Taille, die sie sanft auf ihn zogen, die Augen geschlossen, während ihre Fantasie alles noch größer – Gina redete noch immer. »Aber Käufe herbeizuführen, zu stimulieren – das macht die Conversion Rate aus. Du kannst zingen, du könntest jedes beliebige Produkt kommentieren und mit einem Rating versehen und highlighten, aber was davon führt zu konkreten Ergebnissen? Entscheidend ist, deine Glaubwürdigkeit einzusetzen, um Ergebnisse zu erzielen, okay?«

Gina saß jetzt neben Mae, die Finger auf der Tastatur. Sie rief eine komplexe Tabelle auf. Im selben Moment erschien auf Maes zweitem Bildschirm eine weitere Nachricht von Annie. Sie drehte ihn leicht. *Jetzt muss ich mal den Boss raushängen lassen. Hast du endlich seinen Nachnamen rausgekriegt?*

Mae sah, dass auch Gina die Nachricht las und gar nicht versuchte, so zu tun, als täte sie es nicht.

»Na los«, sagte Gina. »Das sieht wichtig aus.«

Mae griff über Gina zu ihrer Tastatur und tippte die Lüge, von der sie gleich nach dem Verlassen der Toilette gewusst hatte, dass sie sie Annie auftischen würde. *Ja. Ich weiß alles.*

Postwendend kam Annies Antwort: Und sein Name ist?

Gina blickte auf die Nachricht. »Das muss echt der Wahnsinn sein, Nachrichten von Annie Allerton zu kriegen.«

»Kann sein«, sagte Mae und tippte *Verrate ich nicht.*

Gina las Maes Nachrichten und schien weniger von deren Inhalt fasziniert als davon, dass dieses Hin und Her tatsächlich vor ihren Augen passierte. »Ihr schreibt euch, als wäre das nichts Besonderes?«, fragte sie.

Mae linderte den Schock ein wenig. »Nicht den ganzen Tag.«

»Nicht den ganzen Tag?« Ein zaghaftes Lächeln belebte Ginas Gesicht.

Annie platzte dazwischen. *Du willst es mir wirklich nicht sagen? Sag es mir sofort.*

»Sorry«, sagte Mae. »Bin gleich fertig.« Sie tippte: *Nein. Du wirst ihm das Leben schwer machen.*

Schick mir ein Foto, schrieb Annie.

Nein. Aber ich hab eins, tippte Mae, womit sie die zweite Lüge von sich gab, die, wie sie wusste, erforderlich war. Sie hatte tatsächlich ein Foto von ihm, und sobald ihr klar geworden war, dass sie eins hatte und dass sie Annie das erzählen und damit die Wahrheit sagen könnte, ohne ihr alles zu erzählen, und dass sie mithilfe dieses Fotos und der Notlüge, seinen Nachnamen zu kennen, mit diesem Mann, Kalden, weitermachen könnte, obwohl er möglicherweise eine Bedrohung für den Circle war, da wusste sie, dass sie diese zweite Lüge bei Annie einsetzen würde, und das würde ihr mehr Zeit verschaffen – mehr Zeit, um auf Kalden Höhen und Tiefen zu erleben, während sie herauszufinden versuchte, wer er eigentlich war und was er von ihr wollte.

Ein Actionfoto, tippte sie. *Hab eine Gesichtserkennung gemacht, und es passt alles zusammen.*

Gott sei Dank, schrieb Annie. *Aber du bist ein Miststück.*

Gina, die die Nachricht gelesen hatte, war sichtlich aus der Fassung gebracht. »Vielleicht machen wir das besser später?«, sagte sie. Ihre Stirn glänzte jetzt.

»Nein, entschuldige«, sagte Mae. »Red weiter. Ich dreh den Bildschirm weg.«

Eine weitere Nachricht von Annie erschien. Während Mae den Bildschirm zur Seite drehte, warf sie einen Blick darauf. *Hast du irgendwelche Knochen brechen hören, während du auf ihm gesessen hast? Ältere Männer haben Vogelknochen, und die Art von Druck, von der du sprichst, könnte verhängnisvoll sein.*

»Okay«, sagte Gina und schluckte schwer, »seit Jahren tracken kleinere Unternehmen den Zusammenhang zwischen Online-Erwähnungen, Kritiken, Kommentaren und Ratings einerseits und tatsächlichen Käufen andererseits und versuchen, Einfluss darauf zu nehmen. Circle-Entwickler haben eine Möglichkeit gefunden, die Wirkung dieser Faktoren, also im Grunde die Wirkung deiner Partizipation, zu messen und mit der Conversion Rate darzustellen.«

Wieder kam eine Nachricht, aber Mae ignorierte sie, und Gina preschte weiter, entzückt, weil jemand sie für wichtiger gehalten hatte als Annie, wenn auch nur vorübergehend.

»Also, jeder Kauf, der durch eine Empfehlung von dir initiiert oder angeregt wurde, hebt deine Conversion Rate. Wenn dein Kauf oder deine Empfehlung fünfzig andere dazu bringt, die gleiche Aktion auszuführen, dann beträgt deine CR x50. Es gibt Circler mit einer CR von x1.200. Das bedeutet, was sie kaufen, wird von durchschnittlich 1.200 Leuten ebenfalls gekauft. Sie haben so viel Glaubwürdigkeit aufgebaut, dass ihre Follower ihren Empfehlungen vorbehaltlos vertrauen und überaus dankbar sind für die Sicherheit bei ihren Einkäufen. Annie hat natürlich eine der höchsten CRs beim Circle.«

In dem Moment erklang wieder ein Tropfgeräusch. Gina blinzelte, als wäre sie geohrfeigt worden, redete aber weiter.

»Okay, deine durchschnittliche Conversion Rate liegt bisher bei x119. Nicht schlecht. Aber auf einer Skala von 1 bis 1.000 ist da noch reichlich Luft für Verbesserung. Unter der Conversion Rate steht dein Retail Raw, der Gesamtbruttokaufpreis empfohlener Produkte. Angenommen, du empfiehlst einen bestimmten Schlüsselanhänger, und 1.000 Leute nehmen deine Empfehlung an, dann bringen diese 1.000 Schlüsselanhänger zu 4 Dollar das Stück deinen Retail Raw auf 4.000 Dollar. Das ist einfach der Bruttopreis des Handels, den du angeregt hast. Macht Spaß, oder?«

Mae nickte. Ihr gefiel der Gedanke, die Wirkung ihrer Vorlieben und Tipps tracken zu können.

Wieder ertönte ein Tropfgeräusch. Gina schien mit den Tränen zu kämpfen. Sie stand auf.

»Okay. Ich hab das Gefühl, ich halte dich von deiner Mittagspause ab und störe deine Freundschaft mit Annie. Also, das wär's zum Thema Conversion Rate und Retail Raw. Ich weiß, du hast alles verstanden. Im Lauf des Nachmittags bekommst du einen neuen Bildschirm, der die jeweiligen Punktestände verfolgt.«

Gina versuchte zu lächeln, schaffte es aber irgendwie nicht, die Mundwinkel ausreichend zu heben, um überzeugend zu wirken. »Ach ja, die Mindesterwartung für leistungsstarke Circler ist eine Conversion Rate von x250 und ein wöchentlicher Retail Raw von 45.000 Dollar. Beides bescheidene Ziele, die von den meisten Circlern weit übertroffen werden. Und wenn du Fragen hast, tja«, sie stockte, der Blick angegriffen. »Ich bin sicher, dann kannst du Annie fragen.«

Sie drehte sich um und ging.

Einige Abende später, an einem wolkenlosen Donnerstag, fuhr Mae zu ihren Eltern, das erste Mal, seit die Circle-Versicherung ihres Vaters in Kraft getreten war. Sie wusste, dass es ihrem Vater deutlich besser ging, und sie freute sich darauf, ihn wiederzusehen, hoffte absurderweise auf eine wunderbare Veränderung, obwohl sie wusste, dass sie nur minimale Verbesserungen sehen würde. Dennoch, am Telefon und in ihren SMS hatten ihre Eltern überschwänglich geklungen. »Alles ist jetzt anders«, sagten sie seit Wochen und fragten, wann sie endlich nach Hause käme, um zu feiern. Und so fuhr sie voller Vorfreude auf die zu erwartende Dankbarkeit nach Hause, und als sie ankam, begrüßte ihr Vater sie an der Tür. Er sah merklich kräftiger aus und, was noch wichtiger war, selbstbewusster, mehr wie ein Mann – der Mann, der er mal war. Er hielt seinen Handgelenkmonitor neben den von Mae. »Nun guck dir das an. Partnerlook. Lust auf ein Glas Wein?«

Drinnen nahm jeder seinen üblichen Platz an der Küchentheke ein, und sie schnibbelten und panierten und sprachen darüber, auf welch vielfache Weise sich der Gesundheitszustand von Maes Vater verbessert hatte. Jetzt hatte er eine Auswahl an Ärzten. Jetzt bekam er jedes Medikament, das er brauchte; alles wurde bezahlt, und es gab keinen Eigenanteil. Während sie die Geschichte seines verbesserten Befindens erzählten, fiel Mae auf, dass ihre Mutter fröhlicher, beschwingter war. Sie trug knappe Shorts.

»Das Beste daran ist«, sagte ihr Vater, »dass deine Mutter jetzt auch mal Zeit für sich hat. Es ist alles so einfach. Ich geh zum Arzt, und der Circle kümmert sich um den Rest. Kein Mittelsmann. Keine Diskussion.«

»Ist das etwa das, wofür ich es halte?«, sagte Mae. Über dem Esszimmertisch hing ein silberner Kronleuchter, aber bei genauerem Hinsehen sah er aus wie einer von Mercer. Die silbernen Arme waren tatsächlich lackierte Geweihstangen. Mae hatte sich nie richtig für seine Arbeit begeistern können – als sie zusammen waren, hatte sie sich zwingen müssen, mal etwas Nettes zu sagen –, aber der da gefiel ihr wirklich.

»Fein beobachtet«, sagte ihre Mutter.

»Nicht schlecht«, sagte Mae.

»Nicht schlecht?«, sagte ihr Vater. »Das ist seine beste Arbeit, und das weißt du auch. Der würde in so einem Edelladen in San Francisco für fünf Riesen weggehen. Er hat ihn uns geschenkt.«

Mae war beeindruckt. »Wieso denn geschenkt?«

»Wieso denn geschenkt?«, echote ihre Mutter. »Weil er unser Freund ist. Weil er ein netter junger Mann ist. Und verdreh jetzt nicht gleich die Augen oder lass irgendeine bissige Bemerkung vom Stapel.«

Mae riss sich zusammen, und nachdem sie sich ein halbes Dutzend Gehässigkeiten verkniffen und stattdessen geschwiegen hatte, merkte sie, dass sie ihm gegenüber Großmut empfand. Weil sie ihn nicht mehr brauchte, weil sie jetzt zwei Männer beim Circle zur Auswahl hatte – von denen einer ein vulkanisches kalligrafisches Rätsel war und über Wände kletterte, um sie von hinten zu nehmen –, konnte sie es sich leisten, großmütig gegenüber dem armen Mercer mit der Zottelfrisur und dem grotesk speckigen Rücken zu sein.

»Das ist wirklich nett«, sagte Mae.

»Schön, dass du das so siehst«, sagte ihre Mutter. »Du kannst es ihm in ein paar Minuten selbst sagen. Er kommt zum Essen.«

»Nein«, sagte Mae. »Bitte nicht.«

»Mae«, sagte ihr Vater mit Nachdruck, »er kommt, okay?«

Sie wusste, dass Einwände nichts brachten. Stattdessen goss sie sich ein Glas Rotwein ein und trank die Hälfte davon, während sie den Tisch deckte. Als Mercer klopfte und dann hereinkam, war ihr Gesicht halb taub, und ihre Gedanken waren diffus.

»Hey, Mae«, sagte er und umarmte sie zaghaft.

»Dein Kronleuchter ist echt toll«, sagte sie, und noch während sie die Worte aussprach, sah sie, wie sie auf ihn wirkten, daher ging sie noch weiter. »Wirklich schön.«

»Danke«, sagte er. Er blickte sich nach Maes Eltern um, als wollte er sich vergewissern, dass sie das Gleiche gehört hatten. Mae schenkte sich Wein nach.

»Ganz ehrlich«, fuhr Mae fort. »Ich meine, ich weiß, du machst gute Arbeit.« Und als sie das sagte, sah Mae ihn bewusst nicht an, weil sie wusste, dass seine Augen sie skeptisch mustern würden. »Aber der da ist das Beste, was du je gemacht hast. Ich freu mich echt, dass du so viel … Ich freu mich einfach, dass mein Lieblingsstück von dir im Esszimmer meiner Eltern hängt.«

Mae holte ihre Kamera hervor und machte ein Foto.

»Was machst du denn?«, sagte Mercer, obwohl er sich zu freuen schien, dass sie meinte, sein Kronleuchter sei ein Foto wert.

»Ich wollte bloß ein Foto machen. Sieh mal«, sagte sie und zeigte es ihm.

Ihre Eltern waren jetzt verschwunden, bestimmt weil sie dachten, sie wollte ein bisschen mit Mercer allein sein. Die beiden waren zum Schreien und total verrückt.

»Das sieht gut aus«, sagte er, während er das Foto etwas länger betrachtete, als Mae erwartet hatte. Es war also doch nicht unter seiner Würde, Gefallen an der eigenen Arbeit zu finden und stolz darauf zu sein.

»Der sieht unglaublich aus«, sagte sie. Der Wein hatte sie beschwingt. »Das war sehr nett von dir. Und ich weiß, er bedeutet ihnen sehr viel, vor allem jetzt. Er bringt etwas Wichtiges hier ins Haus.« Mae war euphorisch, und das lag nicht bloß am Wein. Es lag an der Erlösung. Ihre Familie war erlöst worden. »Es war so dunkel hier«, sagte sie.

Und für einen kurzen Moment war es so, als würden sie und Mercer ihre einstige Grundlage wiederfinden. Mae, die Mercer jahrelang mit einer an Mitleid grenzenden Enttäuschung betrachtet hatte, erinnerte sich jetzt daran, dass er großartige Arbeit machen konnte. Sie wusste, dass er mitfühlend und sehr gutherzig war, auch wenn sein beschränkter Horizont sie zur Verzweiflung getrieben hatte. Aber jetzt, da sie den Kronleuchter sah – konnte sie ihn als Kunstwerk bezeichnen? Es war so was wie Kunst – und durch die Wirkung, die er hier im Haus hatte, wurde Maes Glauben an Mercer zu neuem Leben erweckt.

Das brachte Mae auf eine Idee. Unter dem Vorwand, dass sie sich in ihrem Zimmer umziehen wollte, entschuldigte sie sich und eilte nach oben. Doch stattdessen setzte sie sich auf ihr altes Bett, und innerhalb von drei Minuten hatte sie ihr Foto von dem Kronleuchter an zwei Dutzend Design- und Wohndesign-Feeds gepostet, zusammen mit einem Link zu Mercers Website – auf der lediglich seine Telefonnummer und ein paar Bilder waren; er hatte sie seit Jahren nicht aktualisiert – und seiner E-Mail-Adresse. Wenn er nicht clever genug war, sein Geschäft in Gang zu bringen, würde sie ihm gern unter die Arme greifen.

Als sie fertig war, saß Mercer mit ihren Eltern am Küchentisch, auf dem Salat und Gemüse mit Hähnchenfleisch aus dem Wok standen. Die Augen der drei beobachteten, wie sie die Treppe herunterkam. »Ich hab dich gerufen«, sagte ihr Vater.

»Wir essen gern, solange es warm ist«, fügte ihre Mutter hinzu.

Mae hatte sie nicht gehört. »Sorry. Ich hab bloß – wow, das sieht aber gut aus. Dad, findest du Mercers Kronleuchter nicht auch supertoll?«

»Ja. Und das habe ich dir und ihm bereits gesagt. Wir haben ihn ein ganzes Jahr lang um eine von seinen Kreationen gebeten.«

»Ich brauchte einfach das passende Geweih«, sagte Mercer. »Ich hatte schon eine ganze Weile keine wirklich guten mehr gekriegt.« Dann erklärte er seine Bezugsquelle, dass er die Geweihe ausschließlich bei vertrauenswürdigen Lieferanten kaufte, Leuten, die seines Wissens das Rotwild nicht selbst jagten oder, falls doch, nur weil sie von der Jagdbehörde dazu aufgefordert worden waren, um mögliche Überpopulationen zu verhindern.

»Hochinteressant«, sagte Maes Mutter. »Bevor ich's vergesse, ich möchte mit euch auf etwas anstoßen … Was ist das?«

Maes Handy hatte gepiepst. »Nichts«, sagte sie. »Aber ich glaube, ich hab gleich eine gute Nachricht zu verkünden. Red weiter, Mom.«

»Ich wollte bloß sagen, dass ich darauf anstoßen möchte, dass wir –«

Jetzt klingelte Mercers Handy.

»'tschuldigung«, sagte er und betastete seine Hosentasche, bis er den Ausknopf fand.

»Alle fertig?«, fragte Maes Mutter.

»Entschuldigen Sie, Mrs Holland. Fahren Sie fort.«

Aber in diesem Moment summte Maes Handy laut, und als Mae auf den Bildschirm blickte, sah sie, dass sie siebenunddreißig neue Zings und Nachrichten erhalten hatte.

»Irgendwas, worauf du reagieren musst?«, fragte ihr Vater.

»Nein, noch nicht«, sagte Mae, die vor Vorfreude fast platzte. Sie war stolz auf Mercer, und schon bald würde sie ihm zeigen können, was für einen Kundenkreis er außerhalb von Longfield haben könnte. Wenn in den ersten paar Minuten schon siebenunddreißig Nachrichten gekommen waren, dann würden es in zwanzig Minuten hundert sein.

Ihre Mutter sprach weiter. »Mae, ich möchte dir danken, für alles, was du getan hast, um die körperliche Gesundheit deines Vaters zu verbessern und meine psychische Gesundheit. Und ich möchte auch auf Mercer anstoßen, der zur Familie gehört, und ihm für sein wunderschönes Geschenk danken.« Sie stockte, als erwartete sie, dass jeden Moment ein Summen ertönen müsste. »So, ich bin froh, dass ich das rausgebracht habe. Lasst uns anfangen. Das Essen wird kalt.«

Und sie begannen zu essen, doch nach ein paar Minuten hatte Mae so viele Benachrichtigungstöne gehört und auf ihrem Handydisplay so viele Updates gesehen, dass sie nicht mehr warten konnte.

»Okay, ich halt's nicht mehr aus. Mercer, ich hab das Foto von deinem Kronleuchter gepostet, und die Leute sind begeistert!« Sie strahlte und hob ihr Glas. »Darauf sollten wir trinken.«

Mercer sah nicht erfreut aus. »Moment, wo hast du es gepostet?«

»Das ist ja großartig, Mercer«, sagte ihr Vater und hob ebenfalls sein Glas.

Mercer erhob sein Glas nicht. »Wo hast du es gepostet, Mae?«

»Da, wo's wichtig ist«, sagte sie, »und die Kommentare sind der Wahnsinn.« Sie spähte auf ihr Display. »Ich les dir nur mal die erste Nachricht vor. Zitat: *Wow, eine fantastische Arbeit.* Das ist von einem ziemlich bekannten Industriedesigner in Stockholm. Hör dir die an: *Sehr cool. Hab letztes Jahr in Barcelona was Ähnliches gesehen.* Das war von einer Designerin in Santa Fe, die einen eigenen Laden hat. Sie hat deinem Teil drei von vier Sternen gegeben und hat ein paar Vorschläge, wie du es noch verbessern kannst. Ich wette, du könntest sie da verkaufen, wenn du wolltest. Und hier ist noch –«

Mercer hatte die Hände flach auf den Tisch gelegt. »Hör auf. Bitte.«

»Wieso? Das Beste hast du noch gar nicht gehört. Auf DesignMind hast du schon 122 Smiles. Das ist unglaublich viel in so kurzer Zeit. Und die haben da ein Ranking, und du bist in den Top 50 für heute. Ich wüsste sogar, wie du das steigern könntest –« Gleichzeitig kam Mae der Gedanke, dass sie hiermit ihren PartiRank bestimmt unter 1.900 bringen würde. Und wenn sie genug Leute dazu bewegen könnte, sich einen von Mercers Kronleuchtern zu kaufen, würde sich das positiv auf ihre Conversion-Rate- und Retail-Raw-Zahlen auswirken –

»Mae. Hör auf. Bitte hör auf.« Mercer starrte sie an, die Augen klein und rund. »Ich möchte im Haus deiner Eltern nicht laut werden, aber entweder du hörst auf, oder ich muss gehen.«

»Warte nur mal kurz«, sagte sie und scrollte ihre Nachrichten durch, suchte nach einer, die ihn garantiert beeindrucken würde. Sie hatte eine Nachricht aus Dubai gesehen, und wenn sie die fand, würde sein Widerwille garantiert verschwinden.

»Mae«, hörte sie ihre Mutter sagen. »Mae.«

Aber Mae konnte die Nachricht nicht finden. Wo war sie? Während sie scrollte, hörte sie einen Stuhl über den Boden schaben. Aber sie war so nah dran, die Nachricht zu finden, dass sie nicht aufblickte. Als sie es schließlich tat, war Mercer verschwunden, und ihre Eltern starrten sie an.

»Ich finde es ja nett von dir, dass du Mercer unterstützen willst«, sagte ihre Mutter, »aber ich begreife nicht, warum das ausgerechnet jetzt sein muss. Wir wollten doch einfach nur gemütlich zusammen essen.«

Mae starrte ihre Mutter an, nahm so viel Enttäuschung und Verwirrung wahr, wie sie ertragen konnte, dann lief sie nach draußen und erwischte Mercer noch, als er gerade rückwärts aus der Einfahrt setzte.

Sie stieg auf der Beifahrerseite ein. »Stopp.«

Seine Augen waren stumpf, leblos. Er stellte den Motor ab, legte die Hände in den Schoß und atmete dann mit aller Herablassung aus, die er aufbringen konnte.

»Verdammt, was hast du für ein Problem, Mercer?«

»Mae, ich hatte dich gebeten, aufzuhören, und das hast du nicht getan.«

»Hab ich deine Gefühle verletzt?«

»Nein. Du hast meinen Verstand verletzt. Du wirkst total irre auf mich. Ich bitte dich, aufzuhören, und du tust es nicht.«

»Weil ich dir helfen will.«

»Ich hab dich nicht um deine Hilfe gebeten. Und ich hab dir nicht erlaubt, ein Foto von meiner Arbeit zu posten.«

»Deiner *Arbeit*.« Sie hörte etwas Schneidendes in ihrer Stimme und wusste, das war falsch und kontraproduktiv.

»Du bist gehässig, Mae, und du bist gemein, und du bist herzlos.«

»Was? Ich bin das *Gegenteil* von herzlos, Mercer. Ich versuche nämlich, dir zu helfen, weil ich viel von deiner Arbeit halte.«

»Nein, das tust du nicht. Mae, du bist einfach unfähig, irgendwas in einem Raum leben zu lassen. Meine Arbeit existiert in einem Raum. Sie existiert nirgendwo sonst. Und so will ich es haben.«

»Du willst also keine Geschäfte machen?«

Mercer blickte durch die Windschutzscheibe, lehnte sich dann zurück. »Mae, ich hatte nie stärker das Gefühl, dass irgendeine Sekte die Welt erobert. Weißt du, was mir jemand neulich verkaufen wollte? Ich wette sogar, das hängt irgendwie mit dem Circle zusammen. Hast du schon mal was von Homie gehört? Damit scannt dein Handy die Strichcodes von sämtlichen Produkten, die du zu Hause hast –«

»Genau. Und es bestellt Nachschub, wenn irgendwas zur Neige geht. Das ist genial.«

»Du findest das in Ordnung?«, sagte Mercer. »Weißt du, als was sie es mir angepriesen haben? Als die übliche utopische Vision. Diesmal haben sie gesagt, es würde Abfall verringern. Wenn Geschäfte wissen, was ihre Kunden brauchen, wird nicht zu viel produziert, nicht zu viel geliefert, und es muss nichts weggeworfen werden, das nicht gekauft wird. Ich meine, wie alles, was ihr so pusht, klingt es perfekt, progressiv, aber es bringt auch mehr Kontrolle mit sich, mehr zentrale Überwachung von allem, was wir machen.«

»Mercer, der Circle ist eine Gruppe von Leuten wie mir. Willst du etwa sagen, wir hocken irgendwo zusammen und beobachten dich und planen die Weltherrschaft?«

»Nein. Erstens, ich *weiß*, dass das alles Leute sind wie du. Und das ist ja gerade so beängstigend. *Einzeln* wisst ihr nicht, was ihr *kollektiv* macht. Aber zweitens setzt ihr bei euren führenden Köpfen keine Güte und Menschlichkeit voraus. Jahrelang herrschte so eine glückliche Zeit, als die führenden Internetprovider von Leuten gemanagt wurden, die tatsächlich einigermaßen anständig waren. Zumindest waren sie weder raubgierig noch rachsüchtig. Aber meine Sorge war immer, was, wenn Leute bereit wären, diese Macht zu benutzen, um diejenigen zu bestrafen, die sich gegen sie auflehnen?«

»Was willst du damit sagen?«

»Glaubst du, es ist purer Zufall, dass jedes Mal, wenn eine Kongressabgeordnete oder ein Blogger von Monopol redet, sie oder er plötzlich in irgendeine Sex-Porno-Hexerei-Kontroverse verstrickt wird? Zwanzig Jahre lang war das Internet in der Lage, jeden innerhalb von Minuten zu ruinieren, aber erst mit euren Drei Weisen, oder wenigstens einem von ihnen, ist jemand bereit, das zu tun. Willst du behaupten, das ist neu für dich?«

»Du bist echt paranoid. Dein Verschwörungstheoriedenken hat mich schon immer deprimiert, Mercer. Du klingst total ignorant. Und zu behaupten, Homie wäre irgendwas beängstigend Neues; ich meine, hundert Jahre lang haben Milchmänner einem die Milch nach Hause gebracht. Sie wussten, wann man welche brauchte. Metzger haben einem Fleisch verkauft, Bäcker haben einem die Brötchen vor die Haustür gelegt –«

»Der Milchmann hat aber nicht mein Haus gescannt! Ich meine, alles mit einem UPC-Code kann gescannt werden.

Schon jetzt scannen die Handys von Millionen von Menschen deren Wohnungen und Häuser und übermitteln all diese Informationen hinaus in die Welt.«

»Na und? Willst du nicht, dass Zewa weiß, wie viel Toilettenpapier du verbrauchst? Unterdrückt Zewa dich auf irgendeine gravierende Weise?«

»Nein, Mae, das ist anders. Das wäre leichter zu verstehen. Aber hier gibt's keine Unterdrücker. Keiner zwingt dich, das zu tun. Du lässt dich bereitwillig an die Leine legen. Und du wirst bereitwillig sozial völlig autistisch. Du kriegst die einfachsten menschlichen Kommunikationssignale nicht mehr mit. Du sitzt mit drei Menschen an einem Tisch, die dich alle anschauen und versuchen, mit dir zu reden, und du starrst auf ein Display und suchst nach wildfremden Leuten in Dubai.«

»So makellos bist du selbst auch nicht, Mercer. Du hast ein E-Mail-Konto. Du hast eine Website.«

»Ich sag dir jetzt was, und es schmerzt mich, dir das sagen zu müssen. Aber du bist nicht mehr sehr interessant. Du sitzt zwölf Stunden pro Tag an einem Schreibtisch, und dabei kommt nichts anderes rum als ein paar Zahlen, die in einer Woche nicht mehr existieren oder in Vergessenheit geraten sind. Du hinterlässt keine Spuren. Es gibt keinen Beweis dafür, dass du gelebt hast.«

»Du kannst mich mal, Mercer.«

»Und was noch schlimmer ist, du machst auch nichts Interessantes mehr. Du siehst nichts mehr, du sagst nichts mehr. Das Unheimliche und Paradoxe daran ist, dass du glaubst, du bist im Mittelpunkt des Geschehens, dass deine Meinungen deshalb wertvoller wären, aber du selbst verlierst an Lebendigkeit. Ich wette, du hast seit Monaten nichts mehr gemacht außer deiner Arbeit. Oder doch?«

»Du bist so ein Arsch, Mercer.«

»Gehst du überhaupt noch nach draußen?«

»Und du bist wohl der interessante Typ, was? Der Idiot, der Kronleuchter aus Teilen von toten Tieren baut? Du bist der Wunderknabe mit dem hochspannenden Leben?«

»Weißt du, was ich denke, Mae? Ich denke, du redest dir ein, wenn du an deinem Schreibtisch sitzt und Frowns und Smiles vergibst, führst du tatsächlich ein faszinierendes Leben. Du kommentierst Sachen, und das ist der Ersatz dafür, sie selbst zu tun. Du siehst dir Fotos von Nepal an, klickst auf einen Smile-Button und glaubst, das ist das Gleiche, wie nach Nepal zu fahren. Ich meine, was würde denn passieren, wenn du tatsächlich hinfahren würdest? Deine Circle-Shit-Ratings oder was auch immer würden unter ein akzeptables Niveau fallen! Mae, ist dir eigentlich klar, wie unglaublich langweilig du geworden bist?«

Seit vielen Jahren war Mercer der Mensch, den sie mehr als jeden anderen verabscheute. Das war nicht neu. Er hatte schon immer die einzigartige Fähigkeit besessen, sie in Rage zu bringen. Mit seiner professionellen Selbstgefälligkeit. Seinem antiquierten Blödsinn. Und vor allem mit seiner Grundannahme – total daneben –, dass er sie kannte. Er kannte die Teile von ihr, die er mochte und akzeptierte, und er tat so, als ob die ihr wahres Ich ausmachten, ihr eigentliches Wesen. Er wusste nichts über sie.

Aber mit jeder weiteren Meile auf der Fahrt nach Hause fühlte sie sich besser. Mit jeder Meile zwischen ihr und diesem fetten Arschloch. Bei dem Gedanken, je mit ihm geschlafen zu haben, wurde ihr regelrecht übel. War sie von einem perversen Dämon besessen gewesen? Ihr Körper musste während dieser drei Jahre im Griff irgendeiner schrecklichen Macht gewesen sein, die sie für seine Widerlichkeit blind gemacht hatte. Er war schon damals fett gewesen, oder nicht? Wer ist denn schon in der Highschool fett? Er erzählt mir was von wegen ich würde ständig am Schreibtisch sitzen, wo er selbst vierzig Pfund Übergewicht hat? Der Mann war nicht ganz dicht.

Sie würde nie wieder mit ihm reden. Das wusste sie, und der Gedanke war tröstlich. Erleichterung strömte über sie hinweg wie warmes Wasser. Sie würde nie wieder mit ihm reden, ihm nie wieder schreiben. Sie würde von ihren Eltern verlangen, jeden Kontakt mit ihm abzubrechen. Sie nahm sich vor, auch den Kronleuchter zu zerstören; es müsste wie ein Unfall aussehen. Vielleicht ein fingierter Einbruch. Mae lachte vor sich hin, als sie sich ausmalte, wie sie den fetten Idioten für immer aus ihrem Leben verbannte. Der hässliche, ständig schwitzende, arrogante Klugscheißer würde in ihrer Welt nie wieder was zu sagen haben.

Sie sah das Schild von Maiden's Voyages und dachte sich nichts dabei. Sie fuhr an der Abfahrt vorbei und empfand rein gar nichts. Gleich darauf jedoch verließ sie den Highway und fuhr auf einer anderen Straße zurück Richtung Strand. Es war kurz vor zehn, sie wusste also, dass der Verleih seit Stunden geschlossen hatte. Was also hatte sie vor? Was sie tat, war keine Reaktion auf Mercers schwachsinnige Frage, ob sie überhaupt noch nach draußen ging oder nicht. Sie wollte bloß nachsehen, ob der Verleih noch offen war; sie wusste, dass er das nicht war, aber vielleicht war ja Marion da, und vielleicht würde sie Mae noch für eine halbe Stunde rausfahren lassen. Sie lebte schließlich in dem Wohnwagen nebenan. Vielleicht würde Mae sie auf dem Gelände rumlaufen sehen und sie dazu überreden, ihr ein Kajak auszuleihen.

Mae parkte und spähte durch den Maschendrahtzaun,

sah aber niemanden, nur das verschlossene Verleihbüdchen, die Reihen Kajaks und Paddleboards. Sie stand da und hoffte, eine Silhouette in dem Wohnwagen zu sehen, vergeblich. Das Licht im Innern war schummrig, rosenrot, der Wohnwagen leer.

Sie ging zu dem kleinen Strand und blieb stehen, beobachtete, wie das Mondlicht auf der glatten Oberfläche der Bucht spielte. Sie setzte sich hin. Sie wollte nicht nach Hause, obwohl es sinnlos war, noch zu bleiben. Ihr Kopf war voll von Mercer und seinem Riesenbabygesicht und dem ganzen Quatsch, den er am Abend und überhaupt an jedem Abend erzählt hatte. Das war ganz sicher das letzte Mal, dass sie versucht hatte, ihm irgendwie zu helfen. Er war in ihrer Vergangenheit, in *der* Vergangenheit, er war ein veralteter, ein langweiliger, ein toter Gegenstand, den sie auf einem Dachboden vergammeln lassen konnte.

Sie stand auf, wollte nach Hause, um wieder an ihrem PartiRank zu arbeiten, als sie etwas Merkwürdiges sah. Ganz hinten lehnte von außen ein großer Gegenstand steil gegen den Zaun, der das Gelände des Verleihs umschloss. Es war entweder ein Kajak oder ein Paddleboard, und sie ging rasch hin. Es war ein Kajak, erkannte sie, daneben ein Paddel. Die Position des Kajaks war befremdlich; sie hatte nie eins fast aufrecht stehen sehen und war sich sicher, dass Marion das missbilligt hätte. Die einzige Erklärung war, dass irgendwer ein geliehenes Kajak nach Geschäftsschluss zurückgebracht und dann versucht hatte, es so nah wie möglich am Verleihgelände abzustellen.

Mae dachte, sie sollte das Kajak wenigstens hinlegen, damit es im Laufe der Nacht nicht umkippen konnte. Sie tat es, und als sie es behutsam auf den Sand legte, war sie überrascht, wie leicht es war.

Dann kam ihr ein Gedanke. Das Wasser war bloß dreißig

Schritte entfernt, und sie wusste, dass sie das Kajak mühelos dorthin ziehen konnte. Wäre es Diebstahl, ein Kajak auszuleihen, das bereits ausgeliehen worden war? Sie würde es ja schließlich nicht über den Zaun hieven, sondern lediglich die Ausleihzeit überziehen, die schon jemand anderes überzogen hatte. In ein oder zwei Stunden würde sie es zurückbringen, und kein Mensch hätte irgendwas gemerkt.

Mae legte das Paddel hinein und zog das Kajak ein Stück über den Sand, um zu testen, wie sich das anfühlte. War es Diebstahl? Marion hätte Verständnis dafür, wenn sie es wüsste. Marion war ein Freigeist, keine regelfixierte Matrone, und sie machte den Eindruck eines Menschen, der an Maes Stelle das Gleiche tun würde. Bestimmt hätte sie Bedenken wegen der möglichen Konsequenzen in Sachen Haftung, aber andererseits, gäbe es denn überhaupt Konsequenzen? Marion wäre doch wohl aus dem Schneider, wenn jemand das Kajak ohne ihr Wissen genommen hatte.

Jetzt war Mae am Wasser, und der Bug des Kajaks wurde nass. Und dann, als sie das Wasser unter dem Boot spürte, die Strömung, die es von ihr wegziehen wollte, hinein in die Bucht, da wusste Mae, dass sie es tun würde. Der einzige kritische Punkt war der, dass sie keine Schwimmweste haben würde. Die hatte der Ausleiher über den Zaun befördert. Aber das Wasser war so ruhig, dass Mae keine wirkliche Gefahr befürchtete, wenn sie dicht am Ufer blieb.

Doch sobald sie draußen auf dem Wasser war und das schwere Glas unter sich spürte, die Geschwindigkeit, mit der sie vorankam, dachte sie, dass sie doch nicht im Seichten bleiben würde. Dass dies die richtige Nacht wäre, um zur Blue Island zu fahren. Angel Island war leicht, da fuhren ständig Leute hin, aber Blue Island war seltsam, zer-

klüftet, wurde nie besucht. Mae lächelte, stellte sich vor,
dort zu sein, und lächelte noch breiter bei dem Gedanken
an Mercer, an sein selbstgefälliges Gesicht, perplex, ent-
gleist. Mercer wäre zu fett, um in ein Kajak zu passen,
dachte sie, und zu träge, um es raus aus dem Hafen zu
schaffen. Ein Mann, der stramm auf die dreißig zuging,
Kronleuchter aus Geweihen baute und ihr – die sie beim
Circle arbeitete! – Vorträge über den richtigen Lebensweg
hielt. Das war ein Witz. Mae dagegen, die in den T2K war
und unaufhaltsam die Karriereleiter hochstieg, war noch
dazu mutig, traute sich, nachts mit einem Kajak hinaus in
die Schwarzwasserbucht zu fahren, eine Insel zu erkunden,
die Mercer sich nur durch ein Fernglas ansehen würde,
während er auf seinem Kartoffelsackarsch sitzend Tiertei-
le mit Silberfarbe bepinselte.

Ihre Route folgte keinerlei Logik. Sie hatte keine Ahnung, wie die Strömungen weiter draußen in der Bucht
waren oder ob es klug war, so dicht an die Tanker ranzu-
fahren, die die Fahrrinne in der Nähe benutzten, zumal sie
im Dunkeln wäre, unsichtbar für sie. Und bis sie die Insel
erreicht hatte oder ihr nahe kam, könnten die Bedingungen für eine Rückkehr zu rau sein. Aber getrieben von einer Kraft in ihrem Innern, die so stark und reflexartig war
wie Schlaf, wusste sie, dass sie nicht eher ruhen würde, bis
sie es zur Blue Island geschafft hatte oder irgendwie daran
gehindert worden war, ihr Ziel zu erreichen. Falls es wind-
still und das Wasser ruhig blieb, würde sie es schaffen.

Während sie an den Segelbooten und Wellenbrechern
vorbeipaddelte, blickte sie nach Süden und suchte mit zusammengekniffenen Augen nach dem Kahn, auf dem die
Frau und der Mann lebten, aber so weit entfernt waren die
Formen unscharf, und die beiden hatten so spät wahrscheinlich ohnehin kein Licht mehr an. Sie hielt Kurs, ließ

die vor Anker liegenden Jachten rasch hinter sich und gelangte in den runden Bauch der Bucht.

Hinter sich hörte sie ein kurzes Platschen, und als sie sich umdrehte, sah sie den schwarzen Kopf eines Seehundes, keine fünf Meter entfernt. Sie wartete, dass er wieder abtauchte, aber er blieb und starrte sie an. Sie wandte sich ab und paddelte weiter auf die Insel zu, und der Seehund folgte ihr ein Stück, als ob auch er sehen wollte, was sie sehen wollte. Mae überlegte kurz, ob der Seehund ihr den ganzen Weg folgen würde oder ob er vielleicht auf dem Weg zu der Felsengruppe unweit der Insel war, wo sie häufig Seehunde beim Sonnenbad gesehen hatte, wenn sie über die Brücke darüberfuhr. Aber als sie sich das nächste Mal umdrehte, war das Tier verschwunden.

Die Wasseroberfläche war weiterhin ruhig, auch als sie tiefer in die Bucht vorstieß. Wo es meist rau wurde, wo das Wasser den Ozeanwinden ausgesetzt war, blieb es in dieser Nacht völlig glatt, und sie kam weiter zügig voran. Nach zwanzig Minuten hatte sie die Hälfte der Strecke geschafft, jedenfalls wirkte es so. Die Entfernungen waren unmöglich abzuschätzen, vor allem in der Nacht, aber die Insel wurde optisch größer, und Besonderheiten des Felsens, die sie zuvor nie wahrgenommen hatte, waren jetzt sichtbar. Ganz oben sah sie etwas Reflektierendes, vom Mondlicht in helles Silber getaucht. Sie sah die Reste von etwas, das ganz sicher mal ein Fenster gewesen war, auf dem schwarzen Sand am Ufer. Weit entfernt hörte sie ein Nebelhorn aus Richtung Golden-Gate-Mündung. Der Nebel musste dort dicht sein, dachte sie, hier jedoch, nur ein paar Meilen entfernt, war die Nacht klar, der Mond strahlend und fast völlig rund. Sein Schimmern auf dem Wasser war unwirklich, so hell, dass sie blinzeln musste. Sie dachte an die Felsen unweit der Insel, auf denen sie Seehunde und

Seelöwen gesehen hatte. Würden welche dort sein und würden sie fliehen, wenn sie sie kommen sahen? Eine Brise kam von Westen auf, ein Pazifikwind, der von den Hügeln herabwehte, und sie saß einen Moment lang still da und schätzte ihn ein. Falls er auffrischte, würde sie umkehren müssen. Sie war der Insel jetzt näher als dem Ufer, aber wenn das Wasser kabbelig wurde, dann wäre es für sie allein und ohne Schwimmweste in einem Kajak hockend zu gefährlich. Doch genauso schnell, wie er gekommen war, verschwand der Wind auch wieder.

Ein lautes murmelndes Geräusch lenkte ihre Aufmerksamkeit nach Norden. Ein Boot, eine Art Schlepper, kam auf sie zu. Auf dem Dach der Kabine sah sie Lampen, weiß und rot, und wusste, dass es irgendeine Patrouille war, vermutlich Küstenwache, so nah, dass sie sie jeden Moment sehen würden. Wenn sie aufrecht sitzen blieb, würde ihre Silhouette sie sofort verraten.

Sie legte sich flach auf den Kajakboden und hoffte, dass die Form, die sie bildete, für einen Felsen gehalten würde, einen Baumstamm, einen Seehund oder einfach eine breite dunkle Welle, die den silbernen Schimmer der Bucht unterbrach. Das Dröhnen des Bootsmotors wurde lauter, und Mae rechnete fest damit, jeden Moment von hellem Flutlicht erfasst zu werden, doch das Boot brauste vorbei, und Mae blieb unentdeckt.

Das letzte Stück bis zur Insel ging so schnell, dass Mae ihr Gefühl für Entfernung infrage stellte. Eben noch meinte sie, höchstens auf halber Strecke zu sein, und auf einmal sauste sie auf den Strand der Insel zu, als würde sie von starkem Rückenwind angetrieben. Sie sprang vom Bug und wurde vom weiß kalten Wasser gepackt. Sie zog das Kajak hastig ans Ufer, so weit auf den Sand, dass das Wasser es nicht mehr erreichen konnte. Da sie einmal erlebt hatte, wie ihr Boot von einer rasch steigenden Flut beinahe weggespült worden wäre, drehte sie es parallel zum Ufer und sicherte es auf beiden Seiten mit großen Steinen.

Sie richtete sich schwer atmend auf und fühlte sich stark, fühlte sich gewaltig. Wie seltsam, hier zu sein, dachte sie. In der Nähe war eine Brücke, und da sie mit dem Auto oft darüberfuhr, hatte sie diese Insel zigmal gesehen, ohne jemals ein Lebewesen, Mensch oder Tier, entdeckt zu haben. Niemand traute sich oder hatte Lust, herzukommen. Was hatte die Insel an sich, dass sie sie so neugierig machte? Ihr kam der Gedanke, dass per Kajak die einzige richtige Art war, hierherzukommen. Marion hätte nicht gewollt, dass sie so weit rausfuhr, und womöglich ein Schnellboot losgeschickt, um sie zu suchen und zurückzubringen. Und die Küstenwache – riet sie Leuten nicht regelmäßig davon ab, hierherzufahren? War es eine Privatinsel? All diese Fragen und Bedenken waren jetzt unerheblich, weil es dunkel war, niemand sie sehen konnte und niemand je erfahren würde, dass sie hier war. Aber sie würde es wissen.

Sie ging am Strand entlang. Er umschloss fast die ganze Südseite der Insel, machte dann einer steilen Klippe Platz. Sie blickte auf, sah nichts, was beim Klettern Halt bieten würde, und darunter war das schäumende Wasser, daher machte sie kehrt. Sie stellte fest, dass der Hang rau und felsig und der Strand weitgehend unscheinbar war. Es gab einen breiten Streifen Seegras, durchsetzt mit Krebspanzern und Treibgut, und sie strich mit den Fingern hindurch. Das Mondlicht verlieh dem Seegras etwas von der Phosphoreszenz, die sie schon zuvor gesehen hatte, einen Regenbogenglanz, sodass es aussah wie von innen beleuchtet. Sie hatte kurz das Gefühl, auf einem Gewässer auf dem Mond selbst zu sein, wo alles in eine fremdartige, umgekehrte Farbpalette getaucht war. Was hätte grün sein müssen, sah grau aus, was hätte blau sein müssen, war silbern. Alles, was sie sah, hatte sie nie zuvor gesehen. Und just in dem Moment, als sie das dachte, sah sie aus dem Augenwinkel, wie etwas über den Pazifik jagte, und sie war sich sicher, dass es eine Sternschnuppe war. Sie hatte erst ein Mal eine gesehen und hätte nicht mit Sicherheit sagen können, ob es das Gleiche war, ein Lichtbogen, der hinter den schwarzen Hügeln verschwand. Aber was hätte es sonst sein können? Sie setzte sich in den Sand und starrte auf die Stelle, wo sie die Sternschnuppe gesehen hatte, als ob noch eine oder vielleicht sogar ein ganzer Schauer folgen könnte.

Aber ihr war klar, dass sie nur hinausschob, was sie am liebsten tun wollte, nämlich den gedrungenen Gipfel des Felsens erklimmen, und schließlich machte sie sich auf. Einen Pfad gab es nicht, worüber sie sich sehr freute – niemand oder fast niemand war je da gewesen, wo sie war –, und so kletterte sie los, hielt sich an Grasbüscheln und Wurzeln fest und setzte die Füße auf gelegentlich vorragende Felsen. Einmal blieb sie stehen, als sie am Hang ein großes Loch entdeckte, fast exakt kreisrund. Es musste der Bau eines Tieres sein, obwohl sie nicht hätte sagen können, was für eins. Sie stellte sich die Höhlen von Kaninchen und Füchsen, Schlangen und Maulwürfen und Mäusen vor, die alle gleichermaßen infrage und nicht infrage kamen, und kletterte dann weiter, höher und höher. Es war nicht schwierig. Sie war in wenigen Minuten auf dem Gipfel, gesellte sich zu einer einsamen Kiefer, nicht viel größer als sie. Sie stellte sich neben sie, hielt sich an ihrem rauen Stamm fest und drehte sich um. Sie sah die winzigen weißen Fenster der Stadt in weiter Ferne. Sie sah einen flachen Tanker, der ein Sternbild aus roten Lichtern auf den Pazifik trug.

Der Strand schien mit einem Mal ganz tief unter ihr zu sein, und ihr Magen schlug einen Purzelbaum. Sie blickte nach Osten, wo sie die Felsgruppe der Seehunde jetzt besser erkennen konnte, und sah etwa ein Dutzend von ihnen herumliegen, schlafend. Sie schaute hoch zu der Brücke über ihr, nicht die Golden Gate Bridge, sondern eine unbedeutendere, sah den fließenden weißen Strom von Autos, noch immer stetig um Mitternacht, und fragte sich, ob irgendwer ihre menschliche Silhouette vor der silbernen Bucht sehen konnte. Ihr fiel ein, dass Francis mal gesagt hatte, er habe gar nicht gewusst, dass unterhalb der Brücke überhaupt eine Insel war. Die meisten Fahrer und Mitfahrer würden nicht zu ihr hinuntersehen, hätten nicht die geringste Ahnung von ihrer Existenz.

Dann, eine Hand noch immer am knochigen Stamm der Kiefer, bemerkte sie auf einmal ein Nest auf den oberen Ästen im Baum. Sie traute sich nicht, es zu berühren, weil sie wusste, dass sie dadurch nur das Gleichmaß aus Gerüchen und Bauweise stören würde, aber sie wollte unbedingt sehen, was darin war. Sie stellte sich auf einen Stein, um höher zu kommen und von oben hineinzusehen, kam aber nicht hoch genug und fand nicht den richtigen Blickwinkel. Durfte sie es anheben, es herunternehmen, um kurz hineinsehen zu können? Wirklich nur ganz kurz? Sie durfte – oder? – und es dann sofort wieder zurücklegen? Nein. Sie wusste genug, um zu wissen, dass sie das nicht durfte. Falls sie das machte, würde sie das, was darin war, zerstören.

Sie setzte sich mit Blick nach Süden, wo sie die Lichter, die Brücken, die schwarzen leeren Hügel sehen konnte, die die Bucht vom Pazifik trennten. Das alles war vor zig Millionen Jahren unter Wasser gewesen, hatte sie gelernt. All diese Landzungen und Inseln waren so tief unter Wasser gewesen, dass sie kaum als Erhebungen auf dem Meeresboden registriert worden wären. Auf der anderen Seite der silbernen Bucht sah sie ein Vogelpaar, Silber- oder Graureiher, im Tiefflug Richtung Norden gleiten, und sie saß eine Weile da, und ihr Kopf wurde immer leerer. Sie dachte an die Füchse, die vielleicht unter ihr waren, die Krebse, die sich vielleicht unter den Steinen am Ufer verkrochen, die Menschen in den Autos, die vielleicht über ihr vorbeifuhren, die Männer und Frauen auf den Schleppern und Tankern, die im Hafen ankamen oder abfuhren, seufzend, alle alles gesehen habend. Sie hatte vage Vorstellungen davon, was vielleicht in dem tiefen Wasser um sie herum lebte, mit bewussten Bewegungen oder ziellos dahintreibend, aber sie dachte über nichts davon groß nach. Es genügte ihr, sich der Millionen Permutationen, die rings um sie herum möglich waren, bewusst zu sein und in dem Wissen Trost zu finden, dass sie nicht viel wissen würde und im Grunde auch nicht wissen konnte.

Als Mae zurück zu Marions Strand kam, sah auf den ersten Blick alles genauso aus wie bei ihrer Abfahrt. Kein Mensch war zu sehen, und das Licht in Marions Wohnwagen war noch so wie zuvor, rosenrot und schummrig.

Mae sprang an Land, sank geräuschlos tief im Sand ein und zog das Kajak auf den Strand. Ihre Beine waren müde, und sie blieb stehen, ließ das Kajak los und streckte sich. Mit den Händen über dem Kopf blickte sie Richtung Parkplatz, wo neben ihrem Wagen jetzt noch ein zweiter stand. Und während sie diesen zweiten Wagen betrachtete und sich fragte, ob Marion zurück war, wurde sie von weißem Licht geblendet.

»Stehen bleiben«, brüllte eine Lautsprecherstimme.

Sie drehte sich instinktiv weg.

Die Stimme ertönte erneut. »Keine Bewegung!«, sagte sie, jetzt drohend.

Mae erstarrte zur Salzsäule, völlig verstört, und fragte sich bang, wie lange sie diese Pose einhalten konnte, doch das erübrigte sich. Zwei Schatten fielen über sie her, drehten ihr grob die Arme auf den Rücken und legten ihr Handschellen an.

Mae saß auf der Rückbank des Streifenwagens, und die Polizisten, die sich etwas beruhigt hatten, wogen ab, ob das, was Mae ihnen erzählte – dass sie regelmäßig ein Kajak auslieh, Stammkundin war und einfach zu spät zurückgekommen war –, die Wahrheit sein konnte. Sie hatten Marion telefonisch erreicht, und die hatte bestätigt, dass Mae eine Kundin war, aber als sie wissen wollten, ob Mae an dem Tag ein Kajak ausgeliehen und sich bloß verspätet hatte, hatte Marion gesagt, sie wäre gleich da, und dann aufgelegt.

Zwanzig Minuten später traf Marion ein. Sie saß auf dem Beifahrersitz eines altmodischen roten Pick-ups, der von einem bestürzt und genervt wirkenden bärtigen Mann gesteuert wurde. Mae sah Marion unsicher auf den Polizeiwagen zugehen, und begriff, dass sie getrunken hatte und der bärtige Mann womöglich auch. Er saß noch im Wagen und war offenbar entschlossen, dort zu bleiben.

Mae fing durch die offene Tür des Streifenwagens Marions Blick auf, und als Marion sie in Handschellen auf der Rückbank sitzen sah, wurde sie anscheinend schlagartig nüchtern.

»Um Gottes willen«, sagte sie und eilte zu Mae. Sie wandte sich an die Polizisten. »Das ist Mae Holland. Sie ist Stammkundin. Sie kann hier machen, was sie will. Wieso zum Teufel sind Sie eigentlich hier? Was ist passiert?«

Die Beamten erklärten, sie hätten zwei separate Meldungen über einen mutmaßlichen Diebstahl erhalten. »Ein Bürger, der nicht genannt werden will, hat uns angerufen.« Und dann wandten sie sich an Marion. »Und die andere Meldung kam von einer Ihrer eigenen Kameras, Ms. Lefebvre.«

Mae schlief kaum. Ihr Adrenalin hielt sie die ganze Nacht auf Trab. Wie hatte sie so blöd sein können? Sie war keine Diebin. Was, wenn Marion sie nicht gerettet hätte? Sie hätte alles verlieren können. Ihre Eltern wären angerufen worden, um sie gegen Kaution rauszuholen, und ihre Stelle beim Circle wäre futsch gewesen. Mae hatte noch nie einen Strafzettel für zu schnelles Fahren bekommen, war noch nie in irgendeiner Weise mit dem Gesetz in Konflikt geraten, und jetzt klaute sie ein Tausend-Dollar-Kajak.

Aber die Sache war ausgestanden, und beim Abschied hatte Marion sogar darauf beharrt, dass Mae wiederkam. »Ich weiß, es ist Ihnen peinlich, aber ich möchte, dass Sie wiederkommen. Wenn nicht, rück ich Ihnen auf die Pelle.« Sie wusste, wie leid Mae die Sache tat und wie sehr sie sich dafür schämte und dass sie Marion am liebsten nie wieder unter die Augen treten würde.

Dennoch, als sie nach ein paar Stunden unruhigen Schlafs wach wurde, fühlte Mae sich irgendwie seltsam befreit, als wäre sie aus einem Albtraum erwacht, um festzustellen, dass es eben nur ein Traum war. Sie war unbelastet, und sie ging zur Arbeit.

Sie loggte sich um halb neun ein. Ihr Ranking betrug 3.892. Während sie den ganzen Morgen durcharbeitete, spürte sie die außergewöhnliche Konzentration, die nach einer nahezu schlaflosen Nacht für ein paar Stunden möglich ist. In regelmäßigen Abständen holten sie Erinnerungen an die Nacht zuvor ein – das lautlose Silber des Wassers, die einsame Kiefer auf der Insel, das blendende Licht des Polizeiwagens, dessen Kunststoffgeruch, das idiotische Gespräch mit Mercer –, aber diese Erinnerungen verblassten, oder sie zwang sie, zu verblassen, als sie auf dem zweiten Bildschirm eine Nachricht von Dan erhielt: *Bitte komm sofort in mein Büro. Jared vertritt dich.*

Sie eilte hin, und als sie zu seiner Tür kam, stand Dan schon da, bereit. Sein Gesicht schien eine gewisse Genugtuung darüber auszudrücken, dass sie sich beeilt hatte. Dan schloss die Tür, und sie setzten sich.

»Mae, weißt du, worüber ich mit dir reden möchte?«

War das ein Test, um zu sehen, ob sie lügen würde?

»Tut mir leid, nein«, sagte sie versuchsweise.

Dan blinzelte langsam. »Mae. Letzte Chance.«

»Geht es um letzte Nacht?«, sagte sie. Falls er nichts von der Sache mit der Polizei wusste, konnte sie sich irgendwas ausdenken, irgendwas anderes, das nach Feierabend passiert war.

»Ja. Mae, die Sache ist sehr ernst.«

Er wusste es. Gott, er wusste es. In einem versteckten Winkel ihres Verstandes begriff Mae, dass der Circle irgendeinen Webalarm haben musste, der automatisch Meldung machte, wenn ein Mitarbeiter von der Polizei festgenommen oder verhört wurde. Das war die einzige Erklärung.

»Aber es wurde doch keine Anzeige erstattet«, widersprach sie. »Marion hat alles aufgeklärt.«

»Marion ist die Betreiberin des Verleihs?«

»Ja.«

»Aber Mae, wir beide wissen, dass eine Straftat begangen wurde, nicht wahr?«

Mae hatte keine Ahnung, was sie sagen sollte.

»Mae, ich will's dir leicht machen. Wusstest du, dass

ein Circle-Angehöriger, Gary Katz, an dem Strand eine SeeChange-Kamera angebracht hat?«

Der Magen sackte ihr in die Kniekehlen. »Nein, wusste ich nicht.«

»Und dass Walt, der Sohn der Betreiberin, auch eine montiert hat?«

»Nein.«

»Okay, zunächst einmal, das allein ist schon beunruhigend. Du gehst manchmal kajaken, ja? Ich sehe in deinem Profil, dass du gerne Kajak fährst. Josiah und Denise sagen, ihr hattet ein gutes Gespräch darüber.«

»Ich mach das hin und wieder. Das letzte Mal ist schon länger her.«

»Aber du bist nie auf die Idee gekommen, mal bei See-Change nachzuschauen, wie die Wasserbedingungen sind?«

»Nein. Sollte ich machen. Aber wenn ich kajaken gehe, ist das immer ganz spontan. Der Strand liegt auf dem Nachhauseweg, wenn ich von meinen Eltern komme, deshalb –«

»Und gestern warst du bei deinen Eltern?«, fragte Dan, auf eine Art, die keinen Zweifel daran ließ, dass er noch verärgerter sein würde, wenn sie Ja sagte.

»Ja. Bloß zum Abendessen.«

Jetzt stand Dan auf und wandte sich von Mae ab. Sie konnte ihn atmen hören, eine Reihe von aufgebrachten Schnaufern.

Mae hatte den starken Verdacht, dass sie jeden Moment gefeuert werden würde. Dann fiel ihr Annie ein. Könnte Annie sie retten? Diesmal nicht.

»Okay«, sagte Dan. »Du fährst also zu deinen Eltern, verpasst hier alle möglichen Events, und auf dem Rückweg fährst du bei dem Verleih vorbei, der schon zu hat.

Erzähl mir nicht, du hast nicht gewusst, dass er schon zu hatte.«

»Ich hatte es mir gedacht, bin aber trotzdem hin, um mich zu vergewissern.«

»Und als du gesehen hast, dass sich ein Kajak außerhalb des Zauns befand, hast du einfach beschlossen, es dir zu nehmen.«

»Es auszuleihen. Ich bin da Stammkundin.«

»Hast du das Videomaterial davon gesehen?«, fragte Dan. Er schaltete seinen Wandbildschirm ein. Mae sah ein klares Mondlichtbild von dem Strand, aufgenommen mit einer Weitwinkelkamera. Laut der Protokollzeile unten auf dem Bildschirm war die Aufnahme um 22.14 Uhr gemacht worden. »Meinst du nicht, so eine Kamera wäre nützlich für dich?«, fragte Dan. »Zumindest für die Wasserbedingungen?« Er wartete nicht auf eine Antwort. »Gleich sehen wir dich.« Er spulte die Aufnahme ein paar Sekunden vor, und Mae sah ihre schattenhafte Gestalt an dem Strand auftauchen. Alles war sehr klar – ihre Überraschung, als sie das Kajak entdeckte, die Augenblicke, die sie überlegte und mit sich rang, wie sie das Boot dann rasch aufs Wasser zog und aus dem Bild paddelte.

»Okay«, sagte Dan, »wie du sehen kannst, wusstest du, dass du etwas Unrechtes tust. So verhält sich niemand, der mit Marge oder wie sie heißt eine feste Vereinbarung getroffen hat. Ich meine, ich bin froh, dass ihr zwei euch auf eine Erklärung geeinigt habt und du nicht verhaftet wurdest, weil du dann unmöglich weiter hier arbeiten könntest. Straftäter arbeiten nicht beim Circle. Aber trotzdem, das Ganze ist mir richtiggehend zuwider. Lügen und Aversionen. Unglaublich, dass ich mich mit so was überhaupt befassen muss.«

Wieder hatte Mae dieses deutliche Gefühl, ein Vibrieren

in der Luft, das ihr sagte, dass sie gerade gefeuert wurde. Aber wenn sie gefeuert wurde, würde Dan doch nicht so viel Zeit für sie aufwenden, oder? Und würde er jemanden feuern, den Annie, die weitaus höher in der Hierarchie war, eingestellt hatte? Wenn irgendwer ihr mitteilen würde, dass sie gekündigt war, dann doch wohl Annie selbst. Also saß Mae einfach da und hoffte, dass es anders laufen würde.

»Also, was fehlt da?«, fragte er und deutete auf das Standbild von Mae, wie sie ins Kajak stieg.

»Ich weiß nicht.«

»Du weißt es wirklich nicht?«

»Die Erlaubnis, das Kajak zu benutzen?«

»Klar«, sagte er knapp, »aber was noch?«

Mae schüttelte den Kopf. »Tut mir leid. Ich weiß es nicht.«

»Trägst du nicht normalerweise eine Schwimmweste?«

»Doch, doch. Aber die waren auf der anderen Seite des Zauns.«

»Und wenn dir da draußen, Gott bewahre, irgendwas passiert wäre, wie würden sich deine Eltern dann fühlen? Wie würde Marge sich fühlen?«

»Marion.«

»Wie würde sie sich fühlen, Mae? Von heute auf morgen kann sie den Laden dichtmachen. Endgültig. All die Leute, die für sie arbeiten, werden arbeitslos. Der Strand wird geschlossen. Mit Kajaken in der Bucht, als Branche insgesamt, ist es vorbei. Alles wegen deiner Leichtfertigkeit. Wegen deiner Selbstsüchtigkeit, um es ganz offen zu sagen.«

»Ich weiß«, sagte Mae, die die schmerzliche Wahrheit spürte. Sie war selbstsüchtig gewesen. Sie hatte bloß an ihr eigenes Vergnügen gedacht.

»Es ist traurig, weil du dich so unglaublich verbessert hast. Dein PartiRank lag bei sage und schreibe 1.668. Deine Conversion Rate und dein Retail Raw lagen im oberen Quartil. Und jetzt das.« Dan seufzte dramatisch. »Aber so empörend das alles ist, es ist auch irgendwie lehrreich für uns. Und ich meine lehrreich in einem lebensverändernden Maße. Diese beschämende Episode hat dir die Chance eröffnet, Eamon Bailey persönlich kennenzulernen.«

Mae schnappte hörbar nach Luft.

»Ja. Die Sache hat sein Interesse geweckt, da sie sich sehr mit seinen Interessen und den Gesamtzielen des Circle deckt. Hättest du Interesse, mit Eamon darüber zu sprechen?«

»Ja«, brachte Mae hervor. »Natürlich.«

»Gut. Er kann es kaum erwarten, dich zu sehen. Heute Abend um sechs wirst du zu seinem Büro gebracht. Bitte ordne bis dahin deine Gedanken.«

Maes Kopf hallte wieder vor Selbstanklagen. Sie hasste sich selbst. Wieso hatte sie das bloß getan, ihren Job riskiert? Ihre beste Freundin in eine peinliche Lage gebracht? Die Krankenversicherung ihres Vaters gefährdet? Sie war ein Schwachkopf, ja, war sie vielleicht sogar schizophren? Was hatte sie letzte Nacht bloß geritten? Wer macht so was? Ihr Verstand debattierte mit sich selbst, während sie fieberhaft arbeitete, um irgendwas Sichtbares zu tun, um zu demonstrieren, wie sehr sie sich dem Unternehmen verpflichtet fühlte. Sie erledigte 140 Kundenanfragen, ihr bisheriger Rekord, beantwortete zugleich 1.129 Circle-Survey-Fragen und hielt die Neulinge auf Kurs. Der Gesamtdurchschnitt des Subteams betrug 98, was sie stolz machte, obwohl sie wusste, dass es auch auf Glück und

Jareds Unterstützung zurückzuführen war – er wusste, was mit Mae los war, und hatte versprochen zu helfen. Um fünf Uhr nachmittags schloss die Schleuse, und Mae arbeitete fünfundvierzig Minuten an ihrem PartiRank, das sie von 1.827 auf 1.430 brachte, was 344 Kommentare, Posts und fast eintausend Smiles und Frowns nach sich zog. Sie empfahl 38 größere Produkte und 44 kleinere, und ihr Retail Raw lag bei 24.500 Dollar. Sie war sicher, dass dies von Bailey, der von den Drei Weisen am ehesten Wert auf den PartiRank legte, bemerkt und anerkannt werden würde.

Um 5.45 Uhr rief eine Stimme ihren Namen. Sie blickte auf und sah eine Gestalt in der Tür stehen, jemand Neuen, einen Mann von etwa dreißig. Sie ging zu ihm.

»Mae Holland?«

»Ja.«

»Ich bin Dontae Peterson. Ich arbeite für Eamon, und er hat mich gebeten, dich zu seinem Büro zu bringen. Können wir?«

Sie nahmen dieselbe Route, die Mae mit Annie genommen hatte, und unterwegs wurde Mae klar, dass Dontae nicht wusste, dass sie schon einmal in Baileys Büro gewesen war. Annie hatte sie diesbezüglich nie zur Verschwiegenheit verpflichtet, doch die Tatsache, dass Dontae es nicht wusste, ließ vermuten, dass Bailey es nicht wusste und dass sie das Geheimnis besser für sich behielt.

Als sie den langen bernsteinfarbenen Gang betraten, war Mae in Schweiß gebadet. Sie spürte, wie Rinnsale ihr von den Achseln zur Taille liefen. Sie spürte ihre Füße nicht mehr.

»Das da ist ein lustiges Porträt von den Drei Weisen«, sagte Dontae, als sie vor einer Tür hielten. »Baileys Nichte hat es gemalt.«

Mae heuchelte Überraschung über das Bild, Entzücken angesichts seiner Naivität und unbeholfenen Treffsicherheit.

Dontae griff nach dem massigen Hundefratzen-Türklopfer und schlug ihn gegen das Holz. Die Tür ging auf, und Baileys lächelndes Gesicht füllte die Leere.

»Hallo!«, sagte er. »Hi, Dontae, hi, Mae!« Er lächelte breiter, amüsiert über seinen kleinen Reim. »Herein mit euch.«

Er trug eine Kakihose und ein weißes Button-down-Hemd, und er sah frisch geduscht aus. Mae folgte ihm, während er den Blick durch den Raum wandern ließ und sich dabei den Nacken kratzte, als wäre es ihm fast peinlich, wie gut er seine Sache hier gemacht hatte.

»Das ist mein Lieblingsraum. Nur sehr wenige Leute haben ihn gesehen. Nicht, dass ich ein Riesengeheimnis draus mache oder so, aber die Zeit erlaubt es mir einfach nicht, Leute herumzuführen oder so. Haben Sie so etwas schon mal gesehen?«

Mae wollte sagen, dass sie schon einmal genau in diesem Raum gewesen war, konnte es aber nicht. »Nicht mal annähernd«, sagte sie.

Im selben Moment passierte etwas in Baileys Gesicht, eine Art Zucken, das den linken Augenwinkel und den linken Mundwinkel irgendwie näher zusammenbrachte.

»Danke, Dontae«, sagte Bailey.

Dontae lächelte und ging, zog die schwere Tür hinter sich zu.

»Also, Mae. Tee?« Bailey stand vor einem antiken Teeservice, mit einer silbernen Kanne, aus der sich eine schmale Dampfspirale wand.

»Gern«, sagte sie.

»Grün? Schwarz?«, fragte er lächelnd. »Grau?«

»Grün, danke. Aber machen Sie sich keine Umstände.«

Bailey hielt bereits eine Tasse in der Hand. » Kennen Sie unsere heiß geliebte Annie schon lange?«, fragte er, während er vorsichtig einschenkte.

»Ja. Seit dem zweiten Semester auf dem College. Fünf Jahre mittlerweile.«

»Fünf Jahre! Das sind, wie viel? 30 Prozent Ihres Lebens!«

Mae wusste, dass er etwas aufrundete, aber sie gab ein kleines Lachen von sich. »Ich schätze, ja. Eine lange Zeit.« Er reichte ihr eine elegante Teetasse und bedeutete ihr, Platz zu nehmen. Es gab zwei Sessel, beide wuchtig und aus Leder.

Bailey ließ sich mit einem lauten Seufzer in seinen Sessel sinken und legte einen Fuß aufs Knie. »Tja, Annie ist hier sehr wichtig für uns, und deshalb sind Sie das auch. Sie spricht von Ihnen, als könnten Sie mal sehr wertvoll für unsere Community sein. Glauben Sie, das stimmt?«

»Dass ich hier wertvoll sein könnte?«

Er nickte, pustete dann auf seinen Tee. Er sah sie ruhig über seine Tasse hinweg an. Sie erwiderte seinen Blick, schaute dann weg, als es ihr zu viel wurde, nur um wieder in sein Gesicht zu sehen, diesmal auf einem gerahmten Foto auf einem Regal in der Nähe. Es war ein formelles Familienporträt von Baileys Familie in Schwarz-Weiß. Die drei Mädchen standen links und rechts von ihrer Mutter und Bailey, die beide saßen. Auf Baileys Schoß saß sein Sohn, der einen Trainingsanzug trug und eine Iron-Man-Actionfigur in der Hand hielt.

»Ich hoffe es«, sagte Mae. »Ich versuche, mein Bestes zu geben. Ich liebe den Circle und kann gar nicht beschreiben, wie sehr ich die Chance zu schätzen weiß, die mir hier gegeben wird.«

Bailey lächelte. »Gut, gut. Nun sagen Sie, wie fühlen Sie sich nach dem, was gestern Nacht passiert ist?« Er stellte die Frage, als wäre er wirklich neugierig, als könnte ihre Antwort in jede beliebige Richtung gehen.

Jetzt war Mae auf sicherem Boden. Kein Ausweichen erforderlich. »Schrecklich«, sagte sie. »Ich hab kaum geschlafen. Ich schäme mich so sehr, dass ich kotzen könnte.« Stenton gegenüber hätte sie das Wort nicht benutzt, aber sie hatte das Gefühl, dass Bailey die krasse Ausdrucksweise gefiel.

Er lächelte fast unmerklich und sprach weiter. »Mae, ich möchte Sie was fragen. Hätten Sie sich anders verhalten, wenn Sie von den SeeChange-Kameras am Strand gewusst hätten?«

»Ja.«

Bailey nickte emphatisch. »Okay. Wie?«

»Ich hätte nicht getan, was ich getan habe.«

»Und warum nicht?«

»Weil ich gewusst hätte, dass ich erwischt werde.«

Bailey legte den Kopf schief. »Ist das alles?«

»Nun ja, ich hätte nicht gewollt, dass jemand sieht, was ich da mache. Es war nicht richtig. Es ist peinlich.«

Er stellte seine Tasse auf den Tisch neben ihm und legte die Hände auf den Schoß, die Handflächen sanft aneinandergeschmiegt. »Würden Sie also ganz allgemein sagen, dass Sie sich anders verhalten, wenn Sie wissen, dass Sie beobachtet werden?«

»Sicher. Natürlich.«

»Und wenn Sie zur Verantwortung gezogen werden könnten.«

»Ja.«

»Und wenn es eine historische Archivierung gibt. Das heißt, wenn oder falls die Aufzeichnung Ihres Verhaltens auf Dauer zugänglich ist. Wenn beispielsweise ein Video von Ihrem Verhalten dauerhaft existiert.«

»Ja.«

»Gut. Und erinnern Sie sich an meinen Vortrag zu Beginn des Sommers über das ultimative Ziel von See-Change?«

»Ich weiß, SeeChange würde die meisten Straftaten verhindern, wenn die Kameras flächendeckend im Einsatz wären.«

Bailey wirkte erfreut. »Genau. Korrekt. Ganz normale Bürger leisten einen Beitrag zu unserer Sicherheit, so wie in diesem Fall Gary Katz und Walt Lefebvre, weil sie sich die Zeit genommen haben, ihre Kameras aufzustellen. Diesmal war die Straftat ein Bagatelldelikt, und es gab keine Opfer, Gott sei Dank. Sie sind am Leben. Marions Verleih und die Kajakbranche insgesamt werden weiterbestehen. Aber eine Nacht, in der Sie sich von Selbstsucht haben leiten lassen, hätte das alles gefährden können. Die Handlung eines Einzelnen kann nahezu endlose Nachwirkungen haben. Sehen Sie das auch so?«

»Allerdings. Ich weiß. Es war rücksichtslos.« Und wieder hatte Mae das Gefühl, ein sehr kurzsichtiger Mensch zu sein, der wiederholt alles aufs Spiel setzte, was ihr vom Circle gegeben worden war.

»Mister Bailey, ich bin selbst fassungslos, dass ich das getan habe. Und ich weiß, Sie fragen sich, ob ich überhaupt hierhergehöre. Ich möchte Ihnen nur sagen, wie sehr ich meine Stelle hier und Ihr Vertrauen in mich schätze. Und ich möchte das honorieren. Ich werde alles tun, um das wiedergutzumachen. Im Ernst, ich werde noch mehr arbeiten, ich tue alles. Sie brauchen es nur zu sagen.«

Baileys Gesicht verzog sich zu einem äußerst belustigten Grinsen. »Mae, Ihr Job ist nicht in Gefahr. Sie bleiben hier. Und Annie bleibt hier. Tut mir leid, wenn Sie etwas anderes geglaubt haben, wenn auch nur für eine Sekunde. Wir möchten keine von Ihnen verlieren.«

»Das ist sehr schön zu hören. Danke«, sagte Mae, obwohl ihr Herz jetzt noch lauter pochte.

Er lächelte, nickte, als wäre er froh und erleichtert darüber, dass das geklärt war. »Aber die ganze Episode kann uns etwas lehren, finden Sie nicht?« Die Frage war offenbar rhetorisch gemeint, aber Mae nickte trotzdem. »Mae«, sagte er, »wann ist ein Geheimnis etwas Gutes?«

Mae überlegte ein paar Sekunden. »Wenn es die Gefühle eines anderen schützen kann?«

»Zum Beispiel?«

»Na ja«, druckste sie. »Mal angenommen, ich weiß, dass der Freund meiner Freundin sie betrügt, aber –«

»Aber was? Sie würden es Ihrer Freundin nicht sagen?«

»Okay. Das ist kein gutes Beispiel.«

»Mae, sind Sie je froh darüber, wenn ein Freund Ihnen gegenüber ein Geheimnis hat?«

Mae dachte an die vielen kleinen Lügen, die sie Annie in letzter Zeit aufgetischt hatte. Lügen, die sie nicht bloß *gesagt*, sondern getippt hatte, Lügen, die permanent und unbestreitbar gemacht worden waren.

»Nein. Aber ich verstehe, wenn es nicht anders geht.«

»Das ist interessant. Können Sie sich erinnern, wann Sie mal froh darüber waren, dass ein Freund oder eine Freundin Ihnen etwas verheimlicht hat?«

Mae konnte es nicht. »Im Augenblick nicht.« Ihr war schlecht.

»Okay«, sagte Bailey, »fürs Erste fallen uns keine guten Geheimnisse zwischen Freunden ein. Wie sieht es bei

Familien aus? Ist ein Geheimnis in einer Familie etwas Gutes? Rein theoretisch, denken Sie schon mal, *Weißt du, was toll wäre? Wenn ich vor meiner Familie was geheim halte?*«

Mae dachte an die vielen Dinge, die ihre Eltern ihr wahrscheinlich verheimlichten – die diversen Demütigungen, die ihr Vater durch seine Krankheit erleiden musste. »Nein«, sagte sie.

»Keine Geheimnisse innerhalb einer Familie?«

»Offen gestanden«, sagte Mae, »ich weiß es nicht. Es gibt auf jeden Fall Dinge, von denen ich nicht will, dass meine Eltern sie wissen.«

»Würden denn Ihre Eltern diese Dinge wissen *wollen*?«

»Vielleicht.«

»Sie enthalten Ihren Eltern also etwas vor, was sie wissen *wollen*. Ist das gut?«

»Nein. Aber vielleicht besser für alle.«

»Besser für Sie. Besser für den Bewahrer des Geheimnisses. Irgendein dunkles Geheimnis wird den Eltern besser vorenthalten. Geht es bei diesem Geheimnis um etwas Großartiges, das Sie gemacht haben? Vielleicht würde es Ihren Eltern einfach zu viel Freude bescheren, wenn sie es wüssten?«

Mae lachte. »Nein. Bei einem Geheimnis vor den Eltern geht es eindeutig um etwas, für das man sich schämt, oder man möchte sie damit verschonen, dass man Mist gebaut hat.«

»Aber wir sind uns einig, dass sie es *gern* wüssten.«

»Ja.«

»Und haben sie ein Recht darauf, es zu wissen?«

»Ich schätze, ja.«

»Okay. Können wir uns also darauf einigen, dass wir über etwas reden, das einem in einer idealen Welt nicht zu peinlich wäre, um es den Eltern zu erzählen?«

»Sicher. Aber es gibt andere Dinge, die sie vielleicht nicht verstehen.«

»Weil sie selbst nie Söhne oder Töchter waren?«

»Nein. Aber –«

»Mae, gibt es in Ihrer Verwandtschaft oder Ihrem Freundeskreis Schwule und Lesben?«

»Natürlich.«

»Wissen Sie, wie anders die Welt für Schwule und Lesben aussah, als die Ersten anfingen, sich zu outen?«

»Ich kann es mir ungefähr vorstellen.«

Bailey stand auf und ging zu dem Teeservice. Er schenkte sich und Mae nach und nahm wieder Platz.

»Ich glaube nicht, dass Sie das können. Ich gehöre zu der Generation, die sich ungemein schwer damit tat. Mein Bruder ist schwul, und er hat es meiner Familie erst gestanden, als er vierundzwanzig war. Und bis dahin hätte es ihn fast umgebracht. Es war ein Tumor, der in ihm wucherte und von Tag zu Tag größer wurde. Aber wieso dachte er, es wäre besser, das für sich zu behalten? Als er es meinen Eltern erzählte, haben sie kaum mit der Wimper gezuckt. Er hatte sich in seinem Kopf ein Riesendrama ausgemalt – seinem großen Geheimnis ungeheures Gewicht beigemessen. Und historisch gesehen, hing ein Teil des Problems damit zusammen, dass andere Leute ähnliche Dinge geheim hielten. Ein Coming-out war so lange extrem schwierig, bis Millionen anderer Männer und Frauen sich zu ihrer Homosexualität bekannten. Dann wurde es bedeutend einfacher, meinen Sie nicht auch? Als Millionen Männer und Frauen sich selbst outeten, war Homosexualität nicht länger irgendeine mysteriöse sogenannte Devianz, sondern eine ganz normale Lebensweise. Können Sie mir folgen?«

»Ja. Aber –«

»Und ich würde behaupten, dass sich überall auf der Welt, wo Schwule und Lesben noch immer verfolgt werden, schlagartig Riesenfortschritte erzielen ließen, wenn alle Schwulen und Lesben sich mit einem Schlag outen würden. Diejenigen, die sie verfolgen, und diejenigen, die diese Verfolgung stillschweigend unterstützen, müssten dann nämlich erkennen, dass sie, wenn sie Schwule und Lesben verfolgen, zehn Prozent der Bevölkerung verfolgen – einschließlich ihrer eigenen Söhne, Töchter, Nachbarn und Freunde, sogar ihrer eigenen Eltern. Es würde auf der Stelle unhaltbar. Aber die Verfolgung von Schwulen und Lesben oder irgendeiner anderen Minderheit wird gerade durch Heimlichtuerei ermöglicht.«

»Okay. So hatte ich das noch nicht gesehen.«

»Macht nichts«, sagte er zufrieden und trank einen Schluck Tee. Er fuhr sich mit einem Finger über die Oberlippe, um sie zu trocknen. »Wir haben also den Schaden sondiert, den Geheimnisse in Familien und zwischen Freunden anrichten können, und die Rolle von Heimlichtuerei bei der Verfolgung von großen Gruppen von Menschen. Überlegen wir mal weiter, welchen Nutzen eine Geheimhaltungsstrategie haben könnte. Zum Beispiel in der Politik. Glauben Sie, eine Regierung sollte Geheimnisse vor den Menschen haben, die sie regiert?«

»Nein, aber es muss Dinge geben, die wir nicht wissen dürfen. Allein schon aus Gründen der nationalen Sicherheit.«

Er lächelte, offenbar froh, dass sie genau das gesagt hatte, was er von ihr erwartet hatte. »Wirklich, Mae? Erinnern Sie sich noch, wie ein Mann namens Julian Assange mehrere Millionen geheimer US-Dokumente veröffentlicht hat?«

»Ich hab davon gelesen.«

»Also, zuerst war die US-Regierung sehr aufgebracht,

genau wie ein großer Teil der Medien. Viele Leute hielten das für einen gravierenden Sicherheitsverstoß, der für unsere Männer und Frauen in Uniform hier und im Ausland eine akute Gefahr darstellte. Aber können Sie sich erinnern, ob irgendwelche Soldaten tatsächlich durch die Veröffentlichung dieser Dokumente körperlichen Schaden davongetragen haben?«

»Keine Ahnung.«

»Nein. Nicht einer. Das Gleiche passierte in den Siebzigerjahren mit den Pentagon-Papieren. Nicht ein einziger Soldat bekam aufgrund der Veröffentlichung dieser Dokumente auch nur einen Splitter ab. Der Haupteffekt der Veröffentlichung war meiner Erinnerung nach, dass wir erfuhren, wie gern viele unserer Diplomaten über die Staatsoberhäupter anderer Länder tratschen. Millionen von Dokumenten und die wichtigste Erkenntnis war schlicht die, dass US-Diplomaten Gaddafi mit seinen vielen weiblichen Bodyguards und merkwürdigen Essgewohnheiten für einen Spinner hielten. Die Veröffentlichung der Dokumente hat höchstens dazu geführt, dass diese Diplomaten sich bessere Manieren zulegten. Sie waren vorsichtiger mit dem, was sie sagten.«

»Aber die nationale Verteidigung –«

»Was ist damit? Wir sind nur dann in Gefahr, wenn wir nicht die Pläne oder Motive der Länder kennen, mit denen wir angeblich uneins sind. Oder wenn die unsere Pläne nicht kennen, aber deshalb besorgt sind, oder?«

»Ja.«

»Aber was wäre, wenn sie unsere Pläne kennen würden und wir ihre? Mit einem Schlag wären wir das Risiko der gesicherten gegenseitigen Vernichtung, wie es früher hieß, los und bekämen stattdessen gesichertes gegenseitiges *Vertrauen*. Die Vereinigten Staaten haben keine rein niederträchtigen Motive, richtig? Wir hegen keine Pläne, irgendein Land dem Erdboden gleichzumachen. Doch manchmal ergreifen wir klammheimliche Maßnahmen, um zu bekommen, was wir wollen. Aber stellen Sie sich vor, jeder wäre und müsste offen und ehrlich sein?«

»Das wäre besser.«

Bailey lächelte übers ganze Gesicht. »Gut. Das sehe ich auch so.« Er stellte seine Tasse ab und legte die Hände wieder in den Schoß.

Mae wusste, dass sie ihn nicht bedrängen sollte, aber ihr Mund war schneller. »Sie wollen doch wohl nicht sagen, dass alle alles wissen sollten.«

Baileys Augen weiteten sich, als wäre er froh, dass sie ihn auf einen Gedanken ansprach, der ihm besonders am Herzen lag. »Natürlich nicht. Aber ich behaupte, dass jeder das *Recht* haben sollte, alles zu wissen, und über die *Mittel* verfügen sollte, alles zu wissen. Die Zeit reicht nicht aus, um alles zu wissen, obwohl ich es mir zweifellos wünschen würde.«

Er stockte, war kurz in Gedanken versunken, richtete dann sein Augenmerk wieder auf Mae. »Ich habe gehört, dass Sie nicht besonders begeistert davon waren, bei Gus' LuvLuv-Demonstration die Testperson abzugeben.«

»Ich war einfach total überrumpelt. Er hatte mir vorher nichts davon gesagt.«

»Nur deshalb?«

»Na ja, er hat ein verzerrtes Bild von mir präsentiert.«

»Waren die präsentierten Informationen unrichtig? Gab es faktische Fehler?«

»Nein, daran lag es nicht. Es waren bloß … Informationshäppchen. Und vielleicht hat es deshalb unrichtig *gewirkt*. Er hat ein paar kleine Stücke von mir genommen und als mein ganzes Ich präsentiert –«

»Es wirkte unvollendet.«

»Genau.«

»Mae, ich bin sehr froh, dass Sie das so ausgedrückt haben. Wie Sie wissen, bemühen wir uns hier um die Vollendung des Circle. Wir versuchen, beim Circle sozusagen den Kreis, also den Circle, zu schließen.« Er schmunzelte über sein Wortspiel. »Aber Sie kennen ja die Gesamtziele der Vollendung, nehme ich an.«

Sie kannte sie nicht. »Ich glaube, ja«, sagte sie.

»Sehen Sie sich unser Logo an«, sagte er und deutete auf einen Wandbildschirm, wo auf sein Stichwort hin das Logo erschien. »Sehen Sie, dass das c in der Mitte offen ist? Das stört mich schon seit Jahren, und es ist zum Symbol geworden für das, was hier noch zu tun ist, nämlich es zu schließen.« Das c auf dem Bildschirm schloss sich und wurde ein vollkommener Kreis. »Sehen Sie?«, sagte er. »Ein Kreis ist die stärkste Form im Universum. Nichts kann ihn besiegen, nichts kann ihn verbessern, nichts kann vollkommener sein. Und genau das wollen wir sein: vollkommen. Jede Information, die uns entschlüpft, alles, was nicht zugänglich ist, hindert uns daran, vollkommen zu sein. Verstehen Sie?«

»Ja«, sagte Mae, obwohl sie sich dessen nicht sicher war.

»Das stimmt überein mit unseren Zielen, wie der Circle uns, als Einzelnen, helfen kann, uns vollständiger zu fühlen, das Gefühl zu bekommen, dass die Eindrücke, die andere von uns haben, vollständig sind – auf vollständigen Informationen beruhen. Und uns davor zu schützen, dass wir das Gefühl haben, wie Sie es hatten, dass der Welt eine verzerrte Sicht von uns präsentiert wird. Das ist wie bei einem kaputten Spiegel. Wenn wir in einen kaputten Spiegel schauen, einen Spiegel, der gesprungen ist oder in dem Stücke fehlen, was bekommen wir dann?«

Jetzt ergab es für Mae einen Sinn. Jede Einschätzung, jedes Urteil oder jedes Bild auf der Grundlage unvollständiger Informationen wäre stets falsch. »Wir bekommen ein verzerrtes und kaputtes Spiegelbild«, sagte sie.

»Richtig«, sagte Bailey. »Und wenn der Spiegel unbeschädigt ist?«

»Dann sehen wir alles.«

»Ein Spiegel ist wahrhaftig, richtig?«

»Natürlich. Es ist ein Spiegel. Es ist Realität.«

»Aber ein Spiegel kann nur wahrhaftig sein, wenn er vollständig ist. Und ich glaube, für Sie bestand das Problem bei Gus' LuvLuv-Präsentation darin, dass sie nicht vollständig war.«

»Okay.«

»Okay?«

»Na ja, das stimmt schon«, sagte sie. Sie war nicht sicher, warum sie den Mund aufmachte, aber die Worte sprudelten heraus, ehe sie sie zurückhalten konnte. »Aber ich glaube trotzdem, dass es Dinge gibt, wenn auch nur wenige, die wir für uns behalten wollen. Ich meine, jeder macht allein oder im Schlafzimmer Dinge, für die er sich schämt.«

»Aber wieso sollte sich jemand schämen?«

»Vielleicht nicht immer schämen. Aber Dinge, die man nicht mit anderen teilen will. Von denen man glaubt, dass andere sie nicht verstehen. Oder dass sie deren Wahrnehmung von einem verändert.«

»Okay, letztendlich gibt es dann zwei Möglichkeiten. Die erste Möglichkeit wäre, zu begreifen, dass das Verhalten, über das wir reden, so weit verbreitet und harmlos ist, dass es nicht geheim sein müss. Wenn wir es entmystifizieren, wenn wir zugeben, dass jeder das macht, dann verliert es seine Macht zu schockieren. Wir bewegen uns Richtung Ehrlichkeit, und wir bewegen uns weg von Scham. Die zweite Möglichkeit wäre sogar noch besser, denn wenn wir alle, als Gesellschaft, beschließen, dass wir ein derartiges Verhalten unterlassen sollten, dann würde die Tatsache, dass jeder sofort weiß oder wissen kann, wer sich so verhält, verhindern, dass sich überhaupt jemand so verhält. Wie Sie eben selbst gesagt haben – Sie hätten nicht gestohlen, wenn Sie gewusst hätten, dass Sie beobachtet werden.«

»Stimmt.«

»Würde der Arbeitskollege sich im Büro Pornos angucken, wenn er wüsste, dass er beobachtet wird?«

»Nein. Wohl kaum.«

»Also, Problem gelöst, richtig?«

»Richtig. Schätz ich.«

»Mae, haben Sie je ein Geheimnis gehabt, das in Ihnen gärte, und sobald es raus war, haben Sie sich besser gefühlt?«

»Klar.«

»Ich auch. Das haben Geheimnisse so an sich. Sie sind wie Krebs, wenn wir sie in uns behalten, aber harmlos, wenn sie draußen in der Welt sind.«

»Sie meinen also, es sollte keine Geheimnisse geben.«

»Ich denke seit Jahren darüber nach, und mir ist noch kein Szenario eingefallen, wo ein Geheimnis mehr nützt als schadet. Geheimnisse führen zu antisozialem, unmoralischem und destruktivem Verhalten. Verstehen Sie, wieso?«

»Ich glaube schon. Aber –«

»Wissen Sie, was meine Frau vor Jahren zu mir gesagt hat, als wir geheiratet haben? Sie hat gesagt, jedes Mal, wenn wir getrennt wären, zum Beispiel wenn ich auf Geschäftsreise müsste, sollte ich mich so verhalten, als ob eine Kamera auf mich gerichtet wäre. Als ob sie mich beobachten würde. Damals war das für sie ein reines Gedankenspiel, und sie hat es halb im Scherz gesagt, aber das mentale Bild hat mir geholfen. Wenn ich mit einer Kollegin allein im Raum war, hab ich mich gefragt: *Was würde Karen jetzt denken, wenn sie über eine Überwachungskamera zuschauen würde?* Und das hat mein Verhalten sanft bestimmt, hat mich davor bewahrt, auch nur ansatzweise ein Verhalten an den Tag zu legen, das ihr nicht gefallen würde und worauf ich nicht stolz wäre. Es hat dafür gesorgt, dass ich anständig blieb. Verstehen Sie, was ich meine?«

»Ja«, sagte Mae.

»Ich meine, dass selbstfahrende Autos getrackt werden können, trägt natürlich schon erheblich zur Lösung dieses Problems bei. Mehr und mehr Ehepartner wissen, wo der andere gewesen ist, da der Bordcomputer ja die Zielorte speichert. Aber meine Frage ist: Was wäre, wenn wir alle uns so verhielten, als ob wir beobachtet würden? Das hätte einen moralischeren Lebenswandel zur Folge. Wer würde noch etwas Unethisches oder Unmoralisches oder Illegales tun, wenn er beobachtet würde? Wenn sein illegaler Geldtransfer getrackt würde? Wenn sein Erpresseranruf zurückzuverfolgen wäre? Wenn sein Überfall auf die Tankstelle von einem Dutzend Kameras gefilmt und gleichzeitig seine Netzhaut identifiziert würde? Wenn seine außerehelichen Affären auf vielerlei Weise dokumentiert würden?«

»Ich weiß nicht. Ich könnte mir denken, dass so was stark zurückgehen würde.«

»Mae, wir wären endlich gezwungen, bessere Menschen zu sein. Und ich glaube, die Leute wären erleichtert. Es würde einen gewaltigen globalen Stoßseufzer der Erleichterung geben. Endlich, endlich können wir gut sein. In einer Welt, in der schlechte Entscheidungen keine Option mehr sind, haben wir keine andere Wahl, als gut zu sein. Können Sie sich das vorstellen?«

Mae nickte.

»Also, apropos Erleichterung, möchten Sie mir vielleicht noch irgendwas sagen, bevor wir uns verabschieden?«

»Ich weiß nicht. Eine ganze Menge wahrscheinlich«, sagte Mae. »Aber es war furchtbar nett von Ihnen, dass Sie sich so viel Zeit für mich genommen haben, deshalb –«

»Mae, gibt es etwas Bestimmtes, das Sie mir verheimlichen, seit wir hier zusammen in der Bibliothek sind?«

Mae wusste sofort, dass Lügen keine Option war.

»Dass ich schon mal hier war?«, sagte sie.

»Waren Sie schon mal hier?«

»Ja.«

»Aber als Sie hereinkamen, haben Sie den Eindruck erweckt, dass dem nicht so ist.«

»Annie hat mich mal hierher mitgenommen. Sie hat gesagt, es wäre eine Art Geheimnis. Keine Ahnung. Ich wusste nicht, was ich machen sollte. Es zugeben oder lügen, ich fand keines von beidem ideal. Beides hätte mich in Schwierigkeiten gebracht.«

Bailey lächelte hingerissen. »Sehen Sie, das stimmt nicht. Nur Lügen bringen uns in Schwierigkeiten. Nur die Dinge, die wir verheimlichen. Natürlich wusste ich, dass Sie schon mal hier waren. Für wen halten Sie mich! Aber ich fand es eigenartig, dass Sie es mir verheimlicht haben. Ich hab da so eine Distanz zu Ihnen gespürt. Mae, ein Geheimnis zwischen zwei Freunden ist ein Ozean. Ein weiter und tiefer Ozean, in dem wir uns verlieren. Und jetzt, wo ich Ihr Geheimnis kenne, fühlen Sie sich da besser oder schlechter?«

»Besser.«

»Empfinden Sie Erleichterung?«

»Ja, Erleichterung.«

Mae empfand wirklich Erleichterung, eine Welle davon, die sich anfühlte wie Liebe. Weil sie ihren Job noch hatte und nicht zurück nach Longfield musste, weil ihr Vater stark und ihre Mutter unbeschwert bleiben würde. Sie wollte von Bailey in den Arm genommen werden, sich in seiner Klugheit und seinem Großmut verlieren.

»Mae«, sagte er, »ich bin ehrlich überzeugt, wenn wir keinen anderen Weg haben als den richtigen Weg, den besten Weg, dann bedeutet das eine Art von ultimativer, allumfassender Erleichterung. Wir müssen nicht mehr durch Dunkelheit in Versuchung geführt werden. Verzeihen Sie, wenn ich es mit moralischen Begriffen ausdrücke. Da kommt der Kirchgänger in mir zum Vorschein. Aber ich bin von der Fähigkeit des Menschen zur Vollkommenheit überzeugt. Ich glaube, wir können besser sein. Ich glaube, wir können perfekt oder nahezu perfekt sein. Und wenn wir unser bestes Selbst werden, sind die Möglichkeiten endlos. Wir können jedes Problem lösen. Wir können jede Krankheit heilen, den Hunger besiegen, alles, weil wir uns nicht mehr von unseren Schwächen behindern lassen, von unseren trivialen Geheimnissen, unserem Horten von Informationen und Wissen. Wir werden endlich unser Potenzial erkennen.«

Mae war seit Tagen schwindelig von dem Gespräch mit Bailey, und jetzt war Freitag, und der Gedanke, am Mittag auf die Bühne zu gehen, machte jede Konzentration so gut wie unmöglich. Aber sie wusste, dass sie arbeiten, wenigstens ihrem Subteam ein Vorbild sein musste, denn heute war wahrscheinlich ihr letzter voller Tag in der CE.

Die Flut von Kundenanfragen war stetig, aber nicht erdrückend, und sie schaffte den Vormittag über 77. Ihr Punktestand betrug 98, und das Subteam hatte einen Durchschnitt von 97. Alles anständige Zahlen. Ihr Parti-Rank lag bei 1.921, auch ein guter Wert, und noch dazu einer, den sie ungeniert mit in die Aufklärung nehmen konnte.

Um 11.38 Uhr verließ sie ihren Schreibtisch und machte sich auf den Weg zur Seitentür des Auditoriums, wo sie zehn Minuten vor zwölf ankam. Sie klopfte, und die Tür ging auf. Mae wurde vom Stage-Manager begrüßt, einem älteren, irgendwie gespenstischen Mann namens Jules, der sie in eine schlichte Garderobe mit weißen Wänden und Bambusparkett brachte. Eine resolute Frau namens Teresa, riesige Augen mit blauem Lidstrich, bugsierte Mae auf einen Stuhl, richtete ihr rasch das Haar, trug mit einem federigen Pinsel Rouge auf und steckte ihr ein kleines Mikrofon an die Bluse. »Du musst nichts einschalten«, sagte sie. »Es wird aktiviert, sobald du die Bühne betrittst.«

Es ging alles sehr schnell, aber Mae fand es so am besten. Wenn sie mehr Zeit hätte, würde sie nur nervöser. Also hörte sie Jules und Teresa zu, und Minuten später stand sie an der Seitenbühne, wo sie hörte, wie eintausend Circler das Auditorium betraten, plauderten und lachten und sich fröhlich auf ihre Sitze plumpsen ließen. Sie fragte sich kurz, ob Kalden irgendwo da draußen war.

»Mae.«

Als sie sich umdrehte, stand Eamon Bailey hinter ihr. Er trug ein himmelblaues Hemd und lächelte sie herzlich an. »Sind Sie bereit?«

»Ich glaub schon.«

»Sie werden das super machen«, sagte er. »Keine Sorge. Seien Sie einfach ganz natürlich. Wir spielen bloß noch mal das Gespräch nach, das wir letzte Woche hatten. Okay?«

»Okay.«

Und dann war er auf der Bühne und winkte den Zuschauern, die alle wie wild klatschten. Auf der Bühne standen zwei burgunderrote Sessel einander gegenüber, und Bailey setzte sich in einen und sprach in die Dunkelheit.

»Hallo, Circler«, sagte er.

»Hallo, Eamon!«, schallte es lautstark zurück.

»Danke, dass ihr heute hier seid, an einem ganz besonderen Dream Friday. Ich dachte, wir machen es heute mal ein bisschen anders und halten keinen Vortrag, sondern führen ein Gespräch. Wie einige von euch wissen, machen wir das von Zeit zu Zeit, um Angehörige des Circle vorzustellen, ihre Gedanken, ihre Hoffnungen und, wie in diesem Fall, ihre Entwicklungen.«

Er lächelte von seinem Sessel in Richtung Seitenbühne. »Ich hatte neulich mit einer jungen Circle-Mitarbeiterin eine Unterhaltung, die ich gern mit euch teilen würde. Deshalb habe ich Mae Holland, die manche von euch vielleicht als eine der Neuen in der Customer Experience kennen, gebeten, mit mir heute auf die Bühne zu gehen. Mae?«

Mae trat ins Licht. Sogleich hatte sie das Gefühl von Schwerelosigkeit, als würde sie in einem schwarzen Weltraum schweben, von zwei fernen, aber grellen Sonnen geblendet. Sie konnte niemanden im Zuschauerraum sehen und konnte sich kaum auf der Bühne orientieren. Aber es gelang ihr, mit Beinen aus Stroh und bleischweren Füßen ihren Körper auf Bailey zuzusteuern. Sie erreichte ihren Sessel und sank benommen und blind, sich mit beiden Händen auf den Lehnen abstützend, in ihn hinab.

»Hallo, Mae. Wie fühlen Sie sich?«

»Panisch.«

Das Publikum lachte.

»Seien Sie nicht nervös«, sagte Bailey, lächelte ins Publikum und warf Mae einen leicht besorgten Blick zu.

»Sie haben gut reden«, sagte sie, was im ganzen Saal mit Lachen quittiert wurde. Das Lachen tat gut und beruhigte sie. Sie holte tief Luft und blickte in die erste Reihe, wo sie fünf oder sechs schattenhafte Gesichter erkennen konnte, die alle lächelten. Sie war, wie sie begriff und jetzt auch tief im Innern spürte, unter Freunden. Sie war in Sicherheit. Sie trank einen Schluck Wasser, spürte, wie es alles in ihr kühlte, und legte die Hände in den Schoß. Sie fühlte sich bereit.

»Mae, wie würden Sie mit einem Wort das Erwachen beschreiben, das Sie letzte Woche erlebt haben?«

Diesen Teil hatten sie abgesprochen. Sie wusste, dass Bailey mit dieser Idee eines Erwachens anfangen wollte. »Es war genau das, Eamon« – sie war angewiesen worden, ihn Eamon zu nennen –, »es war ein Erwachen.«

»Ups. Jetzt hab ich Ihnen wohl die Pointe gestohlen«, sagte er. Das Publikum lachte. »Ich hätte sagen sollen: ›Was haben Sie diese Woche erlebt?‹ Aber sagen Sie, warum dieses Wort?«

»Nun ja, ›Erwachen‹ kommt mir einfach richtig vor …«, sagte Mae und schob dann nach: »… jetzt.«

Das Wort *jetzt* kam eine Sekunde später als geplant, und Baileys Auge zuckte. »Reden wir über dieses Erwachen«, sagte er. »Es fing Sonntagnacht an. Viele Leute im Saal kennen bereits in groben Zügen die Ereignisse, mit SeeChange und so. Aber fassen Sie sie doch noch mal für uns zusammen.«

Mae blickte auf ihre Hände, eine theatralische Geste, wie ihr klar wurde. Sie hatte noch nie auf ihre Hände geschaut, um eine gewisse Beschämung anzudeuten.

»Ich habe eine Straftat begangen, einfach gesagt«, erklärte sie. »Ich habe ein Kajak ohne Wissen der Besitzerin ausgeliehen und bin damit zu einer Insel mitten in der Bucht gepaddelt.«

»Blue Island, nicht wahr?«

»Ja, genau.«

»Und haben Sie irgendwem erzählt, dass Sie das vorhatten?«

»Nein, das habe ich nicht.«

»Mae, hatten Sie die Absicht, irgendwem anschließend von dem kleinen Ausflug zu erzählen?«

»Nein.«

»Und haben Sie den Ausflug dokumentiert? Fotos, Video?«

»Nein, nichts.«

Ein Raunen lief durch das Publikum. Mae und Eamon hatten mit einer Reaktion auf dieses Geständnis gerechnet, und sie ließen den Leuten einen Moment Zeit, diese Informationen zu verdauen.

»Wussten Sie, dass Sie etwas Unrechtes taten, als Sie das Kajak ohne Wissen der Besitzerin ausliehen?«

»Ja.«

»Aber Sie haben es trotzdem getan. Wieso?«

»Weil ich dachte, keiner würde es erfahren.«

Wieder leises Raunen im Publikum.

»Das ist ein interessanter Punkt. Allein die Tatsache, dass Sie dachten, diese Handlung würde geheim bleiben, hat es Ihnen ermöglicht, diese Straftat zu begehen, korrekt?«

»Korrekt.«

»Hätten Sie sie begangen, wenn Sie gewusst hätten, dass Sie beobachtet wurden?«

»Auf gar keinen Fall.«

»Dann hat also die Tatsache, dass sie all das im Dunkeln taten, in dem Gefühl, unbeobachtet zu sein und nicht zur Rechenschaft gezogen zu werden, gewissermaßen Impulse begünstigt, die Sie bedauern?«

»Unbedingt. Die Tatsache, dass ich allein war, mich unbeobachtet fühlte, hat es mir ermöglicht, eine Straftat zu begehen. Und ich habe mein Leben in Gefahr gebracht. Ich habe keine Schwimmweste getragen.«

Wieder wogte ein lautes Raunen durch den Zuschauerraum.

»Sie haben also nicht nur eine Straftat gegen die Besitzerin des Kajaks begangen, sondern auch Ihr eigenes Leben in Gefahr gebracht. Das alles nur, weil irgendeine, wie soll ich sagen, Tarnkappe es Ihnen ermöglichte?«

Das Publikum lachte leise. Baileys Augen blieben auf Mae gerichtet, sagten ihr *Es läuft gut*.

»Richtig«, sagte sie.

»Ich habe eine Frage, Mae. Verhalten Sie sich besser oder schlechter, wenn Sie beobachtet werden?«

»Besser. Ohne Frage.«

»Wenn Sie allein sind, unbeobachtet, niemandem rechenschaftspflichtig, was passiert dann?«

»Na ja, manchmal klaue ich Kajaks.«

Das Publikum lachte erheitert auf.

»Nein, im Ernst. Ich tue Dinge, die ich nicht tun will. Ich lüge.«

»Neulich, in unserem Gespräch, haben Sie eine Formulierung benutzt, die ich sehr interessant und prägnant fand. Wissen Sie noch, was Sie gesagt haben?«

»Ich habe gesagt, dass Geheimnisse Lügen sind.«

»Geheimnisse sind Lügen. Das ist sehr einprägsam. Können Sie uns erläutern, wie Sie diesen Satz meinen, Mae?«

»Nun, wenn etwas geheim gehalten wird, passiert zweierlei. Erstens, es macht Straftaten möglich. Wir verhalten uns schlechter, wenn wir nicht zur Rechenschaft gezogen werden können. Das versteht sich von selbst. Und zweitens, Geheimnisse führen zu Spekulationen. Wenn wir nicht wissen, was verheimlicht wird, raten wir, erfinden Antworten.«

»Sehr interessant, nicht wahr?« Bailey wandte sich ans Publikum. »Wenn wir einen geliebten Menschen nicht erreichen können, spekulieren wir. Wir geraten in Panik. Wir erfinden Geschichten, wo er sich aufhält oder was ihm zugestoßen sein könnte. Und wenn wir kleinlich sind oder eifersüchtig, erfinden wir Lügen. Manchmal sehr schädliche Lügen. Wir unterstellen dem geliebten Menschen, dass er irgendwas Niederträchtiges tut. Alles nur, weil wir etwas nicht wissen.«

»Das ist wie, wenn wir zwei Leute tuscheln sehen«, sagte Mae. »Wir sind besorgt, verunsichert, wir denken uns die schlimmsten Sachen aus, die sie da vielleicht gerade sagen. Wir unterstellen, dass sie über uns tuscheln und dass es irgendwas Hundsgemeines ist.«

»Obwohl es wahrscheinlich nur darum geht, wo die Toilette ist.« Bailey bekam einen lauten Lacher und genoss es.

»Genau«, sagte Mae. Sie wusste, dass jetzt ein paar Sätze kamen, die sie unbedingt richtig hinkriegen musste. Sie hatte sie in Baileys Bibliothek gesagt, und sie musste sie bloß noch einmal genau so sagen wie beim ersten Mal. »Zum Beispiel, wenn ich eine abgeschlossene Tür sehe, fange ich an, mir alles Mögliche auszudenken, was dahinter sein könnte. Ich habe das Gefühl, es ist eine Art Geheimnis, und das führt dazu, dass ich Lügen erfinde. Aber wenn alle Türen offen sind, real und metaphorisch, dann gibt es nur eine Wahrheit.«

Bailey lächelte. Sie hatte es geschafft.

»Das gefällt mir, Mae. Wenn die Türen offen sind, gibt es nur eine Wahrheit. Also, lasst uns Maes erste Aussage noch einmal wiederholen. Können wir das bitte auf dem Bildschirm sehen?«

Die Worte GEHEIMNISSE SIND LÜGEN erschienen auf

dem Bildschirm hinter Mae. Beim Anblick der Worte in über ein Meter großen Buchstaben beschlich sie ein kompliziertes Gefühl – eine Mischung aus Erregung und Schrecken. Bailey strahlte übers ganze Gesicht, während er kopfschüttelnd die Worte bestaunte.

»Okay, wie wir klargestellt haben, hätten Sie die Straftat nicht begangen, wenn Sie gewusst hätten, dass Sie für Ihre Handlungen zur Verantwortung gezogen werden. Der Schutz der Dunkelheit, in diesem Fall der illusorische Schutz der Dunkelheit, begünstigt schlechtes Verhalten. Und wenn Sie wissen, dass Sie beobachtet werden, sind Sie ein besserer Mensch. Korrekt?«

»Korrekt.«

»Sprechen wir jetzt über das zweite Geständnis, das Sie nach dieser Episode gemacht haben. Sie erwähnten, dass Sie den Ausflug zur Blue Island in keiner Weise dokumentiert haben. Warum nicht?«

»Also, in erster Linie, weil ich wusste, dass ich etwas Illegales tat.«

»Natürlich. Aber Sie haben gesagt, dass Sie häufig in der Bucht Kajak fahren, und Sie haben Ihre Kajakfahrten nie dokumentiert. Sie sind keinem der Circle-Klubs für Kajakfreunde beigetreten, und Sie haben keine Schilderungen, Fotos, Videos oder Kommentare gepostet. Machen Sie diese Kajakfahrten im Auftrag der CIA?«

Mae und das Publikum lachten. »Nein.«

»Warum dann diese heimlichen Fahrten? Sie haben niemandem davon erzählt, weder vorher noch nachher, und Sie haben sie nirgendwo erwähnt. Es existieren keinerlei Berichte über diese Ausflüge, hab ich recht?«

»Sie haben recht.«

Mae hörte hier und da im Publikum lautes, missbilligendes Zungenschnalzen.

»Was haben Sie auf Ihrem letzten Ausflug so alles gesehen, Mae? Wie ich höre, war er richtig schön.«

»O ja, Eamon. Es war fast Vollmond, und das Wasser war ganz ruhig, und ich hatte das Gefühl, durch flüssiges Silber zu paddeln.«

»Klingt unglaublich.«

»Das war es auch.«

»Tiere? Natur pur?«

»Eine Zeit lang ist mir ein einzelner Seehund gefolgt, und er ist immer wieder aufgetaucht, als ob er neugierig wäre oder mich antreiben wollte. Ich war vorher noch nie auf der Insel. Nur ganz wenige besuchen sie. Und als ich ankam, bin ich zu ihrem höchsten Punkt geklettert, der Ausblick von da oben war fantastisch. Ich hab die goldenen Lichter der Stadt gesehen und die schwarzen Hügel Richtung Pazifik, und ich hab sogar eine Sternschnuppe gesehen.«

»Eine Sternschnuppe! Sie Glückliche.«

»Ja, ich hab wirklich Glück gehabt.«

»Aber Sie haben kein Foto gemacht.«

»Nein.«

»Kein Video.«

»Nein.«

»Es gibt also keinerlei Aufzeichnung davon.«

»Nein. Nichts außerhalb meines eigenen Gedächtnisses.«

Im Publikum wurde hörbar aufgestöhnt. Bailey wandte sich an die Zuhörer und schüttelte nachsichtig den Kopf.

»Okay«, sagte er in einem Ton, als würde er sich innerlich wappnen, »jetzt wird es persönlich. Wie ihr alle wisst, wurde mein Sohn Gunner mit Zerebralparese geboren. Obwohl er ein sehr erfülltes Leben führt und wir uns stets alle Mühe geben, seine Möglichkeiten zu verbessern, ist er an den Rollstuhl gefesselt. Er kann nicht gehen. Er kann nicht laufen. Er kann nicht kajaken. Was macht er also, wenn er so etwas erleben möchte? Na, er schaut sich Videos an. Er schaut sich Fotos an. Vieles von der Welt erfährt er durch die Erlebnisse anderer. Und natürlich sind viele von euch Circlern so überaus nett, ihm Videos und Fotos von euren Reisen zu schicken. Wenn er sich die SeeChange-Aufnahme eines Circlers ansieht, der den Mount Kenya besteigt, hat er das Gefühl, den Mount Kenya selbst bestiegen zu haben. Wenn er das Video eines America's-Cup-Crewmitglieds sieht, hat Gunner irgendwie das Gefühl, dass er auch beim America's Cup mitgesegelt ist. Solche Erlebnisse wurden von großmütigen Menschen ermöglicht, die das, was sie gesehen haben, mit der Welt geteilt haben, meinen Sohn eingeschlossen. Und wir können nur hochrechnen, wie viele andere da draußen in einer ähnlichen Situation wie Gunner sind. Vielleicht sind sie behindert. Vielleicht sind sie betagt, ans Haus gebunden. Vielleicht Gott weiß was. Aber entscheidend ist, dass es Millionen Menschen gibt, die nicht sehen können, was Sie gesehen haben, Mae. Finden Sie es in Ordnung, dass Sie denen vorenthalten haben, was Sie gesehen haben?«

Maes Kehle war wie ausgetrocknet, und sie versuchte, sich ihre Gefühlsregung nicht anmerken zulassen. »Nein. Es ist alles andere als in Ordnung.« Mae dachte an Baileys Sohn Gunner, und sie dachte an ihren eigenen Vater.

»Glauben Sie, diese Menschen haben ein Recht darauf, die Dinge zu sehen, die Sie gesehen haben?«

»Ja.«

»Warum sollte nicht jeder in diesem kurzen Leben alles sehen können, was er sehen will?«, fragte Bailey. »Warum sollte nicht jeder gleichermaßen Zugang zu den schönen Dingen haben, die es auf der Welt zu sehen gibt? Zum

Wissen der Welt? Zu all den Erlebnissen, die die Welt zu bieten hat?«

Maes Stimme war kaum lauter als ein Flüstern. »Das sollte jeder.«

»Aber dieses Erlebnis haben Sie für sich behalten. Was seltsam ist, weil Sie doch sonst so vieles online mit anderen teilen. Sie arbeiten beim Circle. Ihr PartiRank liegt in den T2K. Wieso also verheimlichen Sie dieses spezielle Hobby, diese außergewöhnlichen Erkundungsfahrten vor der Welt?«

»Mir ist ehrlich gesagt selbst schleierhaft, was ich mir dabei gedacht habe«, sagte Mae.

Die Zuschauer raunten. Bailey nickte.

»Okay. Wir haben vorhin darüber gesprochen, dass wir als Menschen Dinge verheimlichen, für die wir uns schämen. Wir tun etwas Illegales oder Unethisches, und wir verheimlichen es vor der Welt, weil wir wissen, dass es falsch ist. Aber etwas Herrliches verheimlichen, eine wunderbare Kajakfahrt, das Mondlicht, das aufs Wasser fällt, eine Sternschnuppe …«

»Es war einfach egoistisch, Eamon. Es war egoistisch und nichts anderes. So wie, wenn ein Kind sein Lieblingsspielzeug nicht mit anderen Kindern teilen will. Mir ist klar, dass Heimlichtuerei Teil eines, na ja, abnormen Verhaltenssystems ist. Sie hat nichts Gutes an sich, sie ist dunkel und engherzig. Und wenn man seinen Freunden oder jemandem wie Ihrem Sohn Gunner Erlebnisse vorenthält, wie ich sie hatte, stiehlt man sie ihnen im Grunde. Man enthält ihnen etwas vor, auf das sie ein Recht haben. Wissen ist ein grundlegendes Menschenrecht. Gleicher Zugang zu allen menschlichen Erfahrungen ist ein grundlegendes Menschenrecht.«

Mae war selbst verblüfft über ihre Eloquenz, und das Publikum reagierte mit donnerndem Applaus. Bailey sah sie an wie ein stolzer Vater. Als der Beifall abebbte, sprach Bailey mit leiser Stimme, als wollte er sie nur ungern stören.

»Sie haben in unserem ersten Gespräch eine Formulierung benutzt, und ich möchte Sie bitten, sie hier zu wiederholen.«

»Na ja, es klingt ein bisschen albern, aber ich habe gesagt Teilen ist Heilen.«

Das Publikum raunte anerkennend. Bailey schmunzelte warmherzig.

»Ich finde, das klingt überhaupt nicht albern. Gerade bei den vorhin genannten Beispielen passt diese Formulierung doch ausgezeichnet, meinen Sie nicht auch, Mae? Besser könnte man es gar nicht ausdrücken.«

»Ich denke, es ist ganz einfach. Wenn uns unsere Mitmenschen am Herzen liegen, teilen wir mit ihnen, was wir wissen. Wir teilen mit ihnen, was wir sehen. Wir geben ihnen alles, was wir geben können. Wenn uns ihre Not nahegeht, ihr Leiden, ihre Neugier, ihr Recht, zu lernen und zu wissen, was die Welt beinhaltet, teilen wir mit ihnen. Wir teilen, was wir haben und sehen und wissen. Und damit helfen wir, zu heilen. Für mich hat das eine unbestreitbare Logik.«

Das Publikum jubelte, und während des Beifalls erschienen drei neue Wörter, TEILEN IST HEILEN, unter den ersten drei auf dem Bildschirm. Bailey schüttelte staunend den Kopf.

»Das gefällt mir. Mae, Sie wissen mit Sprache umzugehen. Und Sie haben da noch eine Formulierung benutzt, die, wie ich finde, ein krönender Abschluss wäre für dieses, und da stimmen mir sicherlich alle hier zu, wunderbar aufschlussreiche und inspirierende Gespräch.«

Das Publikum klatschte herzlich.

»Sie benutzten den Ausdruck, als wir darüber sprachen, dass Sie den Impuls haben, Dinge für sich zu behalten.«

»Tja, ich bin nicht besonders stolz darauf, und ich denke nicht, dass das über schlichten Egoismus hinausgeht. Jetzt verstehe ich das richtig. Ich verstehe, dass wir als Menschen verpflichtet sind, mit anderen zu teilen, was wir sehen und wissen. Und dass alles Wissen demokratisch zugänglich sein muss.«

»Informationen sind dem Wesen nach frei.«

»Genau.«

»Wir alle haben das Recht, alles zu wissen, was wir wissen können. Das gesammelte Wissen der Welt ist kollektiver Besitz.«

»Genau«, sagte Mae. »Was geschieht also, wenn ich anderen etwas vorenthalte, was ich weiß? Bestehle ich dann nicht meine Mitmenschen?«

»In der Tat«, sagte Bailey mit einem ernsten Nicken. Mae blickte ins Publikum und sah, dass die gesamte erste Reihe, die einzigen erkennbaren Gesichter, ebenfalls nickte.

»Und bei ihrer Sprachgewandtheit möchte ich Sie bitten, uns ihre dritte und letzte Erkenntnis mitzuteilen. Was haben Sie gesagt?«

»Also, ich habe gesagt, alles Private ist Diebstahl.«

Bailey wandte sich dem Publikum zu. »Ist das nicht eine interessante Formulierung, Leute? Alles Private ist Diebstahl.« Die Worte erschienen jetzt auf dem Bildschirm hinter ihm, in großen weißen Lettern:

ALLES PRIVATE IST DIEBSTAHL

Mae drehte sich um und betrachtete die drei Zeilen auf einmal. Sie kämpfte mit den Tränen, als sie alles da stehen sah. War ihr das wirklich alles allein eingefallen?

GEHEIMNISSE SIND LÜGEN
TEILEN IST HEILEN
ALLES PRIVATE IST DIEBSTAHL

Maes Kehle war wie zugeschnürt, trocken. Sie wusste, sie würde kein Wort herausbekommen, deshalb hoffte sie, dass Bailey sie nicht auffordern würde, etwas zu sagen. Als hätte er gespürt, wie ihr zumute war, dass sie überwältigt war, zwinkerte er ihr zu und wandte sich ans Publikum.

»Bedanken wir uns doch bitte bei Mae für ihre Offenheit, ihre Intelligenz und ihre tiefe Menschlichkeit, ja?«

Das Publikum war aufgestanden. Maes Gesicht glühte. Sie wusste nicht, ob sie sitzen bleiben oder aufstehen sollte. Sie stand kurz auf, kam sich dann aber albern vor und setzte sich wieder, winkte mit den Händen auf dem Schoß.

Irgendwann inmitten des tosenden Beifalls gelang es Bailey, den Clou des Ganzen zu verkünden – dass Mae, um mit anderen all das zu teilen, was sie sah und somit der Welt bieten konnte, auf der Stelle transparent werden würde.

BUCH 2

ES WAR EINE BIZARRE KREATUR, geisterhaft, irgendwie bedrohlich, und sie hielt nie still, aber niemand, der davorstand, konnte den Blick abwenden. Mae war wie gebannt von der schnittigen Form, den klingenartigen Flossen, der milchigen Haut und den wollgrauen Augen. Es war ein Hai, keine Frage, es hatte die unverkennbare Form, den grausamen Blick, aber es war eine neue Spezies, alles fressend und blind. Stenton hatte sie von seinem Trip zum Marianengraben mitgebracht, in dem Circle-Unterwasserfahrzeug. Der Hai war nicht die einzige Entdeckung – Stenton hatte bislang unbekannte Quallen, Seepferdchen und Mantarochen aus der Tiefe geholt, alle nahezu durchscheinend, ätherisch in ihren Bewegungen, alle in einer Reihe riesiger Aquarien untergebracht, die er sozusagen über Nacht gebaut hatte.

Maes Aufgabe war es, ihren Viewern die Tiere zu zeigen, nötigenfalls Erklärungen zu liefern und mittels der Kamera, die sie um den Hals trug, ein Fenster in diese neue Welt und überhaupt in die Welt des Circle zu sein. Jeden Morgen legte sich Mae eine Halskette um, so ähnlich wie die von Stewart, nur leichter, kleiner, und so beschaffen, dass das Kameraauge über ihrem Herzen hing. Es sah alles, was Mae sah, und oft noch mehr. Die Qualität der Videodaten ermöglichte es den Viewern, zu zoomen, Schwenks zu machen, Bilder anzuhalten und zu optimieren. Das Mikro war exakt auf ihre unmittelbaren Gespräche eingestellt und nahm Raum- und Hintergrundgeräusche völlig störungsfrei auf. Im Grunde konnte somit jeder Raum, in dem sie sich befand, von allen Viewern gescannt werden. Sie konnten sich auf eine Ecke fokussieren oder mit ein bisschen Feineinstellung jedes andere Gespräch isolieren und verfolgen.

In wenigen Minuten sollten sämtliche Neuentdeckungen Stentons gefüttert werden, aber das Tier, das sie und ihre Viewer besonders interessierte, war der Hai. Sie hatte ihn noch nicht fressen sehen, aber er war angeblich unersättlich und blitzschnell. Obwohl er blind war, fand er seine Mahlzeiten auf Anhieb, ganz gleich, wie groß oder klein, ob lebendig oder tot, und verdaute sie mit alarmierender Geschwindigkeit. Kaum war ein Hering oder ein Tintenfisch in den Tank geworfen worden, schied der Hai die kläglichen Überreste des Tieres auch schon auf dem Aquariumboden aus – eine winzig kleine körnige Substanz, die aussah wie Asche. Die durchscheinende Haut des Hais machte das Ganze noch faszinierender, da sie es erlaubte, den Verdauungsprozess genau zu verfolgen.

Sie hörte ein Tropfgeräusch in ihrem Ohrhörer. »Die Fütterung wird auf 13.02 Uhr verschoben«, sagte eine Stimme. Jetzt war es 12.51 Uhr.

Mae blickte den dunklen Korridor hinunter, zu den drei anderen Aquarien, von denen jedes minimal kleiner als das davor war. Der Korridor war gänzlich unbeleuchtet, damit die stahlblauen Aquarien und die nebelweißen Geschöpfe darin am besten zur Geltung kamen.

»Gehen wir erst mal rüber zu dem Kraken«, sagte die Stimme.

Der Haupt-Audio-Feed von Additional Guidance zu Mae lief über einen winzigen Ohrhörer, und so konnte das AG-Team ihr gelegentlich Anweisungen geben – zum Beispiel, rüber zum Maschinenzeitalter zu gehen, wo sie ihren Viewern die neue solarbetriebene Gebrauchsdrohne zeigen sollte, die bei hinreichender Sonnenbestrahlung grenzenlose Distanzen über Kontinente und Ozeane hinweg bewältigen konnte; diese Stippvisite hatte Mae am Vormittag erledigt. Es nahm einen Großteil ihres Tages in Anspruch, durch verschiedene Abteilungen zu gehen, neue Produkte vorzustellen, die vom Circle entweder angefertigt oder gefördert wurden. Dadurch verlief jeder Tag anders, und Mae hatte in den sechs Wochen, die sie nun transparent war, praktisch jeden Winkel des Campus kennengelernt – von der Segelschiff-Ära bis zum Alten Reich, wo mehr oder weniger zum Spaß an einem Projekt gearbeitet wurde, durch das jeder noch lebende Eisbär mit einer Kamera ausgestattet werden sollte.

»Schauen wir uns den Kraken an«, sagte Mae zu ihren Viewern.

Sie ging zu einer runden Glaskonstruktion, etwa fünf Meter hoch und gut dreieinhalb Meter im Durchmesser. Ein bleiches wirbelloses Wesen, gefärbt wie eine Wolke, aber blau und grün geädert, tastete darin umher, griff rudernd um sich wie ein Halbblinder, der nach seiner Brille sucht.

»Das ist ein Verwandter des Teleskop-Oktopus«, sagte Mae, »und es ist das erste lebend gefangene Exemplar überhaupt.«

Seine Form schien sich unaufhörlich zu verändern, mal war er wie ein bauchiger Ballon, als würde er sich stolz mehr und mehr aufblähen, mal fiel er wieder in sich zusammen, drehte sich im Kreis, dehnte und streckte sich, als wäre er sich seiner wahren Gestalt nicht sicher.

»Wie ihr sehen könnt, ist seine eigentliche Größe schwer zu erkennen. Mal scheint es, als könnte man ihn in der hohlen Hand halten, und dann wieder füllt er fast den gesamten Tank aus.«

Die Tentakel der Kreatur schienen alles wissen zu wollen: die Form der Glasfläche, die Topografie der Korallen am Boden, das Gefühl des Wassers um sie herum.

»Er ist fast niedlich«, sagte Mae, die zusah, wie der Krake sich von Wand zu Wand spreizte wie ein Netz. Irgendwie verlieh ihm seine Neugier eine empfindsame Ausstrahlung, voller Zweifel und Bedürftigkeit.

»Stenton hat ihn als Erstes entdeckt«, erklärte sie, während der Krake bedächtig und eindrucksvoll vom Boden aufschwebte. »Er hat sich seinem Unterwasserfahrzeug von hinten genähert und es dann überholt, als wollte er Stenton auffordern, ihm zu folgen. Seht mal, wie schnell er sein kann.« Der Krake sauste jetzt im Aquarium umher, wobei er sich zwecks Antrieb öffnete und schloss wie ein Regenschirm.

Mae sah auf die Zeitanzeige. Es war 12.54 Uhr. Sie musste noch ein paar Minuten überbrücken. Sie hielt das Objektiv auf den Kraken gerichtet.

Sie machte sich nichts vor, nicht jede Minute eines jeden Tages war für ihre Viewer gleichermaßen prickelnd. In den Wochen, die Mae jetzt transparent war, hatte es auch reichlich langweilige Phasen gegeben, aber ihre vorrangige Aufgabe war es, einen unverstellten Blick auf das Leben beim Circle zu bieten, auf das Reizvolle und das Banale. »Hier sind wir im Fitnesscenter«, sagte sie beispielsweise, als sie es den Viewern zum ersten Mal zeigte. »Die Leute rennen und schwitzen und beäugen sich möglichst unauffällig gegenseitig.« Dann, eine Stunde später, saß sie ganz zwanglos und ohne Kommentare zu liefern beim Mittagessen gegenüber von anderen Circlern, die alle so taten oder es zumindest versuchten, als würde niemand zusehen. Die meisten ihrer Circle-Kollegen ließen sich gern filmen, und nach ein paar Tagen wussten alle, dass es Bestandteil ihres Jobs beim Circle war und ein elementarer Bestandteil des Circle selbst. Wenn sie ein Unternehmen sein wollten, das für Transparenz eintrat, für die globalen und unerschöpflichen Vorteile eines offenen Zugriffs für alle, dann mussten sie dieses Ideal leben, immer und überall, und ganz besonders auf dem Campus.

Zum Glück gab es innerhalb der Circle-Mauern genug zu zeigen und zu feiern. Herbst und Winter hatten im Blitzkriegtempo das Unvermeidliche gebracht, ganz und gar. Überall auf dem Campus kündigten Schilder die unmittelbar bevorstehende Schließung des Kreises an, die Vollendung. Die Botschaften waren kryptisch, sollten Neugier wecken und Diskussionen anregen. *Was könnte die Vollendung bedeuten?* Die Mitarbeiter waren aufgefordert, darüber nachzudenken, Antworten vorzuschlagen und auf die Idea Boards zu schreiben. *Jeder Mensch auf der Welt hat einen Circle-Account!* war ein beliebter Vorschlag. *Der Circle beendet den Hunger auf der Welt* lautete ein anderer. *Der Circle hilft mir, meine Vorfahren zu finden* meinte wieder ein anderer. *Keinerlei Daten, ob menschliche oder numerische oder emotionale oder historische, gehen je wieder verloren.* Letzteres war von Bailey persönlich unterschrieben. Der beliebteste Beitrag war: *Der Circle hilft mir, mich selbst zu finden.*

Viele dieser Entwicklungen waren beim Circle lange in der Planungsphase gewesen, aber das Timing hatte noch nie so gut gepasst, und die Dynamik war zu stark, um sich ihr zu widersetzen. Jetzt, da Washington zu 90 Prozent transparent war, verkümmerten die verbliebenen zehn Prozent der Volksvertreter unter dem Argwohn ihrer Kollegen und Wähler, der wie eine sengende Sonne mit der Frage auf sie niederbrannte: Was habt ihr zu verbergen? Geplant war, dass die meisten Circler im Laufe des Jahres

transparent werden würden, doch um die letzten System-
fehler zu beheben und allen Zeit zu geben, sich an den
Gedanken zu gewöhnen, waren es derzeit nur Mae und
Stewart, dessen Experiment allerdings durch das von Mae
stark an Interesse verloren hatte. Mae war jung und bewegte sich viel schneller als Stewart, und sie hatte ihre Stimme – die Viewer liebten diese Stimme, verglichen sie mit
Musik, *wie ein Holzblasinstrument*, sagten sie, und *ein wun-
derbarer Gitarrenakkord –*, und Mae genoss es, spürte jeden
Tag die Zuneigung von Millionen durch sich hindurch-
strömen.

Zunächst jedoch hatte sie eine gewisse Eingewöhnungs-
phase gebraucht, allein schon um sich mit den grundle-
genden Funktionen des Equipments vertraut zu machen.
Die Kamera war leicht, und nach ein paar Tagen spürte
Mae ihr Gewicht kaum noch. Sie lag nicht schwerer als ein
Medaillon auf ihrem Brustbein. Sie hatten verschiedene
Methoden ausprobiert, um die Kamera zu befestigen, unter anderem mit Klettbändern an der Kleidung, aber nichts
war so effektiv und simpel, wie sie einfach um den Hals
zu tragen. Die zweite Änderung, die Mae noch immer faszinierend und gelegentlich auch irritierend fand, war ein
kleines Display an ihrem rechten Handgelenk, auf dem
sie sehen konnte, was die Kamera sah. Den Gesundheits-
monitor an ihrem linken Handgelenk hatte sie fast schon
vergessen, aber wegen der Kamera war der Einsatz eines
zweiten Armbandes am rechten Handgelenk unerlässlich
geworden. Es war ebenso groß und aus demselben Material wie das linke Armband, hatte aber ein größeres Display,
auf dem ausreichend Platz für ihr Kamerabild und die Zusammenfassung sämtlicher Daten auf ihren sonstigen Bildschirmen war. Mit einem Armband an jedem Handgelenk,
beide eng anliegend und aus gebürstetem Metall, fühlte sie

sich wie Wonder Woman und hatte eine Ahnung von deren Macht – wenngleich dieser Gedanke zu absurd war, um ihn irgendwem anzuvertrauen.

Am linken Handgelenk sah sie ihren Herzschlag; am rechten sah sie, was ihre Viewer sahen – ein Echtzeitbild von ihrer Kamera, das es ihr ermöglichte, die notwendigen Justierungen des Blickwinkels vorzunehmen. Außerdem wurde die aktuelle Viewerzahl angezeigt, ihre laufenden Rankings und Ratings und die jüngsten und häufigsten Kommentare ihrer Viewer. Während Mae vor dem Kraken stand, lag die Viewerzahl bei 441.762, was leicht über Durchschnitt war, aber dennoch weniger, als sie sich für die Vorstellung von Stentons Tiefsee-Entdeckungen erhofft hatte. Die anderen angezeigten Zahlen waren nicht überraschend. Im Schnitt hatte sie jeden Tag 845.029 Unique Visits bei ihren Livebildern, und 2,1 Millionen verfolgten ihren Zing-Feed. Sie musste sich keine Sorgen mehr darum machen, wie sie in den T2K blieb; ihre Bekanntheit und die kolossale Macht ihres Publikums garantierten stratosphärische Conversion Rates und Retail Raws und sorgten dafür, dass sie immer in den Top Ten war.

»Sehen wir uns jetzt mal die Seepferdchen an«, sagte Mae und ging zum nächsten Aquarium. Inmitten eines pastellfarbenen Korallenwäldchens und wogenden blauen Seegrasblättern sah sie dort Hunderte, vielleicht Tausende, winzige Wesen, nicht größer als Kinderfinger, die sich in Nischen verbargen, an das Blattwerk schmiegten. »Keine besonders zutraulichen Fische, diese Kerlchen. Moment, sind das überhaupt Fische?«, fragte sie und blickte auf ihr Handgelenk, wo eine Viewerin bereits geantwortet hatte. *Fische, hundertpro! Klasse Actinopterygii. Genau wie Kabeljau und Thunfisch.*

»Danke, Susanna Win aus Greensboro!«, sagte Mae und zingte die Information weiter an ihre Follower. »Mal sehen, ob wir den Daddy von diesen vielen Mini-Seepferdchen finden. Ihr wisst ja vielleicht, dass bei Seepferdchen das Männchen den Nachwuchs zur Welt bringt. Die Hunderte von Babys, die ihr da seht, wurden geboren, kurz nachdem der Daddy bei uns ankam. Wo steckt er denn gerade?« Mae ging um das Aquarium herum und entdeckte ihn bald. Er war ungefähr handgroß und lehnte am Grund des Tanks gegen die Glaswand. »Ich glaube, er versteckt sich«, sagte Mae, »aber anscheinend weiß er nicht, dass wir hier auf der anderen Seite der Scheibe sind und alles sehen können.«

Sie schaute auf ihr Handgelenk und justierte den Kamerawinkel ein wenig, bis der zarte Fisch besonders gut zu sehen war. Er hatte ihr den gekrümmten Rücken zugewandt und sah erschöpft aus, scheu. Sie schob Gesicht und Kamera dicht an die Scheibe, so nah, dass sie die winzigen Wolken in seinen intelligenten Augen sehen konnte, die merkwürdigen Flecken an seinem zarten Maul. Er war ein unwahrscheinliches Geschöpf, ein furchtbar schlechter Schwimmer, zart wie ein Lampion und vollkommen wehrlos. Ihr Handgelenk hob einen Zing mit ungewöhnlich hohen Ratings hervor. *Das Croissant des Tierreichs* lautete er, und Mae wiederholte ihn laut. Doch trotz seiner Fragilität hatte der Seepferdchenvater sich irgendwie bereits fortgepflanzt, hatte Hunderten von Wesen, die ihm glichen, das Leben geschenkt, während der Krake und der Hai bloß die Umrisse ihrer Tanks erkundeten und fraßen. Allerdings schienen dem Seepferdchenvater seine Nachkommen einerlei zu sein. Er hielt sich abseits von ihnen, als hätte er keine Ahnung, wo sie herkamen, und keinerlei Interesse daran, was aus ihnen wurde.

Mae sah auf die Zeitanzeige. 13.02. Additional Guidance meldete sich in ihrem Ohrhörer. »Haifütterung kann losgehen.«

»Okay«, sagte Mae und warf einen Blick auf ihr Handgelenk. »Ich sehe hier jede Menge Anfragen, noch mal zu dem Hai zurückzugehen, und es ist nach eins, also machen wir das jetzt.« Sie verließ das Seepferdchen, das sich einmal kurz zu ihr umdrehte, als wollte es nicht, dass sie ging.

Mae strebte zurück zum ersten und größten Aquarium, in dem Stentons Hai untergebracht war. Oberhalb des Aquariums sah sie eine junge Frau mit lockigen schwarzen Haaren und hochgekrempelten Jeans, die auf einer glänzend roten Leiter stand.

»Hallo«, sagte Mae zu ihr. »Ich bin Mae.«

Es schien, als wollte die Frau antworten: »Das weiß ich«, aber dann, als wäre ihr wieder eingefallen, dass sie gefilmt wurde, antwortete sie in einem einstudierten, gestelzten Ton: »Hallo, Mae, ich bin Georgia, und ich werde jetzt Mister Stentons Hai füttern.«

Auf einmal spürte der Hai anscheinend trotz seiner Blindheit und obwohl noch kein Futter im Tank gelandet war, dass ein Festschmaus bevorstand. Er begann zu kreisen wie ein Zyklon, wobei er immer höher an die Wasseroberfläche stieg. Maes Viewerzahl war schon um 42.000 angestiegen.

»Da hat aber einer Hunger«, sagte Mae.

Der Hai, der zuvor nur andeutungsweise gefährlich ausgesehen hatte, wirkte nun bösartig und raubgierig, die Verkörperung des Beutetriebs. Georgia versuchte, Ruhe auszustrahlen, Kompetenz, doch Mae sah Angst und Unsicherheit in ihren Augen. »Alle bereit da unten?«, fragte sie, ohne den Blick von dem Hai zu wenden, der auf sie zukam.

357

»Wir sind bereit«, sagte Mae.

»Okay, ich werde dem Hai heute etwas Neues zu fressen geben. Wie ihr wisst, haben wir ihn schon mit allem Möglichen gefüttert, mit Lachsen, Heringen und Quallen. Er hat alles mit großer Begeisterung verschlungen. Gestern haben wir ihm auch einen Mantarochen angeboten und dachten eigentlich nicht, dass der ihm schmecken würde, aber er hat keine Sekunde gezögert und ihn mit großem Appetit verspeist. Und heute experimentieren wir wieder mit einem neuen Futter, wie ihr sehen könnt«, sagte sie, und Mae bemerkte, dass der Eimer, den sie dabeihatte, aus Plexiglas war und dass darin etwas Bläulich-Braunes mit zu vielen Beinen schwamm. Sie hörte es an der Eimerwand schaben: ein Hummer. Mae hätte nicht gedacht, dass Haie Hummer fraßen, aber wieso eigentlich nicht?

»Wir haben hier einen ganz normalen Hummer aus Maine, sind aber nicht sicher, ob der Hai in der Lage ist, den zu fressen.«

Georgia versuchte offenbar, eine gute Show abzuliefern, aber selbst Mae wurde nervös, weil sie den Hummer so lange über das Wasser hielt. *Lass ihn los*, dachte Mae bei sich. *Bitte, lass ihn los.*

Aber Georgia hielt ihn weiter über das Wasser, vermutlich weil sie Mae und ihren Viewern etwas bieten wollte. Der Hai hatte den Hummer inzwischen wahrgenommen, dessen Form zweifellos schon mit den ihm zur Verfügung stehenden Sensoren erfasst. Er kreiste immer schneller, noch folgsam, aber sichtlich am Ende seiner Geduld.

»Manche Haie können den Panzer von Krustentieren verdauen, andere können das nicht«, sagte Georgia, die den Hummer jetzt so tief baumeln ließ, dass eine Schere die Oberfläche streifte. *Lass ihn los, bitte*, dachte Mae. *Lass ihn bitte sofort los.*

»Ich werde also den kleinen Kerl hier ins Wasser –«

Doch ehe sie den Satz beenden konnte, war der Hai aus dem Wasser geschossen und hatte den Hummer aus der Hand seiner Betreuerin gerissen. Bis Georgia aufgeschrien und ihre Finger gepackt hatte, als wollte sie sie zählen, war der Hai schon wieder in der Mitte des Tanks, den Hummer im Rachen, und das weiße Fleisch des Krustentiers sprühte aus dem breiten Haifischmaul.

»Hat er dich erwischt?«, fragte Mae.

Georgia schüttelte den Kopf und rang mit den Tränen. »Fast.« Sie rieb sich die Hand, als hätte sie sich verbrannt.

Der Hummer war verschlungen worden, und nun sah Mae etwas Grausiges und gleichzeitig Wunderbares: Der Hummer wurde vor ihren Augen im Innern des Hais rasend schnell und wahnsinnig gut sichtbar verarbeitet. Mae beobachtete, wie der Hummer im Maul des Hais in Dutzende, dann Hunderte Teile zerkleinert wurde, dann sah sie, wie diese Teile durch den Schlund des Hais wanderten, durch den Magen und die Eingeweide. Minuten später war von dem Tier nur noch eine körnige, partikelförmige Substanz übrig. Die Überreste wurden ausgeschieden und schwebten wie Schnee nach unten auf den Boden des Aquariums.

»Sieht aus, als wäre er noch immer hungrig«, sagte Georgia. Sie stand wieder oben auf der Leiter und trug einen anderen Plexiglasbehälter in der Hand. Während Mae zugeschaut hatte, wie der Hummer verdaut wurde, hatte Georgia eine zweite Mahlzeit geholt.

»Ist es das, wonach es aussieht?«, fragte Mae.

»Es ist eine Meeresschildkröte«, sagte Georgia und hielt den Eimer mit dem Futtertier in die Höhe. Es war ungefähr so groß wie Georgias Torso und mit einem Patchworkmuster aus Grün und Blau und Braun gezeichnet, ein wunderschönes Tier, das sich in dem engen Raum nicht bewegen konnte. Georgia öffnete die Klappe an einem Ende des Behälters, als wollte sie der Schildkröte die Möglichkeit geben, herauszukommen, wenn sie das wollte. Die wollte jedoch bleiben, wo sie war.

»Es ist ziemlich unwahrscheinlich, dass unser Hai so einem Tier schon einmal begegnet ist, weil ihre natürlichen Habitate sehr unterschiedlich sind«, erklärte Georgia. »Diese Schildkröte hätte keinen Grund gehabt, sich im Lebensraum von Stentons Hai aufzuhalten, und der Hai hat zweifellos noch nie die lichtdurchfluteten Gebiete des Meeres gesehen, die von den Schildkröten bewohnt werden.«

Mae wollte Georgia fragen, ob sie tatsächlich vorhatte, die Schildkröte an den Hai zu verfüttern. Die Augen des Tiers hatten den Räuber unter sich erblickt, und jetzt versuchte sie mit der langsamen Energie, die sie aufbringen konnte, sich rückwärts in den Behälter zu schieben. Dieses freundliche Wesen dem Hai zum Fraß vorzuwerfen, würde vielen von Maes Viewern missfallen, ganz gleich, wie wissenschaftlich notwendig oder nutzbringend es auch sein mochte. Schon jetzt kamen Zings an ihrem Handgelenk an. *Bitte bringt die Schildkröte nicht um. Sie sieht aus wie mein Opa!* In einem zweiten Thread wurde allerdings die Meinung vertreten, dass der Hai, der nicht viel größer war als die Schildkröte, sie nie und nimmer mitsamt ihrem undurchdringlichen Panzer verschlingen oder verdauen könnte. Aber just in dem Moment, als Mae die bevorstehende Fütterung infrage stellen wollte, meldete sich eine AG-Stimme in ihrem Ohrhörer. »Warte. Stenton will sehen, was passiert.«

Im Tank zog der Hai wieder seine Kreise und sah noch genauso schlank und gefräßig aus wie zuvor. Der Hummer war ein Nichts für ihn gewesen, ein belangloser Appetit-happen. Jetzt stieg er höher und näherte sich Georgia, weil er wusste, dass gleich der Hauptgang serviert würde.

»Los geht's«, sagte Georgia und kippte den Behälter, bis die Schildkröte langsam auf das neonfarbene Wasser zu-rutschte, das unter ihr wirbelte – die Kreise des Hais hatten einen Strudel erzeugt. Als der Behälter fast senkrecht stand und der Kopf der Schildkröte über die Plexiglasschwelle ragte, konnte der Hai nicht länger warten. Er schoss hoch, packte den Kopf der Schildkröte und riss sie unter Wasser. Und ebenso wie der Hummer wurde die Schildkröte in-nerhalb von Sekunden verschlungen, nur dass diesmal, an-ders als bei dem Krustentier, eine anatomische Anpassung erforderlich wurde. Der Hai schien den Unterkiefer aus-zuklinken, wodurch sich das Volumen des Mauls verdop-pelte, und konnte so die ganze Schildkröte problemlos auf einmal runterschlucken. Georgia, die einen laufen-den Kommentar abgab, erzählte, dass viele Haie, wenn sie Meeresschildkröten fressen, den Magen nach außen stül-pen und die Panzer erbrechen, nachdem sie die fleischigen Teile des Reptils verdaut haben. Aber Stentons Hai hatte eine andere Methode. Der Panzer schien sich in Maul und Magen des Hais aufzulösen wie ein speichelgetränkter Cracker. Und in weniger als einer Minute hatte sich der komplette Körper der Schildkröte in Asche verwandelt. Sie wurde ebenso wie der Hummer von dem Hai in Flocken ausgeschieden, die gravitätisch auf den Aquariumsboden sanken, ununterscheidbar von jenen, die ihnen vorausge-gangen waren.

Während Mae das alles beobachtete, bemerkte sie plötz-lich eine Gestalt, fast eine Silhouette, auf der anderen Seite des Glases, hinter der rückwärtigen Aquariumswand. Sein Körper war nur ein Schatten, das Gesicht nicht zu erkennen, doch dann wurde das Deckenlicht für einen Moment von der Haut des kreisenden Hais reflektiert und offenbarte das Gesicht der Gestalt.

Es war Kalden.

Mae hatte ihn seit einem Monat nicht mehr gesehen und seit ihrer Transparenz kein Wort mehr von ihm gehört. Annie war in Amsterdam gewesen, dann in China, dann in Japan, dann wieder in Genf, und hatte deshalb keine Zeit gehabt, sich auf Kalden zu konzentrieren, aber sie beide hatten gelegentlich Nachrichten über ihn ausgetauscht. Wie beunruhigt sollten sie wegen dieses Unbekannten sein?

Aber dann war er verschwunden.

Jetzt stand er da und sah sie an, reglos.

Sie wollte ihn rufen, hielt sich aber zurück. Wer war er? Wenn sie ihn rief, ihn mit der Kamera erfasste, hätte das ein Nachspiel? Würde er abhauen? Sie war noch immer schockiert davon, wie der Hai die Schildkröte verdaut hatte, von seiner stumpfäugigen Grausamkeit, und sie merkte, dass sie keine Stimme hatte, keine Kraft, um Kaldens Namen auszusprechen. Also starrte sie ihn an, und er starrte sie an, und ihr kam der Gedanke, wenn sie ihn vor die Kamera bekäme, könnte sie das Bild vielleicht Annie zeigen, und das könnte dann eine gewisse Klarheit bringen, eine Identifizierung. Aber als Mae auf ihr Handgelenk schaute, sah sie bloß eine schattenhafte Kontur, das Gesicht war nicht zu erkennen. Vielleicht konnte ihre Kamera ihn nicht erfassen, weil sie einen anderen Blickwinkel hatte. Während sie seinen Körper auf ihrem Handgelenk verfolgte, wich er zurück und verschwand in der Dunkelheit.

Unterdessen hatte Georgia weiter nonstop über den Hai geredet und über das, was sie gesehen hatten, und Mae hatte nichts davon mitbekommen. Aber jetzt stand sie winkend oben auf der Leiter und hoffte wohl, dass Mae fertig war, weil sie nichts mehr zu verfüttern hatte. Die Show war zu Ende.

»Okay, Leute«, sagte Mae, dankbar für die Gelegenheit, wegzukönnen und Kalden zu folgen. Sie dankte Georgia und verabschiedete sich von ihr. Dann ging sie schnellen Schrittes durch den dunklen Korridor.

Sie erblickte Kaldens Silhouette, die gerade durch eine Tür weit hinten verschwand, und sie wurde noch schneller, achtete aber darauf, die Kamera nicht zu erschüttern, und hütete sich, seinen Namen zu rufen. Die Tür, durch die er geschlüpft war, führte in den Newsroom. Da es einigermaßen logisch war, ihren Viewern den als Nächstes zu zeigen, sagte Mae auf den letzten zwanzig Metern dorthin: »Sehen wir mal nach, was im Newsroom so los ist«, womit sie, wie sie wusste, alle, die dadrin waren, über ihre bevorstehende Ankunft in Kenntnis setzte. Sie wusste auch, dass die SeeChange-Kameras im Flur, über der Tür, Kalden erfasst hatten und sie früher oder später erfahren würde, ob er es wirklich gewesen war. Innerhalb des Circle wurde jeder Schritt von ein oder zwei oder meistens sogar drei Kameras aufgezeichnet, und es war ein Kinderspiel, im Nachhinein zu rekonstruieren, wer wann wo gewesen war.

Während sie auf die Newsroom-Tür zuging, dachte Mae an Kaldens Hände auf ihr. Seine Hände, die nach unten griffen, ihn in sie hineinzogen. Sie hörte das leise Grollen seiner Stimme. Sein Geschmack, wie eine nasse, frische Frucht. Was, wenn sie ihn fand? Sie konnte nicht mit ihm auf die Toilette verschwinden. Oder doch? Sie würde einen Weg finden.

Sie öffnete die Tür zum Newsroom, einem weitläufigen Raum, den Bailey wie ein Zeitungsbüro früherer Tage hatte ausstatten lassen. Hundert Arbeitsplätze waren mit niedrigen Zwischenwänden unterteilt, überall waren Nachrichtenticker und Uhren, und auf jedem Schreibtisch stand ein Retro-Analogtelefon mit einer Reihe weißer Tasten, die unter den Ziffern unregelmäßig blinkten. Es gab alte Drucker, Faxgeräte, Fernschreiber, Kopierer. Das Ganze war natürlich nur Show. Die Retrogeräte funktionierten nicht. Die News-Leute, die sich Mae zugewandt hatten, sie und ihre Viewer lächelnd begrüßten, erledigten ihre Berichterstattung größtenteils per SeeChange. Mittlerweile konnte auf über einhundert Millionen laufende Kameras weltweit zugegriffen werden, was die Kosten und Gefahren von Berichterstattung vor Ort unnötig machte, vom CO_2-Ausstoß ganz zu schweigen.

Während Mae durch den Newsroom ging, winkten ihr die Mitarbeiter zu, unsicher, ob es sich um einen offiziellen Besuch handelte. Mae winkte zurück und ließ den Blick suchend durch den Raum schweifen, wohl wissend, dass sie abgelenkt wirkte. Wo war Kalden? Es gab nur einen anderen Ausgang, also eilte Mae durch den Raum, nickte und grüßte, bis sie die Tür am hinteren Ende erreichte. Sie öffnete sie, blinzelte ins grelle Tageslicht und sah ihn. Er überquerte den weitläufigen grünen Rasen und ging gerade an der neuen Skulptur des chinesischen Dissidenten vorbei – ihr fiel ein, dass sie die bald präsentieren sollte, vielleicht noch heute –, und dann drehte er sich kurz um, als wollte er sich vergewissern, dass Mae ihm folgte. Sie sah ihm in die Augen, was den Anflug eines Lächelns bewirkte, ehe er sich wieder abwandte und rasch hinter der Zeit der fünf Dynastien verschwand.

»Wo willst du hin?«, fragte die Stimme in ihrem Ohr.

»Sorry. Nirgendwo. Ich war bloß. Ach, egal.«

Mae durfte selbstverständlich nach Lust und Laune über

den Campus laufen – viele ihrer Viewer fanden es gerade schön, wenn sie ziellos umherschlenderte –, aber Additional Guidance fragte gelegentlich gern mal nach. Während sie umgeben von Circlern im Sonnenlicht stand, hörte sie ihr Handy klingeln. Sie sah auf ihr Handgelenk; die Nummer war unterdrückt. Sie wusste, das konnte nur Kalden sein.

»Hallo?«, sagte sie.

»Wir müssen uns treffen«, sagte er.

»Wie bitte?«, fragte sie.

»Deine Viewer können mich nicht hören. Die hören nur dich. In diesem Moment fragen sich deine Techniker, wieso der eingehende Ton nicht funktioniert. In ein paar Minuten haben sie das behoben.« Seine Stimme klang angespannt, zittrig. »Also hör zu. Das meiste von dem, was derzeit passiert, muss ein Ende haben. Das ist mein Ernst. Der Circle steht kurz vor der Vollendung, und Mae, du musst mir glauben, dass das schlecht für dich sein wird, für mich, für die Menschheit. Wann können wir uns treffen? Falls es auf der Toilette sein muss, auch gut –«

Mae legte auf.

»Entschuldige«, sagte AG über ihren Ohrhörer. »Irgendwie war das eingehende Audiosignal gestört. Wir arbeiten dran. Wer war's denn?«

Mae wusste, dass sie nicht lügen konnte. Womöglich hatte ja doch irgendwer das ganze Gespräch mitgehört. »Irgendein Spinner«, improvisierte sie und war stolz auf ihre Geistesgegenwart. »Hat irgendwas vom Ende der Welt gefaselt.«

Mae sah auf ihr Handgelenk. Die Ersten fragten sich schon, was denn los war. Der beliebteste Zing: *Technische Probleme in der Circle-Zentrale? Vergisst Santa demnächst Weihnachten?*

»Sag ihnen die Wahrheit, wie immer«, sagte AG.

»Okay, ich hab keine Ahnung, was das gerade war«, sagte Mae laut. »Sobald ich mehr weiß, erfahrt ihr es umgehend.«

Aber sie war aufgewühlt. Sie stand noch immer reglos im Sonnenlicht, winkte bisweilen Circlern zu, die sie bemerkten. Sie wusste, dass ihre Viewer sich fragten, was als Nächstes kam, wohin sie gehen würde. Sie wollte nicht auf ihr Handgelenk sehen, weil sie wusste, dass die Viewer perplex und sogar besorgt wären. In einiger Entfernung sah sie ein paar Leute etwas spielen, das wie eine Partie Krocket aussah, und sie ging in die Richtung, dankbar für die Ablenkung.

»Also, wie ihr alle wisst«, sagte sie, als sie nah genug dran war, um den vier Spielern zuzuwinken, bei denen es sich, wie sie jetzt erkannte, um zwei Circler und zwei Besucher aus Russland handelte, »wird hier beim Circle nicht bloß unentwegt gespielt. Manchmal müssen wir auch arbeiten, wie diese Gruppe demonstriert. Ich will sie nicht stören, aber ich kann euch versichern, dass es bei dem, was sie da machen, um Problemlösungen und komplexe Algorithmen geht und dass dies die Produkte und Angebote, die wir euch bieten, weiter verbessern wird. Schauen wir mal ein bisschen zu.«

Das würde ihr ein paar Minuten Zeit zum Nachdenken verschaffen. Sie machte das in regelmäßigen Abständen, ihre Kamera auf ein Spiel oder eine Vorführung oder eine Rede richten, und konnte so ihren Gedanken eine Weile freien Lauf lassen, während die Viewer zuschauten. Ein Blick auf ihr Handgelenk verriet ihr, dass die Viewerzahl mit 432.028 im mittleren Durchschnitt lag und dass es keine drängenden Kommentare gab, also gönnte sie sich drei Minuten, ehe sie wieder die Kontrolle über den Feed übernehmen musste. Mit einem breiten Lächeln – denn sie war garantiert auf drei oder vier SeeChanges sichtbar – holte sie tief Luft. Das war ein neuer Trick, den sie sich angeeignet hatte, nach außen hin so zu wirken, als wäre sie vollkommen ruhig und sogar gut gelaunt, während in ihrem Kopf ein einziges Chaos herrschte. Sie wollte Annie anrufen. Aber sie konnte Annie nicht anrufen. Sie wollte Kalden sehen. Sie wollte mit Kalden allein sein. Sie wünschte sich zurück in die Toilettenkabine mit ihm, wollte spüren, wie er in sie eindrang. Aber er war nicht normal. Er war ein Spion oder so. Ein Anarchist, ein Schwarzmaler. Was sollte seine Warnung vor der Vollendung des Circle? Sie wusste nicht mal, was *Vollendung* eigentlich hieß. Keiner wusste das. Allerdings hatten die Drei Weisen in letzter Zeit begonnen, Andeutungen zu machen. Eines Tages waren auf dem gesamten Campus neue Wegplatten mit kryptischen Botschaften aufgetaucht: DENKT VOLLENDUNG und VOLLENDET DEN CIRCLE und DER CIRCLE MUSS SICH SCHLIESSEN, und die Slogans hatten die gewünschte Neugier geweckt. Aber keiner wusste, was es hieß, und die Drei Weisen verrieten es nicht.

Mae sah auf die Zeitanzeige. Sie beobachtete das Kroketspiel nun seit neunzig Sekunden. Sie konnte höchstens noch ein oder zwei Minuten so stehen bleiben, ohne dass die Leute anfingen, sich zu wundern. Also, war es ihre Pflicht, den Anruf zu melden? Hatte irgendwer mitgehört, was Kalden gesagt hatte? Was dann? War das vielleicht eine Art Test, um festzustellen, ob sie einen subversiven Anruf melden würde? Vielleicht gehörte das ja zur Vollendung – war ein Test, um ihre Loyalität zu prüfen, um Maßnahmen gegen jeden ergreifen zu können, der sich der Vollendung in den Weg stellte. Scheiße, dachte sie. Sie wollte mit Annie reden, aber sie wusste, dass das nicht ging. Sie dachte an ihre Eltern, die ihr einen vernünftigen Rat geben würden, aber ihr Haus war inzwischen auch transparent, voller SeeChange-Kameras – eine Bedingung für die Behandlung ihres Vaters. Vielleicht könnte sie hinfahren, sich mit ihnen auf der Toilette unterhalten. Nein. Sie hatte schon seit ein paar Tagen nicht mehr mit ihnen gesprochen. Sie hatten gesagt, sie hätten ein paar technische Probleme und würden sich bald wieder melden und hätten sie lieb, und jetzt hatten sie seit achtundvierzig Stunden auf keine ihrer Nachrichten mehr reagiert. Und während dieser Zeit hatte Mae die Kameras bei ihnen zu Hause nicht mehr gecheckt. Das musste sie unbedingt machen, nahm sie sich vor. Vielleicht sollte sie sie anrufen? Nachhören, ob alles in Ordnung war, und dann irgendwie andeuten, dass sie über etwas sehr Verstörendes und Persönliches mit ihnen reden wollte?

Nein, nein. Das war verrückt. Sie hatte einen unsinnigen Anruf von einem Mann bekommen, der ganz sicher irre war. Scheiße, dachte sie und hoffte, dass keiner das Chaos in ihrem Kopf erahnte. Sie genoss das, was sie machte, genoss es, so sichtbar zu sein, so eine Vermittlerfunktion zu haben, ihre Viewer herumzuführen, aber diese Verantwortung, diese unnötige Komplikation, lähmte sie. Und wenn sie diese Paralyse spürte, zwischen viel zu vielen Möglichkeiten und Unbekannten feststeckte, gab es nur einen Ort, wo sie sich am rechten Platz fühlte.

Um 13.44 Uhr betrat Mae die Renaissance, spürte über sich die Begrüßung des gemächlich kreisenden Calders und fuhr mit dem Aufzug in die vierte Etage. Schon allein die Fahrt durch das Gebäude beruhigte sie. Der Gang über den Laufsteg mit Blick ins Atrium bescherte ihr einen großen inneren Frieden. Das hier, die Customer Experience, war ihr Zuhause, wo es keine Unbekannten gab.

Anfangs war Mae überrascht gewesen, als sie gebeten wurde, weiter in der CE zu arbeiten, wenigstens ein paar Stunden die Woche. Sie hatte die Zeit hier genossen, ja, aber sie hatte auch gedacht, dass sie das nun, wo sie transparent geworden war, weit hinter sich lassen würde. »Das ist ja gerade der Punkt«, hatte Bailey erklärt. »Ich denke erstens, dass Sie so auf Tuchfühlung mit der Grundlagenarbeit bleiben, die Sie hier geleistet haben. Und zweitens denke ich, Ihre Follower und Viewer werden es zu schätzen wissen, wenn Sie weiter diese wichtige Arbeit machen. Es wird als sehr bewegender Akt der Demut rüberkommen, meinen Sie nicht?«

Danach war sich Mae der Macht, die sie ausübte, bewusst – sie war schlagartig eine der drei bekanntesten Circler geworden – und entschlossen, diese Macht nicht zur Schau zu tragen. Deshalb richtete sie es jede Woche so ein, dass sie eine Weile in ihr altes Subteam zurückkehrte und an ihren alten Schreibtisch, der für sie frei gehalten wurde. Einige Veränderungen waren gemacht worden – es gab jetzt neun Bildschirme, und die CEs waren angehalten, sich sehr viel gründlicher mit ihren Kunden zu befassen, ausführlicher auf sie einzugehen –, aber die Arbeit selbst war im Grunde dieselbe, und Mae stellte fest, dass ihr der Rhythmus guttat, das nahezu meditative Gefühl dabei, etwas zu tun, das sie aus dem Effeff beherrschte. Daher zog es sie förmlich in die CE, wenn sie gestresst oder verunsichert war.

Und so beschloss sie in der dritten Woche ihrer Transparenz, an einem sonnigen Mittwoch, neunzig Minuten bei der CE einzulegen, ehe der Rest des Tages sie forderte. Um drei musste sie einen Rundgang durch die Napoleonische

Zeit machen, wo man an der Abschaffung von physischem Geld arbeitete – die Rückverfolgbarkeit der Internetwährung würde gewaltige Kriminalitätsbereiche über Nacht eliminieren –, und um vier sollte sie die neuen Musikerunterkünfte auf dem Campus vorstellen – zweiundzwanzig komfortabel ausgestattete Apartments, in denen Musiker, vor allem solche, die nicht vom Verkauf ihrer Musik leben konnten, kostenlos wohnen und regelmäßig vor den Circlern auftreten würden. Damit wäre der Nachmittag durch. Um fünf sollte sie dabei sein, wenn erneut ein Politiker erklärte, ab sofort transparent zu sein. Wieso sie diese Bekanntmachungen – die man inzwischen Klarstellungen nannte – noch immer dermaßen in Szene setzten, war ihr und vielen ihrer Viewer ein Rätsel. Im ganzen Land und weltweit waren mittlerweile zigtausende gewählte Politiker gläsern geworden, und die Bewegung war nicht mehr neu, sondern inzwischen unausweichlich. Die meisten Beobachter sagten innerhalb von achtzehn Monaten volle staatliche Transparenz voraus, zumindest in Demokratien – und mit SeeChange würde es bald keine andere Staatsform mehr geben. Nach der Klarstellung würde ein improvisierter Comedy-Slam auf dem Campus stattfinden, um Geld für eine Schule in einem abgelegenen Gebiet Pakistans zu sammeln, dann eine Weinprobe und schließlich ein großes Barbecue mit musikalischer Begleitung durch einen peruanischen Trance-Chor.

Mae betrat ihren alten Arbeitsraum, wo eine große Stahlplatte, in die ihre eigenen Worte – GEHEIMNISSE SIND LÜGEN; TEILEN IST HEILEN; ALLES PRIVATE IST DIEBSTAHL – eingeätzt waren, eine ganze Wand einnahm. Es wimmelte nur so von Neulingen, die allesamt aufblickten, alarmiert und froh, sie hier bei ihnen zu sehen. Sie winkte ihnen zu und machte einen koketten Knicks. Sie sah Jared in der Tür zu seinem Büro stehen und winkte auch ihm zu. Dann, entschlossen, ihre Arbeit ohne großes Tamtam zu machen, nahm Mae an ihrem Schreibtisch Platz, loggte sich ein und öffnete die Schleuse. Sie beantwortete in rascher Folge drei Anfragen, mit einem Durchschnitt von 99. Ihre vierte Kundin war die erste, der auffiel, dass ihre Anfrage von Mae, der transparenten Mae, bearbeitet wurde.

Ich kann dich sehen!, schrieb die Kundin, ein Media-Buyer für einen Sportartikelimporteur in New Jersey. Sie hieß Janice, und sie kam gar nicht darüber weg, dass sie zusehen konnte, wie Mae die Antwort auf ihre Frage tippte, in Echtzeit, auf ihrem Bildschirm, und sie gleich daneben Maes getippte Antwort erhielt. *Spiegelkabinett!*, schrieb sie.

Nach Janice hatte Mae mehrere Kunden, die nicht wussten, dass sie ihre Anfragen bearbeitete, und Mae merkte, dass sie das irgendwie wurmte. Eine von ihnen, eine T-Shirt-Vertreiberin aus Orlando namens Nanci, bat sie, bei ihrem professionellen Netzwerk mitzumachen, und Mae erklärte sich prompt einverstanden. Von Jared wusste sie, dass die CE-Mitarbeiter neuerdings gehalten waren, größeres Entgegenkommen zu zeigen. Wenn du einen Fragebogen losschickst, sei bereit, selbst einen auszufüllen. Sie meldete sich also beim professionellen Netzwerk der T-Shirt-Vertreiber in Orlando an und erhielt gleich darauf eine neue Nachricht von Nanci. Sie bat Mae, einen kurzen Fragebogen über ihre Vorlieben bei Freizeitkleidung zu beantworten, und Mae war einverstanden. Sie klickte den Fragebogen an und sah, dass der keineswegs kurz war, sondern sage und schreibe 120 Fragen umfasste. Aber Mae beantwortete sie gern in dem Gefühl, dass ihre Meinung wichtig war und wahrgenommen wurde, und diese Art von Entgegenkommen würde bei Nanci und allen, mit denen Nanci Kontakt hatte, größere Verbundenheit mit dem

Circle bewirken. Nachdem sie die Fragen beantwortet hatte, schickte Nanci ihr ein überschwängliches Dankeschön und erklärte, sie könne sich auf ihrer Kundenwebseite ein T-Shirt aussuchen. Mae antwortete, sie würde sich später eins aussuchen, aber Nanci schrieb zurück, sie wäre furchtbar gespannt, welches Shirt Mae sich wohl aussuchen würde. Mae sah auf die Uhr; sie befasste sich seit acht Minuten mit der Orlando-Anfrage, dabei sah die neue Richtlinie pro Anfrage nur 2,5 vor.

Mae wusste, dass sie die nächsten zehn oder mehr Anfragen mit Hochdampf würde bearbeiten müssen, um wieder auf einen annehmbaren Durchschnitt zu kommen. Sie ging auf Nancis Webseite, suchte ein T-Shirt mit einem Comichund in einem Superheldenkostüm aus, und Nanci gratulierte ihr zu der Wahl. Dann widmete sich Mae der nächsten Anfrage und war gerade dabei, eine Standardantwort einzufügen, als wieder eine Nachricht von Nanci reinkam. *Sorry, falls ich überempfindlich bin, aber nachdem ich dich in mein professionelles Netzwerk eingeladen hab, hast du mich nicht in dein professionelles Netzwerk eingeladen, und obwohl ich weiß, dass ich bloß ein Nobody in Orlando bin, wollte ich dir doch sagen, dass ich mich dadurch irgendwie abgewertet gefühlt hab.* Mae versicherte Nanci, sie wolle keineswegs, dass Nanci sich abgewertet fühlte, aber sie habe in der Hektik, die derzeit beim Circle herrsche, dieses wichtige Entgegenkommen schlicht vergessen, würde es aber rasch nachholen. Mae bearbeitete ihre nächste Anfrage, bekam eine 98 und schickte gerade ein Follow-up, als sie wieder eine Nachricht von Nanci erhielt. *Hast du meine Nachricht im professionellen Netzwerk gesehen?* Mae schaute in allen ihren Feeds nach und fand keine Nachricht von Nanci. *Ich hab sie auf dem Message-Board von deinem professionellen Netzwerk gepostet!*, schrieb sie. Also ging Mae auf diese Seite, die sie nicht oft besuchte, und sah, dass Nanci *Hallo, Fremde!* geschrieben hatte. Mae tippte *Hallo zurück! Du bist aber keine Fremde!* und überlegte kurz, ob ihre Korrespondenz damit beendet wäre. Sie blieb noch einen Moment auf der Seite, weil sie ahnte, dass Nanci noch nicht ganz fertig war. Und wirklich. *Freu mich total, dass du zurückgeschrieben hast! Dachte, du wärst vielleicht beleidigt, weil ich »Fremde« geschrieben hab. Bist du auch wirklich nicht sauer?* Mae versicherte Nanci, dass sie wirklich nicht sauer war, fügte ein XO und zehn Smiles an und widmete sich dann wieder ihrer Anfrage. Sie hoffte, dass Nanci zufrieden und glücklich und zwischen ihnen alles klar war. Sie bearbeitete drei weitere Anfragen, schickte Follow-ups hinterher und sah, dass ihr Durchschnitt bei 99 lag. Die Folge war eine Flut von Glückwunsch-Zings, Viewer, die sich darüber freuten, dass Mae sich noch immer so für die alltäglichen Arbeiten beim Circle engagierte, die doch für das Funktionieren der Welt so unerlässlich waren. Sehr viele ihrer Viewer, so riefen sie ihr in Erinnerung, hatten ebenfalls Schreibtischjobs, und da sie diese Arbeit weiterhin freiwillig und mit offensichtlicher Freude verrichtete, sahen sie in ihr ein Vorbild und Inspiration. Und das gab Mae ein gutes Gefühl. Es gab ihr das Gefühl, etwas wert zu sein. Die Kunden machten sie zu einem besseren Menschen. Und ihnen zu dienen und dabei transparent zu sein, machte sie zu einem noch viel besseren Menschen. Sie hatte damit gerechnet. Stewart hatte ihr schon erzählt, dass du, so seine Erfahrung, dein Bestes gibst, wenn Tausende oder gar Millionen dir zuschauen. Du bist fröhlicher, positiver, höflicher, großmütiger, wissbegieriger. Aber er hatte sie nicht auf die kleineren positiven Veränderungen in ihrem Verhalten vorbereitet.

Das allererste Mal fühlte sie sich in ihrem Verhalten

durch die Kamera beeinflusst, als sie in die Küche ging, um
etwas zu essen. Das Bild auf ihrem Handgelenk zeigte das
Innere des Kühlschranks, aus dem sie sich einen Snack
nehmen wollte. Normalerweise hätte sie sich ohne Um-
schweife einen gekühlten Brownie geschnappt, doch als sie
das Bild ihrer Hand sah, die danach griff, und sah, was alle
anderen sehen würden, bremste sie sich. Sie schloss den
Kühlschrank, nahm eine Packung Mandeln aus einer Scha-
le auf der Arbeitsplatte und verließ die Küche. Später am
selben Tag bekam sie Kopfschmerzen – vermutlich, weil
sie weniger Schokolade als sonst gegessen hatte. Sie griff in
ihre Tasche, wo sie ein paar Aspirin hatte, aber auch diesmal sah sie auf dem Display das, was alle sahen. Sie sah
eine Hand, die gierig die Tasche durchwühlte, und kam
sich augenblicklich bedürftig und jämmerlich vor, wie eine
Pillen schluckende Süchtige.

Sie kam ohne aus. Jeden Tag war sie ohne Dinge ausge-
kommen, die sie nicht wollen wollte. Dinge, die sie nicht
brauchte. Sie verzichtete inzwischen auf Limo, Energy-
drinks, Fertignahrung. Auf Circle-Festen hielt sie sich an
einem einzigen Drink fest und versuchte jedes Mal, das
Glas nicht ganz auszutrinken. Alles Unmäßige provozierte
postwendend eine aufgeregte Welle von besorgten Zings,
deshalb hielt sie sich in den Grenzen der Mäßigung. Und
sie fand es befreiend. Sie war erlöst von schlechten Ge-
wohnheiten. Sie war erlöst davon, Dinge zu tun, die sie
nicht tun wollte, Dinge zu essen und zu trinken, die ihr
nicht guttaten. Seit sie transparent geworden war, war sie
nobler geworden. Menschen bezeichneten sie als Vorbild.
Mütter sagten, ihre Töchter schauten zu ihr auf, und das
gab ihr ein Gefühl der Verantwortung, und dieses Gefühl
der Verantwortung – gegenüber den Circlern, den Kunden
und Partnern, den Jugendlichen, die sie als eine Quelle der

Inspiration betrachteten – sorgte dafür, dass sie geerdet blieb, und beflügelte sie.

Sie wurde an die eigenen CircleSurvey-Fragen erinnert, setzte das Headset auf und legte los. Ihren Viewern gegenüber äußerte sie ständig ihre Meinung zu allem Möglichen, und sie kam sich weit einflussreicher vor als früher, ja, aber irgendwie fehlten ihr dabei der gleichmäßige Rhythmus und die Frage-Antwort-Struktur des CircleSurvey. Sie erledigte noch eine Kundenanfrage und nickte dann. Die ferne Glocke ertönte. Sie nickte.

»Danke. Bist du mit dem derzeitigen Sicherheitsstandard an Flughäfen zufrieden?«

»Smile«, sagte Mae.

»Danke. Würdest du Änderungen beim Ablauf der Sicherheitskontrollen an Flughäfen begrüßen?«

»Ja.«

»Danke.«

»Halten dich die derzeitigen Sicherheitskontrollen an Flughäfen davon ab, häufiger zu fliegen?«

»Ja.«

»Danke.«

Die Fragen gingen weiter, und sie schaffte vierundneunzig, ehe sie sich einen Aussetzer erlaubte. Bald kam die Stimme, unverändert.

»Mae.«

Sie überhörte sie absichtlich.

»Mae.«

Ihr Name, von dieser Stimme ausgesprochen, hatte weiterhin Macht über sie. Und sie hatte noch nicht herausgefunden, wieso.

»Mae.«

Diesmal klang es wie eine reinere Version ihrer selbst.

»Mae.«

Sie blickte nach unten auf ihr Armband und sah einige Zings, die sich erkundigten, ob es ihr gut ging. Sie wusste, dass sie antworten musste, sonst würden ihre Viewer denken, sie hätte den Verstand verloren. Das war eine der vielen kleinen Anpassungen, an die sie sich gewöhnen musste – jetzt waren da draußen Tausende, die sahen, was sie sah, Zugang zu ihren Gesundheitsdaten hatten, ihre Stimme hörten, ihr Gesicht sahen, sie war permanent über irgendeine der SeeChange-Kameras auf dem Campus sichtbar, zusätzlich zu der an ihrem Monitor, und jede kleinste Abweichung von ihrer üblichen guten Laune fiel den Leuten auf.

»Mae.«

Sie wollte es noch mal hören, also sagte sie nichts.

»Mae.«

Es war die Stimme einer jungen Frau, die Stimme einer jungen Frau, die vielversprechend klang, leidenschaftlich und zu allem fähig.

»Mae.«

Es war eine bessere, unzähmbarere Version ihrer selbst.

»Mae.«

Jedes Mal, wenn sie sie hörte, fühlte sie sich stärker.

Sie blieb bis fünf in der CE. Dann zeigte sie ihren Viewern die neuste Klarstellung, diesmal die des Gouverneurs von Arizona, und freute sich über die Überraschung, dass der gesamte Mitarbeiterstab des Gouverneurs ebenfalls transparent wurde. Viele Amtsträger entschlossen sich dazu, um ihren Wählern zu demonstrieren, dass nichts im Dunkeln gemauschelt wurde, außerhalb des Lichtkreises ihres gläsernen Chefs. Auf der Klarstellungs-Feier traf Mae Renata und Denise und Josiah – jene Circler, die mal eine gewisse Macht über sie gehabt hatten und jetzt ihre Gefolgsleute waren –, und anschließend aßen sie alle im Glas-Imbiss zu Abend. Es bestand wenig Grund, den Campus zu den Mahlzeiten zu verlassen, da Bailey, in der Hoffnung, Gespräche und Gedankenaustausch und Geselligkeit unter Circlern so weiter ankurbeln zu können, eine Neuheit eingeführt hatte: Sämtliche Mahlzeiten waren nicht mehr bloß kostenlos, sondern wurden auch täglich von einem anderen prominenten Koch zubereitet. Die Köche waren froh über die Publicity – Tausende lächelnde, zingende, Fotos postende Circler –, das Programm fand auf Anhieb enormen Anklang, und die Cafeterien quollen über vor Menschen und vermutlich auch Ideen.

Mae saß an dem Abend mitten im Trubel und aß. Sie fühlte sich unsicher, weil sie Kaldens Worte und seine kryptische Botschaft einfach nicht aus dem Kopf bekam. Deshalb war sie froh über die Ablenkung, die der Abend ihr bot. Der improvisierte Comedy-Slam war angemessen furchtbar und lustig trotz der Talentlosigkeit aller Darsteller, die Spendensammlung für Pakistan war ungemein inspirierend – das Event brachte 2,3 Millionen Smiles für die Schule zusammen –, und schließlich gab es das Barbecue, wo Mae sich ein zweites Glas Wein gönnte, ehe sie sich in ihr Wohnheimzimmer zurückzog.

Seit sechs Wochen wohnte sie in dem Zimmer. Es machte keinen Sinn mehr, zurück zu ihrem Apartment zu fahren, das teuer war und Mäuse beherbergte, wie sie festgestellt hatte, als sie nach achttägiger Abwesenheit mal wieder dort war. Also gab sie es auf und wurde eine von den hundert Siedlern, Circlern, die dauerhaft auf dem Campus lebten. Die Vorteile lagen auf der Hand, und die Warteliste war inzwischen 1.209 Namen lang. Der Campus bot jetzt 288 Circlern Unterkunft, und das Unternehmen hatte soeben ein Gebäude in der Nachbarschaft gekauft, eine ehemalige Fabrik, die in weitere 500 Zimmer umgebaut werden sollte. Maes Zimmer hatte eine bessere Ausstattung bekommen und verfügte jetzt über intelligente Haushaltsgeräte, Wandmonitore und Jalousien, alles zentral gesteuert. Es wurde täglich gereinigt, und der Kühlschrank wurde sowohl mit ihren üblichen Lebensmitteln aufgefüllt – via Homie getrackt – als auch mit Produkten in der Beta-Testphase. Sie konnte alles haben, was sie wollte, solange sie den Herstellern Feedback gab.

Sie wusch sich das Gesicht und putzte sich die Zähne und legte sich in ihr wolkenweißes Bett. Nach 22.00 Uhr war Transparenz optional, und sie klinkte sich normalerweise nach dem Zähneputzen aus, was die Leute im Allgemeinen interessant fanden und was sich, wie sie hoffte, bei ihren jüngeren Viewern günstig auf deren Zahnpflege auswirken könnte. Um 22.11 Uhr verabschiedete sie sich von ihren Viewern – zu dem Zeitpunkt waren es nur noch 98.027, und ein paar Tausend erwiderten ihre Gute-Nacht-Wünsche –, zog sich die Kamerakette über den Kopf und legte sie ins Etui. Sie hatte die Erlaubnis, die SeeChange-Kameras in ihrem Zimmer abzuschalten, tat es aber nur selten. Sie wusste, dass das Bildmaterial, das sie selbst beispielsweise über Bewegungen während des Schlafes sammelte, eines Tages nützlich sein könnte, also ließ sie die Kameras an. Sie hatte ein paar Wochen gebraucht, um sich daran zu gewöhnen, mit den Handgelenksmonitoren zu schlafen – einmal hatte sie sich nachts das Gesicht zerkratzt, ein anderes Mal das rechte Display zerbrochen –, aber Circle-Entwickler hatten zwecks Verbesserung des Designs die harten Displays durch elastischere, unzerbrechliche ersetzt, und inzwischen hatte Mae, wenn sie die Armbänder mal nicht trug, das Gefühl, ihr würde etwas fehlen.

Sie saß aufrecht im Bett, und da sie wusste, dass sie normalerweise eine Stunde brauchte, bis sie einschlafen konnte, schaltete sie den Wandbildschirm ein, um nach ihren Eltern zu sehen. Aber deren SeeChange-Kameras waren alle dunkel. Sie schickte ihnen einen Zing, rechnete aber mit keiner Antwort, und es kam auch keine. Sie schickte Annie eine Nachricht, aber ohne Reaktion. Sie ging ihren Zing-Feed durch und las ein paar lustige Posts, und weil sie sechs Pfund abgenommen hatte, seit sie transparent geworden war, verbrachte sie zwanzig Minuten damit, nach einem neuen Rock und einem Shirt zu suchen, und als sie auf der achten Website war, spürte sie, wie der Riss in ihr sich wieder öffnete. Ohne besonderen Grund sah sie nach, ob Mercers Site noch immer nicht erreichbar war, und stellte fest, dass dem so war. Sie suchte online nach irgendwelchen Erwähnungen seines Namens oder Informationen über seinen Aufenthaltsort und fand keine. Der Riss in ihr wurde größer, weitete sich rasch, und eine bodenlose Schwärze breitete sich unter ihr aus. Im Kühlschrank hatte sie noch etwas von dem Sake, den sie durch Francis kennengelernt hatte, also stand sie auf, goss sich viel zu viel ein und trank es auf ex. Sie ging auf das SeeChange-Portal und sah sich Feeds von Stränden in Sri Lanka und Brasilien an, wodurch sie sich wieder etwas beruhigte und ihr wärmer wurde, und dann erinnerte sie sich, dass ein paar Tausend College-Kids, die sich ChangeSeers nannten, über den ganzen Planeten ausgeschwärmt waren, um Kameras in den entlegensten Regionen zu installieren. Also sah sie sich eine Zeit lang das Bild an, das eine Kamera aus einem namibischen Wüstendorf übertrug, von zwei Frauen, die eine Mahlzeit zubereiteten, während ihre Kinder im Hintergrund spielten, aber nach einigen Minuten spürte sie, wie der Riss sich weiter öffnete, die Unterwasserschreie lauter wurden, ein unerträgliches Zischen. Sie suchte erneut nach Kalden, schrieb seinen Namen auf neue und irrationale Weisen, sah fünfundvierzig Minuten lang das Circle-Personenverzeichnis nach Gesichtern durch, fand aber kein einziges, das ihm ähnelte. Sie schaltete die SeeChange-Kameras ab, goss sich noch mehr Sake ein, trank ihn und stieg ins Bett, und mit Gedanken an Kalden und seine Hände, seine dünnen Beine, seine langen Finger umkreiste sie ihre Nippel mit der linken Hand, während sie mit der rechten ihre Unterwäsche beiseiteschob und die Bewegungen einer Zunge, seiner Zunge, nachahmte. Es war wirkungslos. Aber der Sake ließ die Unruhe aus ihrem Kopf weichen, und schließlich, kurz vor zwölf, fand sie so etwas Ähnliches wie Schlaf.

»Okay, Leute«, sagte Mae. Der Morgen war strahlend hell, und sie fühlte sich munter genug, um einen Satz auszuprobieren, von dem sie hoffte, dass er im Circle und darüber hinaus Anklang finden würde. »Heute ist ein Tag wie alle anderen, insofern als er anders ist als alle anderen!« Nachdem sie ihn ausgesprochen hatte, schaute Mae auf ihr Handgelenk, sah aber wenig Anzeichen dafür, dass der Spruch gut angekommen war. Sie war für einen Moment ernüchtert, aber der Tag selbst, die grenzenlose Verheißung, die er darstellte, gab ihr wieder Auftrieb. Es war 9.34 Uhr, die Sonne schien wieder hell und warm, und auf dem Campus herrschte optimistische Betriebsamkeit. Falls die Circler noch irgendeine Bestätigung dafür gebraucht hätten, dass sie im Mittelpunkt dessen standen, was auf der Welt wichtig war, dann hatte der Tag sie bereits gebracht. Von 8.31 Uhr an hatte eine Reihe von Hubschraubern den Campus erbeben lassen und die führenden Köpfe aller großen Krankenversicherungen, globalen Gesundheitsbehörden, Zentren zur Seuchenbekämpfung und bedeutenden Pharmaunternehmen eingeflogen. Endlich, so wurde gemunkelt, würde es zwischen all diesen bislang einzeln und sogar zum gegenseitigen Nachteil agierenden Instanzen einen umfassenden Informationsaustausch geben, und wenn sie erst aufeinander abgestimmt waren und sämtliche von ihnen gesammelten Gesundheitsdaten allen zugänglich gemacht wurden, was im Wesentlichen durch den Circle, genauer gesagt TruYou, möglich geworden war, dann könnten Viren gleich bei ihrem ersten Auftreten gestoppt und Seuchen bis zu ihrem Ausbruchspunkt zurückverfolgt werden. Den ganzen Morgen über hatte Mae diese Manager und Ärzte und Amtsträger beobachtet, wie sie fröhlich über das Gelände zu dem neu erbauten Hippocampus marschierten. Dort würden sie den Tag über Meetings abhalten – diesmal nicht öffentlich, aber mit dem Versprechen öffentlicher Foren in der Zukunft –, und später würde es ein Konzert von einem alternden Singer-Songwriter geben, den nur Bailey mochte und der am Vorabend zu einem Dinner mit den Drei Weisen eingetroffen war.

Das Wichtigste für Mae war aber, dass einer der vielen Hubschrauber Annie herbrachte, die endlich nach Hause gekommen war. Sie war fast einen Monat in Europa und China und Japan unterwegs gewesen, um einige rechtliche Probleme glattzubügeln und sich mit transparenten Politikern zu treffen. Sie schien mit dem Ergebnis zufrieden zu sein, wie die Anzahl von Smiles vermuten ließ, die Annie am Ende der Reise auf ihrem Zing-Feed gepostet hatte. Aber ein tiefer gehendes Gespräch zwischen Mae und Annie war schwierig gewesen. Annie hatte ihr zu ihrer Transparenz gratuliert, ihrer *Himmelfahrt*, wie Annie es nannte, war aber von da an sehr beschäftigt gewesen. Zu beschäftigt, um ernsthafte Nachrichten zu schreiben, zu beschäftigt, um wichtige Telefonate zu führen, hatte sie gesagt. Sie hatten jeden Tag kurze Mitteilungen ausgetauscht, aber Annies Terminkalender war, wie sie es ausdrückte, *völlig hirnrissig*, und aufgrund des Zeitunterschieds waren sie nur selten synchron und in der Lage, sich irgendetwas von Belang zu sagen.

Annie hatte gesagt, sie würde am Vormittag ankommen, direkt aus Beijing, und Mae konnte sich kaum konzentrieren, während sie wartete. Sie hatte oben von der Dachterrasse aus blinzelnd zugesehen, wie die Hubschrauber landeten, hatte nach Annies Blondschopf Ausschau gehalten, vergeblich. Und jetzt musste sie eine Stunde im Protagoräischen Pavillon verbringen, eine Aufgabe, die, wie sie wusste, wichtig war und die sie normalerweise auch faszinierend gefunden hätte, aber heute erschien sie ihr wie eine undurchdringliche Wand zwischen ihr selbst und ihrer besten Freundin.

Auf einer Granittafel vor dem Protagoräischen Pavillon wurde der Namensgeber des Gebäudes leicht abgewandelt zitiert: *Menschen sind das Maß aller Dinge.* »Noch wichtiger für unsere Zwecke ist jedoch«, sagte Mae, als sie die Tür öffnete, »dass Menschen jetzt dank der uns zur Verfügung stehenden Tools alle Dinge messen können. Hab ich recht, Terry?«

Vor ihr stand ein großer Amerikaner koreanischer Abstammung, Terry Min. »Hallo, Mae, hallo, Maes Viewer und Follower.«

»Du hast eine neue Frisur«, sagte Mae.

Jetzt, wo Annie zurückkam, war Mae zu Albernheiten aufgelegt, womit sie Terry kurzfristig aus dem Konzept brachte. Auf Spontanes war er nicht vorbereitet. »Äh, ja«, sagte er und fuhr sich mit den Fingern durchs Haar.

»Die ist kantig«, sagte Mae.

»Stimmt. Die ist kantiger. Gehen wir rein?«

»Ja, gehen wir rein.«

Die Designer des Gebäudes hatten bewusst organische Formen verwendet, um die starre Mathematik abzumildern, die den Arbeitsalltag der Entwickler bestimmte. Das Atrium war mit Silber verkleidet und schien Wellen zu werfen, was das Gefühl vermittelte, unten in einer riesigen geriffelten Röhre zu stehen.

»Was schauen wir uns denn heute an, Terry?«

»Ich dachte, wir beginnen mit einem Rundgang und befassen uns danach etwas genauer damit, was wir hier für den Bildungssektor tun.«

Mae folgte Terry durch das Gebäude, das im Vergleich zu den anderen Campus-Bereichen, die sie öfter besuchte, eher so etwas wie eine Hochburg für Techniker war. Wichtig für ihr Publikum war es, das Prosaische beim Circle mit dessen glamouröseren Aspekten aufzuwiegen; es war wichtig, beides öffentlich zu machen, und zweifellos interessierten sich Tausende von Viewern mehr für die Heizungskeller als für die Penthäuser, aber die Gewichtung musste genau austariert sein.

Sie kamen an Josef mit den schlechten Zähnen vorbei und begrüßten dann etliche Entwickler und Techniker, die sich alle redlich bemühten, ihre Arbeit zu erklären. Mae sah auf die Zeitanzeige und entdeckte eine neue Nachricht von Dr. Villalobos. Sie bat Mae, möglichst bald zu ihr zu kommen. *Nichts Dringendes*, sagte sie. *Aber es sollte heute noch sein.* Während sie durch das Gebäude gingen, antwortete Mae der Ärztin, dass sie sich in dreißig Minuten bei ihr melden würde. »Sollen wir uns jetzt das Bildungsprojekt anschauen?«

»Ich finde, das ist eine ausgezeichnete Idee«, sagte Terry.

Sie gingen einen geschwungenen Korridor hinunter und gelangten zu einem großen offenen Raum, in dem mindestens hundert Circler ohne irgendwelche Trennwände arbeiteten. Es sah ein bisschen so aus wie ein Börsenparkett um die Jahrhundertmitte.

»Wie deine Viewer vielleicht wissen«, sagte Terry, »hat uns das Bildungsministerium einen hübschen Zuschuss bewilligt –«

»Drei Milliarden Dollar, hab ich recht?«, warf Mae ein.

»Das kommt hin«, sagte Terry, zutiefst zufrieden mit der Zahl und dem, was sie verdeutlichte, nämlich Washingtons Einsicht, dass der Circle weit besser als der Staat alles messen konnte, einschließlich Schülerleistungen. »Entscheidend ist jedenfalls, dass sie uns gebeten haben, ein effektiveres umfassendes Datenauswertungssystem für unsere Schüler zu entwickeln und zu realisieren. Oh, Moment, das hier ist cool«, sagte Terry.

Sie blieben vor einer Frau und einem kleinen Kind stehen. Der Junge sah aus wie drei und spielte mit einer sehr glänzenden Silberuhr an seinem Handgelenk.

»Hi, Marie«, sagte Terry zu der Frau. »Das ist Mae, aber das weißt du ja vermutlich.«

»Und ob ich weiß, wer Mae ist«, sagte Marie mit einem ganz leichten französischen Akzent, »und der kleine Michel weiß das auch. Sag Hallo, Michel.«

Michel winkte lieber wortlos.

»Sag was zu Michel, Mae«, forderte Terry sie auf.

»Wie geht's dir, Michel?«, sagte Mae.

»Okay, jetzt zeig's ihr«, sagte Terry und gab Michels Schulter einen Stups.

Die Uhr an Michels Handgelenk hatte auf ihrem winzigen Display die vier Worte registriert, die Mae soeben gesagt hatte. Ein Zähler darunter zeigte die Ziffer 29.266 an.

»Studien belegen, dass Kinder mindestens 30.000 Wörter am Tag hören sollten«, erklärte Marie. »Deshalb leistet die Uhr etwas sehr Einfaches. Sie erkennt, kategorisiert und, was am wichtigsten ist, zählt diese Wörter. Sie ist hauptsächlich für Kinder zu Hause und im Vorschulalter gedacht. Sobald sie dann zur Schule gehen, wird das Ganze voraussichtlich im Klassenzimmer getrackt.«

»Das ist eine gute Überleitung«, sagte Terry. Sie dankten Marie und Michel und gingen weiter den Korridor hinunter zu einem großen Raum, der wie ein auf hypermodern gemachtes Klassenzimmer aussah, mit Dutzenden Bildschirmen, ergonomischen Stühlen und Arbeitsplätzen für Teams.

»Ah, da ist Jackie«, sagte Terry.

Jackie, eine gepflegte Frau von Mitte dreißig, trat zu ihnen und schüttelte Mae die Hand. Sie trug ein ärmelloses Kleid, das ihre breiten Schultern und Mannequin-Arme betonte. Am linken Handgelenk hatte sie einen kleinen Gipsverband.

»Hi, Mae, ich freue mich sehr, dass du heute hier sein kannst.« Ihre Stimme war geschliffen, professionell, aber auch irgendwie flirtig. Sie stellte sich vor die Kamera, die Hände vor dem Körper gefaltet.

»Nun, Jackie«, sagte Terry, der es offenbar genoss, in ihrer Nähe zu sein. »Kannst du uns ein bisschen was darüber erzählen, was du hier machst?«

Mae sah einen Alert an ihrem Handgelenk und schaltete sich ein. »Vielleicht erzählst du uns zuerst kurz, was du vorher gemacht hast. Bevor du die Leitung dieses Projekts übernommen hast. Das ist eine interessante Geschichte.«

»Danke, dass du das sagst, Mae. Ich weiß ja nicht, ob das wirklich so interessant ist, aber bevor ich zum Circle kam, war ich im Private-Equity-Geschäft, und davor habe ich in einer Gruppe mitgearbeitet, die maßgeblich –«

»Du warst Schwimmerin«, half Mae nach. »Du hast an den Olympischen Spielen teilgenommen!«

»Ach das«, sagte Jackie und hob eine Hand vor ihren lächelnden Mund.

»Hast du 2000 eine Bronzemedaille gewonnen?«

»Ja.« Jackies plötzliche Verlegenheit war sympathisch. Mae warf einen Blick auf ihr Handgelenk und sah, dass ein paar Tausend Smiles eingegangen waren.

»Und intern hast du mal gesagt, deine Erfahrungen als Weltklasseschwimmerin haben deinen Plan hier maßgeblich beeinflusst?«

»Ja, das stimmt, Mae«, sagte Jackie, die jetzt zu begreifen schien, worauf Mae mit diesem Gespräch hinauswollte. »Es gibt so vieles, worüber wir hier im Protagoräischen Pavillon sprechen könnten, aber etwas, was deine Viewer interessieren dürfte, ist ein Projekt, das wir YouthRank nennen. Komm doch mal kurz mit. Werfen wir einen Blick auf das Big Board.« Sie führte Mae zu einem Wandbildschirm von ungefähr sechs Metern im Quadrat. »Seit einigen Monaten testen wir ein System in Iowa, und da du jetzt hier bist, können wir es gleich mal demonstrieren. Du hast doch bestimmt Viewer, die derzeit in Iowa die Highschool besuchen, und vielleicht hat ja einer von ihnen Lust, dir seinen Namen und den der Schule zu schicken.«

»Ihr habt's gehört, Leute«, sagte Mae. »Guckt einer oder eine aus Iowa zu und geht auf die Highschool?«

Mae sah auf ihr Handgelenk, wo elf Zings ankamen. Sie zeigte sie Jackie, und die nickte.

»Okay«, sagte Mae. »Du brauchst also bloß den Namen?«

»Und den der Schule«, sagte Jackie.

Mae las einen der Zings. »Ich habe hier Jennifer Batsuuri,

und sie sagt, sie geht auf die Achievement Academy in Cedar Rapids.«

»Okay«, sagte Jackie und drehte sich zu dem Big Board um. »Holen wir Jennifer Batsuuri von der Achievement Academy auf den Bildschirm.«

Der Name erschien zusammen mit einem Schulfoto von Jennifer. Das Foto zeigte ein indisch-amerikanisches Mädchen von etwa sechzehn Jahren mit einer Zahnspange und in einer grünbraunen Schuluniform. Neben ihrem Foto rotierten zwei numerische Zähler. Die Zahlen stiegen an, bis sie langsamer wurden und stoppten, die obere bei 1.396, die untere bei 179.827.

»Da schau her. Glückwunsch, Jennifer!«, sagte Jackie mit Blick auf den Bildschirm. Sie drehte sich zu Mae um. »Da haben wir eine Spitzenschülerin der Achievement Academy. Sie liegt auf Platz 1.396 von 179.827 Highschoolschülern in Iowa.«

Mae blickte auf die Zeitanzeige. Sie musste Jackies Demonstration vorantreiben. »Und das errechnet sich –«

»Jennifers Bewertung ergibt sich aus ihren Testergebnissen, ihrem Rang in der Klasse, der Leistungsstärke ihrer Schule im Vergleich zu anderen und einer Reihe sonstiger Faktoren.«

»Wie findest du das, Jennifer?«, fragte Mae. Sie sah auf ihr Handgelenk, aber Jennifers Feed blieb stumm.

Ein kurzer Moment der Peinlichkeit folgte, in dem Mae und Jackie darauf warteten, dass Jennifer sich meldete, ihre Freude zum Ausdruck brachte, aber sie ließ nichts mehr von sich hören. Mae wusste, dass sie weitermachen mussten.

»Kann das mit allen anderen Schülern im Land verglichen werden, vielleicht sogar der Welt?«, fragte sie.

»Genau das schwebt uns vor«, sagte Jackie. »Genau wie

wir innerhalb des Circle beispielsweise unser Partizipations-Ranking kennen, so werden wir bald jederzeit wissen, wie unsere Söhne oder Töchter im Vergleich zu den anderen amerikanischen Schülern abschneiden und dann im Vergleich zu den Schülern weltweit.«

»Das klingt sehr hilfreich«, sagte Mae. »Und würde viel Unsicherheit und Stress abbauen.«

»Ja, man denke nur mal daran, um wie viel besser Eltern abschätzen könnten, welche Chancen ihr Kind hat, an einem College aufgenommen zu werden. Jedes Jahr nehmen die besten Colleges des Landes etwa zwölftausend neue Studenten an. Wenn dein Kind landesweit unter den zwölftausend Besten ist, hat es naturgemäß gute Chancen auf einen dieser Plätze.«

»Und wie oft soll upgedatet werden?«

»Oh, täglich. Wenn wir erst volle Partizipation von allen Schulen und Bezirken haben, können wir tägliche Rankings vornehmen, in die jede Klausur, jeder Test umgehend eingearbeitet wird. Und selbstverständlich lassen sich die Ergebnisse nach öffentlichen oder privaten Schulen und Regionen aufgliedern, und wir können Rankings zusammenführen, gewichten und analysieren, um Trends für verschiedene andere Faktoren herauszuarbeiten – Sozioökonomie, Ethnie, einfach alles.«

AG meldete sich in Maes Ohr. »Frag sie, wie sich das mit TruYouth überschneidet?«

»Jackie, soweit ich weiß, gibt es da interessante Überlappungen mit TruYouth, das frühere ChildTrack.« Mae brachte den Satz gerade noch heraus, ehe eine Welle aus Übelkeit und Schweiß sie erfasste. Sie wollte Francis nicht sehen. Vielleicht war es ja nicht Francis? Es gab noch andere Circler, die an dem Projekt arbeiteten. Sie sah auf ihr Handgelenk, dachte, dass sie ihn rasch mit CircleSearch lokalisieren könnte. Aber dann war er da, kam auf sie zu.

»Das ist Francis Garaventa«, sagte Jackie, die Maes Bestürzung nicht wahrnahm. »Er kann uns mehr über die Überschneidung von YouthRank und TruYouth erzählen, und ich muss sagen, die ist sowohl revolutionär als auch notwendig.«

Während Francis auf sie zukam, die Hände linkisch auf dem Rücken, sahen Mae und Jackie ihm beide entgegen, und Mae spürte, wie sich unter ihren Achseln Schweiß sammelte, und sie witterte außerdem, dass Jackie mehr als nur ein berufliches Interesse an ihm hatte. Francis war verändert. Er war noch immer schüchtern, noch immer schmächtig, aber sein Lächeln war selbstbewusst, als ob er kürzlich gelobt worden wäre und das nun öfter erwartete.

»Hi, Francis«, sagte Jackie, reichte ihm ihre nicht gebrochene Hand und drehte kokett die Schulter. Es war weder für die Kamera noch für Francis offensichtlich, aber für Mae war es so subtil wie ein Gong.

»Hallo, Jackie, hallo, Mae«, sagte er, »darf ich euch in meine Höhle entführen?« Er lächelte, drehte sich, ohne eine Antwort abzuwarten, um und führte sie in den nächsten Raum. Mae hatte sein Büro nie gesehen, und es befielen sie gemischte Gefühle dabei, es jetzt ihren Viewern zu zeigen. Es war ein dunkler Raum, in dem Dutzende Bildschirme an der Wand zu einem nahtlosen Raster angeordnet waren.

»Also, wie deine Viewer vielleicht wissen, haben wir Pionierarbeit für ein Programm geleistet, das Kinder sicherer machen soll. In den Staaten, in denen wir das Programm getestet haben, ist die Kriminalität allgemein um 90 Prozent und die Zahl der Kindesentführungen um 100 Prozent gesunken. Landesweit hat es insgesamt nur drei

Entführungsfälle gegeben, die noch dazu innerhalb von Minuten gelöst wurden, da wir in der Lage waren, den Aufenthaltsort der betroffenen Kinder zu tracken.«

»Es war einfach un-glaub-lich«, sagte Jackie kopfschüttelnd mit einer Stimme, die tief war und durchtränkt von so etwas wie sinnlicher Lust.

Francis, der sie anlächelte, merkte nichts oder tat jedenfalls so. Maes Handgelenk registrierte Tausende Smiles und Hunderte Kommentare. Eltern in Staaten ohne Youth-Track erwogen, umzuziehen. Francis wurde mit Moses verglichen.

»Und währenddessen«, sagte Jackie, »arbeitet das Team hier im Protagoräischen Pavillon daran, alle Schülerbewertungen zu koordinieren, damit sämtliche Noten für Hausaufgaben, Lektüre, Anwesenheit und Tests in einer einheitlichen Datenbank erfasst werden. Sie haben es fast geschafft. Wir stehen ganz kurz vor dem Moment, in dem wir, wenn ein Schüler bereit ist, aufs College zu gehen, genau wissen, was ein Schüler gelernt hat. Jedes Wort, das er gelesen hat, jedes Wort, das er nachgeschlagen hat, jeder Satz, den er markiert hat, jede Gleichung, die er aufgeschrieben hat, jede Antwort und jede Korrektur. Das Rätselraten darum, wo unsere Schüler stehen und was sie wissen, wird ein Ende haben.«

Maes Handgelenk scrollte noch immer wie verrückt. *Wieso gab's das bloß noch nicht vor 20 Jahren?*, schrieb ein Viewer. *Meine Kinder hätten in Yale studiert.*

Jetzt schaltete sich Francis ein. Der Gedanke, dass er und Jackie das einstudiert hatten, widerte Mae an. »Jetzt kommt der spannende und unglaublich simple Teil«, sagte er und lächelte Jackie mit professioneller Hochachtung an. »Wir können all diese Informationen in dem nahezu mikroskopischen Chip speichern, der im Augenblick ausschließlich zu Sicherheitszwecken verwendet wird. Aber was, wenn er eingesetzt werden kann, um sowohl den Aufenthaltsort als auch die schulischen Leistungen zu tracken? Wenn das alles zusammengeführt wird?«

»Die Vorteile liegen auf der Hand«, sagte Jackie.

»Tja, ich hoffe, dass die Eltern das so sehen. Partizipierende Familien werden permanenten Echtzeitzugriff auf alles haben – Aufenthaltsort, Noten, Anwesenheit, alles. Und zwar nicht in irgendeinem Handgerät, das das Kind verlieren kann. Es wird in der Cloud sein und im Kind selbst – unverlierbar.«

»Ideal«, sagte Jackie.

»Na, ich hoffe es«, sagte Francis und blickte auf seine Schuhe, um sich in einem Nebel aus, wie Mae wusste, aufgesetzter Bescheidenheit zu verbergen. »Und wie ihr alle wisst«, sagte er an Mae gerichtet, an ihre Viewer, »reden wir hier beim Circle in letzter Zeit viel über Vollendung, und obwohl selbst wir Circler noch nicht genau wissen, was Vollendung bedeutet, scheint mir, dass es so etwas Ähnliches sein muss. Die Verbindung von Diensten und Programmen, die ganz nah beieinanderliegen. Wir tracken Kinder um ihrer Sicherheit willen, wir tracken Kinder um ihrer schulischen Daten willen. Jetzt verbinden wir einfach diese beiden Stränge miteinander, und wenn wir das tun, können wir endlich das gesamte Kind kennen. Es ist einfach, und ich darf wohl sagen, es ist vollendet.«

Mae stand im Freien, mitten im westlichen Teil des Campus, und wusste, dass sie Zeit vertrödelte, bis Annie zurückkam. Es war jetzt 13.44 Uhr, viel später, als sie gedacht hatte, dass sie ankommen würde, und jetzt fürchtete sie, Annie zu verpassen. Mae hatte um zwei einen Termin bei Dr. Villalobos, und der könnte eine Weile dauern, denn die Ärztin hatte sie vorgewarnt, dass sie über etwas relativ Ernstes – aber nicht gesundheitlich Ernstes, wie sie betonte – mit ihr reden müsse. Doch die Gedanken an Annie und die Ärztin wurden nun von Francis verdrängt, den sie plötzlich und eigenartigerweise wieder attraktiv fand.

Mae wusste, dass sie auf einen einfachen Trick hereingefallen war. Er war dünn und ohne Muskeltonus, seine Augen waren schwach, und er hatte ein ausgeprägtes Problem mit vorzeitiger Ejakulation, und nur weil Mae die Lust in Jackies Augen gesehen hatte, merkte sie, dass sie wieder mit ihm allein sein wollte. Sie wollte ihn am Abend mit auf ihr Zimmer nehmen. Der Gedanke war verrückt. Sie musste wieder einen klaren Kopf bekommen. Der Augenblick schien günstig, um die neue Skulptur vorzustellen und zu erläutern.

»Okay, das müssen wir uns ansehen«, sagte Mae. »Diese Skulptur wurde von einem bekannten chinesischen Künstler geschaffen, der häufig Ärger mit den dortigen Machthabern hat.« In dem Moment konnte sich Mae aber nicht an den Namen des Künstlers erinnern. »Wo wir gerade beim Thema sind, möchte ich allen Followern danken, die Frowns an die dortige Regierung geschickt haben, sowohl für die Drangsalierung dieses Künstlers als auch für die Beschränkung von Freiheit im Internet. Wir haben allein aus den USA 180 Millionen Frowns geschickt, und ihr könnt euch darauf verlassen, dass das nicht spurlos an dem Regime vorbeigeht.«

Noch immer fiel Mae der Name des Künstlers nicht ein, und sie spürte, dass diese Unterlassung bald auffallen würde. Dann kam die Meldung über ihr Handgelenk. Sag den Namen! Und sie lieferten ihn ihr.

Sie richtete ihre Kamera auf die Skulptur, und ein paar

Circler, die zwischen ihr und dem Kunstwerk standen, traten beiseite. »Nein, nein, ist schon gut«, sagte Mae. »Mit euch im Bild sieht man, wie groß es ist. Bleibt da«, sagte sie, und sie traten wieder auf das Objekt zu, das sie zwergenhaft klein wirken ließ.

Die Skulptur war fast viereinhalb Meter hoch und bestand aus dünnem, vollkommen durchsichtigem Plexiglas. Die vorherigen Arbeiten des Künstlers waren Konzeptkunstwerke gewesen, aber diese war gegenständlich, unmissverständlich: Eine wuchtige Hand, so groß wie ein Auto, griff aus einem großen Rechteck heraus oder durch es hindurch, und die meisten deuteten dieses Rechteck als eine Art Computerbildschirm.

Der Titel des Werkes war *Durchgriff zum Wohle der Menschheit*, und gleich bei seiner Vorstellung hatte es wegen seiner Ernsthaftigkeit Aufsehen erregt, so ganz anders als die sonstigen Arbeiten des Künstlers, die eine dunkelsarkastische Wirkung hatten, meist auf Kosten des aufstrebenden Chinas und seines damit einhergehenden Selbstwertgefühls.

»Diese Skulptur trifft die Circler wirklich im Innersten«, sagte Mae. »Ich höre immer wieder, dass Menschen davorgestanden und geweint haben. Wir ihr seht, machen die Leute gern Fotos davon.« Mae hatte Circler gesehen, die vor der Riesenhand posierten, als würde sie nach ihnen greifen, sie gleich packen, hochheben. Mae beschloss, zwei Leute zu interviewen, die vor den ausgestreckten Fingern der Skulptur standen.

»Und du bist?«

»Gino. Ich arbeite im Maschinenzeitalter.«

»Und welche Bedeutung hat diese Skulptur deiner Meinung nach?«

»Na ja, ich bin kein Kunstexperte, aber eigentlich ist das

doch ziemlich klar. Der Künstler will uns sagen, dass wir mehr Möglichkeiten brauchen, durch den Bildschirm hindurchzugreifen, oder?«

Mae nickte, weil das die offensichtliche Deutung von allen auf dem Campus war, aber sie fand, für Leute, die sich weniger gut auf die Interpretation von Kunst verstanden, sollte das ruhig auch mal vor der Kamera ausgesprochen werden. Bemühungen, nach der Aufstellung des Werkes Kontakt zum Künstler aufzunehmen, waren erfolglos geblieben. Bailey, der die Arbeit in Auftrag gegeben hatte, sagte, er habe weder beim Thema noch bei dessen Umsetzung eine Hand – »Ganz übler Kalauer«, sagte er – im Spiel gehabt. Aber er war von dem Ergebnis begeistert und hätte es sehr gern gehabt, wenn der Künstler auf den Campus gekommen wäre, um über die Skulptur zu reden, aber der Künstler hatte gesagt, es sei ihm nicht möglich, persönlich zu kommen oder auch nur an einer Telefonkonferenz teilzunehmen. Er würde die Skulptur lieber für sich sprechen lassen, sagte er. Mae wandte sich an die Frau neben Gino.

»Und wer bist du?«

»Rinku. Auch vom Maschinenzeitalter.«

»Siehst du das genauso wie Gino?«

»Absolut. Ich meine, ich finde es unheimlich berührend. Dass wir irgendwie mehr Wege finden müssen, Kontakt herzustellen. Der Bildschirm hier ist eine Barriere, und die Hand transzendiert sie …«

Mae nickte und dachte gerade, sie sollte das Gespräch zum Abschluss bringen, als sie durch das durchsichtige Gelenk der Riesenhand jemanden erblickte, der aussah wie Annie. Es war eine junge Frau, blond, mit Annies Größe und Figur, und sie ging flott über den Platz. Rinku, die noch immer sprach, kam allmählich in Fahrt.

»Ich meine, wie kann der Circle den Kontakt zwischen

uns und unseren Usern stärken? Ich finde es unglaublich, dass dieser Künstler, so weit weg und aus einer anderen Welt, das ausgedrückt hat, was uns alle hier beim Circle umtreibt! Wie können wir besser werden, mehr tun, weiter reichen, verstehst du? Wie können unsere Hände den Bildschirm durchstoßen, um der Welt und allen darin näherzukommen?«

Mae beobachtete, wie die Annie-ähnliche Gestalt auf die Industrielle Revolution zuging. Kurz bevor Annie, oder Annies Zwillingsschwester, die Tür erreichte, lächelte Mae Rinku an, dankte ihr und Gino und sah auf die Zeitanzeige.

Es war 13.49 Uhr. In elf Minuten sollte sie bei Dr. Villalobos sein.

»Annie!«

Die Gestalt ging weiter. Mae war hin und her gerissen, ob sie laut rufen sollte, was ihre Viewer meistens unangenehm fanden, oder hinter Annie herlaufen sollte, was die Kamera kräftig ins Wackeln bringen würde und den Viewern gleichfalls unangenehm wäre. Sie entschied sich für eine Art von Power-Walking, wobei sie die Kamera an die Brust gedrückt hielt. Annie betrat das Gebäude und verschwand. Mae folgte ihr hinein, hörte das Klicken einer Tür, der Tür zum Treppenhaus, und eilte dorthin. Sie hätte fast meinen können, Annie wollte ihr aus dem Weg gehen.

Als Mae das Treppenhaus betrat, blickte sie hoch, sah Annies unverwechselbare Hand und rief nach oben. »Annie!«

Jetzt blieb die Gestalt stehen. Es war Annie. Sie drehte sich um, kam langsam die Treppe herunter, und als sie Mae sah, lächelte sie ein geübtes, erschöpftes Lächeln. Sie umarmten sich. Mae wusste, dass eine Umarmung ihren Viewern immer einen halb komischen und gelegentlich auch leicht erotischen Moment bescherte, wenn der Körper des Gegenübers auf das Kameraobjektiv zukam und es schließlich gänzlich bedeckte.

Annie wich zurück, blickte nach unten auf die Kamera, streckte ihr die Zunge raus und sah dann Mae an.

»Leute«, sagte Mae, »das ist Annie. Ihr habt schon von ihr gehört – Mitglied der Vierzigerbande, Weltbereiserin, schöne Gigantin und meine beste Freundin. Sag Hallo, Annie.«

»Hallo«, sagte Annie.

»Wie war die Reise?«, fragte Mae.

Annie lächelte, verzog aber ganz kurz das Gesicht, und Mae merkte, dass Annie keine Lust auf so ein Gespräch hatte. »Ganz großartig«, sagte sie.

»Möchtest du uns irgendwas erzählen? Wie haben sich die Dinge in Genf entwickelt?«

Annies Lächeln erschlaffte.

»Ach, na ja, wir sollten nicht groß darüber reden, wo doch so vieles davon –«

Mae nickte, signalisierte Annie, dass sie Bescheid wusste. »'tschuldige. Ich meinte eher Genf als Stadt. Schön?«

»Unbedingt«, sagte Annie. »Herrlich. Ich hab die Trapp-Familie gesehen, und die haben jetzt neue Klamotten. Wieder aus Vorhängen.«

Mae schielte auf ihr Handgelenk. Sie hatte neun Minuten, bis sie bei Dr. Villalobos sein musste.

»Gibt's noch irgendwas anderes, das du uns erzählen möchtest?«, fragte sie.

»Irgendwas anderes?«, fragte Annie. »Lass mich mal nachdenken …«

Annie legte den Kopf schief, als wäre sie verwundert und leicht irritiert, dass dieser gespielte Dialog weiterging. Aber dann kam etwas über sie, als hätte sie endlich akzeptiert, was vor sich ging, dass sie wohl oder übel vor einer Kamera stand und ihrer Verantwortung als Sprecherin des Unternehmens gerecht werden musste.

»Okay, es gibt ein anderes echt tolles Programm, an dem wir schon eine ganze Weile dran sind, ein System namens PastPerfect. Und in Deutschland hab ich ein paar letzte Hürden zu dessen Verwirklichung aus dem Weg geräumt. Derzeit suchen wir hier beim Circle nach dem passenden Freiwilligen, um es auszuprobieren, aber wenn wir die richtige Person gefunden haben, wird das der Beginn einer ganz neuen Ära für den Circle und, auch wenn das vielleicht dramatisch klingt, für die Menschheit.«

»Das klingt überhaupt nicht dramatisch!«, sagte Mae. »Kannst du uns noch etwas mehr dazu sagen?«

»Klar, Mae. Danke, dass du mir die Gelegenheit gibst«, sagte Annie und blickte kurz auf ihre Schuhe, ehe sie die Augen mit einem professionellen Lächeln wieder auf Mae richtete. »Ich kann sagen, dass die Grundidee die ist, mit den Möglichkeiten, die die Circle-Community besitzt, nicht bloß die Gegenwart, sondern auch die Vergangenheit zu kartieren. Derzeit sind wir dabei, jedes Foto, jede Wochenschau, jedes Amateurvideo in jedem Archiv hier bei uns und in Europa zu digitalisieren – ich meine, wir tun jedenfalls unser Möglichstes. Es ist eine Herkulesarbeit, aber wir hoffen, dass wir, sobald wir eine kritische Masse haben, dank der Fortschritte im Bereich Gesichtserkennung praktisch jeden auf jedem Foto und jedem Video identifizieren können. Wenn du zum Beispiel jede je gemachte Aufnahme von deinen Urgroßeltern finden willst, können wir das Archiv durchsuchen, und wir erwarten, wir gehen davon aus, dass du auf diese Weise sehr viel mehr über sie erfährst. Vielleicht entdeckst du sie im Gedränge auf der Weltausstellung von 1912. Vielleicht stößt du auf ein Video mit deinen Eltern 1974 bei einem Baseballspiel. Letzten Endes geht es darum, deine Erinnerungen und die historischen Aufzeichnungen zu ergänzen. Und mithilfe von DNA und wesentlich verbesserter genealogischer Software hoffen wir, dass in einem Jahr jeder mit einer einzigen Suchanfrage auf jede verfügbare Information zu seiner Familienabstammung zugreifen kann, auf sämtliche Fotos, Videos und Filme.«

»Und ich denke mir, wenn alle dabei mitmachen, ich meine die Circle-Teilnehmer, können eventuelle Lücken rasch gefüllt werden.« Mae lächelte und vermittelte Annie mit den Augen, dass sie ihre Sache super machte.

»Ganz genau, Mae«, sagte Annie. Ihre Stimme stach in den Raum zwischen ihnen. »Wie bei allen Onlineprojekten liegt die Vollendung bei der digitalen Community. Wir selbst sammeln Millionen von Fotos und Videos, aber der Rest der Welt wird noch Milliarden mehr dazu beitragen. Wir schätzen, wir können die meisten historischen Löcher schon mit nur partieller Partizipation problemlos füllen. Wenn du zum Beispiel nach allen Bewohnern eines bestimmten Hauses in Polen um 1913 suchst und dir noch einer fehlt, könnte diese letzte Person innerhalb kürzester Zeit aus allen anderen Daten, die wir bekommen, heraustrianguliert werden.«

»Total spannend.«

»Ja, das ist es«, sagte Annie und riss kurz die Augen so weit auf, dass das Weiß hervortrat, damit Mae endlich zum Schluss kam.

»Habt ihr denn schon ein Versuchskaninchen?«, fragte Mae.

»Noch nicht. Wir suchen nach jemandem, dessen Familie eine lange Geschichte in den Vereinigten Staaten hat. Einfach deshalb, weil wir wissen, dass wir hier umfassenderen Zugriff auf Archive haben als in vielen anderen Ländern.«

»Und ist das Teil des Circle-Vorhabens, alles in diesem Jahr zu vollenden? Liegt das noch im Zeitplan?«

»Ja. PastPerfect ist praktisch einsatzfähig. Und mit den vielen anderen Aspekten der Vollendung scheint Anfang kommenden Jahres ein realistischer Zeitpunkt. In acht Monaten sind wir fertig. Aber man weiß ja nie: So, wie die Dinge im Moment laufen, könnten wir mithilfe der vielen Circler da draußen auch früher fertig werden.«

Mae lächelte, nickte, und sie und Annie erlebten einen langen, angespannten Moment, in dem Annies Augen erneut fragten, wie lange sie diesen halb gestellten Dialog noch durchhalten mussten.

Draußen brach die Sonne durch die Wolken, und das Licht fiel durch ein Fenster auf Annies Gesicht. Jetzt erst fiel Mae auf, wie alt Annie aussah. Ihr Gesicht war abgespannt, die Haut blass. Sie war noch keine siebenundzwanzig, aber sie hatte dunkle Ränder unter den Augen. In diesem Licht schien sie in den letzten zwei Monaten um fünf Jahre gealtert zu sein.

Annie nahm Maes Hand und grub ihre Fingernägel in die Handfläche, gerade genug, um ihre Aufmerksamkeit zu erregen. »Ehrlich gesagt, ich muss zum Klo. Kommst du mit?«

»Klar. Ich muss auch.«

Obwohl Maes Transparenz total war und sie nicht zwischendurch die Kamera oder den Audio-Feed abschalten konnte, gab es ein paar Ausnahmen, auf denen Bailey bestanden hatte. Die eine war während der Toilettenbenutzung oder zumindest während des eigentlichen Toilettengangs. Der Video-Feed sollte weiterlaufen, weil die Kamera ja lediglich die Rückwand der Kabinentür zeigte, was Bailey für vertretbar hielt. Aber der Ton sollte abgestellt werden, um Mae und ihrem Publikum die Übertragung der Geräusche zu ersparen.

Mae ging in die Kabine, Annie in die gleich nebenan, und Mae deaktivierte ihren Audio-Feed. Im Normalfall hatte sie bis zu drei Minuten Stille. Wenn es länger dauerte, reagierten Viewer und Circler besorgt.

»Jetzt sag mal, wie geht's dir?«, fragte Mae. Sie konnte Annie nicht sehen, nur ihre Zehen, die krumm aussahen und eine Pediküre hätten vertragen können, waren unter der Trennwand sichtbar.

»Prima. Prima. Und dir?«

»Gut.«

»Na, das will ich auch hoffen«, sagte Annie. »Alle sind total begeistert von dir.«

»Glaubst du?«

»Ach, komm schon. Keine falsche Bescheidenheit. Du solltest euphorisch sein.«

»Okay. Bin ich, ich geb's zu.«

»Ich meine, du bist hier der reinste Shootingstar. Das ist Wahnsinn. Leute wenden sich an *mich*, um an *dich* ranzukommen. Das ist einfach … irre.«

In Annies Stimme hatte sich etwas eingeschlichen, das Mae als Neid erkannte oder zumindest einen nahen Verwandten dieses Gefühls. Mae ging eine Reihe von möglichen Antworten durch. Keine passte. *Ohne dich hätte ich das nie geschafft* ging nicht. Das klang selbstgefällig und herablassend zugleich. Schließlich entschied sie sich dafür, das Thema zu wechseln.

»Entschuldige die blöden Fragen vorhin«, sagte Mae.

»Ist schon gut. Aber du hast mich ganz schön überrumpelt.«

»Ich weiß. Aber – ich hab dich gesehen und wollte dich

einfach sprechen. Und ich wusste nicht, was ich dich sonst fragen sollte. Also, geht's dir wirklich gut? Du siehst völlig fertig aus.«

»Danke, Mae. Du weißt, wie gern ich das höre, nachdem ich Sekunden vorher vor Millionen Menschen aufgetreten bin. Danke. Du bist lieb.«

»Ich mach mir doch bloß Sorgen. Hast du genug geschlafen?«

»Keine Ahnung. Vielleicht bin ich bloß aus dem Rhythmus. Jetlag und so.«

»Kann ich irgendwas tun? Ich lad dich zum Essen ein.«

»Du lädst mich zum Essen ein? Mit deiner Kamera und wo ich so grässlich aussehe? Klingt himmlisch, aber nein.«

»Ich möchte dir aber irgendwas Gutes tun.«

»Nein, nein. Ich hab viel zu erledigen.«

»Irgendwas Interessantes?«

»Ach, du weißt schon, das Übliche.«

»Sind die Gespräche mit den Behörden gut gelaufen? Die haben dir wirklich einiges aufgebürdet. Ich hab mir Sorgen gemacht.«

Frost legte sich über Annies Stimme. »Tja, da hast du dir grundlos Sorgen gemacht. Ich bin nämlich nicht neu in dem Geschäft.«

»Doch nicht solche Sorgen, so hab ich das nicht gemeint.«

»Du sollst dir überhaupt keine Sorgen machen.«

»Ich weiß, dass du das schaffst.«

»Vielen Dank! Mae, dein Vertrauen in mich ist der Wind unter meinen Flügeln.«

Mae beschloss, den Sarkasmus zu überhören. »Also, wann können wir uns denn endlich mal sehen?«

»Bald. Wir kommen schon zusammen.«

»Heute Abend? Bitte?«

»Heute geht nicht. Ich will früh ins Bett und mich für

morgen ausruhen. Ich hab wahnsinnig viel zu tun. Die ganze neue Arbeit an der Vollendung und …«

»Die Vollendung des Circle?«

Eine lange Pause trat ein, und Mae war sicher, Annie genoss es, dass Mae diese Neuigkeit noch nicht kannte.

»Ja. Hat Bailey dir nichts davon erzählt?«, fragte Annie. Ihre Stimme hatte eine gewisse enervierende Melodik angenommen.

»Ich weiß nicht«, sagte Mae mit brennendem Herzen. »Kann sein.«

»Jedenfalls, sie meinen, wir stehen ganz dicht davor. Ich hab auf der Reise einige der letzten Hindernisse ausgeräumt. Nach Ansicht der Drei Weisen gilt es nur noch ein paar Hürden zu überwinden.«

»Oh. Ich glaub, das hab ich schon gehört«, sagte Mae und hörte sich selbst, hörte, wie kleinlich sie klang. Aber sie war neidisch. Natürlich. Warum sollte sie denselben Zugang zu Informationen haben wie Annie? Sie wusste, dass sie kein Recht dazu hatte, aber dennoch, sie wollte es, und sie fand, dass sie es nicht mehr nötig hatte, sich von Annie, die drei Wochen lang um die halbe Welt gereist war, auf den neusten Stand bringen zu lassen. Diese Nichtberücksichtigung schleuderte sie zurück auf irgendeine gewöhnliche Position im Circle, auf den plebejischen Platz eines Sprachrohrs, eines öffentlichen Lockvogels.

»Kann ich denn wirklich nichts für dich tun? Vielleicht eine kleine Schlammpackung gegen die Ringe unter deinen Augen?« Mae verachtete sich selbst für die Bemerkung, aber sie tat in diesem Moment so verdammt gut wie das Wegkratzen eines üblen Juckreizes.

Annie räusperte sich. »Du bist rührend«, sagte sie, »aber ich muss jetzt los.«

»Ganz sicher?«

402

»Mae. Ich will ja nicht unhöflich sein, aber im Moment ist es für mich das Beste, wieder zurück an meinen Schreibtisch zu kommen, damit ich arbeiten kann.«

»Okay.«

»Ich mein das nicht unhöflich. Ich hab wirklich einfach nur jede Menge um die Ohren.«

»Schon gut, ich weiß. Ich versteh das. Ist in Ordnung. Wir sehen uns ja morgen sowieso. Beim Concept-Kingdom-Meeting.«

»Was?«

»Morgen ist ein Concept-King–«

»Nein. Das weiß ich. Du bist dabei?«

»Ja. Bailey meinte, ich sollte dabei sein.«

»Und es übertragen?«

»Klar. Ist das ein Problem?«

»Nein. Nein«, sagte Annie, die das offensichtlich erst verdauen musste. »Ich wundere mich nur. Bei diesen Meetings geht es oft um sensibles geistiges Eigentum. Vielleicht sollst du nur am Anfang dabei sein oder so. Ich kann mir nicht vorstellen …«

Annies Toilettenspülung rauschte, und Mae sah, dass sie aufgestanden war.

»Du gehst?«

»Ja. Ich bin ehrlich schon so spät dran, dass ich kotzen könnte.«

»Okay. Kotz nicht.«

Annie hastete nach draußen, und weg war sie.

Mae hatte noch vier Minuten, um es pünktlich zu Dr. Villalobos zu schaffen. Sie stand auf, schaltete den Audio-Feed wieder ein und verließ die Toilette.

Dann ging sie wieder rein, stellte den Ton ab, setzte sich in dieselbe Kabine und gönnte sich eine Minute, um wieder ruhig zu werden. Sollten die Leute ruhig denken, sie hätte Verstopfung. Das war ihr egal. Sie war sicher, dass Annie jetzt weinte, wo immer sie sein mochte. Mae schluchzte und verfluchte Annie, jeden verdammten Zentimeter ihres Körpers, ihr hochnäsiges Anspruchsdenken. Schön, sie war schon länger beim Circle, na und? Sie waren jetzt auf Augenhöhe, das konnte Annie nicht akzeptieren. Aber Mae würde sie schon dazu bringen.

Als sie ankam, war es 14.02 Uhr.

»Hallo, Mae«, begrüßte Dr. Villalobos sie in der Lobby der Klinik. »Wie ich sehe, ist Ihr Puls normal, und ich denke, nachdem Sie hierhergejoggt sind, bekommen auch Ihre Viewer einige interessante Daten zu sehen. Herein mit Ihnen.«

Im Rückblick war es nicht verwunderlich, dass auch Dr. Villalobos bei den Viewern äußerst beliebt war. Mit ihren opulenten Kurven, den lasziven Augen und der klangvollen Stimme war sie der reinste Bildschirmvulkan. Sie war die Ärztin, die sich jeder, vor allem heterosexuelle Männer, wünschte. Seit TruYou war es praktisch unmöglich geworden, anzügliche Kommentare zu hinterlassen, wenn man seinen Job oder Ehepartner nicht verlieren wollte, aber Dr. Villalobos löste eine vornehme, jedoch nicht minder deutliche Form der Bewunderung aus. *Wunderbar, die gute Frau Doktor wiederzusehen!*, schrieb ein Mann, als Mae das Büro betrat. *Möge die Untersuchung beginnen*, schrieb eine andere, mutigere Seele. Und auch Dr. Villalobos schien das zu genießen, wenngleich sie sich bemüht professionell gab. Heute trug sie eine Bluse mit Reißverschluss, die ihren üppigen Busen in einer Weise betonte, die aus einigem Abstand noch angemessen war, aber durch Maes nahe Kamera gesehen irgendwie obszön wirkte.

»Ihre Vitalwerte sehen gut aus«, sagte sie zu Mae.

Mae saß auf dem Untersuchungstisch, die Ärztin stand vor ihr. Mae checkte auf ihrem Handgelenk das Bild, das ihre Viewer empfingen, und wusste, dass die Männer hocherfreut sein würden. Als wäre Dr. Villalobos plötzlich klar geworden, wie provozierend das Bild sein musste, drehte sie sich zu dem Wandbildschirm um. Er zeigte ein paar Hundert Datenpunkte an.

»Ihre Schrittzahl könnte besser sein«, sagte sie. »Sie liegen im Schnitt bei gerade mal 5.300, sollten aber auf 10.000 kommen. Und jemand in Ihrem Alter sollte sogar noch höher liegen.«

»Ich weiß«, sagte Mae. »Es war in letzter Zeit nur alles sehr hektisch.«

»Okay. Aber wir sollten die Schrittzahl steigern. Versprochen? So, da jetzt alle Ihre Viewer mithören, möchte ich Ihnen gern ein bisschen von dem Hauptprogramm vorschwärmen, in das Ihre Daten einfließen, Mae. Es trägt den Namen Complete Health Data Program, kurz CHAD. Chad war einer meiner Expartner, und Chad, falls du da draußen zuhörst, ich hab's nicht nach dir benannt.«

Maes Handgelenk empfing eine Flut von Nachrichten. *Chad, du Trottel.*

»Durch CHAD erhalten wir Echtzeitdaten von allen Circle-Mitarbeitern. Mae, Sie und die Neulinge waren die Ersten, die die neuen Armbänder bekommen haben, aber inzwischen ist auch jeder andere beim Circle damit ausgestattet. Und somit werden wir am laufenden Band mit fehlerfreien und vollständigen Daten zu den elftausend hier arbeitenden Menschen versorgt. Ist das nicht großartig? Der erste positive Effekt war letzte Woche, als die Grippe den Campus erreichte und wir wenige Minuten später wussten, wer sie eingeschleppt hat. Wir haben die Person nach Hause geschickt, und niemand sonst wurde infiziert.

Wenn wir die Leute doch bloß daran hindern könnten, Krankheitserreger auf den Campus zu bringen, was? Wenn sie das Gelände nie verlassen, sich nie draußen irgendwas einfangen würden, dann wäre alles bestens. Aber Schluss mit dem Redenschwingen, jetzt geht's um Sie, Mae.«

»Nur, wenn Sie eine gute Nachricht für mich haben«, sagte Mae und versuchte zu lächeln. Aber ihr war unbehaglich zumute, und sie wollte die Sache hinter sich bringen.

»Ja, ich halte sie für gut«, sagte die Ärztin. »Sie kommt von einem Viewer in Schottland. Er hat Ihre Vitalwerte beobachtet und einen Quervergleich mit Ihren DNA-Markern angestellt. Dabei ist ihm aufgefallen, dass Sie mit Ihrer Vorliebe für nitrathaltiges Essen Ihr Krebsrisiko erhöhen.«

»O Gott. Ehrlich? Ist das die schlechte Nachricht, wegen der ich herkommen sollte?«

»Nein, nein! Keine Sorge. Das Problem lässt sich leicht beheben. Sie haben keinen Krebs und werden wahrscheinlich auch keinen bekommen. Aber wie Sie wissen, haben Sie einen Marker für Krebs im Magen-Darm-Bereich, bloß ein erhöhtes Risiko, und diesem Wissenschaftler in Glasgow, der Sie und Ihre Vitalwerte beobachtet hat, ist aufgefallen, dass Sie Salami und andere Fleischprodukte mit Nitraten essen, die eine Zellmutation auslösen könnten.«

»Sie machen mir noch immer Angst.«

»Himmel, tut mir leid! Das ist wirklich nicht meine Absicht. Aber seien wir froh, dass er aufgepasst hat. Ich meine, wir passen auch auf, und wir werden immer besser darin. Aber wenn man so viele Freunde da draußen hat wie Sie, hat das den wunderbaren Effekt, dass einer von ihnen, achttausend Kilometer entfernt, Ihnen helfen konnte, ein wachsendes Risiko zu meiden.«

»Also keine Nitrate mehr.«

»Genau. Die Nitrate lassen wir weg. Ich hab Ihnen eine Liste mit nitrathaltigen Nahrungsmitteln gezingt, und Ihre Viewer können die auch sehen. Sie sollten stets nur in Maßen verzehrt werden, aber man sollte gänzlich auf sie verzichten, wenn ein familiär bedingtes oder sonstiges Krebsrisiko besteht. Ich hoffe, Sie teilen das auch Ihren Eltern mit, falls die nicht regelmäßig in ihren Zing-Feed schauen.«

»Ach, das machen sie bestimmt«, sagte Mae.

»Tja, damit kommen wir zu der weniger guten Nachricht. Dabei geht's nicht um Sie oder Ihre Gesundheit. Es geht um Ihre Eltern. Die beiden sind wohlauf, aber ich möchte Ihnen etwas zeigen.« Die Ärztin holte die See-Change-Feeds von den Kameras in Maes Elternhaus auf den Bildschirm. Sie waren einen Monat nach Beginn der Behandlung ihres Vaters installiert worden. Das Medizinerteam beim Circle interessierte sich sehr für seinen Fall und wollte möglichst viele Daten über ihn sammeln. »Fällt Ihnen was auf?«

Mae blickte auf den Bildschirm. Wo ein Raster von sechzehn Bildern hätte sichtbar sein sollen, waren zwölf schwarz. »Es funktionieren nur vier«, sagte sie.

»Korrekt«, sagte die Ärztin.

Mae suchte die vier Feeds nach Ihren Eltern ab. Sie sah sie nicht. »War die Technik schon da und hat das überprüft?«

»Unnötig. Wir haben gesehen, wie sie's gemacht haben. Bei jeder haben sie nach oben gegriffen und sie irgendwie abgedeckt. Vielleicht einfach mit einem Aufkleber oder mit Stoff. Wussten Sie davon?«

»Nein! Ich bitte um Verzeihung. Das hätten sie nicht machen sollen.«

Instinktiv kontrollierte Mae ihre aktuelle Viewerzahl: 1.298.001. Während ihrer Besuche bei Dr. Villalobos schnellte die Zahl immer in die Höhe. All diese Menschen wussten jetzt Bescheid. Mae spürte, wie sie rot anlief.

»Haben Sie in letzter Zeit etwas von Ihren Eltern gehört?«, fragte Dr. Villalobos. »Laut unseren Daten, nein. Aber vielleicht –«

»Nicht in den letzten paar Tagen«, sagte Mae. Tatsächlich hatte sie seit über einer Woche keinen Kontakt mehr zu ihnen gehabt. Sie hatte versucht, sie anzurufen, vergeblich. Sie hatte gezingt und keine Antwort erhalten.

»Wären Sie bereit, sie zu besuchen?«, fragte die Ärztin. »Wie Sie wissen, ist eine gute ärztliche Versorgung nur schwer sicherzustellen, wenn wir im Dunkeln tappen.«

Mae hatte zum ersten Mal seit Wochen um fünf Uhr Feierabend gemacht und war auf der Fahrt zu ihren Eltern. Sie überlegte, welcher Wahnsinn über die beiden gekommen sein mochte, und fürchtete, dass Mercer sie mit seinen Wahnvorstellungen irgendwie angesteckt hatte. Wie konnten sie es wagen, Kameras abzudecken? Nach allem, was sie getan hatte, um ihnen zu helfen, nach allem, was der Circle getan hatte, der sich praktisch über alle Regeln hinweggesetzt hatte, um sie zu unterstützen! Und was würde Annie dazu sagen?

Die kann mich mal, dachte Mae, während sie fuhr und die Luft wärmer wurde, je weiter sie sich vom Pazifik entfernte. Mae hatte ihre Kamera in eine Halterung auf dem Armaturenbrett gesteckt, die extra für ihre Zeit im Auto entworfen worden war. *Scheiß-Society-Tussi.* Das Timing war schlecht. Wahrscheinlich würde Annie einen Weg finden, das Ganze zu ihrem Vorteil zu nutzen. Gerade jetzt, wo ihr Neid auf Mae – und neidisch war sie, daran bestand kein Zweifel – wuchs, könnte sie Mae fertigmachen. Mae und ihr kleines Provinzkaff, ihre Parkhaus-Eltern, die die Finger nicht von ihren Kameras ließen, die nicht auf ihre Gesundheit achten konnten. Die ein fantastisches Geschenk, erstklassige medizinische Versorgung, einfach missbrauchten. Mae wusste, was in Annies blondem Köpfchen vor sich ging: Manchen Leuten ist einfach nicht zu helfen.

Annies Familienstammbaum reichte zurück bis zur *Mayflower*. Ihre Vorfahren hatten dieses Land besiedelt, ihre Vorfahren hatten riesige Ländereien in England besessen. Ihr Blut schien immer schon blau gewesen zu sein, schon als das Rad erfunden wurde. Überhaupt, wenn irgendjemandes Vorfahren das Rad erfunden hatten, dann wahrscheinlich Annies. Das wäre vollkommen und absolut logisch und würde niemanden überraschen.

Das alles hatte Mae während eines Thanksgiving-Fests in Annies Haus herausgefunden. Damals waren gut zwanzig Verwandte dabei gewesen, alle mit dieser schmalen Nase, dem rosigen Teint, den kurzsichtigen Augen hinter vierzig Brillengläsern, und während eines angemessen zurückhaltenden Gesprächs – Annies gesamte Familie war nämlich unwillig, allzu viel über ihre Abstammung zu reden oder sie allzu wichtig zu nehmen – war Mae klar geworden, dass irgendwelche entfernten Verwandten von ihnen beim allerersten Thanksgiving auf Neuengland-Boden dabei gewesen waren.

»Ach Gott, wen interessiert das?«, hatte Annies Mutter gesagt, als Mae mehr darüber wissen wollte. »Irgendein Kerl auf einem Schiff. Wahrscheinlich war er im guten alten England bis über beide Ohren verschuldet.«

Und weiter ging's mit dem Dinner. Hinterher hatte sie Annie überredet, ihr ein paar Dokumente zu zeigen, uralte vergilbte Blätter, die ihre Familiengeschichte belegten, eine wunderschöne schwarze Mappe mit Ahnentafeln, wissenschaftlichen Aufsätzen, Bildern von würdevollen alten

Männern mit dicken Koteletten, die neben primitiven Holzhäusern standen.

Auch bei anderen Besuchen in Annies Elternhaus hatte ihre Familie großzügig und bescheiden gewirkt, schien sich überhaupt nichts auf ihren Namen einzubilden. Aber als Annies Schwester heiratete und auch entfernte Verwandtschaft eintraf, lernte Mae eine andere Seite kennen. Sie saß neben Annies Tante an einem Tisch mit unverheirateten Männern und Frauen, größtenteils Cousins und Cousinen von Annie. Die Tante war eine drahtige Frau von Mitte vierzig, deren Gesichtszüge Annies ähnelten, aber weniger vorteilhaft angeordnet waren. Sie war frisch geschieden, hatte einen Mann »unter meinem Stand« verlassen, wie sie mit gespielter Überheblichkeit sagte.

»Und woher kennen Sie Annie?« Sie hatte Mae nach geschlagenen zwanzig Minuten das erste Mal angesprochen.

»College. Wir waren Zimmergenossinnen.«

»Ich dachte, sie hätte mit einer Pakistani zusammengewohnt.«

»Das war im ersten Semester.«

»Und Sie waren ihre Rettung. Woher stammen Sie?«

»Aus einer Kleinstadt im Central Valley. Kennt kein Mensch. Liegt in der Nähe von Fresno.«

Mae fuhr weiter, während sie sich an all das erinnerte, und manches davon löste in ihr einen frischen Schmerz aus, wie eine nässende Wunde.

»Wow, Fresno!«, hatte die Tante gesagt und sich ein Lächeln abgerungen. »Den Namen hab ich lange nicht gehört, Gott sei Dank.« Sie hatte einen kräftigen Schluck von ihrem Gin Tonic getrunken und blinzelnd die Hochzeitsgesellschaft betrachtet. »Hauptsache, Sie sind da weg. Ich weiß, gute Colleges suchen nach Leuten wie Ihnen. Wahrscheinlich bin ich deshalb nicht da angenommen worden, wo ich hinwollte. Da sage noch einer, ein Eliteinternat steigert die Chancen. Es gibt zu viele Quotenplätze für Leute aus Pakistan und Fresno, finden Sie nicht?«

Maes erster Besuch bei ihren Eltern, seit sie transparent geworden war, hatte wichtige Erkenntnisse geliefert und ihren Glauben an die Menschheit gestärkt. Sie hatten miteinander einen entspannten Abend verbracht, gemeinsam gekocht und gegessen und dabei darüber gesprochen, wie anders ihr Vater jetzt, wo er über den Circle versichert war, von den Ärzten behandelt wurde. Die Viewer konnten die Erfolge der Behandlung sehen – ihr Vater wirkte lebhaft und bewegte sich problemlos durchs Haus –, aber auch den hohen Tribut, den die Krankheit ihm abverlangte. Er stolperte unbeholfen und stürzte, als er die Treppe hinaufgehen wollte, und anschließend bekam Mae jede Menge Nachrichten von besorgten Viewern, gefolgt von Tausenden von Smiles aus der ganzen Welt. Die Leute schlugen neue Medikamentenkombinationen vor, neue Physiotherapiemethoden, neue Ärzte, experimentelle Therapien, fernöstliche Medizin, Jesus. Hunderte Kirchengemeinden setzten ihn auf ihre wöchentlichen Gebetslisten. Maes Eltern waren zufrieden mit ihren Ärzten, und da die meisten Follower sehen konnten, wie vorbildlich ihr Vater versorgt wurde, waren die Kommentare, die ihm und seiner Familie einfach nur Mut zusprachen, wichtiger und zahlreicher als die medizinischen Kommentare. Mae weinte, als sie die Nachrichten las; es war eine Flut von Liebe. Menschen erzählten ihre eigene Geschichte, viele lebten selbst mit MS. Andere schilderten ihre eigenen Kämpfe – sie lebten mit Osteoporose, mit Gesichtslähmung, mit Morbus Crohn. Mae hatte diese Nachrichten an ihre Eltern weitergeleitet, aber nach ein paar Tagen beschlossen, deren E-Mail- und

Postanschrift öffentlich zu machen, damit ihre Eltern jeden Tag unmittelbar von dieser Welle der Sympathie ermutigt und inspiriert werden konnten.

Dieser Besuch jetzt, ihr zweiter, würde sogar noch besser werden, da war sie sicher. Nachdem sie das mit den Kameras geklärt hätte – bestimmt lag da bloß irgendein Missverständnis vor –, wollte sie allen, die ihre Unterstützung gezeigt hatten, Gelegenheit geben, ihre Eltern wiederzusehen, und im Gegenzug ihren Eltern Gelegenheit geben, allen zu danken, die ihnen Smiles und Beistand geschickt hatten.

Als sie ankam, waren die beiden dabei, in der Küche Gemüse zu schneiden.

»Wie geht's euch?«, fragte sie und drängte ihnen eine Dreierumarmung auf. Sie rochen beide nach Zwiebeln.

»Du bist ja heute richtig liebevoll, Mae!«, sagte ihr Vater.

»Haha«, sagte Mae und versuchte, mit einem übertriebenen Augenaufschlag zu signalisieren, sie sollten nicht andeuten, sie wäre je weniger liebevoll gewesen.

Als wäre ihren Eltern wieder eingefallen, dass sie vor einer laufenden Kamera standen und dass ihre Tochter jetzt eine sichtbarere und wichtigere Person war, änderten sie ihr Verhalten. Sie machten Lasagne, und Mae steuerte noch ein paar Zutaten bei, die sie auf Bitte von Additional Guidance mitgebracht hatte und den Viewern zeigte. Als das Essen fertig war und Mae den Produkten genügend Kamerazeit geboten hatte, setzten sie sich.

»Übrigens, unsere Gesundheitsleute machen sich ein bisschen Sorgen, weil ein paar von euren Kameras nicht funktionieren«, sagte Mae wie nebenbei.

»Ach ja?«, sagte ihr Vater lächelnd. »Vielleicht sollten wir mal die Batterien überprüfen?« Er zwinkerte ihrer Mutter zu.

»Jetzt hört mal«, sagte Mae, entschlossen, sehr deutlich zu werden, da sie wusste, dass das ein entscheidender Moment war, für die Gesundheit ihrer Eltern ebenso wie für das gesamte Gesundheitsdatensammelsystem, das der Circle ermöglichen wollte. »Wie wollt ihr denn eine gute Gesundheitsversorgung bekommen, wenn ihr niemandem ermöglicht zu sehen, wie es euch geht? Das ist ja, als würdet ihr zum Arzt gehen und ihm nicht erlauben, euren Puls zu messen.«

»Das ist ein sehr gutes Argument«, sagte ihr Vater. »Ich finde, jetzt sollten wir essen.«

»Wir lassen sie umgehend reparieren«, sagte ihre Mutter, und damit begann ein sehr seltsamer Abend: Maes Eltern pflichteten bereitwillig allen Argumenten bei, die Mae für Transparenz anführte, nickten heftig, als sie davon sprach, dass alle mit an Bord sein müssten, genau wie bei Impfungen, die auch nur bei umfassender Teilnahme sinnvoll waren. Sie waren vorbehaltlos mit allem einverstanden, lobten mehrfach Maes Überzeugungskraft und Logik. Es war eigenartig; sie waren viel zu kooperativ.

Schließlich tat Mae etwas, was sie noch nie getan hatte und von dem sie hoffte, dass ihre Eltern es nicht kaputt machten, indem sie sich anmerken ließen, dass es ungewöhnlich war: Sie sprach einen Toast aus.

»Ich trinke auf euch beide«, sagte sie. »Und wo wir schon dabei sind, trinken wir auf die Tausende von Menschen, die euch beiden gute Wünsche geschickt haben, nachdem ich das letzte Mal hier war.«

Ihre Eltern lächelten steif und hoben die Gläser. Sie aßen ein paar Minuten, und nachdem ihre Mutter den ersten Bissen sorgsam gekaut und heruntergeschluckt hatte, lächelte sie und schaute direkt in die Kamera, was sie, wie Mae ihr wiederholt gesagt hatte, nicht tun sollte.

»Tja, wir haben wirklich sehr, sehr viele Nachrichten bekommen«, sagte ihre Mutter.

Maes Vater fiel in denselben Tenor ein. »Deine Mom hat sie durchgesehen, und wir arbeiten jeden Tag ein wenig ab. Aber es ist schon ein bisschen viel, das muss ich sagen.«

Ihre Mutter legte eine Hand auf Maes Arm. »Das soll nicht heißen, dass wir das nicht zu schätzen wissen, ganz und gar nicht. Ich möchte bloß ganz offiziell alle um Verzeihung bitten, weil wir bei den vielen Nachrichten mit der Beantwortung nicht mehr nachkommen.«

»Wir haben Tausende gekriegt«, erklärte ihr Vater und stocherte in seinem Salat.

Ihre Mutter lächelte steif. »Und noch mal, wir danken für diese Welle der Sympathie. Aber selbst wenn wir für jede Antwort nur eine Minute bräuchten, sind das tausend Minuten. Überleg mal: sechzehn Stunden, nur um kurz auf die Nachrichten zu antworten! Ach herrje!, das hört sich ganz undankbar an.«

Mae war froh, dass ihre Mutter das sagte, weil sie sich wirklich undankbar angehört hatten. Sie jammerten darüber, dass Menschen Anteil nahmen an ihrem Schicksal. Und als Mae schon dachte, ihre Mutter würde einen Rückzieher machen, würde um weitere gute Wünsche bitten, schaltete sich ihr Vater wieder ein und machte alles nur noch schlimmer. Wie ihre Mutter sprach er direkt in die Kamera.

»Trotzdem möchten wir euch bitten, eure guten Wünsche von jetzt an durch die Luft zu senden. Oder, falls ihr betet, einfach für uns zu beten. Kein Grund, eure Gedanken in eine Nachricht zu packen.« Er schloss die Augen und drückte sie fest zu. »Schickt einfach eure Genesungswünsche, eure guten Energien in unsere Richtung. E-Mails oder Zings oder sonst was sind nicht nötig. Bloß gute Gedanken. Schickt sie durch die Luft. Mehr wollen wir gar nicht.«

»Ich denke, ihr wollt damit sagen«, sagte Mae mühsam beherrscht, »dass es bloß ein Weilchen dauert, bis ihr die vielen Nachrichten beantwortet habt. Aber irgendwann findet ihr ganz sicher die Zeit.«

Ihr Vater antwortete prompt. »Tja, Mae, das kann ich nicht sagen. Das will ich nicht versprechen. Ehrlich gesagt, es ist ziemlich anstrengend. Und wir haben schon oft erlebt, dass Leute wütend werden, wenn wir nicht innerhalb einer bestimmten Zeit antworten. Die schicken eine Nachricht und dann schicken sie am selben Tag noch zehn hinterher. ›Hab ich was Falsches gesagt?‹ – ›Sorry.‹ – ›Ich hab's nur gut gemeint.‹ – ›Leckt mich doch.‹ Die führen echt neurotische Selbstgespräche. Deshalb kann ich diesen schnellen Nachrichtenaustausch, den die meisten von deinen Freunden offenbar haben wollen, nicht garantieren.«

»Dad. Hör auf. Du klingst furchtbar.«

Ihre Mutter beugte sich vor. »Mae, dein Dad will doch nur sagen, dass unser Leben ohnehin schon ziemlich angespannt ist und wir vollauf damit beschäftigt sind, zu arbeiten, Rechnungen zu bezahlen und uns um den ganzen Therapiekram zu kümmern. Sechzehn Stunden Mehrarbeit bringen uns in eine unhaltbare Lage. Kannst du das nachvollziehen? Und ich sage das wirklich mit allem gebotenen Respekt und voller Dankbarkeit gegenüber allen, die uns ihre guten Wünsche geschickt haben.«

Nach dem Essen wollten ihre Eltern einen Film gucken, und das taten sie auch, »Basic Instinct«, auf Drängen ihres Vaters. Er hatte ihn schon öfter gesehen als jeden anderen Film und wies ständig auf die Hitchcock-Zitate hin, die vielen geistreichen Anspielungen – obwohl er seine Liebe zu Hitchcock vorher nie deutlich gemacht hatte. Mae hatte schon lange den Verdacht, dass der Film mit seinen ständigen und vielfältigen sexuellen Spannungen ihren Vater anturnte.

Während ihre Eltern den Film sahen, verschickte Mae, um die Zeit für sich ein wenig interessanter zu gestalten, eine Reihe Zings, in denen sie die vielen Szenen aufzählte und kommentierte, die für die LGBT-Community herabwürdigend waren. Sie bekam ein großartiges Echo, doch dann sah sie, dass es schon 21.30 Uhr war, und dachte, sie sollte aufbrechen und zurück zum Circle fahren.

»Ich fahr dann mal wieder«, sagte sie.

Mae meinte, im Gesicht ihres Vaters etwas zu sehen, einen raschen Seitenblick zu ihrer Mutter, der vielleicht *endlich* signalisierte, aber vielleicht täuschte sie sich auch. Sie zog ihre Jacke an, und an der Tür übergab ihre Mutter ihr einen Umschlag.

»Mercer hat mich gebeten, dir das zu geben.«

Mae nahm ihn, einen schlichten, geschäftsmäßig wirkenden Umschlag. Es stand nicht mal ihre Adresse drauf, kein Name, nichts.

Sie küsste ihre Mutter auf die Wange und trat nach draußen in die noch warme Abendluft. Sie fuhr aus der Einfahrt und Richtung Highway. Aber der Brief lag auf ihrem Schoß, und die Neugier übermannte sie. Sie fuhr rechts ran und machte ihn auf.

Liebe Mae,
ja, du kannst und solltest das hier vor laufender Kamera lesen. Ich hab mir gedacht, dass du das machst, deshalb schreibe ich den Brief nicht nur an dich, sondern auch an dein »Publikum«. Hallo, Publikum.

Sie konnte fast sein einleitendes Luftholen hören, sein Sichbereitmachen vor einer wichtigen Rede.

Wir können uns nicht mehr sehen, Mae. Wir hatten ja ohnehin nicht die dauerhafteste oder perfekteste Freundschaft, aber ich kann nicht dein Freund sein und gleichzeitig auch Teil deines Experiments. Es tut mir leid, dich zu verlieren, weil du in meinem Leben wichtig warst. Aber wir haben sehr unterschiedliche Entwicklungswege eingeschlagen, und sehr bald werden wir zu weit voneinander entfernt sein, um noch zu kommunizieren.

Falls du bei deinen Eltern warst und deine Mom dir diesen Brief gegeben hat, dann hast du gesehen, welche Auswirkungen dein Leben und deine Arbeit auf sie haben. Ich schreibe das hier, nachdem ich sie gesehen habe, beide überreizt, erschöpft von der Sintflut, die du auf sie losgelassen hast. Es ist zu viel, Mae. Und es ist nicht richtig. Ich hab ihnen geholfen, ein paar der Kameras abzudecken. Ich hab sogar den Stoff gekauft. Ich hab das gern gemacht. Sie wollen keine Smiles oder Frowns oder Zings bekommen. Sie wollen allein sein. Und unbeobachtet. Überwachung sollte nicht die Gegenleistung für jede verdammte Hilfe sein, die wir kriegen.

Wenn das so weitergeht, gibt es bald zwei Gesellschaften – zumindest hoffe ich, dass es zwei sein werden –, diejenige, an deren Entstehung du beteiligt bist, und eine Alternative dazu. Du und deinesgleichen werden bereitwillig und mit Freuden unter permanenter Überwachung leben, ihr werdet euch ständig gegenseitig beobachten, euch gegenseitig kommentieren, voten und liken und disliken, Smiles und Frowns verteilen und ansonsten nicht viel anderes machen.

Schon jetzt kamen massenhaft Kommentare auf ihr Handgelenk. *Mae, warst du wirklich mal so jung und dumm? Wie*

417

konntest du dich bloß auf so eine Null einlassen? Das war der beliebteste Kommentar, der seinen Spitzenplatz aber bald abtreten musste an: *Ruft bloß mal sein Bild auf. Hat der einen Bigfoot im Stammbaum?*

Sie las weiter:

Ich wünsche dir für die Zukunft alles Gute, Mae. Ich hoffe auch, obwohl ich weiß, wie unwahrscheinlich das ist, dass du irgendwann mal, wenn der Triumphalismus von dir und deinen Kollegen – euer selbstherrliches Expansionsdenken – zu weit geht und in sich zusammenfällt, dass du dann deinen Blick fürs Wesentliche und deine Menschlichkeit wiederfindest. Ach, was sag ich da? Ihr seid längst zu weit gegangen. Stattdessen sollte ich sagen, dass ich auf den Tag warte, an dem eine lautstarke Minderheit endlich aufsteht und sagt, dass ihr zu weit gegangen seid und dass dieses Instrument, das weit tückischer ist als alle bisherigen menschlichen Erfindungen, kontrolliert, reguliert, rückgängig gemacht werden muss und dass wir vor allen Dingen Optionen für den Ausstieg brauchen. Wir leben derzeit in einem Zustand der Tyrannei, es ist uns nicht möglich –

Mae sah nach, wie viele Seiten noch kamen. Noch vier beidseitig beschriebene Blätter, vermutlich auch bloß voll mit diesem unausgegorenen Geschwafel. Sie warf den Packen auf den Beifahrersitz. Armer Mercer. Er war schon immer ein Wichtigtuer und konnte sein Publikum noch nie einschätzen. Und obwohl sie wusste, dass er ihre Eltern gegen sie verwendete, war sie doch irritiert. Fühlten die beiden sich tatsächlich so geplagt? Sie war noch nicht weit gefahren, also stieg sie aus und ging zurück. Falls sie wirklich unzufrieden waren, tja, dann könnte und würde sie etwas dagegen unternehmen.

Als sie das Haus betrat, waren die beiden weder im Wohnzimmer noch in der Küche, und sie spähte um die Ecke ins Esszimmer. Nichts. Die einzige Spur von ihnen war ein Wasserkessel, der auf dem Herd kochte. Sie versuchte, nicht in Panik zu geraten, aber der kochende Wasserkessel und die ansonsten unheimliche Stille des Hauses verschmolzen in ihrem Kopf zu einem Schreckensszenario, und plötzlich dachte sie an Raubüberfälle oder gemeinschaftliche Selbstmorde oder Entführungen.

Sie rannte die Treppe hoch, immer drei Stufen auf einmal, und als sie oben ankam und blitzschnell nach links ins Elternschlafzimmer stürmte, sah Mae sie, und die beiden starrten sie mit großen, entsetzten Augen an. Ihr Vater saß auf dem Bett, und ihre Mutter kniete auf dem Boden, seinen Penis in der Hand. Eine kleine Dose mit Gleitgel stand neben seinem Bein. In Sekundenschnelle wurde allen drei die Tragweite bewusst.

Mae wandte sich ab, richtete die Kamera auf die Kommode. Keiner sagte ein Wort. Mae fiel nichts Besseres ein, als ins Bad zu flüchten, wo sie die Kamera auf die Wand richtete und den Ton abstellte. Sie ließ ihre Aufnahme zurücklaufen, um festzustellen, was die Kamera erfasst hatte. Sie hoffte, dass das an ihrem Hals baumelnde Objektiv das peinliche Bild irgendwie verpasst hatte.

Aber nein. Der Winkel der Kamera enthüllte den Akt sogar noch krasser, als Mae ihn gesehen hatte. Sie schaltete die Wiedergabe ab. Sie rief AG an.

»Können wir irgendwas tun?«, fragte sie.

Minuten später hatte sie Bailey persönlich am Apparat. Sie war froh, ihn zu sprechen, weil sie wusste, wenn überhaupt jemand in dieser Situation mit ihr einer Meinung wäre, dann wohl Bailey, ein Mann mit einem unfehlbaren moralischen Kompass. Er würde nicht wollen, dass eine solche sexuelle Handlung rund um den Globus verbreitet wurde, oder? Na ja, das war bereits geschehen, aber sie könnten doch bestimmt ein paar Sekunden löschen, damit das Bild nicht wieder aufrufbar, nicht bleibend wäre?

»Mae, ich bitte Sie«, sagte er. »Sie wissen doch, dass wir das nicht machen können. Was wäre Transparenz denn wert, wenn wir alles löschen würden, was wir irgendwie als peinlich empfinden? Sie wissen, bei uns wird nicht gelöscht.« Seine Stimme war überzeugend und väterlich, und Mae wusste, dass sie alles akzeptieren würde, was er sagte. Er wusste, was richtig war, konnte unendlich viel weiter sehen als Mae oder sonst wer, und das zeigte sich deutlich in seiner übernatürlichen Ruhe. »Damit dieses Experiment funktioniert, und auch der Circle insgesamt, darf es keine Ausnahmen geben, Mae. Es muss rein und vollkommen sein. Und ich weiß, dieser Zwischenfall wird ein paar Tage schmerzen, aber glauben Sie mir, schon sehr bald wird nichts dieser Art irgendwen auch nur noch ansatzweise interessieren. Wenn alles bekannt ist, wird alles Akzeptable auch akzeptiert werden. Deshalb müssen wir einstweilen stark sein. Sie müssen jetzt ein Vorbild sein. Sie müssen das durchstehen.«

Mae fuhr zurück zum Circle, fest entschlossen, den Campus so bald nicht wieder zu verlassen. Sie hatte genug vom Chaos ihrer Familie, von Mercer, von ihrer armseligen Heimatstadt. Sie hatte ihre Eltern noch nicht mal nach den SeeChange-Kameras gefragt, oder? Zu Hause war Chaos. Auf dem Campus war alles vertraut. Auf dem Campus gab es keine Reibereien. Die Circler verstanden sie blind, ihnen gegenüber musste sie weder sich selbst noch die Zukunft der Welt rechtfertigen. Sie verstanden Mae und den Planeten und wie er sein sollte und bald wäre.

Es fiel ihr ohnehin immer schwerer, außerhalb vom Campus zu sein. Da gab es Obdachlose, und da gab es die damit verbundenen üblen Gerüche, und da gab es Geräte, die nicht funktionierten, und Böden und Sitze, die nicht gereinigt worden waren, und da gab es, überall, die Anarchie einer ungeordneten Welt. Der Circle half, sie zu verbessern, das wusste Mae, und viele dieser Probleme waren bereits in Arbeit – Obdachlosigkeit konnte verringert oder beseitigt werden, das wusste sie, wenn die Gamifizierung von Asylplatzzuteilungen und sozialem Wohnungsbau abgeschlossen war. In der Nara-Ära befassten sie sich damit – doch bis dahin war es immer verstörender, sich in dem Chaos außerhalb der Circle-Tore aufzuhalten. Durch San Francisco zu gehen oder Oakland oder San Jose oder überhaupt irgendeine Stadt kam ihr mehr und mehr wie ein Dritte-Welt-Erlebnis vor, mit unnötigem Dreck und unnötigen Konflikten und unnötigen Fehlern und unnötigen Schwächen – auf jeder Straße tausend Probleme, die mit schlichten Algorithmen und dem Einsatz von verfügbarer Technologie und bereitwilligen Mitgliedern der digitalen Community behoben werden könnten. Sie ließ ihre Kamera an.

Sie brauchte keine zwei Stunden für die Strecke, und es war erst Mitternacht, als sie ankam. Sie war aufgekratzt von der Fahrt, von der nervlichen Daueranspannung, und brauchte Entspannung, Ablenkung. Sie ging zur CE, weil sie wusste, dass sie sich dort nützlich machen konnte und dass ihre Bemühungen anerkannt wurden, unmittelbar und nachweislich. Sie betrat das Gebäude, schaute kurz zu dem gemächlich kreisenden Calder hoch, fuhr mit dem Aufzug nach oben, eilte über den Laufsteg und an ihren alten Arbeitsplatz.

An ihrem Schreibtisch sah sie zwei Nachrichten von ihren Eltern. Sie waren noch wach, und sie waren verzweifelt. Sie waren empört. Mae schickte ihnen die positiven Zings, die sie gesehen hatte und die sich begeistert dazu äußerten, dass ein älteres Ehepaar, noch dazu eins, das mit MS kämpfte, noch immer sexuell aktiv sein konnte. Aber ihre Eltern waren nicht interessiert.

Bitte, hör auf, flehten sie. *Bitte, es reicht.*

Und sie verlangten, genau wie Mercer, dass sie ab sofort nur noch rein privat Kontakt zu ihnen aufnahm. Sie versuchte, ihnen zu erklären, dass sie auf der falschen Seite der Geschichte standen, dass es nur eine Frage der Zeit war, für sie und für jedermann – sogar Mercer. Er und ihre Eltern hatten sich zu spät PCs angeschafft, zu spät Handys gekauft, alles zu spät. Es war lächerlich und es war traurig und es war sinnlos, sich der unbestreitbaren Gegenwart, der unvermeidlichen Zukunft zu verweigern.

Sie würde also warten. In der Zwischenzeit öffnete sie die Schleuse. Um diese Zeit hatten nur wenige Leute dringende Anliegen, aber es gab immer unbeantwortete Anfragen, die auf den Beginn des Arbeitstages warteten, und sie beschloss, schon mal einen Teil davon abzuarbeiten, ehe die Neulinge kamen. Vielleicht würde sie sogar alle schaffen, und dann wären die anderen baff, wenn sie feststellten, dass der Anfragestau verschwunden, die Schleuse leer war.

Es gab 188 wartende Anfragen. Sie würde tun, was sie konnte. Ein Kunde in Twin Falls wollte eine Aufstellung sämtlicher anderer Unternehmen, die von Kunden, die seine Website angeschaut hatten, besucht worden waren. Mae stellte die Information rasch zusammen und schickte sie ihm und fühlte sich gleich ruhiger. Die nächsten beiden waren Standardantworten. Sie schickte Fragebogen raus und bekam beide Male eine 100. Einer von ihnen schickte einen eigenen Fragebogen zurück; sie füllte ihn aus und war in neunzig Sekunden fertig. Die nächsten paar Anfragen waren komplizierter, aber sie hielt ihr Rating bei 100. Die sechste war sogar noch komplizierter, aber sie beantwortete sie, erhielt eine 98, schickte ein Follow-up und kam auf 100. Der Kunde, ein Anbieter von Heiz- und Klimaanlagen in Melbourne, Australien, fragte an, ob er sie bei seinem professionellen Netzwerk adden dürfte, und sie sagte bereitwillig Ja. Dann merkte er, dass sie Mae war.

DIE Mae?, schrieb er. Sein Name war Edward.

Ich kann's nicht leugnen, antwortete sie.

Ich fühle mich geehrt, schrieb Edward. *Wie viel Uhr ist es bei euch? Wir machen hier gerade Feierabend.* Sie sagte, es sei spät. Er fragte, ob er sie auf seine Mailingliste setzen dürfte, und wieder sagte sie bereitwillig Ja. Was folgte, war eine rasche Flut von Nachrichten und Informationen über die Versicherungswelt in Melbourne. Er bot an, sie zum Ehrenmitglied der MHAPG zu machen, der Melbourne Heating and Air-Conditioning Providers Guild, ehemals die Melbourne Heating and Air-Conditioning Providers Brotherhood, und sie erklärte, das wäre sehr schmeichelhaft. Er addete sie als Freundin auf seinem privaten Circle-Profil und bat sie, das Gleiche mit ihm zu machen. Sie tat es.

Muss jetzt wieder an die Arbeit, schrieb sie, *schöne Grüße an alle in Melbourne!* Sie spürte, wie sich das ganze Chaos mit ihren Eltern und mit Mercer verflüchtigte wie Nebel. Sie erledigte die nächste Anfrage, die von einer Ladenkette für Haustierpflege mit Sitz in Atlanta kam. Sie erhielt eine 99, schickte ein Follow-up, bekam eine 100 zurück und schickte sechs weitere Fragebogen, von denen der Kunde fünf beantwortete. Sie rief die nächste Anfrage auf, diesmal aus Bangalore, und war gerade dabei, die Standardantwort entsprechend zu individualisieren, als sie eine weitere Nachricht von Edward erhielt. *Hast du die Bitte meiner Toch-*

ter gesehen?, fragte er. Mae suchte ihre Bildschirme nach einer Bitte von Edwards Tochter ab. Schließlich stellte er klar, dass seine Tochter einen anderen Nachnamen hatte und in New Mexico studierte. Sie versuchte, die Menschen für die bedrohte Lage der Bisons in New Mexico zu sensibilisieren, und bat Mae, eine Petition zu unterzeichnen und die Kampagne in allen möglichen Foren zu erwähnen. Mae sagte, sie würde es versuchen, und schickte rasch einen Zing darüber. *Vielen Dank!*, schrieb Edward, und wenige Minuten später folgte ein Dankeschön seiner Tochter Helena. *Ich fass es nicht, dass Mae Holland meine Petition unterzeichnet hat! Danke!*, schrieb sie. Mae erledigte drei weitere Anfragen, und ihr Rating fiel auf 98, und obwohl sie mehrere Follow-ups an die drei Kunden schickte, wurde es nicht besser. Sie wusste, dass sie etwa zweiundzwanzigmal eine 100 brauchte, um die 98 insgesamt auf einen Hunderterschnitt zu bringen. Sie sah auf die Uhr. Es war 0.44 Uhr. Sie hatte reichlich Zeit. Helena schickte eine weitere Nachricht, in der sie sich nach Jobs beim Circle erkundigte. Mae riet ihr das Übliche und leitete ihre E-Mail-Adresse an die HR-Abteilung weiter. *Kannst du ein gutes Wort für mich einlegen?*, fragte Helena. Mae sagte, sie würde ihr Möglichstes tun, obwohl sie sich noch nie begegnet waren. *Aber inzwischen kennst du mich doch ganz gut!*, entgegnete Helena und verwies sie dann auf ihre eigene Profilseite. Sie ermunterte Mae, ihre Essays über Naturschutz zu lesen und den Essay, den sie ihrer Collegebewerbung beigelegt hatte und der noch immer aktuell war, wie sie sagte. Mae antwortete, sie würde versuchen, sie baldmöglichst alle zu lesen. Naturschutz und New Mexico erinnerten sie an Mercer. Dieses selbstgerechte Arschloch. Wo war der Mann geblieben, der mit ihr am Rand des Grand Canyons geschlafen hatte? Sie waren damals beide so herrlich ziellos gewesen, als er sie vom College abgeholt hatte und sie planlos durch den Südwesten gefahren waren, ohne feste Reiseroute, ohne je zu wissen, wo sie übernachten würden. Sie hatten New Mexico in einem Blizzard durchquert, waren weiter nach Arizona gefahren, wo sie parkten und eine Klippe mit Blick über den Canyon fanden, ohne Zaun, und dort hatte er sie unter einer Mittagssonne ausgezogen, vor einem tausend Meter tiefen Abgrund. Er hatte sie gehalten, und sie hatte sich sicher gefühlt, weil er damals stark war. Damals war er jung, damals hatte er eine Vision. Jetzt war er alt und benahm sich noch älter. Sie rief die Profilseite auf, die sie für ihn eingerichtet hatte, und sah, dass sie leer war. Sie fragte bei der Technik nach und erfuhr, dass er versucht hatte, die Seite zu löschen. Sie schickte ihm einen Zing und bekam keine Antwort. Sie versuchte, seine Geschäftsseite aufzurufen, aber auch die war gelöscht worden; da stand nur noch die Mitteilung, dass er jetzt ausschließlich analog arbeitete. Eine weitere Nachricht von Helena kam: *Wie findest du's?* Mae antwortete, sie habe noch keine Zeit gehabt, die Essays zu lesen, und die nächste Nachricht war von Edward, Helenas Vater: *Es wäre wirklich wunderbar, wenn du Helena für einen Job beim Circle empfehlen könntest. Fühl dich nicht unter Druck gesetzt, aber wir zählen auf dich!* Mae antwortete beiden erneut, sie würde ihr Bestes tun. Auf ihrem zweiten Bildschirm erschien ein Hinweis auf eine Circle-Kampagne zur Bekämpfung der Pocken in Westafrika. Sie unterzeichnete sie, schickte ein Smile, spendete fünfzig Dollar und schickte einen Zing darüber ab. Sie sah sofort, dass Helena und Edward die Nachricht rezingten. *Wir tun* unseren *Teil!*, schrieb Edward. *Quid pro quo?* Es war 1.11 Uhr, als die Schwärze durch sie hindurchwogte. Sie hatte einen säuerlichen Geschmack im Mund. Sie schloss die Augen und sah den Riss, jetzt mit Licht gefüllt. Sie öffnete die Augen wieder. Sie trank einen Schluck Wasser, aber das schien ihre Panik nur noch zu steigern. Sie checkte ihre Viewer; es waren nur 23.010, aber sie wollte ihnen nicht ihre Augen zeigen, weil sie fürchtete, sie würden ihre Angst verraten. Sie schloss sie wieder in der Hoffnung, das würde eine Minute lang ziemlich normal wirken, nachdem sie so lange vor dem Bildschirm gesessen hatte. *Ruhe nur mal kurz meine Augen aus,* tippte und sendete sie. Aber als sie sie erneut schloss, sah sie den Riss, jetzt klarer, lauter. Was war das für ein Geräusch, das sie hörte? Es war ein Schrei, der von unergründlichem Wasser gedämpft wurde, das schrille Kreischen Millionen ertrunkener Stimmen. Sie öffnete die Augen. Sie rief ihre Eltern an. Vergeblich. Sie schrieb ihnen, nichts. Sie rief Annie an. Vergeblich. Sie schrieb ihr, nichts. Sie suchte sie über CircleSearch, aber sie war nicht auf dem Campus. Sie ging auf Annies Profilseite, scrollte ein paar Hundert Fotos durch, die meisten von ihrer Europa-China-Reise, und weil ihr die Augen brannten, schloss sie sie wieder. Und wieder sah sie den Riss, das Licht, das hindurchwollte, die Unterwasserschreie. Sie öffnete die Augen. Wieder kam eine Nachricht von Edward. *Mae? Bist du da? Wäre echt gut zu wissen, ob du helfen kannst. Bitte schreib zurück.* Konnte Mercer wirklich einfach so verschwinden? Sie war entschlossen, ihn zu finden. Sie suchte nach ihm, nach Nachrichten, die er eventuell an andere geschickt hatte. Nichts. Sie rief ihn an, aber seine Nummer war abgemeldet worden. Was für eine aggressive Maßnahme, die Telefonnummer zu wechseln und die neue geheim zu halten. Was hatte sie in ihm gesehen? Sein widerwärtiger fetter Rücken, diese fürchterlichen behaarten Stellen auf seinen Schultern. Verdammt, wo war er? Es war absolut nicht in Ordnung, jemanden nicht finden zu können, wenn man ihn suchte. Es war 1.32 Uhr.

Mae? Edward noch mal. Könntest du Helena wohl beruhigen,
dass du dir bald mal ihre Seite anschaust? Sie ist ein bisschen
geknickt. Ein paar aufmunternde Worte würden schon helfen.
Ich weiß, du bist ein guter Mensch und würdest sie bestimmt
nicht absichtlich so durcheinanderbringen, du weißt schon, deine
Hilfe zusagen und sie dann ignorieren. Dank dir! Edward. Mae
ging auf Helenas Seite, las einen Essay, gratulierte ihr, sagte, er sei hochintelligent, und schrieb einen Zing, in dem
sie allen erklärte, Helena aus Melbourne / New Mexico sei
eine Stimme, die Gehör finden müsse, und dass alle ihre
Arbeit auf jede erdenkliche Art unterstützen sollten. Aber
der Riss in Mae war noch immer offen, und sie musste ihn
schließen. Weil ihr nichts Besseres einfiel, aktivierte sie
CircleSurvey und nickte, um anzufangen.

»Benutzt du regelmäßig Haarspülungen?«

»Ja«, sagte sie.

»Danke. Was hältst du von Bio-Haarpflegeprodukten?«
Schon fühlte sie sich ruhiger.

»Smile.«

»Danke. Was hältst du von herkömmlichen Haarpflege-
produkten?«

»Frown«, sagte Mae. Der Rhythmus fühlte sich richtig an.

»Danke. Würdest du dein Lieblingshaarpflegeprodukt
durch eine ähnliche Marke ersetzen, wenn es in dem Geschäft oder auf der Website, wo du normalerweise ein-
kaufst, nicht erhältlich ist?«

»Nein.«

»Danke.«

Das stetige Erledigen von Aufgaben fühlte sich richtig
an. Mae sah auf ihr Armband, das Hunderte neuer Smiles
anzeigte. Es hatte was Erfrischendes, so versicherten die
Kommentare, mitzuerleben, dass ein Circle-Promi wie sie
so zum Datenpool beitrug. Sie bekam außerdem Feedback

von Kunden, denen sie während ihrer CE-Zeit geholfen hatte. Kunden aus Columbus, Johannesburg und Brisbane sagten Hallo und gratulierten ihr. Der Inhaber einer Marketingfirma in Ontario dankte ihr per Zing für ihr gutes Beispiel, mit dem sie voranging, für ihren Einsatz, und Mae antwortete kurz, indem sie sich erkundigte, wie die Geschäfte liefen.

Sie bearbeitete drei weitere Anfragen und konnte alle drei Kunden dazu bringen, ausführliche Fragebogen auszufüllen. Das Rating des Subteams lag bei 95, und sie hoffte, es persönlich verbessern zu können. Sie fühlte sich sehr gut und gebraucht.

»Mae.«

Der Klang ihres Namens, gesprochen von ihrer eigenen Stimme, war aufrüttelnd. Es kam ihr vor, als hätte sie die Stimme seit Monaten nicht gehört, aber sie hatte nichts von ihrer Macht verloren. Sie wusste, dass sie nicken sollte, aber sie wollte sie noch einmal hören, also wartete sie.

»Mae.«

Es war wie nach Hause zu kommen.

Mae wusste rational, dass sie nur deshalb in Francis' Zimmer war, weil alle anderen in ihrem Leben sie vorerst verlassen hatten. Nach neunzig Minuten in der CE hatte sie bei CircleSearch nachgesehen, wo Francis war, und ihn in einem der Wohnheime entdeckt. Dann sah sie, dass er wach und online war. Minuten später hatte er sie aufgefordert, rüberzukommen, unheimlich dankbar und froh, sagte er, von ihr zu hören. *Es tut mir leid*, schrieb er, *und das sag ich dir auch noch mal persönlich, wenn du bei mir vor der Tür stehst*. Sie schaltete ihre Kamera ab und ging zu ihm.

Die Tür ging auf.

»Es tut mir unheimlich leid«, sagte er.

428

»Hör auf«, sagte Mae. Sie trat ein und schloss die Tür.

»Was trinken?«, fragte er. »Wasser? Ich hab da einen neuen Wodka, der im Kühlschrank war, als ich heute Abend zurückkam. Den können wir ausprobieren.«

»Nein, danke«, sagte sie und setzte sich auf ein Sideboard an der Wand. Francis hatte seine Mobilgeräte dort abgelegt.

»Halt, Moment. Nicht dadrauf setzen«, sagte er.

Sie stand auf. »Ich hab mich nicht auf dein Zeug gesetzt.«

»Nein, nicht deshalb«, sagte er. »Wegen des Sideboards. Die haben mir gesagt, das bricht leicht zusammen«, sagte er lächelnd. »Willst du wirklich nichts trinken oder so?«

»Nein. Ich bin echt müde. Ich wollte bloß nicht allein sein.«

»Hör mal«, sagte er. »Ich weiß, ich hätte dich erst um Erlaubnis fragen sollen. Ehrlich, ich weiß das. Aber ich hoffe, du hast ein bisschen Verständnis für meine Gründe. Ich konnt's gar nicht fassen, dass ich mit dir zusammen war. Und irgendwie bin ich davon ausgegangen, dass es bei diesem einen Mal bleiben würde. Ich wollte eine Erinnerung daran haben.«

Mae wusste, dass sie Macht über ihn hatte, und sie empfand diese Macht als erregend und prickelnd. Sie setzte sich aufs Bett. »Hast du sie inzwischen gefunden?«, fragte sie.

»Bitte?«

»Als ich das letzte Mal hier war, hattest du vor, die Fotos aus deinem Album einzuscannen.«

»Ach ja. Seitdem haben wir ja gar nicht mehr richtig miteinander geredet. Ja, ich hab sie eingescannt. Das Ganze war kinderleicht.«

»Dann hast du also rausgefunden, wer sie waren?«

»Die meisten hatten Circle-Accounts, und ich musste sie bloß durch die Gesichtserkennung laufen lassen. Ich meine, das hat knapp sieben Minuten gedauert. Bei ein paar musste ich auf die FBI-Datenbank. Da haben wir zwar keinen vollständigen Zugriff, aber wir können Führerscheinfotos aufrufen. Und einen Führerschein haben fast alle Erwachsenen in diesem Land.«

»Und? Hast du Kontakt zu ihnen aufgenommen?«

»Noch nicht.«

»Aber du weißt, wo sie alle sind?«

»Ja, ja. Nachdem ich die Namen hatte, konnte ich sämtliche Adressen finden. Manche waren ein paarmal umgezogen, aber ich hab zum Abgleich die Jahre eingegeben, die ich vermutlich bei ihnen war. Ich hab sogar ein genaues Zeitraster erstellt, wann ich vermutlich wo war. Die meisten wohnten in Kentucky. Ein paar in Missouri. Eine Familie war in Tennessee.«

»Mehr willst du nicht machen?«

»Tja, ich weiß nicht. Einige sind tot, deshalb ... Ich weiß nicht. Vielleicht fahr ich einfach mal an den Häusern vorbei. Bloß, um ein paar Lücken zu füllen. Keine Ahnung. Oh«, sagte er, und seine Miene hellte sich auf, »ein paar Erkenntnisse hab ich doch gewonnen. Ich meine, das meiste waren bloß ganz normale Erinnerungen an diese Leute. Aber in einer Familie gab es eine ältere Tochter, die war ungefähr fünfzehn, und ich zwölf. An viel kann ich mich nicht erinnern, aber ich weiß, dass sie meine erste richtige sexuelle Fantasie war.«

Diese Worte, *sexuelle Fantasie*, wirkten sich unmittelbar auf Mae aus. Wenn sie sonst im Beisein eines Mannes gefallen waren, hatten sie zu einem Gespräch über Fantasien geführt und zu einem gewissen Nachspielen der einen oder anderen Fantasie. Was sie und Francis dann auch machten, wenn auch nur kurz. Seine Fantasie war es, aus dem Zimmer zu gehen, anzuklopfen und so zu tun, als wäre er ein verirrter Jugendlicher, der an die Tür einer schönen Vorstadtvilla klopft. Sie musste die einsame Hausfrau spielen, die ihn hereinbat, leicht bekleidet und gierig auf Unterhaltung.

Also klopfte er, und sie begrüßte ihn an der Tür, und er sagte, er habe sich verlaufen, und sie sagte, er solle die alten Sachen ablegen, er könne ein paar Kleidungsstücke von ihrem Mann anziehen. Das gefiel Francis so gut, dass die Dinge schnell ihren Lauf nahmen, und Sekunden später war er ausgezogen und sie auf ihm. Er blieb ein oder zwei Minuten unter ihr liegen, ließ Mae auf- und abgleiten und sah mit dem hingerissenen Staunen eines Jungen im Zoo zu ihr hoch. Dann schlossen sich seine Augen, er begann, krampfartig zu beben, und stieß ein kurzes Quieken aus, ehe er mit einem Grunzen sein Kommen verkündete.

Während Francis sich anschließend die Zähne putzte, streckte Mae, die nicht unbedingt Liebe empfand, aber doch so etwas wie Zufriedenheit, sich müde unter der dicken Daunendecke aus und drehte sich zur Wand. Es war 3.11 Uhr.

Francis kam aus dem Bad.

»Ich hab noch eine Fantasie«, sagte er, zog die Decke über sich und schob das Gesicht dicht an Maes Nacken.

»Ich schlaf schon fast«, murmelte sie.

»Nein, nichts Anstrengendes. Keine körperliche Aktivität. Ist was rein Verbales.«

»Okay.«

»Ich möchte, dass du mir ein Rating gibst«, sagte er.

»Hä?«

»Ein Rating. Wie bei der CE.«

»Du meinst von 1 bis 100?«

»Genau.«

»Ein Rating für was? Ob du gut warst?«

»Ja.«

»Ach nee. Komm.«

»Ist doch bloß zum Spaß.«

»Francis. Bitte. Ich will das nicht. Das macht mir den ganzen Genuss kaputt.«

Francis setzte sich mit einem lauten Seufzen auf. »Tja, wenn ich es nicht weiß, macht mir das den ganzen Genuss kaputt.«

»Wenn du was nicht weißt?«

»Wie ich war.«

»Wie du warst? Du warst in Ordnung.«

Francis gab ein lautes angewidertes Geräusch von sich.

Sie drehte sich um. »Was ist los?«

»In Ordnung?«, sagte er. »Ich war *in Ordnung*?«

»Oh Gott. Du warst toll. Du warst perfekt. Mit *in Ordnung* meine ich, du hättest nicht besser sein können.«

»Okay«, sagte er und schob sich näher an sie ran. »Warum hast du das nicht gleich gesagt?«

»Ich dachte, ich hätte.«

»Du denkst *in Ordnung* ist das Gleiche wie *perfekt* und *hättest nicht besser sein können*?«

»Nein. Ist es nicht, ich weiß. Ich bin bloß müde. Ich hätte mich genauer ausdrücken sollen.«

Ein selbstzufriedenes Lächeln breitete sich auf Francis' Gesicht aus. »Das beweist mal wieder, dass ich recht habe.«

»Womit?«

»Wir haben gerade darüber debattiert, welche Worte du benutzt hast und was sie bedeuten. Wir haben die Bedeutung unterschiedlich aufgefasst und hatten Mühe, das zu klären. Aber wenn du einfach eine Zahl benutzt hättest, hätte ich das auf Anhieb verstanden.« Er küsste ihre Schulter.

»Okay. Ich hab's kapiert«, sagte sie und schloss die Augen.

»Und?«, sagte er.

Sie öffnete die Augen und sah Francis' flehenden Mund.

»Und was?«

»Willst du mir noch immer keine Zahl geben?«

»Du willst wirklich eine Zahl hören?«

»Mae! Na klar will ich das.«

»Okay, eine 100.«

»Sie drehte sich wieder der Wand zu.

»Das ist meine Zahl?«

»Jawohl. Du kriegst eine glatte 100.«

Mae meinte, sein Grinsen hören zu können.

»Danke«, sagte er und küsste ihren Hinterkopf. »Nacht.«

Der Raum ganz oben im Viktorianischen Zeitalter war eindrucksvoll mit seinem atemberaubenden Ausblick und seiner gläsernen Decke. Mae trat ein und wurde von den meisten Mitgliedern der Vierzigerbande begrüßt, der Innovatorengruppe, die neue Circle-Projekte üblicherweise bewerteten und bewilligten.

»Hallo, Mae!«, sagte Eamon Bailey, der hereingekommen war und dann zu seinem Platz am anderen Ende des langen Raumes ging. Er trug ein Sweatshirt mit Reißverschluss, die Ärmel bis über die Ellbogen hochgeschoben, und sein Auftritt war theatralisch, als er ihr zuwinkte und damit auch allen, die zuschauten. Sie rechnete mit vielen Viewern, schließlich hatten sie und der Circle tagelang über das Ereignis gezingt. Sie schaute auf ihr Armband, und die aktuelle Viewerzahl betrug 1.982.992. Unglaublich, dachte sie, und die Zahl würde weiter steigen. Sie saß ziemlich mittig am Tisch, damit ihre Viewer Bailey und die ganze Bande gut sehen konnten und ihre Kommentare und Reaktionen mitbekamen.

Nachdem sie sich hingesetzt hatte, nachdem es zu spät

war, noch einen anderen Platz zu suchen, wurde Mae klar, dass sie nicht wusste, wo Annie war. Sie suchte die vierzig Gesichter vor ihr ab, auf der gegenüberliegenden Seite des Tisches, und sah sie nicht. Sie reckte den Hals, hielt die Kamera dabei ruhig auf Bailey gerichtet, und schließlich entdeckte sie Annie, neben der Tür, hinter zwei Reihen Circlern, die sich in der Nähe der Tür aufhielten, falls sie zwischendurch wegmussten. Mae wusste, dass Annie sie gesehen hatte, aber sie nahm sie nicht zur Kenntnis.

»Okay«, sagte Bailey und lächelte breit in den Raum. »Ich denke, wir sind alle da und können loslegen.« In diesem Moment verharrten seine Augen für einen winzigen Moment auf Mae und der Kamera um ihren Hals. Es war wichtig, hatte man Mae erklärt, dass das gesamte Event völlig natürlich rüberkam, dass es so wirkte, als wären Mae und das Publikum bei einem ganz normalen Meeting dabei.

»Hallo, liebe Leute«, sagte Bailey. Die vierzig Männer und Frauen lächelten. »Okay. Vor wenigen Monaten haben wir alle Olivia Santos kennengelernt, eine äußerst mutige und couragierte Abgeordnete, die Transparenz auf eine neue – und ich möchte sagen ultimative – Ebene gebracht hat. Und vielleicht habt ihr gesehen, dass mit dem heutigen Tag über zwanzigtausend andere führende Politiker und Abgeordnete weltweit ihrem Beispiel gefolgt sind und beschlossen haben, ihr Leben als Diener des Staates vollkommen transparent zu machen. Das alles hat uns sehr bestärkt.«

Mae checkte das Sichtfeld an ihrem Handgelenk. Die Kamera war auf Bailey und den Bildschirm hinter ihm gerichtet. Schon kamen die ersten Kommentare, die ihr und dem Circle für diese Möglichkeit dankten, dabei sein zu können. Ein Viewer meinte, es wäre so, als sähe man beim

Manhattan-Projekt zu. Ein anderer erwähnte Edisons Labor in Menlo Park um 1879.

Bailey sprach weiter. »Diese neue Ära der Transparenz passt wunderbar zu einigen anderen Vorstellungen, die ich von Demokratie habe und von der Rolle, die Technologie dabei spielen könnte, um sie zu vollenden. Und ich benutze das Wort *vollenden* ganz bewusst, denn unser Einsatz für Transparenz könnte tatsächlich zu einer hundertprozentig rechenschaftspflichtigen Regierung führen. Wie ihr gesehen habt, hat die Gouverneurin von Arizona ihren gesamten Mitarbeiterstab transparent gemacht, was der nächste Schritt ist. In einigen wenigen Fällen ist es selbst bei transparenten Politikern hinter den Kulissen zu Unregelmäßigkeiten gekommen. Transparente Volksvertreter wurden als Aushängeschilder missbraucht, um Hinterzimmerdeals zu verschleiern. Doch das wird sich bald ändern, denke ich. Noch innerhalb dieses Jahres werden Politiker, die nichts zu verbergen haben, mitsamt ihren Mitarbeitern transparent werden, zumindest in diesem Land, und Tom und ich haben veranlasst, dass sie einen erheblichen Preisnachlass auf die Hardware und Serverkapazitäten bekommen, die dafür erforderlich sind.«

Die vierzig klatschten tüchtig.

»Aber das ist erst die halbe Miete. Das betrifft die *gewählte* Hälfte der Menschen. Aber was ist mit der anderen Hälfte – *unserer* Hälfte, den Bürgern? Der Hälfte, wo alle partizipieren sollten?«

Hinter Bailey erschien ein Bild von einem leeren Wahllokal in einer trostlosen Highschool-Turnhalle irgendwo in der Provinz. Es löste sich in eine Reihe von Zahlen auf.

»Das sind die Zahlen der Wählerbeteiligung bei den letzten Wahlen. Wie ihr seht, liegt sie bei Präsidentschaftswahlen bei etwa 58 Prozent. Unfassbar, nicht? Und wenn wir uns Wahlen auf Einzelstaatenebene oder kommunaler Ebene anschauen, stürzt die Beteiligung ins Bodenlose: 32 Prozent bei Wahlen in Einzelstaaten, 22 Prozent für Bezirkswahlen, 17 Prozent bei Stadtratswahlen in Kleinstädten. Unlogischerweise interessieren wir uns immer weniger für Politik, je näher sie uns kommt. Das ist doch absurd, oder?«

Mae checkte ihre Viewer: über zwei Millionen. Sie bekam pro Sekunde tausend Viewer mehr.

»Okay«, fuhr Bailey fort, »wir wissen, dass die Technologie, die zum großen Teil hier entstanden ist, auf vielerlei Weise dazu beigetragen hat, den Wahlvorgang zu vereinfachen. Wir knüpfen an eine lange Entwicklung von Erleichterungen an. Zu meiner Zeit wurde es per Gesetz möglich, sich ins Wählerverzeichnis eintragen zu lassen, wenn man einen Führerschein beantragte. Das war ein Fortschritt. Dann führten einige Staaten die Möglichkeit ein, sich online zu registrieren beziehungsweise die Registrierung upzudaten. Schön und gut. Aber wie wirkte sich das auf die Wahlbeteiligung aus? Nicht genug. Und jetzt wird es interessant. So viele Menschen nahmen an den letzten landesweiten Wahlen teil.«

Auf dem Bildschirm hinter ihm erschien: 140 Millionen.

»So viele waren wahlberechtigt.«

Der Bildschirm zeigte: 244 Millionen.

»Werfen wir jetzt mal einen Blick auf uns. So viele Amerikaner sind beim Circle angemeldet.«

Der Bildschirm zeigte: 241 Millionen.

»Ziemlich erstaunliche Zahlen, was? Bei uns sind einhundert Millionen Menschen mehr angemeldet, als den Präsidenten gewählt haben. Was sagt uns das?«

»Wir sind einsame Spitze!«, rief ein älterer Mann mit

grauem Pferdeschwanz und einem ausgefransten T-Shirt aus der zweiten Reihe und erntete herzhafte Lacher.

»Das sowieso«, sagte Bailey, »aber was noch? Es sagt uns, dass der Circle ein Händchen dafür hat, Leute zum Mitmachen zu bewegen. Und es gibt viele Leute in Washington, die das auch so sehen. Es gibt Leute in DC, die uns als die Antwort auf die Frage sehen, wie wir unsere Demokratie so gestalten, dass sich alle daran beteiligen.«

Hinter Bailey tauchte das bekannte Bild von Uncle Sam auf, wie er mit dem Finger auf den Betrachter zeigte. Dann erschien daneben ein Bild von Bailey in derselben Aufmachung, in derselben Pose. Schallendes Gelächter brach aus.

»Und jetzt kommen wir zum Hauptpunkt unserer heutigen Sitzung, und der lautet: Was wäre, wenn das Circle-Profil den User automatisch ins Wählerverzeichnis einträgt?«

Baileys Augen glitten durch den Raum, verweilten wieder kurz auf Mae und ihren Viewern. Sie sah auf ihr Handgelenk. *Gänsehaut*, schrieb einer.

»Wer bei TruYou ein Profil erstellen will, muss eine reale Person sein, mit einer realen Adresse, vollständigen persönlichen Angaben und einem echten, verifizierbaren Geburtsdatum. Anders ausgedrückt mit sämtlichen Informationen, die der Staat traditionell verlangt, wenn man sich als Wähler registrieren lässt. Tatsächlich haben wir noch weit mehr Informationen, wie ihr alle wisst. Was spricht also dagegen, dass diese Informationen für die Registrierung ausreichen? Oder noch besser: Was spricht dagegen, dass ein User in unserem Staat – oder irgendeinem Staat – *als registriert gilt*, sobald er ein TruYou-Profil erstellt hat?«

Die vierzig Köpfe im Raum nickten, manche, um ihre Anerkennung für einen plausiblen Gedanken zu zeigen, andere, weil sie offensichtlich bereits darüber nachgedacht hatten, weil diese Idee schon längst erörtert worden war.

Mae checkte ihr Armband. Die Viewerzahl schnellte hoch, zehntausend pro Sekunde, und lag jetzt bei über 2.400.000. Sie hatte 1.248 Nachrichten. Die meisten waren in den letzten neunzig Sekunden eingegangen. Bailey blickte nach unten auf sein eigenes Tablet und sah garantiert dieselben Zahlen wie sie. Lächelnd sprach er weiter. »Nichts spricht dagegen. Und viele Abgeordnete sind da mit mir einer Meinung. Unsere Kongressabgeordnete Santos zum Beispiel. Und ich habe mündliche Zusagen von 181 anderen Mitgliedern des Kongresses und von 32 Senatoren. Sie sind alle bereit, die Gesetzgebung dahin gehend zu verändern, dass ein TruYou-Profil mit der automatischen Registrierung im Wählerverzeichnis einhergeht. Nicht schlecht, was?«

Kurzer Applaus brandete auf.

»Stellt euch vor«, sagte Bailey, seine Stimme ein hoffnungsvoll staunendes Flüstern, »stellt euch vor, wir könnten bei allen Wahlen einer vollen Wahlbeteiligung näher kommen. Es gäbe kein Murren mehr von Nichtbeteiligten, von Nichtwählern. Es gäbe keine Kandidaten mehr, die von Randgruppen, von Splittergruppen gewählt würden. Wie wir hier beim Circle wissen, führt vollständige Partizipation zu vollständigem Wissen. Wir wissen, was Circler wollen, weil wir Fragen stellen und weil sie wissen, dass ihre Antworten erforderlich sind, um ein vollständiges und zutreffendes Bild der Wünsche der gesamten Circle-Community zu erhalten. Und ich bin der festen Überzeugung, wenn wir landesweit das gleiche Modell auf die Wahlen anwenden, können wir eine Beteiligung von fast 100 Prozent erreichen. Einhundert Prozent Demokratie.«

Applaus füllte den Raum. Bailey lächelte breit, und Stenton stand auf. Zumindest für ihn war die Veranstaltung offensichtlich beendet. Aber in Maes Kopf war eine Idee entstanden, und sie hob zögernd die Hand.

»Ja, bitte, Mae«, sagte Bailey, noch immer ein breites, triumphales Grinsen im Gesicht.

»Tja, also, ich überlege gerade, ob wir das nicht noch einen Schritt weiter führen können. Ich meine … Äh, vielleicht sollte ich nicht …«

»Nein, nein. Reden Sie weiter, Mae. Sie haben gut angefangen. Wenn ich ›einen Schritt weiter‹ höre, bin ich immer sehr interessiert. So ist dieses Unternehmen entstanden.«

Mae sah sich im Raum um, die Gesichter teils aufmunternd, teils besorgt. Dann erblickte sie Annies Gesicht, und weil es unnachgiebig aussah und unzufrieden, als erwartete oder hoffte sie, dass Mae scheiterte, sich blamierte, riss Mae sich zusammen, holte tief Luft und fing an.

»Okay, also, Sie haben vorhin gesagt, wir könnten fast 100 Prozent Wahlbeteiligung erreichen. Und ich frage mich, warum wir nicht einfach mal von diesem Zielpunkt aus rückwärts denken und dabei die Schritte verwenden, die Sie erläutert haben. Sämtliche Instrumente, über die wir bereits verfügen.«

Mae schaute sich im Raum um, bereit, beim ersten skeptischen Augenpaar einen Rückzieher zu machen, aber sie sah nur Neugier, das bedächtige kollektive Nicken einer Gruppe von Menschen, die in vorauseilender Anerkennung geübt waren.

»Reden Sie weiter«, sagte Bailey.

»Ich möchte einfach ein paar Punkte aufführen und in einen neuen Zusammenhang bringen«, sagte Mae. »Erstens, wir sind uns einig, dass wir eine hundertprozentige

Wahlbeteiligung wollen und dass alle eine hundertprozentige Wahlbeteiligung für ideal halten.«

»Ja«, sagte Bailey. »Das ist zweifellos das Ideal des Idealisten.«

»Und wir haben derzeit 83 Prozent wahlberechtigte Amerikaner beim Circle registriert?«

»Ja.«

»Und anscheinend sind wir auf dem besten Weg dahin, uns über den Circle registrieren lassen zu können und vielleicht sogar zu wählen.«

Baileys Kopf wackelte hin und her, eine Andeutung von gelindem Zweifel, aber er schmunzelte, blickte ermunternd. »Ein bisschen voreilig, aber okay. Reden Sie weiter.«

»Was spricht also dagegen, jeden wahlberechtigten Bürger zu einem Circle-Account zu verpflichten?«

Es gab einige Unruhe im Raum, einiges Luftschnappen, überwiegend bei den älteren Circlern.

»Lasst sie ausreden«, sagte jemand, eine neue Stimme. Mae blickte sich um und sah Stenton in der Nähe der Tür. Seine Arme waren verschränkt, seine Augen starrten zu Boden. Er sah kurz zu Mae hoch und nickte knapp. Sie fasste sich wieder.

»Okay, ich weiß, dass die Reaktion am Anfang ablehnend sein wird. Ich meine, wie können wir jemanden dazu verpflichten, unsere Dienste zu nutzen? Aber vergessen wir nicht: Den Bürgern dieses Landes wird alles Mögliche gesetzlich vorgeschrieben – genau wie den Bürgern der meisten Industrienationen. Muss man seine Kinder zur Schule schicken? Ja. Das ist Gesetz. Kinder müssen zur Schule gehen, oder die Eltern müssen irgendwie dafür sorgen, dass sie zu Hause unterrichtet werden. Das ist gesetzlich vorgeschrieben. Es ist auch gesetzlich vorgeschrieben, sich bei den zuständigen Behörden als wehrfähig registrieren zu lassen, nicht wahr? Seinen Müll ordnungsgemäß zu entsorgen und nicht einfach auf die Straße zu schmeißen. Man muss den Führerschein machen, wenn man Autofahren will, und beim Fahren den Sicherheitsgurt anlegen.«

Stenton schaltete sich erneut ein. »Wir sind verpflichtet, Steuern zu zahlen. Und Sozialversicherungsbeiträge zu zahlen. Als Geschworene zu dienen.«

»Genau«, sagte Mae, »und nicht einfach auf die Straße zu pinkeln. Ich meine, wir haben Tausende Gesetze und Vorschriften. Die Bürger der Vereinigten Staaten sind zu sehr vielen Verhaltensweisen verpflichtet. Warum können wir sie dann nicht auch verpflichten zu wählen? In zig anderen Ländern ist das so.«

»Den Vorschlag gab's hier auch schon«, sagte ein älterer Circler.

»Der kam aber nicht von uns«, konterte Stenton.

»Und genau das meine ich«, sagte Mae und nickte Stenton zu. »Bislang gab es die erforderliche Technologie nicht. Ich meine, in jedem anderen Moment der Geschichte hätte es unbezahlbare Kosten verursacht, jeden Einzelnen ausfindig zu machen und als wahlberechtigt zu registrieren und dann nachzuprüfen, ob er auch tatsächlich gewählt hat. Man hätte von Haus zu Haus gehen müssen. Die Menschen zu den Wahllokalen kutschieren. Alles nicht machbar. Selbst in den Ländern, wo es gesetzlich vorgeschrieben ist, wird es in der Praxis nicht durchgesetzt. Aber jetzt ist es möglich. Ich meine, wir müssten bloß die Wählerlisten mit den Namen in unserer TruYou-Datenbank abgleichen, und schon hätten wir die fehlenden Wähler. Die würden dann automatisch registriert, und am Wahltag stellen wir sicher, dass sie wählen.«

»Wie soll das gehen?«, fragte eine Frauenstimme. Mae

erkannte, dass es Annie war. Es war nicht direkt eine Kritik, aber der Ton war alles andere als freundlich.

»Ach herrje«, sagte Bailey, »da gibt's zig Möglichkeiten. Das ist ganz einfach. Wir erinnern sie zehnmal am Tag daran. Vielleicht funktioniert ihr Account an dem Tag nicht, solange sie nicht gewählt haben. Das wäre meine bevorzugte Lösung. ›Hallo, Annie!‹ könnte da stehen. ›Nimm dir fünf Minuten Zeit, um zu wählen.‹ Irgendwas in der Art. Das machen wir bei unseren eigenen Fragebogen genauso. Das weißt du, Annie.« Und als er ihren Namen sagte, ließ er darin Enttäuschung und eine Warnung mitschwingen, die Mahnung, nicht noch einmal den Mund aufzumachen. Seine Miene erhellte sich, und er wandte sich wieder Mae zu. »Und die Nachzügler?«, fragte er.

Mae lächelte ihn an. Sie hatte die Antwort. Sie schaute auf ihr Armband. Jetzt sahen 7.202.821 Menschen zu. Wann waren es so viele geworden?

»Tja, jeder Bürger muss Steuern zahlen, nicht wahr? Wie viele Menschen machen das inzwischen online? Im vergangenen Jahr etwa 80 Prozent. Wir könnten aufhören, Einzeldienstleistungen anzubieten, die sich teilweise überlappen, und alle in ein großes vereinheitlichtes System packen. Man zahlt über den Circle-Account Steuern, registriert sich als Wähler, bezahlt seinen Strafzettel wegen Falschparken, man macht einfach alles damit. Ich meine, wir würden jedem User Hunderte Stunden lästiger Arbeit ersparen, und insgesamt würde der Staat Milliarden sparen.«

»Hunderte von Milliarden«, verbesserte Stenton.

»Genau«, sagte Mae. »Unsere Interfaces sind so viel einfacher zu nutzen als die vielen unterschiedlichen Websites von Straßenverkehrsämtern im ganzen Land, um nur ein Beispiel zu nennen. Was, wenn es möglich wäre, den neuen Führerschein über uns zu beantragen? Wenn alle behördlichen Leistungen durch unser eigenes Netzwerk ermöglicht würden? Die Leute würden die Chance dankend nutzen. Anstatt für zig verschiedene Behörden auf zig verschiedene Websites gehen zu müssen, könnte alles über den Circle laufen.«

Annie machte wieder den Mund auf. Mae wusste, dass es ein Fehler war. »Aber warum baut der Staat dann nicht selber so einen umfassenden Service auf?«, fragte Annie. »Wieso braucht er uns dafür?«

Mae war unsicher, ob die Frage rhetorisch gemeint war oder ob Annie das tatsächlich für einen überzeugenden Einwand hielt. So oder so, viele im Raum kicherten höhnisch. Der Staat sollte aus dem Nichts ein System aufbauen, das es mit dem Circle aufnehmen konnte? Mae sah zu Bailey und Stenton hinüber. Stenton lächelte, hob das Kinn und beschloss, die Antwort selbst zu übernehmen.

»Tja, Annie, der Versuch, eine ähnliche Plattform aus dem Boden zu stampfen, wäre absurd und teuer und schlicht zum Scheitern verurteilt. Wir verfügen bereits über die Infrastruktur und über 83 Prozent der Wählerschaft. Leuchtet dir das ein?«

Annie nickte. In ihren Augen lagen Angst und Bedauern und vielleicht sogar ein rasch schwindender Trotz. Stentons Tonfall war abschätzig, und als er weitersprach, hoffte Mae, er würde sanfter werden.

»Washington versucht gerade mehr denn je, Geld zu sparen«, sagte er, klang nun aber noch herablassender als zuvor. »Die haben ganz sicher nicht vor, riesige neue Verwaltungsapparate aus dem Nichts aufzubauen. Derzeit kostet die Präsidentschaftswahl den Staat etwa zwei Milliarden Dollar, und das alle vier Jahre. Nur um die Stimmen dieser einen Wahl an diesem einen Tag auszuzählen. Rechnet man noch die einzelstaatlichen und kommunalen Wahlen dazu, reden wir hier über Hunderte von Milliarden unnötiger Kosten, die jedes Jahr anfallen, bloß um abgegebene Stimmen auszuzählen. Ich meine, in manchen Staaten machen die das noch auf Papier. Wenn wir diesen Service kostenlos anbieten, spart der Staat Milliarden von Dollar ein, und was noch wichtiger ist, die Ergebnisse würden zeitgleich bekannt. Siehst du, wie überzeugend diese Überlegungen sind?«

Annie nickte finster, und Stenton betrachtete sie, als würde er sie plötzlich mit anderen Augen sehen. Er wandte sich Mae zu, drängte sie weiterzureden.

»Und wenn es gesetzlich vorgeschrieben ist, einen TruYou-Account zu haben, um Steuern zu zahlen oder irgendwelche behördlichen Leistungen zu beziehen«, sagte sie, »dann sind wir ganz dicht davor, 100 Prozent aller Bürger zu haben. Und dann können wir jedem jederzeit auf den Zahn fühlen. Eine Kleinstadt möchte, dass ihre Einwohner über eine städtische Verordnung abstimmen. TruYou kennt alle Useradressen und sorgt dafür, dass nur Bewohner dieser Stadt wählen können. Und wenn sie wählen, sind die Ergebnisse Minuten später publik. Ein Bundesstaat möchte herausfinden, wie die herrschende Meinung zu einer neuen Steuer ist. Auch hier – sofortige und eindeutige und verifizierbare Daten.«

»Es gäbe keine Spekulationen mehr«, sagte Stenton, der jetzt am Kopfende des Tisches stand. »Keine Lobbyisten mehr. Keine Stimmenauszählung mehr. Vielleicht gäbe es sogar keinen Kongress mehr. Wenn wir den Willen des Volkes jederzeit feststellen können, ungefiltert, ohne Fehlinterpretationen oder Verfälschungen, wäre dann nicht sogar Washington größtenteils überflüssig?«

Die Nacht war kalt und der Wind beißend, aber Mae nahm es gar nicht wahr. Alles fühlte sich gut an, sauber und richtig. Sie hatte die Anerkennung der Weisen, hatte das ganze Unternehmen vielleicht in eine neue Richtung gelenkt, hatte vielleicht, vielleicht, eine neue Ebene partizipativer Demokratie bewirkt – konnte der Circle dank ihrer neuen Idee die Demokratie womöglich wirklich *perfektionieren*? War sie womöglich auf die Lösung für ein tausend Jahre altes Problem gekommen?

Gleich nach dem Meeting war die besorgte Frage aufgekommen, ob ein Privatunternehmen einen dermaßen öffentlichen Akt wie politische Wahlen übernehmen sollte. Aber die Logik des Ganzen, die damit verbundenen Einsparungen, waren unschlagbare Argumente. Was, wenn die Schulen zweihundert Milliarden hätten? Was, wenn das Gesundheitssystem zweihundert Milliarden hätte? Alle möglichen Missstände des Landes könnten mit derlei Einsparungen in Angriff genommen oder gelöst werden – Einsparungen nicht bloß alle vier Jahre, sondern in ähnlicher Höhe jedes Jahr. Alle kostspieligen Wahlen abgeschafft und durch nahezu kostenfreie ersetzt, die blitzschnell durchführbar waren?

Das war das Versprechen des Circle. Das war die einzigartige Position des Circle. Das zingten die Leute. Sie las die Zings, während sie mit Francis in einem Zug saß, der unter der Bucht hindurchfuhr, und beide grinsten sie wie Honigkuchenpferde. Sie wurden erkannt. Leute stellten sich vor Mae, um in ihren Video-Feed zu kommen, und sie störte sich nicht daran, merkte es kaum, weil die Nachrichten, die sie über ihr rechtes Armband erhielt, einfach zu gut waren, um die Augen davon abzuwenden.

Sie warf einen kurzen Blick auf ihren linken Arm: Ihr Puls war erhöht, ihre Herzfrequenz bei 130. Aber sie fand es toll. In der Innenstadt angekommen, sprangen sie die Stufen hinauf und tauchten über Tage schlagartig in goldenes Licht, auf der Market Street, während im Hintergrund die Bay Bridge blinkte.

»Ach du Scheiße, das ist Mae!« Wer hatte das gesagt? Mae sah zwei Teenager mit Kapuzenshirts und Kopfhörern auf sich und Francis zugehastet kommen. »Weiter so, Mae«, sagte der eine, ehe beide mit bewunderndem, fasziniertem Blick weiterliefen, die Treppe hinunter. Offenbar hatten sie Angst, wie Stalker zu wirken.

»Das war nett«, sagte Francis, der ihnen nachschaute.

Mae ging Richtung Wasser. Sie dachte an Mercer und stellte fest, dass er bloß noch ein Schatten war, der rasch verblasste. Seit dem Meeting hatte sie nichts von ihm oder von Annie gehört, und es war ihr auch egal. Ihre Eltern hatten sich nicht gemeldet und ihren Auftritt wahrscheinlich gar nicht gesehen, und sie merkte, dass ihr das egal war. Sie interessierte sich nur für diesen Augenblick, diesen Abend, den klaren und sternenlosen Himmel.

»Ich komm nicht drüber weg, wie locker du warst«, sagte Francis, und er küsste sie – ein trockener, routinierter Kuss auf die Lippen.

»War ich okay?«, fragte sie, obwohl sie wusste, wie lächerlich das klang, so ein Nachfragen bei einem so offensichtlichen Erfolg, aber sie wollte noch einmal hören, dass sie ihre Sache gut gemacht hatte.

»Du warst perfekt«, sagte er. »Eine 100.«

Auf dem Weg zum Wasser scrollte sie rasch die neusten beliebtesten Kommentare durch. Es war ein Zing dabei, in dem sich jemand schwer aufregte, von wegen das könnte und würde alles in Totalitarismus münden. Mae empfand das wie einen Schlag in die Magengrube.

»Ach komm. Hör doch nicht auf so eine Spinnerin«, sagte Francis. »Was weiß die denn schon? Irgendeine Paranoide, die hinter jeder Ecke eine Verschwörung wittert.« Mae lächelte, weil das eine Formulierung war, die auch ihr Vater gern benutzte.

»Lass uns was trinken«, sagte Francis, und sie entschieden sich für ein glitzerndes Brauhaus direkt am Wasser mit einer großen Terrasse davor. Schon während sie darauf zugingen, sah Mae in den Augen der gut aussehenden jungen Leute, die draußen tranken, Wiedererkennen aufblitzen.

»Das ist Mae!«, sagte einer.

Ein junger Mann, der zu jung wirkte, um schon Alkohol zu trinken, hielt das Gesicht in Maes Kamera. »Hey, Mom, ich bin zu Hause und lerne.« Eine Frau von etwa dreißig, die vielleicht zu dem jungen Mann gehörte, vielleicht aber auch nicht, sagte, während sie aus dem Bild ging: »Hey, Schatz, ich bin mit den Mädels in einem Buchklub. Grüß die Kinder!«

Der Abend war berauschend und herrlich und verging zu schnell. Mae saß an der Bar mit Blick auf die Bay und konnte sich kaum bewegen – sie wurde umlagert, ihr wurden Drinks gereicht, ihr wurde auf den Rücken geklopft und auf die Schulter getippt. Den ganzen Abend wandte sie sich hin und her, drehte sich jeweils um ein paar Grad, wie eine defekte Uhr, um jeden neuen Gratulanten zu begrüßen. Alle wollten ein Foto mit ihr, wollten sie fragen, wann das alles passieren würde. Wann werden wir all die unnötigen Barrieren durchbrechen?, fragten sie. Jetzt, da die Lösung so klar schien, so einfach zu vollziehen, wollte niemand warten. Eine Frau, die ein bisschen älter war als Mae, leicht lallte und einen Manhattan in der Hand hielt, drückte es unbewusst am besten aus: Wie, so fragte sie klarsichtig, obwohl sie dabei ihren Drink verschüttete, wie kriegen wir das Unvermeidliche schneller?

Mae und Francis landeten irgendwann in einem ruhigeren Lokal ein Stück den Embarcadero hinunter, wo sie eine weitere Runde bestellten und ein Mann in den Fünfzigern sich zu ihnen gesellte. Er hielt einen großen Drink mit beiden Händen und setzte sich unaufgefordert zu ihnen. In kürzester Zeit erzählte er ihnen, dass er mal Theologie studiert hatte, in Ohio lebte und Priester werden wollte, als er Computer entdeckte. Er hatte alles sausen lassen und war nach Palo Alto gezogen, hatte sich aber, wie er sagte, zwanzig Jahre lang weit entfernt von allem Spirituellen gefühlt. Bis jetzt.

»Ich hab heute deinen Vortrag gesehen«, sagte er. »Du hast alles in Verbindung gebracht. Du hast einen Weg gefunden, alle Seelen zu retten. Genau das haben wir in der Kirche gemacht – wir haben versucht, sie alle zu bekommen. Wie kann man sie alle retten? Daran arbeiten Missionare seit Jahrtausenden.« Er lallte jetzt, nahm aber wieder einen kräftigen Schluck von seinem Drink. »Du und deine Leute beim Circle« – und dabei malte er einen horizontalen Kreis in die Luft, und Mae dachte an einen Heiligenschein –, »ihr werdet alle Seelen retten. Ihr werdet sie alle sammeln, ihr werdet sie alle das Gleiche lehren. Es wird eine einzige Moral geben, ein einziges Regelwerk. Man stelle sich das vor!« Und dabei schlug er mit der flachen Hand so fest auf den Eisentisch, dass sein Glas klirrte. »Jetzt werden alle Menschen die Augen Gottes haben. Kennt ihr diese Bibelstelle? ›Es ist alles bloß und entdeckt vor Gottes Augen.‹ Jedenfalls so ähnlich. Seid ihr bibelfest?« Als er den leeren Ausdruck auf den Gesichtern von Mae und Francis sah, schnaubte er und trank einen langen Zug von seinem Drink. »Jetzt sind wir alle Gott. Bald wird jeder Einzelne von uns in der Lage sein, jeden anderen zu sehen und ein Urteil über ihn zu fällen. Wir werden alles sehen, was Er sieht. Wir werden Sein Urteil aussprechen. Wir werden Seinen Zorn channeln und Seine Vergebung erteilen. Auf einer dauerhaften und globalen Ebene. Alle Religion wartet auf diesen Moment, wenn jeder Mensch ein direkter und unmittelbarer Bote des göttlichen Willens ist. Versteht ihr, was ich sagen will?« Mae blickte Francis an, der erfolglos versuchte, das Lachen zu unterdrücken. Er prustete als Erster los, dann konnte auch Mae sich nicht mehr zurückhalten, und sie lachten aus vollem Halse, versuchten, sich bei ihm zu entschuldigen, hoben die Hände, baten um Vergebung. Aber er ließ sich nicht beschwichtigen. Er trat vom Tisch weg, drehte sich noch einmal mit Schwung um, nahm sein Glas und trottete dann etwas wackelig am Ufer entlang davon.

Mae wachte neben Francis auf. Es war sieben Uhr. Sie waren um kurz nach zwei in ihrem Wohnheimzimmer eingeschlafen. Sie warf einen Blick auf ihr Handy, sah, dass sie 322 neue Nachrichten hatte. Während sie es in der Hand hielt, die Augen schlaftrunken, klingelte es. Die Nummer war unterdrückt, und sie wusste, dass es nur Kalden sein konnte. Sie ließ den Anruf auf die Mailbox gehen. Er rief im Laufe des Morgens noch ein Dutzend Mal an. Er rief an, während Francis aufstand, sie küsste und zurück zu seinem eigenen Zimmer ging. Er rief an, während sie unter der Dusche stand, während sie sich anzog. Sie kämmte sich, schob ihre Armbänder zurecht und hängte sich die Kamera um, und er rief wieder an. Sie ignorierte die Anrufe und checkte ihre Nachrichten.

Es gab eine ganze Menge Glückwunsch-Threads, von innerhalb und außerhalb des Circle, und Bailey persönlich hatte den interessantesten gestartet. Außerdem teilte er Mae mit, dass Circle-Entwickler bereits begonnen hatten, ihre Ideen umzusetzen. Sie hatten die Nacht durchgearbeitet, in fieberhafter Begeisterung, und hofften, innerhalb einer Woche eine Prototypversion von Maes Ideen fertig zu haben, die zuerst im Circle angewendet werden würde, um sie dort zu verfeinern, und dann in jedem Land zum Einsatz gebracht werden sollte, wo die Circle-Mitgliedschaft stark genug war, um sie praktikabel zu machen.

Wir nennen die Version DemoVis, zingte Bailey. *Steht für Demokratie und für Ihre mutige Vision. Und sie kommt bald raus.*

Am selben Morgen wurde Mae zu den Entwicklern eingeladen, etwa zwanzig erschöpfte, aber inspirierte Ingenieure und Designer, die anscheinend bereits eine Betaversion fertig hatten. Als Mae eintrat, brach Jubel aus, die Lampen wurden gedimmt, und ein einzelnes Licht beschien eine Frau mit langem schwarzem Haar und einem Ausdruck kaum verhohlener Freude im Gesicht.

»Hallo, Mae, hallo, Maes Viewer«, sagte sie und verbeugte sich kurz. »Mein Name ist Sharma, und es freut und ehrt mich sehr, heute bei euch zu sein. Heute demonstrieren wir die allererste Version von DemoVis. Normalerweise würden wir nicht so schnell und so transparent vorgehen, aber da wir beim Circle zutiefst von DemoVis überzeugt sind und fest darauf bauen, dass es rasch und weltweit angenommen wird, sahen wir keinen Grund, länger zu warten.«

Der Wandbildschirm erwachte zum Leben. Das Wort *DemoVis* erschien, in einer schwungvollen Schriftart und in der Mitte einer blau-weiß gestreiften Flagge.

»Es geht darum, dass alle beim Circle ihre Meinung zu Themen äußern können, die ihr Leben betreffen – vor allem auf dem Campus, aber auch in der Welt draußen. Wenn der Circle also feststellen muss, wie die Stimmung im Unternehmen zu einem bestimmten Thema ist, erhalten die Circler im Laufe des Tages eine Pop-up-Nachricht, in der sie gebeten werden, die Frage oder die Fragen zu beantworten. Der erwartete Turnaround wird prompt und aufschlussreich sein. Und weil uns der Input von euch allen wichtig ist, werden eure anderen Messaging-Kanäle vorübergehend blockiert, bis ihr antwortet. Ich zeig's euch.«

Auf dem Bildschirm, unter dem DemoVis-Logo, erschien die Frage *Wünschst du dir zum Lunch ein größeres Veggieangebot?* Sie war von zwei Buttons eingerahmt, *Ja* und *Nein.*

Mae nickte. »Sehr beeindruckend, Leute!«

»Danke«, sagte Sharma. »So, wenn du bitte so nett wärst. Du musst auch antworten.« Und sie bat Mae, entweder *Ja* oder *Nein* auf dem Bildschirm zu berühren.

»Ach so«, sagte Mae. Sie ging zum Bildschirm und drückte Ja. Die Ingenieure jubelten, die Entwickler jubelten. Auf dem Bildschirm erschien ein fröhliches Gesicht, über dem sich die Worte *Du wirst gehört!* wölbten. Die Frage verschwand und wurde ersetzt durch die Worte *DemoVis-Resultat: 75 % der Befragten möchten ein größeres Veggieangebot. Das Veggieangebot wird erweitert.*

Sharma strahlte. »Seht ihr? Das ist natürlich ein simuliertes Resultat. Es haben noch nicht alle DemoVis, aber ihr versteht, wie es funktioniert. Die Frage erscheint, jeder unterbricht kurz das, was er gerade macht, antwortet, und der Circle kann sofort entsprechend reagieren, da er ganz genau weiß, was die Leute wollen. Unglaublich, nicht wahr?«

»Ja«, sagte Mae.

»Stellt euch vor, das Programm läuft landesweit. Weltweit!«

»Das übersteigt mein Vorstellungsvermögen.«

»Aber das war deine Idee!«, sagte Sharma.

Mae wusste nicht, was sie sagen sollte. Hatte sie das erfunden? Sie war nicht sicher. Sie hatte ein paar neue Zusammenhänge hergestellt: die Effizienz und Nützlichkeit der CircleSurvey-Fragen, das ständige Circle-Ziel lückenloser Erfassung, die universelle Hoffnung auf eine reale und ungefilterte – und vor allem vollkommene – Demokratie. Jetzt lag das alles in den Händen der Entwickler, den Hunderten beim Circle, den besten der Welt. Mae sagte ihnen das und dass sie bloß ein Mensch sei, der ein paar Ideen in Zusammenhang gebracht hatte, die nah beieinanderlagen, und Sharma und ihr Team strahlten und schüttelten ihr die Hand, und alle waren sich einig, dass das, was bereits geschafft war, den Circle und möglicherweise die ganze Menschheit auf einen bedeutsamen neuen Weg brachte.

Mae verließ die Renaissance und wurde direkt vor der Tür von einer Gruppe junger Circler begrüßt, die ihr alle sagen wollten – alle aufgeregt, übersprudelnd –, dass sie noch nie zur Wahl gegangen waren, dass sie sich nicht die Bohne für Politik interessierten, weil sie das Gefühl hatten, völlig losgelöst von der Regierung zu sein, keine richtige Mitsprache zu haben. Sie sagten, der Weg ihrer Wahlstimme oder ihres Namens auf einer Petition über die Regierungen auf kommunaler und dann auf bundesstaatlicher Ebene bis schließlich hin zu ihrem Vertreter in Washington wäre so langwierig, als würden sie eine Flaschenpost über ein weites, wildes Meer schicken. Jetzt jedoch fühlten sie sich beteiligt, sagten die jungen Circler. Falls DemoVis funktioniert, sagten sie und lachten dann – wenn es eingeführt wird, funktioniert es *natürlich*, sagten sie –, dann ist die Bevölkerung endlich richtig mit eingebunden, und dann werden das Land und die Welt von der Jugend hören, und deren Idealismus und Progressivismus werden den Planeten umkrempeln. Genau das hörte Mae den ganzen

Tag, während sie auf dem Campus unterwegs war. Sie schaffte es kaum von einem Gebäude zum anderen, ohne angesprochen zu werden. *Wir stehen kurz vor einem echten Wandel,* sagten sie. *Wandel in der Geschwindigkeit, die unsere Herzen verlangen.*

Aber den ganzen Vormittag über hielten die Anrufe von der unterdrückten Nummer an. Sie wusste, dass es Kalden war, und sie wusste, dass sie nichts mehr mit ihm zu tun haben wollte. Mit ihm zu sprechen, geschweige denn ihn zu sehen, wäre jetzt ein erheblicher Schritt zurück. Schon am Mittag gaben Sharma und ihr Team bekannt, dass sie bereit waren für den ersten richtigen, campusweiten Testlauf von DemoVis. Um 12.45 Uhr würde jeder Circler fünf Fragen erhalten, und die Ergebnisse würden nicht bloß sofort ausgewertet, sondern, das versprachen die Drei Weisen, der Wille des Volkes würde noch im Laufe des Tages umgesetzt.

Mae stand in der Mitte des Campus, umgeben von ein paar Hundert Circlern, die ihren Lunch aßen und sich dabei aufgeregt über die bevorstehende DemoVis-Demonstration unterhielten, und sie musste an das Gemälde »Die Unterzeichnung der Verfassung der Vereinigten Staaten« denken, an all die Männer mit ihren gepuderten Perücken und Gehröcken, allesamt wohlhabende weiße Männer, die sich nur mäßig dafür interessierten, ihre Mitmenschen zu vertreten. Sie waren die Urheber einer schon im Kern fehlerhaften Form der Demokratie, in der nur die Reichen gewählt wurden, in der ihre Stimmen am lautesten gehört wurden, in der sie ihre Sitze im Kongress nach eigenem Gutdünken an jene weitergaben, die ähnlich privilegiert waren. Vielleicht hatte es seitdem schrittchenweise ein paar Verbesserungen gegeben, aber DemoVis würde das alles sprengen. DemoVis war reiner, war die einzige Chance auf direkte Demokratie, die die Welt je hatte.

Es war halb eins, und weil Mae sich stark fühlte und vor Selbstbewusstsein strotzte, gab sie schließlich nach und ging ans Handy, obwohl sie wusste, dass es Kalden war.

»Hallo?«, sagte sie.

»Mae«, sagte er knapp, »ich bin's, Kalden. Sag nicht meinen Namen. Ich hab die Verbindung so manipuliert, dass der eingehende Ton nicht mitgehört werden kann.«

»Nein.«

»Mae. Bitte. Es geht um Leben und Tod.«

Kalden hatte eine Macht über sie, die sie beschämte. Sie fühlte sich prompt schwach und gefügig. In jedem anderen Bereich ihres Lebens hatte sie sich im Griff, aber schon allein seine Stimme löste sie auf und öffnete sie für alle möglichen schlechten Entscheidungen. Eine Minute später war sie in der Toilettenkabine, ihr Ton war abgestellt, und ihr Handy klingelte erneut.

»Ich bin sicher, irgendwer hört mit«, sagte sie.

»Nein. Ich hab uns Zeit verschafft.«

»Kalden, was willst du?«

»Du kannst das nicht machen. Deine Idee mit dem Pflicht-Account und die positive Reaktion darauf – das ist der letzte Schritt zur Schließung des Kreises, und das darf nicht passieren.«

»Wovon redest du? Darum geht es doch gerade. Wenn du schon so lange hier bist, weißt du besser als jeder andere, dass das von Anfang an das Ziel des Circle war. Ich meine, es ist ein Kreis, verdammt noch mal. Er muss sich schließen. Er muss sich vollenden.«

»Mae, genau das war zumindest für mich die ganze Zeit die Befürchtung, nicht das Ziel. Wenn ein Benutzerkonto beim Circle Pflicht ist und wenn sämtliche behördlichen

Leistungen durch den Circle fließen, hast du mitgeholfen, das erste tyrannische Monopol der Welt zu erschaffen. Findest du die Vorstellung etwa gut, dass ein Privatunternehmen den Fluss sämtlicher Informationen kontrolliert? Dass Partizipation auf Befehl des Circle Pflicht ist?«

»Du weißt doch, was Ty gesagt hat, oder?«

Mae hörte ein lautes Seufzen. »Vielleicht. Was hat er gesagt?«

»Er hat gesagt, die Seele des Circle ist demokratisch. Dass niemand frei ist, bis nicht jeder gleichermaßen Zugriff hat und dieser Zugriff frei ist. Das steht wenigstens auf ein paar Fliesen hier auf dem Campus.«

»Mae. Meinetwegen. Der Circle ist gut. Aber mit TruYou wurde der böse Geist aus der Flasche geholt. Und jetzt muss er aufgehalten werden. Oder zerstört.«

»Was kümmert es dich überhaupt? Wenn es dir nicht gefällt, geh doch einfach. Ich weiß, du bist eine Art Spion für irgendein anderes Unternehmen. Oder für Williamson. Für irgendwelche bescheuerten anarchistischen Politiker.«

»Mae, der Moment ist da. Du weißt, es betrifft jeden. Wann hast du zuletzt einen intensiven Kontakt zu deinen Eltern herstellen können? Die Lage ist kritisch, und du bist in der einzigartigen Position, Einfluss auf sehr bedeutsame historische Ereignisse zu nehmen. Der Moment ist da. Der Moment, an dem geschichtliche Weichen gestellt werden. Stell dir vor, du hättest etwas tun können, ehe Hitler Kanzler wurde. Ehe Stalin Osteuropa annektierte. Wir sind drauf und dran, ein weiteres sehr hungriges, sehr böses Reich zu erschaffen, Mae. Verstehst du das?«

»Weißt du eigentlich, wie verrückt du klingst?«

»Mae, ich weiß, dass du in zwei Tagen das große Plankton-Meeting hast. Wo die Kids ihre Ideen vorstellen, in der Hoffnung, dass der Circle sie kauft und auffrisst.«

»Und?«

»Das Publikum wird riesig sein. Wir müssen die jungen Leute erreichen, und bei diesem Plankton-Meeting werden deine Viewer jung und ungeheuer zahlreich sein. Das ist perfekt. Die Drei Weisen werden da sein. Du musst die Gelegenheit nutzen, alle zu warnen. Du musst sagen: ›Lasst uns mal überlegen, was die Schließung des Circle bedeutet.‹«

»Du meinst, die Vollendung?«

»Das ist das Gleiche. Was sie für persönliche Freiheiten bedeutet, für die Freiheit, sich zu bewegen, zu tun, was man tun will, frei zu sein.«

»Du bist irre. Ich versteh überhaupt nicht, dass ich –« Mae hatte vor, den Satz mit »mit dir geschlafen habe« zu beenden, aber auf einmal kam ihr schon der Gedanke daran krank vor.

»Mae, keine Organisation sollte so eine Macht haben, wie die sie haben.«

»Ich leg jetzt auf.«

»Mae. Denk drüber nach. Man wird Songs über dich schreiben.«

Sie legte auf.

Als sie in den Großen Saal kam, schlug ihr der Lärm von ein paar Tausend Circlern entgegen. Der übrige Campus war gebeten worden, am Arbeitsplatz zu bleiben, um der Welt zu demonstrieren, wie DemoVis überall im Unternehmen funktionieren würde, wenn Circler von ihren Schreibtischen aus, über ihre Tablets und Handys und sogar per Netzhaut abstimmten. Auf dem Bildschirm im Großen Saal zeigte ein gewaltiges Raster von SeeChange-Kameras Circler, die in jedem Winkel jedes Gebäudes bereit waren. Sharma hatte in einem von vielen Zings erklärt, dass die Circler, sobald die DemoVis-Fragen gesendet wurden, technisch lahmgelegt waren – keine Zings schicken, keine Taste betätigen konnten –, bis sie ihre Stimme abgegeben hatten. *Demokratie ist hier Pflicht!*, schrieb sie und fügte zu Maes großer Freude hinzu: *Teilen ist Heilen.* Mae hatte vor, an ihrem Handgelenk abzustimmen, und hatte ihren Viewern versprochen, auch deren Input zu berücksichtigen, falls sie schnell genug waren. Die Stimmabgabe, so Sharmas Prognose, sollte nicht länger als sechzig Sekunden dauern.

Und dann erschien auf dem Bildschirm das DemoVis-Logo und darunter die erste Frage.

1. Sollte der Circle mehr Veggiegerichte beim Lunch anbieten?

Die Menge im Großen Saal lachte. Sharmas Team hatte beschlossen, mit der Frage anzufangen, die sie schon getestet hatten. Mae sah auf ihrem Handgelenkmonitor, dass ein paar Hundert Viewer Smiles geschickt hatten, und daher entschied sie sich für diese Option und drückte »senden«. Sie blickte zum Bildschirm hoch und sah zu, wie Circler ihre Stimme abgaben, und binnen elf Sekunden hatte der ganze Campus abgestimmt, und die Ergebnisse wurden ausgewertet. 88 Prozent des Campus sprachen sich für ein größeres Veggieangebot beim Lunch aus.

Ein Zing von Bailey kam herein: *Wird gemacht.*

Der Große Saal bebte vor Applaus.

Die nächste Frage erschien: *2. Sollte der Bring-deine-Tochter-mit-zur-Arbeit-Tag zweimal im Jahr stattfinden statt nur einmal?*

Die Antwort lag nach zwölf Sekunden vor. 45 Prozent sagten Ja. Bailey zingte: *Anscheinend ist einmal derzeit genug.*

Die Demonstration war bislang ein voller Erfolg, und Mae sonnte sich in den Gratulationen von Circlern im Saal und an ihrem Handgelenk sowie von Viewern weltweit. Die dritte Frage erschien, und im Saal brach Gelächter aus.

3. John oder Paul oder … Ringo?

Die Antwort, die sechzehn Sekunden brauchte, löste einen überraschten Jubelsturm aus: Ringo hatte gewonnen, mit 64 Prozent der Stimmen. John und Paul schnitten fast gleich ab, mit 20 und 16.

Der vierten Frage ging ein nüchternes Vorwort voraus: *Stellt euch vor, das Weiße Haus wollte die Meinung seiner Wählerschaft ungefiltert hören. Und stellt euch vor, ihr wärt direkt und unmittelbar in der Lage, Einfluss auf die US-Außenpolitik zu nehmen. Lasst euch bei der nächsten Frage Zeit. Der Tag könnte kommen – sollte kommen –, an dem alle Amerikanerinnen und Amerikaner in solchen Fragen gehört werden.*

Das Vorwort verschwand, und die Frage erschien:

4. Geheimdienste haben Terroristenführer Mohammed Khalil al-Hamed in einer dünn besiedelten Gegend Pakistans lokalisiert. Sollten wir eine Drohne schicken, um ihn zu töten, auch wenn mit gewissen Kollateralschäden zu rechnen ist?

Mae stockte der Atem. Obwohl es nur eine Demonstration war, fühlte sich die Macht real an. Und sie fühlte sich richtig an. Wieso sollte die Klugheit von dreihundert Millionen Amerikanern nicht bei einer Entscheidung berücksichtigt werden, die sie alle betraf? Mae überlegte, wog das Für und Wider ab. Die Circler im Saal nahmen die Verantwortung anscheinend genauso ernst wie Mae. Wie viele Menschenleben könnten durch die Tötung von al-Hamed gerettet werden? Vielleicht Tausende, und die Welt wäre einen bösen Mann los. Das schien das Risiko wert zu sein. Sie stimmte mit Ja. Die vollständige Stimmenauszählung erschien nach einer Minute elf Sekunden: 71 Prozent der Circler befürworteten einen Drohnenschlag. Stille legte sich über den Saal.

Dann erschien die letzte Frage:

5. Ist Mae Holland spitze oder was?

Mae lachte, und der Saal lachte, und Mae wurde rot und fand das jetzt ein bisschen übertrieben. Sie beschloss, sich bei dieser Frage zu enthalten, weil es ihr absurd erschien, entweder mit Ja oder Nein abzustimmen, und sie behielt einfach ihren Handgelenkmonitor im Auge, bis sie plötzlich merkte, dass das Bild eingefroren war. Gleich darauf begann die Frage auf dem Display aufgeregt zu blinken. Der Hinweis *Alle Circler müssen abstimmen* erschien, und ihr fiel wieder ein, dass die Erhebung erst dann vollständig war, wenn jeder Circler seine Meinung abgegeben hatte. Da sie es albern fand, sich selbst als spitze zu bezeichnen, drückte sie »Frown« in der Annahme, dass sie die Einzige wäre und Gelächter ernten würde.

Aber als die Stimmen Sekunden später ausgezählt wurden, war sie nicht die Einzige, die ein Frown geschickt hatte. Die Abstimmung betrug 97 Prozent Smiles zu drei Prozent Frowns, was bedeutete, dass ihre Mit-Circler sie mit überwältigender Mehrheit spitze fanden. Als die Zahlen erschienen, jubelte der ganze Saal, und auf dem Weg nach draußen klopften ihr viele Kolleginnen und Kollegen, die das Experiment für einen Riesenerfolg hielten, auf den Rücken. Und Mae empfand das auch so. Sie wusste, dass DemoVis funktionierte und sein Potenzial unbegrenzt war. Und sie wusste, sie hatte allen Grund, damit zufrieden zu sein, dass 97 Prozent der Circler sie spitze fanden. Aber als sie den Saal verließ und den Campus überquerte, konnte sie nur an die drei Prozent denken, die sie nicht spitze fanden. Sie rechnete nach. Wenn bei aktuell 12.318 Circlern – sie hatten soeben ein Start-up-Unternehmen in Philadelphia geschluckt, das sich auf die Gamifizierung von bezahlbarem Wohnraum spezialisiert hatte – jeder abgestimmt hatte, dann hieß das, dass 369 Leute ihr ein Frown geschickt hatten, sie also für etwas anderes als spitze hielten. Nein, 368. Sie hatte sich ja selbst ein Frown geschickt in der Annahme, die Einzige zu sein.

Sie fühlte sich taub. Sie fühlte sich nackt. Sie ging durchs Fitnesscenter, beäugte die schwitzenden Körper, die sich auf den Geräten abstrampelten, und sie fragte sich, wer von denen ihr wohl ein Frown verpasst hatte. 368 Leute konnten sie nicht leiden. Sie war am Boden zerstört. Sie verließ das Fitnesscenter und suchte nach einem Platz, um ihre Gedanken zu sammeln. Sie wollte auf das Dach, nicht weit von ihrem früheren Büro, auf die Terrasse, wo Dan ihr zum ersten Mal erklärt hatte, wie wichtig der Gemeinschaftsgedanke beim Circle war. Von da, wo sie war, bis zu dem Gebäude war es eine halbe Meile, und sie war sich nicht sicher, ob sie die schaffen würde. Man stach auf sie ein. Man hatte auf sie eingestochen. Wer waren diese Leute? Was hatte sie ihnen getan? Sie kannten sie nicht. Oder doch? Und was waren das für Communityangehörige, die jemandem wie Mae, die unermüdlich mit ihnen, *für* sie, arbeitete, vor aller Augen ein Frown schickten?

Sie versuchte, sich zusammenzureißen. Sie lächelte, wenn sie an Circle-Kollegen vorbeiging. Sie nahm ihre Glückwünsche und Danksagungen entgegen und fragte sich jedes Mal, wer von ihnen heuchelte, wer von ihnen den Frown-Button angeklickt hatte, jeder Klick auf den Button wie ein Schuss ins Herz. Genau so war es, dachte sie. Sie fühlte sich durchbohrt, als hätte jeder von ihnen auf sie geschossen, von hinten, Feiglinge, die sie durchlöchert hatten. Sie konnte kaum stehen.

Und dann, kurz bevor sie ihr altes Gebäude erreichte, sah sie Annie. Sie hatten seit Monaten keine normale Interaktion gehabt, doch in Annies Gesicht leuchtete sofort etwas wie Licht und Freude auf. »Hey!«, sagte sie und sprang vor, um Mae stürmisch zu umarmen.

Maes Augen waren plötzlich nass, und sie fuhr mit der Hand darüber, fühlte sich albern und beschwingt und verwirrt. All ihre widersprüchlichen Gedanken hinsichtlich Annie waren für einen Moment wie weggespült.

»Geht's dir gut?«, fragte sie.

»Ja. Ja. Es passieren so viele gute Sachen«, sagte Annie. »Hast du von dem PastPerfect-Projekt gehört?«

Jetzt nahm Mae etwas in Annies Stimme wahr, ein Anzeichen dafür, dass Annie in erster Linie mit dem Publikum um Maes Hals sprach. Mae spielte mit.

»Ja, du hast mir schon erzählt, worum es dabei im Wesentlichen geht. Was gibt es denn Neues bei PastPerfect, Annie?«

Während sie Annie ansah und interessiert tat, war Mae mit den Gedanken woanders: Hatte Annie ihr ein Frown geschickt? Vielleicht bloß, um ihr einen kleinen Dämpfer zu verpassen? Und wie würde Annie bei einer DemoVis-Abstimmung abschneiden? Könnte sie 97 Prozent schlagen? Könnte das überhaupt jemand?

»Ach Gott, so vieles, Mae. Wie du weißt, ist PastPerfect seit vielen Jahren in Arbeit. Es ist so was wie das Lieblingsprojekt von Eamon Bailey, könnte man sagen. Er hat sich gefragt, wie es wäre, wenn wir mit den Möglichkeiten des Web und des Circle und seiner Milliarden Mitglieder versuchen würden, die Lücken in unserer persönlichen Geschichte und der Geschichte im Allgemeinen zu füllen.«

Mae sah, wie sehr ihre Freundin sich ins Zeug legte, und versuchte unwillkürlich, bei ihrer glühenden Begeisterung mitzumachen.

»Wow, das klingt ja unglaublich. Bei unserem letzten Gespräch haben sie nach jemandem gesucht, der sozusagen als Pionier bereit wäre, seine Vorfahren kartieren zu lassen. Sind sie fündig geworden?«

»Allerdings, Mae, ich bin froh, dass du fragst. Sie haben jemanden gefunden, und dieser Jemand bin ich.«

»Ja, ja, schon klar. Dann haben sie sich also noch nicht entschieden?«

»Nein, im Ernst«, sagte Annie, mit leiserer Stimme, sodass sie plötzlich mehr wie die richtige Annie klang. Dann strahlte sie wieder und sagte eine Oktave höher: »Ich bin die Pionierin!«

Mae hatte inzwischen Übung darin, zu warten, ehe sie sprach – die Transparenz hatte sie gelehrt, jedes Wort genau abzuwägen –, und jetzt sagte sie nicht: »Ich hätte mit einem Neuling gerechnet, jemandem ohne viel Erfahrung. Oder mit einem Streber, der auf ein paar PartiRank-Sprünge hofft oder sich bei den Drei Weisen einschmeicheln will. Aber du?« Ihr war klar, dass Annie in einer Position war oder zu sein glaubte, wo sie neuen Auftrieb brauchte, einen Vorteil. Und deshalb hatte sie sich freiwillig gemeldet.

»Du hast dich freiwillig gemeldet?«

»Ja, hab ich«, sagte Annie. Sie sah Mae zwar an, aber im Grunde durch sie hindurch. »Je mehr ich darüber hörte, desto mehr wollte ich die Erste sein. Wie du weißt, aber deine Viewer vielleicht nicht, ist meine Familie auf der *Mayflower* hergekommen« – an dieser Stelle verdrehte sie die Augen –, »und obwohl es in unserer Familiengeschichte einige sattsam bekannte Punkte gibt, weiß ich so allerhand noch nicht.«

Mae war sprachlos. Annie war übergeschnappt. »Und alle machen mit? Deine Eltern?«

»Die sind ganz begeistert. Ich schätze, sie waren schon immer stolz auf unsere Tradition, und die Möglichkeit, sie mit anderen zu teilen und dabei auch noch ein bisschen was über die Geschichte des Landes herauszufinden, tja, das hat ihnen gefallen. Apropos Eltern, wie geht's deinen?«

Mein Gott, das war seltsam, dachte Mae. Es gab so viele Ebenen hinter der Fassade, und während sie sie im Kopf zählte, abschätzte und benannte, mussten ihr Gesicht und ihr Mund dieses Gespräch fortsetzen.

»Denen geht's gut«, sagte Mae, obwohl sie und Annie wussten, dass sie ihre Eltern seit Wochen weder gesehen noch gesprochen hatte. Sie hatten ihr über eine Cousine ausrichten lassen, dass sie gesundheitlich wohlauf waren, aber sie hatten ihr Haus verlassen, waren *geflohen*, so das Wort, das sie in ihrer kurzen Nachricht benutzten, doch Mae sollte sich keine Sorgen machen.

Mae beendete das Gespräch mit Annie und ging langsam und wie benebelt zurück über den Campus. Sie wusste, dass Annie zufrieden damit war, wie sie ihre Neuigkeit vermittelt und Mae übertrumpft und verwirrt hatte, alles in einer kurzen Begegnung. Annie war zum Mittelpunkt von PastPerfect ernannt worden, und man hatte Mae nichts davon gesagt, was sie ziemlich blöd dastehen ließ. Das war bestimmt Annies Ziel gewesen. Und warum Annie? Es war nicht einleuchtend, Annie dafür einzuspannen, wo es doch einfacher gewesen wäre, Mae damit zu betrauen; Mae war doch schon transparent.

Mae wurde klar, dass Annie darum gebeten hatte. Die Drei Weisen angefleht hatte. Ihre Nähe zu ihnen hatte das möglich gemacht. Und somit war Mae ihnen nicht so nahe, wie sie gedacht hatte; Annie genoss nach wie vor einen Sonderstatus. Wieder mal verwiesen Annies Herkunft, der Umstand, dass sie schon länger beim Circle war, und die verschiedenen und alten Privilegien, die sie genoss, Mae auf den zweiten Platz. Immer der zweite Platz, als wäre sie eine Art kleine Schwester, die nie die Chance gehabt hatte, eine ältere, stets ältere Schwester einzuholen. Mae versuchte, ruhig zu bleiben, doch die Nachrichten, die sie laufend übers Handgelenk erhielt, machten deutlich, dass ihre Viewer sahen, wie frustriert, wie verstört sie war.

Sie musste durchatmen. Sie musste nachdenken. Aber es ging ihr zu viel durch den Kopf. Wie Annies lächerlicher Schachzug. Wie diese lachhafte PastPerfect-Sache, womit Mae hätte betraut werden müssen. War Mae deshalb nicht genommen worden, weil ihre Eltern nicht mehr mitspielten? Und wo waren ihre Eltern überhaupt? Wieso sabotierten sie alles, wofür Mae arbeitete? Aber wofür arbeitete sie eigentlich, wenn 368 Circler nichts von ihr hielten? 368 Leute, die sie anscheinend aktiv hassten, jedenfalls so sehr, dass sie einen Button gegen sie anklickten – um ihren Abscheu direkt an sie zu senden, damit sie auch ja gleich wusste, was sie empfanden. Und was war mit dieser Zellmutation, weswegen sich irgendein schottischer Wissenschaftler Sorgen machte? Eine krebsartige Veränderung, die sich womöglich in Mae abspielte, verursacht durch ihre fehlerhafte Ernährung? War das wirklich passiert? Und Scheiße, dachte Mae, während sich ihr die Kehle zuschnürte, hatte sie wirklich ein Frown an eine Gruppe schwer bewaffneter Paramilitärs in Guatemala geschickt? Was, wenn die hier Kontakte hatten? Es lebten garantiert jede Menge Guatemalteken in Kalifornien, und die würden sich garantiert tierisch freuen, so eine Trophäe wie Mae zu haben, sie für diese Beleidigung zu bestrafen. Scheiße, dachte sie, Scheiße. Sie spürte einen Schmerz in sich, einen Schmerz, der seine schwarzen Schwingen in ihrem Innern ausbreitete. Und der rührte hauptsächlich von den 368 Leuten, die sie offenbar so sehr hassten, dass sie sie loswerden wollten. Es war eine Sache, ein Frown nach Mittelamerika zu schicken, aber etwas völlig anderes, eins bloß über den Campus zu schicken. Wer tat so was? Wieso gab es so viel Feindseligkeit auf der Welt? Und dann hatte sie einen kurzen, blasphemischen Gedankenblitz: Sie wollte gar nicht wissen, was die dachten. Der Geistesblitz weitete sich aus zu etwas Größerem, dem noch blasphemischeren Gedanken, dass ihr Verstand zu viel enthielt. Dass die Menge an Informationen, Daten, Urteilen, Bewertungen zu viel war und dass es zu viele Menschen gab und zu viele Sehnsüchte von zu vielen Menschen und zu viele Meinungen von zu vielen Menschen und zu viel Schmerz von zu vielen Menschen und dass das alles sortiert, gesammelt, addiert, angehäuft und ihr präsentiert wurde, als ob es dadurch ordentlicher und überschaubarer würde – das war einfach zu viel. Aber nein, war es nicht, korrigierte ihr besserer Verstand. Nein. Diese 368 Leute haben dich gekränkt. Das war die Wahrheit. Sie hatten sie verletzt, die 368 Stimmen, die sie umbringen wollten. Jeder Einzelne von ihnen wollte sie lieber tot sehen. Wenn sie das doch bloß nicht wüsste. Wenn sie doch bloß zu dem Leben vor diesen drei Prozent zurückkönnte, als sie noch auf dem Campus herumlaufen konnte, winken, lächeln, unbeschwert plaudern, essen, menschlichen Kontakt haben, ohne zu wissen, was tief in den Herzen der drei Prozent lauerte. Ihr Frowns zu schicken, mit den Fingern den Button zu berühren, so auf sie zu schießen, das war wie Mord. An Maes Handgelenk blinkten Dutzende von besorgten Nachrichten. Mithilfe der überall auf dem Campus verteilten SeeChange-Kameras sahen Viewer, wie sie stockstеif dastand, das Gesicht zu einer wütenden, unglücklichen Maske verzerrt.

Sie musste irgendwas tun. Sie ging zurück zur CE, winkte Jared und den Übrigen und loggte sich in die Schleuse ein.

Wenige Minuten später hatte sie bei einer Anfrage von einem Schmuckhersteller in Prag geholfen, hatte sich dessen Website angesehen, hatte seine Arbeit faszinierend und wunderbar gefunden und das auch gesagt, laut und in einem Zing, was eine astronomische Conversion Rate und einen Retail Raw zur Folge hatte, der nach zehn Minuten 52.098 Euro betrug. Sie half einem Großhandel für Möbel aus nachhaltigen Rohstoffen in North Carolina, Design for Life, und nachdem sie dessen Anfrage beantwortet hatte, wurde sie gebeten, einen Kundenfragebogen auszufüllen, was bei ihrem Alter und ihrer Einkommensschicht besonders wichtig sei, denn gerade die Vorlieben in ihrer demografischen Gruppe seien für den Händler besonders wichtig. Sie kam der Bitte nach und kommentierte auch eine Reihe von Fotos, die ihre Kontaktperson bei Design for Life, Sherilee Fronteau, ihr von ihrem Sohn bei seinen ersten Baseballversuchen geschickt hatte. Als Mae die Fotos kommentierte, erhielt sie eine Nachricht von Sherilee, die sich bei Mae bedankte und sie einlud, irgendwann mal nach Chapel Hill zu kommen, um Tyler persönlich kennenzulernen und ein richtiges Barbecue zu essen. Mae sagte zu, weil es ein sehr gutes Gefühl für sie war, diese neue Freundin am anderen Ende des Kontinents zu haben, und widmete sich ihrer zweiten Nachricht, von einem Kunden namens Jerry Ulrich, der in Grand Rapids, Michigan, eine Kühltransportfirma betrieb. Er bat Mae, eine Nachricht über die Dienstleistungen seiner Firma an alle auf ihrer Liste weiterzuleiten, dass sie sich nach Kräften bemühten, in Kalifornien Fuß zu fassen, und ihnen jede Unterstützung lieb wäre. Mae zingte ihm, sie würde allen, die sie kannte, Bescheid geben, und fing mit ihren 14.611.002 Viewern an, woraufhin er zurückschrieb, er sei unendlich dankbar, so vorgestellt worden zu sein, und dass er sich über Aufträge oder Kommentare von allen 14.611.002 Leuten freuen würde – 1.556 von ihnen hatten Jerry prompt begrüßt und gesagt, auch sie würden es weitersagen. Dann, während er sich über die Nachrichtenflut freute, fragte er Mae, wie seine Nichte, die im Frühjahr ihren Abschluss an der Eastern Michigan University machte, es anstellen könnte, einen Job beim Circle zu ergattern; es sei ihr Traum, dort zu arbeiten, und sollte sie in den Westen ziehen, um näher am Unternehmen zu sein, oder sollte sie darauf hoffen, aufgrund ihres Lebenslaufs zu einem Vorstellungsgespräch eingeladen zu werden? Mae verwies ihn an die HR-Abteilung und gab ihm ein paar persönliche Tipps. Sie setzte die Nichte auf ihre Kontaktliste und notierte sich, sie im Auge zu behalten, falls sie sich tatsächlich beim Circle bewarb. Ein Kunde, Hector Casilla aus Orlando, Florida, erzählte Mae, dass er ein leidenschaftlicher Vogelbeobachter sei, und schickte ihr ein paar von seinen Fotos, die Mae lobte und in ihre Fotocloud stellte. Hector bat sie, ihnen ein Rating zu geben, weil ihm das Aufmerksamkeit in der Foto-Sharing-Gruppe einbringen würde, der er beitreten wolle. Sie tat es, und er war begeistert. Nur Minuten später, sagte Hector, sei jemand in der Foto-Sharing-Gruppe total beeindruckt gewesen, weil eine echte Circle-Mitarbeiterin von seiner Arbeit wusste, und Hector dankte Mae erneut. Er schickte ihr eine Einladung zu einer Gruppenausstellung, bei der er diesen Winter mitmachte, in Miami Beach, und Mae antwortete, falls sie im Januar zufällig dort wäre, würde sie auf jeden Fall kommen, und Hector, der vielleicht den Grad ihres Interesses missdeutete, leitete sie weiter an seine Cousine Natalia, die nur vierzig Minuten von Miami entfernt ein B&B besaß und Mae garantiert einen günstigen Preis machen würde – ihre Freunde seien ebenfalls willkommen. Natalia schickte daraufhin eine Nachricht mit den Zimmerpreisen, die, wie sie anmerkte, flexibel seien, falls sie eine ganze Woche bleiben wollte. Einen Moment später folgte eine lange Nachricht von Natalia mit zahlreichen Links zu Artikeln über und Bildern von Miami und Umgebung sowie ausführlichen Informationen über die Freizeitaktivitäten, die im Winter möglich waren – Sportangeln, Jetski, Tanzen. Mae arbeitete weiter, spürte das vertraute Ziehen, die zunehmende Schwärze, doch sie arbeitete durch dieses Gefühl hindurch, tötete es, bis sie schließlich die Uhrzeit sah: 22.32 Uhr.

Sie war seit über vier Stunden in der CE. Sie ging zu den Wohnheimen, fühlte sich viel besser, fühlte sich ruhig, und als sie das Zimmer betrat, saß Francis auf dem Bett, arbeitete an seinem Tablet und kopierte sein Gesicht in seine Lieblingsfilme hinein. »Guck mal«, sagte er und zeigte ihr eine Sequenz aus einem Actionfilm, wo der Hauptdarsteller scheinbar nicht mehr Bruce Willis war, sondern Francis Garaventa. Die Software war nahezu perfekt, sagte Francis, und kinderleicht zu bedienen. Der Circle hatte sie bei einem Start-up gekauft, das von drei Leuten in Kopenhagen betrieben wurde.

»Morgen kriegst du bestimmt noch so allerhand Neuheiten zu sehen«, sagte Francis, und Mae fiel wieder das Plankton-Meeting ein. »Das wird bestimmt lustig. Manche Ideen sind sogar richtig gut. Und apropos gute Ideen …« Und schon zog Francis sie zu sich nach unten und küsste sie und zog ihre Hüften an sich, und einen Moment lang dachte sie, sie würden so etwas wie ein echtes sexuelles

Erlebnis haben, aber als sie sich gerade die Bluse auszog, sah sie, wie Francis die Augen zusammenpresste und
ruckartig noch vorn fuhr, und sie wusste, dass er schon
fertig war. Nachdem er sich umgezogen und die Zähne
geputzt hatte, bat er Mae, ihn zu raten, und sie gab ihm
eine 100.

Mae öffnete die Augen. Es war 4.17 Uhr. Francis lag von ihr
weggewandt und schlief lautlos. Sie schloss die Augen,
konnte aber nur an die 368 Leute denken, die sich wünschten – das schien jetzt offensichtlich –, sie wäre nie geboren
worden. Sie musste zurück zu ihrer CE-Schleuse. Sie setzte
sich auf.

»Was ist denn?«, fragte Francis.

Sie drehte sich zu ihm um und sah, dass er sie anblickte.

»Nichts. Bloß diese blöde DemoVis-Abstimmung.«

»Mach dir doch deshalb keine Gedanken. Es sind bloß ein
paar Hundert Leute.«

Er berührte Maes Rücken und machte bei dem Versuch,
sie von der anderen Seite des Bettes zu trösten, eine Art
Wischbewegung über ihre Taille.

»Aber wer?«, sagte Mae. »Jetzt muss ich auf dem Campus rumlaufen, ohne zu wissen, wer mich tot sehen möchte.«

Francis setzte sich auf. »Wieso guckst du nicht nach?«

»Was nachgucken?«

»Wer dir Frowns geschickt hat. Wo glaubst du denn,
wo du bist? Im 18. Jahrhundert? Das hier ist der Circle. Du
kannst rausfinden, wer dir Frowns geschickt hat.«

»Ist das transparent?«

Sofort kam Mae sich dumm vor, dass sie überhaupt gefragt hatte.

»Soll ich für dich nachsehen?«, sagte Francis, und Sekunden später war er an seinem Tablet und scrollte. »Hier ist die Liste. Sie ist öffentlich – darum geht's ja bei DemoVis.« Seine Augen verengten sich, während er die Liste las. »Oh, der ist keine Überraschung.«

»Was?«, sagte Mae, deren Herz einen Satz machte. »Wer?«

»Mister Portugal.«

»Alistair?«

Maes Kopf glühte.

»Arschloch«, sagte Francis. »Egal. Scheiß drauf. Willst du die ganze Liste?« Francis drehte das Tablet zu ihr um, doch ehe sie wusste, was sie tat, wich sie zurück, die Augen zusammengepresst. Sie stand in der Ecke des Zimmers und hielt sich die Arme vors Gesicht.

»Bleib ruhig«, sagte Francis. »Das ist kein tollwütiges Tier. Das sind bloß Namen auf einer Liste.«

»Stopp«, sagte Mae.

»Die meisten haben es wahrscheinlich nicht mal böse gemeint. Und ein paar davon mögen dich wirklich, das weiß ich.«

»Stopp. Stopp.«

»Okay, okay. Soll ich den Bildschirm löschen?«

»Bitte.«

Francis tat es.

Mae ging ins Badezimmer und schloss die Tür.

»Mae?« Francis war auf der anderen Seite.

Sie drehte die Dusche an und zog sich aus.

»Kann ich reinkommen?«

Unter dem prasselnden Wasser wurde Mae ruhiger. Sie griff nach der Wand und schaltete das Licht an. Sie lächelte bei dem Gedanken, wie albern sie auf die Liste reagiert hatte. Natürlich waren die abgegebenen Stimmen öffentlich. In einer wirklichen Demokratie, einer reineren Art von Demokratie, hätten die Menschen keine Angst davor, ihre Stimme abzugeben, und, was noch wichtiger war, sie hätten keine Angst davor, Rechenschaft darüber abzulegen. Es lag jetzt bei ihr, ob sie wissen wollte, wer ihr ein Frown geschickt hatte, um diese Leute wieder auf ihre Seite zu bringen. Vielleicht nicht sofort. Sie brauchte Zeit, bis sie dafür bereit wäre, aber sie würde es wissen wollen – sie musste es wissen, es war ihre Verantwortung, es zu wissen –, und sobald sie es wusste, wäre die Arbeit, die 368 zu korrigieren, einfach und ehrlich. Sie nickte und lächelte, als ihr klar wurde, dass sie allein unter der Dusche stand und nickte. Aber sie konnte nicht anders. Die Eleganz von allem, die ideologische Reinheit des Circle, von echter Transparenz, gab ihr Frieden, ein wärmendes Gefühl von Logik und Ordnung.

Die Gruppe war eine herrliche Regenbogenkoalition aus jungen Leuten, Dreadlocks und Sommersprossen, blauen und grünen und braunen Augen. Sie saßen alle vorgebeugt da, mit leuchtenden Gesichtern. Jeder hatte vier Minuten, um seine Idee dem Circle-Braintrust zu präsentieren, einschließlich Bailey und Stenton, die im Raum waren und sich angeregt mit den übrigen Angehörigen der Vierzigerbande unterhielten, und Ty, der per Video-Feed teilnahm. Er saß irgendwo anders, in einem leeren weißen Raum, mit seinem viel zu großen Kapuzenshirt bekleidet, und starrte weder gelangweilt noch sichtlich interessiert in die Kamera und in den Raum. Und er war es, den die Präsentatoren fast noch mehr beeindrucken wollten als die beiden anderen Weisen oder leitenden Circler. Sie waren sozusagen seine Kinder: Alle waren motiviert durch seinen Erfolg, seine Jugend, seine Fähigkeit, Ideen umzusetzen und dabei er selbst zu bleiben, völlig abgehoben und dennoch wahnsinnig produktiv. Sie wollten das auch, und sie wollten das Geld, das mit dieser Rolle einherging.

Das hier war die Versammlung, von der Kalden gesprochen hatte. Er war sicher, dass hier das Interesse der Viewer am größten war, und er wollte, dass Mae hier all ihren Viewern eröffnete, dass der Circle sich nicht vollenden durfte, dass Vollendung eine Art Armageddon zur Folge hätte. Sie hatte seit dem Telefonat in der Damentoilette nichts mehr von ihm gehört, und sie war froh darüber. Jetzt war sie fester denn je davon überzeugt, dass er eine Art Hackerspion war, jemand von einem Möchtegernkonkurrenten, der Mae und Gott weiß wen noch alles gegen das Unternehmen aufbringen wollte, um es von innen zu zerstören.

Sie verbannte alle Gedanken an ihn aus ihrem Kopf. Dieses Forum würde gut sein, das wusste sie. Dutzende Circler waren auf diese Weise angeheuert worden: Sie kamen als Aspiranten auf den Campus, präsentierten eine Idee, und die Idee wurde vom Fleck weg gekauft und der Aspirant danach eingestellt. Jared hatte so seine Stelle bekommen, wie Mae wusste, und Gina auch. Dieser Weg ins Unternehmen zählte zu den glamouröseren: eine Idee vorstellen, sich abkaufen lassen, mit einer Anstellung und Aktienanteilen belohnt werden und zusehen, wie die Idee in kürzester Zeit umgesetzt wurde.

Das alles erläuterte Mae ihren Viewern, während allmählich Ruhe im Raum einkehrte. Es waren etwa fünfzig Circler anwesend, die Drei Weisen, die Vierzigerbande und ein paar Assistenten, und sie schauten auf eine Reihe von Aspiranten, von denen einige noch Halbwüchsige waren und die alle dasaßen und darauf warteten, an die Reihe zu kommen.

»Jetzt wird's richtig spannend«, sagte Mae zu ihren Viewern. »Wie ihr wisst, ist das die erste Aspiranten-Session, die wir live übertragen.« Sie hätte fast »Plankton« gesagt und war froh, dass sie sich den abfälligen Ausdruck im letzten Moment verkniffen hatte. Sie blickte nach unten auf ihr Handgelenk. Sie hatte 2,1 Millionen Viewer, rechnete aber mit einem raschen Anstieg.

Der erste Kandidat, ein Student namens Faisal, sah aus, als wäre er höchstens zwanzig. Seine Haut schimmerte wie lackiertes Holz, und sein Vorschlag war überaus simpel: Statt endlose Minikämpfe darüber zu führen, ob das Konsumverhalten irgendeiner Person getrackt werden durfte oder nicht, konnte man doch einen Deal mit den Leuten machen. Wenn sich sehr begehrenswerte Konsumenten bereit erklärten, sämtliche Einkäufe über Circle-Money abzuwickeln und ihre Konsumgewohnheiten und -vorlieben CirclePartners zugänglich zu machen, dann würde der Circle ihnen Rabatte, Punkte und am Ende jedes Monats Rückvergütungen gewähren. Ganz so, wie man Flugmeilen für den Einsatz derselben Kreditkarte gutgeschrieben bekam.

Mae wusste, dass sie persönlich ein solches Angebot nutzen würde, und schloss daraus, dass das auch für Millionen andere galt.

»Sehr interessant«, sagte Stenton, und Mae sollte später erfahren, dass »sehr interessant« aus seinem Mund bedeutete, dass er die Idee kaufen und ihren Erfinder einstellen würde.

Der zweite Vorschlag kam von einer Afroamerikanerin, die aussah wie um die zweiundzwanzig. Sie hieß Belinda, und ihre Idee, so sagte sie, würde das sogenannte Racial Profiling durch Polizei und Sicherheitspersonal an Flughäfen abschaffen. Mae begann zu nicken; genau das liebte sie an ihrer Generation – diese Fähigkeit, zu erkennen, wie viel der Circle mit seinen Möglichkeiten für soziale Gerechtigkeit tun konnte, und diese Möglichkeiten gezielt zu nutzen. Belinda holte ein Video-Feed auf den Bildschirm: eine belebte Großstadtstraße, auf der ein paar Hundert Menschen vor der Kamera hin und her liefen, ohne zu ahnen, dass sie beobachtet wurden.

»Tagtäglich winkt die Polizei Autos aus dem Verkehr, nur weil am Steuer Menschen mit schwarzer oder brauner Hautfarbe sitzen«, sagte Belinda ruhig. »Und tagtäglich werden junge Afroamerikaner auf offener Straße angehalten, gegen eine Hauswand gestoßen, abgetastet, ihrer Rechte und ihrer Würde beraubt.«

Und für einen Moment dachte Mae an Mercer und wünschte, er könnte das hier hören. Ja, manchmal waren einige Internetanwendungen tatsächlich ein bisschen schrill und kommerziell, aber auf jede kommerzielle Anwendung kamen drei wie die hier, proaktive Anwendungen, die die Möglichkeiten der Technologie nutzten, um die Menschheit zu verbessern.

Belinda fuhr fort: »Diese Praktiken führen bloß zu noch mehr Feindseligkeit zwischen Menschen mit dunkler Hautfarbe und der Polizei. Sehen Sie die Menschenmenge? Das sind überwiegend junge Schwarze, nicht wahr? Wenn ein Polizeiwagen durch so eine Gegend fährt, sind all diese Männer Verdächtige, nicht wahr? Jeder Einzelne von ihnen könnte angehalten, durchsucht, gedemütigt werden. Aber das muss nicht so sein.«

Jetzt leuchteten mitten in der Menschenmenge auf dem Bildschirm drei Männer farbig auf, zwei orange und einer rot. Sie gingen weiter, verhielten sich ganz normal, aber sie waren jetzt in Farbe getaucht, als würde ein Scheinwerfer mit Farbfilter sie herauspicken.

»Die drei Männer, die Sie da in Orange und Rot sehen,

sind Wiederholungstäter. Orange markiert einen Klein-kriminellen – jemanden, der wegen Bagatelldiebstählen, Drogenbesitzes, gewaltloser und überwiegend opferloser Delikte verurteilt worden ist.« Der dritte Mann, der in grö-ßerer Nähe zur Kamera ging als die beiden orange ge-färbten Männer und von Kopf bis Fuß rot leuchtete, sah aus wie um die fünfzig und machte einen recht harmlosen Eindruck. »Der Mann in Rot dagegen saß wegen Gewaltver-brechen im Gefängnis. Dieser Mann wurde wegen bewaff-neten Raubüberfalls, versuchter Vergewaltigung, wieder-holter Körperverletzung verurteilt.«

Mae blickte zu Stenton hinüber und sah sein verzücktes Gesicht, den leicht geöffneten Mund.

Belinda sprach weiter. »Wir sehen das, was ein Polizei-beamter sehen würde, wenn er mit SeeYou ausgerüstet wäre. Das System ist recht einfach und funktioniert per Netzhaut. Er muss rein gar nichts machen. Er scannt eine beliebige Menschenmenge, und er sieht all die Leute mit Vorstrafen. Stellen Sie sich vor, Sie sind ein Cop in New York. Eine Stadt von acht Millionen wird plötzlich um ein Vielfaches kontrollierbarer, wenn man weiß, worauf man seine Aufmerksamkeit richten sollte.«

Stenton schaltete sich ein. »Woher kommen die Informa-tionen? Von einer Art Chip?«

»Vielleicht«, sagte Belinda. »Es könnte ein Chip sein, wenn wir das durchsetzen könnten. Noch einfacher wäre die An-bringung einer Fußfessel. Elektronische Fußfesseln sind seit Jahrzehnten im Einsatz. Die Fußfessel müsste so modi-fiziert werden, dass sie von der Netzhaut gelesen werden kann und die Trackingfunktion liefert. Natürlich«, sagte sie und blickte Mae mit einem warmen Lächeln an, »könn-te man auch Francis' Technologie anwenden und einen Chip einpflanzen. Aber dazu müssten wohl erst ein paar juristische Widerstände überwunden werden, schätze ich.«

Stenton lehnte sich zurück. »Vielleicht, vielleicht auch nicht.«

»Also, ein Chip wäre jedenfalls ideal«, sagte Belinda. »Und er wäre permanent. Man wüsste stets, wo die Straftäter sind, wohingegen sich eine Fußfessel noch immer manipulieren und entfernen lässt. Außerdem gibt es Stimmen, die fordern, dass sie nach einer bestimmten Zeit abgenommen werden sollte. Die Vorstrafen gelöscht.«

»Ich finde diesen Gedanken furchtbar«, sagte Stenton. »Die Gesellschaft hat das Recht, zu wissen, wer Straftaten begangen hat. Das ist einfach sinnvoll. So wird seit Jahrzehnten mit Sexualstraftätern verfahren. Wer ein Sexualdelikt begeht, wird registriert. Seine Adresse wird öffentlich gemacht, er muss seine Nachbarn abklappern, sich vorstellen, weil die Menschen nun mal ein Recht darauf haben, zu wissen, wer in ihrer Mitte lebt.«

Belinda nickte. »Ganz genau. Natürlich. Und deshalb werden Straftäter markiert, ein besseres Wort fällt mir nicht ein, und fortan müssen Polizisten nicht mehr durch die Straßen fahren und jeden durchsuchen, der zufällig schwarz oder braun ist und Baggy-Pants trägt, sondern können mittels einer Netzhaut-App Berufsverbrecher in deutlichen Farben sehen – gelb für Kleinkriminelle, orange für gewaltlose, aber doch etwas gefährlichere Straftäter und rot für die richtigen Gewaltverbrecher.«

Stenton saß jetzt vorgebeugt da. »Gehen wir einen Schritt weiter. Geheimdienste könnten im Nu ein Netz von sämtlichen Kontakten, Komplizen eines Verdächtigen, schaffen. Das geht in Sekunden. Ich frage mich, ob das Farbschema erweiterbar wäre, um auch eventuelle bekannte Helfershelfer eines Kriminellen in den Blick zu nehmen, auch wenn diese selbst noch nicht verhaftet oder verurteilt worden sind. Wir wissen ja, dass viele Mafiabosse nie wegen irgendwas verurteilt werden.«

Belinda nickte jetzt heftig. »Ja. Auf jeden Fall«, sagte sie. »Und in solchen Fällen würde man ein mobiles Gerät zur Markierung der Person einsetzen, falls eben keine Vorstrafe existiert, die einen Chip oder eine Fußfessel vorschreiben würde.«

»Ja, genau«, sagte Stenton. »Es gibt da durchaus Möglichkeiten. Gute Dinge, über die es nachzudenken gilt. Ich bin interessiert.«

Belinda strahlte, setzte sich, gab sich lässig, indem sie Gareth anlächelte, den nächsten Aspiranten, der nervös blinzelnd aufstand. Er war ein großer Mann mit rötlich blondem Haar, und jetzt, wo sich die Aufmerksamkeit im Raum auf ihn richtete, grinste er schüchtern, schief.

»Also, ich muss gestehen, dass ich eine ähnliche Idee hatte wie Belinda. Als uns klar wurde, dass wir mit ähnlichen Projekten befasst waren, haben wir ein bisschen zusammengearbeitet. Die Hauptgemeinsamkeit ist, dass es uns beiden um Sicherheit geht. Mein Plan würde Straße für Straße, Wohnviertel für Wohnviertel vor Verbrechen schützen, denke ich.«

Er trat vor den Bildschirm und rief das digitale Bild einer kleinen Wohnsiedlung mit vier Straßen und fünfundzwanzig Häusern auf. Leuchtend grüne Linien konturierten die Gebäude, in die man hineinsehen konnte. Es erinnerte Mae an die Aufnahmen von Wärmebildkameras.

»Meine Idee basiert auf dem Modell von Nachbarschaftswachen, wo Gruppen von Nachbarn aufeinander aufpassen und alle ungewöhnlichen Vorkommnisse melden. Mit NeighborWatch – das ist der Name, den ich mir ausgedacht habe, aber der könnte natürlich geändert werden –

477

machen wir uns das Potenzial von SeeChange im Besonderen und dem Circle im Allgemeinen zunutze, um das Begehen von Straftaten, aller Arten von Straftaten, in einer voll partizipierenden Nachbarschaft extrem zu erschweren.«

Er drückte eine Taste, und auf einmal waren die Häuser voller Figuren, zwei oder drei oder vier in jedem Gebäude, alle blau gefärbt. Sie bewegten sich in ihren digitalen Küchen, Schlafzimmern und Gärten.

»Okay, wie Sie sehen können, sind das da die Bewohner der Häuser, und alle gehen ihrem Alltag nach. Sie sind blau dargestellt, weil sie sich alle bei NeighborWatch registriert haben und weil das System ihre Fingerabdrücke, Netzhäute, Handys und sogar Körperprofile gespeichert hat.«

»Und das ist das Bild, das jeder Bewohner sehen kann?«, fragte Stenton.

»Genau. Das zeigt das Display bei ihnen zu Hause.«

»Beeindruckend«, sagte Stenton. »Ich bin bereits interessiert.«

»Wie Sie sehen, ist so weit alles in Ordnung. Jeder, der da ist, gehört auch dahin. Aber jetzt sehen wir, was passiert, wenn eine unbekannte Person eintrifft.«

Eine Gestalt, rot gefärbt, erschien und ging zu einer der Haustüren. Gareth wandte sich dem Publikum zu und hob die Augenbrauen.

»Das System kennt diesen Mann nicht, deshalb ist er rot. Jede neue Person, die die Siedlung betritt, würde automatisch den Computer aktivieren. Alle Nachbarn würden auf ihren Stand- und Mobilgeräten eine Mitteilung erhalten, dass ein Besucher in der Nachbarschaft ist. Normalerweise ist die Sache harmlos. Der Freund oder Onkel von jemandem kommt zu Besuch. Aber auf jeden Fall können alle sehen, dass jemand Neues gekommen ist und wo er sich befindet.«

Stenton lehnte sich zurück, als ob er den Rest der Geschichte kannte und die Sache beschleunigen wollte. »Ich nehme mal an, es gibt eine Möglichkeit, ihn zu neutralisieren.«

»Ja. Die Leute, die er besucht, können eine Nachricht ans System schicken, dass er bei ihnen ist, ihn identifizieren, für ihn bürgen: ›Das ist Onkel George.‹ Oder sie könnten das schon im Voraus machen. In dem Fall wird auch er blau markiert.«

Onkel George, die Figur auf dem Bildschirm, wechselte jetzt von Rot zu Blau und betrat das Haus.

»Und schon ist in der Nachbarschaft wieder alles in Ordnung.«

»Es sei denn, es kommt ein richtiger Eindringling«, drängte Stenton.

»Genau. In dem seltenen Fall, dass wirklich jemand böse Absichten hegt …« Jetzt zeigte der Bildschirm eine rote Gestalt, die vor einem Haus herumschlich und in die Fenster spähte. »Tja, dann würden alle Nachbarn Bescheid wissen. Sie würden wissen, wo derjenige ist, und könnten sich entweder fernhalten oder die Polizei rufen oder ihn zur Rede stellen, ganz wie sie wollen.«

Stenton nickte. »Du hast das Recht, Bescheid zu wissen.«

»Ganz genau«, sagte Gareth.

»Damit wäre anscheinend eines der Probleme von See-Change gelöst«, sagte Stenton, »nämlich, auch wenn überall Kameras sind, kann nicht jeder alles beobachten. Wenn um drei Uhr nachts eine Straftat begangen wird, wer guckt dann gerade den Channel von Kamera 982, richtig?«

»Richtig«, sagte Gareth. »Sehen Sie, bei NeighborWatch

sind die Kameras bloß ein Teil des Ganzen. Die Farbmarkierung verrät einem, wer anomal ist, daher muss man lediglich der speziellen Anomalie Beachtung schenken. Der Haken bei der Sache ist natürlich, ob das irgendwelche Rechte hinsichtlich der Privatsphäre verletzt.«

»Ach, darin sehe ich kein Problem«, sagte Stenton. »Jeder hat das Recht, zu wissen, wer auf seiner Straße wohnt. Das ist für mich nichts anderes, als wenn man sich bei neuen Nachbarn vorstellt. Es ist bloß eine weiterentwickelte und konsequentere Version von ›Gute Zäune machen gute Nachbarn‹. Ich könnte mir vorstellen, dass das nahezu alle Straftaten verhindert, die von Fremden in irgendwelchen Wohngegenden begangen werden.«

Mae blickte auf ihr Armband. Sie konnte sie nicht alle zählen, aber Hunderte von Viewern verlangten Belindas und Gareths Produkte, sofort. Sie fragten *Wo? Wann? Wie teuer?*

Jetzt verschaffte sich Baileys Stimme Gehör. »Bleibt aber die Frage, was, wenn die Straftat von jemandem begangen wird, der in der Nachbarschaft wohnt? Im Haus?«

Belinda und Gareth blickten eine gut gekleidete Frau an, die sehr kurzes schwarzes Haar hatte und eine modische Brille trug. »Ich schätze, das ist mein Stichwort.« Sie stand auf und strich sich den schwarzen Rock glatt.

»Ich heiße Finnegan, und mein Thema war häusliche Gewalt gegen Kinder. Ich selbst war Opfer von häuslicher Gewalt, als ich klein war«, sagte sie und ließ das einen Moment wirken. »Und dieses Verbrechen ist im Vergleich zu allen anderen wohl am schwierigsten zu verhindern, da die Täter ja angeblich zur Familie gehören, richtig? Doch dann wurde mir klar, dass es alle notwendigen Tools bereits gibt. Erstens, die meisten Leute haben bereits den einen oder anderen Monitor, der tracken kann, wann ihre

Wut einen gefährlichen Pegel erreicht. Wenn wir dieses Tool nun mit standardmäßigen Bewegungssensoren verkoppeln, dann wissen wir sofort, wenn etwas Schlimmes passiert oder jeden Moment passieren könnte. Lassen Sie mich Ihnen ein Beispiel geben. Hier ist ein Bewegungssensor in der Küche installiert. Die werden häufig in Fabriken oder auch Restaurantküchen eingesetzt, um zu erfassen, ob der Arbeiter oder Koch eine bestimmte Aufgabe standardgemäß ausführt. Wie man hört, setzt auch der Circle diese Sensoren in vielen Abteilungen ein, um ein gleichmäßiges Niveau zu gewährleisten.«

»Und ob«, sagte Bailey, was verhaltene Belustigung auslöste.

Stenton erklärte: »Wir besitzen das Patent für diese spezielle Technologie. Wussten Sie das?«

Finnegan wurde rot im Gesicht, und sie schien zu überlegen, ob sie lügen sollte oder nicht. Sollte sie sagen, sie hatte es gewusst?

»Nein, das war mir nicht klar«, sagte sie, »aber ich bin froh, es jetzt zu wissen.«

Stenton schien von ihrer Fassung beeindruckt.

»Sie wissen ja«, fuhr sie fort, »wenn an Arbeitsplätzen irgendwelche Störungen im Bewegungs- oder Arbeitsablauf auftreten, erinnert einen der Computer daran, was man möglicherweise vergessen hat, oder er protokolliert den Fehler. Deshalb dachte ich, warum nicht dieselbe Bewegungssensor-Technologie zu Hause einsetzen, vor allem bei Familien mit hohem Risiko, um eventuelles Verhalten außerhalb der Norm zu registrieren?«

»Eine Art Rauchmelder für Menschen«, sagte Stenton.

»Genau. Ein Rauchmelder geht los, wenn er auch nur den geringsten Anstieg von Kohlendioxid misst. Die Idee ist also dieselbe. Ich habe einen Sensor hier in diesem

Raum angebracht und möchte Ihnen jetzt zeigen, wie dieser sieht.«

Auf dem Bildschirm hinter ihr erschien eine Gestalt von Finnegans Größe und Körperform, aber gesichtslos – eine Blauschattenversion ihrer selbst, die ihre Bewegungen spiegelte.

»Okay, das bin ich. Jetzt achten Sie auf meine Bewegungen. Wenn ich herumgehe, dann sieht der Sensor, dass es innerhalb der Norm ist.«

Hinter ihr blieb ihre Form blau.

»Wenn ich Tomaten schneide«, sagte Finnegan und mimte das Schneiden von imaginären Tomaten, »das Gleiche. Es ist normal.«

Die Gestalt hinter ihr, ihr blauer Schatten, ahmte sie nach.

»Aber jetzt passen Sie auf, was passiert, wenn ich etwas Gewaltsames tue.«

Finnegan hob rasch die Arme und senkte sie wieder jäh, als ob sie ein Kind, das vor ihr stand, schlagen würde. Sofort färbte sich ihre Gestalt auf dem Bildschirm orange, und ein lauter Alarm gellte los.

Der Alarm war ein schnelles rhythmisches Kreischen. Es war, erkannte Mae, viel zu laut für eine Demonstration. Sie blickte Stenton an, dessen Augen rund und weiß waren.

»Stellen Sie das ab«, sagte er mit mühsam beherrschter Wut.

Finnegan hatte ihn nicht gehört und setzte ihre Präsentation fort, als ob der Alarm dazugehörte, ein akzeptabler Teil davon wäre. »Das ist natürlich der Alarm und –«

»Abstellen!«, brüllte Stenton, und diesmal hörte Finnegan ihn. Sie hantierte hektisch auf ihrem Tablet herum und suchte nach dem richtigen Button.

Stenton blickte zur Decke. »Wo kommt das Geräusch her? Wieso ist das so laut?«

Das Kreischen ging weiter. Die Hälfte der Leute im Raum hielt sich die Ohren zu.

»Stellen Sie das ab, oder wir gehen«, sagte Stenton und stand auf, sein Mund klein und wütend.

Schließlich fand Finnegan den richtigen Button, und der Alarm verstummte.

»Das war ein Fehler«, sagte Stenton. »Die Leute, die man beeindrucken will, malträtiert man nicht. Verstehen Sie das?«

Finnegans Augen waren wild, flatterten, füllten sich mit Tränen. »Ja, das verstehe ich. Natürlich.«

»Sie hätten einfach sagen können, dass ein Alarm losgeht. Kein Grund, den Alarm losgehen zu lassen. Das ist meine Businesslektion für heute.«

»Danke, Sir«, sagte sie, die Hände vor dem Körper gefaltet, Fingerknöchel weiß. »Soll ich fortfahren?«

»Ich weiß nicht«, sagte Stenton, der noch immer wütend war.

»Nur zu, Finnegan«, sagte Bailey. »Aber machen Sie schnell.«

»Okay«, sagte sie mit bebender Stimme, »entscheidend ist, dass die Sensoren in jedem Raum installiert würden und so programmiert wären, dass sie erkennen, was innerhalb der normalen Grenzen liegt und was anomal ist. Passiert etwas Anomales, geht der Alarm los, und im Idealfall genügt schon der Alarm, um das Geschehen im Raum zu stoppen oder zu verlangsamen. Gleichzeitig werden die Behörden verständigt. Man könnte das System so einstellen, dass auch die Nachbarn alarmiert würden, da sie am nächsten dran sind und am schnellsten einschreiten und helfen könnten.«

»Okay. Ich verstehe«, sagte Stenton. »Weiter, bitte.« Stenton meinte, *Weiter mit der nächsten Präsentation*, aber Finnegan bewies erstaunliche Entschlossenheit und fuhr einfach fort.

»Wenn man alle diese Technologien kombiniert, lassen sich natürlich in jedem Kontext rasch Verhaltensnormen sicherstellen. Nehmen wir Gefängnisse und Schulen. Ich meine, ich war auf einer Highschool mit viertausend Schülern, und nur zwanzig davon waren Unruhestifter. Ich könnte mir vorstellen, wenn Lehrer Netzhaut-Anzeigen hätten und die rot markierten Schüler aus einer Meile Entfernung sehen könnten – ich meine, das würde die meisten Schwierigkeiten aus der Welt schaffen. Und die Sensoren würden noch dazu jedes antisoziale Verhalten melden.«

Jetzt saß Stenton auf seinem Stuhl zurückgelehnt, die Daumen in den Gürtelschlaufen. Er hatte sich wieder beruhigt und sagte: »Mir scheint, die Zahl der Straftaten und Streitigkeiten ist deshalb so hoch, weil wir zu viel zu tracken haben, oder? Zu viele Orte, zu viele Menschen. Wenn wir uns stärker darauf konzentrieren können, Sonderfälle zu isolieren, sie besser zu markieren und zu beobachten, würden wir unendlich viel Zeit sparen und unnötige Ablenkungen eliminieren.«

»Ganz genau, Sir«, sagte Finnegan.

Stenton war wieder milder gestimmt, und als er auf sein Tablet schaute, sah er offenbar das, was Mae an ihrem Handgelenk sah: Finnegan und ihr Programm waren ungeheuer beliebt. Die Nachrichten kamen überwiegend von Opfern ganz unterschiedlicher Gewalttaten: Frauen und Kinder, die zu Hause misshandelt oder missbraucht worden waren, sagten das Offensichtliche: *Wenn es das doch bloß schon vor 10 Jahren gegeben hätte, vor 15 Jahren. Immerhin,* so sagten sie alle auf die eine oder andere Art, *wird so etwas nie wieder passieren.*

Als Mae zurück zu ihrem Schreibtisch kam, wartete eine Nachricht, auf Papier, von Annie auf sie. »Können wir uns sehen? Simse einfach ›jetzt‹, wenn du kannst, und wir treffen uns auf der Damentoilette.«

Zehn Minuten später saß Mae in ihrer üblichen Kabine und hörte, wie Annie die Nachbarkabine betrat. Mae war erleichtert, dass Annie auf sie zugekommen war, froh, sie wieder so nahe zu haben. Mae könnte jetzt alle Fehler wiedergutmachen und war fest entschlossen, das auch zu tun.

»Sind wir allein?«, fragte Annie.

»Der Ton ist für drei Minuten aus. Was ist los?«

»Nichts. Es geht bloß um diese PastPerfect-Sache. Ich hab die ersten Ergebnisse bekommen, und es ist jetzt schon ganz schön aufwühlend. Und morgen geht alles an die Öffentlichkeit, und ich schätze, dann wird es noch schlimmer.«

»Moment. Was haben sie rausgefunden? Ich dachte, sie würden im Mittelalter anfangen oder so.«

»Haben sie auch. Aber selbst damals schon waren beide Seiten meiner Familie niederträchtige Leute. Ich meine, ich hab nicht mal gewusst, dass die Briten irische Sklaven hatten, du etwa?«

»Nein. Ich glaube nicht. Du meinst, weiße irische Sklaven?«

»Tausende. Meine Vorfahren waren die Anführer oder so. Sie haben Irland überfallen, Sklaven verschleppt, sie in der ganzen Welt verkauft. So eine Scheiße.«

»Annie –«

»Ich meine, ich weiß, die sind sich da ganz sicher, weil sie es kreuz und quer abgeglichen haben, aber sehe ich etwa aus wie die Nachfahrin von Sklavenhaltern?«

»Annie, nun mach mal halblang. Etwas, das vor sechshundert Jahren passiert ist, hat doch nichts mit dir zu tun. Jeder hat in seinem Stammbaum dunkle Flecken, garantiert. Du darfst das nicht persönlich nehmen.«

»Klar, aber es ist zumindest peinlich, oder? Es bedeutet, dass es ein Teil von mir ist, zumindest für jeden, den ich kenne. Für die nächsten Menschen, die ich treffe, wird es ein Teil von mir sein. Sie werden mich sehen und mit mir reden, aber es wird auch ein Teil von mir sein. Es hat mir eine neue Ebene verpasst, und ich finde, das ist nicht fair. Das ist so, als wenn du wüsstest, dass dein Dad früher beim Ku-Klux-Klan war –«

»Du bauschst das viel zu sehr auf. Keiner, ich meine wirklich keiner, wird dich komisch ansehen, weil irgendein uralter Vorfahre von dir Sklaven aus Irland hatte. Ich meine, das ist so irre und so weit weg, dass kein Mensch das mit dir in Verbindung bringen kann. Du weißt, wie die Leute sind. An so was kann sich doch sowieso keiner erinnern. Und dich dafür verantwortlich machen? Nie im Leben.«

»Und sie haben auch viele Sklaven umgebracht. Irgendwann gab's eine Rebellion, und ein Verwandter von mir hat ein Massaker angeführt, bei dem tausend Männer und Frauen und Kinder abgeschlachtet wurden. Das ist total krank. Ich –«

»Annie. Annie. Beruhige dich, bitte! Erstens ist unsere Zeit gleich um. Der Ton geht jeden Moment wieder an. Zweitens darfst du dir deswegen einfach keine Gedanken machen. Diese Leute waren praktisch noch Höhlenmenschen. Unser aller Höhlenvorfahren waren Arschlöcher.«

Annie lachte, ein lautes Schnauben.

»Versprich mir, dass du dir deswegen keine Gedanken machst. Versprich es mir.«

»Klar.«

»Annie. Mach dir deswegen keine Gedanken. Versprich es mir.«

»Okay.«

»Versprochen?«

»Ich verspreche es. Ich versuch's.«

»Okay. Die Zeit ist um.«

Als die Neuigkeit über Annies Vorfahren am nächsten Tag publik wurde, fühlte Mae sich wenigstens zum Teil bestätigt. Es gab ein paar unproduktive Kommentare, klar, aber im Großen und Ganzen war die Reaktion ein kollektives Achselzucken. Niemand scherte sich groß darum, inwieweit das mit Annie zu tun hatte, allerdings wurde ein neues und möglicherweise notwendiges Interesse an den längst vergessenen Moment in der Geschichte wach, als die Briten nach Irland gingen und mit menschlicher Währung zurückkehrten.

Annie steckte das alles anscheinend locker weg. Ihre Zings waren positiv, und sie nahm eine kurze Erklärung für ihren Video-Feed auf, in der sie beschrieb, wie überrascht sie gewesen war, als sie erfuhr, welch unselige Rolle ein Teil ihrer Ahnen in diesem düsteren historischen Moment gespielt hatte. Doch dann versuchte sie, das Ganze in die richtige Perspektive zu rücken und ihm die Schwere zu nehmen, damit die Enthüllung andere nicht davon abhielt, ihre persönliche Geschichte durch PastPerfect zu erkunden. »Jedermanns Vorfahren waren Arschlöcher«, sagte sie, und Mae, die sich den Feed an ihrem Armband ansah, lachte.

487

Aber Mercer lachte natürlich nicht. Mae hatte seit über einem Monat nichts von ihm gehört, doch dann bekam sie mit der Freitagspost (der einzige Tag, an dem noch Post ausgetragen wurde) einen Brief. Sie wollte ihn nicht lesen, weil sie wusste, er würde aggressiv und vorwurfsvoll und ablehnend sein. Aber so einen Brief hatte er ja schon einmal geschrieben, oder? Sie öffnete ihn in der Annahme, dass er wohl kaum schlimmer sein könnte als der letzte.

Sie lag falsch. Diesmal hatte Mercer sich nicht mal dazu durchringen können, vor ihren Namen das Wort *Liebe* zu setzen.

Mae,

ich weiß, ich habe gesagt, ich würde nicht noch einmal schreiben. Aber jetzt, da Annie am Rande des Ruins steht, hoffe ich, das gibt dir zu denken. Bitte sag ihr, sie soll nicht länger bei dem Experiment mitmachen, weil es böse ausgehen wird, das garantiere ich dir und ihr. Wir sind nicht dafür geschaffen, alles zu wissen, Mae. Ist dir schon mal der Gedanke gekommen, dass unser Verstand möglicherweise auf das Gleichgewicht zwischen dem Bekannten und dem Unbekannten justiert ist? Dass unsere Seelen die Geheimnisse der Nacht und die Klarheit des Tages brauchen? Ihr schafft eine Welt mit ständigem Tageslicht, und ich glaube, es wird uns alle bei lebendigem Leib verbrennen. Es wird keine Zeit mehr geben zum Nachdenken, zum Schlafen, zum Abkühlen. Ist euch beim Circle je in den Sinn gekommen, dass wir nur ein begrenztes Fassungsvermögen haben? Seht uns doch an. Wir sind winzig. Unsere Köpfe sind winzig, so groß wie Melonen. Wollt ihr, dass unsere winzigen Köpfe alles aufnehmen, was die Welt je gesehen hat? Das haut nicht hin.

Maes Handgelenk lief heiß.

Wieso liest du das überhaupt, Mae?

Ich langweile mich jetzt schon.

Du fütterst bloß Bigfoot. Bigfoot füttern verboten!

Ihr Herz pochte bereits wie wild, und sie wusste, sie sollte nicht weiterlesen. Aber sie konnte nicht aufhören.

Ich war zufällig bei meinen Eltern, als du dein kleines Ideenmeeting mit den digitalen Braunhemden hattest. Sie wollten es sich unbedingt ansehen; sie sind so stolz auf dich, so erschreckend die Veranstaltung auch war. Dennoch, ich bin froh, dass ich mir das Spektakel angesehen habe (genauso wie ich froh bin, dass ich mir »Triumph des Willens« angesehen habe). Das hat mir den letzten Anstoß gegeben, den ich noch brauchte, um den Schritt zu tun, den ich ohnehin geplant hatte.

Ich ziehe in den Norden, in den dichtesten und uninteressantesten Wald, den ich finden kann. Ich weiß, eure Kameras sind schon dabei, diese Gegenden zu erfassen, wie sie den Amazonas, die Antarktis, die Sahara etc. erfasst haben. Aber wenigstens habe ich einen Vorsprung. Und wenn die Kameras kommen, ziehe ich noch weiter nach Norden.

Mae, ich muss zugeben, dass ihr gewonnen habt. Es ist so gut wie vorbei, und jetzt weiß ich das. Aber vor diesem Ideenmeeting hatte ich noch die Hoffnung, dass der Wahnsinn auf euer Unternehmen begrenzt wäre, auf die Tausenden von Gehirngewaschenen, die für euch arbeiten, oder auf die Millionen, die um das Goldene Kalb namens Der Circle tanzen. Ich hatte die Hoffnung, dass es Menschen geben würde, die sich gegen euch erheben. Oder dass eine neue Generation erkennen würde, wie grotesk, wie erdrückend, wie total außer Kontrolle das alles ist.

Mae sah auf ihr Handgelenk. Es waren schon vier neue Mercer-Hass-Klubs online. Manche boten an, sein Bankkonto zu löschen. *Ein Wort von dir genügt* lautete die Nachricht.

Aber jetzt weiß ich, selbst wenn jemand euch zur Strecke bringen würde, wenn es morgen mit dem Circle zu Ende ginge, würde wahrscheinlich irgendwas Schlimmeres seinen Platz einnehmen. Es gibt da draußen noch zig mehr Weise als eure drei, Leute mit noch radikaleren Ideen, was man gegen das Verbrechen Privatheit tun kann. Jedes Mal, wenn ich denke, es kann nicht noch schlimmer werden, sehe ich irgendeinen Neunzehnjährigen, dessen Ideen den Circle wie eine Bürgerrechtsbewegung aussehen lassen. Du und Leute wie du (und ich weiß, Leute wie du sind *die meisten* Leute) – ihr seid unmöglich in Angst zu versetzen. Die Überwachung kann noch so sehr zunehmen, es interessiert keinen, es führt zu keinerlei Widerstand.

Es ist deine Sache, wenn du dich selbst messen willst, Mae – du und deine Armbänder. Ich kann akzeptieren, dass du, dass ihr eure eigenen Aktivitäten trackt, alles, was ihr macht, aufnehmt, Daten über euch selbst sammelt im Interesse von … Tja, was immer ihr damit erreichen wollt. Aber das reicht euch nicht, oder? Ihr wollt nicht bloß *eure* Daten, ihr braucht auch *meine*. Ohne seid ihr nicht vollständig. Das ist eine Krankheit.

Deshalb verschwinde ich. Wenn du das hier liest, bin ich untergetaucht, und ich hoffe, andere werden mir folgen. Das heißt, ich weiß, dass andere mir folgen werden. Wir werden unterirdisch leben und in der Wüste und in den Wäldern. Wir werden wie Flüchtlinge sein oder Eremiten, irgendeine bedauernswerte, aber notwendige Kombination von beidem. Denn genau das sind wir.

Ich denke, das ist ein zweites großes Schisma, in dem zwei Menschheiten getrennt, aber parallel leben werden. Die einen leben unter der Überwachungskuppel, die du mit aufbaust, und die anderen leben unabhängig davon oder versuchen es wenigstens. Ich habe eine Heidenangst um uns alle. Mercer

Sie hatte den Brief vor der Kamera gelesen, und sie wusste, dass ihre Viewer ihn genauso bizarr und lächerlich fanden, wie sie ihn gefunden hatte. Die Kommentare kamen prompt, und es waren ein paar gute dabei. *Jetzt kehrt Bigfoot in seinen natürlichen Lebensraum zurück!* und *Auf Nimmerwiedersehen, Bigfoot.* Aber Mae fand das so unterhaltsam, dass sie Francis ausfindig machte, der, als sie einander schließlich sahen, den Brief bereits kopiert und an ein halbes Dutzend Subsites gepostet hatte; ein Viewer in Missoula hatte ihn schon gelesen und dabei eine gepuderte Perücke getragen, während im Hintergrund pathetische patriotische Musik lief. Das Video war drei Millionen Mal gesehen worden. Mae lachte, als sie es sich ein zweites Mal ansah, merkte aber, dass Mercer ihr leidtat. Er war stur, aber er war nicht blöd. Es gab noch Hoffnung für ihn. Er könnte noch überzeugt werden.

Am nächsten Tag hinterließ Annie ihr erneut eine Nachricht auf einem Zettel, und wieder vereinbarten sie ein Treffen in den Toilettenkabinen. Mae hoffte nur, dass Annie es nach der zweiten Runde Enthüllungen irgendwie geschafft hatte, das alles im richtigen Kontext zu sehen. Mae sah die Spitze von Annies Schuh unter der Wand der Kabine nebenan. Sie stellte den Ton ab.

Annies Stimme war rau.

»Du hast gehört, dass es schlimmer geworden ist?«

»Ich hab was in der Art gehört. Hast du geweint? Annie –«

»Mae, ich glaube, ich schaff das nicht. Ich meine, es ist ja gut und schön, etwas über die Vorfahren im guten alten England zu erfahren. Aber ein Teil von mir hat gedacht, na ja, nicht weiter schlimm, meine Familie ist ja nach Nordamerika gegangen, hat neu angefangen, die ganze Vergangenheit hinter sich gelassen. Aber, Scheiße, Mae, plötzlich erfahr ich, dass sie auch hier Sklavenhalter waren! Ich meine, das ist doch wohl total bescheuert. Von was für Leuten stamme ich ab? Das muss irgendeine Krankheit sein, die auch in mir steckt.«

»Annie. Du darfst nicht darüber nachdenken.«

»Ich muss. Ich kann an nichts anderes mehr denken –«

»Okay. Gut. Aber erstens, beruhig dich. Zweitens, du darfst das nicht persönlich nehmen. Du musst das von dir trennen. Du musst das ein bisschen abstrakter sehen.«

»Und ich bekomme andauernd irgendwelche verrückten Hass-Mails. Heute Morgen hab ich sechs Mails von Leuten erhalten, die mich Massa Annie genannt haben. Die Hälfte der Schwarzen, die ich im Laufe der Jahre eingestellt habe, trauen mir nicht mehr. Als wäre ich eine genetisch reine, generationsübergreifende Sklavenhalterin! Ich komm nicht mehr damit klar, dass Vickie für mich arbeitet. Ich entlasse sie morgen.«

»Annie, weißt du, wie verrückt das alles klingt? Ich meine, überhaupt, bist du sicher, dass deine Vorfahren hier schwarze Sklaven hatten? Dass die Sklaven hier nicht auch Iren waren?«

Annie seufzte laut.

»Nein. Nein. Meine Vorfahren haben sich von irischen Sklaven auf afrikanische Sklaven verlegt. Wie kommt das? Meine Vorfahren konnten einfach nicht anders, als Sklaven zu halten. Hast du mitgekriegt, dass sie im Bürgerkrieg für die Südstaaten gekämpft haben?«

»Hab ich gesehen, aber es gibt Millionen Menschen, deren Vorfahren für den Süden gekämpft haben. Das Land war im Krieg, halb und halb.«

»Nicht *meine* Hälfte. Ich meine, weißt du eigentlich, was für ein Chaos das in meiner Familie anrichtet?«

»Aber die haben doch nie großen Wert auf ihren Familienstammbaum gelegt, oder?«

»Nicht, als sie dachten, wir wären *Blau*blüter, Mae! Nicht, als sie dachten, sie wären mit der *Mayflower* gekommen und hätten eine makellose Abstammung! Jetzt nehmen sie das alles verdammt ernst. Meine Mom hat das Haus seit zwei Tagen nicht verlassen. Ich will nicht wissen, was als Nächstes zutage kommt.«

Was als Nächstes zutage kam, zwei Tage später, war viel schlimmer. Mae wusste vorher nicht, worum genau es sich handelte, aber sie wusste, dass Annie es wusste und dass Annie einen sehr merkwürdigen Zing hinaus in die Welt geschickt hatte. Er lautete *Um ehrlich zu sein, ich weiß nicht, ob wir alles wissen sollten.* Als sie sich in den Toilettenkabinen trafen, wollte Mae noch immer nicht glauben, dass Annies Finger den Satz wirklich getippt hatten. Der Circle konnte ihn natürlich nicht löschen, aber irgendwer – Mae hoffte, es war Annie – hatte ihn abgeändert, sodass er jetzt lautete: *Wir sollten nicht alles wissen – ohne genügend Speicherkapazität zur Verfügung zu haben. Wir wollen ja nichts verlieren!*

»Natürlich hab ich den Zing verschickt«, sagte Annie. »Den ersten jedenfalls.«

Mae hatte gehofft, es wäre irgendein schlimmes Versehen gewesen.

»Wie konntest du so was verschicken?«

»Weil ich es glaube, Mae. Du hast ja keine Ahnung.«

»Ich *weiß*, dass ich keine Ahnung habe. Was für eine Ahnung hast du denn? Weißt du, wie tief du jetzt in der Scheiße steckst? Wie kannst ausgerechnet du so eine Idee vertreten? Du bist das Aushängeschild für den offenen Zugriff auf die Vergangenheit, und jetzt sagst du … Was sagst du eigentlich?«

»Ach, Scheiße, ich weiß es nicht. Ich weiß bloß, dass ich nicht mehr kann. Ich muss es abbrechen.«

»Was abbrechen?«

»PastPerfect. Alles in der Art.«

»Du weißt, das geht nicht.«

»Ich hab vor, es zu versuchen.«

»Du musst wirklich schon ganz schön tief in der Scheiße stecken.«

»Stimmt. Aber die Drei Weisen schulden mir diesen einen Gefallen. Ich schaff das nicht. Ich meine, sie haben mich schon, Zitat, von einigen Pflichten entbunden, Zitatende. Egal. Interessiert mich nicht mehr. Aber wenn sie es nicht abbrechen, falle ich in eine Art Koma. Ich hab jetzt schon das Gefühl, dass ich kaum noch stehen oder atmen kann.«

Sie saßen einen Moment schweigend da. Mae fragte sich, ob sie nicht lieber gehen sollte. Annie entglitt die Kontrolle über etwas sehr Zentrales in ihrem Innern; sie wirkte sprunghaft, fähig zu leichtsinnigen und unwiderruflichen Handlungen. Überhaupt mit ihr zu reden war riskant.

Jetzt hörte sie Annie nach Luft schnappen.

»Annie. Atme.«

»Ich hab doch gerade gesagt, ich kann nicht. Ich hab seit zwei Tagen nicht geschlafen.«

»Was ist denn passiert?«, fragte Mae.

»Ach, Scheiße, alles. Nichts. Sie haben abartige Sachen

über meine Eltern rausgefunden. Ich meine, jede Menge abartige Sachen.«

»Wann geht das raus?«

»Morgen.«

»Okay. Vielleicht ist es ja nicht so schlimm, wie du denkst.«

»Es ist noch viel schlimmer, als du dir vorstellen kannst.«

»Erzähl's mir. Ich wette, es ist harmlos.«

»Es ist nicht *harmlos*, Mae. Es ist alles andere als *harmlos*. Erstens hab ich erfahren, dass mein Dad und meine Mom so etwas wie eine offene Ehe oder so hatten. Ich hab sie nicht mal danach gefragt. Aber es gibt Fotos und Videos von ihnen mit allen möglichen anderen Leuten. Ich meine, so was wie serienmäßiger Ehebruch auf beiden Seiten. Ist das *harmlos*?«

»Woher weißt du, dass das Affären waren? Ich meine, wenn sie bloß neben irgendwem hergegangen sind? Und es war in den Achtzigern, oder?«

»Eher in den Neunzigern. Und glaub mir. Es ist eindeutig.«

»Also Sexfotos?«

»Nein. Aber Fummelfotos. Ich meine, auf einem hat mein Dad eine Hand bei einer Frau um die Taille, die andere an ihrer Titte. Echt kranker Scheiß. Es gibt noch andere Fotos von meiner Mom mit irgendeinem bärtigen Typen, eine Reihe von Nacktfotos. Anscheinend ist der Typ gestorben, hatte einen ganzen Stapel Fotos, und die wurden dann auf irgendeinem Garagenflohmarkt gekauft und gescannt und in die Cloud gestellt. Als sie die globale Gesichtserkennung gemacht haben, ta-da, Nacktfotos von Mom mit irgendeinem Biker. Ich meine, die beiden stehen auf einigen bloß da, nackt, als würden sie beim Fotografen posieren.«

»Das tut mir leid.«

»Und wer hat die Fotos *gemacht?* Das muss noch ein dritter Typ im Raum sein. Wer war das? Ein hilfsbereiter
Nachbar?«

»Hast du sie auf die Fotos angesprochen?«

»Nein. Aber es kommt noch schlimmer. Ich wollte sie
gerade zur Rede stellen, als sich die andere Sache auftat.
Die ist so viel schlimmer, dass mir die Affären schnurzegal
sind. Ich meine, die Fotos waren nichts im Vergleich zu
dem Video, das sie gefunden haben.«

»Was für ein Video?«

»Okay. Das wurde bei einem der seltenen Male aufgenommen, an denen die beiden wirklich zusammen waren – zumindest abends. Von einer Überwachungskamera,
die an irgendeinem Pier angebracht war, wahrscheinlich
wegen der Lagerhäuser da am Wasser. Jedenfalls die Aufnahme zeigt, wie meine Eltern abends an dem Pier rum-
hängen.«

»Ein Sexvideo?«

»Nein, viel schlimmer. Oh Gott, es ist richtig schlimm.
Mae, die Sache ist total pervers. Weißt du, meine Eltern
machen das ab und zu – zusammen losziehen, um mal so
richtig die Sau rauszulassen. Sie haben mir davon erzählt.
Dann kiffen sie, trinken, gehen tanzen, schlagen sich die
Nacht um die Ohren. Jedes Jahr an ihrem Hochzeitstag.
Manchmal in der Stadt, manchmal fahren sie auch irgendwohin, zum Beispiel nach Mexiko. Es dauert immer die
ganze Nacht, und sie denken, das hält sie jung, ihre Ehe
frisch, was auch immer.«

»Okay.«

»Jedenfalls, ich weiß, die Sache ist an ihrem Hochzeitstag
passiert. Ich war *sechs Jahre alt!*«

»Und?«

»Wenn ich da noch nicht auf der Welt gewesen wäre …
Ach, verdammt. Egal. Keine Ahnung, was sie vorher gemacht haben, jedenfalls tauchen sie gegen eins in der
Nacht auf dieser Überwachungskamera auf. Sie trinken
eine Flasche Wein und lassen die Füße über dem Wasser
baumeln, und alles wirkt eine Weile total harmlos und
langweilig. Aber dann kommt dieser Mann ins Bild. Er
sieht aus wie ein Obdachloser und torkelt rum. Und meine
Eltern sehen ihn an und beobachten, wie er herumläuft
und so. Es sieht aus, als ob er irgendwas zu ihnen sagt, und
sie lachen ein bisschen und trinken wieder ihren Wein.
Dann passiert eine Weile nichts, und der Obdachlose ist
aus dem Bild verschwunden. Etwa zehn Minuten später ist
er wieder zu sehen, und dann fällt er vom Pier und ins
Wasser.«

Mae schnappte nach Luft. Sie wusste, dass das die Sache
schlimmer machte. »Haben deine Eltern ihn reinfallen sehen?«

Annie schluchzte jetzt. »Das ist ja das Problem. Sie haben
es voll mitgekriegt. Es ist direkt neben ihnen passiert,
höchstens drei Schritte von da, wo sie gesessen haben. In
dem Video sieht man, wie sie aufspringen, sich vorbeugen,
irgendwas nach unten ins Wasser schreien. Es ist klar, dass
sie ausflippen. Dann blicken sie sich um, suchen nach einer
Telefonzelle oder so.«

»Und war da eine?«

»Keine Ahnung. Anscheinend nicht. Sie gehen nie richtig
aus dem Bild. Das ist ja das Beschissene. Sie sehen diesen
Typen ins Wasser fallen, und sie tun nichts. Sie laufen nicht
los, um Hilfe zu holen oder die Polizei zu rufen oder so. Sie
springen nicht ins Wasser, um den Mann zu retten. Nach
ein paar Minuten Panik setzen sie sich einfach wieder hin,
und meine Mom legt den Kopf auf die Schulter von mei-

nem Dad, und die zwei bleiben noch zehn Minuten oder länger da sitzen, und dann stehen sie auf und gehen.«

»Vielleicht standen sie unter Schock.«

»Mae, sie sind einfach aufgestanden und gegangen. Sie haben nie den Notruf angerufen. Da wurde nichts aufgezeichnet. Sie haben die Sache nie der Polizei gemeldet. Aber die Leiche wurde am nächsten Tag gefunden. Der Mann war gar kein Obdachloser. Er war vielleicht ein bisschen geistig behindert, aber er lebte bei seinen Eltern und hat in einem Deli gearbeitet, als Tellerwäscher. Meine Eltern haben einfach zugesehen, wie er ertrunken ist.«

Jetzt war Annie in Tränen aufgelöst.

»Hast du ihnen von dem Video erzählt?«

»Nein. Ich kann nicht mit ihnen reden. Sie widern mich im Moment total an.«

»Aber das Video ist noch nicht veröffentlicht worden?«

»Wird es aber bald. In weniger als zwölf Stunden.«

»Und was hat Bailey gesagt?«

»Er kann nichts machen. Du kennst ihn doch.«

»Vielleicht kann ich ja irgendwas machen«, sagte Mae, ohne eine Idee zu haben, was. Annie ließ nicht erkennen, dass sie Mae für fähig hielt, den Sturm, der in ihre Richtung zog, zu verlangsamen oder aufzuhalten.

»Das ist so krank. Scheiße«, sagte sie, als wäre ihr die Erkenntnis eben erst gekommen. »Jetzt hab ich keine Eltern mehr.«

Als ihre Zeit um war, ging Annie zurück zu ihrem Büro, wo sie sich, wie sie sagte, unendlich lange hinlegen wollte, und Mae ging zurück zu ihrem alten Subteam. Sie musste nachdenken. Sie stand an der Tür, wo sie gesehen hatte, wie Kalden sie beobachtete, und sie beobachtete die CE-Neulinge, fand Trost in ihrer ehrlichen Arbeit, ihren nickenden Köpfen. Ihr zustimmendes und missbilligendes Gemurmel gab ihr ein Gefühl von Ordnung und Richtigkeit. Dann und wann blickte ein Circler auf, lächelte sie an, winkte schüchtern in die Kamera, ihrem Publikum, um sich dann wieder seiner Arbeit zu widmen. Mae spürte Stolz aufwallen, auf die Neulinge, auf den Circle, weil er solche reinen Seelen anlockte. Sie waren offen. Sie waren ehrlich. Sie verbargen nichts, horteten nichts, verschleierten nichts.

Ein Neuling in ihrer Nähe, ein Mann von höchstens zweiundzwanzig mit wilden Haaren, die sich von seinem Kopf erhoben wie Rauch, arbeitete mit solcher Konzentration, dass er Mae, die hinter ihm stand, nicht bemerkt hatte. Seine Finger tippten hektisch, fließend, fast lautlos, während er gleichzeitig Kundenanfragen und CircleSurvey-Fragen beantwortete. »Nein, nein, Smile, Frown«, sagte er und nickte dabei in einem raschen und mühelosen Rhythmus. »Ja, ja, nein, Cancún, Tiefseetauchen, exklusive Ferienanlage, spontaner Wochenendtrip, Januar, Januar, egal, drei, zwei, Smile, Smile, egal, ja, Prada, Converse, nein, Frown, Frown, Smile, Paris.«

Während sie ihn beobachtete, schien die Lösung für Annies Problem mit einem Mal offensichtlich. Sie brauchte Unterstützung. Annie musste wissen, dass sie nicht allein war. Und dann machte es plötzlich klick. Natürlich war die Lösung im Circle selbst eingebaut! Millionen Menschen da draußen würden sich garantiert hinter Annie stellen und ihre Unterstützung auf vielfältige unerwartete und herzliche Weise bekunden. Leiden war nur dann Leiden, wenn es in Stille, in Einsamkeit geschah. Schmerz, der in der Öffentlichkeit ertragen wurde, vor den Augen von Millionen liebender Menschen, war kein Schmerz mehr. Er war Verbundenheit.

Mae wandte sich von der Tür ab und machte sich auf den Weg zur Dachterrasse. Sie hatte hier eine Pflicht, nicht nur Annie gegenüber, sondern auch ihren Viewern gegenüber. Und seit sie die Aufrichtigkeit und Offenheit der Neulinge erlebt hatte, kam sie sich heuchlerisch vor. Während sie die Treppe hochstieg, schätzte sie ihre Optionen und sich selbst ein. Noch Augenblicke zuvor hatte sie gezielt verschleiert. Sie war das Gegenteil von offen gewesen, das Gegenteil von aufrichtig. Sie hatte der Welt den Ton vorenthalten, was nichts anderes war, als die Welt zu belügen, die Millionen, die davon ausgingen, dass sie stets geradlinig war, stets transparent.

Sie blickte über den Campus. Ihre Viewer fragten sich, wo sie hinschaute, warum sie so still war.

»Ich möchte, dass ihr alle seht, was ich sehe«, sagte sie.

Annie wollte sich verstecken, allein leiden, im Verborgenen. Und Mae wollte das anerkennen, loyal sein. Aber durfte Loyalität gegenüber einem Menschen die Loyalität gegenüber *Millionen* überlagern? Hatte nicht gerade diese Denkweise, nämlich den persönlichen und vorübergehenden Vorteil über das Allgemeinwohl zu stellen, alle möglichen historischen Schrecken erst möglich gemacht? Wieder schien die Lösung zum Greifen nah, vor ihr, um sie herum. Mae musste Annie helfen und ihre eigene Transparenzpraxis läutern, und beides ließe sich mit einer einzigen mutigen Tat bewirken. Sie sah auf die Zeitanzeige. Sie hatte noch zwei Stunden bis zu ihrer SoulSearch-Präsentation. Sie trat auf die Dachterrasse, ordnete ihre Gedanken zu einer klar verständlichen Erklärung. Gleich darauf machte sie sich auf den Weg zur Damentoilette, zum Tatort gewissermaßen, und als sie eintrat und sich im Spiegel sah, wusste sie, was sie sagen musste. Sie holte Luft.

»Hallo, Viewer. Ich habe eine Mitteilung zu machen, und zwar eine schmerzhafte. Aber ich denke, sie ist notwendig und richtig. Vor gerade mal einer Stunde habe ich, wie viele von euch wissen, diese Toilette betreten, unter dem Vorwand, mein Geschäft zu verrichten, und zwar in der zweiten Kabine, die ihr da drüben seht.« Sie drehte sich zu den Kabinen um. »Aber sobald ich drin war und mich hingesetzt hatte, habe ich den Ton ausgestellt und ein vertrauliches Gespräch mit meiner Freundin Annie Allerton geführt.«

Sogleich jagten ein paar Hundert Nachrichten durch ihr Handgelenk, die im Augenblick beliebteste von ihnen verzieh ihr schon: *Mae, Gespräche auf der Toilette sind erlaubt! Keine Sorge. Wir glauben an dich.*

»Ich möchte denjenigen danken, die mir aufmunternde Worte schicken«, sagte Mae. »Aber wichtiger als mein Geständnis ist das, worüber Annie und ich gesprochen haben. Viele von euch wissen ja, dass Annie hier an einem Experiment teilnimmt, einem Programm, um die Abstammung eines jeden von uns so weit zurückzuverfolgen, wie es technologisch möglich ist. Und Annie hat in den tiefen Winkeln ihrer Geschichte ein paar unschöne Dinge entdeckt. Einige ihrer Vorfahren haben schlimme Taten begangen, und das macht sie ganz krank. Zu allem Übel wird morgen eine weitere Episode enthüllt, die jüngeren Datums und vielleicht noch schmerzhafter ist.«

Mae blickte auf ihr Armband und sah, dass die Zahl der aktiven Viewer sich in der letzten Minute fast verdoppelt hatte, auf 3.202.984. Sie wusste, dass ihr Feed bei vielen Leuten ständig auf dem Bildschirm war, während sie arbeiteten, obwohl sie nur selten aktiv zuschauten. Jetzt war klar, dass ihre bevorstehende Mitteilung die Aufmerksamkeit von Millionen geweckt hatte. Und sie brauchte das

Mitgefühl von diesen Millionen, um den morgigen Sturz abzufedern. Annie hatte es verdient.

»Also, meine Freunde, ich denke, wir müssen die Macht des Circle nutzen. Wir müssen das Mitgefühl da draußen nutzen, von all den Leuten da draußen, die Annie kennen und lieben oder die sich in Annie einfühlen können. Ich hoffe, ihr alle könnt ihr eure guten Wünsche schicken, vielleicht auch eigene Geschichten, wie ihr selbst mal ein paar dunkle Flecken in der Vergangenheit eurer Familie entdeckt habt, damit Annie sich nicht mehr so allein fühlt. Sagt ihr, dass ihr zu ihr haltet. Sagt ihr, dass ihr sie trotzdem mögt und dass die Vergehen irgendwelcher fernen Vorfahren nichts mit ihr zu tun haben, nicht eure Meinung von Annie beeinflussen.«

Zum Schluss ihrer Erklärung nannte Mae Annies E-Mail-Adresse, Zing-Feed und Profilseite. Die Reaktion kam prompt. Die Zahl von Annies Viewern erhöhte sich von 88.198 auf 243.087 – und würde, je mehr Maes Erklärung sich verbreitete, wahrscheinlich bis zum Abend eine Million überschreiten. Die Nachrichten strömten herein, und die beliebteste lautete: *Die Vergangenheit ist die Vergangenheit, und Annie ist Annie.* Nicht unbedingt sinnvoll, aber Mae freute sich über den guten Willen. Eine weitere Nachricht, die Anklang fand, lautete: *Ich will keinem die Laune verderben, aber ich glaube, in der DNA steckt Schlimmes, und ich würde mir Sorgen um Annie machen. Annie muss sich doppelt anstrengen, um jemandem wie mir, einer Afroamerikanerin, deren Vorfahren Sklaven waren, zu beweisen, dass sie auf dem Weg der Gerechtigkeit ist.*

Der Beitrag hatte 98.201 Smiles und fast ebenso viele Frowns, 80.198. Aber insgesamt brachten die Nachrichten, während Mae sie durchscrollte, Liebe und Verständnis zum Ausdruck – wie immer, wenn Leute nach ihren Gefühlen gefragt wurden, und es herrschte der Wunsch vor, die Vergangenheit Vergangenheit sein zu lassen.

Mae behielt beim Sichten der Reaktion die Uhr im Auge, da es nur noch eine Stunde bis zu ihrer Präsentation war, ihrer ersten im Großen Saal der Aufklärung. Aber sie fühlte sich bereit, denn diese Annie-Sache machte ihr Mut, gab ihr mehr denn je das Gefühl, dass Legionen hinter ihr standen. Außerdem wusste sie, dass die vorgestellte Technologie und die Circle-Community den Erfolg der Demonstration garantieren würden. Während sie sich vorbereitete, sah sie immer wieder auf ihrem Armband nach, ob Annie sich gemeldet hatte. Sie hatte längst mit einer Reaktion gerechnet, auf jeden Fall mit so etwas wie Dankbarkeit, schließlich wurde Annie doch jetzt von einer Lawine von Wohlwollensbekundungen überrollt, ja sogar darunter begraben.

Aber es kam nichts.

Sie schickte Annie eine Reihe von Zings, erhielt aber keine Antwort. Sie sah nach, wo Annie sich aufhielt, und fand sie, einen pulsierenden roten Punkt, in ihrem Büro. Mae überlegte kurz, ob sie sie besuchen sollte – entschied sich aber dagegen. Sie musste sich fokussieren, und vielleicht war es besser, Annie das alles in Ruhe verarbeiten zu lassen, allein. Bestimmt hätte sie bis zum Nachmittag die Herzlichkeit der Millionen, die sie gernhatten, verarbeitet und in sich aufgenommen und wäre bereit, sich gebührend bei Mae zu bedanken, ihr zu sagen, dass sie jetzt, mit dieser neuen Sichtweise, die Vergehen ihrer Angehörigen in den richtigen Kontext setzen und nach vorn schauen konnte, in die Zukunft, die in ihrer Hand lag, und nicht zurück in das Chaos einer nicht zu ändernden Vergangenheit.

»Sie haben heute etwas sehr Mutiges getan«, sagte Bailey. »Es war mutig, und es war richtig.«

Sie waren hinter der Bühne im Großen Saal. Mae trug einen schwarzen Rock und eine rote Seidenbluse, beides neu. Eine Stylistin umkreiste sie, trug ihr Puder auf Nase und Stirn auf, Vaseline auf die Lippen. In wenigen Minuten musste sie raus zu ihrer ersten großen Präsentation.

»Normalerweise würde ich mit Ihnen darüber sprechen wollen, warum Sie sich überhaupt erst fürs Verschleiern entschieden haben«, sagte er, »aber Ihre Aufrichtigkeit war real, und ich weiß, Sie haben bereits jede Lektion gelernt, die ich Ihnen erteilen könnte. Wir sind sehr froh, Sie bei uns zu haben, Mae.«

»Danke, Eamon.«

»Sind Sie bereit?«

»Ich glaube, ja.«

»Na denn, machen Sie uns da draußen stolz.«

Als sie auf die Bühne trat, in das helle Licht des einzelnen Scheinwerfers, war Mae zuversichtlich, dass sie das konnte. Aber noch ehe sie das Plexiglaspodium erreichte, setzte plötzlich tosender Beifall ein, der sie fast ins Straucheln brachte. Sie steuerte weiter auf das Podium zu, doch der Applaus wurde noch lauter. Das Publikum stand auf, zuerst die vorderen Reihen, dann alle im Saal. Es kostete Mae große Mühe, die Leute zu beruhigen, damit sie endlich etwas sagen konnte.

»Hallo, alle zusammen, ich bin Mae Holland«, sagte sie, und es wurde wieder geklatscht. Sie musste lachen, womit sie nur noch lauteren Applaus auslöste. Die Liebe des Publikums fühlte sich real und überwältigend an. Offenheit ist alles, dachte sie. Wahrheit war ihr eigener Lohn. Das wäre ein guter Spruch für eine Fliese auf dem Campus, dachte sie und stellte ihn sich mit Laser in Stein geritzt vor. Das hier war zu gut, dachte sie, das alles hier. Sie blickte auf die Circler, ließ sie klatschen und spürte, wie eine neue Kraft sie durchflutete. Es war eine durch Geben untermauerte Kraft. Sie gab ihnen alles, gab ihnen totale Wahrheit, vollkommene Transparenz, und sie gaben ihr Vertrauen, eine Flut von Liebe.

»Okay, okay«, sagte sie schließlich und hob die Hände, brachte das Publikum dazu, Platz zu nehmen. »Heute werden wir das ultimative Such-Tool demonstrieren. Ihr habt alle schon von SoulSearch gehört, vielleicht hier und da ein Gerücht, und jetzt stellen wir es auf den Prüfstand, vor dem gesamten Circle-Publikum hier und weltweit. Seid ihr bereit?«

Die Menge antwortete mit Jubelgeschrei.

»Was ihr gleich sehen werdet, ist völlig spontan und nicht geprobt. Nicht mal ich weiß, wen wir heute suchen werden. Er oder sie wird nach dem Zufallsprinzip aus einer Datenbank von bekannten Gesetzesflüchtigen ausgewählt.«

Auf dem Bildschirm drehte sich ein riesiger digitaler Globus.

»Wie ihr wisst, ist hier beim Circle eines unserer Ziele, mithilfe von Social Media eine sicherere und vernünftigere Welt zu erschaffen. Das ist uns in vielerlei Hinsicht natürlich schon gelungen. Unser neues WeaponSensor-Programm zum Beispiel erkennt, wenn eine Schusswaffe in ein Gebäude gebracht wird, und alarmiert nicht nur alle Bewohner, sondern auch die Polizei. Die Betaversion wurde fünf Wochen lang in zwei Wohngegenden in Cleveland getestet, und die Zahl der Straftaten mit Schusswaffen sank um 57 Prozent. Nicht schlecht, was?«

Mae, die den wieder aufbrandenden Applaus genoss, fühlte sich sehr wohl, wusste, dass das, was sie nun präsentieren würde, die Welt verändern würde, schlagartig und für immer.

»Gute Arbeit bisher«, sagte die Stimme in ihrem Ohr. Es war Stenton. Er hatte sie wissen lassen, dass er heute die Additional Guidance machen würde. Er hatte ein besonderes Interesse an SoulSearch, und er wollte dessen Präsentation steuern.

Mae holte Luft.

»Aber einer der seltsamsten Aspekte unserer Welt ist der, dass Gesetzesflüchtige sich in einer so vernetzten Welt wie der unseren verstecken können. Wir haben zehn Jahre gebraucht, um Osama bin Laden aufzuspüren. Der berüchtigte Hijacker D. B. Cooper, der mit einem Koffer voller Geld aus einem Flugzeug sprang, ist immer noch nicht gefasst worden, Jahrzehnte nach seinem Coup. Aber damit soll jetzt Schluss sein.«

Hinter ihr erschien eine Silhouette. Es war die Gestalt eines Menschen, Torso und Kopf, im Hintergrund die von Verbrecherfotos bekannten Körpergrößenangaben.

»In wenigen Sekunden wird der Computer nach dem Zufallsprinzip einen Gesetzesflüchtigen auswählen. Ich weiß nicht, wer das sein wird. Das weiß niemand. Doch wer immer diese Person ist, sie stellt nachweislich eine Bedrohung für unsere globale Gemeinschaft dar, und wir behaupten, SoulSearch wird sie in höchstens zwanzig Minuten ausfindig machen. Bereit?«

Ein Raunen lief durch den Saal, gefolgt von vereinzeltem Beifall.

»Gut«, sagte Mae. »Wählen wir den Flüchtigen aus.«

Pixel für Pixel nahm die Silhouette allmählich deutlich erkennbare Formen an, und als die Auswahl beendet war, sah Mae betroffen, dass es eine Frau war. Ein hart wirkendes Gesicht, das mit zusammengekniffenen Augen in eine

Polizeikamera blickte. Irgendwas an der Frau, ihre kleinen Augen und ihr gerader Mund, erinnerte an die Fotografien von Dorothea Lange – die sonnenvernarbten Gesichter der Arbeitslosen während der Großen Depression. Doch als unter dem Foto die Profildaten erschienen, sah Mae, dass die Frau Britin und noch quicklebendig war. Sie überflog die Informationen auf dem Bildschirm und lenkte die Aufmerksamkeit der Viewer auf die wesentlichen Punkte.

»Okay. Das ist Fiona Highbridge. Vierundvierzig Jahre alt. Geboren in Manchester, England. Sie wurde 2002 wegen dreifachen Mordes verurteilt. Sie hatte ihre drei Kinder in einen Wandschrank gesperrt und war für einen Monat nach Spanien gefahren. Sie sind alle verhungert. Sie waren alle unter fünf. Fiona Highbridge kam in ein englisches Gefängnis, konnte aber mithilfe eines Wärters fliehen, den sie offenbar verführt hatte. Sie ist seit über zehn Jahren spurlos verschwunden, und die Polizei hat schon fast die Hoffnung aufgegeben, sie je zu finden. Aber ich glaube, wir können das, jetzt, wo wir die Mittel und die Partizipation des Circle haben.«

»Gut«, sagte Stenton in Maes Ohr. »Konzentrieren wir uns jetzt auf Großbritannien.«

»Wie ihr wisst, haben wir gestern alle drei Milliarden Circle-User darauf aufmerksam gemacht, dass wir für heute eine Ankündigung planen, die die Welt verändern wird. Deshalb schauen sich den Live-Feed momentan so viele Menschen an, wie ihr da seht.« Mae drehte sich zum Bildschirm um und sah zu, wie ein Zähler gerade auf 1.109.001.887 sprang. »Okay, über eine Milliarde schauen zu. Und jetzt wollen wir mal sehen, wie viele wir in Großbritannien haben.« Ein zweiter Zähler drehte sich und landete bei 14.028.981. »Okay. Laut den uns vorliegenden Informationen wurde Fionas Pass vor Jahren für ungültig erklärt, wir können also davon ausgehen, dass sie wahrscheinlich noch in Großbritannien ist. Glaubt ihr, vierzehn Millionen Briten und eine Milliarde Teilnehmer weltweit können Fiona Highbridge innerhalb von zwanzig Minuten finden?«

Das Publikum toste begeistert, aber Mae wusste eigentlich nicht, ob es klappen würde. Sie wäre sogar nicht überrascht, wenn es nicht klappen würde, wenn es dreißig Minuten oder eine Stunde dauern würde. Andererseits geschah immer etwas Unerwartetes, etwas Wundersames, wenn das gesamte Potenzial der Circle-User zum Tragen kam. Und sie war sicher, spätestens am Ende der Mittagspause wäre die Aufgabe erledigt.

»Okay, alle bereit? Her mit der Uhr.« Ein riesiger sechsstelliger Timer mit Stunden-, Minuten- und Sekundenanzeige erschien in der Ecke des Bildschirms.

»Ich möchte euch ein paar von den Gruppen vorstellen, mit denen wir jetzt gleich zusammenarbeiten werden. Die Universität von East Anglia bitte.« Ein Feed, der Aberhunderte Studenten in einem großen Hörsaal zeigte, erschien. Sie jubelten. »Die Stadt Leeds bitte.« Prompt wurde eine Aufnahme von einem öffentlichen Platz eingeblendet, voll mit Menschen, die wegen des offenbar kalten und stürmischen Wetters warm gekleidet waren. »Wir haben Dutzende Gruppen im ganzen Land, die sich für uns zusammenschließen und so das Leistungsvermögen des Netzwerks insgesamt verstärken. Alle bereit?« Die Menschen in Leeds rissen die Hände hoch und jubelten, und die Studenten von East Anglia taten es ihnen gleich.

»Gut«, sagte Mae. »Also, auf die Plätze, fertig. Los.«

Mae zog ihre Hand nach unten, neben das Foto von Fiona Highbridge, und eine Reihe von Spalten zeigte den Kommentar-Feed; der Kommentar mit dem höchsten

Ranking erschien ganz oben. Der bislang beliebteste war von einem Mann namens Simon Hensley aus Brighton: *Wollen wir das Weib wirklich finden? Die sieht aus wie die Vogelscheuche aus dem Zauberer von Oz.*

Überall im Publikum wurde gelacht.

»Okay. Jetzt wird's ernst«, sagte Mae.

Eine weitere Spalte mit Fotos erschien, die User selbst je nach Relevanz gepostet hatten. Binnen drei Minuten waren es 201 Fotos, von denen die meisten große Ähnlichkeit mit dem Gesicht von Fiona Highbridge hatten. Auf dem Bildschirm wurde eine Abstimmung darüber ausgezählt, bei welchem der Fotos es sich höchstwahrscheinlich um Fiona handelte. Nach vier Minuten war die Zahl auf fünf Hauptkandidatinnen geschrumpft. Eine war in Bend, Oregon. Eine andere in Banff, Kanada. Eine weitere in Glasgow. Dann geschah etwas Magisches, etwas, das nur möglich war, wenn der Circle geschlossen auf ein einziges Ziel hinarbeitete: Zwei der Fotos, wie die Menge erkannte, waren in ein und derselben Stadt aufgenommen worden: Carmarthen in Wales. Beide schienen ein und dieselbe Frau zu zeigen, und beide sahen genauso aus wie Fiona Highbridge.

Nach weiteren neunzig Sekunden hatte jemand die Frau identifiziert. Sie war bekannt als Fatima Hilensky, was nach Abstimmung der Menge ein vielversprechender Indikator war. Würde jemand, der spurlos untertauchen wollte, seinen Namen vollständig ändern, oder würde er sich sicherer fühlen mit denselben Initialen, mit einem Namen, der verfremdet genug war, um eventuelle Verfolger abzuschütteln, aber der es ermöglichte, weiterhin die alte Unterschrift in leicht abgewandelter Form zu verwenden?

Neunundsiebzig Viewer lebten in oder in der Nähe von Carmarthen, und drei von ihnen posteten, sie würden sie praktisch täglich sehen. Das allein war schon vielversprechend, aber dann wurde ein Kommentar von Hunderttausenden Stimmen an die Spitze katapultiert, in dem eine Frau namens Gretchen Karapcek von ihrem Handy aus postete, dass sie zusammen mit der Frau auf dem Foto in einer Wäscherei außerhalb von Swansea arbeitete. Die Menge drängte Gretchen, an Ort und Stelle ein Foto oder ein Video von ihr zu machen. Prompt aktivierte Gretchen die Videofunktion ihres Handys, und obwohl noch immer Millionen von Leuten anderen Hinweisen nachgingen, waren die meisten Viewer überzeugt, dass Gretchen die richtige Person gefunden hatte. Sie sahen genau wie Mae gebannt zu, wie sich Gretchen mit der Kamera zwischen gewaltigen dampfenden Maschinen hindurchschlängelte, neugierig beäugt von Kolleginnen, während sie sich rasch durch den riesigen Raum auf eine dünne Frau zubewegte, die in einiger Entfernung gebeugt an einer Mangel stand und ein Bettlaken zwischen zwei dicke Rollen schob.

Mae sah auf die Uhr. Sechs Minuten, 33 Sekunden. Sie war sicher, dass diese Frau Fiona Highbridge war. Es lag irgendwie an ihrer Kopfform, an ihren Bewegungen und daran, dass sie jetzt, als sie die Augen hob und Gretchens Kamera auf sich zugleiten sah, eindeutig begriff, dass da gerade etwas sehr Ernstes passierte. Es war kein überraschter oder verwunderter Blick. Es war der Blick eines Tieres, das beim Wühlen im Müll ertappt wird. Ein wilder Blick, in dem Schuld und Erkennen lagen.

Mae hielt sekundenlang den Atem an, und es schien, als würde die Frau aufgeben, würde in die Kamera sprechen, ihre Verbrechen gestehen und akzeptieren, dass sie aufgespürt worden war.

Stattdessen floh sie.

Die Kamerahalterin blieb einen langen Moment stehen,

und die Kamera zeigte nur Fiona Highbridge – denn jetzt stand außer Zweifel, dass sie es war –, wie sie im Laufschritt durch den Raum und die Treppe hoch flüchtete.

»Hinterher!«, schrie Mae schließlich, und Gretchen Karapcek und ihre Kamera nahmen die Verfolgung auf. Mae fürchtete kurz, sie würden es vermasseln, dass sie die Flüchtige zwar aufgespürt, aber durch eine ungeschickte Helferin gleich wieder verloren hatten. Die Kamera wackelte wild, die Betontreppe hinauf, durch einen Flur mit nackten Steinwänden und schließlich auf eine Tür zu, durch deren kleines quadratisches Fenster der weiße Himmel zu sehen war.

Und als die Tür aufflog, sah Mae mit großer Erleichterung, dass Fiona Highbridge in der Falle saß, mit dem Rücken zur Wand, umzingelt von einem Dutzend Leute, die fast alle ihre Handys auf sie gerichtet hielten. Flucht war ausgeschlossen. Sie hatte einen wilden Gesichtsausdruck, panisch und trotzig zugleich. Sie suchte anscheinend nach einer Lücke in dem Pulk, einem Loch, durch das sie schlüpfen könnte. »Wir haben dich, du Kindermörderin«, sagte einer der Leute, und Fiona Highbridge brach zusammen, rutschte zu Boden und schlug die Hände vors Gesicht.

Sekunden später erschienen die Video-Feeds der meisten Leute auf dem Bildschirm des Großen Saals, und das Publikum konnte ein Mosaik von Fiona Highbridge sehen, ihr kaltes, hartes Gesicht aus zehn Blickwinkeln, die alle ihre Schuld bestätigten.

»Lyncht sie!«, brüllte jemand.

»Ihr darf nichts passieren«, zischte Stenton in Maes Ohr.

»Tut ihr nichts«, flehte Mae den Mob an. »Hat jemand die Polizei verständigt?«

Sekunden später waren Sirenen zu hören, und als Mae die zwei Streifenwagen über den Parkplatz brausen sah, schaute sie wieder nach, wie viel Zeit vergangen war. Als die vier Polizisten bei Fiona Highbridge waren und ihr Handschellen anlegten, zeigte der Timer auf dem Bildschirm des Großen Saals 10 Minuten, 26 Sekunden.

»Ich denke, das war's«, sagte Mae und stoppte den Timer.

Das Publikum klatschte und jubelte, und die Teilnehmer, die Fiona Highbridge erwischt hatten, erhielten in Sekundenschnelle Gratulationen aus aller Welt.

»Brechen wir den Video-Feed ab«, sagte Stenton zu Mae, »lassen wir ihr einen Rest Würde.«

Mae gab die Anweisung an die Techniker weiter. Die Feeds, die Highbridge zeigten, verschwanden, und der Bildschirm wurde wieder schwarz.

»Tja«, sagte Mae zum Publikum. »Das war ja sogar noch einfacher, als ich dachte. Und wir haben nur ein paar der Tools gebraucht, die der Welt jetzt zur Verfügung stehen.«

»Noch mal!«, brüllte eine Stimme im Publikum.

Mae schmunzelte. »Na ja, das ginge schon«, sagte sie und blickte zu Bailey hinüber, der an der Seitenbühne stand. Er zuckte die Achseln.

»Vielleicht nicht noch einen Flüchtigen«, sagte Stenton in ihrem Ohrhörer. »Suchen wir einen Normalbürger.«

Ein Lächeln breitete sich auf Maes Gesicht aus.

»Okay, Leute«, sagte sie, während sie rasch ein Foto auf ihrem Tablet fand und es auf die Leinwand hinter ihr überspielte. Es war ein Schnappschuss von Mercer, drei Jahre zuvor aufgenommen, kurz nach ihrer Trennung, als sie sich noch gut verstanden, und das Foto zeigte sie beide auf einer Wanderung, am Anfang eines Küstenpfades.

Sie war bis gerade eben nicht ein einziges Mal auf die Idee gekommen, den Circle zu nutzen, um nach Mercer zu suchen, aber jetzt fand sie das irgendwie absolut naheliegend. Gab es eine bessere Möglichkeit, ihm die Reichweite und Leistungsfähigkeit des Netzwerks und der Leute darin zu beweisen? Seine Skepsis würde sich in Luft auflösen.

»Okay«, sagte Mae zum Publikum. »Unsere zweite Zielperson heute ist kein flüchtiger Verbrecher, aber man könnte sagen, er ist trotzdem auf der Flucht, nämlich vor, na ja, Freundschaft.«

Sie lächelte als Reaktion auf das Lachen im Saal.

»Das ist Mercer Medeiros. Ich hab seit ein paar Monaten keinen Kontakt mehr zu ihm und würde ihn furchtbar gern wiedersehen. Aber genau wie Fiona Highbridge tut er alles, um nicht gefunden zu werden. Also, wollen wir doch mal sehen, ob wir unseren Rekord von vorhin brechen können. Alle bereit? Bitte die Uhr starten.« Und der Timer startete.

Innerhalb von neunzig Sekunden kamen Posts von Leuten, die ihn kannten – von der Grundschule, Highschool, vom College, von der Arbeit. Es waren sogar ein paar Fotos dabei, auf denen Mae zu sehen war, was alle Beteiligten amüsant fanden. Dann jedoch tat sich zu Maes Entsetzen eine gähnende Lücke von viereinhalb Minuten auf, in denen niemand irgendwelche nützlichen Informationen über Mercers derzeitigen Aufenthaltsort liefern konnte. Eine Exfreundin meldete, auch sie würde gern wissen, wo er steckte, da er noch eine ganze Tauchausrüstung habe, die ihr gehöre. Das war für einige Zeit die sachdienlichste Nachricht, doch dann erschien ein Zing aus Jasper, Oregon, und wurde sofort per Votum an die Spitze befördert.

Ich hab den Typen bei uns im Supermarkt gesehen. Ich frag mal eben nach.

Und der Schreiber, Adam Frankenthaler, setzte sich mit seinen Nachbarn in Verbindung, und rasch waren sich alle einig, dass sie Mercer gesehen hatten – im Getränkeladen, im Supermarkt, in der Bücherei. Doch dann entstand wieder eine qualvolle Pause von fast zwei Minuten, in denen niemand eine Ahnung hatte, wo Mercer wohnte. Die Uhr zeigte 7 Minuten, 31 Sekunden.

»Okay«, sagte Mae. »Jetzt kommen die leistungsfähigeren Tools ins Spiel. Schauen wir auf die dortigen Immobilien-Sites nach, wer was wann wo gemietet hat. Überprüfen wir Kreditkartenbelege, Telefonnachweise, Büchereimitgliedschaften, alles, wo er sich angemeldet haben könnte. Oh, Moment.« Mae blickte auf und sah, dass zwei Adressen gefunden worden waren, beide in dem winzigen Nest in Oregon. »Wissen wir, woher wir die haben?«, fragte sie, aber das war im Grunde unerheblich. Es ging jetzt alles zu schnell.

In den nächsten paar Minuten näherten sich Autos beiden Adressen, und ihre Ankunft wurde von den Insassen gefilmt. Eine Adresse war eine Wohnung über einem Homöopathieladen, hinter dem riesige Redwood-Bäume aufragten. Eine Kamera zeigte eine Hand, die an die Tür klopfte, und lugte dann ins Fenster. Eine Zeit lang geschah nichts, doch schließlich öffnete sich die Tür, und die Kamera schwenkte nach unten auf einen kleinen Jungen von etwa fünf Jahren, der beim Anblick der vielen Leute vor dem Haus verängstigt dreinblickte.

»Ist Mercer Medeiros da?«, fragte eine Stimme.

Der Junge drehte sich um und verschwand in dem dunklen Haus. »Dad!«

Einen Moment lang bekam Mae Angst, das könnte Mercers Sohn sein – es ging alles so schnell, dass sie mit dem Rechnen nicht mehr nachkam. Er hat schon einen Sohn? Nein, begriff sie, das konnte nicht sein leibliches Kind sein. Vielleicht war er mit einer Frau zusammengezogen, die schon Kinder hatte?

Aber als der Schatten eines Mannes im Licht des Ein-

514

gangs auftauchte, war es nicht Mercer. Es war ein etwa vierzigjähriger Mann mit Kinnbart, in Flanellhemd und Jogginghose. Fehlanzeige. Etwas über acht Minuten waren vergangen.

Die zweite Adresse wurde gefunden. Sie lag im Wald, hoch an einem Berghang. Der Hauptvideo-Feed hinter Mae wechselte auf diese Einstellung und zeigte ein Auto, das die gewundene Zufahrt hochraste und vor einem großen grauen Blockhaus hielt.

Diesmal war die Kameraführung professioneller und klarer. Irgendwer filmte eine Mitwirkende, eine grinsende junge Frau mit verschmitzt tanzenden Augenbrauen, die an die Tür klopfte.

»Mercer?«, sagte sie zu der Tür. »Mercer, bist du da drin?« Die plumpe Vertraulichkeit in ihrer Stimme irritierte Mae für einen Moment. »Bist du da drin und baust wieder Kronleuchter?«

Mae drehte sich der Magen um. Sie hatte das Gefühl, dass Mercer die Frage nicht gefallen würde, der abschätzige Unterton. Sie wollte, dass sein Gesicht so bald wie möglich auftauchte, damit sie direkt mit ihm reden konnte. Aber es kam niemand an die Tür.

»Mercer!«, rief die junge Frau. »Ich weiß, dass du da drin bist. Wir sehen deinen Wagen.« Die Kamera schwenkte auf die Zufahrt, wo Mae mit einem aufgeregten Schauer sah, dass es tatsächlich Mercers Pick-up war. Als die Kamera wieder zurückschwenkte, kam eine Schar von zehn oder zwölf Leuten ins Bild, von denen die meisten aussahen wie Einheimische, mit Baseballmützen und mindestens einer in Tarnanzug. Sobald die Kamera sich wieder auf die Eingangstür richtete, skandierte die Menge: »Mercer! Mercer! Mercer!«

Mae blickte auf die Uhr. Neun Minuten, 24 Sekunden.

Sie würden den Fiona-Highbridge-Rekord um mindestens eine Minute brechen. Doch zuerst musste Mercer an die Tür kommen.

»Geh nach hinten«, sagte die junge Frau, und jetzt folgte der Feed einer zweiten Kamera, die von der Veranda aus in die Fenster spähte. Drinnen war niemand zu sehen. Nur Angelruten und ein Haufen Geweihe und stapelweise Bücher und Papiere neben staubigen Couches und Sesseln. Auf dem Kaminsims meinte Mae, ein Foto zu sehen, das sie wiedererkannte, von Mercer mit seinen Brüdern und Eltern auf einem Ausflug in den Yosemite-Nationalpark. Sie erinnerte sich an das Foto und wusste deshalb noch genau, wer alles darauf war, weil sie es immer seltsam und wunderbar gefunden hatte, dass Mercer, der damals sechzehn war, den Kopf an die Schulter seiner Mutter gelehnt hatte, in einem unbekümmerten Ausdruck kindlicher Liebe.

»Mercer! Mercer! Mercer!«, skandierten die Stimmen weiter.

Doch es war gut möglich, dachte Mae, dass er wandern war oder wie ein Höhlenmensch Feuerholz sammelte und vielleicht erst in ein paar Stunden zurückkam. Sie wollte sich gerade wieder zum Publikum umdrehen, die Suche als Erfolg bezeichnen und die Demonstration abbrechen – sie hatten ihn ja schließlich gefunden, ohne den geringsten Zweifel –, als sie eine kreischende Stimme hörte.

»Da ist er! Zufahrt!«

Und beide Kameras setzten sich wackelnd in Bewegung, als sie von der Veranda zum Toyota rannten. Eine Gestalt stieg gerade in den Pick-up, und Mae wusste, dass es Mercer war, als die Kameras auf ihn zuhielten. Doch als sie nahe herankamen – nahe genug für Mae, um gehört zu werden –, setzte er schon mit dem Wagen zurück.

Eine Gestalt lief neben dem Pick-up her, ein junger Mann, der offenbar irgendetwas ans Beifahrerfenster heftete. Mercer kurvte rückwärts auf die Hauptstraße und brauste davon. Es wurde hektisch, als alle Mitwirkenden, die vor Mercers Haus versammelt waren, lachend losliefen und in ihre Autos sprangen, um ihm zu folgen.

Eine Nachricht von einem der Verfolger erklärte, dass er eine SeeChange-Kamera ans Beifahrerfenster geklebt hatte. Die wurde sofort aktiviert, und auf dem Bildschirm erschien ein sehr klares Bild von Mercer am Steuer seines Pick-ups.

Diese Kamera konnte Ton nur aufnehmen, deshalb war es Mae nicht möglich, mit Mercer zu sprechen. Aber sie wusste, dass sie mit ihm sprechen musste. Er konnte ja nicht wissen, noch nicht, dass sie hinter allem steckte. Sie musste ihn beruhigen, ihm sagen, dass das keine makabre Stalkingnummer war. Dass seine Freundin Mae lediglich das SoulSearch-Programm des Circle präsentierte und sie bloß kurz mit ihm sprechen wollte, um mit ihm zusammen über die Sache zu lachen.

Doch während der Wald an seinem Fenster vorbeiraste, eine verschwommene Palette aus Braun und Weiß und Grün, war Mercers Mund ein entsetzlicher Schlitz aus Wut und Angst. Er steuerte den Pick-up waghalsig durch zahlreiche Kurven und schien immer höher in die Berge zu fahren. Mae fürchtete, die Mitwirkenden könnten bei dem Tempo nicht mit ihm mithalten, aber sie und die Zuschauer im Saal hatten ja noch die SeeChange-Kamera, die so klare und filmreife Bilder lieferte, dass es wahnsinnig unterhaltsam war. Mercer sah aus wie sein Held Steve McQueen, grimmig, aber beherrscht, während er seinen schwankenden Pick-up lenkte. Mae hatte kurz die Idee einer Art Streamingshow mit Livebildern von Leuten, die sich einfach selbst dabei filmten, wie sie mit hoher Geschwindigkeit durch faszinierende Landschaften fuhren. *SeeTours* könnten sie das nennen. Mercers wütende Stimme riss Mae aus ihren Gedanken. »Ihr Schweine!«, schrie er. »Ihr verdammten Schweine!«

Er blickte in die Kamera. Er hatte sie entdeckt. Und dann senkte der Blick der Kamera sich. Mercer ließ das Fenster runter. Mae fragte sich, ob die Kamera halten würde, ob ihre Haftvorrichtung gegen die Kraft des automatischen Fensters ankommen würde, doch Sekunden später hatte sie die Antwort: Die Kamera wurde vom Fenster abgeschabt, fiel wild trudelnd nach unten und zeigte Wald, dann Asphalt und schließlich, als sie auf der Straße zum Liegen kam, Himmel.

Der Timer zeigte 11:51.

Es vergingen ein paar lange Minuten, in denen von Mercer nichts mehr zu sehen war. Mae rechnete jeden Moment damit, dass eines der Verfolgerautos ihn entdecken würde, doch auf den Bildern von allen vier Fahrzeugen war keine Spur von ihm. Sie waren alle auf verschiedenen Straßen unterwegs, und der übertragene Ton machte deutlich, dass die Insassen keine Ahnung hatten, wo er war.

»Okay«, sagte Mae in dem Bewusstsein, dass sie das Publikum gleich begeistern würde. »Lasst die Drohnen los!«, brüllte sie mit einer Stimme, die halb ernst, halb parodistisch nach bösem Filmschurken klingen sollte.

Es dauerte quälend lange – etwa drei Minuten –, doch dann waren alle in der Gegend verfügbaren Privatdrohnen in der Luft, elf an der Zahl, jede einzelne von ihrem jeweiligen Besitzer gesteuert, und alle flogen über den Bergzug, wo Mercer vermutlich unterwegs war. Ihre eigenen GPS-Systeme verhinderten eine Kollision miteinander, und in Koordination mit dem Satellitenbild fanden sie den taubenblauen Pick-up binnen sechzig Sekunden. Der Timer zeigte 15:04.

Die Kameraaufnahmen, die jetzt auf dem Bildschirm erschienen, lieferten dem Publikum ein unglaubliches Bilderraster, denn die Staffelformation der Drohnen bot einen kaleidoskopischen Blick auf den Pick-up, wie er durch dichten Kiefernwald die Bergstraße hochraste. Ein paar der kleineren Drohnen waren in der Lage, nach unten zu stoßen und nahe an das Fahrzeug heranzukommen, doch die meisten von ihnen waren zu groß für einen Tiefflug zwischen den Bäumen und folgten weiter oben. Eine der kleineren Drohnen, genannt ReconMan10, war durch das Baumkronendach getaucht und flog jetzt dicht neben Mercers Fahrerseitenfenster. Die Aufnahme war ruhig und scharf. Mercer drehte den Kopf, und als er die Drohne sah und begriff, dass er sie nicht abschütteln konnte, nahm sein Gesicht einen Ausdruck blanken Entsetzens an. Mae hatte ihn noch nie so gesehen.

»Kann mich jemand auf den Ton der Drohne ReconMan10 schalten?«, fragte Mae. Sie wusste, dass Mercer das Fenster noch offen hatte. Wenn sie über den Drohnenlautsprecher sprach, würde er sie hören, wissen, dass sie es war. Sie bekam das Signal, dass der Ton aktiviert war.

»Mercer. Ich bin's, Mae! Kannst du mich hören?«

Schwaches Wiedererkennen huschte über sein Gesicht. Er blinzelte und blickte wieder zu der Drohne, fassungslos.

»Mercer. Halt an. Ich bin's bloß, Mae.« Und dann sagte sie fast lachend: »Ich wollte bloß mal Hallo sagen.«

Das Publikum prustete los.

Mae fühlte sich von dem Gelächter im Saal beflügelt und rechnete fest damit, dass Mercer auch lachen und anhalten und den Kopf schütteln würde vor lauter Bewunderung für die wunderbaren Möglichkeiten der Tools, die ihr zur

Verfügung standen. Sie hätte gern von ihm gehört: »Okay, du hast mich erwischt. Ich geb auf. Du hast gewonnen.«

Aber er lächelte nicht, und er hielt nicht an. Er blickte nicht mal mehr zu der Drohne hinüber. Als ob er sich für einen neuen Weg entschieden hätte, den er stur verfolgen musste.

»Mercer!«, sagte sie mit gespielt gebieterischer Stimme. »Mercer, stopp den Wagen und ergib dich. Du bist umzingelt.« Dann hatte sie eine Idee, die sie lächeln ließ. »Du bist umzingelt …«, sagte sie mit tiefer Stimme und fügte dann in einem trällernden Alt hinzu: »Von Freunden!« Wie sie erwartet hatte, brach das Publikum in stürmisches Gelächter und Jubelrufe aus.

Aber Mercer hielt noch immer nicht an. Er hatte schon seit Minuten nicht mehr zu der Drohne hinübergeblickt. Mae sah auf den Timer: 19 Minuten, 57 Sekunden. Sie war unschlüssig, ob es überhaupt eine Rolle spielte, dass er anhielt oder die Kameras zur Kenntnis nahm. Er war schließlich gefunden worden, oder etwa nicht? Sie hatten den Fiona-Highbridge-Rekord wahrscheinlich schon gebrochen, als sie ihn dabei ertappt hatten, wie er zu seinem Pick-up lief. Das war der Moment gewesen, in dem sie seine körperliche Identität nachwiesen. Mae überlegte kurz, ob sie die Drohnen zurückpfeifen und die Kameras abschalten sollten, weil Mercer offensichtlich mal wieder schlecht drauf war und nicht kooperieren würde. Außerdem hatte sie ja ohnehin schon bewiesen, was sie beweisen wollte.

Aber irgendwie reizte sie seine Unfähigkeit, aufzugeben, seine Niederlage einzugestehen oder doch wenigstens die unglaublich leistungsstarke Technologie anzuerkennen, über die Mae verfügte, und sie wusste, sie würde nicht eher aufgeben, bis er sich in irgendeiner Form fügte. Aber wie? Sie wusste es nicht, wusste nur, dass sie es wissen würde, wenn es so weit war.

Und dann weitete sich die Landschaft, die an dem Pick-up vorbeiflog. Statt dichtem und schnell dahinrasendem Wald waren jetzt nur Blau und Baumwipfel und leuchtend weiße Wolken zu sehen.

Sie checkte eine andere Kameraeinstellung, sah die von einer hoch fliegenden Drohne übertragenen Bilder. Mercer fuhr gerade über eine Brücke, eine schmale Brücke, die den Berg mit einem anderen verband und sich schwindelerregend hoch über eine Schlucht spannte.

»Können wir den Ton noch lauter stellen?«, fragte sie.

Es erschien ein Icon, das anzeigte, dass die Lautstärke halb aufgedreht gewesen war und jetzt voll.

»Mercer!«, sagte sie so dunkel bedrohlich, wie sie konnte. Sein Kopf fuhr zu der Drohne herum, geschockt von der Lautstärke. Vielleicht hatte er sie vorher gar nicht gehört?

»Mercer! Ich bin's, Mae!«, sagte sie nun voller Hoffnung, dass er bis jetzt wirklich nicht gewusst hatte, dass sie hinter der ganzen Sache steckte. Aber er lächelte nicht. Er schüttelte bloß den Kopf, langsam, als wäre er zutiefst enttäuscht.

Jetzt konnte sie zwei weitere Drohnen neben dem Beifahrerfenster sehen. Eine neue Stimme, männlich, donnerte aus einer der beiden: »Mercer, alter Spacko! Halt endlich an, du blödes Arschloch!«

Mercers Kopf fuhr zu der Stimme herum, und als er wieder auf die Straße blickte, zeichnete sich echte Panik in seinem Gesicht ab.

Auf dem Bildschirm hinter ihr sah Mae, dass zwei auf der Brücke angebrachte SeeChange-Kameras dem Raster zugeschaltet worden waren. Eine dritte erwachte Sekunden später zum Leben und bot vom Flussufer tief unten einen Blick hinauf zur Brücke.

Jetzt dröhnte aus der dritten Drohne eine weitere Stimme, diesmal die einer lachenden Frau: »Mercer, unterwirf dich uns! Unterwirf dich unserem Willen! Sei unser Freund!«

Mercer lenkte den Pick-up auf die Drohne zu, als wollte er sie rammen, doch sie passte ihre Flugbahn automatisch an und ahmte seine Bewegung nach, sodass sie weiter genau parallel blieb. »Es gibt kein Entkommen, Mercer!«, schrie die Frauenstimme. »Nie, niemals. Es ist vorbei. Gib endlich auf. Sei unser Freund!« Diese Aufforderung sprach die Frau in einem kindlichen Heulton, und da sie sich selbst über den elektronischen Lautsprecher hörte, musste sie über dieses seltsame nasale Gequengel lachen, das da aus einer mattschwarzen Drohne ertönte.

Das Publikum jubelte, und in den Kommentaren, die massenweise hereinkamen, sagten zahlreiche Viewer, es sei die großartigste Live-Viewing-Erfahrung ihres Lebens.

Und während der Jubel immer lauter wurde, sah Mae, wie sich etwas in Mercers Gesicht abzeichnete, so etwas wie Entschlossenheit, so etwas wie Abgeklärtheit. Sein rechter Arm riss das Lenkrad herum, und Mercer verschwand aus dem Blick der Drohnen, zumindest kurz, und als sie ihn wieder einfingen, raste der Wagen quer über den Highway auf die Betonbrüstung zu, so schnell, dass die ihn unmöglich bremsen konnte. Der Pick-up durchbrach die Brüstung und schoss hinaus in die Schlucht, und für einen kurzen Moment schien er zu schweben, vor den Bergen, die sich meilenweit im Hintergrund erstreckten. Und dann sackte er nach unten.

Maes Augen huschten instinktiv zu der Kamera am Flussufer, und sie sah klar und deutlich, wie ein winziges Objekt oben von der Brücke fiel und wie ein Blechspielzeug unten auf den Felsen landete. Obwohl sie wusste, dass dieses Objekt Mercers Pick-up war, und obwohl sie irgendwo im Hinterkopf wusste, dass kein Mensch so einen Sturz überleben konnte, blickte sie wieder auf die Bilder der anderen Kameras, der Drohnen, die noch immer oben in der Luft schwebten, rechnete damit, Mercer auf der Brücke zu sehen, wie er hinunter zu dem Wagen in der Tiefe schaute. Aber es war niemand auf der Brücke.

»Geht's Ihnen heute einigermaßen?«, fragte Bailey.

Sie waren in seiner Bibliothek, allein, bis auf die Viewer. Seit Mercers Tod vor genau einer Woche lagen die Zahlen konstant bei fast achtundzwanzig Millionen.

»Ja, danke«, sagte Mae, die ihre Worte abwog, indem sie sich vorstellte, wie der Präsident in jeder Situation den Mittelweg finden muss zwischen roher Emotion und leiser Würde, routinierter Beherrschung. Sie sah sich in letzter Zeit öfter mal als Präsidentin. Sie hatte vieles mit den Inhabern dieses Amtes gemein – die Verantwortung gegenüber so vielen, die Macht, globale Ereignisse zu beeinflussen. Und mit ihrer Position gingen neue, präsidentenhafte Krisen einher. Mercers Ableben. Annies Zusammenbruch. Sie dachte an die Kennedys. »Ich glaub, es ist noch gar nicht richtig bei mir angekommen«, sagte sie.

»Ja, vielleicht dauert das noch eine Weile«, sagte Bailey. »Trauer hält sich an keinen Zeitplan, so lieb uns das auch wäre. Aber ich möchte nicht, dass Sie sich Vorwürfe machen. Das tun Sie doch hoffentlich nicht.«

»Na ja, es ist schwer, das nicht zu tun«, sagte Mae und verzog dann das Gesicht. Das war keine präsidiale Äußerung, und Bailey reagierte prompt.

»Mae, Sie haben versucht, einem sehr gestörten, unsozialen jungen Mann zu helfen. Sie und die anderen Mitwirkenden haben ihm die Hand gereicht, haben versucht, ihn in die Umarmung der Menschheit zu holen, und er hat das abgelehnt. Ich finde, es ist offensichtlich, dass Sie praktisch seine einzige Hoffnung waren.«

»Danke, dass Sie das sagen«, erwiderte sie.

»Das ist, als wären Sie eine Ärztin, die zu einem kranken Patienten kommt, um ihm zu helfen, und der Patient springt, sobald er Sie sieht, aus dem Fenster. Dafür sind Sie wohl kaum verantwortlich zu machen.«

»Danke«, sagte Mae.

»Und Ihre Eltern? Wie geht es denen?«

»Es geht ihnen gut. Danke.«

»Es war bestimmt schön, sie auf der Trauerfeier zu sehen.«

»Ja«, sagte Mae, obwohl sie da kaum miteinander gesprochen hatten und seitdem gar nicht mehr.

»Ich weiß, das Verhältnis zwischen Ihnen und Ihren Eltern ist noch immer etwas distanziert, aber das gibt sich mit der Zeit. Distanz fällt immer in sich zusammen.«

Mae war Bailey dankbar für seine Stärke und seine Ruhe. Er war in diesem Moment ihr bester Freund und auch so etwas wie ein Vater. Sie liebte ihre Eltern, aber sie waren nicht so klug, nicht so stark. Sie war dankbar für Bailey und Stenton und besonders für Francis, der seitdem fast rund um die Uhr bei ihr war.

»Es frustriert mich, wenn so etwas passiert«, fuhr Bailey fort. »Es ist eigentlich zum Verzweifeln. Ich weiß, das gehört jetzt nicht zur Sache, und ich weiß, es ist ein Lieblingsthema von mir, aber im Ernst: Das wäre nie und nimmer passiert, wenn Mercer in einem selbstfahrenden Fahrzeug gesessen hätte. Die Programmierung hätte das ausgeschlossen. Fahrzeuge wie das, in dem er gesessen hat, gehören offen gesagt verboten.«

»Genau«, sagte Mae. »Dieser blöde Pick-up.«

»Und ich will ja nicht von Geld reden, aber wissen Sie, wie viel die Reparatur der Brücke kostet? Und was es bereits gekostet hat, die ganze Schweinerei aus der Schlucht zu bergen? In einem selbstfahrenden Auto besteht erst gar nicht die Möglichkeit zur Selbstzerstörung. Das Auto wäre stehen geblieben. Tut mir leid. Ich sollte Ihnen mein Gerede über Dinge ersparen, die nun wirklich nichts mit Ihrer Trauer zu tun haben.«

»Kein Problem.«

»Und dann hat er noch dazu ganz allein da gehaust, in irgendeiner Hütte. Kein Wunder, dass er da Depressionen bekommt und sich in einen wahnhaft paranoiden Zustand hineinsteigert. Als die Mitwirkenden eintrafen, ich meine, da war der Mann doch schon längst jenseits von Gut und Böse. Er hat sich da oben verkrochen, allein, unerreichbar für die Tausenden, sogar Millionen, die ihm auf jede erdenkliche Art geholfen hätten, wenn sie es gewusst hätten.«

Mae blickte zu Baileys Buntglasdecke hinauf – den vielen Engeln – und dachte, wie gern Mercer für einen Märtyrer gehalten werden würde. »So viele Menschen haben ihn gemocht«, sagte sie.

»*So* viele Menschen. Haben Sie die Kommentare und Nachrufe gesehen? Menschen wollten helfen. Sie haben *versucht* zu helfen. *Sie selbst* haben es versucht. Und es wären garantiert Tausende mehr gewesen, wenn er sie gelassen hätte. Wenn du die Menschheit zurückweist, wenn du all die Hilfsmittel zurückweist, die für dich verfügbar sind, all die Unterstützung, die für dich verfügbar ist, dann passieren schlimme Dinge. Wenn du die Technologie zurückweist, die verhindert, dass Autos abstürzen, stürzt du ab – physisch. Wenn du die Hilfe und die Liebe von Milliarden Mitfühlenden auf der Welt zurückweist, stürzt du ab – emotional. Richtig?« Bailey hielt inne, als wollte er ihnen beiden die Möglichkeit geben, seine zutreffende und gefällige Metapher so richtig zu verinnerlichen. »Wenn du die Gruppen, die Menschen, die Zuhörer da draußen zurückweist, die Kontakt herstellen, mitfühlen und die Arme ausbreiten wollen, ist die Katastrophe unausweichlich. Mae, er war eindeutig ein zutiefst deprimierter und vereinsamter junger Mann, der unfähig war, in einer Welt wie dieser zu überleben, einer Welt, die auf Gemeinschaft und Einheit ausgerichtet ist. Ich wünschte, ich hätte ihn gekannt. Ich hab ein bisschen das Gefühl, ihn gekannt zu haben, nachdem ich die Ereignisse des Tages mitangesehen habe. Aber dennoch.«

Bailey gab einen Laut tiefer Frustration von sich, einen gutturalen Seufzer.

»Wissen Sie, vor ein paar Jahren hatte ich die Idee, im Laufe meines Lebens zu versuchen, jeden Menschen auf der Erde kennenzulernen. Jeden Menschen, wenn auch nur ein kleines bisschen. Jedem die Hand zu schütteln oder Hallo zu sagen. Und als ich diese Inspiration hatte, dachte ich wirklich, das wäre machbar. Können Sie den Reiz einer solchen Vorstellung nachempfinden?«

»Unbedingt«, sagte Mae.

»Aber es leben knapp sieben Milliarden Menschen auf unserem Planeten! Also hab ich das mal durchgerechnet. Und dabei kam Folgendes raus: Wenn ich mit jeder Person drei Sekunden verbringe, macht das zwanzig Leute pro Minute. Zwölfhundert pro Stunde! Nicht schlecht, was? Aber selbst bei dem Tempo hätte ich nach einem Jahr bloß 10.512.000 Leute kennengelernt. Ich würde 665 Jahre brauchen, um jeden kennenzulernen! Deprimierend, nicht?«

»Allerdings«, sagte Mae. Sie hatte selbst eine ähnliche Berechnung angestellt. War es genug, dachte sie, von einem Teil dieser Leute *gesehen* zu werden? Das zählte doch schon was.

»Wir müssen uns also mit den Menschen begnügen, die wir kennen und kennen können«, sagte Bailey und seufzte wieder laut. »Und uns mit dem Wissen begnügen, wie viele Menschen es genau gibt. Es gibt so viele, und wir können aus so vielen auswählen. Mit Ihrem gestörten Mercer haben wir einen der vielen, vielen Menschen der Welt verloren, was uns beide daran erinnert, wie kostbar und reich das Leben ist. Hab ich recht?«

»Ja.«

Mae hatte denselben Gedankengang gehabt. Nach Mercers Tod, nach Annies Zusammenbruch, als Mae sich so allein fühlte, hatte sie gespürt, wie der Riss in ihr sich wieder öffnete, größer und schwärzer als je zuvor. Aber dann hatten Viewer aus aller Welt ihr beigestanden, ihr aufmunternde Worte geschickt, Smiles geschickt – sie hatte Millionen, zig Millionen erhalten –, und da wusste sie, was der Riss war und wie sie ihn zunähen konnte. Der Riss war Nichtwissen. Nicht zu wissen, wer sie lieben würde und wie lange. Der Riss war der Wahnsinn des Nichtwissens – nicht zu wissen, wer Kalden war, nicht zu wissen, was in Mercers Kopf vor sich ging, in Annies Kopf, was sie für Pläne hatte. Mercer wäre zu retten gewesen – wäre gerettet worden –, wenn er seine Gedanken offengelegt hätte, wenn er Mae und den Rest der Welt an sich herangelassen hätte. Nichtwissen war der Ausgangspunkt für Wahnsinn, Einsamkeit, Misstrauen, Furcht. Aber es gab Möglichkeiten, das alles zu beheben. Gläsernheit hatte sie für die Welt

527

wissbar gemacht, hatte sie besser gemacht, hatte sie, das hoffte sie zumindest, der Vollkommenheit einen Schritt näher gebracht. Jetzt würde die Welt folgen. Völlige Transparenz würde den Zugriff auf alles mit sich bringen, und es gäbe kein Nichtwissen mehr. Mae lächelte bei dem Gedanken, wie einfach das alles war, wie rein. Bailey lächelte ebenfalls.

»Nun«, sagte er, »wo wir gerade von Menschen sprechen, die uns wichtig sind und die wir nicht verlieren wollen, ich weiß, Sie haben gestern Annie besucht. Wie geht es ihr? Ist ihr Zustand unverändert?«

»Ja, unverändert. Sie kennen Annie. Sie ist stark.«

»Sie ist wirklich stark. Und sie ist ungemein wichtig für uns. Genau wie Sie. Wir halten zu Ihnen und zu Annie, immer. Ich weiß, ihr beide wisst das, aber ich möchte es noch einmal sagen. Ihr werdet niemals ohne den Circle sein. Okay?«

Mae hatte Mühe, nicht loszuheulen. »Okay.«

»Dann ist ja gut.« Bailey lächelte. »Aber jetzt sollten wir gehen. Stenton wartet, und ich glaube, wir könnten alle«, und jetzt deutete er auf Mae und ihre Viewer, »etwas Ablenkung gebrauchen. Alle bereit?«

Als sie zusammen durch den dunklen Gang auf das neue Aquarium zugingen, das ein frisches Blau abstrahlte, sah Mae, wie der neue Betreuer eine Leiter hochstieg. Stenton hatte einen anderen Meeresbiologen eingestellt, nachdem es mit Georgia zu philosophischen Differenzen gekommen war. Sie hatte sich Stentons experimentellen Fütterungen widersetzt und sich geweigert, das zu tun, was ihr Nachfolger, ein großer Mann mit geschorenem Kopf, gerade vorhatte, nämlich die Geschöpfe aus dem Marianengraben alle gemeinsam in einem Aquarium unterzubringen,

um für sie eine Umgebung zu schaffen, die eher dem natürlichen Lebensraum entsprach, in dem Stenton sie gefunden hatte. Die Idee erschien Mae vollkommen logisch,
und sie war froh, dass Georgia entlassen und ersetzt worden war. Wer würde diese Tiere nicht lieber in einer Umgebung sehen, die ihrem ursprünglichen Habitat nahekam? Georgia war zaghaft und kurzsichtig gewesen, und
so ein Mensch hatte bei diesen Aquarien, bei Stenton oder
im Circle nichts verloren.

»Da ist er«, sagte Bailey, als sie sich dem Aquarium näherten. Stenton trat auf sie zu, und Bailey schüttelte ihm die
Hand, und dann sah Stenton Mae an.

»Mae, wie schön, Sie wiederzusehen«, sagte er und nahm
ihre beiden Hände. Er war überschwänglicher Laune,
doch sein Mund wurde kurz ernst, aus Respekt vor dem
Verlust, den Mae erlitten hatte. Sie lächelte schüchtern,
hob dann die Augen. Sie wollte ihm zeigen, dass es ihr gut
ging, dass sie bereit war. Er nickte, trat zurück und wandte
sich dem Tank zu. Stenton hatte speziell für diesen Anlass
einen sehr viel größeren Tank bauen und ihn mit einer
prachtvollen Auswahl an lebenden Korallen und Algen füllen lassen, deren Farben unter dem hellen Aquariumslicht
symphonisch anmuteten. Da waren lavendelfarbene See-
anemonen, Blasenkorallen in Grün und Gelb, die seltsamen weißen Kugeln von Seeschwämmen. Das Wasser war
ruhig, aber eine leichte Strömung ließ die violetten Pflanzen schwanken, die aus den Hohlräumen der Wabenkoral-
len ragten.

»Wunderschön. Einfach wunderschön«, sagte Bailey.

Mae stand neben Bailey und Stenton, die Kamera auf das
Aquarium gerichtet, damit ihre Viewer tief in das üppige
Unterwassertableau blicken konnten.

»Und bald wird es vollkommen sein«, sagte Stenton.

In diesem Moment spürte Mae jemanden hinter sich, einen heißen Atem, der von links nach rechts ihren Nacken streifte.

»Ach, da ist er ja«, sagte Bailey. »Ich glaube, Sie haben Ty noch nicht kennengelernt, oder, Mae?«

Als sie den Kopf wandte, sah sie Kalden bei Bailey und Stenton stehen. Er lächelte sie an und streckte ihr die Hand entgegen. Er trug eine Wollmütze und ein zu großes Kapuzenshirt. Aber es war Kalden, ohne jeden Zweifel. Unwillkürlich stieß sie ein lautes Keuchen aus.

Er lächelte, und sie wusste sofort, dass ihre Viewer und die zwei anderen Weisen es ganz normal finden würden, dass sie bei der ersten Begegnung mit Ty aufkeuchte. Sie blickte nach unten und sah, dass sie bereits seine Hand schüttelte. Sie konnte nicht atmen.

Als sie aufblickte, sah sie Bailey und Stenton grinsen. Die beiden nahmen an, dass der Schöpfer von all dem hier, der geheimnisvolle junge Mann hinter dem Circle, sie in seinen Bann geschlagen hatte. Sie sah wieder Kalden an, suchte nach irgendeiner Erklärung, doch sein Lächeln veränderte sich nicht. Seine Augen blieben völlig unergründlich.

»Freut mich sehr, Sie kennenzulernen, Mae«, sagte er. Er sagte das gehemmt, fast nuschelnd, aber das war Absicht. Er wusste, was das Publikum von Ty erwartete.

»Ich freue mich auch sehr«, sagte Mae.

Jetzt zersplitterte ihr Verstand. Was ging hier vor, verdammt? Sie musterte sein Gesicht und sah unter der Wollmütze ein paar graue Haarspitzen hervorlugen. Nur sie wusste von seinem grauen Haar. Überhaupt, wussten Bailey und Stenton, wie dramatisch er gealtert war? Dass er sich als jemand anderes ausgab, als einen Nobody namens Kalden? Ihr kam der Gedanke, dass sie es wissen mussten. Natürlich wussten sie es. Deshalb erschien er auf Video-

Feeds – die wahrscheinlich schon vor langer Zeit im Voraus aufgenommen worden waren. Die beiden machten dabei mit, halfen ihm, zu verschwinden.

Sie hielt noch immer seine Hand. Dann zog sie sie weg.

»Wir hätten uns eigentlich schon viel früher kennenlernen sollen«, sagte er. »Ich entschuldige mich dafür.« Und jetzt sprach er in Maes Kamera, legte eine ganz natürliche Vorstellung für die Viewer hin. »Ich arbeite an ein paar neuen Projekten, alles sehr coole Sachen, deshalb war ich in letzter Zeit nicht ganz so sozial, wie ich es hätte sein sollen.«

Schlagartig erhöhte sich Maes Viewerzahl sprunghaft von knapp über dreißig Millionen auf zweiunddreißig Millionen und stieg rasch weiter.

»Ist länger her, dass wir drei zusammen waren!«, sagte Bailey. Maes Herz spielte verrückt. Sie hatte mit Ty geschlafen. Was bedeutete das? Und Ty, nicht Kalden, hatte sie vor der Vollendung gewarnt? Wie war das möglich? Was *bedeutete* das?

»Was sehen wir denn gleich?«, fragte Kalden und deutete mit einem Kopfnicken auf das Aquarium. »Ich glaube, ich weiß es, aber ich kann es trotzdem kaum erwarten.«

»Okay«, sagte Bailey, klatschte in die Hände und rieb sie vor Vorfreude. Er wandte sich Mae zu, und Mae richtete ihre Kamera auf ihn. »Weil mein Freund Stenton sich in technischen Details ergehen würde, hat er mich gebeten, zu erklären, worum es geht. Wie ihr alle wisst, hat er aus den unerforschten Tiefen des Marianengrabens einige unglaubliche Geschöpfe mitgebracht. Ein paar von ihnen kennt ihr ja schon, ich meine den Kraken und das Seepferdchen und seinen Nachwuchs und, wohl am spektakulärsten von allen, den Hai.«

Die Nachricht, dass die Drei Weisen zusammen und vor

der Kamera waren, verbreitete sich in Windeseile, und Maes Viewerzahl knackte die Vierzig-Millionen-Grenze. Sie drehte sich zu den Männern um und sah an ihrem Handgelenk, dass sie ein dramatisches Bild von ihren drei Profilen eingefangen hatte, wie sie alle auf das Glas schauten, die Gesichter in Blau getaucht, während ihre Augen das vernunftlose Leben darin widerspiegelten. Mae bemerkte, dass die Zahl ihrer Viewer jetzt bei einundfünfzig Millionen lag. Sie sah, dass Stenton zu ihr rüberschaute und sie mit einer kaum wahrnehmbaren Neigung des Kopfes aufforderte, die Kamera wieder auf das Aquarium zu richten. Sie tat es, beobachtete aber heimlich Kalden, lauerte auf irgendein Erkennungszeichen von ihm. Er blickte starr ins Wasser, ohne irgendetwas preiszugeben. Bailey fuhr fort.

»Bislang sind unsere drei Stars in getrennten Tanks gehalten worden, damit sie sich an das Leben hier beim Circle gewöhnen konnten. Aber das ist natürlich eine künstliche Trennung. Sie gehören zusammen, wie sie auch in dem Meer zusammen waren, wo sie gefunden wurden. Wir werden also gleich miterleben, wie die drei wieder vereint werden, damit sie koexistieren und uns ein natürlicheres Bild vom Leben in der Tiefe liefern können.«

Jetzt sah Mae, wie der neue Betreuer auf der anderen Seite des Tanks die rote Leiter hinaufstieg, in der Hand einen großen Plastikbeutel, der schwer war vor Wasser und winzigen Insassen. Mae versuchte, ihre Atmung zu verlangsamen, konnte es aber nicht. Sie hatte das Gefühl, jeden Moment kotzen zu müssen. Sie dachte ans Weglaufen, irgendwohin, ganz weit weg. Mit Annie weglaufen. Wo war Annie?

Sie sah, dass Stenton sie anstarrte. Sein Blick war besorgt und streng zugleich und ermahnte sie, sich am Riemen zu reißen. Sie versuchte zu atmen, versuchte, sich auf das Geschehen zu konzentrieren. Wenn das hier vorüber wäre, sagte sie sich, würde sie Zeit haben, dieses Chaos von Kalden und Ty zu entwirren. Sie würde Zeit haben. Ihr Herz wurde langsamer.

»Wie ihr vielleicht sehen könnt«, sagte Bailey, »trägt Victor unsere zarteste Fracht, das Seepferdchen und natürlich seine zahlreichen Nachkommen. Und ihr werdet bemerkt haben, dass die Seepferdchen in einem Plastikbeutel in den neuen Tank gebracht werden, ungefähr so, wie man einen Goldfisch von der Tierhandlung nach Hause transportiert. Diese Methode hat sich als die beste erwiesen für die Umsiedlung von so zarten Geschöpfen. Keine harten Flächen, gegen die sie stoßen können, und das Plastik ist wesentlich leichter, als es Plexiglas oder irgendein anderes hartes Material wäre.«

Der Betreuer war nun oben an der Leiter, und nach einem kurzen bestätigenden Blick von Stenton senkte er den Beutel behutsam ins Wasser, sodass er auf der Oberfläche auflag. Die Seepferdchen, passiv wie immer, ruhten fast ganz unten im Beutel und gaben keinerlei Anzeichen, dass sie irgendetwas wussten – dass sie in dem Beutel waren, dass sie umgesiedelt wurden, dass sie am Leben waren. Sie bewegten sich kaum und erhoben keinen Protest.

Mae sah auf ihren Zähler. Sie hatte zweiundsechzig Millionen Viewer. Bailey erklärte, dass sie ein paar Minuten warten müssten, bis sich die Wassertemperaturen in Beutel und Tank angeglichen hätten, und Mae nutzte die Gelegenheit, um wieder zu Kalden hinüberzuschauen. Sie versuchte, ihn auf sich aufmerksam zu machen, doch er hielt den Blick stur auf das Aquarium gerichtet. Er starrte hinein, betrachtete freundlich lächelnd die Seepferdchen, als würde er seine eigenen Kinder beobachten.

Auf der Rückseite des Tanks stieg Victor wieder die rote Leiter hinauf. »So, jetzt wird's spannend«, sagte Bailey. »Jetzt sehen wir, wie der Krake hochgetragen wird. Er braucht einen größeren Behälter, aber nicht proportional größer. Er könnte in eine Lunchbox passen, wenn er wollte – er hat keine Wirbelsäule, überhaupt keine Knochen. Er ist weich und unendlich wandelbar.«

Gleich darauf schaukelten beide Behältnisse, das mit dem Kraken und das mit den Seepferdchen, sachte auf der neonfarbenleuchtenden Oberfläche. Der Krake schien zu ahnen, dass da unter ihm ein weitaus größeres Zuhause war, und presste sich gegen seine vorübergehende Bleibe.

Mae sah, wie Victor auf die Seepferdchen deutete und Bailey und Stenton kurz zunickte. »Okay«, sagte Bailey. »Es wird Zeit, unsere Seepferdchenfreunde in ihr neues Habitat zu lassen. Also, ich denke, das wird jetzt richtig schön. Victor, es kann losgehen.« Und als Victor sie aus dem Beutel ließ, war es wirklich richtig schön. Die Seepferdchenkinder, durchsichtig, aber ganz zart getönt, als wären sie hauchfein vergoldet, fielen in den Tank und trieben nach unten wie ein gemächlicher Regen aus goldenen Fragezeichen.

»Wow«, sagte Bailey. »Seht euch das an.«

Und schließlich fiel der zaghaft wirkende Vater aus dem Beutel in den Tank. Anders als seine Kinder, die sich ziellos verteilt hatten, steuerte er entschlossen auf den Grund des Tanks zu und versteckte sich rasch zwischen Korallen und Pflanzen. Sekunden später war er nicht mehr zu sehen.

»Wow«, sagte Bailey. »Das nenn ich einen scheuen Fisch.«

Die Kleinen jedoch schwebten weiter nach unten oder schwammen mitten im Tank, und nur wenige von ihnen wollten eilig irgendwohin.

»Sind wir so weit?«, fragte Bailey, der zu Victor hochschaute. »Tja, das geht jetzt Schlag auf Schlag. Ich glaube, wir können den Kraken freilassen.« Victor öffnete den Boden des Behälters in der Mitte, und der Krake breitete sich augenblicklich aus wie eine Hand zur Begrüßung. Wie schon in seinem Einzelaquarium tastete er sich an der Scheibe entlang, befingerte die Korallen, die Algen, immer sanft, wollte alles wissen, alles berühren.

»Seht euch das an. Atemberaubend«, sagte Bailey. »Was für ein fantastisches Geschöpf. Er muss so was Ähnliches wie ein Gehirn haben in dem riesigen Ballon, den er da hat, oder?« Und dann wandte Bailey sich an Stenton, weil er eine Antwort wollte, doch Stenton entschied sich, die Frage rhetorisch aufzufassen. Der Hauch eines Lächelns umspielte seine Mundwinkel, aber er wandte den Blick nicht von der Szene vor ihm.

Der Krake erblühte und wuchs und flog von einer Seite des Tanks zur anderen, fast ohne die Seepferdchen oder irgendein anderes Lebewesen zu berühren. Er sah sie bloß an, wollte sie nur kennenlernen, und während er alles im Tank berührte und abschätzte, sah Mae wieder Bewegung auf der roten Leiter.

»Jetzt bringen Victor und sein Helfer die eigentliche Attraktion«, sagte Bailey, während der Helfer, ebenfalls in Weiß, eine Art Gabelstapler zur Leiter steuerte, auf der Victor stand. Die Fracht war eine große Plexiglasbox, und in dieser vorübergehenden Bleibe zappelte der Hai ein paarmal und schlug mit dem Schwanz hin und her, aber er war um einiges ruhiger, als Mae ihn zuvor erlebt hatte.

Victor, oben auf der Leiter, schob die Plexiglasbox auf die Wasseroberfläche, und als Mae schon damit rechnete, dass der Krake und die Seepferdchen schleunigst Deckung suchen würden, wurde der Hai ganz ruhig.

»Na, sieh sich einer das an«, staunte Bailey.

Die Viewerzahl schoss erneut in die Höhe, jetzt auf fünfundsiebzig Millionen, und stieg rasend schnell weiter an, um eine halbe Million alle paar Sekunden.

Unten im Tank schien der Krake weder den Hai zu bemerken noch die Möglichkeit zu ahnen, dass er sich zu ihnen ins Aquarium gesellen könnte. Der Hai lag da wie erstarrt, nahm den Tankbewohnern dadurch vielleicht die Möglichkeit, ihn zu spüren. Unterdessen war Victor von der Leiter gestiegen, und sein Assistent hatte einen großen Eimer geholt.

»Wie ihr gleich seht«, sagte Bailey, »wird Victor als Erstes ein bisschen Lieblingsfutter für unseren Hai in den Tank werfen. Das wird ihn ablenken und für einige Zeit zufriedenstellen, sodass seine neuen Nachbarn sich akklimatisieren können. Victor hat den Hai den ganzen Tag gefüttert, er müsste also eigentlich satt sein. Aber diese Thunfische sind sein Frühstück, Mittag- und Abendessen, falls er noch immer hungrig ist.«

Und dann warf Victor sechs große Thunfische, jeder mindestens zehn Pfund schwer, in den Tank, wo sie rasch ihre Umgebung erkundeten. »Die Jungs müssen sich nicht erst langsam im Tank akklimatisieren«, sagte Bailey. »Sie werden schon bald verspeist, ob sie glücklich sind, ist daher nicht so wichtig wie beim Hai. Ah, seht nur, wie sie sich tummeln.« Die Thunfische sausten in Diagonalen durch den Tank, und der Krake und die Seepferdchen flüchteten sich vor Schreck in die Korallen und Farnwedel auf dem Grund des Aquariums. Aber bald ließ die Hektik der Thunfische nach, und sie glitten gemächlich umher. Der Seepferdchenvater hatte sich noch immer nicht wieder blicken lassen, aber seine vielen Kinder waren zu sehen, die Schwänzchen um die Wedel und Tentakel verschiedener Anemonen gewickelt. Es war ein friedlicher

Anblick, und Mae merkte, dass sie vorübergehend gebannt davon war.

»Tja, das ist einfach traumhaft«, sagte Bailey, der die Korallen und die Pflanzen in Zitronengelb und Blau und Burgunderrot betrachtete. »Seht euch diese glücklichen Kreaturen an. Ein friedvolles Reich. Fast ein Jammer, daran was zu verändern«, sagte er. Mae schielte rasch zu Bailey hinüber, und er schien erschrocken über seine Äußerung, denn er wusste, dass sie nicht im Sinne des bevorstehenden Versuchs war. Er und Stenton wechselten einen kurzen Blick, und Bailey bemühte sich um Schadensbegrenzung.

»Aber uns geht es um einen realistischen und ganzheitlichen Blick auf diese Welt«, sagte er. »Und das bedeutet einschließlich aller Bewohner dieses Ökosystems. Und ich erhalte gerade von Victor das Zeichen, dass es Zeit ist, den Hai zu den anderen zu lassen.«

Mae blickte hoch und sah, wie Victor an der Bodenluke der Box hantierte, um sie zu öffnen. Der Hai hielt sich noch immer still, ein Wunder an Selbstbeherrschung. Und dann begann er allmählich, die Plexiglasrampe hinunterzugleiten. Als Mae das sah, war sie hin und her gerissen. Sie wusste, es war nur natürlich, dass er sich zu den Wesen gesellte, mit denen er seine Lebenswelt teilte. Sie wusste, dass es richtig und unvermeidlich war. Doch für einen Moment dachte sie, dass es so normal war, wie auch der Anblick eines vom Himmel stürzenden Flugzeugs normal sein kann. Das Entsetzen kommt später.

»Noch ein Wort zu dem letzten Mitglied dieser Unterwasserfamilie«, sagte Bailey. »Sobald der Hai frei ist, erhalten wir zum ersten Mal in der Geschichte einen realistischen Blick darauf, wie das Leben tief unten im Marianengraben wirklich aussieht und wie solche Geschöpfe zusammenleben. Kann's losgehen?« Bailey sah Stenton an, der still neben ihm stand. Stenton nickte knapp, als wäre seine Einwilligung unnötig.

Victor ließ den Hai endgültig aus der Box, und als hätte der Raubfisch seine Beute bereits durch das Plexiglas ins Auge gefasst und sich bei der mentalen Vorbereitung auf seine Mahlzeit genau gemerkt, wo sich jede Portion befand, schoss er nach unten, schnappte sich rasch den größten Thunfisch und verschlang ihn mit zwei Bissen. Während der sichtbaren Passage des Thunfischs durch den Verdauungstrakt fraß der Hai zwei weitere in rascher Folge. Ein vierter steckte noch im Haimaul, als die körnigen Überreste des ersten ausgeschieden wurden und wie Schnee auf den Aquariumsboden sanken.

Mae blickte zum Grund des Tanks und sah, dass der Krake und die Seepferdchennachkommen verschwunden waren. Sie sah eine leichte Bewegung in den Korallenlöchern und meinte, einen Krakenarm zu erspähen. Mae ging zwar davon aus, dass weder der Krake noch die Seepferdchen für den Hai als Beute infrage kamen – schließlich hatte Stenton sie gemeinsam in enger Nachbarschaft gefunden –, doch sie versteckten sich vor ihm, als ob sie ihn kannten und wussten, was er vorhatte. Mae blickte wieder hoch und sah den Hai im Tank kreisen, der jetzt ansonsten leer war. In den paar Sekunden, die Mae Ausschau nach dem Kraken und den Seepferdchen hielt, hatte der Hai die letzten zwei Thunfische verspeist. Ihre Überreste fielen herab wie Staub.

Bailey lachte nervös. »Also, ich frage mich gerade –«, setzte er an, verstummte dann aber. Mae blickte zu Stenton hinüber und sah, dass seine Augen schmale Schlitze waren und keine Alternative zuließen. Das Experiment würde nicht abgebrochen werden. Sie sah Kalden an, beziehungsweise Ty, der den Tank nicht aus den Augen gelassen hatte. Er schaute den Geschehnissen seelenruhig zu, als ob er das alles schon einmal gesehen hätte und genau wüsste, wie es ausgehen würde.

»Okay«, sagte Bailey. »Unser Hai ist ein sehr hungriger Bursche, und ich hätte Angst um die anderen Lebewesen unserer kleinen Welt hier, wenn ich es nicht besser wüsste. Aber ich weiß es besser. Ich stehe neben einem der größten Unterwasserforscher, einem Mann, der genau weiß, was er tut.« Mae beobachtete Bailey, während er sprach. Er fixierte Stenton, suchte mit den Augen nach irgendeiner Andeutung, einem Zeichen dafür, dass er die Sache vielleicht abblasen oder eine Erklärung oder Zusicherung liefern wollte. Doch Stenton starrte auf den Hai, bewundernd.

Eine rasche und wilde Bewegung lenkte Maes Blick wieder auf den Tank. Der Hai hatte die Nase jetzt tief in den Korallen und attackierte sie mit brutaler Wucht.

»O nein«, sagte Bailey.

Die Korallen brachen auf, der Hai stieß hinein und kam sofort wieder heraus, mit dem Kraken, den er in den offenen Bereich des Tanks zerrte, als wollte er allen – Mae, ihren Viewern und den Drei Weisen – eine bessere Sicht bieten, während er das Tier in Stücke riss.

»O Gott«, sagte Bailey, jetzt leiser.

Ob mit Absicht oder nicht, der Krake überließ sich nicht so ohne Weiteres seinem Schicksal. Der Hai riss ihm einen Arm ab, schien dann ein Stück vom Kopf abzubeißen, bloß um Sekunden später festzustellen, dass der Krake noch am Leben und weitgehend intakt hinter ihm war. Aber nicht mehr lange.

»O nein. O nein«, flüsterte Bailey.

Der Hai fuhr herum und riss seiner Beute wie im Rausch die Arme ab, einen nach dem anderen, bis der Krake tot war, eine zerfetzte Masse milchig weißer Materie. Der Hai verschlang den Rest mit zwei Bissen, und der Krake existierte nicht mehr.

Eine Art Wimmern war von Bailey zu hören, und als Mae, ohne die Schultern zu drehen, zu ihm hinüberschaute, sah sie, dass er abgewandt dastand, die Hände vor den Augen. Stenton dagegen blickte mit einer Mischung aus Faszination und Stolz auf den Hai, wie ein Vater, der zum ersten Mal sieht, wie sein Kind etwas besonders Eindrucksvolles tut, etwas, das er erhofft und erwartet hat, das aber erfreulicherweise sehr viel früher eintritt.

Über dem Tank sah Victor verunsichert aus und versuchte, Stentons Blick auf sich zu ziehen. Er schien sich dasselbe zu fragen, was Mae sich fragte, nämlich, ob sie den Hai nicht irgendwie von den Seepferdchen trennen sollten, bevor auch die noch gefressen wurden. Doch als Mae zu ihm hinüberschaute, beobachtete Stenton noch immer den Hai, mit unveränderter Miene.

Sekunden später hatte der Hai in einer Reihe von energischen Stößen einen weiteren Korallenbogen zerbrochen und den Seepferdchenvater herausgezogen, der, wehrlos, wie er war, in zwei Bissen, zuerst der zarte Kopf, dann der gebogene Pappmascheetorso und -schwanz, gefressen wurde.

Dann kreiste der Hai durchs Wasser wie eine Maschine, die ihre Arbeit verrichtet, und schnappte so lange zu, bis er die unzähligen Kinder und die Algen und die Korallen und die Anemonen verschlungen hatte. Er fraß alles und schied die Überreste rasch aus, die das leere Aquarium mit einem dünnen Film aus weißer Asche bedeckten.

»Tja«, sagte Ty, »es ist ungefähr so gelaufen, wie ich es mir vorgestellt hatte.« Er wirkte ungerührt, sogar heiter, als er erst Stenton, dann Bailey die Hand schüttelte, und dann, während er Baileys Hand mit der Rechten festhielt, nahm er Maes mit der Linken, als sollten die drei ein Tänzchen hinlegen. Mae spürte etwas an ihrer Handfläche und schloss rasch die Finger darum. Dann trat Ty zurück und ging.

»Ich geh dann besser auch«, sagte Bailey im Flüsterton. Er drehte sich benommen um und ging den dunklen Korridor hinunter.

Nachher, als der Hai allein im Tank war und seine Kreise zog, noch immer raubgierig, unermüdlich, fragte Mae sich, wie lange sie an Ort und Stelle bleiben sollte, damit die Viewer das sehen konnten. Aber sie beschloss, so lange zu bleiben wie Stenton. Und er blieb eine ganze Weile. Er konnte sich einfach nicht sattsehen an dem Hai, seinem unruhigen Kreisen.

»Bis zum nächsten Mal«, sagte Stenton schließlich. Er nickte Mae zu und dann ihren Viewern, die jetzt auf einhundert Millionen angewachsen waren. Viele waren entsetzt, aber weitaus mehr waren voll ehrfürchtiger Bewunderung und hätten am liebsten noch mehr dieser Art gesehen.

In der Toilettenkabine, die Kamera auf die Tür gerichtet, hielt Mae sich Tys Zettel nahe vors Gesicht, außerhalb des Blickfeldes ihrer Viewer. Er wollte sie unbedingt sehen, allein, und gab eine genaue Wegbeschreibung zu dem Treffpunkt. Wenn sie bereit wäre, hatte er geschrieben, sollte sie bloß die Toilette verlassen, sich dann umdrehen und in ihr Mikro sagen: »Ich geh noch mal zurück.« Jeder würde denken, dass ein ungenannter hygienischer Notfall sie erneut zum Toilettengang zwang. Und in dem Moment würde er ihren Feed und alle SeeChange-Kameras, die sie sehen konnten, für dreißig Minuten abschalten. Es würde einen kleinen Aufschrei geben, aber es ging nicht anders. Ihr Leben, schrieb er, stand auf dem Spiel und auch Annies und das ihrer Eltern. »Alles und jeder«, hatte er geschrieben, »bewegt sich am Rande des Abgrunds.«

Dies würde ihr letzter Fehler sein. Sie wusste, es war ein Fehler, ihn zu treffen, vor allem bei ausgeschalteter Kamera. Aber irgendwie hatte der Hai sie erschüttert, sie anfällig gemacht für schlechte Entscheidungen. Wenn doch bloß jemand diese Entscheidungen für sie treffen könnte – den Zweifel irgendwie beseitigen, die Möglichkeit, zu scheitern. Aber sie musste wissen, wie Ty das alles hingekriegt hatte, oder nicht? Vielleicht war das alles ja nur ein Test? Ganz von der Hand zu weisen war das nicht. Wenn sie für große Dinge auserkoren war, würden sie sie dann nicht auf die Probe stellen wollen? Doch, das würden sie, garantiert.

Also hielt sie sich an seine Anweisungen. Sie verließ die Damentoilette, sagte ihren Viewern, sie würde noch mal zurückgehen, und sobald ihr Feed ausgeschaltet war, folgte sie Tys Wegbeschreibung. Sie ging nach unten, wie sie es in der seltsamen Nacht mit Kalden getan hatte, folgte dem Weg, den sie gegangen waren, als er sie mit zu dem Raum genommen hatte, tief unter der Erde, wo Stewart untergebracht war und durch alles, was er gesehen hatte, Kühlwasser gepumpt wurde. Als Mae ankam, wartete Kalden beziehungsweise Ty auf sie, mit dem Rücken zu dem roten Kasten. Er hatte die Wollmütze abgenommen, sodass seine grauweißen Haare zu sehen waren, aber trug noch immer sein Kapuzenshirt, und die Kombination der beiden Männer, Ty und Kalden in einer Person, stieß sie ab, und als er auf sie zukam, schrie sie: »Nein!«

Er blieb stehen.

»Bleib da«, sagte sie.

»Ich bin nicht gefährlich, Mae.«

»Ich weiß nichts über dich.«

»Tut mir leid, dass ich dir nicht gesagt habe, wer ich bin. Aber ich habe nicht gelogen.«

»Du hast gesagt, dein Name wäre Kalden! Ist das keine Lüge?«

»Abgesehen davon habe ich nicht gelogen.«

»Abgesehen davon? Abgesehen von *der Lüge, dass du jemand ganz anders bist, als du behauptet hast?*«

»Ich glaube, du weißt, dass ich keine andere Wahl hatte.«

»Was ist Kalden überhaupt für ein Name? Hast du den von irgendeiner Website für Babynamen?«

»Ja, genau. Gefällt er dir?«

Er lächelte ein enervierendes Lächeln. Mae hatte das Gefühl, dass sie nicht hier sein sollte, dass sie auf der Stelle gehen sollte.

»Ich glaube, ich muss gehen«, sagte sie und machte ein paar Schritte Richtung Treppe. »Ich komm mir vor wie in einem schlechten Film.«

»Mae, überleg doch mal. Hier ist mein Führerschein.« Er reichte ihn ihr. Er zeigte einen glatt rasierten, dunkelhaarigen Mann mit Brille, der mehr oder weniger so aussah, wie Ty ihrer Erinnerung nach aussah, der Ty von den Video-Feeds, den alten Fotos, dem Ölporträt draußen vor Baileys Bibliothek. Der Name lautete Tyson Matthew Gospodinov. »Sieh mich an. Keine Ähnlichkeit?« Er verschwand in die Höhle in der Höhle, wo sie miteinander geschlafen hatten, und kam mit einer Brille wieder. »Siehst du?«, sagte er. »Jetzt ist es doch offensichtlich, oder?« Wie als Antwort auf Maes nächste Frage sagte er: »Ich bin vom Aussehen her ein Durchschnittstyp. Das weißt du. Und dann nehm ich die Brille ab, zieh die Kapuzenshirts aus. Ich verändere mein Äußeres, die Art, wie ich mich bewege. Aber vor allen Dingen sind meine Haare grau geworden. Und was, glaubst du, ist der Grund dafür?«

»Ich hab keine Ahnung«, sagte Mae.

Ty machte eine ausladende Armbewegung, die alles um sie herum, den riesigen Campus über ihnen, miteinschloss. »Das alles. Der verdammte Hai, der die Welt frisst.«

»Wissen Bailey und Stenton, dass du hier unter einem anderen Namen rumläufst?«, fragte Mae.

»Natürlich. Ja. Sie erwarten von mir, dass ich hier bin. Ich darf den Campus eigentlich nicht verlassen. Solange ich hier bin, sind sie zufrieden.«

»Weiß Annie Bescheid?«

»Nein.«

»Dann bin ich also –«

»Die dritte Person, die es weiß.«

»Und verrätst du mir, warum?«

»Weil du hier großen Einfluss hast und weil du helfen musst. Du bist die Einzige, die das alles hier verlangsamen kann.«

»Was verlangsamen? Das Unternehmen, das du geschaffen hast?«

»Mae, was hier vorgeht, war nie meine Absicht. Und es geht zu schnell. Diese Idee von Vollendung, das geht weit über das hinaus, was mir vorschwebte, als ich das alles angefangen habe, es geht weit über das hinaus, was richtig ist. Es muss wieder einigermaßen ins Gleichgewicht gebracht werden.«

»Erstens sehe ich das nicht so. Zweitens kann ich nicht helfen.«

»Mae, der Circle darf sich nicht schließen.«

»Was redest du denn da? Wie kannst du so was jetzt sagen? Wenn du Ty bist, war das meiste hier deine Idee.«

»Nein. Nein. Ich wollte das Netz zivilisierter machen. Ich wollte es eleganter machen. Ich habe Anonymität abgeschafft. Ich habe tausend verschiedene Elemente in einem einheitlichen System gebündelt. Aber ich hatte keine Welt vor Augen, wo die Circle-Mitgliedschaft Pflicht ist, wo alles Staatliche und alles Leben durch ein einziges Netzwerk geschleust wird –«

»Ich gehe jetzt«, sagte Mae und drehte sich um. »Und ich verstehe nicht, warum du nicht auch einfach gehst. Lass alles stehen und liegen. Wenn du an das alles hier nicht glaubst, dann geh. Geh in den Wald.«

»Das hat bei Mercer nicht hingehauen, oder?«

»Du Arschloch.«

»Entschuldige. Tut mir leid. Aber er ist der Grund, warum ich dich jetzt kontaktiert habe. Siehst du nicht, dass das nur eine der Konsequenzen von dem Ganzen hier ist? Es wird noch mehr Mercers geben. Sehr viel mehr. Sehr viele Menschen, die nicht gefunden werden wollen, aber gefunden werden. Sehr viele Menschen, die mit dem Ganzen hier nichts zu tun haben wollten. Das ist neu. Früher gab's die Option, auszusteigen. Aber damit ist es vorbei. Die Vollendung ist das Ziel. Wir schließen den Kreis um alle – es ist ein totalitärer Albtraum.«

»Und ist das meine Schuld?«

»Nein, nein. Überhaupt nicht. Aber du bist jetzt die Botschafterin. Du bist das Gesicht. Das gütige, freundliche Gesicht von allem. Und die Schließung des Circle – genau das haben du und dein Freund Francis erst möglich gemacht. Deine Idee mit dem Pflicht-Circle-Account und sein Chip. TruYouth? Das ist krank, Mae. Siehst du das nicht? Alle Kinder kriegen einen Chip eingepflanzt, für ihre Sicherheit, wenn sie Babys sind. Und ja, der Chip rettet Leben. Aber was dann? Denkst du, sie lassen ihn plötzlich entfernen, wenn sie achtzehn sind? Nein. Im Interesse von Erziehung und Sicherheit wird alles, was sie gemacht haben, aufgezeichnet, getrackt, dokumentiert, analysiert – für immer und ewig. Und dann, wenn sie alt genug sind, um zu wählen, zu partizipieren, ist ihre Mitgliedschaft obligatorisch. Und da schließt sich der Circle. Alle werden getrackt, von der Wiege bis zur Bahre, ohne die Möglichkeit, zu entkommen.«

»Jetzt hörst du dich wirklich wie Mercer an. Diese Paranoia –«

»Aber ich weiß mehr als Mercer. Glaubst du nicht, wenn jemand wie ich Angst hat, jemand, der das meiste von diesem Scheiß erfunden hat, glaubst du nicht, du solltest dann auch Angst haben?«

»Nein. Ich glaube, du hast den Überblick verloren.«

»Mae, eine ganze Menge von den Sachen, die ich erfunden habe, hab ich ehrlich aus Spaß gemacht, aus einer spielerischen Neugier heraus, ob sie funktionieren würden oder nicht, ob Leute sie benutzen würden. Ich meine, es war, als würde man auf dem Marktplatz eine Guillotine aufstellen. Du rechnest doch nicht damit, dass zig Leute Schlange stehen, um den Kopf reinzulegen.«

»So siehst du das?«

»Nein, tut mir leid. Das ist ein schlechter Vergleich. Aber ein paar von den Sachen, die wir gemacht haben, na ja, die hab ich bloß gemacht, um rauszufinden, ob die Leute sie tatsächlich benutzen, hinnehmen würden. Und wenn das passierte, konnte ich es die meiste Zeit fast nicht glauben. Dann kamen Bailey und Stenton und der Börsengang. Und dann ging einfach alles zu schnell, und es war genug Geld da, um jede bescheuerte Idee zu realisieren. Mae, bitte stell dir doch vor, wohin das alles führt.«

»Ich weiß, wohin das führt.«

»Mae, schließ die Augen.«

»Nein.«

»Mae, bitte. Schließ die Augen.«

Sie schloss die Augen.

»Ich möchte, dass du dir meine Argumente anhörst und feststellst, ob du siehst, was ich sehe. Stell dir Folgendes vor. Der Circle verschlingt seit Jahren alle Konkurrenten, richtig? Das macht das Unternehmen bloß stärker. 90 Prozent der Suchanfragen weltweit laufen jetzt schon über den Circle. Ohne Konkurrenz wird das noch mehr werden. Bald sind es fast 100 Prozent. Also, wir wissen beide, wer den Informationsfluss kontrolliert, kann alles kontrollieren. Du kannst das meiste von dem, was jeder sieht und weiß, kontrollieren. Wenn du irgendeine Information für immer verbergen willst, brauchst du nur zwei Sekunden. Wenn du jemanden ruinieren willst, brauchst du nur fünf Minuten. Wie kann sich jemand gegen den Circle stellen, wenn die Circle-Macher sämtliche Informationen und den Zugriff darauf kontrollieren? Sie wollen, dass jeder einen Circle-Account hat, und sie sind auf dem besten Weg, es illegal zu machen, keinen zu haben. Was passiert dann? Was passiert, wenn sie sämtliche Suchanfragen kontrollieren und vollen Zugriff auf sämtliche Daten zu jedem Menschen haben? Wenn sie jeden Schritt kennen, den jeder macht? Wenn sämtliche Geldgeschäfte, sämtliche Gesundheits- und DNA-Informationen, jeder Aspekt des Lebens, gut oder schlecht, wenn jedes geäußerte Wort durch einen einzigen Kanal fließt?«

»Aber es gibt doch zig Schutzmaßnahmen, um das zu verhindern. Das ist einfach nicht möglich. Ich meine, Regierungen werden dafür sorgen –«

»Regierungen, die transparent sind? Abgeordnete, die ihre Reputation dem Circle verdanken? Die kaum, dass sie

Bedenken äußern, ruiniert werden können? Was glaubst du wohl, was mit Williamson passiert ist? Erinnerst du dich an sie? Sie bedroht das Circle-Monopol, und, Überraschung, das FBI findet belastendes Material auf ihrem Computer. Glaubst du, das ist ein Zufall? Sie ist ungefähr die hundertste Person, mit der Stenton das gemacht hat, Mae, sobald der Circle vollendet ist, war's das. Und du hast dabei geholfen, ihn zu vollenden. Dieses Demokratie-Dingsbums, DemoVis oder wie das heißt, großer Gott. Unter dem Vorwand, jeder Stimme Gehör zu schenken, erschaffst du die Herrschaft des Mobs, eine filterlose Gesellschaft, wo Geheimnisse Verbrechen sind. Das ist genial, Mae. Ich meine, du bist genial. Du bist genau das, was Stenton und Bailey sich von Anfang an erhofft haben.«

»Aber Bailey —«

»Bailey glaubt, dass das Leben besser wird, perfekt wird, wenn alle uneingeschränkten Zugriff auf alles haben, was andere wissen. Er glaubt ernsthaft, die Antworten auf jede Lebensfrage lassen sich bei anderen Leuten finden. Er glaubt wirklich, dass Offenheit, dass vollständiger und störungsfreier Informationszugriff unter allen Menschen der Welt helfen werden. Dass die Welt genau darauf wartet, auf den Moment, wenn jeder mit jedem verbunden ist. Das ist seine Erlösungsvorstellung, Mae! Siehst du nicht, wie extrem diese Haltung ist? Seine Idee ist radikal und wäre in jeder anderen Zeit als Spleen irgendeines Assistenzprofessors abgetan worden: dass alle Informationen, ob persönlich oder nicht, allen bekannt sein sollten. Wissen ist Eigentum, und niemand darf es besitzen. Infokommunismus. Und er hat ein Recht auf seine Meinung. Aber gepaart mit skrupellosen kapitalistischen Ambitionen —«

»Dann ist Stenton also derjenige, welcher?«

»Stenton hat unseren Idealismus professionalisiert, unsere Utopie zu Geld gemacht. Er ist es, der den Zusammenhang zwischen unserer Arbeit und der Politik und zwischen Politik und Kontrolle erkannt hat. Öffentlich-privat wird zu privat-privat, und zack, managt der Circle die meisten oder sogar alle behördlichen Dienstleistungen, und das mit unglaublicher privatwirtschaftlicher Effizienz und einem unstillbaren Appetit. Jeder wird ein Bürger des Circle.«

»Ist das denn so schlimm? Wenn jeder gleichen Zugriff auf Dienstleistungen hat, auf Informationen, dann haben wir endlich eine Chance auf Gleichberechtigung. Informationen sollten nichts mehr kosten. Es sollte keine Hindernisse geben, um alles zu wissen, um auf alles Zugriff –«

»Und wenn jeder getrackt wird –«

»Dann gibt es keine Verbrechen mehr. Keine Morde, keine Entführungen und Vergewaltigungen. Kein Kind wird je wieder zum Opfer. Keine Vermissten mehr. Ich meine, schon das allein –«

»Aber siehst du denn nicht, was mit deinem Freund Mercer passiert ist? Er wurde bis ans Ende der Welt verfolgt, und jetzt ist er tot.«

»Weil wir an einem Wendepunkt der Geschichte stehen. Hast du mal mit Bailey darüber gesprochen? Ich meine, bei jedem Meilenstein der Menschheitsgeschichte kommt es zu einem Umbruch. Manche werden zurückgelassen, manche wollen zurückgelassen werden.«

»Du findest also, jeder sollte getrackt, beobachtet, werden.«

»Ich finde, alles und jeder sollte gesehen werden. Und um gesehen zu werden, müssen wir beobachtet werden. Beides geht Hand in Hand.«

»Aber wer will ständig beobachtet werden?«

»Ich. Ich will gesehen werden. Ich will den Beweis, dass ich existiert habe.«

»Mae.«

»Das wollen die meisten Menschen. Die meisten Menschen würden alles, was sie erfahren haben, jeden, den sie kennen, für das Wissen eintauschen, dass sie gesehen und beachtet wurden, dass man sich vielleicht sogar an sie erinnern wird. Wir wissen alle, dass wir sterben. Wir wissen alle, dass wir in dieser großen Welt nicht von Bedeutung sind. Deshalb bleibt uns bloß die Hoffnung, gesehen oder gehört zu werden, wenn auch nur für einen Augenblick.«

»Aber Mae. Wir haben die Tiere in dem Tank gesehen, oder? Wir haben gesehen, wie sie von einer Bestie verschlungen wurden, die sie in Asche verwandelt hat. Begreifst du denn nicht, dass alles, was in diesen Tank kommt, zu der Bestie, zu dieser Bestie, dasselbe Schicksal ereilen wird?«

»Was willst du eigentlich von mir?«

»Wenn du die höchstmögliche Viewerzahl hast, möchte ich, dass du dieses Statement verliest.« Er gab Mae einen Zettel, auf dem er unter der Überschrift – *Die Rechte der Menschen im digitalen Zeitalter* – in plumpen Großbuchstaben eine Liste mit Thesen notiert hatte. Mae überflog sie, las ein paar Sätze: »Wir müssen alle das Recht auf Anonymität haben.« »Nicht jede menschliche Aktivität ist messbar.« »Die ständige Jagd nach Daten, um den Wert eines jeden Vorhabens zu quantifizieren, ist katastrophal für wahres Verständnis.« »Die Grenze zwischen Öffentlichem und Privatem muss unüberwindlich bleiben.« Am Ende sah sie eine mit roter Tinte geschriebene Zeile. »Wir müssen alle das Recht haben, zu verschwinden.«

»Du willst also, dass ich das den Viewern vorlese?«

»Ja«, sagte Kalden mit wilden Augen.

»Und was dann?«

»Ich hab eine Reihe von Schritten vorbereitet, die wir zusammen unternehmen können, um das Ganze hier zu zerschlagen. Ich weiß, was hier alles gelaufen ist, Mae, und da ist so einiges gewesen, was jeden, egal wie verblendet er ist, davon überzeugen wird, dass der Circle aufgelöst werden muss. Ich weiß, ich kann das schaffen. Ich bin der Einzige, der es schaffen kann, aber ich brauche deine Hilfe.«

»Und was dann?«

»Dann gehen wir beide irgendwohin. Ich hab so viele Ideen. Wir verschwinden. Wir können durch Tibet wandern. Wir können mit dem Fahrrad die mongolische Steppe durchqueren. Wir können in einem selbst gebauten Boot um die Welt segeln.«

Mae stellte sich das alles vor. Sie stellte sich vor, wie der Circle zerschlagen wurde, schmachvoll verschachert, dreizehntausend Leute arbeitslos, der Campus besetzt, zerstört, in ein College oder ein Shoppingcenter oder noch Schlimmeres umgewandelt. Und schließlich stellte sie sich das Leben auf einem Boot mit diesem Mann vor, wie sie die Welt umsegelten, ungebunden, aber plötzlich sah sie stattdessen das Pärchen auf dem Lastkahn, das sie vor Monaten auf der Bucht kennengelernt hatte. Das da draußen allein unter einer Plane lebte, Wein aus Pappbechern trank, Seehunden Namen gab, in Erinnerungen an Inselbrände schwelgte.

In dem Moment wusste Mae, was sie tun musste.

»Kalden, bist du sicher, dass uns hier keiner hört?«

»Natürlich.«

»Okay, gut. Gut. Ich sehe jetzt alles ganz klar.«

BUCH 3

DER APOKALYPSE so nahegekommen zu sein – das wühlte sie noch immer auf. Ja, Mae hatte sie verhindert, sie war mutiger gewesen, als sie es für möglich gehalten hätte, aber auch jetzt noch, viele Monate später, waren ihre Nerven zum Zerreißen gespannt. Was, wenn Kalden sie nicht um Hilfe gebeten hätte? Was, wenn er ihr nicht vertraut hätte? Was, wenn er die Sache selbst in die Hand genommen oder, schlimmer noch, sein Geheimnis jemand anderem anvertraut hätte? Jemandem, der nicht so integer war wie sie? Nicht so stark, so entschlossen, so loyal wie sie?

In der Stille des Krankenhauses, an Annies Bett, ließ Mae ihren Gedanken freien Lauf. Hier herrschte Ruhe, mit dem leisen Rhythmus des Beatmungsgeräts, mit dem gelegentlichen Öffnen und Schließen einer Tür, dem Summen der Apparate, die Annie am Leben hielten. Sie war an ihrem Schreibtisch zusammengebrochen, katatonisch auf dem Fußboden gefunden und, so schnell es ging, hierhergebracht worden, wo die Versorgung alles übertraf, was sie irgendwo anders hätte bekommen können. Seitdem war ihr Zustand stabil, und die Prognose war günstig. Die Ursache für das Koma war noch immer strittig, hatte Dr. Villalobos gesagt, aber sehr wahrscheinlich war der Auslöser Stress oder ein Schock oder einfach Erschöpfung gewesen. Die Circle-Ärzte waren ebenso zuversichtlich, dass Annie wieder aufwachen würde, wie zahllose Ärzte weltweit, die ihre Vitaldaten beobachtet hatten, ermutigt durch das häufige Flattern ihrer Lider, das gelegentliche Zucken eines Fingers. Auf einem Bildschirm neben ihrem EKG wuchs unaufhörlich eine Reihe von Genesungswünschen von Mitmenschen in aller Welt, von denen Annie die meisten oder alle nie kennenlernen würde, wie Mae wehmütig dachte.

Mae betrachtete ihre Freundin, ihr gleichbleibendes Gesicht, ihre glänzende Haut, den geriffelten Schlauch, der aus ihrem Mund ragte. Sie sah wunderbar friedlich aus, als schliefe sie einen erholsamen Schlaf, und für einen kurzen Moment spürte Mae einen Anflug von Neid. Sie fragte sich, was Annie wohl dachte. Die Ärzte hatten gesagt, dass sie wahrscheinlich träumte. Sie maßen eine stetige Gehirnaktivität während des Komas, aber was genau in ihrem Kopf vor sich ging, wusste keiner, und das ärgerte Mae irgendwie. Von ihrem Sitzplatz aus konnte Mae einen Monitor sehen, der ein Echtzeit-Bild von Annies Gehirn zeigte, und die Farbexplosionen, die in regelmäßigen Abständen erschienen, deuteten an, dass darin außergewöhnliche Dinge geschahen. Aber was dachte sie?

Ein Klopfen schreckte Mae auf. Sie blickte über Annies liegenden Körper hinweg und sah Francis hinter der Beobachtungsscheibe. Er hob zögernd eine Hand, und Mae winkte. Sie würde ihn später sehen, auf einer campusweiten Party zur Feier des jüngsten Meilensteins in Sachen Gläsernheit. Zehn Millionen Menschen waren inzwischen weltweit transparent, eine Bewegung, die unumkehrbar war.

Die Rolle, die Annie dabei gespielt hatte, das alles möglich zu machen, konnte gar nicht hoch genug bewertet werden, und Mae wünschte, ihre Freundin würde es miterleben. Mae hätte Annie so viel zu erzählen. In Erfüllung einer Pflicht, die sie als heilig empfand, hatte sie der Welt eröffnet, dass Kalden Ty war, hatte von seinen bizarren Forderungen berichtet und von seinen fehlgeleiteten Bemühungen, die Vollendung des Circle zu verhindern. Wenn sie jetzt daran zurückdachte, kam es ihr wie eine Art Albtraum vor, mit dem Wahnsinnigen so tief unter der Erde gewesen zu sein, getrennt von ihren Viewern und dem Rest der Welt. Doch Mae hatte ihre Kooperation vorgetäuscht und war entkommen und hatte Bailey und Stenton sofort alles erzählt. Mit ihrem gewohnten Mitgefühl und Weitblick hatten sie Ty erlaubt, auf dem Campus zu bleiben, in einer Beraterfunktion, mit einem abgeschiedenen Büro und ohne besondere Aufgaben. Mae hatte ihn seit ihrer unterirdischen Begegnung nicht mehr gesehen und legte auch keinen Wert darauf.

Mae hatte ihre Eltern seit nunmehr einigen Monaten nicht erreicht, aber das war nur eine Frage der Zeit. Sie würden einander finden, schon bald, in einer Welt, wo alle einander kennen konnten, wahrhaftig und vollständig, ohne Geheimnisse, ohne Scham und ohne dass eine Erlaubnis erforderlich war, um zu sehen oder zu wissen, ohne das egoistische Horten von Leben – jeden Winkel davon, jeden Augenblick davon. All das würde sehr bald ersetzt werden durch eine neue und herrliche Offenheit, eine Welt ewigen Lichts. Die Vollendung stand unmittelbar bevor, und sie würde Frieden bringen, und sie würde Einigkeit bringen, und all das Chaos der Menschheit, all die Ungewissheiten, die die Welt vor dem Circle beherrscht hatten, wären nur noch Erinnerung.

Wieder erschien eine Farbexplosion auf dem Bildschirm, der die Tätigkeiten von Annies Gehirn überwachte. Mae streckte die Hand aus und berührte Annies Stirn und staunte über die Distanz, die diese Haut, dieser Knochen zwischen ihnen herstellte. Was ging in ihrem Kopf vor? Es war wirklich zum Verzweifeln, dachte Mae, dieses Nichtwissen. Es war ein Affront, ein Entzug, ihr gegenüber und der Welt gegenüber. Sie würde das bei Stenton und Bailey und bei der Vierzigerbande zur Sprache bringen, bei nächster Gelegenheit. Sie mussten dringend über Annie reden, über die Gedanken, die sie dachte. Wieso sollten sie die nicht wissen? Die Welt hatte nichts Geringeres verdient und würde nicht warten.

DANKSAGUNG

Ein Dankeschön an Vendela, an Bill und Toph, an Vanessa und Scott und an Inger und Paul. An Jenny Jackson, Sally Willcox, Andrew Wylie, Lindsay Williams, Debby Klein und Kimberley Jaime. An Clara Sankey. An Em-J Staples, Michelle Quint, Brent Hoff, Sam Riley, Brian Christian, Sarah Stewart Taylor, Ian Delaney, Andrew Leland, Casey Jarman und Jill Stauffer. An Laura Howard, Daniel Gumbiner, Adam Krefman, Jordan Bass, Brian McMullen, Dan McKinley, Isaac Fitzgerald, Sunra Thompson, Andi Winnette, Jordan Karnes, Ruby Perez und Rachel Khong. Ein Dankeschön an alle bei Vintage und Knopf. Ein Dankeschön an Jessica Hische. Ein Dankeschön an Ken Jackson, John McCosker und Nick Goldman. Ein Dankeschön an Kevin Spall und alle bei der Druckerei Thomson-Shore. Außerdem: Die Stadt San Vincenzo ist reine Erfindung. In Bezug auf die Geografie der Bay Area nimmt sich vorliegendes Buch einige kleine Freiheiten heraus.

ÜBER DEN AUTOR

Dave Eggers wuchs in den Chicagoer Vorstädten auf und studierte an der University of Illinois at Urbana-Champaign. Er ist Gründer von McSweeney's, einem in San Francisco ansässigen unabhängigen Verlag, der außer Büchern eine vierteljährlich erscheinende Zeitschrift für neue Literatur *(McSweeney's Quarterly Concern)* herausbringt, ein Monatsmagazin, *The Believer,* und *Voice of Witness,* eine nicht kommerzielle Reihe von Zeitzeugenberichten, die die Gefährdungen der Menschenrechte weltweit beleuchtet. Im Jahr 2002 war Eggers Mitbegründer von *826 Valencia,* einem gemeinnützigen Schreib- und Förderzentrum für Jugendliche im Mission District von San Francisco. *826*-Zentren wurden seitdem in sieben weiteren Städten der Vereinigten Staaten, und ähnliche Zentren unter anderem in Dublin, London, Kopenhagen, Stockholm und Birmingham, Alabama eröffnet. Seine Bücher brachten Eggers bisher Nominierungen für den National Book Award, den Pulitzer Prize und den National Book Critics Circle Award ein sowie Auszeichnungen wie den Dayton Literary Peace Prize, den französischen Prix Medici, den Albatros-Literaturpreis der Günter-Grass-Stiftung Bremen, den National Magazine Award und den American Book Award. Er lebt mit seiner Familie in Nordkalifornien.

mcsweeneys.net	valentinoachakdeng.org
voiceofwitness.org	believermag.com
826national.org	scholarmatch.org